Une proposition

A.J. Molloy

Une proposition

roman

Traduit de l'anglais par Michelle Cremnitz

KERO

ISBN : 978-2-36658-038-9

Pour S

1

Tout commence au Gran Caffè Gambrinus. Le célèbre établissement napolitain. Me voilà enfin en Italie, assise à la terrasse du café, piazza Trieste e Trento. En cette soirée, l'air est chaud et pas un nuage ne voile le ciel. Je peux sentir l'odeur des poubelles empilées de l'autre côté de la rue.

Un policier passe, nonchalant, devant les graffitis fanés des murs d'un palais en ruine. On croirait qu'il a été dessiné par Armani en personne : les lunettes de soleil, le flingue, le costume bleu marine avec des éclats de cuir ici et là.

Il est beau. Il y a énormément de beaux hommes ici. Mais le plus beau d'entre tous est assis à trois tables de moi.

— Bon alors c'est qui ?

Jess se penche vers moi et me jette un regard complice.

— Roscarrick.

— Hein ?

Jessica Rushton est ma meilleure amie. Nous nous sommes rencontrées à Dartmouth, mais elle est d'origine anglaise. Drôle, sarcastique, extrêmement cynique et très jolie ; elle hausse ses sourcils ultra-épilés, réajuste une longue mèche de ses cheveux bruns et s'exclame :

— Tu n'as jamais entendu parler de lord Roscarrick?

— C'est un lord?

Jessica a le rire rauque d'une tabagique.

— Marcus James Anthony Xavier Mastrosso Di Angelo Roscarrick.

— Oh mon Dieu!

— Ses proches l'appellent Marc.

— C'est sûr, ça économise du temps.

Jessica sourit.

— Et il est milliardaire. Tout le monde sait ça ici.

Je regarde l'homme assis à l'autre bout de la terrasse. Un milliardaire. On lui donne à peine trente ans. Il est magnifique. Il n'y a pas d'autre mot pour le décrire. Une suite de phrases compliquées serait… trop compliquée, inutile. Sa peau mate, une barbe de trois jours et ses yeux d'un bleu pâle forment un contraste saisissant. Son regard distant lui donnerait presque un air sévère s'il n'était pas irrésistible. Des airs de petit garçon dans un corps d'adulte, de prédateur. Une sensualité incroyable émane de son être. Il est animal, charnel, sexuel.

J'entortille une mèche blonde autour de mes doigts avec nervosité et je me prends à regretter de ne pas être allée chez un meilleur coiffeur la dernière fois. Ça ne me ressemble pas. Je ne suis pas instinctive, mais là, j'agis malgré moi dans l'espoir d'attirer son attention. Je veux qu'il se retourne. Rien n'y fait. Il continue à siroter sa petite tasse d'expresso. D'un geste léger et élégant, il porte la porcelaine blanche à ses lèvres. Le regard dans le vide. Il est seul. Impassible. Oh mon Dieu. Ce profil.

— Tu n'es pas déjà en train de tomber amoureuse, X?

Jess m'appelle X. C'est elle qui m'a baptisée ainsi lorsque nous partagions la même chambre à Dartmouth.

Mon nom est Alexandra Beckmann. Alex B. X, pour faire court. J'ai vingt-deux ans, je suis californienne, blonde et un peu juive. Jess pense que je suis naïve. Peut-être qu'elle a raison. Cela n'enlève rien au fait que j'ai reçu une excellente éducation et que j'ai toujours été une très bonne élève. Et je suis à Naples, en Italie. Jessica continue à parler de cet homme et moi, je le regarde, je ne peux pas m'en empêcher. Je m'attendais à ce que les Italiens soient stéréotypés, au sens de sexy et un peu énervants sur les bords. Cet homme est bien plus que cela.

— Bah, un autre enfoiré de beau gosse.

Elle allume une nouvelle cigarette sans s'arrêter de parler, aspire la fumée et la rejette par le nez. Voilà quelque chose qu'elle ne faisait pas au New Hampshire.

— Il a l'air… intéressant, dis-je.

Mensonge inutile.

— Garde tes distances, ma poulette.

— Pardon ?

Jessica rit en fumant et se met à minauder.

— Bonjour mon petit agneau, je te présente le loup.

— II est si terrible que ça ?

— Un bourreau des cœurs, et j'insiste bien sur le bourreau. Non, vraiment pas X, vraiment pas pour une nana comme toi.

Jessica pense que je suis une ingénue, une oie blanche, la femme d'un seul homme et même si elle n'a pas tout à fait tort, je ne peux m'empêcher de me vexer. Il est vrai que, comparée à Jess, je suis un peu prude et classique. Depuis les débuts de notre amitié, c'est elle la buveuse, la fumeuse, la mangeuse d'hommes, celle qui a des aventures, rentre à trois heures du matin à l'appartement avec un de ces serveurs dont elle oubliera le prénom le lendemain pour sniffer quelques lignes sur le plan de travail et baiser sur la table de la cuisine. Pendant ce temps, je travaillais dur et j'essayais de me convaincre que j'étais amoureuse. C'est pourquoi je suis restée avec le même petit copain toutes mes années d'université. Mais ce dernier finit par être ennuyeux, en même temps que mes études devinrent passionnantes. Aujourd'hui je suis en Italie pour préparer ma thèse sur la Camorra et Cosa Nostra, intitulée « Les origines historiques du crime organisé dans le Mezzogiorno italien ».

Je veux enseigner l'histoire de l'Italie, mais la véritable raison pour laquelle j'ai décidé d'écrire cette thèse était que je souhaitais justifier ma venue à Naples pour traîner avec ma copine Jess et rigoler. Il y a six mois, elle a pris son année de césure pour venir ici apprendre l'italien et enseigner l'anglais. Les mails qu'elle m'envoyait racontaient sa vie palpitante : la nourriture, la ville, les hommes ; oui les hommes et pourquoi pas ? Je rêvais de la rejoindre. Je voudrais tant m'amuser. J'ai vingt-deux ans, je n'ai eu que deux petits amis et un pauvre coup d'un soir. C'est tout. Jessica se moque de moi et m'appelle la presque vierge, la madone du New Hampshire.

Je tourne la tête. L'homme regarde dans ma direction, il me sourit un court instant, pas vraiment, comme s'il était perplexe, comme s'il m'avait reconnue sans pouvoir situer ou dater cette rencontre. Puis il recommence à boire son café.

— Il nous a regardées !

Jess rit aux éclats.

— Oui, parfois il fait ça, il tourne la tête. C'est bizarre.

— Oh, la ferme. C'est nouveau pour moi tout ça. Je n'ai pas l'habitude de voir autant de beaux mecs, Jess. Tous les garçons à Dartmouth portent ces atroces jeans qui leur tombent sous les fesses, comme des gosses.

— Je te ferai remarquer que ton petit ami portait – elle frissonne ostensiblement – des mocassins bateau.

— Aïe ! – je ris aussi. Des chaussures bateau avec des chaussettes grises ! Au secours !

— Un vrai tombeur.

Lord Roscarrick sirote son café, il ne me regarde plus. Je prends la défense de mon ex.

— Oui, mais il était très bon en maths !

— D'accord, mais il ressemblait à un chimpanzé. Tu as bien fait de le larguer, ma poulette.

— Bon, et comment ça se passe ici ? As-tu apprivoisé la population masculine de la Campanie ?

— Oui, j'y travaille ou du moins, j'y ai travaillé.

Jessica hausse les épaules, fait la moue et écrase sa cigarette. Un serveur, surgi comme par enchantement, s'empare du lourd cendrier en verre et, avec une simplicité charmante, remplace le cendrier par un nouveau où sont gravées, dans un style Belle Époque, les lettres C et G enlacées. Il ponctue son geste d'un « *Signorina* ». Le service est impeccable. Le Caffè Gambrinus avec ses fresques, ses moulures et ses lustres offre tout ce que l'on peut rêver d'un café de la Vieille Europe. Je me demande combien coûtent ces cafés *macchiati* et ces merveilles de petits pains au salami. Cela fait six mois que je travaille comme serveuse pour me payer ce voyage d'études et mon budget est plutôt serré.

Mais je refuse d'être angoissée par des considérations financières le soir de mon arrivée à Naples.

La soirée progresse. L'homme, Roscarrick, n'est toujours pas parti. Il regarde obstinément dans la direction opposée à notre table. Je jette un dernier coup d'œil à son costume impeccable, à son profil de dieu grec et je me résous à l'oublier. Il y en aura d'autres. Dans la rue, les terrasses des cafés se sont peu à peu remplies. Elles grouillent d'une foule élégante et bigarrée. Des couples se promènent main dans la main, des policiers en patrouille lancent des œillades aux filles qui balancent leurs jupes dans la brise du soir. Des gamins sont adossés à des Vespa de couleur pastel ; ça parle, ça rit, ça flirte. Le tout a un petit côté canaille, libertin, tellement joyeux, très napolitain. C'est ma première visite en Italie et cette ambiance de légèreté correspond parfaitement à ce que je m'étais imaginé. C'est mon deuxième voyage en Europe. La première fois, j'avais dix-huit ans. Mes parents m'avaient offert une semaine à Londres pour me féliciter d'avoir intégré l'université de Dartmouth. Il avait plu sans discontinuer.

Maman et papa. Une soudaine nostalgie m'envahit à l'évocation de leur souvenir. Peut-être que j'ai le mal du pays. Mais non, ça ne peut pas être ça, j'ai quitté San José il y a deux jours à peine. Ah les pelouses inondées de soleil et de systèmes d'arrosage automatique ! Ah la banlieue américaine !

Et me voici au cœur de tout ce que l'Europe compte de décadent, de décrépit et de grandiose. J'adore l'Europe pour ses contradictions. Je veux l'adorer.

— En fait, on finit par se lasser des hommes italiens, lâche Jessica dans un soupir.

Je la regarde, étonnée.

— Quoi ? Mais tu m'avais dit que tu les adorais ! Tu m'avais même envoyé une liste de noms ! Une liste longue comme le bras !

— Ah bon ? J'ai fait ça moi ?

Elle sourit de travers, presque gênée.

— Ouais, OK, bien sûr, il y en a eu quelques-uns…

Elle marque un temps.

— … une petite douzaine, peut-être. Je ne suis pas une sainte, ils sont tous très mignons et très bien foutus. Mais tellement narcissiques, tu n'as pas idée, X, je te jure ça finit par me taper sur les nerfs !

— Qu'est-ce que tu veux dire ?

— La plupart sont des fils à maman. Il y a un mot pour ça ici, *mammone*. Ils vivent chez leurs parents jusqu'à l'âge de cinquante ans ! Ils sont tellement vaniteux, se regardent dans la glace en permanence. Et leurs petits vêtements et leur petite sacoche – elle glousse et brandit sa neuvième cigarette. Je te jure, des sacoches, non mais qui aurait pu imaginer ça ?

— Des sacs à main pour homme ?

— Oui, en cuir, ultrafashion. Non, ils sont beaucoup trop métrosexuels pour moi. Et les chaussettes ! Leur grand truc, c'est de ne pas en porter. Où est-ce que tu as vu ça, un gars en costume sans chaussettes dans ses mocassins ? Va te couvrir les pieds, mec. Et ils se dandinent, se pomponnent, des vraies poules, je te jure. Il y a des queues pour les toilettes des hommes dans les bars plus longues que celles pour les toilettes des dames. Et après un certain temps… ça t'énerve… tu vois ce que je veux dire ? Non mais regarde, regarde !

Elle jette sa main en avant dans un geste de désespoir tragique. Ses bracelets en argent s'entrechoquent sur la peau bronzée de ses fins poignets. Elle désigne la via Toledo, l'opéra et la grande place du Palais royal qui mène à la mer Tyrrhénienne.

— Regarde-moi toutes ces ordures ! Pourquoi est-ce qu'ils ne ramassent pas leurs poubelles ? Pourquoi ne pas arrêter de penser à ta sacoche deux minutes, *signor* Je-ne-porte-pas-de-chaussettes, et commencer par nettoyer ta propre ville ? Voilà ce qu'un homme, un vrai, ferait.

Je me tais.

— J'ai besoin d'un verre !

Elle commande deux *Veneziani*. Je n'ai aucune idée de ce qu'est un Veneziano mais j'aime la manière dont elle parle italien en faisant rouler les rr et danser les zzz. En moins de six mois, elle qui connaissait à peine trois mots de cette langue est devenue quasiment bilingue. Je suis jalouse. Je peux à peine ânonner *uno, due, tre*. Voilà une autre chose que je vais faire ici, apprendre à parler italien. Ça et aussi, peut-être, si Dieu le veut, tomber amoureuse.

Oh mon Dieu, s'il vous plaît, j'aimerais tellement tomber amoureuse. Un vrai, beau, grand amour. Pas une histoire fade comme celle que j'ai vécue avec Paul le matheux en mocassins bateau. Si je tombe amoureuse ce sera la première fois, j'ai vingt-deux ans, il est grand temps que ça m'arrive. Parfois je pense que je suis maudite, que ça ne m'arrivera pas, comme si c'était une sorte de tare, d'incapacité physique attachée à ma personne. « Pauvre X. Non, vous n'en avez pas entendu parler ? Elle ne peut pas tomber amoureuse. Oh bien sûr qu'elle a consulté, les plus grands spécialistes sont formels, on ne peut rien faire pour elle. Elle terminera en cure à la clinique des vieilles filles. »

— *Signorina, due aperitivi.*

Le serveur dépose les cocktails sur la table. Deux grands verres remplis à ras bord d'un liquide orangé flamboyant.

Je les observe avec un brin de méfiance. Jess sourit et rit. Ses longs cheveux bruns encadrent son visage. Cette coupe lui va beaucoup mieux que celle qu'elle avait à Dartmouth.

— Tout va bien ma poulette, ne te fie pas à la couleur fluo, limite radioactive, je sais. Goûte-moi ça ! *Delizioso* et ultrafashion, crois-en ma bonne expérience.

Je porte le verre à mes lèvres. Le parfum et le goût qui s'en dégagent sont ceux de l'acidité et de l'amertume de l'orange. Délicieux, en effet, et très fort en alcool.

— Vin blanc, eau gazeuse, citron, vermouth rosso et Aperol, surtout pas de Campari.

— Pardon ?

— La recette de ce petit miracle, X. Un Veneziano. Tu en bois trois ou quatre et tu passes une excellente soirée. Ou peut-être cinq.

Alors, la danse des cocktails commence. Nous enchaînons effectivement deux ou trois ou peut-être même cinq de ces verres orangés, jusqu'à ce que la nuit ait pris des teintes d'encre violette et que la lune brille haut dans le ciel. Les spectateurs sortent de l'opéra, parés de leurs plus beaux atours. Jess et moi rigolons et gloussons exactement comme lorsque nous étions dans notre appartement d'Hanover dans le New Hampshire, celui où nos voisins étaient une bande de garçons complètement frappés. Jessica dragouille le serveur en italien en exagérant son accent d'étudiante américaine, je jette un regard en direction de mon mystérieux inconnu. Toute la soirée, il est resté à sa table, dans son costume à cinq mille dollars, avec sa chemise blanche immaculée, ses boutons de manchettes en argent massif incrustés de jade et sa cravate de soie parme nouée à la perfection. Parfois il était au téléphone, parfois il se levait pour saluer des amis ou des connaissances. De temps à autre, il invitait l'un d'eux à se joindre à lui. Cet homme, cet homme beau comme un dieu, avec ses boucles brunes et son regard d'un bleu si pâle qu'il en est trouble. Et ses pommettes, des pommettes d'extraterrestre. Une force incroyable se dégage de lui quand il s'adresse à son interlocuteur, ses gestes sont à la fois calmes et précis. Il ne ressemble pas aux autres Italiens. Il a l'air plus distant – méprisant ? Non, distant. Peut-être un peu dangereux.

Je comprends alors avec un pincement au cœur que cet homme, cet homme grand et riche et inaccessible de trente ans est tout simplement sublime. C'est le premier homme sublime, qui a trait au sublime, que j'ai rencontré dans ma vie. Un Byron sorti tout droit des enfers, un James Bond tanné par le soleil. J'ai croisé le chemin de plusieurs beaux garçons avant ce soir, des garçons drôles, fins, intelligents et qui savaient jouer de la guitare sur la plage au clair de lune. Il y en avait un qui était comme ça, à Dartmouth, et il avait couché avec Jessica. Mais cet homme-là est sublime au sens masculin. Ni un métrosexuel, ni un de ceux qui portent une sacoche et pas de chaussettes. Le masculin incarné, le Mâle. Grand, fort et fin, et je suis complètement ivre.

Jessica lit dans mes pensées, comme toujours. Elle boit la dernière gorgée de son Veneziano, émet un petit rot tout à fait charmant et dit :

— On raconte que sa femme est morte dans un accident… ou pas. Après, le veuf a transformé les millions de son épouse en milliards. Roscarrick. Père anglais, mère italienne. T'auras qu'à aller voir ça sur Google, Lexy. Google est ton meilleur ami. Bon, je meurs de faim. Ça te dit une pizza ?

Elle est soûle et moi aussi. Grisée par ces apéritifs orange dans cette ville de Naples jaune et acide, grisée par le costume parfait de lord Roscarrick, lord Marcus Xavier Bob je-ne-sais-plus-qui Roscarrick.

— Merde, X.

— Quoi ?

Ça fait deux minutes que je suis perdue en contemplation, les yeux au ciel. Soudain, je réalise que Jess fait une grimace pas possible. Dans sa main droite, elle tient le petit papier blanc de l'addition.

— Quoi ? Quoi ? Combien ?

Elle maugrée entre ses dents.

— Pourquoi est-ce que nous nous sommes installées ici ? On aurait très bien pu s'attabler au petit café en bas de chez moi, merde et merde.

Je suis prise de nausée.

— Combien ?

— Quatre-vingt-dix euros.

— Juste pour des cocktails ?

— Et les cafés et les petits amuse-bouches. Mais quelle conne ! Je savais en plus que c'était hypercher ici, pardonne-moi.

Jess a très peu d'argent. Son travail d'enseignante lui rapporte à peine de quoi payer sa chambre. Elle s'en accommode, mais une addition de quatre-vingt-dix euros pourrait sérieusement lui rendre la semaine difficile. Je cherche ma carte de crédit dans mon portefeuille mais le serveur récupère la note avec un sourire.

— Attendez ! Vous avez besoin de ma carte.

Le serveur prend un air enjoué et charmeur.

— C'est OK. Le *signor* paie. *Signor* Roscarrick.

— Hein ? Comment ? Non !?

Mon cœur bondit dans ma poitrine. Je me tourne vers mon généreux prince, à la fois euphorique et embarrassée. *Mais non, je vous en prie, vous êtes trop gentil, il ne fallait pas, nous allons payer, mon nom est Alex, Alexandra, Alexandra Beckmann, oui, c'est cela, avec deux n, voulez-vous mon numéro de téléphone ? Je vous l'écris ou préférez-vous que je vous le tatoue sur le bras ?*

Mais sa chaise est vide. Il est parti.

Le flic du défilé Armani s'adosse au mur du palais et allume une cigarette dans le silence de la nuit.

2

Il faut que je me le sorte de la tête.

Le jour suivant, je m'organise. Je défais mes valises et les quelques cartons qui meubleront mon appartement de Castel dell'Ovo. Appartement, le mot est vite dit, il s'agit plutôt d'un nid minuscule composé d'une pièce principale et de deux placards qui font respectivement office de cuisine et de salle de bains. C'est Jessica qui l'a trouvé quelques semaines avant mon arrivée. Elle m'avait écrit qu'il était situé dans le nouveau quartier chic de la ville, Santa Lucia, et surtout qu'il avoisinait le sien. Mes pieds nus glissent sur les dalles du minuscule balcon. Je pose mes mains sur la balustrade en fer forgé et j'admire la vue. En effet, par « nouveau quartier » il faut comprendre que les immeubles datent du dix-neuvième siècle *seulement* et par « chic » que les tas d'ordures ne s'amoncellent pas au-dessus d'un mètre cinquante, comparé à d'autres endroits de la ville où ils cachent le ciel.

Ce matin il n'y a pas un nuage, il fait bon. Si je me penche sur la pointe des pieds et me laisse presque tomber du balcon, je peux voir un morceau du bleu profond de la mer Tyrrhénienne, comme dans un rêve, un triangle d'infini coincé entre deux immeubles de béton de la via Lucilio et tout au loin, posée sur la ligne d'horizon, la dentelure de la crête de Capri.

De mon balcon je vois l'île de Capri !

Cela fait à peine vingt-quatre heures que je suis là et déjà, je me sens comme chez moi. J'adore cet endroit. Il faut que je partage ma joie avec quelqu'un, j'appelle Jessica et je lui dis.

— J'adoooore cet endroit.

Elle grogne, râle et maugrée que je ferais mieux d'aller travailler plutôt que d'être une affreuse crétine sentimentale. Très british. Je meurs d'envie de lui parler de celui qui occupe toutes mes pensées, mais je me retiens.

— Merci d'avoir trouvé cet appartement, Jess.

— *Prego*. Allez, au boulot, et arrête de penser à lui.

Je ris.

— Comment sais-tu ?

— Tu n'as pas arrêté de parler de lui hier soir, je ne pense pas que tu l'aies oublié si facilement.

— Ravie d'être si prévisible.

— Détends-toi, X. Relax. Monsieur Prince parfait a payé notre addition, et après ?

— Jess, pourquoi est-ce qu'il y a autant d'ordures partout ?

— Je te l'ai déjà dit, c'est la Camorra. Ils règnent sur la collecte des déchets, personne d'autre n'a le droit de s'en occuper, c'est une forme de racket, une arnaque, la ville entière est plongée dans ce drame, c'est presque théâtral, un bal masqué. Tout le monde avance masqué ici, n'oublie jamais ça, ma poulette.

— Et quoi ?

— Et les types des poubelles, tu verras, ils ont des flingues sur eux, des éboueurs avec des colts, non mais tu le crois ?

— Waouh, c'est très chouette en effet.

Jessica marque une pause, elle rit.

— Enfin, si tu veux en savoir plus sur la Camorra, tu peux toujours aller interviewer un de leurs membres émérites.

— Qui ça ?

— Ce type, comment il s'appelle déjà ? Ah oui, lord Roscarrick je crois, tu as entendu parler de lui ?

— Non, jamais. Qui est-ce ?

— Eh bien, il est plutôt bel homme, enfin si on aime le style aristocrate-milliardaire-grand-sensuel-et-charmant. J'ai une de mes amies qui a succombé dernièrement.

— Et ?

— Certains affirment qu'il est une des têtes pensantes de la Camorra ou de la Mafia, au choix, d'autres disent qu'il les combat. C'est sûrement intéressant de lui demander son opinion sur le sujet. Tu pourrais peut-être lui téléphoner pour lui demander une heure d'entretien ?

— Jessica, là tu déconnes, tu me demandes de l'appeler comme ça et de lui demander une interview ? Tu t'ennuies ? Tu t'ennuies et tu penses que ce sera divertissant de regarder ta meilleure amie se casser les dents ? C'est ça ?

Elle soupire bruyamment.

— Je ne m'ennuie pas mais nous sommes jeudi et chaque jeudi matin je fais la classe aux *principesse*. Elles ne font que parler de leur manucure et de leur dernier orgasme. Non je te jure, c'est dur. Et puis, soyons sérieuses deux minutes, X, ce type est inaccessible. Alors, si tu veux vraiment l'approcher, c'est ton seul moyen. Ce n'est pas si absurde. Il donne de l'argent aux victimes de la Mafia, ça pourrait être sérieusement utile pour ta thèse, il doit connaître des choses. Tu l'as vraiment trouvé si attirant que ça ? Allez, sois honnête, X.

Je prends une longue inspiration. Est-ce que je l'ai vraiment trouvé si… ? Est-ce que je veux aborder cet homme si… si… si mystérieux et presque menaçant ?

La réponse est oui. Oui, oui, oui. Bien sûr que oui. Évidemment que oui. Aucun homme ne m'a jamais fait cet effet-là. C'est comme s'il m'avait hypnotisée, exaspérée, envoûtée. Il a mis mes nerfs à vif juste en restant assis à quelques mètres de moi et sans jamais me regarder. Sauf la fois où il a tourné la tête et a esquissé un sourire. Ma réaction m'étonne moi-même, elle me paraît totalement disproportionnée mais depuis le premier instant où je l'ai vu, cet homme a été un poignard dans mon ventre. Il a payé nos consommations et il a disparu. Ça n'était pas grand-chose, en effet, mais j'en frissonne encore. Depuis, je n'ai qu'une seule pensée, le revoir. Le revoir, lui parler, plonger mes yeux dans les siens, oui, oui, oui.

— Peut-être, dis-je.

— OK. Je vois le genre de peut-être. Le peut-être qui te ferait déchirer sa chemise avec tes dents, espèce de sale petite dévergondée.

— Sa chemise sur mesure en coton égyptien de Jermyn Street ?

— Oui celle-là. Celle cousue main par les orphelins d'Anvers.

— Bon.

— Si tu veux vraiment savoir, il habite un palais dans le quartier de Chiaia.

— Chiaiaia quoi ?

— C'est là que vivent tous les riches de la ville. C'est à dix minutes à pied de Santa Lucia. Tu n'as qu'à googler « palazzo Roscarrick ». Vous êtes quasiment voisins, ma poulette. Tu pourrais aller y faire un tour après le déjeuner, lui poser des questions sur la Camorra et fumer une cigarette post-coïtale vers les seize heures, seize heures trente. L'heure du thé, darling ! Bon, je dois y aller. Fais attention à toi.

Elle a raccroché. Les battements de mon cœur s'accélèrent. Au loin le bleu azur de la mer Tyrrhénienne scintille comme un million de petits diamants. Alors comme ça, nous sommes presque voisins. Et il habite un palais, un *palazzo*. Qu'aurait-il pu habiter d'autre ?

Debout sur le balcon je me laisse happer par une rêverie. Je l'imagine, Marcus Roscarrick, le beau *signor*. Il se réveille dans une pièce immense où une immense fenêtre irradie de lumière. Les palmiers du jardin dressent leurs palmes, on entend le bruit atténué de la circulation napolitaine, les murmures de la ville agitée et les klaxons retentissent dans le lointain. Je vois un majordome. Il s'avance et progresse à pas feutrés le long du couloir où sont alignés les portraits des ancêtres de son maître. Il porte le petit déjeuner sur un plateau d'argent. La cafetière étincelante, le pot de marmelade de citron vert, les petits pains tenus au chaud sous la serviette empesée. Je vois le jus d'orange sanguine fraîchement pressé se répandre dans les draps immaculés. Comme du sang sur un carré de blanc pur.

Une femme nue. Une femme nue s'avance dans cette scène. Voilée par les rideaux en dentelle de Bruges, pâle et tremblante et perdue, elle se tient dans la lumière qui inonde la pièce. Elle est jeune et belle. Marc Roscarrick se lève, nu lui aussi, l'entrelacs de ses muscles ressemble à un bois tressé de la forêt amazonienne. Il traverse la chambre, ses pieds passent sur le parquet aux teintes de miel. Il enlace la taille fine de la jeune femme, l'embrasse dans le cou, elle frissonne et tourne la tête pour lui rendre son baiser. C'est moi. Je suis la jeune femme nue et blanche que les mains sombres et viriles de cet homme enserrent. Elles me tiennent fermement par la taille, puis glissent sur mes hanches. Je souris et j'embrasse le visage adoré de mon amant puis je m'agenouille comme en prière pour m'emparer de son désir. Mes genoux sur le parquet tiède, chauffé de soleil, son désir et… et…

Au bas de la via Santa Lucia, un gamin assis sur une Vespa a les yeux fixés sur moi. Moi, l'imbécile sur son balcon, les yeux fermés et la bouche entrouverte, qui fait des rêves sensuels en plein jour. Le gamin doit avoir dans les seize ans et, même à cette distance, je peux voir son large sourire. Il démarre son scooter dans un vrombissement et s'éloigne en direction de Castel dell'Ovo et du bleu de la mer.

C'est complètement absurde. Ça ne me ressemble tellement pas ! Des rêveries érotiques, au milieu de la journée. Jamais je n'aurais fait ça au New Hampshire. Mais tout est différent ici.

Je dois me concentrer. Je dois ranger mes vêtements et brancher mon ordinateur portable. Je décide de commencer par mes robes. Bizarrement, cela a pour effet de me déprimer au plus haut point. En prévision de ce voyage, j'ai dévalisé la boutique Zara d'Union Square à San Francisco. À l'époque, je trouvais cela parfait, toutes les robes avaient un petit air européen, chic, même si pas *perfetto*. Et surtout, à un prix défiant toute concurrence.

Mais une fois sorties de mes valises, elles me paraissent… américaines, je ne saurais comment l'expliquer. Pourtant Zara est une marque espagnole. Elles m'estampillent « minette de la banlieue américaine qui a fait son shopping au centre commercial du coin ». Une jupe droite en coton noir, des robes d'été courtes avec des imprimés fleuris, une minijupe en jacquard assez originale, une robe tube en dentelle plutôt sexy, bref, une garde-robe fraîche et estivale, mais ici à Naples, ce n'est pas assez sophistiqué. Je n'impressionnerai personne habillée comme ça. Je suis arrivée hier, j'ai tout de suite vu que via Toledo les femmes sont toutes en Prada, minimum. Elles portent de la soie, du cachemire et je ne sais quel lin italien, même le flic au carrefour a l'air d'être juché sur un podium.

De toute façon je n'ai pas le choix. Je n'ai plus un centime à investir dans le vestimentaire. Il faudra faire confiance à mon charme naturel et puis voilà.

Mon charme naturel et mes attributs. Qui sont ? Je me tiens face au vieux miroir incliné qui orne le mur en face de mon lit en fer forgé. Je mesure un mètre soixante-huit pour cinquante-quatre kilos, mes jambes sont longues et fines, je suis très fière de mes pieds. Mes ongles de pieds ressemblent à de petits coquillages de nacre parfaitement alignés. Les gens trouvent toujours que j'ai des cheveux magnifiques, car ils sont naturellement blonds, très épais et ondulés. Un jour, un garçon m'a dit que j'étais belle comme une princesse d'un conte du Moyen Âge.

Je m'approche du miroir et m'ausculte comme si j'étais une de ces esclaves que l'on vendait dans la Rome antique piazza Mercato. Je connais bien l'histoire de Naples.

J'ai les yeux verts et si l'on regarde de près, on observera qu'ils sont piqués de paillettes d'or. Mon nez est petit et légèrement retroussé ; en été, il se couvre de taches de rousseur. Mes dents sont proches de la perfection, mes oreilles minuscules, je déteste les huîtres et je n'ai fait l'amour qu'avec trois garçons.

Trois.

Le miroir se met à trembler, un camion passe en crachotant sur les pavés noirs et inégaux de ma rue. Trois. Pourtant, j'ai toujours eu beaucoup de succès avec les garçons. Mais j'étais convaincue qu'il ne fallait pas donner son cœur – et son corps – à n'importe qui. Trois amants et je n'ai jamais eu d'orgasme autrement que toute seule.

Je veux que ça change. J'en ai marre d'être la gentille, la polie, la studieuse, la première de la classe. Je voudrais connaître dans ma vie au moins un été d'hédonisme et de luxure. S'il vous plaît. Avec du sexe, du vrai. Si ce n'est pas trop demander.

Peut-être que je suis une traînée. Peut-être que Jessica a raison et que la salope qui se cachait en moi s'est enfin réveillée, comme un papillon putain sorti de la chrysalide parfaite et immaculée de la gentille petite fille à papa. Un papillon du Borgetto, la jeune maîtresse sans fard d'un homme immensément riche. Je veux bien être tout cela, juste le temps d'un été. Après je vieillirai sans remords et sans regrets et je raconterai à mes petites-filles les horreurs libertines de ma jeunesse dans Naples la sensuelle, Naples la cité du vice et du stupre.

Oh mamie tu nous fais marcher !

Une fois les habits suspendus dans la grande penderie, ma dernière tâche consiste à installer mon ordinateur et faire tous les branchements. C'est moins déprimant que cette histoire de vêtements. Une table à tréteaux en bois branlante fera office de bureau. Je décide de la plaquer contre le mur. Le portable installé, connecté à l'Internet que je partage avec Jess, je me mets enfin au travail. Remonter aux sources du crime organisé en Italie du Sud constitue le premier volet de ma thèse et il est déjà quasiment complet. C'est alors que commencent les interviews, le travail de terrain, les expéditions, l'aventure. Je relis ce que j'ai écrit jusqu'à présent.

La Camorra.

Les origines de la Camorra, le syndicat du crime organisé basé à Naples, ne sont pas véritablement claires. Certains pensent qu'elle tire ses origines d'une société secrète espagnole fondée en 1417, la Garduña. Alors que le royaume de Naples était régenté par les Bourbons. D'autres pensent que la Camorra est issue de petits gangs criminels qui opéraient déjà parmi les franges les plus pauvres de la population napolitaine vers la fin du dix-huitième siècle.

Les heures défilent, j'ai la bouche sèche et le cœur battant. Palazzo Roscarrick. Je pourrais simplement taper ces quelques lettres sur Google. Palazzo Ros… Je reprends ma lecture avec tout ce qui me reste de concentration et de volonté. *La 'Ndrangheta, la Camorra, la Sacra Corona Unita.* Oh et puis zut. Je vais sur Google et je tape les deux mots qui m'obsèdent. Je suis redirigée sur un site dédié à l'art napolitain et à l'architecture. Jessica avait raison. Le palazzo Roscarrick est un modèle du genre, admiré de tous les cercles d'historiens et amateurs d'art. Il est à dix minutes à pied d'ici.

J'ai envie d'y aller. Maintenant. Tout de suite. Mais je ne dois pas y aller. Je ne peux pas, je n'ai pas le droit d'y aller. Et pourquoi pas ? Après tout c'est pour ma thèse, pour avancer dans mes recherches, c'est parfaitement légitime. C'est peut-être un prétexte, mais c'est aussi une bonne raison et puis j'en ai marre de rester assise sur cette chaise. Si c'était pour faire des recherches sur Internet je pouvais rester aux États-Unis. Je suis à Naples, bon sang de bois, Marc Roscarrick vient en aide aux victimes de la Mafia et il peut me donner de précieux renseignements. Fait-il cela pour se déculpabiliser ?

Je ne tente pas de peser le pour et le contre une seconde de plus, j'enfile un jean, une paire de sandales et un petit haut blanc tout simple. Pas de bijou, ou alors juste un bracelet. J'adore les bracelets qui s'entrechoquent sur les avant-bras dorés de Jessica. Un peu de parfum ? Oui. Des lunettes de soleil ? Non. Bon, si, va pour les lunettes de soleil.

Je marche vite. Les rues sont bondées, il fait une chaleur étouffante. Il y a des camionnettes et des Vespa, des trattorie et des boutiques de fringues. Des serveurs dînent avant leur premier service, d'autres fument et écrasent leur cigarette dans la terre des cyprès en pots. Puis la rue s'élargit, les pierres semblent plus anciennes, la via Chiaia s'est transformée en une suite d'escaliers et d'esplanades en marbre. Amusée, je regarde les hommes d'affaires dans leurs costumes impeccables et des policiers assis sur des marches qui se partagent une énorme pizza. La ville n'est qu'une suite de paliers, je ne sais si je dois monter ou descendre. Je regarde à gauche puis à droite. J'ai réussi à me perdre.

Mais soudain, je le reconnais. Encore plus majestueux que sur la photo que j'avais trouvée sur Internet. Une sévère bâtisse gothique du seizième ou du dix-septième siècle se dresse devant moi. Ce pourrait être une prison, mais une très belle prison, pêche et ocre, avec des palmiers pour la protéger du soleil. Il y a même une plaque « Palazzo Roscarrick ». Le palais Roscarrick. Les battements de mon cœur s'accélèrent alors que j'approche de la colossale porte en chêne. Je frappe le heurtoir en fer deux fois et j'attends. Rien. Je me sens stupide. Je cherche une sonnette. Rien. C'est absurde, je devrais m'en aller. Alors la large porte s'ouvre et un homme en uniforme s'avance sur le seuil. Qui est-il ? Un majordome ? Un valet ? Clairement nous ne sommes pas du même monde. Il semble perplexe, comme s'il n'attendait pas de visite.

— *Si ?*

Oh mon Dieu je vais devoir lui parler en italien, mon atroce italien de classe de quatrième.

— *Er… buon… er… giorno. Parla…*

— Je vous en prie, mademoiselle, je parle anglais.

Il n'a pas le moindre accent. Peut-être est-il britannique ?

— Puis-je vous aider ?

— Euh… je souhaiterais voir le… monsieur Roscarrick, je veux dire lord Roscarrick.

Je sens que mes joues sont en train de virer au rouge pivoine. Comme je m'en veux d'être si gauche ! Je n'aurais pas dû venir.

— Je suis, euh… étudiante, euh… américaine. C'est pour ma thèse, euh… sur la Camorra, enfin, je veux dire, euh…

Je suis tout simplement pathétique.

Heureusement, cela a pour effet d'attendrir le domestique. Il semble avoir sincèrement pitié de moi et me sourit avec gentillesse.

— Vous souhaitez voir lord Roscarrick ?

— Oui.

— Qui dois-je annoncer ?

Allez, ne te dégonfle pas. Alex, ne te dégonfle pas.

— Dites-lui que la fille du Caffè Gambrinus est là, s'il vous plaît.

Ses sourcils s'arquent comme deux points d'interrogation pendant un moment qui me paraît une éternité, puis il me fait signe d'entrer. Je passe la grandiose porte et me voici à l'intérieur du palazzo Roscarrick.

Je regarde autour de moi. Il fait sombre, un parfum sucré flotte dans l'entrée, celui de la cire d'abeille mélangée à des fleurs exotiques. La pièce, au plafond voûté, donne sur une cour intérieure ombragée avec une fontaine en son centre. Le soleil éclabousse certaines pierres de ses reflets dorés. Seul le clapotis régulier de l'eau trouble le silence. Le domestique réapparaît.

— Lord Roscarrick va vous recevoir.

3

Je suis le majordome, le valet, je ne sais comment le nommer, à travers un dédale de couloirs, de halls et de salons en enfilade.

J'ai du mal à retenir mon émerveillement. Le palazzo Roscarrick est comme je l'avais rêvé, en mieux. Des portraits dix-huitième d'hommes et de femmes à l'allure noble et altière peuplent les galeries. Nous traversons de grandes salles, des salles de bal à proprement parler avec une hauteur de plafond démesurée, la plupart ont leurs persiennes closes. Ici, un exquis papier peint vert de jade aux motifs chinois orne un mur, là…

— Suivez-moi, s'il vous plaît.

Je me demande combien cette demeure compte de pièces et à quel point son propriétaire est riche.

Je voudrais m'attarder, prendre le temps d'admirer toutes ces merveilles. Parfois, le mobilier est d'un bois sombre, le noisetier espagnol alterne avec un brun anglais tirant sur le miel, enfin, certaines pièces tranchent et sont entièrement contemporaines. De même, les anciennes et vénérables peintures à l'huile jouxtent de grandes toiles d'art abstrait aux couleurs crues, brutes, très modernes.

Un esthète s'est chargé de la décoration, cela ne fait aucun doute. Quelqu'un aux goûts précis, définis, particuliers. Loin des critères imposés, à mille lieues de l'uniformité fade des musées. Je remarque qu'un mur est décoré de vieilles armes à feu, je subodore qu'elles sont authentiques.

Le domestique me fait franchir une lourde porte en bois qui donne sur un autre patio et mon admiration fait place à la surprise. Sur la façade devant moi se dessine un escalier à double révolution sur cinq paliers. Sa complexité le fait ressembler à une gigantesque colonne vertébrale et donne au lieu un air de théâtre, inattendu, presque dérangeant.

— C'est un escalier typique du baroque napolitain, dessiné par Ferdinando Sanfelice en personne pour mon aïeul, lord Roscarrick le neuvième du nom.

La voix est sensuelle et grave, l'accent très anglais. Je sais que c'est lui. Il se tient juste derrière moi. Il m'a suivie alors que je laissais mes pas me conduire vers cet escalier extraordinaire. Combien de temps m'a-t-il observée, perdue en contemplation comme la plus banale des touristes ?

Il reprend.

— Si cet escalier est si grandiose, c'est parce qu'il a été dessiné pour des chevaux. Lorsque les cavaliers revenaient au palais, ils pouvaient passer la porte sud sans quitter leur monture, arriver dans cette cour et grimper aux étages. Les chevaux étaient dressés pour monter et descendre ces marches puis rejoindre l'étable sans leur cavalier. C'est assez amusant, non ?

Je sens mon cou rougir. Ma nuque est incandescente. Je suis foutue. Je ne veux pas me retourner et croiser le regard de cet homme qui a un escalier assez grand pour des chevaux. Je veux disparaître sous terre et ne jamais être venue. Mes sandales sont horribles, mon haut est ridicule. Il me faudrait une robe de bal.

— Alors, la fille du Caffè Gambrinus – sa voix se fait douce, presque caressante. C'est un titre de roman, ça.

Je me retourne enfin. Il se tient devant moi, les commissures des lèvres à peine retroussées en un sourire.

— Tout comme vous, dis-je.

— Je vous demande pardon ?

— Vous êtes un titre de roman à vous seul.

— Comment ça ?

— Marcus Xavier Roscarrick, lord Roscarrick, enfin, vous voyez ce que je veux dire…

Mais qu'est-ce qui me prend ? Je suis en train de l'insulter. Je crois que je deviens folle. Il plonge ses yeux dans les miens. Je reste interdite. Le domestique attend.

Il porte un vieux jean délavé, des chaussures de dandy anglais en cuir d'un marron exquis, et une chemise en popeline blanche à moitié déboutonnée qui lui donne des faux airs de Byron. Le tissu en est si fin qu'il est presque effrangé, comme s'il s'agissait d'une étoffe du siècle passé. Le cuir de ses chaussures est assorti au teint de sa peau mate. Son visage tanné fait ressortir la blancheur de ses dents. Les yeux, deux opales bleues, me renvoient un regard bienveillant. Il sourit et pourtant impose une distance entre nous. Il est parfait. Trop parfait, je voudrais qu'il soit un peu moins beau. Je me dis que dans un décor pareil, on pourrait s'attendre à voir débarquer un vampire en cape. Je regarde mes pieds, peut-être que mes sandales ne sont pas si stupides après tout.

— Vous êtes venue pour me parler de la Camorra ?

— Oui.

— Vous réalisez que c'est un peu direct comme approche – ses yeux s'éclairent. Peut-être même dangereux ?

— Oui, je… peut-être…

Je me sens si bête. Bête et impolie. *Un peu direct comme approche.* Tu parles, merci Jess. Oh et puisque je suis là, autant continuer sur ma lancée.

Lord Roscarrick se tourne vers son domestique et lui adresse quelques mots d'italien. L'homme écoute en hochant la tête avec déférence.

Je l'observe, fascinée. Je ne peux pas m'empêcher de boire ses paroles, de boire tout son être. L'usure a troué son jean au niveau du genou droit. J'entraperçois la peau bronzée de son genou, comme une touche animale. J'ai la bouche sèche à nouveau.

Allez X, du cran, relève la tête et maîtrise-toi bon sang. C'est juste un beau gosse énigmatique, milliardaire et aristo. Tu en connais des tonnes.

Roscarrick passe la main dans ses boucles brunes et se tourne vers moi. C'est le premier geste vaniteux que je lui vois faire. Quel soulagement ! Il est vaniteux, je suis sauvée, je ne peux pas être amoureuse d'un prétentieux. Ses cheveux brillent d'un noir de jais. Je n'ai qu'une envie, y plonger la main moi-même.

— Où en étions-nous ? J'espère ne pas vous avoir effrayée avec ma mauvaise plaisanterie. Appelez-moi Marc. Et vous êtes… mademoiselle ?

— Beckmann.

Il plonge ses yeux dans les miens. Naturellement il attend la suite. Je balbutie.

— Alexandra Beckmann. Appelez-moi Alex ou X. Les gens m'appellent X.

— X? Vraiment?

— Oui, X.

— Alors ce ne serait pas un roman mais plutôt un thriller…

— Et lequel de nous deux serait le méchant?

Il marque un temps et éclate de rire. Un bon rire communicatif. Ses dents sont étincelantes de blancheur et dans ses yeux s'allume une flamme bleue. Il m'apparaît comme un prédateur, un carnivore, capable de passer du raffinement à la sauvagerie en un éclair. Cet homme est un tigre, un faucon. Une nervosité presque menaçante émane de lui, il n'est peut-être pas vaniteux après tout, mais simplement tendu, angoissé. Je sens mes résistances céder. Sa chemise n'est pas bien rentrée dans son pantalon, elle laisse voir un carré de la peau de son ventre, ses hanches plates et ses abdominaux parfaitement ciselés.

— *Per favore*…

Il parle avec son domestique, son débit est rapide, animé. J'essaie de ne pas le regarder, j'essaie de m'intéresser à ce maudit escalier à double révolution avec ses volutes et ses arabesques baroques. Mais je n'arrive pas à me concentrer, je suis trop agitée.

— OK, X.

Il a une pointe de sarcasme quand il prononce mon nom, mais aucune méchanceté.

— Le café est servi dans le grand salon, vous allez pouvoir m'interroger et juger si je suis, oui ou non, un *camorrista*.

Il passe devant moi. Le domestique a disparu. Nous tournons à gauche, puis à droite et mes yeux s'écarquillent.

Le grand salon porte bien son nom. La pièce est immense et ses innombrables fenêtres l'inondent du soleil de Naples. Sur les murs, les toiles d'art contemporain côtoient celles des grands maîtres. Un des tableaux attire mon attention, une femme nue, de dos, enroule un drap de soie pourpre autour de ses hanches. Sa pose est lascive, voluptueuse. On dirait une toile de…

— Oui, c'est un Titien, dit-il, comme s'il avait lu dans mes pensées.

Il tire un fauteuil à mon intention.

— Nous avons aussi des Mantegna, des Watteau et des Boucher. Beaucoup trop de Boucher. Toutes ces femmes françaises étalant leur nudité, mes ancêtres étaient des pervers – il rit. Mais bon, s'ils n'avaient pas été des pervers je ne serais pas là aujourd'hui.

— Je vous demande pardon.

Je m'assieds. Je plonge la main dans mon sac pour m'emparer de mon carnet. Ça me donnera une contenance plutôt que d'être là à bégayer et à le reluquer malgré moi. Après tout, je suis venue pour ma thèse, ne l'oublions pas.

— Vous disiez ?

Marc est assis, décontracté, jambes croisées. Il a posé sa cheville gauche sur son genou droit. Je m'accroche à mon stylo. Une table basse en marbre nous sépare. Les rideaux de dentelle se gonflent et ondulent au gré de la chaude brise qui souffle sur la Campanie et pénètre par les hautes fenêtres. J'ai chaud, mon haut colle au niveau des bras.

— Ma famille, du côté paternel, est anglaise. Le berceau des Roscarrick se situe dans le Northumberland. Mais au dix-huitième siècle, le neuvième lord du nom,

George Roscarrick, est allé faire ses humanités et il est tombé follement amoureux de l'Italie. Il est rentré en Angleterre mais quand il en a eu assez de la bruine et du crachin il a retraversé la manche et il est venu s'installer ici, au palazzo Roscarrick.

Il fait de grands gestes avec les mains quand il s'exprime.

— Et pour corroborer Goethe et son *Voir Naples et mourir*, quelques années après son installation ici, il attrapa la syphilis, devint fou, tenta de mordre un harpiste de la cour royale et mourut d'une attaque.

Je prends des notes aussi vite que je peux, le discours du lord est très animé.

— Depuis, le goût de la vie napolitaine et des femmes napolitaines est passé dans notre ADN. Cela fait des siècles que les Roscarrick se marient avec la gentry locale.

Soudain son visage se fige, son regard s'assombrit, traversé comme par un flash d'angoisse. Un éclair puis la nuit. Lorsqu'il relève les yeux, il me sourit avec suavité comme si de rien n'était. Il reprend avec légèreté son récit, me parle de ses ancêtres, des collections de peintures qui ornent le palais. Il fourmille d'anecdotes amusantes, d'histoires de duels, de trahisons, et de situations rocambolesques. Je lui parle un peu de moi, de mes études d'histoire, de poésie et de sciences politiques. Il sait toujours sourire et rire au moment juste, rebondir, relancer la conversation. Notre entretien se déroule à merveille, mais je ne peux m'empêcher de penser à cet instant de douleur intense, ce moment de colère triste. Qu'est-ce que c'était ? Pourquoi n'y a-t-il personne pour panser sa blessure ? Il doit être de ceux qui refusent une main tendue, je suis sûre qu'il fait peur à ceux qui essaient. Il me fait peur en ce moment même.

De là où je suis, je peux sentir le parfum délicat de son eau de Cologne. Je pourrais me noyer dans cette odeur citronnée à la fois corsée et suave. Cet homme m'intoxique, tout chez lui me semble parfait, délicieux, mystérieux. Il est tellement différent des autres hommes. Il doit mesurer dans les un mètre quatre-vingt-six. Il est plus grand que moi, plus fort que moi, un peu plus vieux que moi. Sa barbe de trois jours lui donne des airs d'aventurier et pourtant il souffre. Il a besoin qu'on s'occupe de lui, j'en suis certaine.

Le majordome nous apporte le café sur un plateau d'argent comme je me l'étais imaginé quelques heures plus tôt. Il le pose avec délicatesse sur la table en marbre. Je bois ce délicieux moka, je voudrais me noyer dans ses eaux sombres, je voudrais ne plus penser à rien. J'en suis incapable. Mes sens sont en alerte, mes nerfs à fleur de peau, j'ai la tête qui tourne, mon cœur chavire. Et s'il était l'homme de ma vie ? Mon âme sœur ? Tout chez lui m'attire inexplicablement. Nous rions, nous parlons, nous n'arrêtons pas d'échanger, nous n'en avons jamais assez de nous raconter. Pourtant ces crampes qui tordent mon ventre, ou mon cœur je ne sais, rien qu'au timbre de sa voix. Et si c'était lui ? Celui que j'attendais, celui qui fera enfin de moi une femme, sa femme ? Non, il est trop sévère. X, calme-toi.

— Pourquoi avez-vous réglé notre note hier soir ?

Ma question ne semble pas le troubler, comme si j'étais parfaitement en droit de la lui poser.

— J'ai vu la réaction de votre amie lorsqu'on lui a présenté le montant de l'addition et j'ai voulu vous aider. J'ai de l'argent. J'aime bien aider les gens…

— Et?...

— Et soyons honnêtes, il y a une autre raison, pourquoi ne pas offrir un Veneziano à une jolie jeune femme?

Je manque d'air. Ma cage thoracique est sur le point d'éclater en même temps que tous mes voyants de défense se mettent au rouge. C'est trop rapide, trop direct, trop cheap. Il joue au séducteur, fort bien, et j'ai envie d'être séduite, mais pas de cette façon, pas comme une vulgaire minette à qui on dit « T'as de beaux yeux tu sais ». Je me cabre, me redresse et me cale dans mon fauteuil. Il me regarde et sourit avec une immense gentillesse.

— Votre amie est *très* jolie.

— Comment?

— Elle est vraiment charmante et je n'ai pas pu m'en empêcher. Je suis désolé.

— Oh.

— Comment s'appelle-t-elle?

Je suis en colère. Stupide et en colère, Alex, pauvre tarte.

— Jessica.

— Ah. Elle aussi est américaine?

— Non, elle est britannique.

— C'est ce que je me disais. Enfin, ce qui est sûr c'est qu'elle tient une sacrée descente.

Il rit doucement.

— Quoi qu'il en soit, j'espère que je ne vous ai pas offensées et que vous pardonnerez ma candeur. N'en parlons plus. Que voulez-vous savoir sur la Camorra?

Je sens la frustration figer mon visage. Je bois une gorgée de café et je fulmine. Ce n'était pas moi qu'il désirait, pas moi qu'il tentait de séduire en payant cette maudite addition. C'était Jessica. Et moi, avec mes histoires d'âme sœur et de prince charmant, comme j'ai honte soudain.

La fille du Caffè Gambrinus. Il pensait que j'étais Jessica. Voilà pourquoi il avait accepté de me recevoir. Et maintenant avec son gentil sourire il essaie juste d'être poli et espère que je ne vais pas lui tenir la jambe trop longtemps.

Stupide. Il faut garder la face. Tenir, tout bien tenir. Stupide et débile et idiote et super-crétine.

Nous arrivons à la fin de l'entretien. Les tasses sont vides. Il me dit qu'il a fait fortune dans l'import-export. Après avoir ainsi transformé les millions de sa famille en milliards, il ajoute avec modestie qu'il lui arrive de donner de l'argent à des actions caritatives, surtout lorsque ces dernières viennent en aide aux victimes du crime organisé. Je fais semblant de prendre des notes. Je me demande s'il ment, s'il est l'un de ces gangsters qui, pour brouiller les pistes, poussent le vice jusqu'à tendre des mouchoirs aux orphelins dont ils ont assassiné les parents. Et au fond je m'en fiche. Il me dit qu'il adore la Californie, les déserts et le Sud-Ouest américain, cette zone « à la limite des terres colonisées ». L'expression me déplaît.

Mon malaise semble finir par le gagner. Abruptement, il se lève, me dit au revoir et me tend sa carte de visite.

— N'hésitez pas à m'appeler si vous avez besoin d'informations complémentaires.

Je réponds laconiquement « Merci », en ayant l'impression que je devrais faire la révérence ou quelque chose dans le genre. En vérité j'ai envie de hurler tant ma situation m'apparaît crasse. Je retiens mon cri.

— Non, merci, ne me raccompagnez pas. Je trouverai le chemin toute seule.

Et je m'enfuis comme une petite souris. Je dévale les marches de l'escalier en marbre, à gauche puis à droite, puis au bout du couloir, sortir, sortir de cet endroit maudit, encore un couloir, je vois la porte, ma délivrance est proche.

Dehors le soleil darde, je m'enfonce dans la rue assourdissante. J'ai toujours mon stupide carnet à la main et je le jette dans la première pile d'ordures.

De l'autre côté de la rue, je remarque trois policiers. Ils prennent des photos avec beaucoup d'ardeur. Des photos de moi.

4

— Combien de policiers ? demande Jessica.

— Je ne sais pas moi, deux, peut-être trois, je n'étais pas dans mon état normal.

Nous sommes assises en tailleur par terre dans son salon. Nos appartements sont adjacents. L'odeur entêtante du dissolvant emplit la pièce. Nous avons décidé de nous faire une pédicure-maison-remonte-moral. C'est la première fois que nous parlons véritablement de ce qui s'est passé au palazzo depuis que je m'en suis enfuie, il y a deux jours.

— Enfin, dis-je, il y a des rumeurs qui disent qu'il en est.

Elle balaie l'air de sa main et fait un geste en direction de la fenêtre qui donne sur la ville.

— La moitié de ce qui arrive au port, c'est de la contrebande. C'est son domaine, non, l'import-export ? dit-elle en s'approuvant elle-même de la tête. C'est quasi impossible de réussir dans le business à Naples sans être au moins un peu de mèche avec les malfrats. Tout le monde est mouillé. Même les pigeons qui roucoulent sur la via Dante ont l'air louche. Je te jure, parfois ils te fixent avec leur œil rond et on dirait qu'ils préparent un sale coup. Ah la vache, il ne séchera donc jamais, ce vernis ?

Elle s'empare d'un magazine et s'évente les pieds. Des bouts de coton jonchent le parquet. L'appartement de Jessica est en bordel, comme d'habitude. Lorsque nous partagions une chambre à Hanover, ça me rendait dingue. Maintenant que j'habite la porte d'à côté, je réalise que l'on se sent bien dans son nid sens dessus dessous. Il y a de la constance dans son désordre. Dans ce monde hostile où mon cœur est en miettes, Jessica fait office de roc, ma meilleure amie, mon épaule, une fille sur laquelle je peux compter, intelligente et drôle et saine et droite et formidable et adorable. Et je me fous que ce salaud de Marcus Roscarrick l'ait désirée elle et pas moi.

Elle.

Nos pensées se croisent en silence, elle cesse d'admirer ses ongles rouge cerise et demande :

— Alors comme ça, il m'a trouvée jolie, hein ?

Un pincement de jalousie vient me brûler le cœur, même si j'adore Jessica. Elle ne peut réprimer un éclair de satisfaction dans ses yeux espiègles de femme cynique.

— Oui, il a même dit que tu étais *très* jolie.

Je souris avec le peu de courage qu'il me reste, je ne suis pas sûre de convaincre ma copine.

— Jessica Rushton a tapé dans l'œil d'un milliardaire ! Super ! Je ferais bien d'aller chez le coiffeur, moi.

— Qu'est-ce que tu vas faire ?

— J'hésite. Peut-être me le taper.

— Jess…

Elle pouffe de rire puis, prenant un air hautain, s'ausculte dans le miroir.

— Non, sérieusement, j'ai vraiment besoin d'aller chez le coiffeur, car bientôt, je ferai la une des magazines people.

Elle examine la pointe fourchue d'une de ses mèches de cheveux et prend une voix de speakerine pour annoncer : « La très jolie Jessica Rushton nous ouvre les portes de sa nouvelle demeure. Suite à son divorce avec lord Roscarrick, divorce qui lui a rapporté trois milliards de dollars. » Elle me regarde.

— On pourra acheter une Ferrari. Tu voudras que je t'achète une Ferrari ? Ma poulette, ne sois pas triste, je sais qu'il te plaisait.

— Ah non, non pas du tout, ne sois pas stupide, pas du tout.

C'est moi qui suis stupide. Si au moins j'avouais, je pourrais pleurer dans les bras de mon amie. Comment est-ce qu'un inconnu avec lequel je n'ai parlé qu'une malheureuse fois peut me mettre dans un état pareil ? Je crois que je n'ai jamais été aussi déprimée de ma vie. Je n'arrête pas de repenser à notre rencontre, à sa froideur le premier soir et à sa gentillesse le lendemain. Il était tout ce que j'espérais, tout ce que j'attendais, mon homme parfait. Je voulais tellement y croire que j'avais fini par voir quelque chose dans son regard, comme si lui aussi… Ah je suis déçue ! Déçue ! Je ne m'en remets pas.

Il faut que je me reprenne. Mes ongles nacrés étant secs, j'enfile mes sandales. Je relève la tête.

— Non. Tout va bien. J'ai vingt-deux ans. Je suis belle. Je fais d'excellentes études et je suis à Naples pour ma thèse. *Avanti !*

— Ça, c'est une bonne fille !

— Je vais travailler. Je suis ici pour travailler.

Ainsi, je fais ce que j'ai toujours su faire, j'étudie. Les quinze jours suivants, j'organise mon quotidien et je mets au point une routine extrêmement studieuse. Je travaille dur. Je sors modérément. Le matin, je reste dans mon petit appartement. La lumière du soleil fait des taches sur le parquet. Cela me calme, me réconforte. Parmi mes livres empilés, mon ordinateur portable et des gobelets en carton de cappuccino à emporter, j'oublie l'amour et toutes les déceptions qui lui sont attachées pour me concentrer sur la conjugaison des verbes *credere* et *partire.* Je récite avec application la structure du *futuro semplice.*

« Demain je ferai des pâtes à la puttanesca. *Domani si prepara la pasta alla puttanesca.* »

À raison de deux heures par jour, mon italien progresse vite. Puis, je m'attaque à ma thèse. De onze heures à treize heures j'oublie ses yeux bleu tyrrhénien et je scanne, je souligne, je décortique tout ce que je trouve sur le syndicat du crime dans le sud de l'Italie. En particulier ce qui concerne la Camorra et la mystérieuse 'Ndrangheta, la mafia qui prend sa source à la pointe de la botte italienne.

« La 'Ndrangheta est une organisation criminelle italienne originaire de Calabre. Bien que moins connue du grand public que la Cosa Nostra sicilienne ou que la Camorra napolitaine, elle est probablement le plus puissant de tous les syndicats du crime. Au début du vingt et unième siècle… »

Quelque chose dans la 'Ndrangheta m'intrigue. Peut-être l'apostrophe devant le nom ?

« La principale différence entre la 'Ndrangheta et la Mafia tient dans leurs méthodes de recrutement. La

'Ndrangheta recrute sur la base des liens du sang. C'est ce qui rend ce gang extrêmement soudé et quasiment impénétrable aux investigations de la police. Les fils de *'ndranghetisti* marchent dans les pas de leurs pères... »

Les liens du sang. Le crime pourrait-il être héréditaire ?

Je repense à Roscarrick et à son histoire de neuvième lord fou. Oui, cela pourrait s'appliquer à lui. Mais si toutes ces histoires sont consanguines, alors comment moi qui suis parfaitement étrangère à tout cela, vais-je pouvoir m'immiscer dans leurs secrets ?

Les après-midi, j'enfile des socquettes blanches, une paire de baskets et, vêtue d'une de mes innocentes robes d'été Zara, je vais explorer les bas-fonds de Naples. Là où la Camorra recrute ses sbires, là où elle tient son territoire et traque ses ennemis.

Suis-je naïve alors que je me promène seule dans ces endroits supposément effrayants ? Je ne me baladerais pas dans les quartiers dangereux d'une grande ville aux États-Unis. Pourtant, ici, je ne me sens pas menacée. Pourquoi ? Parce que ces taudis sont séduisants en un sens, charmants dans leur délabrement et leur noirceur illuminée de soleil. Les ruelles biscornues ont l'air d'être vieilles de mille ans, difficile de sentir la peur. Le linge pendu aux fenêtres, un air d'opéra qui s'échappe d'une mansarde, Spaccanapoli ou les Quartieri Spagnoli. On se retrouve plongé dans un film italien des années soixante. Les femmes sont assises sur le pas de leur porte, elles brossent des pommes de terre au-dessus de bassines d'eau, parlent fort et cancanent, nettoyant et grattant des moules, leurs rires et leurs voix grasses sont tellement authentiques. De petites vieilles, tout de noir vêtues, viennent nettoyer les autels consacrés à la Vierge Marie, changer une ampoule électrique ou arranger les fleurs. Des beaux gosses, cheveux gominés plaqués en arrière, mangent des triangles de pizza en commençant par la pointe. Assis sur leur scooter Lambretta bleu ciel, ils font attention à ne pas tacher leur pantalon avec la *pomodoro*. Les *femminielli*, les transsexuels perchés sur des talons de quinze centimètres, trébuchent sur les pavés noirs du Vésuve qui dallent les rues en direction du port pour contenter les désirs et les fantasmes de riches en partance pour les îles d'Ischia et de Capri.

Parfois, je sens que mon passage crée un malaise. Par exemple via Materdei, où des hommes d'affaires patibulaires et mal rasés disparaissent dans des recoins dès qu'ils m'aperçoivent. Et je reste seule dans ma petite robe Zara, inondée de silence et de soleil. Un vieux poster de Diego Maradona craquelé par les ans me cligne de l'œil.

Alors l'impensable survient.

Cela fait quatorze jours que je travaille dur et que mon régime sans Marcus Roscarrick fonctionne plutôt pas mal. Je me remets comme un blessé qui se rééduquerait lui-même. J'ai une légère gueule de bois de la veille, ayant bu jusqu'à tard dans la soirée des Peronis avec Jessica et des amis italiens dans un bar près de l'université. Nous avons passé un bon moment, j'ai ri, je me suis amusée, je n'ai pas pensé à l'autre, nous avons subtilement évité de passer devant le Caffè Gambrinus et tous les endroits fashion-trendy-chics où il aurait pu se trouver.

Au cœur des Quartieri Spagnoli, la chaleur ou la gueule de bois, je ne sais pas, font que je me sens toute drôle et un peu perdue. J'ai marché dans la mauvaise direction et à force de m'enfoncer dans la ville je finis dans un cul-de-sac. Je lève les yeux, une bande bleu électrique de ciel s'étire entre les hauts immeubles qui étranglent cette impasse. Il fait très chaud. Le linge pendu aux fenêtres bat mollement dans la brise comme s'il était trop lourd pour elle. J'étouffe, j'ai soif. Au-dessus de ma tête, d'atroces culottes et des porte-jarretelles en vilaine dentelle rouge, bleue, noire dansent accrochés à leur fil comme les drapeaux d'une sexualité dégoulinante.

— *Hei!*

Je me retourne.

— *Soldi. Dacci i soldi!*

Quatre jeunes types se tiennent dans le fond de la ruelle. Ils sont à cinq mètres de moi. Grands, maigres, dégingandés, ils s'avancent d'un pas décidé. Ils veulent de l'argent. Je parle assez bien italien pour comprendre *Donne-nous de l'argent.*

Je pivote et je veux m'élancer. J'avais oublié que j'étais dans un cul-de-sac. Je sens la peur et le désespoir m'envahir. Je relève la tête à la recherche de quelqu'un posté à sa fenêtre. J'entends le grincement d'un volet qui se referme. Tous ceux qui pourraient entendre mon appel ont déjà pris leur parti. Ne rien voir, ne rien entendre, ne rien dire. *Omertà.*

— *Dacci i soldi!*

— Mais je n'ai pas d'argent!

J'ignore pourquoi je résiste. Ces mômes sont très certainement des junkies en manque comme les milliers de junkies qui peuplent cette ville, ils sont à la solde de la Camorra. Jeans sales, visages livides, teint jaunâtre, yeux injectés de sang, le portrait type. Ils veulent de l'argent pour se payer leur came. J'ai si peu d'argent et j'ai travaillé dur pour le gagner, je ne veux pas me laisser faire.

— Je n'ai pas d'argent ! Laissez-moi tranquille.

— *Vacca*, dit le plus grand et le plus maigre d'entre eux dans un ricanement. *Vacca americana !*

Vache américaine. Qu'ils aillent se faire foutre. Une rage incroyable s'empare de moi. Je vais hurler, hurler pour que quelqu'un vienne me sauver, je vais passer en force, les traverser comme un ouragan, ils ne m'auront pas. Je vais courir, courir si vite. Je vais m'ouvrir un chemin à travers le quartier, à travers les poissonneries et leurs poissonniers dans leurs bottes de caoutchouc, avec leurs pains de glace et leurs balances argentées remplies de têtes de poissons aux yeux morts. Je fondrai sur le sang des thons qui tache les pavés noirs d'une écume rouge et pailletée.

L'un des junkies sort un couteau. Un long couteau fin et terrifiant qui luit dans l'obscurité de l'allée, miroir aiguisé d'une tranche de ciel bleu.

Il sourit.

Trop tard, je comprends qu'il ne s'agit pas seulement de me prendre mon argent.

5

Si je résiste, ils me tueront peut-être, sans même l'avoir prémédité. Ce couteau. Long et malveillant.

Le premier s'avance, il a un tatouage dans le cou que je n'arrive pas à identifier, comme une série de points sombres qui grêlent sa peau. Il me fait reculer et je me retrouve dos au mur, coincée comme un rat. Je jette un regard vers le ciel puis par-dessus les épaules de ces jeunes devenus des loups qui progressent en meute pour me dévorer. Il n'y aura personne pour me sauver. Je suis seule. Désespérée, je tente de m'adresser à eux, d'implorer celui qui semble être leur chef.

— *Per l'amore del cielo* – pour l'amour du ciel, je vous en supplie – *vi prego di tutto cuore.*

Il rit et son rire est la chose la plus aiguë qui m'ait jamais transpercée. Il rit comme une hyène hystérique, malade, folle.

— *Ah bellezza, bellezza.*

Il se tourne vers ses affreux complices et de sa voix de crécelle leur lance : *Fucking sex. Si ? Sexy girl.*

Probablement les seuls mots d'anglais qu'il connaisse.

— *Fucking sexy girl.*

Je sens à nouveau la rage monter. Je suis prise de tremblements. Ça n'est pas de la peur, c'est de la fureur. Il est à deux mètres de moi, à deux secondes de pouvoir tendre le bras et m'agripper de ses mains jaunes et osseuses. Je m'aplatis contre le mur, un vieux mur sale et décrépit qui n'a jamais vu le soleil. Le mur le plus noir au plus profond de la plus noire des ruelles de Naples. Il est froid comme la mort.

— *Divertiamoci.*

Un des garçons a dit cela avec un sourire sournois. Cela veut dire *jouer*, je crois. J'ignore cette tournure grammaticale, mais ils vont jouer avec moi et je n'ai pas besoin d'un Bescherelle pour savoir ce que cela implique.

Je sens une main sèche se poser sur mon bras, une main calleuse attraper ma robe, on la tire avec des gestes saccadés. J'entends le bruit atroce de l'étoffe qui se déchire au niveau de mon épaule et les rires qui acclament ce morceau de chair dévoilé alors que la main s'agrippe plus fort et qu'apparaît la bretelle de mon soutien-gorge. En un éclair, le couteau a glissé sa lame entre ma peau et l'élastique recouvert de dentelle. La bretelle saute dans un claquement sec.

Je me débats, je les injurie, je croise mes bras sur ma poitrine en serrant les poings comme une armure et je crie. Mais les monstres rient. Leurs yeux brillent, ils dansent presque autour de moi comme des animaux sauvages, se pourléchant les babines à l'idée du festin qui les attend. Ils se sont démultipliés, les vautours me pincent, me caressent, leurs mains se tendent. Je hurle « Stop ! ». Je donne des coups de pied, je bats l'air de mes bras, ils peuvent bien être quatre ou douze ou deux cents, je ne les laisserai pas me toucher, je ne les laisserai pas jouer avec moi.

Je frémis de dégoût à leur contact, je voudrais m'envoler, ne plus sentir toutes ces mains, tous ces doigts, mais ils sont trop nombreux. Quatre jeunes Italiens grimaçants, quatre drogués fous en manque. Je pourrais attaquer leur chef, lui mettre mon genou dans les parties, mais il en resterait trois à combattre. Je ne suis pas assez forte. Je me noie sous la pluie de leurs mains gluantes et sales. Ma robe est toute déchirée. La peau de mes cuisses est découverte. Je ne suis plus protégée.

— Non arrêtez ! Stop ! Arrêtez, je vous en prie ! S'il vous plaît !

Ils rient de plus belle, montrant leurs dents gâtées et leurs gencives décharnées. Leur rire fait un écho dans l'allée déserte, il ricoche sur les volets clos et les murs silencieux. Une main se referme sur ma bouche pour me faire taire. Je me demande si je dois me mettre à prier. Cela fait des années que je n'ai pas dit de prière. Mais j'ai une idée, il me reste une dernière chance, je mords aussi fort que je peux la main qui me bâillonne et je hurle :

— Je connais Marcus Roscarrick. Il est mon ami. *Lui e moi amico !*

La réaction est immédiate. Les quatre garçons s'immobilisent, le chef plonge ses yeux dans les miens pour éprouver la vérité de mes dires. Un autre hoche la tête.

— *Guappo.*

Les deux derniers opinent. Leurs visages sont d'une pâleur presque lunaire dans la pénombre de l'impasse. À nouveau je crie.

— Je connais Roscarrick ! *E un buon amico !*

Je ne les ai pas convaincus. Peut-être qu'ils pensent que je mens, peut-être qu'ils s'en fichent. Ils ne savent probablement pas qui est Roscarrick. Leurs regards se font plus décidés. Ils m'empoignent. À nouveau, la main me bâillonne et les autres me serrent avec une force contre laquelle je suis impuissante. Je me sens partir, je sens ma résistance faire place à une peur immobile. *C'est comme ça.* Je pense : *C'est comme ça qu'on se fait violer.* Je ferme les yeux, mon esprit se détache de mon corps et se met à flotter. Étranger à la scène qui se déroule à l'instant même, il observe mon pauvre corps se faire noyer dans un océan de douleur et de honte.

— *Lasciatela.*

Qui a parlé ? C'est une voix différente des leurs.

Lâchez-la.

— *Coniglio !*

Dégonflé.

C'est une voix plus mûre.

Un lourd poing s'abat sur mon agresseur. Un des jeunes est littéralement décollé du sol, comme si un géant, un dieu l'avait pris pour un hochet de bois, une poupée de chiffon. Il retombe sur les pavés dans un fracas d'os brisés. Le chef des junkies pousse un cri perçant et tente de s'enfuir mais il n'a pas le temps. Son arcade sourcilière éclate contre le poing du géant qui l'attendait. Son visage se tord dans une grimace de douleur et les phalanges à nouveau s'abattent sur lui dans un bruit sourd. Le sang gicle partout. Comme de l'encre rouge carmin.

Je vois un beau visage sombre dans l'obscurité de l'allée. Qui est-ce ? Une chose est sûre, ça n'est pas Roscarrick, ni quelqu'un que je connais. Mais cet homme est venu me sauver et il n'est pas seul. Il est avec des amis, des jeunes hommes bien habillés. Ils se battent avec mes agresseurs. Un des junkies est déjà à terre et gémit faiblement, la face tournée contre les pavés. Mais les autres se défendent, la bagarre est très violente. Je tente de me couvrir avec ce qu'il reste de ma robe en lambeaux. Je voudrais m'enfuir, sauver ma peau. Quelqu'un va finir par se prendre un coup de couteau. Cela va-t-il se terminer en bain de sang ? Les deux groupes semblent de force égale et aussi enragés.

— *Cazzo ! Porco demonio.*

Un homme vient de parler. Sa voix autoritaire et grave a empli l'air.

Et soudain le silence se fait.

C'est Roscarrick. J'en suis certaine. Ses dents blanches, sa peau mate, il court vers nous et ses yeux bleus étincellent de haine.

La réaction des jeunes est stupéfiante. Dès qu'ils voient Marc, ils se figent. Leurs cris et leurs gestes désarticulés, tout s'arrête net. Ils se regardent entre eux, ne sachant quel parti prendre. Ils sont terrifiés comme de petits enfants. Marc s'approche du chef de la bande et lui écrabouille son poing sur la figure avec une telle force que l'autre pousse un hurlement de douleur.

Alors Marc sourit.

Et son sourire est tellement menaçant, tellement pervers, qu'il est pire que les coups. Les autres se mettent à gémir, une longue plainte inarticulée. Le chef rampe et se tord et s'adosse au mur, tenant son nez d'où s'échappe un flot de sang. Dans son regard on lit la terreur de celui qui sait qu'il va mourir. Il n'a plus aucun espoir.

Pourquoi a-t-il si peur ? Qui est Marc Roscarrick ? Les questions se bousculent dans ma tête. Je tiens fermement ma robe contre ma poitrine. Je ne peux pas m'empêcher de regarder le spectacle qui s'offre à mes yeux. Les jeunes se font traîner à l'autre bout de l'allée, pareils à des chatons sans défense que l'on attrape par la peau du cou, ou des enfants que l'on va punir sévèrement. Puis j'entends les claquements des portières, les vrombissements des moteurs et les pneus qui crissent sur les pavés.

Le silence s'abat, immense. Il n'y a plus que Marc Roscarrick et moi dans ma pauvre robe déchirée. Lui porte un costume de lin crème et une chemise bleu pâle. Je me sens si vulnérable, si fragile. Pourtant je suis hors de danger.

Son regard est intense, de la colère mêlée à de la compassion.

— Est-ce que ça va, X? Je suis désolé, je suis tellement désolé.

— Mais… mais…

Je n'ai rien, à part quelques bleus et des égratignures, mais je suis vidée par la peur. Et je suis en colère. Contre moi, contre Marc Roscarrick qui m'obsède et qui se trouvait là, comme par enchantement, pour sauver les demoiselles en détresse. Tout cela sonne faux, je dois savoir.

— Comment saviez-vous que j'étais ici? Comment est-ce possible? Je… Je ne comprends pas ce qui est arrivé.

Il me regarde comme un docteur estimerait la gravité de l'état d'un patient. Mes genoux sont en sang. Je baisse les yeux vers mon ventre et je réalise que, là aussi, ma robe est tachée de rouge, mais ça n'est pas mon sang, c'est celui d'un de mes agresseurs, celui qui m'a attrapée avec tant de violence et que Marc a assommé d'un seul coup de poing.

Je repense à la sauvagerie de la scène et Roscarrick m'apparaît sous un jour nouveau. Cet homme, que je voyais comme un aristocrate, a tout d'un primitif. Enfin, peut-être pas un primitif mais quelqu'un qui ne fait pas toujours dans la dentelle. Je me souviens de la vision de sa peau brune à travers la déchirure de son jean au niveau du genou, l'impression d'avoir saisi une seconde d'animalité s'échappant du mâle urbain policé.

Et la façon dont il a terrifié les jeunes.

Je ne sais pas quoi penser.

— Alexandra, est-ce que vous voulez voir un docteur?

Je tente de clarifier mes idées, de rassembler mes pensées.

— Non. Je vais bien. Enfin je pense. Ils n'ont pas, ils ne m'ont pas… vous êtes arrivés avant… à temps.

— La police? Vous voulez que nous allions voir la police?

Je vacille. J'ai envie de crier, de hurler ce qui vient de m'arriver et en même temps je voudrais disparaître, être un minuscule insecte insignifiant et que personne ne sache jamais ce qui s'est passé. Oublier, tout oublier, parce que je suis coupable. Coupable de stupidité. Aucune jeune fille sensée ne se promène toute seule dans des quartiers aussi mal famés, j'ai été une parfaite petite touriste débile.

— Laissez-moi y réfléchir. Pour la police, je ne sais pas.

Il sourit d'un sourire grave, comme s'il s'excusait. Alors, je lui pose la seule question qui m'importe.

— Comment? Comment m'avez-vous trouvée?

J'ai besoin de savoir. Il hoche la tête comme si c'était une question très importante.

— Je suis désolé, X. Vous devez être en état de choc. Depuis que vous êtes venue me voir, au palais, j'ai beaucoup pensé à vous.

Il rougit. Je n'en crois pas mes yeux. Son assurance habituelle a fait place à un sourire gêné. Il hausse les épaules comme pour chasser son embarras.

— Laissez-moi vous ramener chez vous. Vous avez besoin de nettoyer vos plaies. Je voudrais vous inviter à déjeuner. S'il vous plaît ? Je promets de tout vous expliquer.

Qui est cet homme ? Qu'est-ce qui m'arrive ?

Je m'en fiche. Un homme magnifique vient de m'arracher des griffes de quatre horribles drogués, vient de me sauver de… je n'ose même pas imaginer ce qui aurait pu se passer s'il n'avait pas été là, et maintenant il me propose de me raccompagner chez moi et je suis trop faible pour résister, j'ai besoin qu'on s'occupe de moi.

— Oui, s'il vous plaît. Je voudrais rentrer à la maison.

Le temps est suspendu. Dans un geste lent, il prend ma main et la porte à ses lèvres. Avec une immense douceur, il l'embrasse, si délicatement, son baiser n'est qu'un souffle. Mon cœur s'est arrêté de battre, je n'ai qu'une envie, qu'il l'embrasse encore. *Encore…*

6

Mais je retire ma main, comme si j'avais été ébouillantée. Je ne me fais pas confiance. Mon désir m'effraie. Je tremble. En partie à cause de l'agression, je me dis cela pour me rassurer.

Je lui montre ma robe en lambeaux tachée de sang.

— Je voudrais rentrer chez moi.

— Bien sûr, bien sûr.

Le ton de sa voix est très attentionné.

— Vous devez avoir envie de vous changer. Suivez-moi, X, ma voiture est garée via Speranzella, c'est à une centaine de mètres.

Je ne sais pas trop à quoi m'attendre. Une Maserati ? Une Bentley ? Une calèche avec un cocher en livrée ? La voiture de Marc s'avère être une Mercedes coupé sport. Flambant neuve apparemment, bleu de Prusse métallisé. Une petite voiture très luxueuse et très puissante pour se faufiler dans les ruelles étroites de la ville.

Assise à la place du passager, je reconnais le parfum qui flottait au palais. Cette odeur de propre à la fois sophistiquée et acide. Cette eau de Cologne enivrante se mélange au parfum fauve des sièges en cuir. Nous arrivons via Santa

Lucia en quelques minutes. Le contraste est saisissant. Nous sommes passés des gourbis sombres des pauvres aux hauts immeubles en pierre de taille. Nous restons silencieux. Je ne sais pas quoi dire, déchirée par des sentiments contraires de fatigue nerveuse, de colère et d'attraction, car une tension s'est installée entre nous depuis ce baiser furtif. J'en frissonne encore. Je suis tendue vers lui, mon corps me trahit. *Arrête ça tout de suite, X. Il est un homme comme les autres.*

Pourtant je suis happée par la sensualité qu'il dégage. Alors qu'il zigzague et se fraie un chemin parmi toutes les Fiat Cinquecento dans la circulation chaotique de Naples, il jette un regard sur le sang séché sur ses phalanges. Il est pris d'un petit rire, nerveux.

— Je ressemble à un boxeur qui vient de combattre pendant six rounds. Pourtant je ne voulais pas le frapper si fort.

La glace est brisée, un flot de questions s'échappe de ma bouche.

— Qui étaient-ce ? Qui étaient-ils ?

Il garde les yeux fixés sur la route.

— Comme disent les femmes d'ici : *Si buca sai, renzo si buca.*

— Je vous demande pardon ?

— *Bucarsi* – il hoche la tête d'un air triste. Littéralement, ça veut dire se trouer la peau.

— Vous voulez dire des junkies ?

— Oui.

Ça, au moins, j'avais compris. Des héroïnomanes, à la recherche d'un fix et d'un peu plus. Je ne sais pas quoi penser d'eux, les plaindre ou les haïr. Sûrement les deux.

— Qu'est-ce qui va leur arriver? Je veux dire, à ces junkies? Qui étaient les hommes qui les ont emmenés?

— Des amis, des gens qui travaillent pour moi. Giuseppe était le premier à arriver sur les lieux. Il est mon homme de main.

— Mais, qu'est-ce que les autres vont leur faire?

Marc hausse les épaules avec mépris sans décrocher les mains de son volant.

— Ne vous en faites pas. Mes *confrères* ne tueront personne. Ils vont juste leur faire un peu peur.

— Mais après? Vous allez les livrer à la police?

— Les *carabinieri* ?

Marc fait non de la tête. Sa voix se teinte de sarcasme.

— Pour quoi faire? Si on voulait enfermer les junkies, il faudrait construire des prisons jusqu'à Palerme. Et puis la moitié de la police est corrompue.

Nous arrivons devant mon immeuble. Il continue à parler en se garant.

— Non, on va leur donner une bonne leçon et on les laissera partir. Je pense qu'ils ne seront pas près de recommencer – il soupire. Ceux qui méritent vraiment la prison sont les salauds qui les font tomber dans cette saleté. La Camorra. La 'Ndrangheta.

Son beau visage se crispe de colère, jusqu'à en devenir effrayant. Il se tourne vers moi.

— Je les hais, X. La Camorra empoisonne cette ville. Elle pourrait être un paradis et prend si souvent des airs de l'enfer... Comme ce qui vous est arrivé.

Il tourne le contact et le moteur cesse de ronronner.

— Nous voici à votre appartement. Je vous attends dans la voiture.

— M'attendre ?

— Je voudrais vous inviter à déjeuner.

— Mais…

— Enfin, si vous vous en sentez capable. Parce que je voudrais vous expliquer… et je souhaite le faire de la manière la plus civilisée possible.

Ses muscles maxillaires sont pris d'un léger tremblement.

— Et puis vous ne devriez pas rester seule, Alex.

Je marque un temps d'arrêt. Abasourdie. La vérité est que j'ai faim et surtout que j'ai besoin d'un verre, pour effacer les images de l'agression qui me hantent. Marc a raison, je ne veux pas être seule.

— Oui… dis-je. D'accord, oui mais je…

— Prenez tout votre temps.

Je sors de la voiture, grimpe les escaliers et fonce sous la douche. L'eau coule et me lave de toute la saleté, de toutes les mains calleuses et jaunes qui m'ont empoignée, de leurs morsures, de leurs égratignures. Elle coule le long de mon corps et emporte les traces de mon dégoût, elle me purifie, elle efface ma mémoire.

J'enfile la dernière robe Zara neuve qui me reste, bleu marine, bordée de broderie anglaise. J'ai besoin de quelque chose de propre, d'intact et de joli. Il m'a suffi de quelques minutes et je suis de retour dans la voiture. Le trajet dure à peine une minute car au bout d'une centaine de mètres, Marc se gare et sort du véhicule. Nous sommes sur la jetée, face à un petit pont qui mène à Castel dell'Ovo.

Maintes fois, j'ai admiré le pont de pierre qui relie cet énorme château à la terre ferme. Je connais sa légende : il a été bâti sur le lieu même où une sirène avait été trouvée et devint la nouvelle cité des Grecs sybarites, Neo-Polis, Napoli. Naples, la nouvelle ville.

C'est ma première visite de « l'île ».

Marc ouvre ma portière comme un chauffeur. Il s'avance sur le pont qui mène au château. Devant les immenses grilles, nous tournons à gauche.

C'est alors qu'apparaissent, flanquées contre les remparts, une suite de gargotes alignées. Leurs terrasses sont abritées par des stores rayés bleu et blanc et font face à la baie de Naples. Nous nous installons au premier restaurant : le serveur accueille Marc avec un immense sourire et une serveuse tire une chaise à mon intention à l'ombre d'un grand parasol.

— *Buongiorno signorina e signor Roscarrick !*

Marc est clairement un habitué. À notre arrivée, un léger murmure a parcouru l'assistance, mais parmi les membres du personnel, on a senti un véritable empressement. Je me demande combien de femmes l'ont déjà accompagné ici et combien se sont assises à ses côtés, sous ce parasol rayé, dans la douceur de l'air iodé.

Je grignote un gressin, je regarde la vue et je soupire. L'horreur que je viens de vivre est en train de se dissiper, du moins je l'espère.

Car s'il y a un lieu au monde pour apaiser un esprit troublé, c'est ici. La vue est magnifique. La baie s'étend depuis le centre historique de Naples jusqu'aux crêtes escarpées du Vésuve puis elle descend vers les falaises et les plages de Vico et de Sorrento. Des drapeaux italiens battent dans la brise, les yachts se balancent au gré des flots bleus, la police sur des hors-bord laisse derrière elle des sillages d'écume blanche. C'est une image de bonheur méditerranéen.

— C'est très joli, dis-je, perdue en contemplation.

— Ça vous plaît ?

Marc a l'air sincèrement content. Son sourire éclatant de blancheur s'insère parfaitement dans la scène. *L'océan. OK. Le soleil. OK. Le beau gosse. OK. Tout est donc prêt, parée pour le décollage. Hum.*

— La serveuse vous connaît, non ? J'imagine que vous venez souvent ici.

Je ne peux m'empêcher d'adopter un ton de voix suspicieux. J'ai honte, je me trouve vulgaire en pareilles circonstances. Mais ma question ne semble pas le déranger.

— Je connais la propriétaire.

Une fois encore, son visage est traversé par la peine.

— Elle s'appelle signora Manfredi. Son mari était agent de police. La Camorra l'a assassiné.

Il secoue la tête et fait semblant de se plonger dans la lecture de la carte pour masquer son émotion. Il se tait. Puis, doucement, son visage s'éclaire d'un sourire.

— Je l'ai aidée à s'installer. Je lui ai fait un prêt en échange de quoi elle s'engageait à inscrire au menu tous mes plats préférés et mes propres vins. Tenez, regardez.

Il se penche et me montre un des plats.

— Vous voyez celui-ci ?

J'essaie de lire à haute voix la ligne qu'il a pointée du doigt : « *pesci ang... basilic...* » J'abandonne, c'est imprononçable.

— Euh, un genre de poisson j'imagine ?

Il acquiesce.

— Oui, un genre de poisson. De la lotte servie sur un risotto au basilic avec une écume de homard. Assez extraordinaire. Ça vous tente ?

Je repose la carte, je me sens si bien soudain. Je ne veux plus penser à rien. J'ôte subrepticement mes sandales sous la table.

— Pourquoi pas, Marc. J'en ai marre de choisir.

Nous nous regardons intensément.

— Parfois je me dis que nous avons trop de choix à faire. Rien qu'au supermarché avec tous ces shampoings, parfois je voudrais leur dire « Donnez-moi quelque chose qui lave les cheveux ». Alors oui, choisissez pour moi, Marc. Choisissez.

Il hoche la tête avec un petit sourire en coin. Je lui souris à mon tour. J'étire mes pieds nus pour les exposer au soleil. Je me détends complètement, le traumatisme que je viens de vivre m'a anesthésiée, je suis encore tout engourdie et je me réveille à peine. Autour de nous sont attablées des familles italiennes joyeuses et bruyantes, de vieux messieurs regardent passer les yachts un sourire rêveur sur les lèvres. Les parfums des citronniers, de la bonne cuisine, des embruns marins flottent et ondoient dans l'air doux.

— Vous permettez que nous prenions du vin ?

— Vous avez ma permission, Marc, et ma bénédiction. À condition que vous payiez l'addition.

Je ne sais pas pourquoi je suis si hardie, le danger auquel je viens d'échapper m'aurait-il rendue téméraire ? Peut-être que j'ai envie de le titiller. Il rit, quoi qu'il en soit.

— Parfaitement, vous avez raison de clarifier ce point. Je vais payer l'addition et nous boirons du vin de l'Alto Adige. Vous connaissez ?

— Non.

— C'est une région tout au nord de l'Italie qu'on appelle aussi le Tyrol du Sud. On y parle allemand. Un jour peut-être…

Il me regarde et hoche la tête comme s'il avait eu tort de parler.

— Les vins sont exquis, et très peu connus quand on n'est pas de la région. Ma famille y a une propriété. Des vignes et un *Schloss*… enfin un château.

— Évidemment, dis-je en ironisant. Qui n'a pas son *Schloss*? J'en avais un moi-même mais j'ai fini par m'en lasser, il faut dire que les *Schloss* c'est un peu passé de mode. Aujourd'hui les *palazzi* sont beaucoup plus trendy.

Cette fois-ci, il éclate de rire.

— Vous vous moquez?

— Vous êtes milliardaire, non? En fait vous êtes le premier milliardaire que je rencontre, alors j'essaie de m'adapter.

— Je ne suis pas certain que ce soit très flatteur, X.

— Je me demande quel effet ça fait d'avoir autant d'argent.

J'ai terminé mon gressin, j'en attaque un deuxième. Je sais qu'il me trouve audacieuse. Derrière son épaule flotte un drapeau européen, je regarde les étoiles jaunes se découper sur le fond bleu.

— Ne pas avoir à se soucier de l'argent… c'est comme… ne pas avoir à se soucier de la météo. C'est un avantage certain. Je connais ma chance. Mais j'ai dû travailler dur pour amasser cette fortune. Et la richesse traîne son propre lot de difficultés.

— Comme par exemple? Trop de Lamborghini? Trop de jolies femmes qui veulent dormir dans votre lit?

— Non.

Ses yeux pétillent.

— Être riche rend parfois la vie plus compliquée. Par exemple vous achetez une villa en Toscane. Après il vous faut embaucher une personne qui s'occupera de la villa tout le temps que vous n'y serez pas. Puis il faudra trouver quelqu'un pour protéger la personne que vous avez embauchée puis trouver quelqu'un qui vérifie que... enfin, rapidement, ça devient un casse-tête.

Il marque une pause. Il est secoué d'un petit rire, un rire doux, parfaitement innocent.

— Je ne veux pas qu'on me plaigne.

— Et je ne vous plains pas.

Les assiettes arrivent sur la table. Elles sont presque poétiques, la chair blanche et ferme du poisson est surmontée d'une mousse translucide et rose. Un nuage, un voile de soie, le tout posé sur une île verte de risotto dont les effluves chauds de basilic vous enivrent avant même que vous n'ayez planté votre fourchette dans cette merveille.

— Oh mon Dieu !

— Vous aimez ?

— C'est... je ne trouve pas les mots. C'est délicieux... je n'ai jamais rien mangé de tel dans ma vie.

— Bien !

Il a vraiment un gentil sourire, presque enfantin. J'aperçois à travers sa chemise ouverte le triangle mat de sa peau. Ses cheveux noirs de jais brillent dans le soleil. Ses mains longues et fines attrapent la bouteille de vin qui flotte dans un seau à glace en argent.

— Et maintenant le gewurztraminer de Tramin ! De la vallée de l'Etsch où le gewurztraminer a été inventé. Sa fraîcheur se marie parfaitement avec le côté poivré du basilic et la douceur de la lotte.

Le peu de fois où j'ai bu du gewurztraminer, c'était dans une version allemande bon marché ou alors une copie californienne encore moins chère. Je goûte du bout des lèvres, mais Marc a raison. Bien sûr. Je parierais que Marc a toujours raison. Le vin est exquis, il n'a pas cette douceur sucrée un peu écœurante à laquelle je m'attendais. Il est sec, au contraire, avec une note fleurie. La perfection, tout simplement.

Nous buvons, nous nous délectons de cet exquis repas. La conversation est facile, elle coule de source, nous nous laissons aller. Je raconte à Marc les épisodes tragicomiques de ma vie estudiantine, des histoires avec Jessica. Je sais bien que je ne suis ni hilarante ni une conteuse hors pair, mais Marc rit à chacune de mes blagues et semble passionné par mon récit. En fait, je crois qu'il est sincère. Tout semble tellement simple et tellement vrai avec lui. Je me sens bien, je n'ai aucun effort à faire. Nous sommes faits pour nous entendre. L'épisode de la matinée semble être survenu dans une vie différente.

Le vin est frais et délicieux. L'après-midi s'étire doucement, le soleil me chauffe et m'apaise. Autour de moi, les gens ont des conversations animées. L'italien est une langue qui fait chanter la vie, je ne comprends pas le sens de leurs paroles mais l'ensemble est merveilleusement mélodieux.

Je n'ai toujours pas posé à Marc la question qui me brûlait les lèvres tout à l'heure. Cette urgence-là, aussi, s'est évanouie dans la douceur du déjeuner, elle a fondu comme un glaçon au soleil. Je ne veux pas gâcher la plénitude de ce moment de gaîté simple. Comme s'il avait lu dans mes pensées, il me dit :

— Vous ne m'avez toujours pas demandé pour ce matin.

Je me tais. Il insiste.

— Vous ne voulez plus savoir ?

J'hésite. Le silence se fait pesant. Si j'étais honnête, je m'avouerais que je suis profondément troublée et que la seule chose qui occupe mes pensées est le sexe. En ce moment, je n'ai qu'une intention, faire l'amour à cet homme. Sentir ses mains sur ma peau, ses lèvres ouvertes sur mes lèvres, ses dents blanches de carnassier mordre mes épaules nues. Je nous imagine faisant l'amour sur une plage. Marc sur moi et le soleil nous baignant de lumière.

À la manière dont il me regarde, je me dis que lui aussi. Je le sais et je le sens. Plus tôt, j'ai changé de place pour rester à l'ombre et je l'ai vu poser ses yeux sur mes jambes et sur mes pieds nus. Je l'ai vu me dévorer littéralement du regard, même si ça n'a duré qu'une fraction de seconde, je sais que je n'ai pas rêvé, que je n'ai pas mésinterprété son désir. Il m'observe.

La tension est palpable, celle de deux corps qui n'aspirent qu'à se mêler, se toucher et se confondre. J'en suis certaine. C'est délicieusement intolérable, c'est merveilleusement insupportable. Ça ne peut pas continuer et pourtant je sais que je ne ferai rien pour que cela cesse. C'est le calme avant la tempête, je vois les nuages s'amonceler et j'attends, frémissante, dans la chaleur lourde et suffocante, que le ciel se déchire enfin et que l'orage me noie.

Il appelle le serveur d'un geste de la main.

— Peut-être devrions-nous commander encore un peu de vin.

— Ah oui ?

Il sourit.

— Oui, mais quelque chose de différent. Quelque chose de *spécial*.

Je regarde autour de moi et je réalise que les assiettes, les couverts, tout a été débarrassé sans que je m'en aperçoive. Je ne suis pas surprise. Marc Roscarrick est entouré d'une sorte de ballet parfaitement synchronisé de choses qui se déroulent et défilent, valsent avec une immense fluidité, tournoient de manière invisible, sans à-coup.

Un nouveau seau à glace a remplacé le précédent, Marc en sort une demi-bouteille fine et élégante, la retourne et me présente son étiquette.

— Moscato rosa, de St. Laurenz, un autre vin de l'Alto Adige.

Il en verse un peu dans de tout petits verres apparus comme par enchantement et en fait glisser un sur la nappe blanche jusqu'à moi.

Le vin ressemble à de l'ambre liquide mélangé au sang d'un saint. Du rouge et de l'or. L'arôme qui s'échappe du verre est divin. Il regarde son verre.

— Nous n'en produisons que quelques centaines de bouteilles par an et certaines années nous n'en faisons pas du tout, parce qu'il faut que les conditions soient absolument parfaites. Il n'y a que dix hectares de vigne dans le monde qui soient dévolus à ce cépage.

Je noie mon regard dans ce nectar, le temps est venu de lui demander, avant que je ne sois trop soûle, avant que je ne perde le contrôle.

— Comment saviez-vous que j'étais dans les Quartieri Spagnoli ? Comment avez-vous su que j'étais en danger ?

Il hoche la tête, replace la bouteille avec délicatesse dans le seau à glace. La brise fait frissonner notre parasol.

— La première fois que je t'ai vue, Alexandra, au Caffè Gambrinus, je… – il mime un geste d'impuissance –… je… j'ai simplement pensé que tu étais la femme la plus charmante que j'aie jamais vue.

Mon esprit tente de résister mais mon cœur fond. Je le sens qui se liquéfie et laisse s'échapper un millier de papillons. Ils viennent se cogner les ailes contre ma cage thoracique. *La femme la plus charmante que j'aie jamais vue.* Moi.

— Je sais que ça doit paraître totalement niais et fleur bleue, X, mais c'est la pure vérité. J'ai tout de suite eu envie de venir te parler.

J'arrive à articuler :

— Et?…

— Et je me suis empêché de le faire. J'ai écouté votre conversation. Je m'en excuse. J'ai payé votre addition, pour que tu me remarques. Et puis je suis parti avant de faire quelque chose de stupide et de passer pour un imbécile.

— Pourquoi est-ce que vous n'êtes pas venu me parler ?

Il ignore ma question.

— Et après tu es venue au palais. En fait j'espérais que tu viendrais. Tu étais drôle et audacieuse et intelligente et tu m'as plu. Et puis tu n'étais pas aussi innocente que je me l'étais imaginé, tu étais… c'était difficile pour moi… je ne suis pas du tout le genre cœur d'artichaut, je ne tombe pas amoureux, je…

Qu'est-ce qu'il raconte? Qu'est-ce que c'est que ce numéro de don Juan sentimental ?

— Et alors ?

— Alors après que tu as quitté le palazzo j'ai demandé à des amis – des amis, des collègues, des employés comme tu voudras – de te protéger. Je ne voulais pas me mêler de tes affaires mais tu avais l'air si candide et peut-être un peu trop audacieuse et j'ai eu peur pour toi.

— Vous m'avez fait suivre ?

— Non, je voulais te surveiller… enfin non, je voulais juste prendre soin de toi. Et quand on m'a dit que tu allais te balader dans les bas-fonds de la ville, Materdei, Scampia, des endroits vraiment dangereux, j'ai demandé à mes gens d'être un peu plus… euh… actifs – il soupire – et, oui, les derniers jours je t'ai fait suivre.

Je ne sais pas quoi penser. Je devrais m'insurger, le traiter de voyeur, me sentir violée dans mon intimité. Mais je ne ressens aucune colère, pire, j'adore le fait qu'il ait voulu veiller sur moi de cette manière. *Marc Roscarrick a veillé sur moi.* Il reprend :

— J'étais via Toledo quand Giuseppe, mon homme de main, m'a appelé. Il m'a dit que tu avais de sérieux ennuis et j'ai accouru. C'est lui qui est arrivé en premier.

— Vous m'avez sauvée. Je vous remercie.

Il balaie l'air de la main.

— C'était par pur égoïsme. Je ne mérite aucun remerciement.

— Quoi ? Vous appelez ça de l'égoïsme ?

La brise est retombée, la famille qui était attablée derrière nous a disparu. Le silence s'étire, il parle enfin.

— X, je t'ai sauvée pour moi. Je t'ai sauvée parce que je ne supporte pas l'idée qu'il t'arrive du mal. Tu dois savoir que… depuis le début, depuis notre premier regard échangé à la terrasse du Caffè Gambrinus, je…

— Mais vous avez dit que c'était Jessica ! Jessica qui...

— Je sais. J'ai menti.

Ses yeux sont pleins de rage ou de tristesse, je ne saurais dire.

— Mais je ne comprends pas ! Marc ?

Il pousse un long soupir, détourne le regard vers la côte sorrentine et se met à murmurer si bas que l'on croirait qu'il se parle à lui-même.

— C'est dangereux pour toi. Et pourtant je ne peux pas m'empêcher de t'entraîner vers moi.

Il plonge ses yeux dans les miens, au plus profond de mon âme.

— Il y a quelque chose chez toi, ça n'est pas parce que tu es très belle ou charmante, quelque chose *en* toi. Je l'ai senti au Caffè Gambrinus et je l'ai reconnu lorsque tu es venue au palais. Ton courage, ton audace, ton intelligence, je suis attiré par toi comme un insecte par la lumière. C'est irrésistible. Une force physique comme la gravité, je ne peux pas lutter.

Il hésite puis demande :

— Quel est donc ce vers de Dante ? À la fin de *La Divine Comédie* ? L'amour qui meut le soleil et les autres étoiles ? Oui. *L'amor che move il sole e l'altre stelle.*

Il se tait et je me tais. Le silence a scellé nos lèvres. Que pourrais-je répondre ? Que moi aussi ? Moi aussi, depuis le premier instant où je l'ai vu j'ai été attirée par lui, vers lui, qu'il m'obsède et que c'est plus fort que moi ?

Pour m'empêcher de prononcer ces absurdités je reprends une gorgée de moscato rosa. Ce vin est si intense et si délicat à la fois, de la douceur dans la douceur. Quelque chose me dit que je suis en train de vivre le moment le plus incroyable mais aussi le plus important de ma vie.

— J'aime beaucoup Dante aussi, dis-je pour lui faire plaisir. Une des raisons pour lesquelles je suis venue ici est pour apprendre à parler italien et lire Dante dans le texte.

Ses yeux brillent soudain.

— Ton passage préféré ?

— Dans *La Divine Comédie* ?

Je tente de donner une réponse sincère :

— Le passage du paradis, quand les âmes montent vers Dieu.

Il me sourit comme si je ne pouvais pas lui faire plus plaisir.

— Les flocons de neige ! oui ! c'est aussi mon passage préféré.

Nos yeux se rencontrent. Sa voix douce et suave m'enveloppe.

— « *In sù vid'io così l'etera addorno/farsi e fioccar di vapor triunfanti.* »

Et à nouveau le silence. Il prend une gorgée de vin et repose son verre tout doucement. Moscato rosa. Ses lèvres brillent, humectées par la liqueur. Ses yeux dans les miens, à nouveau son regard profond comme la mer. Il tend la main, sa main sombre, et couvre la mienne immobile posée sur la nappe blanche, le contact de sa peau m'électrise, chaque partie de mon corps sait qu'elle a besoin d'être touchée et possédée par cette main, une évidence, le monde se met à valser autour de nous.

— Marc… dis-je dans un souffle.

Je n'ai pas le choix, je dépends de lui, je lui appartiens déjà, nos bouches sont à quelques centimètres. Il se penche doucement vers moi, sa bouche humide, luisante, sucrée, et la mienne qui attend comme une fleur ouverte, le monde entier pour que ses lèvres se posent sur les miennes, le soleil d'Italie pour que Marcus Xavier Roscarrick m'embrasse. Son visage se rapproche, tout mon corps se tend et je ferme les yeux.

— Je ne peux pas – il s'est redressé. Je ne peux pas t'embrasser. C'est trop dangereux. *Pour toi.*

Un flingue, donnez-moi un flingue, un marteau ou une pelle que je lui écrabouille la tête, que je le massacre. Ses yeux sont emplis de tristesse. Mon monde s'écroule.

— J'ai envie de toi, X. Je crois que je n'ai jamais autant eu envie de posséder quelque chose ou quelqu'un. Jamais.

Le silence se fait de glace.

— Mais c'est impossible.

7

— Non, je ne comprends toujours pas *pourquoi.*

— Rien. *Nada. Niet.*

— Bizarre. Vraiment bizarre. Il t'invite au restaurant, te dit qu'il t'adoooore, que tu es la plus belle femme du monde, plus belle que la Belle Hélène, et ensuite il te sort le coup du oh-mais-non-c'est-impossible-car-un-noir-mystère-m'en-empêche, il te raccompagne chez toi et *ciao bye-bye* ?

— Et il met à ma disposition voiture et chauffeur si jamais je retourne faire un peu de tourisme dans Naples.

Jessica hoche la tête, dubitative.

J'insiste.

— Pourquoi est-ce qu'il ferait ça, Jess ? Pourquoi ?

— Laisse-moi réfléchir. Passe-moi une clope, la nicotine ça aide pour réfléchir.

Elle allume sa cigarette en exhalant avec délectation de la fumée bleue au-dessus de sa pizza margarita.

— Peut-être qu'il est vraiment un parrain de la Mafia ? Et il ne veut pas que son secret soit révélé ! C'est vrai qu'à bien le regarder il a l'air d'un dangereux salopard…

Puis elle se met à rire.

— … ou alors, c'est *autre* chose. Il a de l'herpès.

Son rire devient sarcastique. Jessica est ma meilleure amie. Se pourrait-il qu'elle soit jalouse? Jusqu'à présent, sa réaction a été cynique et pleine d'humour, ce qui était parfait. Elle sait toujours comment réagir et me conforter tout en me maintenant les pieds sur terre.

— Ou alors… renchérit-elle dans un nuage de fumée, ça a un rapport avec sa femme… enfin, avec la mort de sa femme.

Attablées à une petite pizzeria sur le port – c'est elle qui a choisi le restaurant – nous avons parlé de Roscarrick tout au long du dîner. Jessica a écouté mes atermoiements et mes questionnements sans sourciller, comme une vraie amie. Je lui en suis immensément reconnaissante.

L'air du soir est lourd, presque étouffant. De la terrasse où nous sommes assises, nous pouvons voir des hommes accoudés au bar s'envoyer des shots de grappa. Ils jettent leurs têtes en arrière d'un coup sec et claquent les verres vides sur le comptoir puis ils se tournent vers un public imaginaire comme s'ils méritaient d'être applaudis. Certains ont des cicatrices, des brûlures, des marques de coups.

Jessica adore les endroits louches et miteux, elle leur trouve une âme, presque du cachet. Parfois j'abonde dans son sens, parfois non. En ce moment je m'en fiche pas mal. Je ne suis pas loin d'être totalement détachée du monde qui m'entoure, parce que j'ai élu domicile dans les environs du Grand Désespoir.

Marc Roscarrick ressentait la même chose que moi, je n'étais pas complètement folle, je n'avais pas rêvé, et pourtant il s'est empêché d'aller plus loin.

Et dans le même temps, il m'offre une voiture avec chauffeur. Giuseppe. Pourquoi est-ce qu'il ferait une chose pareille s'il ne veut plus entendre parler de moi ?

Je lance un regard de chien battu à mon amie.

— Jess, est-ce que je suis stupide ? Est-ce que je dois simplement l'oublier et passer à autre chose ?

Elle plante ses yeux dans les miens avec sévérité.

— Oui.

Oh je suis déçue ! Et pourtant je sais qu'elle a raison.

— Mais… ajoute-t-elle en écrasant sa cigarette dans un geste d'impératrice romaine – les mots s'échappent en volutes de fumée de sa bouche en cœur – … je sais que tu ne le feras pas.

— Quoi ?

— Tu ne pourras pas l'oublier ma poulette, je te connais comme si je t'avais faite. Tu t'es déjà trop avancée…

Sa voix est empreinte d'une grande gentillesse. C'est vrai qu'elle me connaît, parfois mieux que moi-même.

— Qu'est-ce que tu veux dire ?

— Oh arrête ton char, tu es amoureuse, X. Je ne t'ai jamais vue comme ça, à gémir et à chialer… à faire ta Juliette-oh-mon-Roméo-oh !

— Mais…

— On est loin du mathématicien avec ses mocassins bateau. Hein ? C'est l'amour avec un grand A. Tu me verses un torrent de larmes pour un déjeuner, meuf ! Tu vois ce que je veux dire ?

Elle tend son bras et me serre très fort, je repense à lui, lorsqu'il a posé sa main sur la mienne.

— Écoute, ma belle, tu voulais de l'aventure, tu voulais connaître le goût du risque, arriver en Italie et découvrir quelque chose d'exceptionnel, eh bien vas-y ! Tu l'as trouvé. Je me trompe ? Peut-être qu'il te brisera le cœur mais n'oublie pas que tu peux aussi briser le sien.

— Et s'il est dans la Mafia ?

— Eh, tu feras avec ! Ce genre de chose arrive quand on voyage, il faut savoir s'adapter. À Rome, couche avec les Romains.

— C'est un dicton, ça ?

— Non, dit-elle en riant doucement. Mais c'est la vérité, non ? Et puis, si je peux prendre la défense du crime organisé, c'est grâce à eux si Naples reste une ville un peu authentique sans un troupeau de touristes pour prendre des photos débiles à chaque coin de rue.

— S'il en est... je ne pourrais pas, tu sais.

Sans espoir. Et inutile. Marc Roscarrick m'a transformée en fille ennuyeuse. Ennuyeuse à mourir.

Je jette un coup d'œil au bar. Des dockers, de solides gaillards en débardeurs avec les épaules tatouées, la moitié de ces hommes doivent être des *camorristi*. Ils vivent probablement de menus larcins et de contrebande, chargent des cartons dans la pénombre et envoient des cadeaux aux femmes des douaniers. De temps en temps une bagarre éclate à la porte Capua et ils prennent plaisir à démolir le nez de leur rival. Oui, je les vois très bien faire cela. Et je sais au fond de moi que Marc n'est pas comme eux. Il est drôle, intelligent, fin, élégant. Il possède une sorte de grâce, ou n'est-ce que le fruit d'une éducation anglaise hors de prix ? Peut-être que tout cela est faux et je serai la dupe de ce grand bal masqué napolitain. Peut-être, car enfin, je l'ai vu éclater son poing sur la figure de mon agresseur. Je ne peux pas ignorer la violence avec laquelle il a réagi, l'explosion de sa haine. Pareil à une arme fatale, il savait parfaitement se servir de lui-même.

Le sang sur ses phalanges dans la voiture. La peau brune et les dents blanches qui m'avaient paru tellement animales. La façon dont les junkies avaient rampé quand il avait surgi.

— Allô ?

Jessica agite sa main devant mon visage, comme si j'étais aveugle.

— Pardon.

— Alors, laisse-moi deviner, tu pensais au prochain tirage du Loto ? Au prix de la polenta ?

— Il ne veut pas me voir, Jess, laisse tomber, c'est foutu.

— Ah ouais ?

— Il a été clair. Même s'il avait des sentiments à mon égard, nous ne pourrions pas être ensemble.

— Bah…

Jessica hausse les épaules, elle se tourne vers le serveur et demande l'addition.

— Je n'en crois pas un mot, ma poulette. Laisse-moi te dire une chose : le désir entre deux êtres, le vrai désir sexuel, c'est plus fort que tout, un vrai coup de foudre ça annihile, je parle d'expérience.

Elle sourit dans l'obscurité.

— Il reviendra.

Je voudrais tant qu'elle dise vrai. La peur me tord le ventre. Un vrai coup de foudre.

Je voudrais m'envoler jusque chez moi, me réfugier sous la couette et ne plus penser à rien. Jessica règle l'addition. Nous ignorons les soûlards qui nous reluquent les fesses alors que nous nous levons de nos sièges. Nous allons nous promener sur le front de mer de Santa Lucia. La lune au-dessus de Capri est d'une pâleur trouble, sur sa face blanche, ses cratères ressemblent à des mantilles couvrant le visage d'une veuve sicilienne. Tout me paraît soudain étrangement triste. Les groupes d'Italiens qui parlent fort en gesticulant ne me font plus sourire. Stupidement, j'ai envie de fondre en larmes. Bon Dieu mais qu'est-ce qui m'arrive ? J'ai les nerfs à fleur de peau. Je suis un petit animal blessé. Je me sens faible, vulnérable, et j'en ai marre de me plaindre et de voir Marcus Roscarrick.

Marcus Roscarrick.

Il est là, devant moi, debout dans la lumière orange d'un lampadaire au pied de mon immeuble, adossé à sa Mercedes bleu argenté. Il porte un jean et une chemise noire. Il est seul. Les yeux perdus en direction du triangle de mer scintillant qui forme la ligne d'horizon entre deux immeubles de la rue. Grand, sombre, mystérieux, pensif. La lumière découpe des ombres sur son visage émacié, il a l'air plus jeune, plus triste aussi, et terriblement masculin.

— Tu vois ce que je vois ?… – Jessica enfonce son coude dans mes côtes. Qu'est-ce que je disais ?

La voix de mon amie a résonné dans la nuit. Marc tourne la tête et nos yeux se rencontrent. Je reste bouche bée, incapable de parler. J'ai l'impression d'être un de ces acteurs aveuglés par la lumière des projecteurs avec la ville entière pour public. Le silence nous galvanise.

— Bon, bah moi, je vais aller dans un bar…

Jessica me sourit et m'envoie un petit clin d'œil tout à fait équivoque, puis disparaît.

Marc et moi sous la constellation d'Orion qui illumine le ciel de Sorrento et de Capri.

Marc et son sourire de désespéré.

Quelque chose a changé, s'est rompu en lui, quelque chose de plus fort que nous, d'irrévocable.

Hésitant, il fait un pas dans ma direction. Moi, je cours déjà à sa rencontre.

8

Nos lèvres se rencontrent avant nos corps. C'est le premier baiser. Le premier d'une longue série ou le seul et unique qu'il me donnera et je ne veux pas le savoir. Un baiser de chaleur et de violence. Il a empoigné mes cheveux blonds, rejeté ma tête à me faire mal et j'ai adoré son urgence. Maintenant, je me noie dans sa bouche chaude et salée, brûlante et humide. Sa langue dans ma bouche, instinctive, animale, brutale. Je ne pense plus à rien, je ne suis plus qu'un baiser, un baiser à pleine bouche sous la constellation d'Orion.

Nos langues se cherchent, se fouillent, le baiser m'électrise, il embrasse avec une force et une intensité que je n'ai jamais connues auparavant. Je suis un réceptacle de frissons, des épines se dressent sous ma peau, mon corps se tord et ondule.

Puis il s'arrête, et tient nos visages à quelques centimètres l'un de l'autre. Je vois ses longs cils recourbés et ses yeux clairs briller dans la lumière du réverbère, je sens son parfum de savon, de propre, d'eau de Cologne citronnée mêlé à l'acide de sa sueur et c'est lui, lui, lui.

— Alex, je suis désolé, tu dois me trouver ridicule… mais je ne peux pas lutter, tu me…

— Encore !

Cette fois-ci, c'est moi qui l'empoigne. Nous sommes un couple ivre, nous sommes accrochés l'un à l'autre et nous tanguons sur la piste de danse d'un paquebot à la dérive. Gris et grisés, à reculons nous trébuchons presque l'un sur l'autre. Nous rions, nous nous embrassons, furieusement, follement. Ses lèvres se font dures sur les miennes. Il va me dévorer. Ses mains glissent le long de mon dos, attrapent mes hanches avec force, m'agrippent et m'enserrent.

Je porte une robe d'été noire en popeline de coton. Marc tient fermement le tissu, il a posé sa main là où ma taille se cambre et tord la jupe comme s'il voulait la faire céder. Son autre main autour de mon cou, nous nous embrassons encore et plus fort, nous valsons, il plonge sa tête dans mon cou, sa bouche couvre ma nuque de baisers et je m'abandonne totalement à la chaleur de son murmure.

— Tu as un goût de fraise, Alex, de fraise et de vin.

Il relâche son étreinte, il me retient toujours par la taille d'une main et, de l'autre, il a emmêlé nos doigts. Ma peau blanche et sa peau brune. Je sens une vague d'émotion me serrer le cœur comme un étau. En même temps, je sens son désir, mon désir, notre désir grandir. Il nous faut du sexe.

— Chez toi, dit-il, maintenant.

Il décide et je le laisse décider. Mes mains tremblent, mes genoux tremblent. Je cherche la serrure à tâtons dans l'obscurité. La porte s'ouvre enfin. Il me court après dans les escaliers, moitié riant, moitié grognant comme un animal vorace poursuit sa proie, et j'ai peur comme une petite fille qui joue à être attrapée et ne rêve que de ça. Je ris. Je suis essoufflée. J'arrive en haut des escaliers et je lui claque la porte au nez. Je me retrouve seule dans la pénombre de mon appartement. Tout est silencieux pendant quelques secondes, un silence d'attente angoissée, en suspens, soudain je pousse un cri parce qu'il est là. Il se tient dans l'embrasure de la porte. Je suis à sa merci. Il s'avance vers moi et grogne et je cours vers la cuisine mais il me rattrape, me plaque contre le frigidaire et retire sa chemise.

La cuisine n'est éclairée que par les lumières de la rue. La lune, si pâle, donne des reflets d'argent à mon carrelage. Sa chemise jetée par terre. Son torse est une photo en noir et blanc. Les ombres qui se dessinent sur sa poitrine, les muscles ciselés de ses abdominaux, les côtes qui définissent sa cage thoracique. Son ventre est ferme, ses bras et ses épaules plus développés que je ne me les étais imaginés. Une musculature précise, presque en torsades. Tel un félin, il se met en mouvement et tous ses muscles ondulent. On croirait un guépard, prêt à bondir. Je l'observe et je frissonne, impressionnée par sa taille. C'est un frisson de peur mâtiné de désir, de l'envie presque abjecte que j'ai de lui alors qu'il s'avance torse nu vers moi, une lueur carnassière dans le regard.

Nous nous embrassons. Je me dresse sur la pointe des pieds pour poser mes lèvres sur les siennes. Je fais glisser ma langue sur ses lèvres si douces et si chaudes. La sensation est délicate comme celle de la caresse d'une fleur, et tellement sensuelle. Ma langue parcourt ses lèvres, se glisse à l'intérieur de sa bouche et ressort à nouveau. Qu'est-ce qui m'arrive ?

— Ça suffit, Alex, le lit.

Avec une agilité et une facilité déconcertantes, il me soulève, me porte jusqu'à la chambre, puis me jette sur le lit. Le lit craque comme s'il allait s'écrouler et il peut trouer le parquet, je m'en fous.

Marc Roscarrick se penche sur moi, son torse forme une grande ombre à la fois massive et agile, mouvante, il se redresse.

— Reste comme ça, dit-il, ne bouge pas.

Je suis étendue sur le lit, les bras coincés derrière le dos mais je ne peux pas tenir immobile. J'ai trop envie de lui. Je jette mes sandales avec rage. Il attrape ma cheville au vol et m'immobilise. Il pose ses lèvres dans le creux de la plante de mon pied, l'embrasse goulûment, comme s'il s'en délectait, puis il se met à le mordiller et je me tords de plaisir. C'est une sensation divine, elle m'envoie des ondes de plaisir jusqu'à l'arrière du crâne. Ma nuque se raidit. Il repose ma cheville et me regarde pendant un moment qui paraît être une éternité.

Il descend en piqué vers moi comme un aigle fond sur sa proie, il bascule, se renverse. Cet homme n'est pas humain et pourtant tellement humain. Il m'embrasse dans le cou. Son souffle m'aspire. Il me renifle, s'abreuve de mon odeur.

— Je veux te voir nue.

Je le regarde, incrédule. Il y a une forme de rage dans sa voix.

— Je veux te voir *toute* nue.

Pendant quelques secondes, il s'escrime avec les boutons au dos de ma robe. Je me soulève sur un coude pour lui faciliter la tâche, alors il part dans un grand rire sardonique et brutalement déchire ma robe, la déchire, simplement comme on déchirerait une enveloppe de papier, dévoilant ma chair blanche dans la pâleur de la lune. Il jette le lambeau de tissu, le fait voler à travers la pièce.

— Ma robe !

— Je t'en achèterai une autre, mon amour ! – il rugit presque. Je t'achèterai des centaines d'autres robes !

Il passe son bras derrière mon dos, détache mon soutien-gorge en un claquement de doigts et fait tournoyer l'objet à la suite du morceau de tissu précédent. Alors, il pose les yeux sur mes seins avec un regard d'affamé qui s'attendrit une seconde avant de reprendre ses libations. Il embrasse mon sein droit, doucement, puis mon sein gauche, doucement. Il a la dextérité d'un homme qui comprend la marchandise, la joie du collectionneur qui manipule avec amour et attention extrême ce qu'il connaît à la perfection. Ses doigts pressent mes tétons qui se durcissent et répondent, obéissants, à ses ordres.

L'envie que j'ai de lui, l'envie qu'il me prenne est irrésistible. Mes cuisses s'écartent malgré elles, mon entrejambe se mouille, l'attente est maintenant insupportable, je bouge mes hanches comme une damnée. Lui sent mon désir, se penche et embrasse mon ventre lentement, il fouille mon nombril de sa langue avec délectation. Il est la marée descendante, sombre et noire. Il glisse sur mon corps devenu plage, sur mon ventre devenu sable, comme l'eau qui se retire progressivement, il lèche chaque partie de ma peau et descend toujours plus bas.

Ses mains font glisser ma petite culotte le long de mes jambes. Mes doigts de pieds frémissent au contact du coton et de la bordure élastique un peu rêche. Alors, il pose sa bouche sur mon sexe, sur mon désir, sa bouche douce et chaude enfin sur ma vulve, ma chatte, sa bouche enfin.

Je suis trempée, sa salive se mélange au liquide que je sécrète. Alors qu'il me lèche, ses mains agrippent fermement mes hanches. Sa langue en pointe, à la fois dure et douce, appuie, lape, cherche et trouve mon clitoris. Il me lèche comme une flamme qui, peu à peu, engloutirait tout sur son passage. Parfois il m'effleure à peine et sa bouche se fait plume. Je frissonne de la tête aux pieds. Je suis en transe, j'ai des picotements, mes terminaisons nerveuses se hérissent, il continue de lécher mon clitoris et quand il le mordille, le plaisir devient intolérable. Alors tout se met à briller, un éclair me traverse, la foudre fond sur moi.

— Oh Marc… Oh Marc.

— *Carissima.*

Il a relevé son visage d'ange.

— Marc je t'en supplie ne t'arrête pas !

Qui a parlé ? Moi ? À nouveau il pose sa langue sur mon clitoris et se met à laper, alternant avidité vorace, tendresse et douceur. Puis il tourne la tête et se met à lécher l'intérieur de mes cuisses, ma peau frissonnante, je pousse de petits gémissements, sa tête entre mes jambes tourne de gauche à droite, de droite à gauche, passe et repasse sur ma peau comme si j'étais la déesse qu'il adorait, comme s'il se frottait à une relique sacrée. Je devine ses boucles brunes dans l'obscurité. Ma respiration s'accélère, haletante, je me soumets, je suis prise de spasmes. Parce qu'il s'est mis à sucer, là où mon plaisir rencontre son désir, le point nodal de toutes mes sensations. Je murmure son nom. Dans la nuit de la chambre, je passe ma main dans ses boucles soyeuses et cette sensation me rend folle. Je maintiens son visage contre mon sexe, je l'appuie comme si ma vie en dépendait, car je sens que le plaisir monte et que je vais jouir, jouir. Est-ce qu'il va vraiment réussir à me faire jouir de cette façon ?

Oh oui, oh ouiouioui. Ça vient. Il continue à lécher, à fourrer sa langue, son nez, son menton, tout le bas de son visage me dévore et me caresse. Le sang afflue et vient battre dans mon clitoris gonflé par le plaisir. Je jouis, je tremble, je tombe, je m'écroule, avec délectation je pars, je disparais dans un lieu inconnu dont on ne revient pas.

Le tremblement s'est transformé en secousses, en vibrations incontrôlées. Je suffoque, un spasme délicieux se déchaîne dans mon corps. Je dois mordre mon poing pour ne pas hurler de plaisir. C'est une explosion, profonde, brutale, une vague de plaisir qui me balaye, une éruption volcanique, une coulée de lave rouge et or entre mes cuisses. Oh mon Dieu, mon Dieu, mon Dieu, une cascade, des chutes d'eau argentées tourbillonnantes, je suis noyée de plaisir.

Après la jouissance, je continue à être traversée de spasmes. Ma peau est si sensible, si fragile qu'une seule caresse pourrait m'anéantir et me brûler irrémédiablement. Enfin, les battements de mon cœur commencent à relâcher leur étreinte.

— C'était le… c'était la…

Je ne sais même pas si je peux lui dire. Je regarde son visage sombre et magnifique entre mes cuisses encore frissonnantes.

— … la première fois… fois que oh… oh la première fois que… oh mon Dieu !

Il sourit. Je crois qu'il sourit car dans l'obscurité, je vois à peine les lignes de son visage. Il parle tout bas, embrasse mon ventre avec précaution et, très doucement, ses mains écartent mes cuisses.

— *Sei un cervo – un cervo bianco.*

Il défait la boucle de sa ceinture.

— Alexandra ?

Allongée sur le lit, je suis sans défense. Pantelante, riant de soulagement, à moitié morte de plaisir, vaincue. Il peut faire ce qu'il veut de moi. Tout ce qui lui plaira. Il peut m'outrager, me violer, me ravager. Mais je veux le sentir en moi. *Et il le sait.*

— Alex ?

— Oui ?

— Tu es sûre et certaine, *cara mia* ?

— Sûre et certaine, Marc. Je suis à toi, *toute à toi.*

Oui je suis certaine, je veux cet homme, j'ai faim de lui.

Dans la pénombre, je le vois arracher ses chaussures, ses chaussettes, faire glisser son jean. Il se plante dos à moi, sa nudité est celle d'un guerrier grec, noble, presque héroïque. Il se retourne et me présente son sexe en érection, dur et droit, prêt. Et avant même que je ne le sache, il s'est glissé entre mes cuisses humides, profondément, à l'intérieur de moi, gros et puissant, presque brutal.

— Oh mmm, oh put…

La sensation est inexplicable. Nous nous emboîtons parfaitement, comme s'il était fait pour se dresser au-dessus de moi, fait pour me baiser. Et mes cuisses se collent à ses cuisses, nous sommes enlacés, nous sommes enchevêtrés, l'un dans l'autre, l'un à l'autre. Je sens sa force et sa puissance, nous luttons presque. Nous dansons et je me cambre mais ça n'est pas de la danse, c'est de la baise. Il me baise et j'adore ça. Il est puissant. Je veux l'embrasser. J'étire mon bras blanc, pose ma main sur sa nuque et l'attire vers moi. Je couvre son visage de baisers, son visage de prince, sa parfaite beauté. Dans les reflets de la lune, il m'embrasse en retour. Nos langues luttent délicieusement et il continue d'aller et venir entre mes reins.

— J'aime te sentir à l'intérieur de moi.

— Et moi j'aime te baiser.

Je lui mordille les lèvres et il plonge sa tête dans mon cou et me mord plus fort. Ses mouvements s'accélèrent et il s'enfonce toujours plus profond, toujours plus dur.

— Non ! Attends ! *Je veux te prendre par-derrière.*

Il me soulève avec l'agilité d'un jongleur, avec l'adresse d'un danseur de ballet quand il porte sa partenaire, avec une maîtrise totale. Il me retourne d'un seul mouvement, rapide, précis. J'ai à peine le temps de comprendre ce qui m'arrive que je suis sur le ventre, la tête dans l'oreiller. Comment fait-il ça ? Je sens mes cuisses écartées sans négociations possibles. Cet homme est affamé. Il s'immisce entre mes jambes, son désir le rend implacable, autoritaire. Il plonge en moi avec plus de force encore, plus de dureté. En expert, il donne une poussée et il pèse de tout son poids. Son corps s'abat sur le mien, lourd et vigoureux. Il colle son torse contre mon dos et j'adore cette sensation. J'adore sentir son corps ferme s'avancer, se heurter, se retirer. Oh mon Dieu. Oh mon… Je pousse une longue plainte et je me retourne, je m'extirpe de l'oreiller pour le voir, sérieux et sombre. Il semble presque en colère.

— Ma belle. Ma douce et belle.

— Baise-moi plus fort.

Il me baise plus fort, sa respiration devient rauque, il me prend tout entière. Il s'enfonce à nouveau, doucement, et je le regarde me posséder. Alors il glisse sa main droite sous mon pubis et je comprends qu'il va attraper mon clitoris pendant qu'il me prend par-derrière.

Oh mon Dieu, non. Oh si. Si. Oui. Impuissante, à sa merci, je mords l'oreiller. Quand ses doigts trouvent mon clitoris, je retiens mon souffle. Il le presse gentiment, le caresse délicatement et le frotte graduellement tout en continuant à aller et venir à l'intérieur de moi. Le plaisir va crescendo, ses doigts, sa queue, c'est trop pour moi. Tout mon con est assiégé par le plaisir, je n'en peux plus, je ne vais pas tenir.

— Ahhhhh.

— Oh oui.

— Ouiouioui.

L'orgasme est plus sec, violent, tranchant. Différent du premier, plus animal. Je m'abandonne, je crie dans l'oreiller et les mots qui sortent de ma bouche n'ont aucun sens.

— Jamais… je n'ai jamais…

Et je serre les draps dans mes poings fermés, mes doigts de pieds se recroquevillent comme pris de douleur, et je jouis ! Je ne contrôle plus rien. L'orgasme a du mal à s'éteindre, il revient et perdure par étincelles. Je sens que lui aussi est sur le point de jouir.

— Jouis en moi, Marc, je t'en supplie, jouis en moi.

Je n'avais pas besoin de le lui demander. Marc repousse ma tête dans l'oreiller, violemment sa main appuie sur ma nuque et me suffoque. Son corps se met à trembler, secoué malgré lui, et il fond en moi. Il se perd. Il ressemble à ces couteaux lancés sur une cible et qui, se plantant dans le bois, vibrent de toute leur lame. Mon orgasme n'est plus qu'un soubresaut, lui, entre deux secousses violentes, murmure en italien, comme s'il revenait d'outre-tombe.

Enfin je l'entends soupirer d'angoisse, de soulagement, je ne sais. Il retombe sur moi, de tout son poids, lourd comme un animal mort, et se laisse rouler sur le côté. C'est fini, ses muscles se relâchent. Je murmure des mots incompréhensibles dans l'oreiller, et je sens les larmes monter et ma voix se briser. Je pleure. Je pleure parce que, toute ma vie, j'ai attendu ça.

9

Lorsque je me réveille, il fait encore nuit. Je regarde ses mains. Marc est endormi dans mon lit et sa beauté paraît sans effort. Je me demande s'il a conscience de sa perfection.

Sa bouche est entrouverte, son adorable bouche qui appelle au baiser. Dans la lumière de la lune, j'admire ses dents blanches, ses boucles de jais en bataille. Mais ce sont ses mains qui me fascinent. Masculines et douces, elles reposent sur l'oreiller. Des mains d'innocent… mais après cette nuit, comment puis-je encore le croire ?

J'ai la bouche sèche.

J'enfile un peignoir et je vais dans la cuisine boire un verre d'eau fraîche. Qu'est-ce qui m'arrive ? Jessica a raison, peut-être, sûrement… Je suis en train de tomber amoureuse. La tuile.

Je reste debout, immobile dans la cuisine obscure. Je regarde par la fenêtre la mer Tyrrhénienne briller au clair de lune.

Puis je retourne me glisser dans le lit à ses côtés. En silence, j'écoute le son régulier de sa respiration, les draps sont imprégnés de sa chaleur.

J'ouvre les yeux, c'est une journée magnifique. Le soleil de Campanie traverse mes persiennes et dessine des lames de lumière sur le mur d'en face. Marc est parti. Je suis prise de panique, mon cœur se brise, j'entends le bruit aigu des éclats de verre à l'intérieur de ma cage thoracique. Non, pas ça. Pas comme ça, s'il vous plaît, pitié, pas une nuit de sexe bestial et puis plus rien, *je vous en supplie.*

Calme-toi, X, calme-toi.

Soudain j'aperçois un papier plié sur l'oreiller. On y a écrit « Alexandra » au stylo à plume. Où est-ce qu'il a trouvé du papier ? Et un stylo à plume ??? Comment est-ce qu'il fait ce genre de trucs ? J'arrache la feuille dans un mouvement convulsif et je lis.

« Tu avais l'air si heureuse dans ton sommeil. Je suis parti chercher le petit déjeuner. Nous aurons de la *Sfogliatella* avant qu'il ne soit sept heures. R »

Mon cœur bondit dans ma poitrine. J'attrape mon téléphone portable et je vérifie l'horloge. Elle affiche six heures quarante. Il me reste vingt minutes avant son retour. Je prends une douche rapide et j'enfile une robe de coton gris perle. Mes cheveux ne sont pas encore secs que la sonnette de l'appartement retentit.

« *Buongiorno.* » Sa voix grésille dans l'interphone. « *La colazione è servita.* »

Il se tient sur le seuil de mon appartement. Sourire charmeur, il brandit un sachet en papier rempli de pâtisseries. De l'autre main, il porte deux cappuccinos sur un plateau en carton.

Sa chemise bleu marine est une chemise *propre.* Comment ? Est-ce qu'il garde un lot de chemises dans le coffre de sa Mercedes ? Ces questions m'intriguent toujours mais font place au délicieux café. Les pâtisseries ressemblent à de petits croissants.

— Miam.

— *Sfogliatella frolla*. En provenance directe de chez Scaturchio sur Spaccanapoli. Ça fait un siècle que la recette est inchangée.

— La vache, c'est délicieux ! Qu'est-ce qu'ils mettent à l'intérieur ?

— De la ricotta avec des fruits confits et des épices. Le seul problème, c'est de ne pas en manger dix.

Il sourit. Je souris. Le soleil aussi. Il n'y a aucun malaise, aucun sentiment de gêne de premier-petit-déjeuner-ensemble et tout le tralala. Nous sommes assis sur des chaises en plastique sur mon balcon. De légers nuages s'étirent comme du coton et coiffent la crête du mont Vésuve. De l'autre côté de la baie, Capri semble sortie d'un rêve.

— Alors ? dit-il en reposant son assiette vide, *à propos de la nuit dernière.*

Mon sourire se fige. J'essaie tant bien que mal de paraître détendue. Je ne suis pas certaine de vouloir avoir cette conversation. La nuit dernière était tout simplement incroyable, et je préférerais que nous n'en parlions pas. Qu'elle reste parfaite, intacte, un souvenir de sexe torride, brutal, primal, extatique.

— La nuit dernière était *perfetta*, reprend-il, peut-être un peu trop parfaite.

— Comment ?

Il hoche ses boucles brunes.

— Le coup de foudre… littéralement.

— Oh, et nous avons été foudroyés ? Mais nous ne sommes pas morts…

Il me regarde avec une grande intensité.

Je me demande ce qu'il essaie d'insinuer, que la nuit dernière était un éclair de folie et de passion sexuelle, un moment fugace qui sera vite oublié ?

Soudain je suis mal à l'aise. Il le voit.

— X, il faut que tu saches quelque chose si nous allons plus loin.

— Que je sache quoi ?

— Es-tu… il regarde au loin, évite mon regard… prête ? Parce que si nous continuons à nous voir, il y a certaines choses… ses yeux bleus croisent les miens et s'enfuient à nouveau. Il y a certaines choses que tu dois savoir.

Des choses que je dois savoir ? Il semble vraiment sérieux. Je pose ma propre assiette de pâtisseries et prends l'air le plus détaché possible.

— Très bien. Dis-moi, Marc. Quel est donc ce grand mystère ? Je saurai faire face, je suis une grande fille, tu sais.

Il prend un air canaille.

— Oui, ça j'avais remarqué.

Je lève le sachet de *sfogliatella* et fais mine de lui jeter à la figure, il lève le bras pour empêcher mon geste et sourit franchement.

— OK, très bien, je suis désolé. C'est juste que c'est difficile pour moi. Je n'ai pas envie de t'effrayer alors que je viens juste de te rencontrer. Tu es la plus belle chose qui me soit arrivée depuis très longtemps.

Il fait une pause et reprend :

— Mais certains aspects de ma vie sont cruciaux pour moi. Si tu veux continuer à me voir, tu mérites de savoir.

Et si tu n'acceptais pas cette partie de ma vie… eh bien il vaudrait mieux que nous en restions là. Pour ton bien et le mien.

Sa tirade me déconcerte. Elle ne présage rien de bon. J'attends, silencieuse, qu'il développe. Mon cœur se met à battre plus vite, je crains ce qu'il va m'annoncer.

Il boit une dernière gorgée de café et parle enfin.

— As-tu déjà entendu parler des cultes à mystères ?

Non, pas vraiment, ma mémoire tente de fouiller dans ce qu'il lui reste de cours d'histoire au lycée.

— Une religion préchrétienne, peut-être ? À l'université, j'ai étudié principalement l'histoire contemporaine.

— Les cultes à mystères sont des croyances anciennes qui prônent des rites initiatiques. Elles prennent leurs racines dans les sociétés méditerranéennes de la Grèce et de la Rome antiques. Certaines d'entre elles sont devenues très populaires, comme les mystères de Mithra. D'autres restèrent controversées car elles étaient fondées sur des rites orgiaques, comme les mystères de Dionysos.

Je le regarde, incrédule. Dionysos. Des orgies. Où veut-il en venir ?

— Je ne comprends pas.

Marc hoche la tête et regarde en bas les voitures qui klaxonnent dans la rue. La circulation est déjà assez dense.

— Est-ce que tu aurais quelques heures à m'accorder, là, tout de suite ?

— Oui, bien sûr. Je gère mon propre emploi du temps.

— Est-ce que tu voudrais aller à Pompéi ?

Il jette un œil au cadran de sa montre.

— On peut y être avant qu'ils n'ouvrent le site aux touristes. Je connais le conservateur, il y a quelque chose à

Pompéi qui t'expliquera mieux que moi ce que je voudrais te faire comprendre.

C'est très soudain, mais je commence à avoir l'habitude. Marc fonctionne ainsi. Il prend des décisions avec une spontanéité et une rapidité particulières. Et j'adore ça. Le matheux en mocassins bateau ne m'a jamais enlevée pour me montrer les ruines de Pompéi. Il faut dire aussi que le matheux en question n'avait pas grand-chose à voir avec des rites d'initiation ou des orgies. Passons.

Vingt minutes plus tard, nous traversons les banlieues lugubres qui entourent Naples. Puis les barres d'immeubles en béton gris couvertes de graffitis font place aux champs d'oliviers bleutés et aux vergers d'agrumes qui embaument l'orange et le citron. Nous nous dirigeons vers la mer scintillante. Malgré la misère noire, c'est beau. La misère fait partie intégrante du décor. L'amour, la violence, des roses, des citrons et de la rouille.

Marc accélère, son téléphone portable vissé sur l'oreille, il parle vite, double des petits camions à trois roues. Des sortes de camions-scooters remplis de melons.

« *Fabio ! Buongiorno.* »

Je devine que le Fabio en question est le conservateur du site de Pompéi.

Peu de temps après, Marc gare la voiture devant de grandes grilles en fer forgé. Un petit homme bien habillé, jean blanc et lunettes de soleil Armani du dernier chic, vient à notre rencontre. Il accueille Marc avec un empressement obséquieux, comme s'il le craignait. Puis il se tourne vers moi et, avec une théâtralité excessive, me fait un baisemain.

Après un court exposé, le conservateur ouvre les grilles et nous entrons dans Pompéi.

Pompéi!

Je rêve de visiter cet endroit depuis toute petite. Depuis le premier livre d'images où j'ai découvert les fresques qui ornent cette ville endormie sous les cendres du Vésuve. Et maintenant, j'y suis! Et nous sommes seuls! Pompéi nous appartient!

Je reprends mes vieux réflexes d'étudiante. Je voudrais tout observer, tout noter, tout consigner. Malheureusement, Marc fonce. Il ne s'arrête ni aux bains publics, ni à la taverne, ni aux échoppes ou au bordel. Il nous mène devant une maison en ruine.

— La villa des Mystères.

Il fait chaud, je suis en nage.

Marc me fait signe d'entrer, le conservateur reste derrière, nous laissant seuls.

J'aperçois une cour intérieure. Les sols sont couverts de mosaïques. Nous tournons à l'angle et entrons dans une pièce très sombre décorée de fresques. Il y a plus de deux mille ans, on a peint ces bordures en rouge cramoisi. Un cordon de sécurité en bloque l'accès. Marc l'enjambe tout simplement et me tend le bras afin que je puisse faire de même.

Je me trouve maintenant au centre de la pièce. Je suis saisie par le caractère poétique et mélancolique qui se dégage des dessins, de jeunes danseuses, des satyres, des femmes tristes et lascives. Une esthétique douce et délicate et en même temps très vivante et très brillante ressort de ce passé.

Marc fait de grands gestes, il s'anime.

— Ces fresques dépeignent un rite d'initiation. La jeune femme est initiée aux mystères.

J'observe les peintures avec une nouvelle curiosité et tente de les décrypter.

Sur ma gauche, une élégante jeune femme est parée pour une sorte de cérémonie. On voit des joueurs de flûte. Sur une autre peinture, on la baigne. Sur une troisième, elle boit quelque chose, du vin ou une potion. Une forme de drogue ? Sur la fresque suivante on la voit danser. Une danse de folie ou d'extase.

J'ai la bouche sèche. Je me tourne maintenant vers la droite. Sur le dernier panneau, la femme a été initiée. Une esclave la vêt, la coiffe. La femme regarde en direction du spectateur, son expression est pensive, presque empreinte de regrets. Mais à bien l'étudier, on pourrait aussi dire que c'est celle de la satiété, de l'assouvissement.

Assouvie par quoi ?

Je m'avance.

La scène la plus importante est cachée dans le recoin le plus sombre de la pièce. La femme y est presque nue. Son corps blanc ondule. Elle tourne le dos. Elle semble prise dans une transe, dans une forme d'excitation érotique. Les battements de mon cœur s'accélèrent. Je comprends enfin de quoi il s'agit. On a peint cette femme sous les coups d'un fouet.

10

— Qu'est-ce que ça veut dire ? Je ne comprends pas.

Instinctivement, je me suis reculée de la fresque. Immobile dans la pénombre, Marc m'a observée tout ce temps, comme s'il avait voulu lire en moi.

— Eh bien, c'est une initiation, X.

Sa voix est étrangement calme, posée. Je tente de l'imiter, je prends l'air le plus détendu du monde.

— Et cette initiation a à voir avec…

Il se tait.

— Marc, parle-moi. Explique-moi la signification de ces fresques. Pourquoi m'as-tu amenée ici ?

Le silence qui nous entoure est atroce. Au loin, on entend le chant d'un oiseau. La villa des Mystères est une maison muette et sacrée, le bruit de nos voix qui résonnent est un blasphème qui salit ses murs. Je regarde à nouveau la femme sur la fresque du fond. Puis les autres peintures. Quel est ce dieu goguenard allongé sur un divan ? Qu'apporte la femme aux cheveux tressés sur son plateau ? Pourquoi l'initiée se fait-elle fouetter ? Pourquoi accepte-t-elle cela ? Les questions se bousculent dans ma tête. Ce lieu me pèse, me semble malsain, je ne veux pas être surprise ici par des touristes, j'aurais l'impression d'avoir fait quelque chose de mal.

— Marc, est-ce qu'on peut sortir d'ici ?

— Bien sûr.

Il me désigne une porte, elle découpe un rectangle de soleil dans toute cette obscurité.

— On peut passer par là…

Je n'ai pas attendu qu'il termine sa phrase pour m'élancer. Je passe le seuil. Je m'attendais à retrouver l'air libre mais j'atterris dans une sorte de cour intérieure ornée d'une statue en bronze. Mercure sur un piédestal, un garçon nu au corps gracieux, souple, avec des ailes aux pieds. Je ne me souviens pas de cette statue.

— Mais ça ne mène nulle part !

— Tourne à gauche, X.

À gauche ? Je suis complètement désorientée. J'ai l'impression d'être dans un labyrinthe, j'accélère le pas et manque de trébucher sur les pavés inégaux. Je repense à cette femme. A-t-elle pris ce même chemin pour aller se faire fouetter ? A-t-elle fait glisser ses pieds sur les mêmes dalles ? Nue sous une tunique blanche avec des sandales pourpres lacées d'or ? Et quel rapport avec Marc et moi ? Des couloirs dans tous les sens, cet endroit est un dédale. Marc me guide, il est calme et se veut rassurant. Il a posé une main sur mon épaule, je marche plus vite pour m'en défaire. Je ne peux pas sentir le contact de sa peau sans repenser à la nuit dernière. Comme il a arraché ma robe, comme il a enfoui ma tête dans l'oreiller, sa domination et sa rage. La façon dont il m'a déshabillée, m'a ouverte et m'a dévorée. Sa faim de moi, comme si j'étais un *riccio*, un de ces oursins pêchés en mer que l'on sert dans les meilleurs restaurants de Pausilippe.

Une simple pression de sa main sur mon épaule m'électrise. Je fais en sorte qu'il ne puisse pas me toucher.

— C'est par où ? Marc !

Ma voix, trop aiguë, trahit la panique qui me gagne. Il semble plus calme que jamais.

— Par ici, Alex, c'est juste là.

Je marche si vite, je cours presque. J'ai besoin d'air, cette poussière antique m'étouffe, me salit. Les couloirs se succèdent, tous plus longs, tous plus sombres. Enfin une touffe d'herbe sèche apparaît, nous voilà sortis de ce labyrinthe de ruines. Je sens la brise d'été caresser mon visage et je suis sauvée. Je respire profondément.

Le petit homme en jean blanc nous a laissés.

L'ancienne voie romaine s'étire à perte de vue. Les tombes des soldats romains s'alignent à la suite des maisons romaines. J'ai comme un sentiment de déjà-vu mais je n'arrive pas à le formuler. Soudain, je suis frappée par la ressemblance. On se croirait à Los Angeles. Rues désertes inondées de soleil. C'est une pensée qui m'avait déjà traversée, les villes californiennes, sans aucun piéton, font penser à des lieux dévastés par la peste ou un fléau quelconque. Comme ici, une ville morte.

Marc m'a suivie et se tient debout dans la lumière.

— Je suis désolé, X, je ne voulais pas te faire peur.

— Tu ne m'as pas fait peur – le ton de ma voix est irrité. Tu ne m'as pas fait peur, peur n'est pas le mot, je veux dire, pas du tout, je…

— Tu veux t'asseoir ?

Oui, j'ai besoin de m'asseoir. Un morceau de colonne en marbre blanc se dresse parmi d'autres ruines. Je m'y dirige et je m'y assieds. Je baisse la tête. Mes ongles vernis ressemblent vraiment à de petits coquillages alignés. Je repense à Jess, sa bouteille de vernis nacré à la main. J'aimerais être avec elle, dans son appartement, par terre, entourée de bouts de coton et de cendriers pleins, à boire du mauvais chianti, à raconter des bêtises et à se remémorer nos aventures de Dartmouth. Maintenant, c'est comme si tout avait changé, comme si une simple nuit de sexe avait brisé quelque chose en moi, une certaine innocence. Ce qui m'entoure est sombre et mystérieux et je voudrais revenir en arrière.

Je hume le parfum des fleurs et de la terre sèche. Reine en sandales sur mon trône de marbre bancal, je m'adresse à lui.

— OK, Marc. Raconte-moi.

— Demande-moi tout ce que tu veux.

— Ces fresques dépeignent un rite qui a vraiment existé ?

— Oui, qui a vraiment existé – il me regarde droit dans les yeux – et qui existe toujours.

Tout s'éclaire. Mais je ne suis pas sûre d'aimer ce genre d'éclairage.

— Les mystères ont encore lieu de nos jours ?

Il sourit.

— Oui.

Clairement, il n'essaiera pas d'en rajouter. Il va s'en tenir au minimum de sobriété.

— Où ? Quand ? Comment ?

— En Italie, parfois en France et en Angleterre, et ailleurs. Mais surtout en Italie.

— Qui y participe ?

Il hoche la tête.

— Je n'ai pas le droit de le dire.

— Tu as dit que je pouvais te demander tout ce que je voulais, Marc.

— J'ai dit *me demander*.

Il ouvre les bras dans un geste d'impuissance candide.

— Mais je ne peux pas révéler ce qui a trait à la vie privée des autres.

Bon point. On pouvait s'y attendre. Cela rend la tâche du questionnement un peu plus ardue. Je reformule.

— OK. Alors quel genre de personnes y participe ?

— Des gens plutôt riches et cultivés, intelligents et éduqués.

— Et pourquoi ?

Il ne répond pas, hausse les épaules comme s'il ne trouvait pas la réponse juste. Passons. Je poursuis.

— Quand est-ce que les mystères ont lieu ?

— Chaque été. Ils commencent en juin et se terminent fin août, début septembre.

— Donc ils commencent très bientôt.

— Oui.

Je ne sais pas si je veux poser la prochaine question et pourtant il le faudra bien. Même si la réponse implique que je cesse de voir Marc. Ma vie va à nouveau changer. Cela fait deux fois en douze heures, c'est beaucoup.

Je pèse mes mots, j'articule aussi doucement que je peux.

— Tu es un de ces initiés ?

Il marque un temps.

— Oui.

— Tu voudrais que, moi aussi, je sois initiée ?

Un temps très long.

— Oui.

Les mots fusent, se déversent, sans que je puisse me contrôler.

— Et qu'est-ce qui m'arrivera, alors? Dis-le-moi, Marc, je vais finir lacérée comme la fille de la fresque? On va me fouetter comme un cheval?

Il reste silencieux et, au fond, je lui en sais gré.

Une petite abeille butine une fleur pourpre à mes pieds. Son bourdonnement a quelque chose d'enfantin, de charmant, de léger. Marc est à quelques mètres de moi. Il regarde fixement une de ces échoppes antiques. Elle possède un comptoir en marbre avec des cercles découpés dans la pierre.

— Ces boutiques, ces endroits… finit-il par dire. De tout Pompéi, ce sont ces petites échoppes qui m'émeuvent le plus.

Il s'approche du comptoir et caresse le marbre de sa main avec une douceur empreinte de pitié.

— Ils utilisaient ces trous pour poser les bols brûlants. Pour la nourriture à emporter, les premiers fast-foods en quelque sorte.

Il fait un geste large.

— Tu l'imagines, X? Cette matrone romaine qui sert de la bonne soupe, du ragoût de mouton disons, et balaie l'air de sa main pour chasser les mouches? Elle s'essuie sur son tablier et pense à son mari qui est soldat dans la légion.

Il se tait un instant, avant de reprendre :

— Vraiment ça m'émeut, l'histoire vivante, la vieille humanité, la noblesse des tragédies personnelles, celles des petites gens.

Il se tourne vers moi et fait quelques pas dans ma direction. Je saisis une menace dans son attitude. Son expression est celle d'un homme habitué à être obéi. Aujourd'hui, je l'ai contrarié dans ses désirs.

— La flagellation fait partie intégrante des mystères.

En fait, je suis profondément choquée.

— Tu ne prends même pas la peine de nier, Marc? Tu l'admets? Ils battent les femmes!

— Battre n'est pas le bon mot.

— Oh pardon, désolée, je dois être stupide, alors si battre n'est pas le bon mot tu préfères cogner ou saigner? C'est quoi le mot juste pour faire atrocement mal selon toi?

— Flageller. Et cet acte est consensuel. Il n'y aurait pas de rite si l'initié refusait le fouet. Il ou elle doit consentir, il n'y a aucune coercition. Sans la volonté de l'initié de se soumettre au fouet, les mystères sont viciés, inutiles. Le grand secret ne peut être atteint. L'ultime mystère, celui qui te transforme, le cinquième mystère, la catabase, restera incompris.

— Donc les gens veulent en être, c'est un peu de la franc-maçonnerie pour pervers, quoi…

Il nie avec tristesse, on croirait qu'il pardonne ma bêtise. J'ai envie de le tuer, de lui sauter à la gorge et de l'étrangler. J'ai envie de l'embrasser, de lui sauter au cou et de l'embrasser. Je hais son petit sourire condescendant. Je ne veux pas de sa pitié. Je préférerais qu'il me déteste, je voudrais l'énerver, qu'il me chasse et qu'il me coure après. Comme hier soir dans les escaliers, quand il m'a dévorée avec ses dents blanches de carnivore, quand il m'a ouverte comme un oursin de Pausilippe. Qu'il aille se faire foutre avec son sourire.

— Alexandra?

Ne pas le regarder, ne pas même lever un œil vers lui.

Il a trouvé un autre morceau de colonne et s'est assis à son tour, il se penche vers moi et parle tout bas.

— Alex, les mystères sont vieux de trois mille ans. Ils puisent leur source dans la Grèce antique, dans les bocages de l'Attique. Ce n'est ni un jeu ni une plaisanterie, encore moins une cérémonie de clowns déguisés.

Sa voix m'entraîne, son accent anglais m'emporte, cet homme me tue. Pourquoi est-ce qu'il me fait cet effet-là ? Je ne peux pas lui résister. Sait-il que je suis faite pour lui appartenir quand il joue de cette voix grave, tellement sensuelle ? J'en ai des frissons. Que dois-je faire ? Me boucher les oreilles ?

Je l'écoute pourtant.

— Les mystères représentent des vérités sexuelles, émotionnelles et spirituelles. Ils te rapprochent de ton âme. J'ai moi-même été initié quand je n'étais encore qu'un très jeune homme. Ce qu'ils m'ont enseigné fait maintenant partie de moi. Les mystères m'ont entraîné vers des lieux de plaisir et de révélation que je ne pourrais pas décrire mais que je veux partager. Je veux partager cette intensité avec toi, Alex.

— Et donc, tu proposes de me déshabiller et de me fouetter ?

— Je propose que tu fasses l'expérience de joies et de vérités qui ont bouleversé ma vie pour que nous ayons une chance d'être vraiment ensemble.

— Et se faire fouetter est une expérience de joie ?

Il secoue la tête et pousse un long soupir.

— OK, OK, je suis désolé – il passe la main dans ses boucles brunes. J'aurais dû te parler de ça à un autre moment, mais j'ai cru que… je me suis laissé emporter.

Je me lève d'un bond.

— Vous savez, lord Roscarrick, je ne pense pas qu'il y ait exactement de « bon » moment pour annoncer à une femme qu'on a envie de la fouetter en se prenant pour un sénateur de la Rome antique.

— X, attends !

— Mais je suis très contente que tu m'aies prévenue de ce petit penchant, comme ça je peux prendre le premier train et rentrer chez moi.

— X!

Sa voix se fait dure. Pendant une seconde, j'ai l'impression d'être une petite fille qui va se faire gronder. Ce qui a le don de m'énerver davantage, mais je reste calme alors qu'il élève la voix.

— X, la raison pour laquelle je t'ai montré ces fresques, c'est parce qu'une fois qu'un homme a été complètement initié, qu'il a gravi les degrés jusqu'au cinquième mystère, il n'a plus le droit d'avoir de relation sérieuse avec un non-initié. Ce sont les règles.

— Les règles ? Quelles règles ?

— Des lois anciennes. C'est très sérieux, X.

Un frisson le parcourt une fraction de seconde. Puis il détache ses mots à la manière dont on annonce une sentence.

— Des lois que des hommes puissants se chargent de faire respecter.

— Nous ne pouvons pas être ensemble à moins que je n'accepte de me plier à ces rituels ? C'est ça, ce que tu dis ?

— J'en ai bien peur. Je n'aurais même pas dû passer la nuit dernière avec toi. Mais comme je te l'ai déjà dit, c'était le coup de foudre. Je suis très sérieux. J'ai essayé de résister mais j'avais trop envie de toi. Maintenant je sais qu'il faut que je résiste, pour notre sécurité à tous les deux, à moins que tu n'acceptes…

Je suis furieuse, une moue de mépris se dessine sur mes lèvres.

— C'est une menace?

— Non! Bien sûr que non! Il ne t'arrivera rien si tu refuses, mais nous ne devrons plus jamais nous voir. Parce que le désir… du moins en ce qui me concerne…

Ses yeux brillent et se voilent d'une immense tristesse.

— Tu me rends fou de désir. Les mystères sont… Alex, ils sont un cadeau, ils touchent au divin, je te promets, tu comprendras si tu acceptes… mais toi seule peux en décider.

Au fond de moi, j'ai envie de lui laisser une chance, il a l'air si triste, assis sur son morceau de colonne. Il fait une chaleur étouffante, mais lui semble comme « au frais ». Pas une goutte de sueur. Les boucles brunes, les yeux bleus, la ligne de la mâchoire carrée, prête à mordre, les pommettes saillantes, le torse musclé sous la chemise impeccable, un ange de beauté masculine, le Prince parfait. Au diable la perfection de cet homme! Aussi beau soit-il, je ne me fais fouetter pour la perfection de personne.

— *Ciao!*

Je tourne les talons et marche aussi vite que je peux. Alors que je m'éloigne je l'entends qui m'appelle.

— Alex. *Per favore, ricordati di me.*

Mais je refuse de me retourner et j'accélère le pas. Au bout de la voie romaine, je croise les premiers touristes arrivés sur le site. Ils portent des casquettes de base-ball et photographient tous le même amas de pierres. Autrefois, ce fut un théâtre romain.

Pompéi.

Mon cœur se serre. Pompéi. Ma joie lorsque nous sommes arrivés. Mon ventre se tord. Pompéi et ses ruines, rien que des ruines.

Je me perds dans la foule des touristes. Je sais que j'ai fait le bon choix. Je ne regrette pas ma décision. Pourtant sa voix résonne encore dans ma tête.

« *Per favore, ricordati di me.* »

Pourquoi avoir dit cela ?

Oublie-le, Alexandra. Oublie-le avec ses fresques et ses mystères. Oublie tout. Je descends la colline. Je passe devant des cafés où des hommes bruns sont attablés, ils boivent des Pepsi hors de prix. J'arrive à la station Villa dei Misteri et monte dans le Circumvesuviana en direction de Naples.

11

— C'était plutôt malin de sa part.

— Pourquoi ?

Jessica fait la moue, s'enfonce dans son siège et réajuste ses Ray-Ban sur son nez d'aristocrate.

— Réfléchis deux secondes, ma poulette.

Nous sommes sur la plage de Pausilippe. Une plage municipale, à cinq euros la journée, envahie par des gamins bruyants qui tapent dans leur ballon de foot et manquent de t'éborgner sous l'œil attendri de leur mère, de grosses mammas italiennes les bras et les cous chargés de bijoux et qui laissent sur leurs cigarettes Mild Seven des traces de rouge à lèvres vermillon. Les Italiennes vont à la plage plus maquillées que je ne le suis en soirée. Je n'ai pas encore d'opinion sur la question.

C'est le premier dimanche de grosse chaleur de l'été. Les gens sont joyeux, certains s'éclaboussent et jouent dans les vagues, d'autres se dorent la pilule sur le sable chaud. Tous attendent l'heure du déjeuner pour s'asseoir à l'ombre des tonnelles, boire du vin blanc et déguster de grosses tranches de cassate. Tous sauf moi, qui suis pensive et déprimée.

— Ne m'oublie pas ? Pourquoi est-ce que c'était malin de sa part de dire ça? OK, je donne ma langue au chat. Pourquoi est-ce que c'était malin ?

— Parce que ça te fait réfléchir, parce que tu continues à te poser des questions et à penser à lui. S'il veut que tu reviennes, et je suis certaine qu'il le veut, c'était la meilleure chose à faire : te laisser pleine de questions et de doutes.

— Ah oui ?

— Oui, ce genre de phrase veut tout dire et rien dire. Tu peux te perdre en interprétations. Est-ce que ça veut dire « ne m'oublie pas parce que je vais disparaître, c'est fini pour moi et nous ne nous reverrons jamais », ou est-ce que c'est « ne m'oublie pas parce que j'étais l'homme le plus extraordinaire que tu aies jamais rencontré et, de fait, tu ne pourras pas m'oublier » ?

— Je vois.

— Ou alors c'est un « ne m'oublie pas » tragique et sans appel. Il sait qu'il va se faire descendre par la 'Ndrangheta sur la route de la Sanità et la prochaine fois que tu verras lord R., ce sera en photo. Son cadavre illustrera la première page d'*Il Mattino*.

Elle sourit, relève ses lunettes de soleil, me fait un clin d'œil et réajuste une bretelle de son maillot de bain. Il fait très chaud, le soleil est haut dans le ciel. C'est un nouveau bikini, vert émeraude, très chic. Ferragamo ? Ou alors une magnifique contrefaçon de Ferragamo fabriquée dans une de ces usines de Casal di Principe tenue par la Camorra. Mon bikini à moi n'est ni vert émeraude, ni chic, ni élégant. Il est rose pâle, pour ne pas dire rose délavé, il était assez joli quand je l'ai acheté, il y a cinq ans. Aujourd'hui il est terriblement démodé. J'ai vraiment envie d'aller faire du shopping mais je n'ai pas un sou et j'en ai marre de faire les additions pour boucler mon budget.

Je le revois au lit avec moi, sa voix tellement suave qui grognait : « Je t'en achèterai une autre, mon amour, je t'achèterai des centaines d'autres robes ! »

Je me redresse d'un bond sur ma serviette comme si on m'avait ébouillantée. Je refuse d'avoir ce genre de pensée. Je ne suis pas intéressée par son argent. Tout est prétexte à faire venir danser son visage devant mes yeux. Est-ce que ça n'est vraiment qu'un prétexte ? Est-ce que je suis attirée par lui aussi parce qu'il est riche ? Cela ferait de moi une quasi-prostituée ? Je ne suis pas vénale, je ne l'ai jamais été.

— Est-ce que ça va ?

Jessica pose la main sur mon bras.

— Oui ça va, ce n'est rien.

— Hein ?

— Oui bon, c'est juste que… je viens de me souvenir que j'avais largué un milliardaire.

Jess glousse.

— Oh ÇAAAA ! Ça doit être vraiment douloureux.

Elle relâche mon bras et attrape son paquet de Marlboro Light et son briquet.

— Et tu veux bien me réexpliquer une dernière fois, Beckmann, pourquoi tu l'as largué ?

Je sors une petite bouteille d'eau minérale de mon sac, j'en bois une gorgée, je fronce les sourcils et je réponds le plus posément possible.

— Parce qu'il fait partie d'une secte louche qui s'appelle les cultes à mystères.

— Ah oui ! Et redis-moi quel est le culte en question, ma poulette ?

— C'est une religion gréco-romaine très ancienne où ils fouettent les femmes.

Jess approuve et s'allonge avec un air satisfait sur sa serviette.

— C'est bien ce que je pensais, c'est toujours mieux que de porter des mocassins bateau.

— Jess !

Je vise son ventre huilé, bronzé et chaud de soleil et je l'asperge d'eau. Elle pousse un cri aigu.

— Oh ! Salope !

Nous sommes prises d'un fou rire et je réalise à quel point c'est bon d'avoir une amie comme elle. Je décide de ne plus être morne et déprimée. Mon esprit est à nouveau clair comme le ciel au-dessus de nos têtes, le soleil emplit mon cœur, je suis heureuse d'être à Naples et je me promets qu'un de ces jours, j'irai faire un tour à Capri.

— Sérieusement, reprend Jess, ces gars des mystères, ils portent des toges et ils battent les femmes ? Mais d'où ça sort, ça ?

— Pas vraiment « battre », plutôt « flageller », un sorte de fouettement ritualisé, un rituel érotique de soumission.

— En gros c'est une forme de SM. Non ?

— J'imagine, oui.

Je bois la dernière gorgée d'eau et je revisse le bouchon.

— Marc a bien insisté sur le fait que tout le monde était consentant.

Son visage prend soudain une expression grave. Elle s'assied en tailleur.

— Tu sais, X, il y a des choses bien pires qu'une petite fessée. Par exemple j'avais un petit ami qui était à fond dans le skateboard. Un grand garçon de trente ans qui voulait que j'aille l'applaudir tous les samedis pendant des heures et faire la fille amoureuse parce qu'il sautait par-dessus des plots. Tu vois, ÇA, c'était douloureux.

— Mais la flagellation, en plus d'être douloureux, c'est pervers, Jess.

— Oui et alors ? Ça veut dire que Marc est légèrement obsédé. Mais ma poulette, si tu cherches un peu, ils sont tous obsédés. Et si tu veux mon opinion sur la question, les femmes aussi, c'est juste que nous sommes restées trop longtemps opprimées par un système patriarcal.

Elle écrase sa cigarette dans le sable, cela se fait, à Naples, mais ça me choque. Je me retiens de lui faire un reproche.

— Tu sais ce qu'on dit : les notaires ne font pas fantasmer les femmes.

J'essaie de comprendre ce qu'elle veut dire par là mais elle continue sur sa lancée.

— Avoue que tu es bien un tout petit peu curieuse, X ? Entre nous, tu n'es pas intriguée, au moins ? Pourquoi ne pas essayer, mademoiselle la Princesse parfaite ? Il serait temps de penser à explorer ta libido. Tu en as bien une, de libido, n'est-ce pas ?

— Je t'ai déjà raconté.

— Ah oui, j'oubliais, le meilleur amant que tu aies jamais eu, la plus belle nuit de ta vie et tout le tralala, il a même arraché-ta-robe-oh-làlà-c'était-très-vilain et tu as adooooré ça.

— Oui bon d'accord et ensuite ?

— Et ensuite, peut-être que si tu as aimé qu'il te déchire ta robe tu aimeras autre chose, un plan à trois, un plan à quatre, les déguisements, les expériences lesbiennes, conduire une Ferrari toute nue avec un milliardaire pour passager… Qui sait ?

Je range ma bouteille d'eau minérale vide dans mon sac comme une bonne petite fille sage. Jess n'a peut-être pas tort. Mais la X qui a été élevée dans un pavillon propret de la banlieue américaine résiste, farouchement.

Même si on met de côté cette histoire de mystères, il y a trop de choses qui clochent chez lord Roscarrick. Cette menace qui plane dans son regard, la violence qui émane de lui, la façon dont la police m'a photographiée à la sortie de son palais, l'énigme autour de la mort de sa femme.

Jess s'appuie sur son coude, elle fume une nouvelle cigarette et mate sans aucune gêne un Italien qui roule des mécaniques dans le plus petit slip de bain du monde. Son joli profil se découpe sur le fond d'un étrange bâtiment situé au bout de la jetée, une énorme villa. Elle est complètement en ruine et semble dater du quinzième siècle. Les fenêtres sont murées, pour la plupart, et le toit est percé de palmiers. Je me demande comment on a pu laisser une si belle bâtisse se délabrer à ce point. Parfaitement située, elle surplombe la plage de Pausilippe et j'imagine qu'elle offre une vue imprenable sur la baie de Naples. Remise en état, elle vaudrait au moins dix millions de dollars.

— C'est le palazzo Donn'Anna.

Suivant mon regard, Jessica répond à mes interrogations muettes.

— Trois cents chambres. On dit qu'il est hanté… et aussi que des orgies s'y déroulaient.

Je reste bouche bée devant le bâtiment. Cette ville est tellement étrange et mystérieuse… Je crois qu'elle est trop différente de tout ce que j'ai connu jusqu'à présent. Je dois apprendre à me l'approprier. Je ne veux pas retomber dans les bras de Marc Roscarrick, mais je veux savoir pourquoi cette ville est tellement délabrée, perdue, et ce qui fait son charme irrésistible.

Je rentre chez moi un peu ivre, sonnée par tous ces verres de mauvais rosé bus en plein soleil, et je m'installe à mon ordinateur pour commencer de nouvelles recherches. Quand mon écran s'allume, je vois un mail de ma mère, intitulé : « J'arrive ! »

Hein ?

J'ouvre le mail. « *Ma chérie…* » Il s'agit d'un mail typiquement maternel, plein d'amour et de points d'exclamation. Il décrit de manière alambiquée le pourquoi du comment de sa venue en Italie. Sa meilleure amie, Margo, a invité un groupe d'amis – dont ma mère – à Amalfi. Margo est très riche et maman profite de « *cette merveilleuse occasion pour faire un petit détour par Naples et rendre visite à ma fille adorée et goûter à la* delicioso *glace à la vanille, je ne resterai pas longtemps promis juré juste le temps d'un petit coucou, quelle joie, vivement les retrouvailles, à dans trois jours ma puce* » !

Je referme ma boîte mail. Ma chère petite maman américaine qui se fait tout un rêve de l'Italie romantique. Je me demande ce qu'elle va penser de Naples et de ses ordures, des bâtiments délabrés et de la circulation infernale. Au fond, je suis contente qu'elle vienne. Elle me manque. Ma famille me manque. Elle et moi étions très proches lorsque j'étais enfant. Elle a été une mère formidable. Ce n'est pas de sa faute si j'ai fini par m'ennuyer au Starbucks de San José.

Est-ce que je lui dis pour Marc ?

Il n'y a rien à dire.

Je remets la question à plus tard. Sur Google, je tape « cultes à mystères ».

« Les cultes à mystères, aussi appelés cultes initiatiques ou cultes orientaux, sont des cultes apparus avant l'ère chrétienne dans le monde gréco-romain autour de l'an 400 avant J.-C. La caractéristique principale des cultes à mystères est le secret gardé autour des rites d'initiation. Ils sont censés amener le participant à une révélation spirituelle. Les mystères les plus célébrés étaient les mystères d'Éleusis. Ils honorent la triade Déméter, Perséphone et Hadès. Les cultes de Mithra célébrant le guerrier du même nom, les mystères orphiques célébrant Orphée et enfin les mystères dionysiens honorant Dionysos et son avatar orphique, Zagreus, étaient, eux aussi, célèbres. »

La question se pose donc de savoir à quel culte Marc participe. Après des recherches un peu plus approfondies, j'en viens à la conclusion qu'il doit s'agir des mystères dionysiens, ou d'une de leurs variantes.

« Les mystères dionysiens datent de la Grèce antique. Dionysos était le dieu du vin, mais aussi celui de la fertilité et de la flore. Les hommes et les femmes ne suivaient pas la même initiation. Les femmes étaient appelées ménades (Μαινάδες), “ les femmes en furie ”, ou bacchantes, “ les femmes de Bacchus ”. On les initiait par le vin, le chant, la danse, une intense activité sexuelle allant de la flagellation à l'orgie et même davantage. »

Davantage ?

Les trois heures qui suivent, je me plonge dans le monde merveilleux d'Orphée, dieu de l'extase, et je surfe sur le

Net jusqu'à me perdre littéralement. Mon esprit divague et, malgré moi, mes doigts tapent une à une les lettres qui forment le nom de Marcus Roscarrick. C'est plus fort que moi. Je sais que je me fais du mal. Qu'est-ce que je cherche exactement ? Je n'en ai aucune idée.

Le premier site qui s'affiche en haut de la page du moteur de recherche est un site d'infos, un site people. Sa prose est aussi mal ponctuée que celle de ma mère. Laborieusement, je lis en traduisant du mieux que je peux.

Il bellissimo scapolo – le très beau célibataire – lord Roscarrick a été vu à Londres, il assistait à un festival de cinéma italien. Une petite photo illustre l'article, je zoome dessus. On y voit Marc à la sortie d'un restaurant à la mode dans le West End de Londres. Le sourire distant, toujours cette tristesse, il est entouré d'une grappe de jeunes femmes, des papillons pris dans la lumière des flashes des paparazzis. Marc regarde en direction des photographes. Je détaille les femmes qui l'accompagnent, jambes effilées, comme des canons de revolvers, des femmes splendides, des Italiennes, des Anglaises, qui sait ? Des princesses de la nuit, des femmes hors de prix. Sont-elles des initiées ?

Je me dis que j'aurais pu être à leur place, sur cette photo, mais j'ai refusé. D'un clic sur la souris, je ferme la fenêtre, jalouse, mélancolique. Pleine de remords, de regrets, de soulagement aussi. C'est fini, je ne veux rien regretter. *Ciao bello*.

Trois jours plus tard, ma mère arrive de San Francisco.

Elle est surexcitée, heureuse et en plein décalage horaire. Elle ne sort pas de l'aéroport, elle déboule ! Jessica et moi lui courons derrière en portant ses sacs, moitié grimaçantes, moitié amusées. Dans le taxi qui nous ramène à Santa Lucia, elle parle sans cesse. Elle a réservé un hôtel pas cher à côté de mon appartement, nous la déposons dans le hall poussiéreux en nous imaginant qu'elle aura besoin de quelques heures de repos après ce long voyage. À peine dix minutes plus tard, elle est déjà ressortie. Elle sonne à ma porte, les cheveux encore mouillés de la douche qu'elle vient de prendre, et m'attrape le bras.

— Ma chérie, emmène-moi au Caffè Gambrinus. Il paraît qu'ils y servent le meilleur expresso de Naples, c'est dans tous les guides !

Normalement, je craindrais d'y croiser Marc, mais je sais qu'il est à l'étranger, et je peux emmener ma mère où bon lui semblera. Elle est si contente, on dirait une petite fille. Nous descendons la via Santa Lucia dans la douce lumière de cette fin d'après-midi. Ma mère me parle de la retraite de papa, de ses progrès au golf, de mes frères. Nous marchons, elle parle sans discontinuer.

Soudain, j'ai un haut-le-cœur. Nous traversons la piazza del Plebiscito, la lumière rose s'étire merveilleusement au-dessus d'Anacapri et je ne sens plus mes jambes. Je viens de voir Marc Roscarrick.

Lui marche vite, en grande conversation au téléphone, et ne m'a pas vue mais il se dirige droit sur nous.

— Par là, maman, par là !

Je tire ma mère par le bras.

— Quoi ?

Elle s'arrête net.

— Mais c'est le Caffè Gambrinus, je le vois, il est là ma chérie !

Je tire aussi fort que je peux dans la direction opposée.

— C'est par là !

— Mais qu'est-ce qui te prend ?

Elle ressemble à un cheval qui refuserait obstinément d'avancer. Il est trop tard.

Il n'est plus qu'à trois mètres de nous. Il remet son portable dans la poche de sa veste, relève la tête et nos yeux se rencontrent.

Inévitable.

12

Il nous sourit, à ma mère et à moi, avec un naturel impayable, comme si rien ne s'était jamais passé entre nous. C'est toujours ce sourire viril, sympathique, un rien mélancolique. Sa main se tend. Costume impeccable gris anthracite, chemise d'un blanc éclatant, cravate en soie bleu marine rayée de rose. J'avais oublié à quel point il était grand.

— *Buona sera*, Alexandra.

— Euh…

Je rougis comme une pivoine et me mets à danser sur un pied en jetant des coups d'œil désespérés à ma mère et à Marc.

— Euh… euh…

Ma mère quant à elle, ma pauvre petite maman, regarde Marc comme s'il était Dieu le père en personne descendu du ciel pour lui offrir un sac Bulgari. L'expression de son visage est un mélange d'adoration et de désir. La crise de la ménopause.

Pire encore, je suis mal à l'aise pour elle parce que je vois la scène du point de vue de Marc. Cette grosse Américaine dans son jean Gap qui la boudine, son tee-shirt difforme et ses cheveux gris, humides, mal peignés. Qu'est-ce qu'il va penser de ma mère ?

Oh et puis je me fiche de ce qu'il peut penser. C'est ma mère et je l'aime. Il peut aller se faire voir avec son costume-cravate. En quoi aurait-il le droit de se sentir supérieur ?

Et pourquoi est-ce que je suis tellement en colère ?

— Alexandra ?

La voix de Marc coupe court à mes pensées. Calme, mais ferme.

Je reviens à moi. Cela doit faire vingt secondes que je suis là, les bras ballants, perdue dans mes contradictions, et Marc et ma mère attendent que je les présente l'un à l'autre.

— Euh oui, pardon, euh…

Allez Alexandra, reprends-toi.

— Maman, je te présente Marc. Marc Roscarrick est mon… il est un… *Vas-y crache-la ta Valda.* Il est un ami que je me suis fait ici, à Naples.

Catastrophique, je suis catastrophique, je me déteste.

— Et voici ma mère, Marc. Angela. De San José. Elle est ici en vacances, nous allions prendre un café au Gambrinus.

La main parfaite de Marc s'empare délicatement de celle grassouillette et pâle de ma mère. Il lui fait un baisemain avec cette grâce et cette courtoisie que tous les Américains associent à la Vieille Europe. Il le fait avec un naturel charmant comme s'il s'en amusait lui-même.

— Enchanté, madame.

Il plonge ses yeux bleu de la mer Tyrrhénienne dans les yeux à lunettes de la mère californienne.

Je crois que ma pauvre maman va s'évanouir.

— Oh comme c'est adorable! dit-elle avec la voix d'une personne qui aurait inhalé de l'hélium.

Une voix faussement charmeuse de séductrice que je n'ai jamais entendue auparavant et qui ne sonne pas du tout comme celle de ma mère.

— C'est un plaisir de vous rencontrer, monsieur…

Seigneur, sortez-moi de là.

— Oui, donc maman, Marc et moi sommes…

Je tente d'expliquer comment Marc et moi nous connaissons mais immédiatement, je réalise que je ne peux rien dire. Je m'emmêle. Comment narrer l'inénarrable? Raconter à ma mère que Marc est un milliardaire pervers qui fait partie d'un groupe SM gréco-romain? Qu'il m'a baisée comme jamais je n'aurais pu imaginer être baisée? Une nuit entière sa peau, sa langue, ma bouche, et allons donc boire un petit café. Je ne peux pas raconter cela, même si j'en meurs d'envie parce que moi, la gentille Alexandra Beckmann, première de la classe depuis le CP, moi j'ai attrapé un milliardaire et puis je l'ai jeté.

Quoi qu'il en soit, ce que je meurs d'envie de faire n'a strictement aucune importance car ma chère maman s'est lancée de son côté : elle tente de parler italien.

Le seul problème est que ma mère ne parle pas italien. Elle ne sait parler aucune langue étrangère. Je voudrais maîtriser le rouge de la honte qui vient colorer mes joues. Pour éviter d'entendre ce qui va suivre, je fixe un point au loin, le bout d'un parasol à l'angle de la place. Ma mère enchaîne :

— *Aha! Aha… alora… ah… buon gonna señor.*

Señor? Elle croit quoi? Qu'il est espagnol? Maman, par pitié, arrête-toi tout de suite.

Mais elle continue.

— *Due*… elle bafouille. *Te*… *señor Rascorri*… *mié amigo*.

S'il vous plaît. Quelqu'un pour me sauver ?

Ma mère s'est arrêtée. Elle a compris à mes yeux éhontés et au rouge de mes joues qu'elle était ridicule. La situation est très embarrassante, et j'en veux à Marc de l'avoir provoquée. Je cherche un moyen de faire diversion, je pourrais attraper un des pigeons qui roucoulent sur la place et lui tordre le cou, par exemple. Mais Marc se met à rire, de ce gentil rire qui le caractérise, et il pose sa main sur l'épaule de maman.

— Vous savez, madame Beckmann, la plupart des Napolitains ne parlent pas correctement italien, alors il ne faut surtout pas vous donner tant de mal pour moi.

C'est une petite boutade de rien du tout, mais exactement la chose à dire pour rompre la glace et nous sortir de cette situation humiliante. Maman met la main devant sa bouche et glousse comme une adolescente et je fonds parce que, une fois de plus, Marc a été le Prince parfait. Ma mère est toute contente et moi, je voudrais m'enfuir à Rome.

— Vous alliez au Caffè Gambrinus ?

Marc s'est tourné vers moi.

— Oui.

— Est-ce que tu me permets de vous inviter à prendre un verre, ta mère et toi ? Ça me ferait extrêmement plaisir.

Je ne peux pas refuser, d'autant plus que ma mère a l'air d'un chien à qui l'on vient de promettre un de ces steaks japonais qui coûtent trois cents dollars.

Je cède.

— Oui, si tu veux, bien sûr.

Bien sûr. Alors nous traversons la piazza del Plebiscito et lorsque nous arrivons au Gambrinus, les serveurs se poussent, s'empressent et se hâtent de tirer les tables pour nous. Ils prennent notre commande et nous servent en faisant des courbettes et des révérences à leur seigneur – c'est vraiment l'impression que nous avons. Nous buvons des Veneziani en observant la foule grouillante et fourmillante de la piazza Trieste e Trento. Alors que les verres se vident et que d'autres apparaissent remplis à nouveau, Marc raconte des histoires napolitaines. Ma mère rit et boit une nouvelle gorgée de cet apéritif orange et translucide, elle grignote des petits roulés de *prosciutto* et rit encore.

Puis Marc se lève, sollicite l'autorisation de se retirer, paie l'addition, laisse un pourboire extrêmement généreux, fait un baisemain d'adieu à ma mère – je pense qu'elle ne va pas se laver la main pendant une semaine – puis disparaît dans la poussière de la ville.

Ma mère me regarde, totalement ébahie.

— Eh bien, ça c'est un *gentleman*. Comment se fait-il que tu ne m'aies pas parlé de lui dans tes mails ? Allez, raconte à ta vieille mère !

Je lui dis que nous nous sommes rencontrés chez des amis, puis que nous nous sommes recroisés à des soirées à Marechiaro et à Chiaia. Bref, nous avons sympathisé. Je mens.

— Nous sommes amis.

Elle termine son Veneziano, hoche la tête et engloutit une de ces exquises pizzas miniatures.

— Il est plutôt bel homme. Non ? Tu ne trouves pas ?

— Maman.

— Tu ne trouves pas ?

— Si, et alors ?

— Alex, j'ai peut-être passé l'âge mais je ne suis pas aveugle, et puis je suis toujours une femme, que je sache.

— Il est pas mal.

— Mouais, pas mal… et pas mal riche aussi. Ça se sent à la manière dont… à son attitude, une forme de confiance en lui je dirais.

Pour la faire taire, je marmonne « import-export » et « peut-être millionnaire qu'est-ce que j'en sais ? ».

Ma mère me scrute, je me mets à me dandiner sur mon siège comme si j'avais quatre ans et demi. Je ne sais pas pourquoi les gens ont tellement peur de vieillir. Tout ce qu'il faut faire pour rajeunir c'est passer du temps avec ses parents. Le retour en enfance est assuré !

Je ne veux plus parler de ça. Je veux changer de sujet de conversation.

— Alors, où est-ce que tu voudrais aller dîner ? Je connais une petite pizzeria juste à côté de chez moi, sur la via Partenope.

Ma mère opine, s'essuie la bouche avec sa serviette.

— Il est marié ?

— Qui ça ?

— Ma chérie…

— Non.

— Fiancé ?

— Je ne sais pas. Comment veux-tu que je sache ? Il sort avec des top-modèles, des actrices, des mannequins. Tu sais, le genre de gens qui sont en photo dans des magazines people.

— Un homme beau, riche et célibataire, en somme.

Elle fait une moue ironique et prend un air de mère maquerelle.

— N'essaie pas de me marier, maman. Tu sais que ça ne te réussit pas. Tu te rappelles ce qui est arrivé quand tu as voulu que j'épouse Jeff Meierson à San José.

— Il a des actions Apple !

— Et il mesure un mètre vingt.

— Et alors, il aurait porté des talonnettes le jour de son mariage, voilà tout.

Je ris et elle rit, l'équilibre mère-fille est rétabli, la complicité retrouvée. Nous partons nous promener sur le bord de mer et passons devant les restaurants, les tavernes et les pizzerias de la via Partenope.

En découpant des parts de sa pizza marinara, maman me raconte comment mon frère cadet, Paul, le petit génie qui aurait largement pu faire médecine, a échoué sur les bancs de l'université d'Austin au Texas et comment l'aîné, Jonathan qui fumait des joints et n'allait jamais se caser, avait fini par trouver une petite copine formidable et un job super bien payé chez Google. Comme quoi, dans la vie, on ne pouvait pas prévoir.

J'écoute les histoires de ma mère et je bois du montepulciano, le vin le moins cher de la carte. Ce que maman raconte, je le sais déjà, j'ai eu mes frères sur Skype, mais j'adore entendre le babillement rassurant de ma mère. Ses petits commentaires, ses prévisions, ses anticipations, sa douceur, son amour et me revoilà dans la cuisine de San José qui sent bon les gâteaux au citron et les cookies à peine sortis du four. Je ris de voir ma mère se lancer dans la préparation d'un sorbet, elle rate misérablement la mixture, j'ai onze ans et je suis parfaitement heureuse.

Un bonheur simple, j'ai presque honte de le dire, mais mon enfance s'est déroulée sans aucun heurt. Mes parents étaient gentils et aimants. J'adorais mes deux frères, même notre chien était mignon. C'est lorsque j'ai eu treize ans que le poids de l'ennui a commencé à peser sur mes épaules. L'ennui ou la lassitude, une lassitude existentielle profondément ancrée et que je ne savais pas m'expliquer. Une forme d'insatisfaction latente, chronique. Je suis partie sur la côte Est pour faire mes études mais ce n'était pas suffisant. Je voulais vivre l'aventure, la vie ne pouvait se résumer à des cookies qui sortent du four, une mère qui rate son sorbet au citron en riant et un chien mignon qui jappe à ses pieds. Il devait y avoir quelque chose d'autre.

Je raccompagne ma mère à son hôtel. Dans le hall, je la prends dans mes bras et je lui dis combien elle est importante pour moi, comme je suis heureuse de cette visite inattendue. Je lui donne rendez-vous pour le lendemain, dix heures. Nous irons faire un tour de la ville.

Le lendemain, comme prévu, alors que nous déambulons dans les rues de Naples, son enthousiasme prend un sérieux coup. *Ma mère n'aime pas Naples.*

La chose était prévisible. Cet endroit est trop sauvage, trop dangereux, trop piquant pour elle. À chaque coin de rue, elle grimace à la vue des piles d'ordures, fait la moue quand elle voit les graffitis recouvrir les bâtiments centenaires, elle est choquée par les prostituées vietnamiennes qui sont installées sur des canapés défoncés au milieu des rues de la Stazione Centrale.

Parfois j'ai envie de la rabrouer, de la secouer, de lui dire de retirer ses lunettes de bourgeoise coincée et policée. Je voudrais qu'elle voie la beauté intrinsèque de cette ville, sous la laideur de la poussière et des détritus, sous la couche de saleté qui abîme ses rues et ses immeubles, qu'elle comprenne son caractère authentique, son histoire. Les femmes qui lustrent les crânes sacrés du cimetière des Fontanelle le font depuis des siècles, elles ne sont pas « répugnantes », elles perpétuent la tradition. Les maisons construites entre deux ruines de temples romains, le plan des rues qui date de la Grèce antique et que l'on peut admirer depuis mon balcon… j'aimerais qu'elle tourne son regard vers l'ouest et sente son cœur battre alors que le soleil se couche sur Sorrento dans un délire de rose, de rouge et de violet. Mais ma mère ne voit que la pègre et les drogués. Elle déteste cela.

Nous sommes assises à la terrasse d'un café de la vieille ville, non loin du Musée archéologique. Elle fronce les sourcils. Une des raisons de son aversion tient bizarrement au fait qu'il y ait trop peu de touristes. Quand c'est une des véritables qualités de Naples.

— Mais où sont passés tous les gens ?

Nous sommes entourées d'Italiens qui parlent fort, rient et gesticulent. Nous avons eu du mal à trouver une table, mais par « tous les gens » ma mère veut dire « les gens comme elle ». Ceux qui parlent anglais, les touristes, les gens « normaux » en somme. Je pourrais rétorquer qu'ils ont fui la criminalité et la réputation de la Mafia dans cette ville. Je doute que cela la fasse rire, même moi je ne trouve pas ça drôle.

Ces trois jours ont été un peu décevants pour maman, mais pour moi, ils ont été terribles. La rencontre avec Marc m'a laissé un goût amer sur les lèvres. Je ne m'en suis pas remise. Chaque pas dans Naples me rappelle à lui, je ne peux plus me le sortir de la tête. Dans le Duomo, la cathédrale, nous avons vu les reliques de saint Jenarius. Un calice renfermait le sang du saint et cela m'a rappelé ce vin exquis, le moscato rosa. Les palais visités avec ma mère me rappelaient le palazzo Roscarrick. Mon obsession était alimentée à chaque seconde, mon esprit malade trouvait des liens, des chemins pour mêler Marc à ce que je voyais et le faire danser devant mes yeux au long de nos pérégrinations. Nous sommes allées au musée Capodimonte, un endroit austère et rigide qui avait appartenu aux Bourbons. Palais solitaire, sans visiteurs, il se dresse sur une colline à l'ombre d'un parc à la végétation sombre. C'est un musée extraordinaire et, une fois n'est pas coutume, ma mère semblait ravie d'errer seule parmi les Titien, les Raphaël, les Greco et les Bellini. Je me suis arrêtée devant un tableau du Caravage intitulé *Flagellation*. J'étais poursuivie.

Le dernier jour, en fille modèle, je l'emmène en taxi à la gare. Elle va retrouver son amie Margo à Amalfi. Il est seize heures. Nous avons le temps de prendre un café. Elle demande fièrement « *un cappuccino, per favore* ». Elle est très contente d'avoir fait des progrès en italien. Bien sûr, elle ignore qu'on ne boit pas de cappuccino passé midi… je me demande si à mon arrivée je mangeais mes spaghettis avec un couteau et une fourchette… je me demande ce que Marc penserait de tout cela. Je m'en veux immédiatement d'avoir, une fois de plus, trouvé un prétexte pour penser à lui.

Ma mère boit son café précautionneusement.

— Je suis désolée que tu n'aies pas aimé Naples, maman.

— Oh, ma chérie, ça n'est pas que je n'ai pas aimé, c'est que tout est si… différent.

— Je suis sûre que tu vas être très bien à Amalfi. Tu vas voir, c'est beaucoup plus joli, et plus propre aussi.

Elle me prend doucement la main.

— Je me fiche de Naples ou d'Amalfi. Tout ce qui m'importe, c'est toi, ma fille chérie, si tu savais comme je suis fière de toi.

— Pourquoi ?

Elle repose sa tasse de café avec un petit effet.

— Parce que tu es belle et intelligente, brillante même, et parce que tu ne fais pas les mêmes erreurs que ta vieille mère.

Je la regarde interloquée. Je me demande où elle veut en venir.

— Tu es vivante, Alexandra, tu parcours le monde, tu vis l'aventure, c'est ce que j'aurais dû faire.

— Qu'est-ce que tu veux dire ?

— X, j'aime ton père et j'aime mes enfants, les trois, même Johnny qui a toujours été si difficile, mais…

Jamais je n'ai vu ma mère ainsi, elle se bat avec une sorte de vérité intérieure, essaie de m'avouer quelque chose avec beaucoup de difficulté. Elle regarde la mousse agglutinée sur le bord de sa tasse.

— Tu sais, Alex, je n'ai jamais eu de jeunesse, enfin pas de jeunesse comme toi. Et c'est très triste. Mais quand je l'ai compris, il était trop tard. Je t'en supplie, ne fais pas comme moi.

Ma mère est montée dans le train. Je l'ai aidée à porter ses bagages. Elle se penche à la fenêtre pour me faire signe de la main. Je vois des larmes dans ses yeux. Ses lèvres s'ouvrent et se ferment pour dire « je t'aime » en langage muet crié. Je lui réponds de la même façon « moi aussi » et je reste là, abasourdie par ses paroles. Le train s'ébranle, accélère et disparaît complètement. Sur le quai immobile, j'ai la gorge nouée et une envie terrible de pleurer.

Deux jours durant, je suis triste à mourir. Je me fais penser à une branche morte perdue en mer, allant au gré des flots. Jessica m'observe et se tait.

« Quand je l'ai compris, il était trop tard. Je t'en supplie, ne fais pas comme moi. »

Voilà, c'est dit. Je suis jeune, je veux vivre l'aventure et je n'aurai pas deux fois vingt-deux ans à Naples.

Je m'empare du téléphone.

Je commence à composer son numéro et je repose le combiné. Je cache le téléphone sous un coussin. Je le reprends. Je compose son numéro en entier. Je compte les sonneries. On répond.

— *Si?*

— *Buona sera. Er...*

— Oui?

— Pourrais-je parler à Marc, au *signor* Roscarrick s'il vous plaît?

— Qui dois-je annoncer?

— Alexandra. Enfin, X, dites-lui simplement X.

J'attends.

— X?

Oh sa voix! Son timbre, son accent, mon Dieu je voudrais embrasser le téléphone à pleine bouche et pleurer dans le combiné.

— Alex?

— Marc, oui, euh, c'est moi, je, mon Dieu, c'est bête, je... je me demandais ce que tu faisais et...

— Tu veux me voir ?

Droit au but, comme toujours. Je prends une forte inspiration.

— Oui.

— Viens au Caffè Gambrinus.

— Pardon ?

— Ce soir, à sept heures, j'y serai. Avant, il faut qu'on parle.

Il a raccroché.

13

Le Gambrinus. Bien sûr. C'est là que tout a commencé, c'est là que tout se terminera, ou reprendra son cours. Je suis assise à une table en terrasse et ma nervosité est extrême. Je tente de ne pas regarder ma montre. J'ai dix minutes d'avance. J'aurais dû arriver en retard, me faire désirer. J'aurais dû m'habiller autrement, comme une femme fatale. Je porte un jean et un tee-shirt. J'ai opté pour la simplicité après avoir tenté une robe courte qui me donnait des airs de fille en manque.

Mais je suis en manque, en manque de lui, de ses baisers. J'ai commandé un gin tonic : aux grands maux, les grands remèdes. J'ai une boule au ventre. J'attends, je regarde ma montre.

Sept heures exactement. Marc Roscarrick se tient devant moi.

Je fais celle qui regarde sa montre pour la première fois et pour relâcher la tension je prends un ton badin.

— Tu es toujours aussi ponctuel ?

— C'est la faute de ma mère, dit-il de cette voix suave qui me fait frissonner.

Il prend une chaise.

— Elle m'a inculqué que la ponctualité était la politesse des rois.

— Ou la vertu de ceux qui n'ont rien à faire ?

Il me regarde avec ces yeux rieurs que j'aime tant et nous partons tous les deux d'un grand éclat de rire. Soudain je me rappelle que nous sommes complices, nous l'avons toujours été. Je dois m'accrocher à cela si je veux réussir à tenir.

— Alors…

Il marque un temps, mais ne rit plus.

— … il y a une seule raison pour laquelle tu m'as fait appeler.

— Oui.

— Tu acceptes d'être initiée.

Du gin tonic pour me donner du courage.

— Oui.

Son regard est tellement intense. Il me prend la main. Mes doigts blancs entrelacés à ses phalanges tannées par le soleil.

— Est-ce que tu es vraiment sûre, Alex ?

J'ai une seconde d'hésitation. Je ne suis pas parfaitement sûre, mais ma décision est prise.

— Oui.

— Bien.

Il se lève et dépose des billets de banque sur la table.

— La prochaine fois que nous nous verrons, ce sera au palazzo Roscarrick.

— Pourquoi ?

— Les fiancés ne doivent pas se voir avant le mariage. On ne fait pas ça, en Californie ?

— Je ne comprends pas.

— Viens au palais demain, à minuit.

— Demain ? Mais, Marc, je dois faire quoi ? Je dois… comment je m'habille ?

Il marque un temps, prend ma main avec une délicatesse infinie et y dépose un baiser léger comme une plume.

— Viens comme tu es. Prends un taxi. Je paierai. Minuit. Demain. *Ciao.*

Il est parti.

Mon taxi s'arrête en face des grilles du sombre palazzo Roscarrick. De nuit, les rues de Chiaia sont très différentes, tamisées, voilées. D'une certaine manière, on semble attendre qu'il s'y passe quelque chose. Ce calme, ce silence, il plane un parfum d'angoisse. Je suis très contente que Marc ait insisté pour que je prenne un taxi.

Je sors de la voiture et je me détaille minutieusement. Pendant les trois heures qui viennent de s'écouler, je me suis préparée et parée. J'ai pris un bain, je me suis épilé les sourcils, rasé avec la plus grande minutie, j'ai même mis du parfum dans mes cheveux. Marc a dit de ne pas m'inquiéter de mes vêtements mais j'avais besoin d'être impeccable. Ce temps de préparation a eu pour effet de m'apaiser avant l'initiation.

Mais me voilà de nouveau nerveuse, l'esprit pétri d'angoisses et de questions. Qu'est-ce qui va m'arriver maintenant ? Est-ce ce soir que je serai initiée au premier mystère ? Est-ce pour cela qu'il m'a fait venir à minuit ? Je ne comprends pas. Est-ce que les mystères ont lieu au palazzo Roscarrick ? Il a dit que cela se passait en France, en Grande-Bretagne, en Italie. Je n'avais pas imaginé que cela pourrait se dérouler chez des personnes privées.

— *Grazie, grazie mille.*

Je cherche des pièces dans le fond de mon porte-monnaie. Le chauffeur de taxi jette un œil aux grandes portes du palazzo Roscarrick. Je crois déceler un sourire. Est-ce un sourire de pitié ? Pire, un sourire entendu ? Il démarre en trombe et me laisse seule sous la nuit étoilée.

La porte se dresse devant moi. Je ravale ma salive. Je soulève le lourd huis en métal et le relâche. Le bruit métallique du fer qui claque résonne dans toute la rue, un bruit ancien, qui remonterait du fond des âges. Dans cette lumière, tout paraît vieux de mille ans, antique, historique et ostensiblement menaçant.

La porte s'ouvre, un visage apparaît dans l'entrebâillement. C'est le domestique qui m'avait ouvert la première fois que j'étais venue.

— *Buona sera.*

Je suis presque heureuse de le retrouver mais lui ne semble pas me reconnaître. Il me tend un billet de cinquante euros pour payer le taxi, ce qui est beaucoup trop. Le taxi est déjà parti de toute façon mais il n'accepte pas que je le lui rende. Il n'est pas souriant et parle à peine. Il me montre le chemin d'un signe de la main et marche devant moi, le dos raide, le buste droit.

Qu'est-ce qui se passe ?

J'entre dans un hall par une petite porte en bois décorée d'arabesques orientales et de dessins chinois. Ou japonais ? Au centre de la cour intérieure, j'aperçois la fontaine, les reflets de ses eaux argentées scintillent dans le clair de lune. Un divin parfum de fleurs de lis, de roses et de fleurs exotiques embaume la maison.

— Par ici

Le domestique me guide à travers un long couloir. Tout est si sûrement, infailliblement silencieux que je suis prise d'une envie de fuir. Je hais ce silence, c'est celui d'une forêt où rôde un loup guettant sa proie.

Arrête, X.

— Où allons-nous ?

Ma question est inutile, et je ne m'attends à aucune réponse. Je parle juste à haute voix pour briser cette tranquillité insupportable. Et, de fait, le serviteur ne me répond pas. Il continue à marcher devant avec le dos bien droit.

J'entends un bruit au loin. Les lumières du couloir vacillent, c'est un rire étouffé, un rire féminin, derrière une porte, je crois ; je me demande si j'ai rêvé car après il n'y a plus rien.

Qui était-ce ? Est-ce que quelqu'un m'observe à la dérobée ? Tout est si sombre. Seules quelques bougies éclairent les panneaux de bois que nous longeons.

La lumière est rigoureusement identique à celle qui aurait été utilisée dans un palais aux dix-huitième et dix-neuvième siècles. Le travail de rénovation a été fait dans les règles de l'art, avec le souci du respect historique. À moins que tout n'ait été conservé depuis la construction du château et parfaitement entretenu. Cela ressemble fort à Marc. Un homme qui porte des costumes aussi élégants sait respecter et restaurer un tel trésor de patrimoine. Ces observations me divertissent tant bien que mal de mon angoisse. Mais nous croisons des chandeliers effrayants, et je me prends à souhaiter que des néons nous illuminent et ne laissent pas un seul coin d'ombre. J'ai peur de ces rires étouffés derrière des portes closes, je voudrais des portes grandes ouvertes, de la lumière.

— Nous y sommes, annonce le domestique d'une voix monocorde.

Il tourne la poignée en ivoire d'une petite porte peinte en gris et me fait entrer.

— Oh mon Dieu ! dis-je malgré moi.

La pièce est aussi spectaculaire que son entrée est banale. Éclairée par des photophores, elle est décorée de fresques dans le style pompéien. Les bordures d'un rouge cramoisi de vignes et de grappes de raisin entrelacées encadrent des oiseaux aux plumages chamarrés, des antilopes, de jeunes Romaines aux yeux noirs cerclés de khôl dansant, nues, ou à peine voilées.

— Déshabillez-vous et enfilez ceci, dit le domestique.

Il me tend une robe de soie légère comme une plume.

— Mais…

— Déshabillez-vous entièrement. Lorsque vous serez prête, vous sortirez par cette porte.

Il me désigne une seconde porte découpée dans le décor. Elle est peinte en trompe-l'œil et de là où je suis, on ne sait s'il s'agit d'une vraie porte ou non.

— Une dernière chose – l'homme est presque solennel –, si vous souhaitez que tout s'arrête, vous devez dire *Morpheus*.

— Pardon ?

— Si vous vous sentez… mal à l'aise, vous devez dire à haute et intelligible voix *Morpheus*. Si vous ne pouvez pas parler, tapez trois fois dans vos mains.

Il est parti. Je suis seule. J'entends des notes de musique au loin, ce sont des voix, un chœur antique, très doux, apaisant, une sorte de chant religieux.

Cette musique apaise mon âme. Comment quelque chose de mal pourrait-il m'arriver avec un chant si doux ?

Déshabille-toi, X. C'est tout ce que tu as à faire. C'est aussi simple que cela. Déshabille-toi.

Dans la lumière vacillante des bougies, je retire mon tee-shirt, mes Converse, mes socquettes blanches et je déboutonne mon jean. J'ai suivi les instructions de Marc, je n'ai pas essayé de m'habiller différemment de la veille. En revanche j'ai mis mes plus beaux sous-vêtements. Je les retire aussi.

Je suis nue.

La simple robe de soie dans ma main pèse moins lourd qu'une feuille de papier. J'admire un certain temps la finesse du tissu, puis je l'enfile. Elle glisse sur moi comme une seconde peau. La sensation est divine, c'est la chose la plus caressante et très certainement la plus chère que j'aie jamais portée. Dans la lumière des bougies, elle prend des reflets orange, roux. Sa couleur est indéfinissable, mordorée et si fine qu'elle en est transparente. Je regarde le triangle parfaitement épilé de mon pubis, on le discerne nettement.

Je ne peux pas. Je suis trop pudique. Je reprends ma culotte et l'enfile sans réfléchir. Puis je ferme les yeux. Je compte jusqu'à sept.

Calme-toi, X, calme-toi.

J'ai la bouche sèche et les mains moites. Mes pieds nus sur le parquet vernis. J'ouvre la porte peinte en trompe-l'œil et je fais un pas en avant.

La pièce baigne dans une étrange lumière. Elle est sombre et pourtant scintillante. Je mets quelques secondes avant de comprendre. La pièce est en porcelaine.

Lorsque je faisais des recherches sur l'histoire de Naples, j'avais lu des articles qui parlaient de ces chambres de porcelaine, construites par la noblesse de la ville au sommet de son pouvoir et de son influence. Un délire d'esthète, un nid à poussière, une pièce parfaitement inutile, un luxe pur. Les murs et le plafond sont décorés avec des narcisses et des serpents d'eau bleus, eux aussi de porcelaine.

Quatre serviteurs brandissant des candélabres d'argent sont postés aux quatre coins de la pièce. Ils sont jeunes et beaux. Ils portent un uniforme que je présume être la livrée de la maison Roscarrick. Tous fixent un point devant eux, aucun ne me regarde. La lumière de leurs flambeaux laisse le centre de la pièce dans la pénombre. Devant moi, un large fauteuil en bois, pareil au trône moyenâgeux d'un chevalier de la Table ronde, me tourne le dos. Comme sorties de nulle part, les voix des chœurs s'élèvent.

— Viens ici, X.

Je reconnais la voix de Marc, il est assis dans le fauteuil.

Je suis contente d'avoir gardé ma petite culotte, je me sens très vulnérable, nue et pieds nus dans cette robe si légère. Je ressemble aux femmes peintes sur les fresques de la villa des Mystères. Mes tétons durcissent dans la fraîcheur de cette chambre de porcelaine. Je voudrais ne pas être excitée, mais je le suis déjà.

J'avance vers le fauteuil et le contourne. Marc est plongé dans l'ombre, je peux à peine discerner les traits de son visage, seul son noble profil se dessine dans cette obscurité.

— Ne me regarde pas.

— Mais que veux-tu que je fasse ?

— Penche-toi, X.

— Comment ?

— Penche-toi sur mon genou. Le premier des mystères est celui de la soumission en public. Je vais te donner la fessée devant mes serviteurs.

J'ai envie d'éclater de rire, mais l'atmosphère qui se dégage de cette pièce est si grave et si austère que je me retiens. Devant ses serviteurs ? Il va me donner la fessée ?

Non.

— Tu peux partir ou te soumettre.

— Marc...

— Et tu dois m'appeler *Eccellenza*. Pendant toute la durée des mystères tu n'auras le droit de t'adresser à moi qu'en employant ce nom, *Eccellenza*.

— Marc ?

— Cela veut dire Excellence. Mais en italien, le *c* se prononce comme dans *cielo*. Tu peux m'appeler *Eccellenza* ou Seigneur, ou tu peux partir. Avec les conséquences que tu sais.

Toute mon éducation me crie de m'en aller. Mon âme de féministe convaincue serait même prête à dénoncer cet homme à la police. Et pourtant, pourtant, quelque chose me pousse à vouloir qu'il me fesse. Est-ce bien moi ? Est-ce l'effet de la musique, de la lumière des chandelles, de cette fabuleuse chambre de porcelaine ? Est-ce parce que pour l'avoir lui, je suis prête à tout ?

Mon esprit se met à flotter, je voudrais qu'un autre prenne la décision à ma place. Je cède, allez, qu'on en finisse.

— *Eccellenza*...

Je ne peux pas croire que je viens de dire cela.

— ... fessez-moi.

Mon corps tout entier se tend. Je marche jusqu'à lui, et me penche sur ses genoux, face tournée vers le sol. Mes pieds nus sont en l'air, je garde une main par terre pour maintenir mon équilibre. Je peux sentir les yeux des serviteurs sur moi. Bizarrement, je n'en ai cure. La situation est à la fois dérangeante et excitante. Je suis outrée et pourtant je sens entre mes cuisses que je commence à être mouillée.

Il soulève délicatement le pan de la robe de soie.

— Tatata, Alexandra…

— *Eccellenza*?

— Une petite culotte ?

— C'est parce que je… je ne…

Il n'attend pas que je me perde en explications. Il fait glisser le sous-vêtement de dentelle noire lacée, ma plus belle culotte Victoria's Secret. Instinctivement j'attrape sa main pour l'en empêcher, ces hommes doivent sûrement me regarder et je ne veux pas qu'ils me voient nue mais je sens la main de Marc se refermer avec force sur mon poignet.

— Tu dois me laisser faire, X.

Je veux qu'il arrête. Je veux qu'il continue. Je le veux lui.

Je ferme les yeux, honteuse et pourtant plus excitée que jamais. Je laisse retomber mon bras.

— *Eccellenza.*

Il a ma permission. Lentement, précautionneusement, il fait glisser ma petite culotte le long de mes jambes, jusqu'aux chevilles, et la jette dans une sorte de panier que je ne peux pas voir car je suis maintenant affalée sur lui. Mais je peux sentir la fraîcheur de l'air sur mes fesses.

Nous y sommes. Il va me donner la fessée. Devant ces étrangers. Ses serviteurs. Je suis tellement perdue que c'en est baroque. Je sens monter en moi le désir qu'il le fasse. Fais-le. Fais-le.

Il le fait. Je suis brûlée par la honte. Sa main vient de claquer mon postérieur. J'en tremble.

— Compte.

Quoi ? Comment ? Quoi ?

J'arrive à articuler :

— *Eccellenza* ?

— Tu dois compter chaque fessée que je te donnerai. En italien.

Il marque une pause. Il s'est penché vers la gauche et s'est emparé de quelque chose. Je réalise qu'il boit du vin rouge. Sa décontraction doit certainement faire partie de l'initiation. S'il fait cela avec tant de naturel, ma soumission n'en sera que plus grande. Cela aussi, étrangement, me plaît. C'est comme s'il me faisait languir. Je ressens le besoin, l'urgence qu'il s'occupe de moi, me donne ce plaisir de souffrance, ces petites aiguilles. Ça me démange. Oh encore. Encore, s'il vous plaît. Arrachez cette exquise démangeaison de ma chair. Arrêtez tout de suite. Encore. Arrêtez. Encore.

Il me donne une nouvelle fessée, plus forte que la précédente. Mon cul nu sur ses genoux et sa main qui s'abat. Les serviteurs me dévorent du regard. Je compte à haute voix :

— *Uno.*

Il me fesse.

— *Due.*

Il me fesse.

— Écarte les cuisses.

Je résiste autant que je peux, mais sa main ferme s'est glissée entre mes jambes et les tient ouvertes. Je crois que je veux qu'il fasse cela, qu'il me touche là où je suis déjà trempée.

Il me fesse.

— *Tre.*

Encore et encore, il me fesse et ma respiration s'accélère et je halète. Je ne sais pas d'où vient ce souffle rauque, un mélange de honte et de jouissance, un désir terrifiant, extatique, qui brille, m'illumine et me brûle les entrailles comme les flammes des candélabres sur les murs de porcelaine, roses et mordorées et fabuleuses. Je veux qu'il me fesse plus fort. L'humiliation est délicieuse.

— *Eccellenza.*

— X?

Je parle tout bas.

— Seigneur, s'il vous plaît, fessez-moi plus fort.

Il s'exécute. Cette fois-ci c'est une morsure. La douleur est presque insupportable. Neuf, dix, onze.

Il me fesse.

C'est comme si on applaudissait ma nudité. Je me sens sauvage, je voudrais être entièrement nue, même ce voile de soie me pèse. Je me mets à trembler, comme si j'approchais d'un étrange orgasme.

— Tu t'es enfuie à Pompéi!

Il me fesse.

— Tu m'as désobéi!

Il me fesse.

Je grogne de plaisir, je suis noyée par le désir.

— Pardonnez-moi, *Eccellenza*, fessez-moi plus fort.

Il me fesse.

Oh sa main sur mon cul! Je veux que ça ne prenne jamais fin. Je me fiche de savoir si les serviteurs me regardent. La douleur est si délicate, si érotique. Honteuse, embarrassante, mauvaise. Je suis traversée par des sensations contradictoires, je suis déchirée par le plaisir et la douleur. Sa main cherche mon clitoris.

Il me fesse. Fesse. Fesse encore.

Celle-ci était la plus forte de toutes. Je me mords la lèvre pour ne pas hurler. Mais un cri rauque s'échappe de ma gorge malgré moi.

Oui oui OUI.

FESSE-MOI.

Alors que ses doigts pressent et appuient et frottent mon clitoris, je pense aux serviteurs, à leurs yeux lubriques rivés sur *moi*, Alexandra Beckmann se faisant fesser si fort et si dur par *lui*, Marc Roscarrick. Et alors qu'il me fesse encore plus fort, toujours plus fort, quatre ou cinq fois encore, il déclenche une forme de jouissance inconnue, un orgasme vertigineux, pareil à un torrent de pétales de rose, un volcan, un jaillissement d'étincelles, un soulagement extrême.

— Oh mon Dieu, oh mon Dieu… ohhh. Ohh ohhh…

— X?

— *Grazie, Eccellenza…*

Pantelante, je le remercie dans un murmure.

— *Grazie.*

14

Je reste sur les genoux de Marc, nue, épuisée et comblée. Il lance un ordre dans un dialecte napolitain rugueux. Les serviteurs déposent les candélabres sur de petits guéridons et disparaissent aussitôt. Nous sommes seuls au milieu des antilopes et des zèbres de porcelaine qui s'élancent immobiles, pris au piège de leurs moulages parfaits dans la lumière vacillante et bleutée.

J'arrive à me relever, mais je tiens à peine debout, mes genoux s'enfuient sous moi. Tremblante dans ma robe de soie, je cherche à m'appuyer sur l'épaule de Marc mais il me soulève et m'emporte. D'un brusque coup de pied, il enfonce une porte et m'emmène dans ce qui semble être une chambre très peu éclairée.

Je suis toute chose, perdue dans une nébuleuse mais à la fois rassassiée par cet étrange orgasme. Je niche ma tête dans son cou et j'embrasse le creux de son épaule. Je bois son parfum, je m'enivre de l'odeur de Marc alors qu'il me porte et qu'il me dépose avec douceur sur un grand lit. Et je reste là, allongée et heureuse, dans un rêve éveillé, et pourtant encore pleine de désir.

Il retire ma robe et commence à me faire l'amour.

Il écarte mes cuisses, doucement, fermement. Il est devenu l'exact opposé de ce qu'il était tout à l'heure. Caressant, tendre, doux. Je me laisse aller, je me perds dans un monde de délices et de volupté. J'attrape les draps alors qu'il commence à descendre. Sa langue parcourt mon corps et se met à me lécher là, là où j'attends qu'il me lèche. *Eccellenza*, *Eccellenza*.

Votre Excellence.

Pendant plusieurs minutes, il me lèche le clitoris, enfonçant sa bouche entière entre mes jambes offertes, léchant, mordillant, léchant à nouveau. Il passe de l'un à l'autre, comme s'il savait exactement me contenter, comme s'il savait lire mes frissons. Il joue avec la pointe de sa langue, suçote, me lèche encore et je me laisse totalement aller, les yeux plongés dans le noir, je soupire, je gémis et je repense aux fessées qu'il m'a données.

C'était tellement érotique. Mais pourquoi ? Qu'a-t-il fait ? Comment ai-je pu aimer cela ? Mon côté féministe est révolté mais la femme sexuelle en moi s'abandonne à sa joie. Ma joie ?

— Marc.

J'ai envie de jouir. Je sens que je suis toute proche de jouir mais je veux l'embrasser. Mon bel amant, l'homme qui m'a fessée.

— Marc ?

Il relève la tête d'entre mes cuisses et remonte vers moi, et il m'embrasse, encore, enfonce sa langue, ma bouche s'ouvre comme une fleur, sa langue dans ma bouche. Alors il arrête de m'embrasser et glisse son pouce entre mes dents. Je suce son pouce et repense à ce qu'il m'a fait. Je lui mords le pouce, pour le punir de m'avoir fait mal.

— Aïe!

Il pousse un cri. Il sourit. Je relâche son doigt.

— Roscarrick, salopard.

— Mais tu étais si belle, mon amour, si belles tes blanches fesses.

— Marc.

— Quoique… à la vérité… elles soient un peu plus roses maintenant.

— Mais ils ont tout vu.

Il sourit à nouveau. Son souffle sent le vin. Nos visages se touchent. Il m'embrasse sur le bout du nez.

— Et tu as aimé ça, n'est-ce pas?

Ses grands yeux bleus brillent dans la pénombre, ils sont plongés dans les miens, je peux presque sentir la caresse de ses cils. Âme contre âme.

— Tu as aimé ça. Tu as adoré ça, petite salope.

Je ne peux pas mentir. Je ne peux même pas nier de la tête. Je veux juste le sentir en moi. Je veux juste qu'il me donne un autre de ces orgasmes dont il a le secret.

— Fais-moi jouir.

— *Si, si, bella donna.*

Il descend, encore une fois et écarte mes cuisses, sa langue experte se pose au point nodal peut-être dix-sept secondes et je jouis. *Dix-sept secondes.* Oh protégez-moi de cet homme! Je suffoque, mes orteils se crispent de bonheur, je me souviens des fessées et mon orgasme est tellement intense, facile, tellement facile.

Mais qu'est-ce qui m'arrive? Avant je n'arrivais jamais à jouir. C'était si compliqué. Je ne savais pas comment m'y prendre. Maintenant c'est devenu enfantin. Oui, un jeu d'enfant, comme quand on apprend à faire du vélo. On a compris le truc, ça y est, on sait faire du vélo, on saura toujours le faire, tu vois, simplement comme ça.

Crétine. Crétine petite fille, X. Tu aurais pu connaître ça beaucoup plus tôt. Tout ce qu'il te fallait, c'était un très bel expert, aristocrate, italo-anglais, milliardaire. Tu aurais pu trouver ça n'importe où !

Et maintenant je suis exquisément fatiguée.

— Bonne nuit... Bonne nuit.

Il dépose un baiser sur la pointe de mon nez.

— *Piccolina.*

Je sombre dans le sommeil, je m'enfonce dans les oreillers de plumes du vaste lit. Au loin, j'entends les dernières notes de cette musique sublime, comme une berceuse. Morphée m'entraîne, mes paupières sont lourdes. Je pense à Marc. Avec délectation, je me dis que je vais dormir dans son lit, dans ces draps frais et propres, dans ce luxe de blanc, avec lui.

Je me réveille dans la lumière du soleil que filtrent les persiennes. Marc est endormi, son visage tanné, si beau avec ses boucles brunes emmêlées. Sur son épaule, je discerne une petite cicatrice, curieuse, subtile, comme dessinée au couteau. Des images de la veille me reviennent avec un goût de plaisir et de culpabilité. Marc m'a-t-il réellement donné la fessée devant ses serviteurs ? Mon Dieu que s'est-il passé ? Je ne peux pourtant pas nier que c'était terriblement excitant. Soumission en public. C'était donc cela, le premier des mystères ? Si oui, me voici aujourd'hui *libérée*. Quelque chose s'est détendu en moi, une tension psychique s'est relâchée, un nœud complexe s'est défait. J'étais nue et sexuelle et soumise au regard de tous ? Et alors ?

Marc ne se réveille toujours pas. Je me frotte les yeux, je bâille, puis j'observe la pièce où nous sommes.

Dans la lumière du jour, elle ne ressemble plus du tout à ce que j'avais vu ou imaginé hier soir. Je m'attendais peut-être à un lit à baldaquin, des fauteuils Louis XIV et des commodes rococo avec des pieds en griffes de lion. La chambre de Marc est très contemporaine. Le lit est immense, très bas, en bois sombre. Les murs sont pastel, d'un gris crème très doux. Au centre de la pièce un tronc d'arbre coupé et poli fait office de table basse ; on y a posé une sculpture en verre, minimaliste mais très expressive.

Quelques cravates gisent sur le parquet, le désordre nécessaire pour rendre cette pièce habitée. Les tapis doivent probablement venir de Londres, des monoblocs de couleur. Je note chaque détail avec avidité. Deux chaises Barcelone se font face dans un coin de la pièce. Je ne suis pas experte en mobilier baroque ou Renaissance, mais j'aime le design et je connais ces chaises dessinées par Mies van der Rohe. Une grande bibliothèque s'étire sur le mur du fond, elle croule sous des centaines de livres lus et relus, cornés et aux tranches craquelées. Deux grandes photos décorent la pièce. Sont-elles d'Andreas Gursky? Tout est élégant, confortable et choisi avec soin. On pourrait rester ici cent sept ans et attendre de se faire réveiller de temps en temps par les photographes de *Vogue Interiors*.

La seule touche historique, le seul signe apparent du fait qu'on soit dans un palais de l'ère des Bourbons est le portrait d'une très belle femme dans une robe bleue à crinoline. On dirait une peinture anglaise du dix-huitième siècle, ça ressemble à un Gainsborough. Si ça se trouve, c'est un vrai Gainsborough et cette femme est l'arrière-arrière-arrière-grand-mère de Marc. Elle est belle mais son regard est triste. La robe laisse voir la naissance de ses seins et ses lèvres sont d'un rouge profond. Sur la table devant elle un crâne humain, symbole de mort, et au sol une cravache, symbole de flagellation ? Était-elle la première des Roscarrick à se faire initier aux cultes à mystères ? Soudain je suis mal à l'aise. Je réalise que je suis nue alors je me lève et pars à la recherche d'une salle de bains.

Deux portes. Y aurait-il deux salles de bains ?

La première donne sur une pièce sombre et masculine, pleine d'après-rasage, de rasoirs et de blaireaux de chez Geo F. Trumper, Curzon Street, Mayfair. Dans une armoire en bois exotique, on a accroché des masques d'escrime et des fleurets. Voici donc le secret de sa forme. L'escrime, le duel, le parfait prince de cape et d'épée. La seconde pièce est aussi une salle de bains. Elle est quasiment aussi grande que mon appartement. J'attrape un peignoir suspendu à un crochet derrière la porte. Je me sens un peu coupable, comme une petite fille qui explorerait des lieux interdits. Surtout, je ne peux m'empêcher de me demander qui est venu ici avant moi.

La baignoire est si grande et si profonde qu'on pourrait y laver un mouton. Les murs sont clairs, nacrés. J'ouvre les placards et les tiroirs. Les savons, encore emballés, viennent de Florence, les serviettes sont divines, épaisses et royales. Elles sentent si bon que l'on voudrait enfouir la tête dedans pour l'éternité. On dirait la salle de bains d'un hôtel cinq étoiles, en mieux.

Peut-être que Marc pourrait me laisser vivre ici. Dans cette salle de bains. Elle est bien assez grande. Il suffirait qu'il me fasse livrer des sandwichs et ce serait parfait.

J'attrape une de ces petites brosses à dents sous plastique et je vais sous l'énorme pommeau de la douche. Je me lave les cheveux, je me savonne, je me rince. Puis je reprends le peignoir divin. C'est comme si j'étais à l'hôtel et que je n'avais pas payé. Je retourne dans la chambre.

Marc est là, debout, lui aussi est en peignoir. Il sourit, passe les doigts dans mes cheveux mouillés et m'embrasse magnifiquement.

— Bonjour, X.

J'hésite presque à parler.

— *Buongiorno*, Marc.

Nous nous embrassons. Et encore. Trois fois. Il a un goût de savon et un parfum de shampoing. Je sens le désir revenir au creux de mes reins, comme un sorbet qui fondrait à l'intérieur de mon ventre chaud. À nouveau, j'ai envie de lui.

Fais attention, X. Fais attention.

Je remarque que le petit déjeuner a été servi. Pour être exact, il est apparu, comme par enchantement, tel que je me l'étais imaginé. Des carafes de jus de pamplemousse, des cafetières en argent, des petits pots de crème, des paniers garnis de brioches, de *sfogliatelle*, de pains aux raisins, et des assiettes de fruits découpés. Mangue, pêche blanche, fraises des bois.

— Mon Dieu, je meurs de faim.

Nous sommes tous les deux assis sur le lit, séparés par le plateau d'argent.

— Vraiment ?

— Oui. Pardon. Cela pose problème ?

— Mais… – il soupire – tout ce que tu as eu à faire c'était de rester allongée sur mes genoux. Ça n'est pas comme si tu avais brûlé un grand nombre de calories.

Je le regarde. Qu'est-ce qu'il raconte? Je réalise un peu tard qu'il me charrie. Je lui jette un morceau de brioche au visage. Il rit.

— C'est moi qui ai fait tout le boulot, X.

— Marc!

— J'ai des courbatures au bras droit. Tu crois que je devrais voir un ostéopathe?

Il rit encore, d'un bon rire contagieux et qui a pour effet de me soulager. Toute la tension qui restait tapie au creux de mon ventre s'est dissoute, envolée. Je me jette sur lui, je l'escalade, je l'enjambe, mes cuisses enroulées autour de son buste, et je me jette en arrière. Nous tombons dans les coussins, je ris et je l'embrasse et il rit et il m'embrasse. Soudain je me redresse, échevelée, et je lui dis avec l'air le plus sérieux du monde :

— De toute façon vous étiez pathétique, lord Roscarrick.

— Quoi?

— Tu appelles ça une fessée? Je n'ai rien senti.

— Ah vraiment?

— Vraiment. Pour dire la vérité, je me suis même endormie à un moment.

Il sourit et tente de s'asseoir mais je suis toujours enroulée autour de lui, la poitrine au-dessus de son visage. Je sens qu'il a une érection. Il plonge ses yeux dans les miens, ses yeux bleus que le désir rend sombres.

— Montrez-moi vos seins, mademoiselle Beckmann.

— Non.

— *Per favore, signorina*, ayez pitié d'un pauvre milliardaire!

— Non. Navrée. J'ai besoin de petit-déjeuner et ensuite j'ai du travail.

— Vraiment ?

— Vraiment. On ne peut pas rester assis toute la journée sur des chaises Barcelone, déguisés en Prince parfait et Princesse parfaite.

Il me regarde, étonné.

— Je suis comblé.

— Pourquoi ?

— Personne n'a jamais remarqué ces chaises avant toi.

— Ce sont des vraies, n'est-ce pas ?

— Oui, dit-il. Je les ai achetées dans une vente aux enchères il y a des années de cela. Et je n'ai jamais... enfin... pas depuis que ma femme est morte... il n'y a jamais plus eu quelqu'un qui comprenait quoi que ce soit. Je veux dire... de ce qui m'intéressait.

Il a le sourire d'un petit garçon, tellement mignon, mais empreint de tristesse, comme parfois. J'ai envie de le serrer dans mes bras mais je me retiens.

— J'ai faim.

Il boit un jus de fruit, du café, écoute les messages sur son portable. Je suis joyeuse, je mange de la brioche et des fraises des bois. Je suis vraiment affamée. Est-ce à cause de cette histoire de fessée ? Ou alors de tous ces orgasmes ?

— Bon, dis-je, avalant une dernière bouchée de brioche beurrée. Dis-moi, Marc. C'était donc ça, le premier mystère ?

Il lâche son téléphone sur le lit.

— Oui, le premier et le plus simple.

— Mais c'est censé dévoiler quoi ? Je ne comprends pas.

Je sens le rose me monter aux joues.

— C'était érotique, bien entendu, je ne le nie pas, c'était étonnamment érotique.

— C'était bien mon impression.

— Cependant, je ne comprends pas comment…

— Les mystères se déroulent en public, ils sont souvent sexuels. Pour passer l'épreuve, il faut montrer une habilité à se soumettre. Tu as réussi.

— J'ai réussi ?

— Oh oui ! Avec les félicitations du jury.

— Mais, mon Dieu, mes fesses nues !

— Tes fesses sont divines. Tu es la Vénus callipyge.

Je fronce les sourcils.

— Pardon ? Vénus calli-quoi ?

— Vénus callipyge, la splendide Vénus des postérieurs, la Vénus des beaux culs.

— Oh, une déesse grecque ?

— Oui, et tu es son avatar.

Il est secoué de rires et tend la main pour m'attraper. Je m'élance pour lui échapper.

— Il faut que je m'habille, Marc, je dois vraiment aller travailler. Où sont mes habits ?

Il soupire, feignant le désespoir.

— Ils sont dans le placard, propres et repassés.

Bien entendu. Pourquoi ne seraient-ils pas propres et repassés ? Cet homme a peut-être trois cents domestiques et une armée de valets prêts à lui recoudre pendant la nuit les boutons de sa chemise déchirés la veille.

J'ouvre le placard et je trouve mon jean, mes Converse, mes socquettes blanches et mes sous-vêtements Victoria's Secret, ma petite touche de luxe et d'érotisme ridicule et gauche. Je hausse les épaules, je m'en fiche. Je me sens bien comme si j'étais une nouvelle femme, une femme émancipée.

Alexandra Beckmann, la Vierge du New Hampshire, a été une très vilaine fille et elle a adoré ça.

Me voici prête. Je me tourne vers Marc. Lui aussi a enfilé son jean et une chemise blanche immaculée. Je ne peux pas m'empêcher de lui demander ce qui se passe *après*. Avec application, il clipse ses boutons de manchettes en argent puis lève son regard vers moi.

— La deuxième initiation aura lieu dans quinze jours.

J'ai la gorge serrée.

— Et qu'est-ce qui se passera ? Tu me donnes la fessée dans un stade devant des milliers de spectateurs ? On danse nus à la télé ?

Il ne sourit plus.

— X. Tu dois savoir que le deuxième mystère est… Son visage prend une expression sombre… plus difficile. C'est à partir de ce moment-là que tout commence.

Une ombre de tristesse le défigure un court instant. De la tristesse et une forme de rage, je ne saurais la décrire. Mon cœur se serre d'angoisse et mon âme est terrorisée. Parce que je réalise que, en plus de désirer cet homme plus que tout au monde, je suis en train de tomber amoureuse de lui.

15

Les jours se mettent à valser, à tourner, comme un menuet, un cotillon ou une de ces jolies danses d'autrefois. Les partenaires s'avancent et se reculent, se rapprochent et s'éloignent, mais chaque nouveau tour les unit davantage. Pour la vie ?

Maintenant, je suis allongée sur mon lit, habillée et pieds nus, observant les ombres que dessine le soleil sur le plafond de mon studio. Des livres sont éparpillés sur mon dessus-de-lit. Tous traitent du même sujet : la Camorra et la 'Ndrangheta. Je veux être studieuse et ne pas oublier le pourquoi de ma venue à Naples… même si je suis accaparée, tourneboulée, obsédée par ma liaison, ma passion, ma folle folie avec Marc. Je m'accroche à ma thèse. Car si j'arrête de lire et de prendre des notes une bonne partie de la journée, alors ce sera comme m'abandonner entièrement à Marc.

Et puis le sujet de ma thèse m'intéresse réellement.

Plus j'ouvre de livres, plus je pense à Marc et plus je m'interroge. J'ai corné certaines pages. Je fronce les sourcils alors que je relis un passage souligné par mes soins :

« La Garduña était une société criminelle secrète espagnole datant du Moyen Âge. Au départ, elle n'était qu'un groupe d'anciens prisonniers mais elle évolua rapidement vers une entité plus organisée impliquée dans les vols, les kidnappings, les incendies et les meurtres commandités. On subodore que les statuts de la Garduña ont été établis à Tolède autour de 1420, et certains historiens s'accordent à penser que la Garduña aurait donné naissance à la Camorra napolitaine durant la domination espagnole du sud de l'Italie. »

C'est ce paragraphe en particulier qui me pose problème :

« Une chanson populaire calabraise corrobore cette assertion d'un héritage espagnol. Elle raconte l'histoire de trois frères de la Garduña, trois chevaliers espagnols qui fuirent l'Espagne après avoir brutalement assassiné le vil séducteur de leur petite sœur. Les trois hommes prennent un bateau qui les débarque sur l'île de Favignana, près des côtes siciliennes. Le premier d'entre eux, Carcagnosso, sous la protection de saint Michel, arrive jusqu'en Calabre et fonde la 'Ndrangheta. Le deuxième, Osso, sous l'égide de saint Georges, va en Sicile et crée la Mafia. Et le troisième, Mastrosso, avec l'aide de la Vierge Marie, se retrouve à Naples pour fonder la Camorra. »

J'écoute mon cœur battre dans le silence de l'appartement.

Marcus Roscarrick.

Lord Marcus Roscarrick.

Lord Marcus James Anthony Xavier *Mastrosso* Di Angelo Roscarrick.

J'en frissonne. Et si ce n'était qu'une coïncidence ? Pourquoi Marc aurait-il un nom qui le relierait à la Garduña, elle-même aïeule de la Camorra ? Si sa famille était issue de la lignée des Bourbons aux dix-huitième et dix-neuvième siècles, cela impliquerait qu'elle a des origines espagnoles car les Bourbons étaient originaires d'Espagne. Comme la Camorra. Du moins, c'est une hypothèse.

Je repose le livre et écoute le bruit de la ville, la cloche du ferry en partance pour Ischia sous le soleil, les klaxons furieux des taxis de la via Nazario.

Je prends un autre livre, consacré celui-ci aux étymologies du dialecte napolitain. J'ai souligné un passage à deux reprises :

« *Guappo* (plur. *guappi*) : voyou, gangster, tyran, brute, mais aussi par extension vantard ou fanfaron. Aujourd'hui, le mot est souvent employé pour désigner un membre de la Camorra. La *guapperia* (ou *guapparia*, la culture *guappo*) est antérieure à la Camorra et était, à l'origine, très différente de cette dernière. »

Je sais que je ne devrais pas me ronger les ongles mais ça m'aide à réfléchir.

Les jeunes drogués qui m'ont agressée dans les Quartieri Spagnoli avaient appelé Marc *guappo.* Je m'en souviens parfaitement. Je l'avais interprété comme une sorte d'insulte. C'est pourquoi la suite de la définition me pose problème.

« Le mot dérivé de l'espagnol *guapo* désigne un homme élégant, courageux, et par extension ostentatoire. Il vient probablement du latin *vappa.* Une seconde possibilité serait que le mot vienne de la Garduña, l'organisation criminelle espagnole. Les premiers membres de la Garduña s'appelaient les *guapos.* Ils étaient des assassins, des bandits et des escrimeurs hors pair. »

Des hommes d'armes, des escrimeurs qui plus est.

« La figure du *guappo* n'est donc pas nécessairement liée à la Camorra. Il est aussi une figure de l'ère napolitaine, reconnaissable à son allure de dandy, à son assurance et à son calme ostentatoire. C'est pourquoi l'on peut dresser des catégories à l'intérieur même du terme, des simples *guappi* aux *guappi* de classe supérieure. Les premiers sont reconnaissables à leur extravagance, les seconds à leur élégance sobre. »

Cela correspond-il à Marc? Oui, peut-être. Oui sûrement. Marc Roscarrick n'est pas un de ces dandys dandinants et ridicules, il est un aristocrate pur jus, il a un goût exquis et est toujours dans la subtilité et la discrétion, ce qu'il fait paraît se faire sans effort. Il est anglo-italien. Il est tout ce que l'on peut imaginer d'un lord anglais et s'habille comme le plus classe des Italiens.

Je pousse un long soupir, la Mafia, la 'Ndrangheta, les serments, les réunions secrètes, les initiations, tout s'emmêle et forme une tempête sous mon pauvre crâne. Je dois trier ces informations, mais il faudra pour cela attendre demain.

Car Jessica frappe à ma porte.

— X! Tu es là?

— Hmoui…

— Tu as de la visite.

Je saute du lit et j'enfile mes sandales. Lorsque j'ouvre la porte, Jessica est dans un état d'excitation qui ne lui ressemble guère. Elle traverse mon appartement en direction du balcon, puis elle pointe le doigt.

— Là! Tu vois ça?

Il fait bon, l'air est chaud. Je regarde en bas. Un petit coupé Mercedes gris métallisé est garé devant notre immeuble. Adossé contre le capot, un jeune homme élégant fume une cigarette avec désinvolture, il porte un costume noir et des lunettes de soleil. On pourrait presque croire qu'il est en uniforme.

— Il a sonné à ma porte par erreur.

Jessica porte une robe blanche très courte qui lui donne un air d'ingénue et d'allumeuse à la fois.

— Il est mignon, non ? On dirait qu'il sort tout droit du *Parrain*. Celui avec De Niro. Il s'appelle Giuseppe et il est au service de Prince parfait.

Je regarde le jeune homme et Jessica poursuit son babillage.

— Je vais peut-être avoir un petit minuscule riquiqui *amorevole* avec lui.

— Giuseppe ? Je crois que je l'ai déjà vu…

— Formidable. Bon, il veut te voir.

— Pourquoi ?

— Je sais pas. Peut-être qu'il va être ton chauffeur personnel, ma poulette.

— Pourquoi ?

— Tu arrêtes avec tes pourquoi ! Monsieur LeBeau-Gosse est en bas AVEC une Mercedes !

Je me tiens à la balustrade et le hèle.

— Giuseppe ?

Il lève les yeux vers nous et sourit. Oui, je le reconnais, il était le premier à me porter secours dans le quartier espagnol.

À la manière d'un acteur de théâtre, Giuseppe fait une gracieuse révérence en désignant la voiture. Il ressemble à un de ces valets de pied qui invitaient les princesses à monter dans leur carrosse. Il réalise une suite de courbettes et se donne en spectacle avec beaucoup de gaîté apparemment.

— Ah ouais, là on se croirait dans *Cendrillon* !

Jess exécute une petite danse en guise de réponse à Giuseppe puis elle pointe son doigt vers moi et me menace.

— Fais gaffe de pas te transformer en citrouille, ma poulette.

— Tu as raison, je vais éviter les pantoufles de vair.

Jessica est euphorique, elle me prend par la main et se met à chanter.

— Pourquoi ne viens-tu pas avec moi… lalala… pour voir à quoi… lalala… tout cela rime!

Nous descendons et traversons la chaussée. Giuseppe fait la révérence à nouveau.

— Bonjour miss Beckmann.

— Bonjour.

Il sourit, très charmeur.

Jessica a un petit râle. « *Beaugossaurus rex* ! »

— Je me tiens à votre disposition pour vous conduire où bon vous semblera. Ainsi qu'il me l'a été ordonné par lord Roscarrick.

Je ne comprends pas.

— Mais pourquoi?

— Parce que ce sont les ordres. En revanche, si vous préférez la conduire vous-même…

Il me tend alors les clés cérémonieusement.

— Mais…

Je regarde la superbe voiture que Marc me prête. On dirait la petite sœur de son autre voiture, le coupé Mercedes bleu sombre. Celle-ci est un peu plus petite et plus fine.

— Je ne peux pas accepter, Giuseppe. Je risquerais de la rayer.

Giuseppe se penche vers moi, dépose les clés dans ma paume et referme mes doigts.

— Miss Beckmann, vous n'avez pas compris. C'est *votre* voiture.

— Quoi ??

— C'est votre voiture. Cette voiture est à vous. Lord Roscarrick vous en fait cadeau.

Il recule d'un pas. Incline poliment le buste.

— Vous pouvez la garder. Vous pouvez la conduire jusqu'à Rome ou à Moscou, à votre convenance.

Puis il tourne les talons sans autre forme de procès et s'éloigne en direction de la mer.

Je garde la bouche ouverte comme un poisson suffocant hors de l'eau. Les yeux rivés sur la voiture flambant neuve.

Ma voiture ?

Jessica a le même air de poisson hébété que moi, mais elle se reprend plus vite.

— Un coupé Mercedes ? Il t'a offert un coupé Mercedes ?

— Oui, je sais, ça paraît dingue en effet.

Elle fronce les sourcils.

— Je le prendrais très mal à ta place, ma poulette. Comment ? Une Mercedes seulement ?

Elle se met à rire et son rire est contagieux, comme toujours. J'essaie d'être aussi spirituelle qu'elle.

— Oui, tu as raison. Je vais peut-être lui faire la gueule. Qu'il sache que je n'accepterai rien de moins qu'une Bentley.

— Ou une Lamborghini. Avec des sièges en léopard.

On rit mais je reprends mon sérieux.

— Je ne peux pas accepter, bien sûr.

Jessica manque de s'étouffer avec sa propre langue.

— Quoi ??? Pourquoi ??

— Enfin Jess, c'est une Mercedes ! Je ne peux pas, ce serait mal.

— Attends, attends, ma poulette, pas de précipitation. Nous allons d'abord prendre le temps de peser le pour et le contre. D'accord, X ?

Jessica marque une pause d'une fraction de seconde et reprend :

— OK, c'est bon, tout bien considéré, on la prend ! Viens, on va faire un tour !

Je réfléchis. Je suis presque certaine de refuser ce présent, c'est trop énorme. Mais je peux aller faire un tour, juste un petit tour, une journée de rigolade en balade avec ma copine Jess. Après je rendrai la voiture.

— Je ne vais pas la garder.

— Vraiment ?

— Oui, vraiment.

— OK… Jessica hoche la tête. OK, OK ma poulette, tu as probablement raison. Tu sais quoi ? Donne-moi les clés, je me charge de lui trouver une garde. Fais-moi confiance.

— Mais on peut aller faire un tour juste aujourd'hui.

Jess donne un coup de poing dans l'air.

— Yes !

Elle prend une moue pensive.

— Mais où aller ? Amalfi ? Positano ?

— Impossible, on risquerait de tomber sur ma mère et je n'ai pas du tout envie de lui expliquer comment je me suis retrouvée au volant de ce bolide.

Jess opine du chef.

— Je sais, dit-elle, allons à Caserte, voir le palais.

— Celui qui a le plus grand jardin du monde ?

— Oui. J'ai toujours eu envie d'y aller. Allez, Cendrillon. Conduis-nous comme un pirate !

Nous montons en voiture, et je mets la clé dans le contact avec précaution. Jessica tripatouille les boutons du GPS et tape notre destination. Assise aux commandes, je suis ébahie. Je n'arrive pas à réaliser ce qui m'arrive.

Je n'ai encore jamais conduit de voiture de sport. Alors piloter un coupé sport Mercedes flambant neuf au travers des rues minuscules et dans la circulation chaotique de Naples… accélérer parmi les Fiat défoncées et les Alfa Romeo presque autant cabossées, freiner au milieu des ordures qui jonchent la chaussée et doubler de longues limousines noires aux vitres teintées, ça non, je ne l'ai jamais fait.

Je tourne la clé, j'appuie sur la pédale et je m'élance, intrépide. Et malgré le fait que je manque d'écraser une vieille dame aux abords de Scampia, après avoir failli faire voler en éclats la vitrine d'un Superò Supermercato à la sortie de Marcianise, nous atteignons enfin notre destination.

Bizarrement, le palais de Caserte nous déçoit. Cette célèbre construction du dix-huitième siècle est le Versailles des Bourbons de Naples et, comme Versailles, elle est simplement démesurée. Les grandioses escaliers de marbre s'élèvent vers le ciel et se déversent dans des pièces colossales et sans âmes aux fenêtres gigantesques. Nos pas résonnent dans cette immensité, et leur écho est celui de l'ennui. Et les jardins étendent leurs pelouses dans des diagonales et des horizontales qui ne connaissent pas de fin. Ils nous intimident plus qu'ils ne nous inspirent.

Nous nous sentons comme deux naines dans un château de géants. Jessica lit son guide à haute voix.

— « Le palais compte douze cents chambres dont deux douzaines d'appartements officiels, une grande bibliothèque, un théâtre construit sur le modèle du théâtre San Carlo de Naples. »

— Douze cents chambres ?

— Douze cents chambres, répète Jessica. « La population de Casertavecchia a été déplacée sur dix kilomètres pour pourvoir le chantier en main-d'œuvre. Une manufacture de soie, San Leucio, a été installée dans l'immense parc. »

— On pourrait cacher New York dans ce parc.

Jessica approuve et soupire. Toutes deux, nous levons les yeux vers les allées ponctuées de fontaines. Certaines d'entre elles doivent être aussi grandes que les pyramides d'Égypte mais nous ne pouvons pas juger de leur taille à pareille distance. Jessica reprend sa lecture.

— « Le palais de Caserte a servi de décor à un grand nombre de productions cinématographiques. En 1999, *Star Wars Épisode 1 : La Menace fantôme* l'utilisa comme le palais de la reine Amidala à Naboo. »

— Naboo ? Mais non ! On est à Naboo ?

Je ris mais la fatigue me gagne.

— Allez, Jess. Rentrons à la maison.

Et nous rentrons. Mais mon humeur est de plus en plus sombre au fur et à mesure que nous rejoignons Naples. À mi-chemin, des nuages menaçants voilent la lune qui se lève, la circulation est de plus en plus encombrée. Nous sommes quasiment à l'arrêt. Par la fenêtre je regarde les feux brûler dans la campagne. Ils sont des points rougeoyants dans le noir des champs. Des feux partout, des feux en pleine cambrousse.

— Mais qu'est-ce que c'est que ça?

Je pointe du doigt les foyers incandescents, les craquements d'étincelles dans la nuit bleue. Jessica hausse les épaules et répond en bâillant.

— Tu n'avais jamais vu ça?

— Non.

Elle se frotte les yeux.

— C'est la Camorra, ma poulette, ils brûlent les ordures. Ça peut être des déchets d'usine, des déchets toxiques, même. Tout ce qui leur tombe sous la main. Ils brûlent ça la nuit. Dans la zone qui délimite la périphérie de la ville. Les gens l'appellent le triangle de la mort.

— Oh! Et pourquoi?

— Tout simplement parce que ce système illégal et barbare a pollué les eaux et que les taux de cancers sont les plus hauts d'Italie dans cette région. Ici la Camorra est totalement aux commandes.

La circulation se fluidifie et nous passons devant de nouveaux feux. Des flammes lèchent l'air et s'envolent dans le vent, cette scène a un caractère satanique. Et paradoxalement, une certaine beauté s'en dégage. La beauté du mal. Comme celle d'un homme très beau et violent.

La semaine prochaine, Marc Roscarrick m'emmène à Capri.

16

— Je ne peux pas accepter, Marc.

— Pourquoi pas ?

— Parce que c'est trop. Une voiture de sport ? J'aurais l'impression d'être une femme entretenue, ou une sorte d'animal domestique.

— Tu préférerais un avion ?

Je lève les yeux du levier de vitesse et je le dévisage. Il se moque de moi. Mais moi, je ne rigole pas. Nous sommes assis dans ma voiture, qui de fait est redevenue sa voiture. Nous sommes garés au Vomero, une des collines qui surplombent Naples, avec ses pelouses vert acidulé, ses hauts murs, les caméras de sécurité et des poubelles qui sont, elles, pour le coup, collectées.

— Marc, tu sais bien que je t'appartiens corps et âme. Je n'ai pas besoin de… *ça*.

Je fais une grimace en montrant le tableau de bord comme si c'était une chose absolument répugnante même si une petite voix au fond de moi dit : « Garde-la, garde-la ! Alex, garde la voiture bon sang de bois ! »

— Et un appartement ? Est-ce que j'ai le droit de t'offrir un appartement ?

Il me regarde avec ses yeux bleu océan.

— Je pourrais t'acheter l'appartement de Diego Maradona. Il a habité ici tu sais, ça te plairait ? Ce serait quand même mieux que Santa Lucia…

Il rit, moi aussi. J'espère qu'il ne parle pas sérieusement.

— Je ne veux pas d'appartement.

— Bon alors des diamants ? Des rubis ? Toutes les émeraudes de Kashgar ?

— Ne me tente pas…

— Mais j'adore te tenter, *piccolina*. Lorsque tu es tentée, tu fronces le nez comme une sale gamine… que tu es…

— Une gamine qui mérite la fessée ?

— Chchchchch, *mia carissima*, cette fois-ci c'est moi qui suis tenté.

Il me pince le genou.

— Marc.

Il fronce les sourcils et sourit en même temps. Il pose les yeux sur ma modeste robe bleue et mes jambes nues. Il remonte sa main sur ma cuisse et me pince à nouveau. Il rit silencieusement, en montrant ses dents blanches. Il porte un costume gris clair, une chemise bleu pâle et une cravate jaune paille. Ces tons pastel sont exquis et font d'autant mieux ressortir son bronzage, ses mâchoires carrées et ses boucles de jais dans lesquelles j'ai toujours envie de passer mes mains. Nous sommes samedi. J'ai décidé de lui rendre la voiture aujourd'hui. Il a insisté pour que nous fassions un dernier tour avant que ce ne soit irrévocable.

Je ne changerai pas d'avis. Mes doutes au sujet du cadeau de Marc ont été renforcés par la route de retour du palais de Caserte avec ses taudis à la solde de la Camorra, les feux du triangle de la mort, les cercles de l'enfer mafieux.

Je pense devoir une explication à Marc, sinon il risquerait de me trouver irascible. Et je le fais. Je lui parle de notre escapade avec Jessica à Caserte et de ce que nous avons vu. Ces ordures brûlées en pleine campagne. L'expression de son visage se durcit, une fois encore, sa beauté prend une couleur de haine qui le rend effrayant. Il crache le mot *cornuti* entre ses dents pour qualifier ceux qui ont de telles pratiques. Je lui dis que cela m'a fait penser à l'enfer décrit par Dante. « Dans l'enfer, le froid et les flammes. »

Il détourne le regard et, la voix à nouveau suave et grave, récite tout bas : « *Non isperate mai veder lo cielo : i' vegno per menarvi a l'altra riva, ne le tenebre etterne, in caldo e 'n gelo.* »

Il hausse les épaules.

— J'adore ce chant. « N'espérez pas voir un jour le ciel : je viens pour vous mener à l'autre rive dans les ténèbres éternelles, en chaud et gel. » C'est une bonne description de la Campanie de la Camorra.

Maintenant il baisse la tête, comme s'il était honteux. Alors il se tourne vers moi et me regarde droit dans les yeux, du métal bleu dans l'iris.

— Tu penses vraiment que je suis un *camorrista*, n'est-ce pas?

Je suis terriblement troublée.

— Non, bien sûr que non, mais…

— Mais quoi, X? Quoi? C'est pour ça que tu ne veux pas de mon cadeau, n'est-ce pas? Tu penses qu'il a été payé avec de l'argent sale, avec la vie des drogués de Scampia, avec les cadavres ensanglantés qui jonchent les ruelles ?

— Non, Marc, c'est juste que…

— Tu veux voir d'où vient mon argent ? Tu veux savoir ?

— Eh bien…

— Tu veux ?

Avec un aplomb que je ne me connais pas, je m'entends lui répondre « Oui ».

— Donne-moi les clés de *ma* voiture.

Le ton de sa voix est dur, il est en colère.

Nous échangeons nos places et je me retrouve sur le siège passager. Il met le contact et démarre en trombe. Nous descendons la colline de Vomero à cent cinquante kilomètres à l'heure. Je me dis qu'il n'est peut-être pas un *camorrista* mais qu'il ne craint pas d'enfreindre certaines lois de la circulation routière.

Moins d'une minute plus tard, nous sommes devant le palazzo Roscarrick. Marc prend les clés et les tend sans appel au domestique qui nous ouvre la porte. Puis, alors que ce dernier gare la Mercedes, Marc s'éloigne sans me jeter un regard. Il traverse les salles et les couloirs de son palais au pas de charge. J'essaie de le suivre sans courir.

Je ne l'ai encore jamais vu de si méchante humeur. Son visage est fermé, son pas rapide et déterminé. Nous traversons le palais comme si nous tentions de sortir d'un centre commercial le plus vite possible, sans jeter un regard aux vitrines. Soudain, il s'arrête devant une porte, l'ouvre d'un geste sec et me pousse à l'intérieur.

La pièce est plongée dans la pénombre et sent bon le cuir et le bois de ronce. Des ordinateurs sur un très grand bureau en acier, des murs gris et nus, quelques photographies de Guy Bourdin – je crois –, légèrement érotiques, surréelles, abstraites, juste assez de rêverie pour plonger son esprit avant de se remettre au travail.

— Voilà, dit-il avec beaucoup de courtoisie, voilà mon travail.

Du doigt, il pointe deux superbes ordinateurs portables dernier cri. Je m'avance. Les écrans noirs font défiler des cascades de chiffres multicolores, des colonnes clignotent, des symboles s'agitent.

— Je ne comprends pas, Marc.

Il s'approche de l'un des deux ordinateurs.

— Je spécule. Pour être plus précis, ce matin, j'ai exploité une très légère divergence du dollar canadien.

— Quoi ?

— Le Canada est synonyme de matières premières négociées en dollars. En temps de crise, les gens ne jurent plus que par les matières premières, ils se tournent vers le pétrole, le charbon, le fer, le gaz de schiste ou l'or, et quand les choses vont vraiment mal, ils achètent des bons du Trésor.

— Tu es trader ?

— Oui. Tu veux me voir faire ? Ça n'a rien d'extraordinaire, tu sais. C'est un peu comme jouer du clavecin.

Il tire un fauteuil en cuir au design très épuré, s'assied et appuie sur la souris. Il se met à pianoter des chiffres et des codes, observe des lignes de calcul. Elles clignotent en rouge comme de petits animaux chassés par un prédateur qui enverraient des signaux de détresse. Avec une agilité de pianiste, sa main déplace la souris et surligne des chiffres ici et là. Il y a en effet un peu de clavecin dans l'opération, j'ai l'impression de regarder Jean-Sébastien Bach interpréter sa propre cantate.

C'est érotique. Je trouve toujours qu'observer un homme au travail, concentré et consciencieux, est quelque chose d'excitant. Cela pourrait aussi bien être un fermier, un archéologue ou un bûcheron, ce qui compte c'est l'amour du travail bien fait. Je me souviens de mon petit ami fort en maths avec ses mocassins bateau. Quand il était assis à son bureau, la tête plongée dans ses problèmes et ses équations, je voulais toujours qu'il m'embrasse. Maintenant je regarde Marc et j'ai envie qu'il me baise.

Je me retiens de lui faire un pareil aveu.

— Et qu'est-ce que tu viens de faire? dis-je le regard plongé dans les écrans clignotants.

Il repousse son fauteuil et hausse les épaules.

— Je pense que je viens de gagner environ seize mille dollars. Il y a de fortes chances pour qu'un trader londonien rentre ce soir à Clapham de très mauvaise humeur.

— Et tu t'en réjouis?

— Oui, mais pas autant qu'avant. Le monde capitaliste n'est pas fait autrement. Qu'est-ce que j'y peux, moi? Et puis c'est moins dangereux que ce que je faisais avant.

Nous y voici. Je suis là, silencieuse, dans ma petite robe bleue, et j'attends que le milliardaire qui a voulu m'offrir une voiture parle.

— Qu'est-ce que tu faisais avant, Marc?

— J'importais des marchandises chinoises en Campanie et en Calabre. Je payais de bons salaires aux gens du pays et je faisais attention à ce qu'il n'y ait ni passe-droit, ni magouille, ni pot-de-vin. J'employais de solides gaillards pour protéger mon business. Ce qui m'a permis de couper l'herbe sous le pied à toutes les usines tenues par la Camorra au nord et au nord-est de Naples. J'ai fait beaucoup d'argent et surtout je me suis fait beaucoup d'ennemis parmi les *camorristi* et les *'ndranghetisti*. Ils voulaient me tuer mais je m'en fichais. J'étais très en colère à l'époque.

Il se tient devant moi, bras croisés, avec un air de défi. Il n'est pas hautain, il est juste lui-même.

— Pourquoi ?

— Lorsque j'étais enfant, nous étions des gentilshommes, certes, mais nous étions pauvres. L'aristocratie décrépite, en déclin depuis des siècles – même ce palais tombait en ruine. De même pour notre domaine du Tyrol ou notre château en Angleterre. Les Roscarrick étaient maudits. Tout a été mis en vente, le palais allait partir aux enchères. Notre histoire dans une vulgaire salle des ventes sous le marteau d'un commissaire-priseur. J'étais furieux. Furieux comme on peut l'être quand on est un gamin de dix-huit ans, *incandescent*. Je voulais être artiste, je voulais être architecte, peintre, mais je n'ai pas eu le choix. J'ai commencé à faire des affaires aussi tôt que j'ai pu, parce que je voulais sauver notre famille, quoi qu'il m'en coûte, sauver le grand nom des Roscarrick. Et c'est ce que j'ai fait. Je me suis fait des ennemis, mais j'ai fait des millions.

Sa voix se brise.

— Dès que j'ai eu assez d'argent, avant que la Camorra et la 'Ndrangheta ne m'aient descendu, j'ai pris mes billes et j'ai tout investi dans quelques ordinateurs.

Il montre son bureau d'un large geste de la main, presque un geste de mépris.

— Maintenant, c'est *facile*. C'est comme si j'avais construit une machine et qu'il suffisait de tourner un écrou par-ci, une vis par-là, de veiller à ce qu'elle soit bien huilée et elle tourne. Elle me crache mon argent quotidien.

Les nombres entiers clignotent en rose et en rouge.

— Je ne peux malgré tout pas accepter ton cadeau, Marc. Donne cette voiture aux pauvres.

Il rit, surpris.

— Peut-être qu'un jour tu en voudras.

— Peut-être, mais il y a peu de chances. C'est toi que je veux, pas ton argent.

Il s'avance vers moi et passe son bras autour de ma taille. Il m'embrasse dans le cou. Un frisson de plaisir me parcourt l'échine. Moi aussi je me mets à clignoter en rose et rouge.

— Tout ce que tu voudras. Mais nous devons t'acheter des vêtements. J'en ai assez de ta garde-robe Zara. Cette fois-ci, tu n'as pas le droit de refuser.

Je sens la honte me monter aux joues. J'ignorais qu'il connaissait la marque de mes vêtements. Il a raison, j'ai vraiment besoin de nouveaux habits. Je n'ai rien à me mettre. Si Marc veut m'emmener dans des endroits chics, comme Capri, il faut m'habiller de la tête aux pieds.

Cela implique que Marc sorte sa carte de crédit parce que je n'ai absolument pas les moyens de me payer des fringues de couturiers. Et c'est ce qu'il fait.

Pendant les six heures qui suivent, il m'emmène dans les plus belles boutiques de Campanie. Parfumées, minimalistes, confinées, tamisées, avec de grandes vitrines, et de grands présentoirs sur lesquels sont disposés de tout petits hauts en soie et cachemire. Des magasins grands comme des halls de gare, pavés de marbre blanc avec une seule robe noire pendue sur un cintre et des vendeuses qui ressemblent toutes à des top-modèles blasées. Des boutiques où j'ose à peine mettre le pied de peur de déranger et où je jette un œil très discret au prix en me disant que la virgule des décimales est mal placée, il doit y avoir une erreur, mais non, cette robe en soie parme coûte bien trois mille euros. Pas trois cents. Et ces noms, ces noms vus et revus en tournant les pages des magazines qui coulent comme du miel : Prada, Blahnik, Ferragamo, Burberry, Armani, Chanel, Galliano, Versace, Dior, YSL, McQueen, Balenciaga, Dolce & Gabbana. Des mots, des noms propres, des noms communs. Fine gaze de soie, vison tricoté, daim, brodé main, nouvelle collection, dentelle de Calais, et un ballet de robes violettes, cerise, crème napolitaine, bleu nuit, des pantalons, des jupes et des minijupes, des montagnes de lingerie, de velours, de manteaux orange sicilien, d'imprimés fleuris, de rayures et de bayadères, d'écossais, de cols roulés, de cols cassés, de cols Claudine, de chaussures en satin rose, de ballerines, d'escarpins Jimmy Choo, Jimmy Choo, Jimmy Choo.

Des boîtes s'empilent sur le siège arrière et des sacs s'amoncellent aux pieds du passager. À un moment, Marc change de carte de crédit et demande qu'on lui apporte une autre voiture. Tellement de nouveaux vêtements et de nouvelles paires de chaussures que les vendeuses tirées à quatre épingles des boutiques de luxe me regardent avec cet air d'envie et de respect, comme si j'étais la reine d'Angleterre en devenir. Je suis terriblement, atrocement superficielle mais heureuse au ciel.

— Je veux que tu ressembles à ce que tu es. Mais aussi que tu ressembles à ce que tu mérites d'être.

Et il prend ma main et embrasse mes doigts alors que nous sortons de la dernière boutique. Nous sautons dans sa Mercedes. J'ajuste mes nouvelles lunettes de soleil à quatre cents dollars sur le bout de mon nez. Je me sens comme une jeune Jackie Kennedy. Nous roulons sous le soleil en direction de mon appartement.

Nous savons tous deux ce qui se passera dès qu'il aura garé la voiture. L'électricité entre nous est palpable, elle emplit l'habitacle. Elle est comme un orage qui s'annonce par la lourdeur de l'air. Marc m'a vue m'habiller et me déshabiller toute la journée, à moitié nue dans les cabines d'essayage, devant de larges miroirs. Il a admiré mon cul, mes seins et la cambrure de ma taille lorsque je me penchais en lingerie La Perla. Il m'a matée en silence, m'a dévorée du regard sans bouger, les mains dans les poches, calmement. Maintenant il ne peut plus se contenir, il ne répond plus de ses mains ni du reste.

Nous ouvrons la porte de mon appartement et il se rue sur moi. Il jette sa veste et m'attrape, m'embrasse, m'enserre. Nos bouches se cherchent et se trouvent. Nous nous embrassons comme personne ne s'est embrassé depuis le dix-huitième siècle, sa langue combat la mienne, je lui mords la lèvre, il m'embrasse plus fort, sa langue à l'intérieur de ma bouche me fouille.

J'ai remonté quelques sacs ; du tissu, des papiers et des cartons sont un peu éparpillés et cela n'a aucune espèce d'importance. Marc retire ma robe, je suis nue, il a arraché mon soutien-gorge et maintenant il me pince les tétons, fort, puis doucement, puis tout doucement, sa caresse se fait légère, presque imperceptible. Je veux qu'il me pince à me faire mal. « Plus fort. » Il me tète le sein avec une avidité d'affamé, le sein gauche. Pendant ce temps, sa main glisse et descend jusqu'à ma petite culotte. Ses doigts se glissent à l'intérieur. Il trouve mon clitoris, cette partie de moi qui palpite et attend et il le frotte adroitement, prestement, trois fois, quatre fois, ses doigts passent et repassent, cinq fois et c'est si bon, et ça me rend folle. C'est doux et c'est violent. Dans ma tête tout se met à cogner. Je le veux. Je le veux comme je n'ai jamais voulu personne, je le veux nu, son corps et ses muscles, sa peau, ses pieds, ses mollets et ses fesses, lui tout entier. Je le veux. Je déchire sa chemise et ses boutons arrachés volent dans la pièce avec un petit éclat de billes comme un collier qui vient de se casser et laisse échapper ses perles. Il rit et je ris. Et pourtant tout cela est très sérieux. Comme toujours. Le sexe entre Marc et moi est un jeu presque religieux. Proche de l'adoration, de la révérence car je vénère son corps, je l'adule et je l'adore, il est mon dieu. Je me penche sur son torse parfait. Je me mets à lécher ses muscles ciselés, ses abdominaux découpés comme des carrés de soleil, sa peau tannée qui sent le savon, le citron. Le goût salé de sa peau. Je m'agenouille et je défais sa braguette. Sa queue est dure et grosse et longue. Je la mets dans ma bouche et je commence à le sucer.

Je le suce. Je suce son adorable queue, je le branle, doucement, je le suce à nouveau, je veux qu'il jouisse dans ma bouche mais je ne veux pas qu'il jouisse tout de suite. Le parquet me fait mal aux genoux et j'aime la sensation de douleur mêlée à celle du plaisir. Pénitente, à genoux, nue devant lui, en prière comme une novice avec sa bite dans ma bouche et ses mains qui me caressent doucement les cheveux. Je le regarde et je le suce plus fort. Alors ses mains s'agrippent et voudraient presque m'arracher les cheveux. Je sens son plaisir trop fort, je le suce trop bien. Il tire ma tête en arrière et murmure, le souffle court, « Non, Alex, je ne veux pas jouir tout de suite, c'est trop tôt ».

Il me hisse et me tient debout contre lui et m'embrasse à pleine bouche. J'enserre sa taille et je lui rends son baiser. Puis nous roulons sur le lit. Il me pousse, me fait tomber et écarte mes jambes. Je suis mouillée, je suis trempée. Je le regarde, et j'attends. Il est complètement nu et cette vision est celle d'un prince, d'un seigneur, d'un héros. Je pense qu'il ne se rend pas compte à quel point il ressemble à un guerrier massaï, à un Zoulou sans peur, au jeune Achille. Il est l'homme dans toute sa virilité, verge tendue. Sauvagement, il grimpe sur moi, pose sa bouche sur la mienne en guise de bâillon et me pénètre. Je voudrais crier son nom quand il s'enfonce en moi, encore, et donne des coups de reins pour s'enfoncer plus profond. Marcus Roscarrick me baise. Il me baise comme un roi. Comme un lord. Mon seigneur et maître est rentré des croisades ce jour et il m'a honorée par deux fois sans quitter ses bottes.

Nos corps se balancent, violemment, passionnément, une bagarre d'amour. Il s'enfonce doucement, puis fort, doucement à nouveau, puis très fort. Il arrête de respirer, comme s'il manquait d'air, en silence, il va jouir je le sens, je le vois à son corps qui se tend et s'arc-boute. Dans un élan d'égoïsme, je refuse. Je veux jouir avant lui, alors j'agrippe ses hanches sèches, sombres et musclées et je le pousse plus profondément en moi. Je m'empale sur sa queue, mes cuisses nues tremblent, ma peau s'électrise, des frissons me parcourent tout le corps, un poignard dans le ventre, je sens qu'il est gros à l'intérieur de moi, il est énorme, il me remplit. Il met ses doigts dans ma bouche et je les suce goulûment. Ils ont un goût de lui, un parfum de nous. Il va et vient de plus en plus vite. Son pouce appuyé sur ma gorge, son torse ferme écrase mes seins, j'étouffe presque. Violemment il se retire et reste ainsi, en suspens, une seconde d'attente insoutenable. Il frotte sa verge contre mon clitoris et me pénètre à nouveau. C'est bon, c'est divin. Il recommence. Se retire, frotte son sexe en érection contre mon clitoris et mon cœur se met à accélérer. Je crois qu'il va exploser. Luisante de sueur, je ferme les yeux, le plaisir s'enroule en spirale autour de moi et me torpille à l'endroit même, au point de contact où il me baise. « *Carissima, carissima.* »

Je ne peux pas parler. Je n'ai pas besoin de dire une seule parole. J'enfonce mes dents dans ses épaules, je le mords comme je le désire. Encore, il se retire et joue à frotter mon clitoris gonflé qui palpite comme si tout mon sang venait y battre avec sa queue. Il s'enfonce à nouveau, et chaque fois qu'il fait cela je crois que je vais mourir, ou jouir, ou les deux à la fois. Il s'enfonce et met sa langue dans ma bouche comme s'il me dévorait vivante et me serre et m'entoure de ses bras forts et puissants. Il me serre si fort contre lui que je ne peux plus bouger. Mes minces et fragiles épaules prisonnières, je suis sa petite poupée et il s'enfonce plus profond, si profond que je suis prise, entièrement prise. Il recommence à donner des coups de reins, trois coups glorieux, je ne me contrôle plus, je manque d'air, il m'embrasse, il me broie, je vais perdre connaissance, m'évanouir de plaisir, ou rire et enfin je crie, dans une sorte de rage ou d'agonie, je crie que je jouis, un orgasme tellement fort, tellement puissant et ardent, tellement impérieux qu'il est douloureux.

17

Marc Roscarrick a son propre bateau. Cela ne me surprend pas. C'est un bateau bleu marine extrêmement élégant. Il est ancré au port de Pouzzoles, environ à huit kilomètres au nord de Naples. Pouzzoles est un endroit magnifique, perché sur un promontoire caillouteux avec des maisons blanches agglutinées autour d'un clocher de tuiles ocre. Beaucoup de Napolitains fortunés y habitent.

La soirée est particulièrement agréable. Plus d'un million d'étoiles luisent dans le ciel, on dirait qu'elles illuminent un arbre de Noël au paradis. Des familles et des gens sur leur trente et un se promènent sur la baie. Ils mangent des glaces, conversent et se saluent entre eux. Marc me tend la main et je monte dans son bateau à moteur. Je tangue un peu.

— Prête, mon amour ?

— Oui, à peu près prête.

Je m'assieds dans le fond et il prend la barre. Sur le ponton, Giuseppe défait les amarres et nous éloigne du bord. L'engin crache, fume et s'ébranle. Très sûr de lui, Marc nous guide adroitement entre les canots, les vedettes, les bateaux de pêche et les filets des marins. Pouzzoles disparaît peu à peu dans le lointain. Bientôt, elle n'est plus qu'un petit point derrière nous. Sombre et immobile miroir, pareille à une obsidienne aztèque, la Méditerranée s'étale, calme sous un ciel qui vit une tempête d'étoiles. L'air est doux comme une caresse. Je porte une robe Armani, cadeau de Marc, une robe cocktail en velours vieux rose, et j'admire mes escarpins Jimmy Choo autant que la vue qui s'offre à nous. La mer, la lune, les étoiles et Marc Roscarrick. Et moi. Marc ralentit le bateau et murmure :

— C'est une mer d'huile, une nuit parfaite pour les mystères.

Le bateau est maintenant à l'arrêt et tangue doucement, il clapote sur cette eau noire sans fond où se reflètent des myriades d'étoiles. D'une voix suave, très basse, il murmure à nouveau :

— « *The sea is calm tonight. The tide is full, the moon lies fair, Upon the straits…* » La mer est calme ce soir. La marée est pleine, la lune vogue belle, sur le détroit…

Je connais ce poème de Matthew Arnold. Je souris et me tais. Le vent souffle une brise douce et chaude. Nous sommes dans la baie de Naples, juste lui et moi. Un homme et une femme. Deux instruments pour un parfait duo. L'adagio de Bach pour deux violons. Marc redémarre le bateau. Je le regarde et suis emplie d'admiration. Il est si beau ce soir ! Il porte un smoking noir qui lui va à la perfection. Avec sa chemise blanche impeccable, il est grand, mince, élancé. On dirait une star hollywoodienne des années quarante qui se rend à la cérémonie des oscars. Une sorte d'icône en noir et blanc. Je me demande qui est celui qui a dessiné le premier smoking, la première veste.

Est-ce que quelqu'un a imaginé cette combinaison de noir et de blanc, ou est-ce que, au fil des ans, le vêtement a évolué pour aboutir à ce résultat ? Une sorte de sélection darwinienne du costume.

Un homme est tellement plus beau en smoking. Marc, lui, est devenu le *bellissimo scapolo*. Qui étaient les femmes qui l'accompagnaient sur la photo du magazine people ?

— Je me sens comme une novice sur le point de prendre le voile. Est-ce cela, Marc, vais-je prononcer mes vœux perpétuels ?

Il sourit avec tristesse mais ne dit rien. Il continue à gouverner le bateau, regarde droit devant lui le murmure des eaux. Les mystères s'annoncent. Les minutes passent. La peur et la joie se bousculent dans mon cœur. Des mouettes surgissent du plus profond de la nuit. Comme des fantômes de l'ombre, comme des spectres nostalgiques et rieurs. Je voudrais être arrivée, j'ai hâte, je suis impatiente.

— Encore combien de temps avant d'arriver à Capri ?

— Environ une demi-heure. Je pourrais aller plus vite mais tu serais éclaboussée et ce serait dommage d'abîmer cette si jolie robe.

— Qu'est-ce qui va arriver, Marc ?

— *Piccolina*, pourquoi te dirais-je aujourd'hui ce que je ne t'ai jamais dit auparavant ? Les mystères se doivent d'être mystérieux.

Je soupire et je secoue la tête. Je suis décidée.

— J'ai besoin de savoir certaines choses avant d'aller plus avant.

— D'accord. Quelles choses ?

Il manœuvre son bateau et me parle en tournant la tête par-dessus son épaule. J'insiste.

— Tu as dit qu'une fois qu'un homme a été initié complètement, il n'a pas le droit d'avoir de relation avec une femme qui ne l'a pas été.

— Oui.

— Pourquoi seulement les hommes ? Pourquoi ça ne s'applique pas aux femmes ?

Il se tourne vers moi, le visage sombre.

— Le code d'honneur est plus strict pour les hommes.

— Pourquoi ?

— C'est comme ça. Il en a toujours été ainsi.

Je le regarde.

— Et que se passera-t-il si je veux arrêter, Marc ? Qu'est-ce qui se passera si, après le deuxième ou le troisième mystère, je décide que j'en ai assez ?

— Alors tu arrêteras. Beaucoup de gens s'arrêtent avant le cinquième.

Il me sourit, un voile de regret dans les yeux.

— Mais cela nous affectera. Tu le sais. J'ai le droit d'être avec toi cet été, pendant que tu traverses les initiations – mais si tu arrêtes avant la cinquième…

— Nous ne pourrons plus nous voir.

— Oui.

Le temps suspend son vol. Marc reste tourné vers l'horizon. Les mains sur le volant. Nous nous dirigeons lentement mais sûrement vers Capri.

— Pourquoi est-ce que le second mystère est si important ?

— Tu vas devoir formuler tes vœux, et tu seras officiellement admise pour l'été.

— Officiellement… Mais qui dicte ces règles, Marc, qui dirige tout cela ? Qui est aux commandes ?

— J'ai bien peur que cela ne soit…

— … un mystère, ça va, j'ai compris.

Je souris mais je sens l'angoisse monter peu à peu.

Un frisson d'appréhension me parcourt l'échine. Jusqu'à présent, j'ai été plutôt optimiste. Mais une peur réelle s'est emparée de moi, avec le pressentiment d'un danger imminent.

Heureusement, je m'accroche au fait que, malgré des émotions très contradictoires, et sans pouvoir me l'expliquer, j'ai adoré qu'il me fesse. Cette excitation était plus qu'une simple excitation, elle tenait de l'interdit. Elle m'avait donné la sensation de briser une règle et d'avoir touché un point crucial, elle avait fait écho au plus profond de moi.

Est-ce que le deuxième culte me révélera quelque chose d'aussi fort ? Je l'espère et je le crains. Mais que se passera-t-il si cette chose me change ?

Je ne veux rien changer. Je veux que tout reste à l'identique, exactement, une douce nuit du mois de juin, six semaines après notre première rencontre, Marc et moi, sur ce bateau, sous les étoiles, face à la baie de Naples. Coupez ! Elle est bonne, on la garde !

— Nous sommes presque arrivés.

Marc pointe du doigt la silhouette de Capri qui se dessine dans la nuit. Les points lumineux de ses lampadaires et de ses habitations révèlent une grande animation. Je discerne de plus en plus de bateaux, des bateaux de plaisance, des hors-bord ultrapuissants, des vedettes luxueuses, mais aussi des yachts. Ils se dirigent vers le port de Capri. On comprend qu'ils se sont donné rendez-vous à cet endroit, à cette heure.

— Tes camarades dionysiens… me dit Marc en guise d'explication, et il ralentit le bateau. Tous en route pour la deuxième initiation.

Quelques minutes plus tard, notre bateau est amarré. Des jeunes hommes viennent à notre rencontre. Ils portent des costumes sombres et des lunettes de soleil. Et il est vingt et une heures. Les touristes attablés aux terrasses de restaurants de fruits de mer regardent ces gens débarqués de leurs yachts et de leurs bateaux de luxe. Les hommes en smokings et les femmes en robes légères, perchées sur des talons aiguilles, étincelantes de pierres précieuses. La jet-set paradante, les initiés des cultes à mystères, « mes camarades » comme dit Marc.

J'ignore si tous sont des novices, car ils ont entre vingt et soixante-dix ans. Lesquels vont être initiés ? Lesquels le sont déjà ? Je peux saisir des bribes de conversations dans des langues étrangères, beaucoup d'anglais, un peu de français, d'espagnol et du russe aussi. Tous ont l'air riches, extrêmement riches. Et pour la première fois de ma vie, je fais partie de ce monde. Je passe devant les touristes ébahis et je monte dans une calèche aux côtés de lord Roscarrick. Je sens une basse ostentation, un vulgaire sentiment de supériorité, car tous ont les yeux rivés sur moi. Je me méprise d'être si heureuse, je ne mérite en rien d'être admirée mais c'est comme marcher sur un podium, sur un tapis rouge. Je veux jouir de l'instant.

— Ils doivent penser que nous nous rendons à une sorte de bal.

Marc opine de la tête sans répondre. Je me sens stupide.

Alors que le cheval trotte, les flancs battus par le fouet délicat de notre cocher, j'essaie de ne pas penser à ce qui va m'arriver. Ma décision est prise, je vais vivre le moment présent. Ce qui arrivera arrivera. Le cheval grimpe un sentier caillouteux, je regarde la baie scintillante de Naples, si belle et si innocente vue à cette distance. Je suis fascinée par le concert des sabots des chevaux. Des douzaines de calèches nous emmènent sur le site du deuxième mystère. Puis le convoi s'arrête. Marc m'aide à descendre, il me soulève comme une enfant et me dépose sur le sol avec délicatesse.

Je comprends où nous sommes.

Mes cours d'histoire remontent à un certain temps déjà mais nous sommes au nord-est de Capri, là où l'empereur Tibère vécut, en 30 avant J.-C. Tibère était connu pour ses orgies. Il aimait nager nu dans ses bassins et de jeunes garçons étaient entraînés à plonger sous l'eau pour lui lécher et lui mordiller les parties. L'empereur appelait cela « les plaisirs aquatiques » et il avait baptisé ces garçons ses « vairons ». Cette anecdote historique m'avait marquée. Le deuxième mystère sera-t-il une forme empruntée à cette décadence romaine? Quelque chose de terrifiant et de pervers? Une fois encore, je me sens faiblir. Je peux lire dans les yeux de Marc qu'il sent ma peur.

Nous arrivons devant une grande grille en fer forgé. Une dizaine d'hommes en costume noir et lunettes de soleil noires vérifient l'identité des invités. Marc serre ma main.

— *Courage* – il a dit cela en français. *Courage, ma chère*, mais je ne parle pas cette langue.

— Comment ont-ils obtenu la permission de louer un site archéologique? C'est comme privatiser le Parthénon!

Nous suivons les mystérieux adeptes, descendons un chemin tortueux entre des buissons de romarin et de lavande et nous dirigeons vers une source de lumière et de musique.

— Nous sommes en Campanie, X, ici on peut acheter les temples de Paestum si on veut.

— Mais qui paie ? Qui sont ces hommes postés aux grilles ? Ils sont armés ?

Marc me serre la main encore plus fort.

— S'il te plaît, laisse-toi faire, fais-moi confiance, laisse-toi emporter. C'est comme cela que fonctionnent les mystères, il ne faut pas leur résister. Et maintenant…

Il me sourit avec une grande sincérité, peut-être avec une pointe de regret.

— Maintenant tu dois aller t'habiller. Suis ces jeunes filles. Elles seront tes guides.

Deux jeunes Italiennes, jolies et gracieuses, habillées de robes blanches d'une extrême simplicité, me prennent par la main.

Elles m'éloignent de Marc, le long d'un chemin incliné en pente douce, qui mène à des tentes extrêmement luxueuses et sophistiquées. La plus grande d'entre elles est au bord de la falaise qui plonge dans la sombre mer Tyrrhénienne. Je vois des gens danser, je les entends boire et discuter, la musique au loin est merveilleuse. Elle s'élève. Nous nous dirigeons vers une autre tente. Elle est pourpre et brodée d'or, impériale, romaine. À l'intérieur, d'autres jeunes femmes se tiennent près de miroirs et de guéridons. Elles se font habiller par les vestales italiennes vêtues de blanc. Je comprends alors que les jeunes femmes droites et anxieuses sont très certainement mes camarades novices, elles aussi vont être initiées. Leurs visages sont pâles et leurs traits tourmentés. Elles sont belles. Nous nous regardons d'un air entendu.

— S'il vous plaît, me dit l'une des vestales – son anglais est incertain, mais ses gestes sont sûrs. Enlever vêtements ?

Il n'y a pas d'hommes dans cette grande tente. La lumière y est tamisée, des lanternes sont accrochées ici et là. Pourtant, je me sens très pudique. Je me rappelle les paroles de Marc. Si je veux le garder, même le temps d'un été, je dois faire ce que l'on m'ordonne. Je dois me faire violence et me soumettre.

Je prends une grande inspiration et acquiesce d'un signe de tête. Les vestales s'avancent. Elles veulent m'aider à me dévêtir mais je leur fais signe de me laisser faire. Il est hors de question qu'on touche à ma nouvelle robe Armani.

Je la retire moi-même et la plie avec précaution, les jeunes femmes semblent comprendre et me laissent l'accrocher moi-même à un cintre. Suivent les sous-vêtements et je me retrouve nue.

Je ne peux pas regarder les autres initiées, je suis trop embarrassée. Je me concentre sur les gestes des jeunes femmes qui s'agitent autour de moi. Elles me parent, me déguisent en réalité.

— *Per favore, signorina ?*

Je ne comprends pas très bien à quoi ressemblera le costume final mais je sais que je n'ai jamais été habillée de la sorte. Elles commencent par m'enfiler des bas blancs et opaques. Elles les font rouler doucement sur mes mollets, par-dessus le pli de mon genou jusqu'en haut de mes cuisses. Elles les fixent à l'aide de jarretières brodées d'or et de perles. Des objets d'art à part entière, probablement des antiquités. On me donne de petits souliers. Ils sont ornés de jolis nœuds de soie baroques. Ce sont des mules à talons qui font un pied très cambré. Je vais ressembler à une sorte de courtisane d'Ancien Régime, une favorite du Roi-Soleil.

— OK, dit la jeune Italienne, s'il vous plaît vous lever.

Avec beaucoup d'agilité et de précaution, elles fixent un corset autour de ma taille. Je n'ai jamais rien porté de tel. C'est un corset d'un rouge profond, brodé dans des tons de violet et de bordeaux, et à mesure qu'elles le lacent, je sens ma taille comprimée. J'ai mal, mais elles serrent toujours plus fort, j'étouffe, ma chair est comme emprisonnée. En même temps, la douleur est presque agréable, me voilà fermement maintenue, et j'ai une taille de guêpe.

— *Signorina*, s'il vous plaît, les cheveux ?

Je sors de l'état de contemplation dans lequel j'étais plongé. Les autres initiées ont quitté la tente. Ont-elles fini d'être habillées et coiffées ? Sont-elles déjà en route pour leur initiation ?

— Assise ?

J'obéis et m'assieds sur une petite chaise en tapisserie. J'observe mon reflet dans le grand miroir qui me fait face. Les vestales peignent mes cheveux, les tressent, les bouclent, les ornent de pinces piquées de perles et d'adorables petits nœuds de soie. Des anglaises descendent de chaque côté, séparées par une raie, et encadrent mon visage. Mes cheveux blonds prennent une teinte d'or, ils brillent à la lumière des lanternes. Ces filles sont douées. Je me contemple ébahie dans la glace et je me dis que j'ai tout d'une Marie-Antoinette.

À part pour un détail notoire.

Entre les jarretières qui tiennent mes bas et le corset qui enserre ma taille, je suis nue. Mon pubis parfaitement épilé, mes fesses, tout ce qui est sexuel est dévoilé. Le reste étant parfaitement recouvert de vêtements riches et sophistiqués, cela rend ma nudité encore plus voyante par contraste.

— Mais ici, il manque quelque chose ! dis-je avec un début de panique. Où sont ma jupe et mes jupons... ou au moins des pantalons bouffants... je ne sais pas moi, des sous-vêtements !

Les vestales haussent les épaules. L'une d'elles a un sourire d'impuissance.

— Fini. Vous aller la soirée maintenant.

— Quoi ??!

Une des jeunes femmes fait un pas en arrière et me regarde avec l'œil du peintre qui vient d'achever sa toile.

— C'est très belle. Vous très belle. Nous fini. Vous aller soirée.

Moi aller soirée ? Moi aller rien du tout, c'est hors de question. Pas ça. Je peux sentir la brise de cette douce soirée me caresser les cuisses. Mes fesses se reflètent dans une douzaine de miroirs. Tout le monde peut les voir, un réflexe absurde me fait chercher du regard un objet, n'importe lequel, qui pourrait cacher ma nudité. Je me sens vraiment mal.

Les vestales restent les bras croisés, comme s'il n'y avait pas de négociation possible. C'est donc cela. Je dois aller me promener parmi tous ces gens, habillée de la sorte. Ou plutôt pas, ou si peu habillée. Avec rien entre le haut de mes cuisses et mon nombril, et chacun pourra voir mon pubis devant et mes fesses derrière.

À nouveau, je dois me soumettre. Je m'arme de courage et m'avance vers la sortie de la tente. Une jeune femme tire un cordon qui soulève un pan de tissu, ouvrant ainsi une issue. Je suis presque ivre de timidité, le monde entier peut voir mon cul et tout le reste, comme dans un cauchemar. Je suis un chemin éclairé par des lanternes. Il mène à une terrasse devant la plus grande tente. Là, des douzaines de gens habillés, eux, pour le coup, tout à fait normalement, dansent et discutent et sirotent du champagne. Je suis corsetée, en bas et jarretières, et je suis nue. Alors la musique cesse et tous se tournent et me regardent.

18

Mon cœur palpite de honte. Ma première envie est de m'élancer et d'aller me cacher dans les buissons. Pourtant personne ne rit, personne ne se moque, et personne ne pose véritablement les yeux sur l'endroit de ma nudité.

La situation est bizarre et malsaine. Je ne sais pas comment je trouve la force de continuer à m'avancer parmi ces gens élégants et charmants qui tiennent de minces flûtes de champagne entre les doigts. Alors que je me fraie un chemin, il semble qu'ils s'écartent avec une grâce toute particulière, discrète, sans y paraître et avec un respect silencieux.

Dans la foule des invités, je discerne des femmes habillées comme moi. Mes sœurs de mystère, je reconnais un ou deux visages. Elles étaient avec moi sous la tente tout à l'heure. Elles aussi portent des bas et des jarretières semblant sorties des coffres de Versailles, et leur intimité s'offre au regard de tous. Je trouve leur nudité magnifique. J'éprouve une envie terrible de parler à l'une d'elles. Que pensent-elles de tout cela ? Que ressentent-elles ? Ma timidité naturelle m'empêche de les aborder.

X, tu es en train de marcher nue parmi des gens habillés et tu es inquiète à l'idée de parler à des inconnus ?

Une de ces femmes reste un peu à l'écart, une coupe de champagne à la main. Elle est seule et semble perdue dans ses pensées. Dans la lumière d'une lanterne suspendue à un tamarinier. La tête un peu penchée. On dirait qu'elle écoute la musique. Une sorte de musique de chambre, un quatuor à cordes, mêlée à des rythmes africains. Cette musique donne envie de danser mais je ne danserai pas. Pas habillée comme cela – pas si je suis sobre en tous les cas. La femme solitaire est très belle. Elle a de longs cheveux noirs parsemés de perles et de barrettes en argent, elle ressemble à mon amie Jessica, en plus grande, avec d'immenses yeux. Elle a le même regard d'intelligence et de perspicacité.

— Bonsoir.

Elle se retourne. Ses grands yeux se plissent, inquisiteurs.

— *Bonsoir.*

— Oh, ah, pardonnez-moi, dis-je en rougissant – pour quelle raison est-ce que je rougis maintenant ? Pardon je ne savais pas que…

— Non, ne vous excusez pas, je suis française mais je parle anglais.

Elle me sourit avec gentillesse.

— Bonsoir.

Elle regarde mon sexe sans se cacher, puis elle fait un geste en direction de son propre pubis, ses cuisses blanches et son sexe brun.

— Alors, que pensez-vous de notre costume d'époque ?

Je secoue la tête.

— Je ne sais pas, est-ce qu'ils sont vraiment d'époque ?

— Oui. On les portait à la cour de Napoléon.

Une vestale en robe blanche passe près de nous, portant des coupes de champagne sur un plateau d'argent. J'en attrape une au vol.

Je réalise que je n'ai pas demandé son nom à la Française.

— Je ne me suis pas présentée, je m'appelle Alexandra. Ou X.

— Enchantée, X. Moi c'est Françoise.

Nous nous serrons la main.

— Si ma question ne vous paraît pas trop indiscrète, puis-je savoir qui vous initie ?

Elle fait un geste en direction de l'assemblée. Les gens parlent et rient de plus en plus fort à mesure que le champagne est versé et bu.

— Daniel de Kervignac. Il est français comme moi, mais nous habitons Londres. Il est banquier à la City.

— C'est votre petit ami ?

— Oui, enfin il a quarante-deux ans, alors le terme de petit ami convient assez mal, je préfère dire qu'il est mon amant.

— Ah, dis-je en buvant une gorgée de champagne.

Nous avons une conversation des plus banales alors que nous sommes toutes deux habillées en prostituées du dix-huitième siècle. Le contraste est étonnant, mais je suis moins étonnée qu'il y a dix minutes.

— Et vous ?

— Marc Roscarrick.

Ses yeux brillent et s'écarquillent.

— Marc Roscarrick ? Lord Roscarrick ?

— Oui.

Je ne prends même pas le temps d'analyser sa réaction.

— Pourquoi ? Vous le connaissez ? D'où le connaissez-vous ?

Elle sourit d'un air entendu.

— X ? Je peux vous appeler X ? Oui, X, tout le monde a entendu parler de Marc Roscarrick. Tout le monde a entendu parler du *bellissimo*.

— *E scapolo* lord Roscarrick. Très bien, très bien… dis-je en soupirant, moi aussi je lis les potins sur le Web. Je suppose qu'il est une célébrité pour bon nombre de gens. En Amérique, d'où je viens, les aristos européens sont comme des joueurs de foot de troisième division, on n'entend jamais parler d'eux.

Françoise a des yeux couleur d'or.

— Et tant mieux pour vous. La culture des célébrités est une culture trash. Mais enfin, il va sans dire que votre lord Roscarrick est un beau poisson. Très certainement le plus bel agneau de la saison.

Elle se penche vers moi et murmure à mon oreille comme si elle me confiait un secret.

— Comment est-il en vrai ? Est-il un peu… euh… dangereux, comme ils le disent ? Est-ce qu'il est vraiment excitant ?

— Je vous demande pardon ?

— Je veux dire – sa bouche se colle presque à mon oreille – sa femme disparue et les autres rumeurs… Ah pardonnez-moi, je suis ridicule avec mes petites histoires, vous avez de la chance d'être accompagnée par lord Roscarrick, et puis ce soir ne sommes-nous pas tous supposés être mystérieux et énigmatiques ? D'autant que nous nous trouvons sur un des sites berceau de la civilisation… L'heure n'est pas aux commérages.

Elle plonge son regard au pied des falaises.

— J'espère que le jeu va en valoir la chandelle. Ce corset est un véritable instrument de torture.

Je ris jaune. Je suis de nouveau assaillie par le doute. Qu'a-t-elle voulu dire pour Marc? Je voudrais la questionner mais une voix forte l'appelle en français.

— Françoise, je t'ai cherchée partout!

Celui qui nous interrompt est apparemment son *amant*. C'est un bel homme aux tempes grisonnantes et aux larges épaules. Il émane de lui une force tranquille, une impression de richesse, de privilège. D'aucuns diraient qu'il est né avec une petite cuillère en argent dans la bouche. Il porte un smoking parfaitement coupé. Mais il n'arrive pas à la cheville de mon Marc Roscarrick. Le Français me salue avec courtoisie ; l'espace d'une seconde, ses yeux le trahissent et regardent sous ma taille. Françoise fait les présentations.

Puis il entremêle ses doigts à ceux de Françoise et la tire vers la tente principale, lui laissant à peine le temps de me dire :

— Au revoir, X. Je suis sûre que nous serons amenées à nous revoir.

Je me demande si elle dit vrai. Si elle est initiée aux cultes à mystères tout au long de l'été, il est fort probable que nous nous reverrons. Et je serai contente si c'est le cas. Elle est exactement le genre de femme avec qui je deviens facilement amie. Et j'ai clairement besoin d'une alliée. Je voudrais qu'elle me parle plus de Marc, qu'elle me dise ce qu'elle sait à son sujet. Je termine ma coupe de champagne et je m'interroge. Je regarde Françoise disparaître dans la foule des invités, ses fesses blanches, ses bas blancs, sa démarche sensuelle et chaloupée, ses hauts talons carrés dix-huitième siècle au milieu de tous ces gens habillés à la mode. On aurait pu s'attendre à ce que cela soit choquant ou au moins comique, absolument pas. Sa démarche est celle d'une reine, d'une impératrice, elle ressemble à ces pur-sang arabes qui se dégourdissent les pattes avant le champ de course. Pas pour être vus, enviés ou faire parler, simplement parce qu'ils suscitent une réelle et sincère admiration. Les œillades qu'elle reçoit sont empreintes de respect, de déférence. Sa nudité lui donne une forme de pouvoir. Elle est le centre des attentions, elle est celle qui a la puissance et la gloire.

J'avais entendu dire que les hommes à moitié nus sont toujours diminués, quand les femmes dénudées ont une aura énigmatique. Dans ces costumes étranges et décalés, ce pouvoir est amplifié. Comme de la musique classique à cent décibels, nous sommes assourdissantes. Nous sommes l'Origine du monde. Je prends une quatrième coupe de champagne pour fêter ça et je plonge dans la foule.

Ça marche, je produis le même effet que ma comparse, un respect plein d'admiration. Les femmes plus âgées me jettent des coups d'œil rapides pleins d'envie, les hommes s'inclinent légèrement sur mon passage, pareils à des diplomates qui salueraient leur ambassadeur, leur princesse ou leur reine. Néanmoins, la décadence est très palpable. Je me faufile parmi les invités et une jeune femme effleure mes lèvres, si rapidement et si subtilement que l'on pourrait croire à un accident, mais la chose se reproduit avec une autre. Je sens une main se poser sur mes fesses, une main d'homme, lorsque je me retourne pour découvrir son propriétaire, il n'y a plus personne. Je ne me sens pas gênée. Peut-être est-ce les effets désinhibants de l'alcool ? La situation en elle-même n'est pas inquiétante, elle est délicate, joueuse et, il faut bien l'avouer, érotique. Les bulles du champagne me chatouillent le nez. Je bois davantage. Les gens passent près de moi comme des pinceaux effleurent et brossent une toile. Je sens de plus en plus de mains sur ma nudité. Cela ne me gêne pas, je suis bien. Je m'amuse beaucoup en réalité. Je retrouve enfin Marc, en grande conversation avec deux Anglais blonds. Il me les présente. J'oublie aussitôt leurs noms, le champagne commence à me monter à la tête. Les hommes me font un baisemain, chacun regarde quelques secondes mon pubis. Ma timidité s'est envolée, je n'ai plus honte, je me sens plus puissante qu'eux, en mon for intérieur je leur dis *Oui, regardez, regardez-moi mes chéris, je vous mets au défi !* Et je ris. Marc badine, je minaude. La musique accélère, c'est une valse, et le rythme est amplifié par ces percussions païennes. Une valse ! je remercie Dionysos de m'avoir accordé la seule danse de salon que je maîtrise. Marc me prend par la main et me guide vers une terrasse en pierre qui surplombe la mer. Nous dansons parmi d'autres couples. Nous dansons joue contre joue, ma main dans sa main. Il me guide merveilleusement, je suis sur un nuage, ravie que chacun puisse me voir nue de dos, que chacun me fasse ce qu'il a envie de me faire.

La nuit est douce, le champagne est frais, la lune est belle et blanche, les étoiles brillent comme des diamants que l'on viendrait de sertir dans un ciel aigue-marine. Marc a placé sa main au début de ma chute de reins, là où s'arrêtent les baleines du corset. Je suis si serrée que j'ai l'impression de ne plus rien peser, d'être légère comme un parfum éthéré.

— Tu es délicieusement charmante.

— Et un peu ridicule.

— Pas ridicule le moins du monde, *carissima*, le strict opposé du ridicule. Je suis très fier de toi.

— Pourquoi ?

Sa main a glissé plus bas, là où il n'y a plus de corset. Elle est posée sur mes fesses et se met à les pincer doucement. Je souris avec modestie et me tais. Tous deux faisons comme si de rien n'était.

— J'ai vu d'autres femmes être trop timides à ce stade de l'initiation. Le deuxième mystère est difficile.

Sa main me pince à nouveau les fesses. Il sourit, de ce sourire charmeur que j'aime tant. Sa ligne de mâchoires carrées lui donne des airs de statue grecque dans cet éclairage contrasté. La bouche entrouverte, je peux voir ses dents blanches et parfaites. Pince-moi encore Marc Roscarrick, pince-moi plus fort.

— Et que fait-on aux hommes pour les initier ?

Il me regarde, nos visages se touchent presque, nos bouches ne sont qu'à quelques centimètres l'une de l'autre. Nous continuons à valser, à tourner et à virevolter, sa main agrippe fermement mes fesses.

— C'est différent. C'est beaucoup plus violent, certaines choses sont proprement effrayantes.

— Quel genre de choses ?

— Une autre fois, je te raconterai. Mais pour le moment, laisse-moi te regarder, ma petite poupée de Chine, ma porcelaine parfaite, ma toute belle perverse.

Il se recule, relâche mes fesses et me fait tourner avec une seule main. Nous ne valsons plus vraiment, nous dansons tout simplement, sans contrainte de pas ou de chorégraphie, la danse libre de la vie et de l'amour. Une danse païenne et sexuelle. Africaine ? Dionysienne ? Les gens bien habillés qui dansent de la sorte ont souvent l'air stupides, mais ici tout semble parfaitement normal, rien ne sera décalé. Des princesses aux bras de milliardaires ondulant sur les ruines de la villa de Tibère, le grand empereur romain. Celui qui remplissait ses parcs et ses bassins de jeunes enfants nus dévoués à son plaisir. Là, dans des alcôves de marbre rose se sont livrés à la débauche ceux qui voulaient honorer Pan, Éros et Bacchus à la fois. La nuit coule et je bois trop. Marc me dit que tout le monde boit trop pendant le second culte. Nous dansons très collés, très serrés. Il attire ma poitrine contre son torse et glisse sa main entre mes cuisses. Il me frotte subtilement, une seule fois, juste une mais oh ! oh ! et alors que sa main frotte mon pubis, il me dit que boire c'est honorer Dionysos puis il me dit d'autres choses encore, des choses que je ne comprends pas parce que je suis ivre, et parce que je ne veux plus qu'une chose : qu'il continue à me toucher en public, qu'il me fasse jouir avec ses mains devant tous ces gens. Oui ! Et pourtant il arrête. Sa main s'est retirée. Abruptement. Et je me retourne. Les gens ne dansent plus, la musique a cessé. Que se passe-t-il ?

Marc me prend par la main et nous traversons la terrasse. Maintenant je vois mes sœurs, les quatre autres initiées. Elles aussi sont escortées par leur homme. Nous gravissons des marches en bois qui mènent à une estrade où sont disposées cinq chaises ornées de formes et d'arabesques compliquées. Dans un silence de mort, Marc me murmure à l'oreille.

— Assieds-toi.

Obéissante, je m'assieds sur l'une des cinq chaises. Soudain je suis beaucoup plus sobre. L'angoisse a surgi dans ma poitrine. Je remarque Françoise à ma gauche. Daniel se tient à ses côtés. Elle regarde dans ma direction mais ses yeux semblent ne pas me voir. Elle tente de sourire, elle aussi est pétrie d'inquiétude. Un jeune homme en livrée déroule un parchemin et le lit à haute voix, la foule se tait, attentive à ses paroles. C'est du latin. Puis tout s'assombrit. Le moment est venu. Celui dépeint sur les fresques de Pompéi. L'homme annonce l'introduction de cinq nouvelles femmes au culte de Dionysos.

— *Quaeso, Dionysum, haec accepit mulieres in tibi honesta mysteria…*

L'homme s'est tu. Je m'apprête à me lever et à partir, mais Marc me retient.

— Reste assise, Alexandra, ne bouge pas.

Les vestales sont de retour. L'une d'entre elles tient une sorte d'outil complexe en métal argenté, ressemblant vaguement à un pistolet, c'est peut-être un instrument médical. J'essaie de rester concentrée mais les vapeurs de l'alcool et la panique qui me gagne m'en empêchent.

— Qu'est-ce que c'est ?

Marc se penche vers moi.

— Reste calme, X, calme, laisse-les faire.

L'Italienne s'adresse maintenant à moi.

— Ouvrir jambes, s'il vous plaît.

— Non.

— S'il vous plaît.

— Non.

Avec réticence, j'écarte les cuisses. J'ai complètement dessoûlé et je comprends ce que les jeunes femmes vont me faire. Parce que je vois ce qu'elles font à Françoise. Les vestales vont me tatouer. Mon introduction aux mystères va me marquer à jamais. Même si après cette soirée je décide d'arrêter, je porterai toujours leur empreinte. Je dois le faire. N'est-ce pas ? J'attrape la main de Marc et la serre le plus fort que je peux. L'auditoire est attentif, tous les yeux sont braqués sur moi.

Je ferme les paupières. J'ai honte, honte comme jamais je n'ai eu honte. Une douleur aiguë me traverse. Oh mon Dieu. Les vestales sont à l'œuvre. J'ai mal mais ce sont la honte et le doute qui sont les plus insupportables. Je n'aime pas les tatouages, et je n'ai jamais envisagé d'en avoir un. L'idée d'indélébilité me déplaît. Et maintenant je me fais tatouer sur la cuisse par une étrange jeune femme, devant trois cents personnes richement habillées qui m'ont regardée me promener nue pendant plus d'une heure, et j'ai envie de pleurer. J'ai mal et ce que je fais est mal. Je ne suis plus soûle. La main de Marc n'a plus rien de réconfortant.

— Non… dis-je, je n'ai pas…

Les vestales tamponnent le sang qui s'échappe avec du coton et de l'eau. Le tatouage est terminé. Il semblerait. La honte perdure. Je suis humiliée, mortifiée, horrifiée et stupide. C'est une cérémonie de fous, d'idiots et je suis l'un d'eux, ils m'ont marquée comme on marque un bestiau.

« Morpheus ! »

Je crie.

« Morpheus ! »

Tous s'arrêtent. Le charme semble rompu. Mais il est trop tard. L'initiation est terminée, le tatouage est imprimé. Je hais ma propre stupidité. Je lâche la main de Marc, je saute de ma chaise et je m'élance.

Je cours à perdre haleine, je fends la foule. Je cours sur un sentier escarpé puis sous les oliviers, me couvrant la face de cette scène honteuse. J'arrive au bord de la falaise. Elle est illuminée par la lune et les étoiles. Il y a un rocher, il est encore chaud du soleil de la journée. Je m'y effondre. Je mets ma tête dans mes mains et je pleure. Alors je sens quelque chose couler. Je baisse les yeux et je constate avec horreur qu'un filet de sang ruisselle entre mes cuisses.

19

Je ne sais pas combien de temps a passé. La lune est pleine de mélancolie et pose ses reflets d'argent sur la mer toujours aussi calme, à peine ridée. La brise fait bruisser les branches des oliviers et je continue de trembler, secouée de sanglots et de frissons, comme Ève qui vient de découvrir qu'elle était nue. J'ai besoin d'une feuille de vigne, j'ai besoin d'un drap, pour me cacher, je me déteste, je n'ai même pas la force de regarder en bas, là où ils ont tatoué leur sceau. Je ne sais même pas à quoi il ressemble.

— *Carissima.*

La voix de Marc dans mon dos.

— X, je t'ai cherchée partout.

Il me tend un sac de toile.

— Je t'ai apporté des vêtements et quelque chose de chaud à boire.

Je lève les yeux vers lui et les mots se mettent à jaillir.

— Marc, mais Marc je ne peux pas.

— Tu ne peux pas quoi ?

— Je ne peux pas remettre la robe Armani, parce que – ma voix est cassée, j'ai encore envie de pleurer – parce que je vais la tacher, je… parce que je saigne !

Et je fonds en larmes.

Marc s'agenouille et sort du sac des pansements, du coton et de la pommade. Il parle tout doucement, comme si sa voix pouvait m'apaiser.

— J'ai parlé aux filles, elles m'ont donné tout ça, ma chérie, et j'ai une robe noire toute simple, j'avais demandé à Giuseppe de l'apporter… au cas où…

Il me la tend.

— C'est une robe Zara…

Il me sourit avec tant de gentillesse, et dans ses yeux bleu-gris je vois tant d'amour que je pleure à nouveau. Cette fois-ci, ce ne sont pas des larmes de tristesse mais de soulagement. Bien que ce soit lui qui m'ait poussée. Je ne sais pas quoi penser. Il détourne le regard alors que je nettoie ma plaie. J'applique de la pommade, certainement antiseptique. Le sang a cessé de couler. Seule la douleur subsiste, et l'humiliation.

Pourtant, ce sentiment commence à être très diffus. Peut-être ai-je simplement été prise de panique ? Au fond, je m'amusais beaucoup avant que le marquage ne commence. Je me sentais très libre et très libérée, très dionysienne. Est-ce ma faute ?

Prends une grande inspiration, X. L'heure est venue de découvrir ce qu'elles t'ont tatoué.

Je me tourne légèrement, j'écarte les cuisses et je regarde ma peau blanche dans la lumière de la lune. À nouveau, je sens les larmes monter. Le petit tatouage est divinement joli, exquis. Il est formé d'une fine flèche noire entrelacée d'un S en arabesque. La couleur est celle d'un violet d'encre, elle est très subtile. C'est un tatouage qui, malgré sa petitesse, produit un effet formidable. Marc s'agenouille et regarde à son tour.

— C'est un symbole alchimique.

Je réalise à quel point j'aime qu'il me regarde lorsque je suis nue. Nous observons tous deux ma vulve et ce nouveau tatouage.

— C'est un symbole de quoi ?

— De purification.

Il embrasse mes genoux.

Je ne peux pas m'empêcher de lui demander s'il le trouve joli.

— Je l'adore, X. Il est parfait. Les symboles changent tous les ans, mais je connais celui-ci. Il est magnifique.

Il embrasse à nouveau mes genoux.

— Mais toi, X, qu'en penses-tu ?

— Je ne sais pas...

Je contemple le symbole. La purification.

— Je ne peux pas croire que je vais dire un truc pareil, mais je crois que je l'aime bien. Si ce n'est que maintenant je suis tatouée.

Je prends son visage entre mes mains.

— Tu m'as fait tatouer.

— Oui, je suppose.

La lune brille et nous nous dévisageons. J'ai froid.

— Marc, est-ce que tu peux m'aider, je voudrais me changer.

— Bien sûr.

Je me lève et je m'appuie sur lui, j'enfile la petite culotte noire. Marc défait ma jarretière et roule mon bas jusqu'à révéler mon pied blanc. Il marque un temps et dépose un baiser sur ma cuisse. Je frissonne. De la brise de cette nuit ou de son baiser, je ne sais. Je veux me débarrasser de ce corset. Toute seule, c'est impossible.

— Marc ?

Il se place dans mon dos, m'embrasse dans le cou, très gentiment, et commence à défaire les nœuds et les lacets qui m'enserrent. Les baleines éclatent, le corset me libère, mes seins explosent. Je remarque que mes tétons sont durs. Je suis excitée et pourtant je n'ai pas envie de faire l'amour, pas ce soir. Rapidement, j'enfile la robe que Marc m'a apportée. Je m'empare du sac de toile pour voir si Marc a aussi prévu de quoi me chausser. Il y a des baskets et même une paire de chaussettes. De la bonne pointure. Bien sûr. Je ne suis pas surprise.

Marc dévisse un thermos.

— Maintenant, bois.

Nous nous asseyons dans l'herbe fraîche. Il verse un liquide dans un gobelet en plastique et me le tend. Je renifle le breuvage suspicieusement.

— Qu'est-ce que c'est que cette mixture ?

— Une vieille recette de mes ancêtres Roscarrick. Du whisky single malt, du sirop de canne à sucre et un nuage d'épices. La panacée absolue, *carissima*. Et c'est délicieux, goûte !

Je bois. Le liquide irradie dans ma gorge. Pas comme un scotch classique : c'est l'ambroisie, le paradis, la liqueur des saints. La chaleur me remplit de l'intérieur, effet thérapeutique immédiat. Marc déplie une épaisse couverture en laine écossaise, fait des coussins de mes vêtements et m'invite à m'allonger à ses côtés.

— Nous pouvons rentrer quand tu voudras. La plupart des gens sont déjà partis. Mais ce serait peut-être bien de rester un peu ici, qu'est-ce que tu en dis ? Nous avons Capri rien que pour nous et c'est assez rare.

Le whisky fait effet, le breuvage agit comme un baume. Je m'allonge et je me pelotonne contre lui. Nous sommes deux compagnons, deux amis qu'une affection profonde et sincère unit. Je suis un peu dans les vapes, je pourrais parler pendant des heures de tout et de rien, de politique, de science, de basket-ball. Je pourrais m'endormir à l'instant même dans ces bras chauds et rassurants. Je suis fatiguée. Mon esprit s'enfonce peu à peu dans les nébuleuses du sommeil. Les étoiles brillent au-dessus de nos têtes.

— Regarde ! C'est ma constellation préférée.

Il pointe du doigt et j'essaie de voir de laquelle il parle.

— Orion le chasseur ?

— Non, le groupe, là, *cara mia*. On dirait toi en train d'éternuer. C'est la constellation d'Alexandra-enrhumée.

Je ris silencieusement.

— Oh très bien monsieur, et là, la constellation vraiment bizarre juste sous le Lion, c'est celle de Marc-de-mauvaise-humeur. On la montre aux enfants de Sicile quand on veut les traumatiser.

Il est secoué de rires.

— Et là, là juste en dessous de la Pléiade, laquelle est-ce déjà ? Ah oui, c'est celle d'Alexandra-qui-rend-la-voiture.

— Oh non, pas du tout !

Je souris et je niche ma tête dans son cou.

— Celle-là, c'est la constellation de Marc et X, seuls à Capri.

Marc regarde le ciel au-dessus de nous, les turbulences silencieuses des étoiles.

— La constellation d'Alex-et-Marc ? Oui, j'aime bien l'idée.

Il se tourne et me regarde, ses yeux sont sérieux, joyeux, tristes et pleins d'amour.

— Ma douce et belle…

— Oui ?

Nous chuchotons à présent. Nous sommes très près de nous endormir.

— Ma chérie, quoi qu'il arrive, même si tu décides de quitter les mystères, même si nous ne sommes plus ensemble, promets-moi que si un soir tu es triste ou en colère ou seule, tu iras regarder le ciel et tu chercheras cette constellation ? Tu verras la constellation d'Alex-et-Marc-à-Capri, la constellation de Nous. Promets-moi.

Il est presque endormi.

— Tu feras ça pour moi ?

Je bâille, mes paupières sont lourdes.

— Oui, mon amour, mais viens, prends-moi dans tes bras, viens plus près.

Il me serre, le sommeil est à nos portes.

— Marc, est-ce que tous les mystères seront comme celui-ci ? J'ai eu peur, tu sais.

— Non…

Il a fermé les yeux.

— … les autres sont différents, plus poétiques, plus difficiles aussi, *carissima.*

Il s'est assoupi.

Je regarde une dernière fois à travers mes cils la constellation de Nous et m'endors à mon tour.

20

Les premiers jours qui suivent l'initiation au deuxième mystère sont ouatés. Je ne suis pas traumatisée, mais plutôt nostalgique, mélancolique, rêveuse. J'ai une pointe de regret. Quelque chose en moi s'est brisé. À chaque fois que je me change ou que je me douche, je vois mon tatouage. Il me transperce. J'ai commencé à l'aimer, à m'y attacher comme on s'attache à un secret, à un cadeau magique. Un soir, je l'ai montré à Jessica. J'ai soulevé ma robe et elle l'a fixé un long moment et puis elle a dit qu'elle en voulait un.

J'ai ri et elle a ri.

Le soir je me fais belle, Marc passe me prendre et nous allons dîner. Comme n'importe quel couple. Nous avons maintenant nos petites habitudes d'amants ordinaires.

Ce sont de merveilleuses habitudes. Le plus souvent, nous faisons l'amour en fin d'après-midi. Puis nous grignotons un morceau. Parfois je dors au palazzo, parfois il dort chez moi. Giuseppe l'attend en bas dans la voiture. Je me demande s'il est armé.

Je suis heureuse comme jamais auparavant dans ma vie, même si rien de spectaculaire ne se produit. Peut-être est-ce la raison pour laquelle je suis heureuse, justement. Une nuit, alors que Marc était endormi près de moi, je me suis souvenue d'une réplique du *Docteur Jivago*. Le couple d'amoureux habite une petite maison dans les bois, ils pêchent et cultivent leur jardin pour se nourrir. Un homme qui leur rend visite leur dit : « Lorsque vous regarderez en arrière, ces jours ordinaires vous sembleront avoir été les plus beaux de votre vie. »

Je m'interroge. Dans la grande chambre de Marc, mon regard se perd sur la petite sculpture en verre posée sur la table basse. Ces jours sont-ils nos jours Jivago ? Nos jours d'amour ordinaire, de bonheur simple et innocent ? Je travaille ma thèse et je fais l'amour. Chaque jour. Ce quotidien est doux et étrange et passionnant. Je me penche sur l'épaule bronzée et musclée de l'homme que j'aime et j'embrasse sa cicatrice. Comment est-ce arrivé ?

Laisser faire. Ne pas se poser trop de questions, accepter les choses comme elles sont. Je l'embrasse à nouveau et il murmure dans son sommeil. Je pose mes lèvres sur son dos musclé et je me noie dans le parfum qu'il dégage. Je veux qu'il se réveille. Je ne peux pas résister.

L'amor che move il sole e l'altre stelle.

L'après-midi suivant, je suis allongée sur mon lit dans mon petit appartement et je mâchonne le bout de mon stylo. Je travaille souvent sur mon lit. Même si cet endroit me rappelle nos ébats. Si j'étais honnête je dirais que j'adore me les rappeler, même si ça n'est pas une attitude très studieuse. Je prends mon carnet et repasse les éléments clés que j'ai appris sur les cultes à mystères.

D'une certaine manière, ma thèse est passée au second plan de ces recherches sur les cultes. Les mystères sont tellement fascinants ! Et je les vis. Le premier point crucial que j'ai découvert, c'est que cette zone géographique autour de Naples – Napoli, Capua, Cumae – a toujours été connue pour sa « nature orgiaque ». C'était LE lieu de prédilection des empereurs pour leurs débauches. À Pompéi aussi, on se retirait pour prendre du bon temps. Le lieu de villégiature de Jules César était à quelques kilomètres au nord de la côte. Il a malheureusement été englouti depuis car le niveau de la mer a monté. Les gens viennent faire la fête ici depuis le premier siècle avant Jésus-Christ.

Donc il n'est pas surprenant que les cultes à mystères, connus pour leurs orgies sexuelles et leur érotisme spirituel, prennent racine ici. Je souligne ce point.

Il y a autre chose : l'alcool et la drogue semblent être une des clés des cultes, quelle que soit leur forme. Pendant les cultes éleusiniens, on buvait une potion appelée kykéon (κυκεων). Cette boisson était très enivrante et la légende raconte qu'un Grec du nom d'Erasixenus est mort d'en avoir bu deux coupes coup sur coup.

Quel genre de breuvage est-ce ? Dans un hymne à Déméter écrit par Homère, on en donne la recette : *boisson orgée, menthe et « glechon »*.

Sauf que personne n'a la moindre idée de ce qu'est ce « glechon ».

Je tapote sur mon carnet avec la pointe de mon stylo. Mes recherches sont à la fois stimulantes et frustrantes. Je tombe toujours sur des blancs, des interrogations, des secrets. Il manque quelque chose, une clef de voûte. Comment ont-ils fait pour garder cet ingrédient secret si longtemps ?

Selon les livres d'histoire, deux familles de prêtres éleusiniens se transmettaient les secrets des cultes à mystères de père en fils et de mère en fille. Ils réussirent à garder le secret pendant près de deux mille ans. Soit ils suivaient une recette spécifique sans comprendre ce qu'ils faisaient, soit ils apprenaient à le faire.

J'entends Jessica qui revient de ses cours. La porte de son appartement claque bruyamment ; quelques minutes plus tard, elle chante sous la douche. Pas besoin de regarder ma montre : c'est le signal. Il est dix-sept heures. Dans une heure ou deux, Marc sera là, prêt à m'emporter. Il n'a pas de cheval blanc, mon prince, mon lord Roscarrick, mais c'est tout comme. Ce soir nous allons dîner au restaurant. Il m'a dit qu'avant nous irions faire un petit tour de Naples, il y a des choses qu'il veut me montrer. « Des choses que je n'ai pas encore vues. » Je mâchonne toujours mon stylo et je sens l'encre qui fuit. Je vais avoir les lèvres toutes tachées. Je décide d'écrire pour cesser de m'enlaidir.

Il y avait clairement une drogue secrète, une liqueur qui amenait à la révélation. Elle transformait la douleur subie pendant les cultes en initiation. Les cultes étaient donc à la fois douloureux et parfaitement tolérables, autant pour les hommes que pour les femmes.

Mais quel est ce cinquième et dernier mystère ? Quelle est la révélation finale ? La catabase ?

J'arrête d'écrire et je relis les quelques notes que j'ai prises dans la journée. La plupart tournent autour de punitions secrètes infligées par ou pour les mystères.

Les lois de Rome et d'Athènes stipulaient très clairement qu'il était criminel de raconter ce qui se passait lors des céré-

monies des mystères. En 415 avant J.-C., il y eut une fuite à propos de ces cultes au sein de l'élite athénienne. La sentence fut sans appel, ceux qui avaient parlé furent torturés et tués.

Torturés et tués ?

Ces histoires sont effrayantes et passionnantes. Et le plus intéressant, c'est que les cultes semblent avoir traversé les siècles, authentiques, inchangés. Et moi, Alexandra Beckmann, humble étudiante en histoire de l'université de Dartmouth, je suis sur le point de découvrir le secret des cultes à mystères gréco-romains.

J'ignore la petite voix qui me chante que les mystères sont dangereux. Je la fais taire. Et je ne fais que des recherches. Personne n'est jamais mort pour avoir emprunté des livres à la bibliothèque.

Je dois me préparer. Jess a cessé de chanter, ce qui veut dire que sa douche est terminée et qu'il est temps pour moi de commencer à prendre la mienne. Je ne suis pas certaine que le système d'alimentation en eau de l'immeuble soit assez puissant pour permettre de prendre deux douches en même temps.

Mon téléphone sonne. L'écran affiche « MARC ». Je décroche.

— *Buonasera ?*

— X, ma chérie… Comment ça va ?

Je ne réponds pas. Je savoure la voix de cet homme, sensuelle et grave, et son ton mi-charmeur, mi-charmant qui emplit mon cœur de joie. Je ne sais pas comment il fait, c'est juste une voix. La voix de l'homme que j'aime.

— J'ai terminé. Je sais tout ce que l'on peut savoir sur les cultes d'Éleusis.

— Je suis impressionné.

— Savais-tu que, techniquement, le mot pour me définir est « mystes » ? C'est ainsi que les Grecs appelaient les initiés qui n'avaient pas accompli tous les rites. Et les mystères étaient tellement sacrés qu'ils ne les nommaient pas. Ils se référaient à eux en parlant de Ta Hiera. Les saints.

Marc me félicite poliment. Je regarde par la fenêtre le soleil briller au-dessus de l'hôtel Excelsior.

— Tu as travaillé très dur, X.

— Oui, j'ai bien travaillé. Je suis une bonne élève, tu sais.

— En fait, il y a une citation qui pourrait t'être utile.

— Dis-moi.

— « Heureux qui a vu les mystères d'Éleusis avant d'être mis sous terre ! Il connaît les fins de la vie et le commencement donné de Dieu. »

— Ooh… c'est biiieeen ça. Et c'est de qui ?

— Pindare, le poète grec, à propos du dernier mystère.

Les fins de la vie… waouh…

Je m'empare d'un stylo et griffonne ces quelques lignes sur mon cahier.

— *Carissima…*

Je suis perdue dans mes pensées.

— Mmh… ?

— Tu as reçu mon cadeau ?

Je pose mon stylo.

— Oui, je l'ai reçu.

La petite boîte est posée sur mon bureau. Le papier cadeau argenté semble très précieux. Il est arrivé ce matin.

— Je ne l'ai pas encore ouvert. Je n'ai pas osé. Tu sais, parfois tes cadeaux sont un peu déroutants, Marc.

Il rit poliment. Puis d'une voix ferme il reprend :

— Ouvre-le.

— Là tout de suite ?

— *Per favore.*

— OK, OK.

J'attrape le paquet avec le combiné coincé entre l'oreille et la clavicule et je m'installe sur mon lit, le dos confortablement calé par des coussins. Je défais le nœud et j'arrache le sublime papier argenté. La boîte qu'il enveloppait est d'un gris subtil, un peu passé. J'ouvre le fermoir. À l'intérieur, un objet se niche dans un coussin de velours.

— Qu'est-ce que...

— Ça te fait plaisir ?

— Oh oui, j'ai toujours rêvé d'avoir un de ces... ces quoi au fait ?

Il rit aux éclats.

— Baibure-ta.

— Allô ?

— C'est un vibromasseur, *dolcezza*. Le meilleur godemiché du monde, il est fabriqué au Japon.

Je deviens rouge pivoine.

— Mais ça ne ressemble pas à un... euh... un... vibromasseur, on dirait plutôt un...

Je sors l'objet en métal de la boîte, il est étonnamment lourd. La forme semble avoir été polie et sculptée avec amour.

— On dirait un instrument de torture pour des elfes.

— Je veux que tu l'essaies.

— Marc !

— Essaie-le !

— Mais je t'ai toi, je n'ai pas besoin d'un truc comme ça.

— Essaie-le, juste une fois.

Je me mets à ricaner bêtement. Les joues en feu, je coince le téléphone sous mon menton. Je retourne l'objet dans mes mains. Le métal est argenté à certains endroits et à d'autres presque transparent. On croirait qu'il y a des perles à l'intérieur ou des billes phosphorescentes.

Je n'ai jamais utilisé de sex-toy de ma vie. Je sais que Jessica en a un. Quand elle me l'a montré, on a rigolé comme des adolescentes et puis je n'y ai plus jamais repensé.

Mais cet objet semble très différent. Beaucoup plus petit, plus lourd, et beaucoup plus cher, sans aucun doute. Mais je commence à comprendre comment on est censé l'utiliser. Il faut insérer ça à cet endroit et… ?

— Je suis habillée, Marc.

— Alors déshabille-toi !

— *Si, Eccellenza !*

— Ceci n'est pas une initiation aux mystères, X.

— Je sais, mon amour, mais j'adore t'appeler *Eccellenza*. J'aime quand tu me donnes des ordres, enfin seulement si c'est sexuel. Tu le fais dans un autre contexte et je t'éclate la tête, tu m'as bien comprise, Marc Roscarrick ?

Il rit encore. J'adore le faire rire.

— Je pose le téléphone. Ne quittez pas, mon seigneur.

Prestement, je retire mon jean, je suis déjà pieds nus. J'enlève ma petite culotte et je me glisse dans le lit, le téléphone coincé sous le menton et le sex-toy dans une main.

— OK, *Eccellenza*. À vos ordres.

— Appuie sur le bouton du bas, le bouton noir.

Je repère un petit bouton plat et sophistiqué. Une lumière rouge très douce se met à luire à l'intérieur du vibromasseur. L'objet se met à vibrer intensément. Je ne suis pas surprise, mais c'est très différent du vrombissement mécanique du sex-toy de Jessica.

— Oh mon Dieu, ce truc est vivant !

— Maintenant mets-le.

— *Eccellenza... ?*

J'hésite à le faire.

— Mais, Marc, je ne...

— Appuie le bout argenté sur ton adorable clitoris, ma chérie.

Je regarde l'objet, puis, doucement, j'écarte les cuisses. Mon tatouage brille de noir et de violet sur ma peau blanche. Le godemiché ressemble à un petit animal qui chercherait à faire ce pour quoi il a été créé.

— Appuie-le sur ton clitoris.

Je marque un temps d'arrêt puis je murmure :

— *Si, Eccellenza.*

Je ferme les yeux et je presse le métal incurvé contre mon sexe. Je suis toute mouillée.

La sensation est incroyable.

— Oh mon Dieu !

— N'appuie pas trop fort.

— C'est bon... c'est très bizarre.

— Essaie encore. Fais-le doucement, très doucement.

Je recommence mais cette fois-ci, je m'effleure à peine.

Le plaisir jaillit, il part de mon bas-ventre et se propage dans tout mon corps.

— Maintenant, pense à moi, *carissima.*

— Je le fais déjà.

C'est la pure vérité, sous mes paupières closes, je le vois, lui.

— À quoi penses-tu ?

La machine vrombit.

— À toi. À toi quand tu es à l'intérieur de moi.

— Qu'est-ce que je suis en train de te faire ?

Mon corps tout entier rougit, mais pas de honte.

— Tu me baises.

— Je te baise comment ?

— Fort, profond, ta queue est à l'intérieur de moi. J'aime ta queue mais ah…

L'objet est trop malin, trop efficace. Je veux que mon plaisir dure.

— Attention, mon amour, attends, parle-moi. Comment est-ce que je te baise, Alexandra ?

— Tu me prends par-derrière. Tu n'es pas nu.

— Ah non ?

— Non. Moi je le suis. Tu es venu chez moi. Tu as arraché mes vêtements, tu m'as jetée sur le lit, tu as écarté mes cuisses, brutalement, tu m'as pénétrée, je n'ai pas pu te résister, ooh… ooh mon Dieu !

La machine continue de vibrer. Je comprends comment elle fonctionne. Je ferme les yeux, mon cœur s'accélère, je comprends comment… cette autre partie va aussi à l'intérieur, peu profondément, juste assez.

— Oooh… oaahh…

— J'ai arraché tes vêtements.

— Oui, oui, et maintenant tu me baises, tu me baises comme un fou et tu me traites de petite salope.

— Ma petite salope.

— Et je t'appartiens et je suis à toi et tu es…

— Je t'ai empalée ?

— Oui. OUI. Profond. Profond. Ta queue en moi. Maaaaa Mmm…

— Attends !

— Je ne peux pas !

— *Carissima.*

Haletante, je ne peux plus parler. L'objet me tue de plaisir.

— Tu me baises, mon amour, si fort et si profond que j'ai mal et j'adore ça, j'adore ça, j'adoooore…

— Retiens-toi.

— Mmmmmarc.

— Appuie sur l'autre bouton, celui qui est en bas.

— Quoi ? Où ? Je ne sais pas, je… oh… Ouuuiiiii !

Oui, je vois, en dessous, et sans même que je comprenne ce que je suis en train de faire, l'objet glisse et me rentre dans le cul, sans même que j'aie bougé.

— Oh !

Vingt minutes plus tard, je fonce sous la douche et je me lave à grande eau. Je nettoie aussi le Baibure-ta et je le range dans sa boîte. J'aurais presque envie de la cadenasser, cet objet est un peu trop efficace. Mais je suis contente que Marc me l'ait offert. Je préfère ça à une voiture. Sous la douche l'eau ruisselle sur mon visage et je ne peux m'empêcher de sourire. C'était trop bon. Je me savonne avec ce savon divin, *sapone di latte.* Encore un cadeau de Marc. Il vient d'un petit monastère du fin fond de Florence, la Officina Profumo Farmaceutica di Santa Maria Novella. La recette de fabrication des moines est inchangée depuis le quatorzième siècle. Subtil, fleuri, sensuel, il fait une peau de soie et la mousse qu'il forme ressemble à des nuages parfumés !

Je l'utilise tous les jours, sans compter, même si je me doute que chaque savonnette doit valoir dans les cinquante dollars. *Merci, mon amour, merci pour tout.*

Propre et fraîche, nue, une serviette enturbannée autour des cheveux, je passe devant le grand miroir et je me jette un coup d'œil. Est-ce que je n'aurais pas un peu grossi ? Est-ce que tous ces restaurants napolitains et cette divine cuisine de Campanie ne seraient pas en train de produire des effets indésirables ? On sonne à la porte. Je décide de laisser ces préoccupations de côté. Après tout, je me fiche de savoir si j'ai pris du poids ou non. Peut-être parce que je n'ai pas pris un gramme, justement. C'est le miracle de la vie méditerranéenne, je peux manger tout ce que je veux, la mer, la natation et surtout le sexe me gardent belle et mince.

On sonne de nouveau. Au lieu de répondre à l'interphone, je descends les escaliers quatre à quatre, pieds nus et les cheveux mouillés. Lorsque j'ouvre la porte, Marc se tient sur le seuil, avec sa chemise blanche qui fait ressortir son bronzage et son jean un peu passé et je saute dans ses bras. Je m'élance si fort qu'il doit reculer de plusieurs pas dans la via Santa Lucia pour ne pas tomber. Je m'agrippe à ses épaules comme une petite fille, comme une gamine amoureuse que je suis, pendue à son cou.

Nous nous embrassons comme des fous. Je suis ridicule et je m'en fiche complètement. La lune est haute sous le ciel de Capri, j'ai envie de crier tellement je suis heureuse.

— Bonjour, mon amour, dit-il en me déposant sur le sol.

— Bonjour, je suis très contente de te voir.

Il sourit.

— Alors ça t'a plu ?

— Les Japonais sont cinglés.

— Je te l'ai acheté pour que tu ne te sentes jamais seule.

— Marc, nous nous voyons tous les jours et nous faisons l'amour deux fois par jour.

— Oui, mais parfois je devrai partir en voyage d'affaires… bref.

D'un geste il montre la Mercedes garée devant l'immeuble.

— Ce soir, je vais te montrer quelque chose de spécial.

— Quoi ?

J'imagine un dîner extraordinaire, peut-être le meilleur *tonno rosso* du monde servi par des fées dorées sur le sommet du mont Vésuve, mais Marc coupe court à mes divagations.

— La Cappella Sansevero.

Bien sûr, j'ai entendu parler de la chapelle Sansevero. N'importe quel touriste en a entendu parler. Et de nombreux historiens se sont perdus dans l'étude des beautés de cette église.

— Mais elle est fermée pour rénovation, Marc, cela fait des années qu'elle est interdite au public. Personne ne sait quand ils la rouvriront, je peux t'en parler, j'ai demandé et j'ai même essayé de…

Il m'arrête d'un sourire malicieux, ses yeux brillent.

— Tu as parfaitement raison, X, mais c'est moi qui paie les rénovations.

Alors il brandit une énorme clé sous mon nez avec un air triomphant. Marc Roscarrick peut me faire visiter la chapelle Sansevero ! Marc Roscarrick peut tout.

Nous roulons trois cents secondes et nous arrivons devant l'un des plus beaux joyaux de l'art baroque. Sortis de la voiture, nous approchons à pas de loup, comme sur le point de découvrir un trésor.

La chapelle est entourée d'échafaudages et elle semble doublement protégée, nichée au cœur des ruelles du vieux Naples, comme un bijou dans un écrin. Elle est le cœur de cette ville où des vieillards jouent à la scopa aux terrasses de cafés décrépits et poussiéreux, fumant, toussant et crachant, ils échangent des rires et des insultes, et ressassent toujours les mêmes histoires. Un *circolo sociale*.

Dans des niches à l'extérieur, les vitraux sont éclairés par des bougies électriques, et les autels des statues sont décorés de fleurs en plastique rouge. Il y a beaucoup de Saintes Vierges souriantes, les patronnes de la Camorra. Marc sort la clé de sa poche. Une Vespa bleue émerge abruptement et me frôle, emportant au loin deux jeunes filles en short et tongs sans casque qui rient aux éclats, leurs cheveux bruns soyeux s'envolant dans la brise.

Je les regarde disparaître. Leur joie, leurs rires, leur folle jeunesse. Maintenant elles ont disparu et les vieilles rues sont redevenues silencieuses. Le linge pend aux fenêtres, muet comme le reste. Un homme dans l'encadrement d'une petite fenêtre regarde un match de football à la télévision, sous un portrait de Padre Pio.

— OK – Marc coupe court à ma rêverie sur la vie napolitaine. *Piccolina*, nous pouvons entrer.

Et il ouvre la porte de la chapelle.

La première chose que je vois, c'est une splendide petite chapelle baroque éclairée par une seule lampe de chantier. Il y a des serpillières, des sacs de gravats ici et là, le sol est couvert de la poussière rouge des briques. Immédiatement, l'œil est attiré par le centre de la chapelle, un écrin de marbre blanc orné de mille arabesques. Je reste bouche bée devant tant de beauté. Marc me raconte l'histoire du lieu mais je la connais déjà.

— Le septième prince de Sansevero, Raimondo, né en 1710 d'une famille de la noblesse napolitaine dont la généalogie remontait jusqu'à Charlemagne, était l'un des plus grands intellectuels de son temps. Il versait dans l'alchimie, l'astronomie, la sorcellerie et même la mécanique.

La voix de Marc me berce, j'admire les peintures qui ornent le plafond.

— Le prince parlait une demi-douzaine de langues européennes, mais aussi l'arabe et l'hébreu. Il était à la tête de la loge maçonnique de Naples jusqu'à ce qu'il fût excommunié par l'Église, qui plus tard rétracta ses accusations d'hérésie et autres.

Le sol est un labyrinthe de mosaïques en monochromes, je sais qu'il représente l'initiation maçonnique. Pourquoi Marc m'a-t-il amenée ici ? Est-ce que ce lieu a un rapport avec les mystères ? Marc conclut d'un grand geste circulaire de la main, fier de cet endroit restauré par ses soins.

— Les dernières années de sa vie, Raimondo les a consacrées à construire cette chapelle et à la décorer des sculptures et des peintures des plus grands artistes de son temps. Il voulait que cette chapelle soit le cœur baroque de la ville. Des vérités allégoriques sont gravées dans la roche.

— C'est vraiment très impressionnant.

— Viens !

Je me sens nerveuse. Je sais que cette pièce, aussi somptueuse soit-elle, n'est pas le trésor de la Cappella Sansevero. Un escalier très étroit descend sur la droite. Son antichambre est très sombre. Marc allume la lampe de son téléphone portable et nous descendons les marches de marbre blanc. Ce sont des escaliers en colimaçon, ils piquent en vrille. Je hâte le pas pour ne pas être plongée dans le noir. Enfin, nous atteignons le silence sombre de la crypte, et la lampe de Marc éclaire l'incroyable trésor de Sansevero.

Le *Christ voilé* de Sanmartino.

Hallucinant, effrayant, indescriptible. Je dois trouver les mots quelque part en moi, au plus profond de mon âme pour tenter de le décrire. Sinon ce serait indigne de ce que l'on m'a dévoilé. La sculpture représente Jésus au tombeau, le mort bientôt ressuscité. L'artiste a drapé le Christ d'un voile, soie ou linon, un tissu d'une extrême finesse tout en transparence. Alors qu'il s'agit de marbre, il a réussi à rendre la pierre liquide et vaporeuse comme de la gaze. Je ne sais pas par quel miracle ou effet d'optique Sanmartino a réussi à faire cela. Sculpter un corps parfait, puis le recouvrir d'un voile de pierre parfait lui aussi, les deux se fondant l'un dans l'autre ? Aujourd'hui encore, des historiens de l'art s'écharpent au sujet de la technique employée. Certains dévots répondent simplement que cela tient du miracle. Cette œuvre est la plus étonnante que j'aie vue de ma vie. Il y a en elle quelque chose d'inexprimable, de non humain, elle possède une perfection quasi aérienne, éthérée, féerique. La main de Dieu lui-même a guidé celle de l'artiste.

— Marc, pourquoi me montres-tu cela maintenant ?

Il s'approche de moi.

— Parce que je veux que tu sois inspirée, *carissima*, que tu voies les possibilités qui sommeillent en chacun de nous. Le Grand Art nous rend plus courageux, plus forts.

— Courageux ?

— Dans quelques jours, il sera temps pour toi d'être initiée au troisième mystère.

Je me tais. La crypte de la chapelle est silencieuse. Le Christ voilé dort, mais il est sur le point de se réveiller. Je me sens claustrophobe. Je veux quitter cet endroit.

J'ai essayé de ne pas penser au prochain culte, de vivre le moment présent, de profiter de chaque heure passée aux côtés de Marc, mais nous voici arrivés au seuil du troisième mystère.

Nous remontons les escaliers et nous sortons de la chapelle. Marc ferme la porte à triple tour et je respire avec soulagement l'air chaud, lourd du parfum des citronniers mélangé aux odeurs de poubelle, l'air capiteux de Naples. La chapelle Sansevero était extraordinaire mais j'en ressors très troublée. Je demande à Marc s'il veut bien que nous marchions un peu avant de remonter en voiture. Il accepte avec joie.

Main dans la main, Marc et moi nous promenons sur les pavés cahoteux de cette vieille ville d'Europe. Certaines baraques qui vendent de la nourriture sont encore ouvertes. Elles présentent dans leurs vitrines de grosses aubergines et des poissons sur des pains de glace prêts à être grillés. Des nonnes gloussantes assises aux tables de cafés graisseux enfournent des pâtisseries dans leurs bouches, des verres de vin et des crevettes panées, exactement comme le faisaient les Romains, il y a deux mille ans de cela.

Alors que nous approchons du front de mer, je me tourne vers Marc.

— Où a lieu le troisième mystère ?

Il me répond sans me regarder.

— Dans l'Aspromonte, en Calabre.

Je frissonne comme si un vent glacial venait de me parcourir l'échine. Dans l'Aspromonte ??? Là où se trouve le berceau de la plus brutale des mafias, la 'Ndrangheta ?

Je connais le sens du mot *Aspromonte*. Nous allons dans les montagnes âpres.

21

— Nous avons au moins cinq heures de route de montagne.

Marc s'incline vers moi pour me pincer le genou. Mais pas de manière sexuelle. C'est un petit geste affectueux et rassurant.

— Je me suis dit que ce n'est pas en lisant cette carte que tu l'aurais deviné.

— Pourquoi?

Nous sommes à la lisière de l'aéroport de Reggio Calabria, dans un vieux 4 × 4 Land Rover de location. Marc a baissé de standing.

Il fait craquer le levier de vitesse et grimace au son produit…

— Là-haut la route est très difficile. Quelques kilomètres peuvent prendre plusieurs heures. D'où le choix de la voiture!

Nous attendons que la circulation se débloque à un carrefour. Marc hoche la tête en direction des montagnes sombres qui dressent leur crête à l'horizon. De là où nous sommes, elles n'ont pas l'air particulièrement hautes, pentues ou escarpées, mais possèdent un je-ne-sais-quoi de glauque et de menaçant.

C'est l'Aspromonte, les haïes, les infamantes, les âpres montagnes de la légende. Marc regarde le tableau de bord poussiéreux et ajoute tout bas comme pour lui-même :

— Et puis la Calabre reste un endroit où il est bon de savoir faire profil bas. Nous ne sommes pas au pays des Ferrari.

Il arrive enfin à doubler les files de Fiat et les trois tracteurs qui bloquaient la voie et nous entamons notre voyage. Plein est, vers le cœur de l'Aspromonte.

Nous avançons très lentement, la circulation est dense et les routes étroites. Je baisse ma vitre et observe ce paysage étonnant. Je n'ai jamais été en Calabre auparavant.

Nous sommes à l'extrémité de la botte italienne. Celle qui pointe vers la Sicile et regarde l'Espagne. Cette Espagne dont elle a hérité un passé Bourbon. Et la Calabre ne ressemble en rien à l'idée que je m'en étais faite. Je pense que je m'attendais à quelque chose qui ressemblerait peu ou prou à Naples.

Quelque chose de vieux et de chaotique, mais aussi de charmant et d'italien, au sens où je l'entends. C'est-à-dire ancien, avec des palmiers, de bonnes glaces à la vanille et à la *stracciatella*, des banlieues bétonnées et sordides avec leur lot de junkies aux yeux révulsés qui rappelle une forme de criminalité tapie. Mais ici la criminalité n'est pas tapie. Ici, elle rayonne. Elle a pignon sur rue. L'endroit suinte le désespoir et la méchanceté. Les villes qui ponctuent la route sont toutes dans un état de déréliction et de décrépitude qui confine à l'abandon. Les beaux immeubles historiques sont couverts de graffitis, les autres semblent avoir été abandonnés en cours de construction.

Des ruines, sans poésie, d'une laideur incroyable. Je n'avais encore jamais vu de chose qui soit vraiment laide en Italie.

Marc me montre un pâté d'immeubles à notre gauche, la circulation nous force à ralentir.

— Hideux, n'est-ce pas? Difficile de croire qu'on est en Europe, on se croirait plutôt dans un pays en voie de développement ou un pays qui vient de connaître une guerre.

Il a raison. Je regarde avec attention le bloc d'immeubles sinistres que nous longeons. Les rez-de-chaussée sont lézardés, les étages supérieurs sans crépi sont en briques de béton apparentes et le dernier étage n'a pas de toit. On l'a transformé en laverie automatique: sept machines à laver le linge y rouillent à ciel ouvert. Incroyable. Le bloc d'à côté, gris, n'est pas mieux. Des piles de poubelles alignées, sur une zone non définie, un terrain vague en plein centre-ville, une décharge. Les boutiques semblent vides de marchandise. Nous nous arrêtons au feu rouge.

— Pourquoi est-ce que c'est comme ça? C'est à cause de la 'Ndrangheta?

— Oui, en partie. Mais il y a aussi les tremblements de terre qui secouent la ville tous les dix ans... Nous sommes dans la partie la plus pauvre de l'Italie. Probablement la région la plus pauvre de l'Europe de l'Ouest.

Marc laisse pendre son bras en dehors de la voiture. Il fait très chaud. Il a une conduite de pilote désinvolte, de baroudeur, fait tourner le volant avec son poignet. Il porte un jean sombre et une chemise bleu nuit, les manches retroussées dévoilent ses avant-bras musclés et bronzés.

Sa pose est masculine, virile, élégante, presque classique. J'imagine le portrait de lord Roscarrick dans sa Land

Rover de location. Attribué à l'école de Raphaël, 1615. Marc aurait été un modèle magnifique au dix-septième siècle. Il est magnifique aujourd'hui. Je le regarde, je l'admire. Le voir me rend fière, je me dis qu'il est mon homme et que nous avons fait l'amour merveilleusement, pas plus tard que la nuit dernière. Il a développé une sorte de technique où il me lèche le sexe avec application pendant une vingtaine de minutes et fait monter mon plaisir progressivement. Quand il sent que je suis proche de jouir, que je ne peux plus résister, que je vais tomber en pâmoison, il se met à frotter la pointe de son menton avec sa barbe de trois jours. Là où sa langue n'était que délicatesse, douceur, mollesse, les piques de sa barbe m'électrisent et m'envoient directement au septième ciel. Hier soir, j'ai dû attraper un coussin et m'étouffer avec pour ne pas hurler de plaisir et de joie.

Néanmoins, Jessica a tout entendu.

Ce matin, nous nous sommes levés tôt pour attraper notre vol. Alors que nous partions pour l'aéroport, mon amie m'a apostrophée dans les escaliers.

— Dis donc ma poulette, depuis quand tu as apprivoisé un loup-garou ? Tu sais que dans l'immeuble on va finir par se plaindre de ses hurlements les soirs de pleine lune…

Je le regarde. Mon amour, mon amant – et je souris intérieurement, délicieusement troublée, parce qu'il n'est pas toujours aussi attentionné. Parfois, il m'attrape et me baise violemment. Il a fait cela après que nous avons quitté la chapelle Sansevero. Nous sommes remontés dans sa voiture, nous nous sommes garés devant la porte de son palazzo et sans que je comprenne quoi que ce soit, il m'a retournée et jetée sur le capot de la voiture. Il a soulevé ma robe, baissé ma petite culotte dans un claquement d'élastique et m'a prise par-derrière, contre son très beau coupé Mercedes. Cela a duré en tout et pour tout trois minutes. Trois intenses minutes de qu'est-ce-qui-te-prend-ça-va-pas-la-tête-non ? C'était brusque, violent, j'étais tellement surprise que j'étais sous le choc. Je ne sais pas si je devrais être excitée dans ce genre de situation, mais j'adore l'idée d'être une femme objet dont il peut jouir dès que l'envie lui prend. Après, il a reboutonné sa braguette en sifflotant un air napolitain et m'a donné le bras jusqu'à son palais comme si de rien n'était, comme si nous rentrions d'être allés prendre un verre de prosecco.

Je suis allée chercher de nouveaux sous-vêtements dans un tiroir de la commode de sa chambre. J'en ai profité pour passer un petit moment dans cette salle de bains divine et je me suis masturbée pour ne pas me retrouver frustrée de cet épisode de baise sauvage sur le capot de la voiture qui m'avait vraiment laissé sur ma faim. J'ai joui en quelques secondes. Moi qui jouissais si peu avant, je me demande combien d'orgasmes je peux avoir. Est-ce que je pourrais en avoir trop ? J'aime que Marc puisse être à la fois doux et violent, j'aime ne pas savoir de quelle humeur il sera et ce qu'il va me faire.

Mais je n'aime pas rester dans l'ignorance de ce troisième mystère. Pourquoi doit-il se passer au fin fond de la Calabre ? Pourquoi dans un lieu aussi sordide ?

Je sors de ma rêverie et je regarde par la fenêtre. Même la mer Méditerranée semble triste et morose, alors qu'un merveilleux soleil de juillet darde.

Cela fait dix semaines que j'ai rencontré Marc. Dix semaines qui ont tout changé.

— Alors, dis-moi ce que tu sais sur la 'Ndrangheta. Pour ma thèse. Si nous roulons pendant des heures, que ce me soit utile et que j'apprenne quelque chose.

Il grimace.

— Je sais ce que tout le monde sait, *cara mia.* Ils sont la plus dangereuse organisation criminelle à ce jour, la plus riche et la plus puissante. On estime qu'ils contrôlent 3 % du PIB italien, c'est-à-dire bien plus par exemple que notre budget global de Défense.

— C'est dingue !

— Oui. Et la 'Ndrangheta règne sans partage sur la Calabre.

Il désigne un petit restaurant miteux au milieu d'un champ, une vision pour le moins incongrue.

— Certains disent que si la Calabre était indépendante, ce qui est le cas d'une certaine manière, elle serait déclarée par les Nations unies comme un État en faillite, du même niveau que la Somalie, tu vois.

— Mais comment est-ce que la 'Ndrangheta fait ça ? Comment est-ce qu'ils arrivent à ruiner une province entière ?

— Ils sont organisés en clans, certains remontent à très loin, ils sont impénétrables. Ils sont farouchement opposés aux étrangers et férocement loyaux les uns envers les autres. On est membre de la Ndrang par voie du sang. Les liens du sang ne se rompent pas aussi facilement que ceux qui lient les membres de la Mafia ou de la Camorra. Par exemple, des anciens mafieux repentis qui balancent leurs anciens pairs, cela n'arrive jamais dans la 'Ndrangheta.

— Des quartiers, des villes entières…

— Ils ouvrent des hôtels ou des boutiques pour blanchir l'argent sale. Ils affichent des prix si bas que les autres commerçants font faillite. L'économie locale s'écroule et il ne reste plus que l'économie de la 'Ndrangheta qui fonctionne. De fait, tout le monde en Calabre leur est redevable de quelque chose, ils sont employés ou esclaves. C'est un système quasi féodal. Ils arrivent à obtenir des subventions de l'Union européenne pour construire des routes et des usines. Ils ne font que lancer les chantiers pour être sûrs d'obtenir les fonds. Une fois qu'ils ont l'argent, ils laissent tout en plan. Les routes s'arrêtent au milieu de nulle part, les usines ne sont que des rez-de-chaussée sans toit, d'où ce sentiment d'anarchie et de déréliction.

Il prend un tournant en épingle et nous nous dirigeons maintenant vers les collines.

— Il y a aussi une taxe sur les maisons en Calabre, mais elle ne s'applique qu'aux maisons qui sont finies d'être construites. C'est pourquoi aucune de celles que tu vois n'a sa façade peinte, pour échapper à l'impôt…

J'aurais presque envie de prendre des notes. Oh et puis après tout ? Je sors mon carnet et mon Bic. Marc rit.

— J'admire votre sérieux, mademoiselle Alexandra Beckmann.

— Certaines personnes sont sérieuses dans leur travail. Tout le monde n'a pas la chance de pouvoir gagner soixante mille dollars en cliquant trois fois sur leur souris, lord Roscarrick.

— Ça n'a pas toujours été aussi simple, dit-il entre ses dents.

Son ton s'est soudain assombri.

Mais tout me semble plus noir, les nuages d'un gris douteux s'accumulent au-dessus de nos têtes, le terrain est de plus en plus accidenté et la route n'est plus qu'un chemin de cailloux et de sable à peine balisé. La Land Rover tangue sur cette route défoncée. Parfois nous passons près de maisons et des chiens aboient dans le nuage de poussière que nous soulevons.

— Tiens, j'ai quelque chose que tu pourrais trouver intéressant. Tous les ans, en septembre, les *capi* de la 'Ndrangheta, les chefs de clan si tu préfères, se retrouvent dans un monastère pas loin d'ici au fin fond de la vallée. Il s'appelle le sanctuaire de Notre-Dame de Polsi.

Je prends des notes du mieux que je peux mais les cahots de la voiture rendent l'exercice périlleux.

— Et ? dis-je tout en continuant à écrire.

— Ce qui est intéressant avec cette histoire de Polsi, c'est que cela fait des centaines d'années que c'est leur lieu de rendez-vous. Par le passé, je veux dire jusqu'à il y a quelques dizaines d'années, ces réunions étaient très… il marque un temps d'arrêt, cherche ses mots… elles étaient très bizarres, un peu sensuelles, charnelles. Les chefs de famille se faisaient appeler *capobastone*, « chef de trique ». Les *capibastoni* allaient de leur village jusqu'au sanctuaire de Polsi. Ils étaient suivis par des foules nombreuses. La procession durait au moins deux jours, ils marchaient trente, trente-cinq kilomètres. Les gangsters étaient suivis par les jeunes femmes, suivaient les vieillards ; tous poussaient des gémissements et des plaintes. Parfois ils portaient des couronnes d'épines, et le sang ruisselait sur leurs visages épuisés. La plupart étaient pieds nus. Ils buvaient du vin rouge et à la nuit tombée, faisaient rôtir une chèvre, et chantant des hymnes à la lune, au son des flûtes et des tambourins, ils dansaient la tarentelle jusqu'au petit matin. Ils buvaient et forniquaient dans les buissons d'origan et les lauriers-roses, ivres morts, fous.

— C'était… dionysien ?

— Peut-être. Le dieu grec Dionysos a un sens ici. La Calabre faisait partie de la Magna Graecia, dans l'Antiquité. C'est même là que les Grecs avaient installé leur meilleure colonie, Platon vivait ici, tout comme Pythagore.

Il se tourne et me sourit, il est si beau à cet instant même, il a un regard de défi, comme s'il savait quelque chose que j'ignore. À bien y penser, il y a toujours quelque chose qu'il sait que je ne sais pas.

— Ça te suffit pour ta thèse ? Pour le moment ?

— Oui, mon amour, c'est passionnant, incroyable, fascinant.

Je continue à écrire aussi vite que je peux.

— Bon, dit-il. Maintenant il faut que nous réfléchissions. Je ne suis pas certain que nous soyons au bon endroit. Enfin pour être plus précis, je ne suis pas certain de savoir où nous sommes. Ça doit être quelque part par là, sur la route de Plati.

La voiture ralentit. Il plisse les yeux pour lire un panneau de signalisation au loin. Je suis parcourue d'un frisson. Je me demande bien pourquoi il se donne tant de mal, le panneau est troué de balles et on ne voit plus les lettres.

Des balles ?

Marc soupire et regarde la carte sur son iPad. Il hoche la tête.

Je suis perplexe.

— Tu dois sûrement reconnaître le chemin… tu es déjà venu ici auparavant…

Il me répond sans me regarder.

— Je ne connais la Calabre que parce que j'ai travaillé ici, tu te souviens ? Je faisais de l'import-export entre Reggio et Crotone.

— Et... donc... ?

Son ton devient presque cassant.

— Les mystères se déroulent dans toute l'Italie, souvent en Angleterre, en France, en Espagne... Il y en a plusieurs qui se passent simultanément. Les gens vont et viennent. Tu peux très bien rencontrer quelqu'un qui a été initié au deuxième mystère à Londres, puis le recroiser au quatrième mystère sans savoir où il a été initié au troisième. Tu vois ? Ça ajoute au... mystère.

Je me cale dans le fauteuil, pensive. Ces cultes sont vraiment pratiqués à grande échelle. Qui organise tout cela ?

— C'est toi qui as choisi de m'initier au troisième mystère ici en Calabre plutôt qu'ailleurs ? Pourquoi cet endroit sordide ?

— J'étais curieux. Et puis j'ai des affaires à régler.

— Quelles affaires ?

— Rien de sérieux.

Il jette un coup d'œil à son iPad.

— Je pense que notre destination se situe à vingt kilomètres passé le prochain village. On peut demander ici pour être sûrs. Je n'ai vraiment pas envie de me perdre dans l'Aspromonte.

Nous roulons tant bien que mal sur la chaussée défoncée encore quelques minutes, prenons une série de tournants très raides et grimpons une colline. Sur ce promontoire, je réalise que cette montagne est en fait un village, qui, selon des standards calabriens, est charmant. Une vieille et vénérable église avec son clocher veille sur les petites maisons à ses pieds. Dans les rues pavées, des hommes sont assis sur des bancs à l'ombre de murs craquelés de soleil. L'Italie comme on la rêve. Je suis envahie d'un sentiment étrange. Les enfants jouent au ballon en poussant des cris et les mères les appellent depuis les fenêtres où grimpent les bougainvilliers, le marchand de fruits somnole sur sa chaise derrière l'étalage, une vieille, un foulard sur la tête, vient y traîner son panier à provisions... Tous ces gens parlent grec. Pas italien. Marc sourit à mon air surpris.

— Oui, ils parlent le grec ancien, le griko, ils remontent aux premiers colons hellènes. Le dialecte ne s'est jamais perdu dans ces vallées reculées.

Sous le soleil d'Italie, la petite Américaine que je suis reste sans voix, sidérée par l'histoire de ce continent. J'écoute la langue de Platon et de Pythagore. Marc fait de grands gestes et discute avec un des Italiens locaux. Ils sont bilingues, ce qui est logique. Je marche jusqu'à un banc où est assis un vieil homme. Je m'y assieds en bâillant. La route a été très fatigante. Je suis épuisée et j'ai le dos en compote. Nous nous sommes levés à l'aube. Le vieil homme se tourne vers moi et me sourit. Il s'adresse à moi en grec ancien. Je hoche la tête et je lui souris en retour. J'ai une pensée émue pour Socrate et tous mes cours de philosophie. Comme j'ai de la chance d'être ici !

— OK, dit Marc.

Il ouvre la portière, saute dans la voiture et m'invite à faire de même. Il semble avoir un regain d'énergie.

— Bon, je ne m'étais pas trompé – il met la clé dans le contact. Plus que vingt kilomètres sur la route de Plati et nous y serons.

Il me montre du doigt la vallée la plus sombre de celles qui nous entourent, une incision noire au flanc de la montagne. Il fallait que ce soit la plus sinistre. Je me cale dans mon siège. J'essaie de rester sereine, mais c'est assez difficile. Les vingt derniers kilomètres nous prennent plus de deux heures. Le 4 X 4 grimpe des flancs caillouteux. Enfin, au détour d'un chemin bordé de pins, nous entrons dans la « ville ». Une ville en ruine, à l'abandon. Les vieilles maisons comme les constructions les plus récentes semblent avoir été vidées. Les fenêtres n'ont plus de vitres, les portes sont sorties de leurs gonds.

— Mon Dieu, c'est une ville fantôme.

Marc hoche la tête.

— Nous sommes arrivés ! Voici Roghudi, X, un village totalement abandonné dans les années soixante-dix. À cause des tremblements de terre, et des sorcières.

— Mais…

— Le culte aura lieu dans l'ancien château des Bourbons, que tu peux apercevoir là-haut, sur la colline.

Je lève les yeux. Un austère bâtiment se dresse cinq cents mètres plus haut, on dirait une sorte de monastère.

Je me tourne vers Marc. Je viens de comprendre.

— C'est ici que je vais être fouettée. J'ai raison, n'est-ce pas ?

Il ne me répond pas et démarre en direction du sombre château.

22

Je ne pense pas que le château de Roghudi ait jamais été beau. En revanche, il a certainement été construit pour inspirer la crainte. Énorme, massif, militaire, austère dans un genre italo-espagnol. Il ressemble un peu au palais de Caserte.

Comme pour les mystères précédents, des douzaines de jeunes hommes en costumes sombres en gardent l'entrée. Leurs visages sont fermés, ils ont une oreillette et des lunettes de soleil bien que le temps soit très nuageux. Maintenant, j'en suis presque certaine, ce renflement au niveau de leur côté droit est l'emplacement de leur arme.

Marc leur tend sa carte d'identité et une petite plaque d'ivoire. Le dieu Dionysos y est représenté une branche de férule séchée à la main, battant un autre homme. J'ai appris entre-temps que cette plante, sorte de fenouil géant, était un stimulant et que cela a donné l'expression « être sous la férule de… ».

J'attends patiemment. Un peu anxieuse, il faut bien l'avouer. Les gardes nous escortent jusqu'à des escaliers blancs. Ils donnent sur deux chambres immenses et presque totalement vides. Il est évident que le château a été restauré, du moins à certains endroits, pour accueillir le culte. Par qui ? Qui paie ? Est-ce Marc en personne ? Marc et une poignée d'autres milliardaires ? Et quelles sont les « affaires » qu'il vient traiter ici ? J'ai tellement de questions à lui poser et je sais que je n'oserai pas. J'aurais peur qu'il refuse de me répondre. Je regarde autour de moi, un peu déconcertée.

Marc m'annonce que je dois me reposer avant que les rituels ne commencent. Je ne demande que ça, je suis exténuée. Je jette mes chaussures. Je me laisse tomber sur le lit et je m'enfonce dans un profond sommeil. Je fais des rêves étranges et torturés. Je rêve que Marc et moi sommes à bord d'un bateau de croisière qui coule, la coque éclate, les passagers hurlent, je me noie, je porte une robe de mariée, je cherche à tâtons un hublot alors que l'eau ne cesse de monter, l'eau est rouge, comme polluée par un produit toxique, Marc me bâillonne pour m'empêcher de parler et me tire sous les vagues. Je me réveille en sueur.

La chambre est vide. Je suis en jean, pieds nus, allongée sur le lit. J'ai la bouche terriblement sèche. Je cours à la salle de bains pour boire au robinet. L'eau de l'Aspromonte, l'eau des montagnes âpres, jaillit. Je bois et me lave de mon rêve.

Je me suis endormie au milieu de l'après-midi et je constate que le jour a considérablement baissé. La fenêtre de la salle de bains laisse entrer les premiers moustiques de la nuit et leur plainte suraiguë. Au-delà des murs écroulés du château se dressent les montagnes dans toute leur sauvagerie, les forêts noires et denses ne sont éclairées qu'ici et là par les phares de voitures venant dans notre direction. Des invités du culte ?

De l'autre côté, la ville fantôme de Roghudi forme une masse menaçante aux pieds du château. Je plisse les yeux pour tenter de discerner les maisons et leurs ombres, les anciennes boutiques et les cafés abandonnés. Qui a habité ici ? Qui y a grandi ? Ce devait être un endroit incroyable, perdu au fin fond de cette vallée. Un village avec un prêtre sévère aux sourcils froncés, un postier grincheux à bicyclette sur les chemins caillouteux, des jeunes filles chantant des chansons calabraises lavant leur linge au lavoir sous le soleil d'été. Maintenant tous se sont tus. Détruits par les tremblements de terre, les sorcières et la 'Ndrangheta.

J'ai entendu un bruit.

— Marc ?

Pas de réponse.

J'entends les parquets craquer. D'autres invités sont en train d'arriver. D'autres initiés, des dionysiens, des mithraïstes et des éleusiniens. Des femmes qui vont, comme moi, connaître le troisième degré. Je lève les yeux. La lune brille, sage et superbe. On croirait qu'elle a l'habitude de ce genre de soirée. Des voix. Cette fois j'en suis sûre, elles sont à ma porte, étouffées, on s'échange des secrets, on murmure, on conspire. Je me lève et je vais jusqu'à la porte sur la pointe des pieds. Elle est légèrement entrouverte. Marc et Giuseppe discutent avec d'autres hommes. Qui sont-ils ? Pourquoi Giuseppe est-il là ? Marc ne voulait pas prendre le risque de venir seul et il a demandé à son homme de main de l'accompagner pour le protéger ? Nous sommes sur le territoire de la Ndrang, la mafia qu'il a provoquée. Pourquoi parlent-ils si bas ? Marc fronce les sourcils et hoche la tête.

Je n'arrive pas à discerner les visages de ses interlocuteurs. Les voix semblent celles de personnes plus âgées. Ils parlent italien, trop vite pour que je puisse capter le sens de leurs propos, par deux fois ils prononcent le mot 'Ndrangheta. Une latte de plancher grince. Leur conversation s'arrête immédiatement. Le temps d'une seconde, j'entrevois le troisième visage. C'est celui d'un très vieil homme, quatre-vingts ans ou plus, il me dit quelque chose. Il est peut-être célèbre. Marc se dirige vers la porte. Je recule le plus vite que je peux. Quand il entre dans la chambre, je m'immobilise au milieu de la pièce, stupide et interdite.

— X?

— Oui?

Il fronce les sourcils.

— Ça va, X?

— Oui, oui, très bien, je… je viens de me réveiller, tu n'aurais pas dû me laisser dormir aussi longtemps. Je suis désolée, je suis complètement dans les vapes.

Ma logorrhée semble apaiser ses doutes et son expression s'adoucit.

— Bon, il faut te préparer, mon amour. Le mystère va commencer très bientôt.

Marc est en smoking, coiffé, douché, rasé de près.

— Oh! Mais qu'est-ce que je dois mettre?

— Rien.

— Quoi?

— Douche-toi, *carissima*. C'est tout. Les vestales s'occuperont de toi pour le reste.

Il tourne les talons et quitte la pièce. Je prends une douche brûlante. Ça me fait un bien fou. Dès que je suis séchée, les vestales entrent. Elles portent leur robe blanche habituelle. Où trouvent-ils ces filles ? Comment les recrutent-ils ? *Laisse faire, X.* Je sens monter l'angoisse mêlée à l'adrénaline. D'une certaine manière, j'ai hâte. Je me souviens à quel point j'avais aimé la sensualité, la force, la sensation de puissance du deuxième mystère, du moins dans un premier temps. Allons, nous verrons bien. Je suis prête.

Les jeunes femmes sourient, elles s'expriment avec un très fort accent calabrais et je ne comprends rien à leurs paroles. Mais cela n'a aucune importance, ce qu'elles veulent de moi est très clair. L'une d'elles me montre le lit et me fait signe de m'y asseoir. Ce que je fais, un peu timide, car je suis nue sous ma serviette. Elles ignorent ma pudeur et retirent le drap de bain. Une troisième vestale s'accroupit et regarde entre mes cuisses. Elle examine mon tatouage puis se tourne vers ses comparses et hoche la tête en signe d'assentiment. Elles me demandent de me lever. Je m'exécute.

Une vestale s'avance, elle tient une petite jarre de porcelaine. À l'intérieur, un liquide doré scintille. Elles vont me peindre. Deux vestales tiennent des pinceaux, les autres des récipients de peintures or, magenta, lapis-lazuli. Pendant près d'une heure, elles ornent et enluminent ma peau nue. Le temps passe vite. Elles tracent des courbes à la fois sensuelles et abstraites, autour de mes seins, partant de mon nombril, le long de mes cuisses. Elles laissent mes pieds, mon visage et mes fesses sans aucun ornement. Pourquoi ? La sensation d'être peinte est étonnamment sexuelle. Le doux bruissement des pinceaux, des poils de brosses effleurant délicatement ma peau, accompagné du murmure des jeunes filles. Je commence à me sentir resplendissante. Je baisse les yeux et j'admire mon corps magnifiquement transfiguré. Les couleurs sont chatoyantes, mordorées. Je me sens majestueuse, toute couverte d'or, de rouge et de pourpre, telle une impératrice byzantine en son temps. Je suis un tableau vivant. L'œuvre achevée, je reste, j'attends.

Les jeunes femmes continuent à chuchoter. Quand la peinture est sèche, la plus jeune d'entre elles s'avance vers moi, elle tient quelque chose entre ses mains. C'est un collier de velours, un collier de chien. Elle le fixe à mon cou peint. Une deuxième vestale accroche une chaîne au collier, une longue laisse d'argent. J'attends, nue et enchaînée. Et peinte. Marc entre dans la pièce. Il s'incline gracieusement et s'empare de la laisse. Mon seigneur et maître lord Roscarrick va donc me tenir en laisse et me mener hors de la pièce, nue. La seule chose qu'on me laisse porter, ce sont des hauts talons très élégants, noirs, en cuir. En les enfilant, je jette un coup d'œil à ce qui est inscrit sur la semelle. Blahnik. *Designer officiel des cultes à mystères !* Mais l'humeur est sombre et l'heure n'est pas aux plaisanteries. Marc me fait signe à nouveau. Je prends une profonde inspiration.

— *Si, Eccellenza.*

Je baisse la tête en signe de soumission. Marc soulève la laisse et nous sortons. Nous descendons les escaliers et longeons un couloir. Dans l'entrebâillement d'une porte, à la lumière des bougies, je vois des gens qui s'embrassent, ou qui baisent, je ne sais pas. Ils ne sont que des ombres qui dansent, mais j'entends leurs rires étouffés. Et soudain, surgissant du lointain, cette musique, des chœurs qui chantent de plus en plus fort et semblent nous entourer de leur magnificence. Je le reconnais, c'est le *Cantus in memoriam Benjamin Britten* d'Arvo Pärt. Il y avait une fille à Dartmouth qui adorait ce chant à la fois triste et sensuel, elle l'écoutait en boucle. La musique emplit la pièce, comme si nous étions dans une église, à la fois religieuse et païenne.

On me tient en laisse comme on le ferait d'un chien ou d'une esclave. Marc est mon maître.

Pourtant, cela ne me gêne pas. Si je suis un chien, je suis un chien de toute beauté, un chien de race royale, un de ces chiens qui chassaient les lions aux chasses des rois d'Assyrie, je suis un barzoï, aimé et adulé. On nous entraîne dans une pièce immense construite comme une chapelle, avec une abside, une nef et un autel. La musique s'élève, une quarantaine de personnes sont assemblées. Toutes portent des masques, exceptés Marc et moi-même, la femme nue, la chienne de race dans son pelage d'or et de grenat. Des bougies éclairent la pièce, leurs flammes vacillent tendrement, et font scintiller la peinture qui me recouvre, je brille comme si j'étais incandescente. Des parfums s'échappent d'encensoirs, il fait bon. Mon esprit se met à flotter, l'encens est capiteux, m'enivre.

— Alexandra.

Marc tire sur la laisse et j'avance vers le centre de la pièce, jusqu'à être celle sur qui tous les regards se portent.

— *Eccellenza.*

Deux hommes masqués s'avancent et retirent mon collier. Ils prennent mes poignets et les attachent ensemble avec une corde de soie. Les nœuds sont serrés, je grimace de douleur, mais c'est supportable. Je les regarde faire, étrangement calme et sans angoisse aucune, ils soulèvent mes poignets attachés et les portent à un anneau de fer accroché au bout d'une lourde chaîne pendant du plafond. On m'enchaîne. Mes bras sont liés haut au-dessus de ma tête et je n'ai pas peur. Qu'est-ce qui m'arrive ? Ces préparatifs ont agi comme une sorte de drogue, ils m'ont envoûtée, apaisée. Je suis dans un état de calme, de sérénité sexuelle très étrange, je ne me ressemble pas, je ne suis plus moi-même. Marc les observe me ligoter. Je plonge mes yeux dans les siens, intensément.

Une jeune femme me tend une coupe comme on tendit du vinaigre au Christ.

— Bois !

La coupe est en métal et le breuvage semble épais. Le sang qui descend de mes mains me tourne déjà un peu la tête, je bois. Ça n'est pas du vinaigre, loin de là, c'est un vin doux et très puissant mélangé à un autre ingrédient que je n'arrive pas à reconnaître.

— Alexandra du troisième degré !

Il se passe quelque chose. Je ferme les yeux. Je sens ce qui va se passer. Ils vont me fouetter. J'attends. Tout mon corps se tend.

La musique va crescendo et decrescendo. J'attends et puis soudain…

Clac.

Je sens le premier impact de la canne dans mon dos. Cela brûle, une douleur immense et pourtant délectable. Je regarde Marc. Marc me regarde me faire battre, me faire flageller. Nous sommes devenus les fresques de la villa des Mystères.

— Bois !

Les vestales s'avancent et je penche la tête pour boire à la coupe qu'elles me tendent, un peu de vin coule dans mon cou. Je me sens comme un animal battu. Je comprends pourquoi ils m'ont attaché les mains, une sorte de danger émane de moi, soudain, je serais capable de n'importe quoi.

Clac.

Je ne sais pas combien de temps cela va durer. L'alcool qu'ils me donnent me rend rêveuse, un peu perdue. Tout ce que je veux, c'est plonger mes yeux dans les yeux de Marc et qu'il me regarde me faire fouetter. Il me fixe intensément, le visage fermé et pourtant une lueur intense dans l'iris. Entre chaque coup, entre chaque morsure somptueuse du fouet, les vestales me donnent de ce vin exquis. Je le bois avidement, comme une chienne assoiffée. Qu'ils me regardent tous, qu'ils se repaissent du spectacle de ma beauté, de mon corps roué et fouetté. Ma peau nue et peinte dans ce lieu sombre luit, les visages masqués qui m'entourent sont pleins d'un silence révérencieux. C'est une nouvelle musique, toujours des chœurs mais plus enlevés. Le fouet est terriblement érotique, le claquement du rotin sur ma chair, la douleur et le goût du vin dans ma bouche. La lumière divine des bougies illumine ma peau scintillante, je n'ai ni trop froid, ni trop chaud. Je suis belle, je suis plus belle que je n'ai jamais été. Regarde-moi, mon amour, regarde-moi. Il me fixe.

— Encore !

J'ai parlé à la foule assemblée, à Dionysos, à Marc.

— Encore, *Eccellenza* !

Marc fait un signe de tête à celui qui se tient derrière moi. Cette personne, que je ne peux pas voir, s'exécute.

Il m'assène un coup de canne tellement violent que mes fesses tremblent. Suspendue à l'anneau de fer, le coup me fait vaciller. Mes talons aiguilles se plantent dans le sol, tout le reste de mon corps se cabre et se cambre. Après ce coup exquis, je frissonne et je gémis. Je sais que je suis proche d'atteindre quelque chose, pas un orgasme, un genre différent de jouissance, une sorte de soulagement psychique dû à la douleur. Inexplicable. Marc m'observe.

— Encore!

Clac.

J'y suis presque. Bientôt, je ne vais plus pouvoir en endurer davantage. Je baisse les yeux au sol. Une jeune fille est là, à genoux, elle me tend un miroir; tout le temps que cela a duré elle était là pour que je puisse me voir, nue, battue, rouée, étrillée, fouettée. Pour me voir si belle. Comment une scène de flagellation peut-elle être belle? Était-ce la question posée par le Caravage? La canne me fouette à nouveau et je gémis, très doucement, une plainte à peine audible, je lève les yeux vers mon maître.

— Assez! dit-il.

Le fouet cesse. Une vestale s'avance et défait mes liens. Je masse mes poignets endoloris. On me passe le collier autour du cou et Marc m'emmène dans une pièce attenante. C'est une chambre très luxueuse, dans un style oriental. Marc détache mon collier.

— Reste ici, X. Repose-toi quelques instants.

Il dépose un baiser sur ma main et me laisse seule. Je scrute la pièce où je me trouve. C'est ainsi que je m'imagine un harem: des coussins de soie, des serviettes de bain, un broc d'eau, des miroirs, des bougies. Des vestales arrivent pour me donner de l'eau à boire, puis du vin. Elles me drapent dans une robe de chambre en soie. Je m'étends sur le sofa, moitié rêveuse, moitié somnolente, épuisée, l'esprit vide. Après un moment, Marc revient. Il se tient dans l'embrasure de la porte et me fait signe de le suivre. La robe de chambre est ouverte. Elle laisse voir mon corps nu et peint, mon petit triangle de poils pubiens, je n'ai plus aucun sentiment de pudeur, je me sens totalement libre. Ma sexualité se révèle. Je veux Marc. Je veux qu'il me prenne.

Lui a d'autres projets. Il m'escorte au centre de la chapelle où se tient une foule masquée, peut-être différente, je ne saurais le dire. Il y a davantage de bougies et la musique me semble plus forte, plus profonde, plus intense. Soudain je vois une autre femme peinte. Elle est attachée à l'anneau de fer, tout comme j'étais attachée tout à l'heure. Elle me tourne le dos, son cul nu s'offre, elle est prête à être battue. Alors Marc me tend la canne en rotin et me murmure à l'oreille « Fouette-la ».

Pendant un instant, je reste interdite. Je ne m'attendais pas à cela. C'est moi qui dois asséner les coups ? Le silence est électrique. Je regarde la femme, je reconnais son corps, la forme des hanches, le dessin des fesses, jeune, blanche, racée. C'est Françoise.

Elle se retourne et me regarde. Les bras attachés haut au-dessus de sa tête encadrant son beau visage de brune. Elle sourit avec douceur et me dit avec une forme de tristesse dans la voix.

— C'est bon, X, c'est moi qui t'ai fouettée.

Elle tourne à nouveau le dos, la tête baissée, soumise, elle attend. Je regarde Marc. Il me fait un signe de tête, alors je lève mon bras, et l'abats d'un coup sec.

23

— Aïe !

— Ah, *mi dispiace*, Alex.

— Marc, tu es supposé être doux, tu es supposé avoir la finesse et le doigté d'un aristocrate !

Je suis à plat ventre sur les genoux de Marc. Exactement dans la même position que lorsqu'il m'avait donné la fessée dans son palais, mais cette fois-ci, si ma robe est relevée, c'est pour qu'il applique de la crème antiseptique sur la peau brûlée de mes fesses. Une crème qui procure une sensation de froid, étonnamment. Il la met dans ses mains, frotte ses paumes l'une contre l'autre. Il l'applique là où la canne a laissé ses morsures dans ma chair. Le sang n'a pas coulé, mais la douleur est suffisamment cuisante.

— Tu as vraiment un cul enchanteur.

Il est plongé en méditation, comme s'il admirait un Rubens que lui auraient légué ses ancêtres.

— Siège de Venus, trône de majesté…

Ses doigts me massent délicatement. Le baume médicinal m'apaise, je garde les yeux rivés au sol, peut-être encore un peu ivre, confuse et légèrement honteuse.

Et excitée.

Et affamée.

Je regarde par-dessus mon épaule le septième lord Roscarrick m'appliquer consciencieusement de la lotion sur le cul.

— C'est fini, *Eccellenza*?

— Oui. J'ai terminé.

Il me donne une gentille tape. *Bonne petite fille.* Il revisse le bouchon sur le tube de crème. Je me lève et je marche jusqu'au miroir. Je me tords le cou pour voir l'effet que rendent mes fesses rougies. Elles sont en fait striées de rose. Je n'ai pas si mal, mais les souvenirs eux resteront vifs, très longtemps. La façon dont j'ai aimé me faire fouetter et fouetter Françoise à mon tour, le goût délicieux, entêtant de ce vin, plus que tout, la vision de ma propre flagellation qui se reflétait dans le miroir des yeux de mon seigneur. Marc me regardant me faire battre, nue. Quelque chose de plus fort, de plus profondément enfoui que le sexe avait remué mes entrailles, cette nuit.

Le sexe. Ma libido est en feu, je suis à fleur de peau. Seule la honte me retient de sauter sur Marc. Et la honte, je le comprends maintenant, fait partie intégrante du plaisir.

Comment cela fonctionne-t-il? Quelle est la clé transgressive de tout cela? La clé des mystères? Je laisse ma robe glisser à mes pieds et me tourne vers mon amant. Il est assis dans un fauteuil, languissant. Il porte toujours son smoking, mais son nœud papillon est défait. Les deux premiers boutons de sa chemise sont ouverts, laissant entrevoir un triangle de sa peau mate, le haut de son torse. Il ressemble à un beau jeune homme qui aurait perdu toute sa fortune au jeu, à Monte-Carlo, et boit ses derniers jetons en champagne. Il y a du nihilisme dans son sourire désabusé, de l'anarchie dans ses boucles brunes, une insouciance dans sa pose, jambes tendues en avant, bras ballants sur les accoudoirs, tête rejetée en arrière et légèrement de côté comme posée sur sa propre épaule.

— Quelle heure est-il, mon amour ?

Il jette un œil à sa montre.

— Trois heures du matin.

— Ah oui ?

J'ai complètement perdu la notion du temps. Le vin, le fouet, la musique. Les mystères se sont terminés dans une sorte de danse où tous buvaient de ce vin sucré et épicé à la lumière des candélabres. La musique était devenue de plus en plus forte, moderne, les percussions et les basses faisaient vibrer les murs de la chapelle. On m'a donné une robe et j'ai dansé avec Marc, une danse sauvage et folle. Nous avons traversé l'immense pièce dans des ondulations frénétiques jusqu'à une fenêtre qui s'ouvrait sur une terrasse. Surplombant la ville fantôme dans la lumière blanche de la lune, la sombre vallée éclairée d'argent dans la nuit d'été. Nous avons dansé, enlacés, alors que la musique continuait d'aller crescendo jusqu'à épuisement. Et nous voici dans cette chambre, il est trois heures du matin, j'ai pris une douche et la belle peinture s'en est allée. Maintenant je suis nue sous ma robe.

— J'ai faim.

Il se redresse dans son fauteuil et appelle en direction de la porte.

— Giuseppe ?

Avec une réactivité militaire, la porte s'ouvre et l'homme apparaît.

— *Signor* ?

— Apporte-nous notre pique-nique.

— *Si, signor.*

Un pique-nique? Très intriguée, j'observe Giuseppe et deux vestales. Elles ne dorment donc jamais? Peut-être que personne ne dort pendant les cultes.

Ils apportent trois grands paniers d'osier et une couverture écossaise. Je reconnais les carreaux, ce sont les mêmes qu'à Capri.

Les jeunes femmes disposent les assiettes, les couverts et des bouteilles de vin. Elles sortent tour à tour des petits pains de différentes tailles et de différentes sortes, des saucissons et des salamis, des fromages, des cubes du meilleur taleggio, du gorgonzola crémeux et coulant, de grosses tomates napolitaines et des câpres dans un petit bocal, des saucisses de soppressata – ma charcuterie méditerranéenne préférée – et de grosses cerises noires juteuses. Puis Giuseppe et les vestales disparaissent. La couverture ressemble à une nature morte du dix-septième siècle. Une sorte d'hommage au pays de Cocagne, de corne d'abondance, un paradis champêtre.

— Tu penses vraiment à tout, dis-je en m'agenouillant sur le bord de la couverture sans plus attendre.

— C'est mon rôle – il plonge ses yeux dans les miens – de penser à tout.

Je m'empare d'un couteau pour me découper une tranche de salami, de manière très rustre, paysanne, j'enfourne la délicieuse viande salée dans ma bouche. Je me fiche d'être élégante et bien élevée, ce soir je suis une mauvaise fille, une bacchante affamée, une ménade prête à tout dévorer.

Marc se laisse glisser de son fauteuil sur le sol et prend une ciabatta. Il en arrache un gros morceau, l'ouvre grossièrement en deux et y glisse du gorgonzola. Nous dévorons, buvons du vin et sourions, et rions, et buvons encore. Je le nourris de tranches de saucisson. Il me donne des cerises comme une maman oiseau donne la becquée à ses petits et je glousse de bonheur quand le jus d'un rouge sombre coule de ma bouche. Il embrasse le creux de mon poignet. Nous partageons la soppressata. Je glisse ma main sous sa chemise juste pour sentir les battements de son cœur. Il se régale d'une part de délicieuse tarte au citron puis m'embrasse. Il a un goût acide et sucré. C'est une fête, un rêve d'enfant. C'est absurde de pique-niquer à l'intérieur et cela rend la chose encore plus jouissive, un jeu merveilleux au milieu de la nuit. Par la fenêtre, on voit la lune briller au-dessus de l'Aspromonte. Marc déboutonne ma robe et me verse un peu de Taittinger comtes de Champagne sur les seins. Il se penche, bois et lèche mes tétons durcis, les bulles froides me donnent des frissons. Dans la pénombre, je suis haletante. Il m'embrasse à pleine bouche, suce et lèche mes seins, le champagne, le jus des cerises dans mon cou, le champagne dans mes cheveux, le champagne partout, je frémis de plaisir, les assiettes valsent, les couverts sont éparpillés, la couverture froissée, les cerises écrabouillées, écrasées. La lune fera la vaisselle.

Le lendemain matin, je m'étire et je bâille. Je me retourne dans le lit à la recherche de mon amour pour me blottir contre lui et me réveiller en douceur. Personne. Son oreiller est frais, ce qui veut dire qu'il est parti depuis un petit moment déjà. Comme à son habitude, il a laissé un de ces élégants petits mots écrits au stylo à plume.

« Suis allé à Plati pour un rendez-vous. Le petit déjeuner t'attend en bas. Serai de retour à quinze heures. La *Serenissima* nous attend ! R. »

Plati ? Un rendez-vous ? Prévu ? Je tends le bras pour attraper ma montre. Il est midi passé ! Je saute du lit et je cours sous la douche. L'eau est brûlante. Un peu trop brûlante car mes fesses sont encore très fragiles des coups de la veille. Je m'enroule dans une serviette et me dirige vers la lourde armoire en chêne massif. Giuseppe, ou quelqu'un d'autre, y a suspendu mes vêtements avec soin. Je pourrais très vite m'habituer à ce style de vie « aristo ». Je choisis une robe d'été Prada, bleu marine, toute simple, avec des baskets sans lacets. Je me dis que j'ai envie d'être habillée simplement – puis je m'arrête et je me demande depuis combien de temps exactement je considère qu'une robe Prada à mille dollars est « simple ».

Je repense à Plati, à ce rendez-vous. Je sens une angoisse m'étreindre le cœur. Je cours à la porte. Giuseppe n'y est pas mais j'entends des voix en bas. Des discussions feutrées et des bruits de couverts, exactement le bourdonnement familier d'une salle de petit déjeuner dans un grand hôtel. Une odeur de café vient me chatouiller les narines. Je descends les escaliers quatre à quatre, je tourne à droite mais je tombe sur la cour du château, où sont garées des voitures. La Land Rover de Marc est là.

Il a donc dû partir avec quelqu'un d'autre, mais qui ? Giuseppe ? Je retourne sur mes pas, cette fois-ci je prends à gauche. Mon odorat est guidé par le parfum des viennoiseries qui sortent du four. Alors je tombe sur une grande terrasse inondée de soleil avec des tables sous des parasols. Les gens prennent encore leur petit déjeuner. Les jeunes femmes, toujours habillées de blanc, sont devenues de simples serveuses, portant des plateaux de jus de fruits frais, des paniers de croissants et des petits pots de confiture. Je devine que c'est sur cette même terrasse que nous avons dansé au clair de lune la veille. Elle semble très différente pourtant, plus intimidante avec tous ces gens élégants, ces visages souriants. Ces hommes et ces femmes riches, jeunes et moins jeunes, parfois vieux, des gens que j'ai l'impression d'avoir déjà vu quelque part. Hier soir ? Bien sûr, mais ils me semblent familiers. Je les ai vus en photo dans les journaux, les magazines people, sur les sites de célébrités. Je me sens mal à l'aise. Marc n'est plus là pour me guider dans cette faune, dans cette classe européenne de la grande bourgeoisie décadente. Quand il m'escorte galamment à notre table, sa main ferme posée dans le bas de mon dos exerce une simple pression pour dire « c'est par là, suis-moi, ne t'inquiète pas, je te protège ». Je regarde autour de moi.

— Alexandra ?

On vient de me lancer une bouée de sauvetage. Je scrute l'assemblée. Françoise me fait signe de la main, elle est assise à la table la plus éloignée. Je demande à l'une des serveuses « u*n cappuccino, per favore* » puis je me dirige vers la table où Françoise se délecte d'un croissant. Elle me sourit avec espièglerie :

— Bonjour !

— *Bonjour.*

— Je parie que vous êtes une pro au tennis. Quel coup droit !

— Oui, je suis célèbre pour la violence de mon service.

Elle rit poliment.

— Ça vous a plu ?

— C'était... vivifiant. Donc, oui, je suppose qu'on peut dire que j'ai aimé ça.

Je la regarde droit dans les yeux, impudemment. Je prends un croissant dans le panier et me mets à étaler de la confiture d'abricot avec application. Le cappuccino arrive, mousse de lait au bord des lèvres, comme un nuage. Délicieux. Ses yeux pétillent. Elle porte un jean et un tee-shirt blanc. Elle est habillée encore plus simplement que moi. Je la revois nue, peinte, attachée, hissée, à ma merci. Je me rappelle mon bras levé fouettant son magnifique cul blanc. C'était très excitant. Pourquoi ? Est-ce que je serais bisexuelle ? Non, je ne pense sincèrement pas. J'aime trop les hommes. J'aime trop Marc Roscarrick. Mais il est vrai que l'expérience était stimulante.

— Et vous ?

Je bois une gorgée de café.

— Que pensez-vous de... tout cela ? Je veux dire, des cultes à mystères dans leur ensemble ?

— Ils me changent.

Elle détourne son regard et semble pensive, les yeux rivés sur la vieille balustrade croulante datant des Bourbons. Les sombres forêts et les âpres montagnes s'étalent à perte de vue.

— Daniel m'avait dit que les mystères changeaient les gens. Je ne l'avais pas cru, c'était pourtant vrai. Je suis séduite. J'aime chacun des cultes, chacune des initiations, j'aime même le drame, l'intrigue qui les entoure. Qui sera là ? Que va-t-il m'arriver ? Quelle sera la prochaine étape ? Mais...

Elle hésite et se tourne vers moi.

— Ils sont aussi un peu effrayants. *Un peu dangereux.*

Une serveuse se tient patiemment à côté de nous, je lui demande un autre café. Puis je pose des questions à Françoise concernant Daniel. Elle me raconte qu'il avait des rendez-vous d'affaires ce matin et qu'ils repartiront pour Londres ce soir. Des affaires. Exactement comme Marc. À son tour, elle me demande comment Marc et moi nous sommes rencontrés. Notre conversation est agréable jusqu'à ce que je me souvienne des mots qu'elle avait employés à Capri. Je cède à la tentation.

— Françoise, à Capri vous avez dit quelque chose à propos de Marc…

Une brise chaude venant du fin fond de la vallée fait bruisser les parasols. Elle écoute ma question avec un air de sincérité candide. Mais je discerne une pointe d'anxiété dans son regard.

— J'aurais mieux fait de tenir ma langue.

— Françoise ?

— En plus je ne sais vraiment rien de plus.

— Vous mentez.

— Non ! Mais je…

— S'il vous plaît, je vous le demande comme à une amie.

— Mais…

— Françoise !

Elle me regarde et pousse un profond soupir.

— Très bien. Il y a des rumeurs. À propos de quelque chose qu'il aurait fait, mais je n'aurais pas dû vous en parler, car ce sont de vagues rumeurs.

— Quelque chose qu'il aurait fait ? Vous voulez dire, avec la Camorra ? C'est ça ? Qu'il en ferait partie ?

Elle me regarde, incrédule, stupéfaite. Et fronce les sourcils.

— Non.

— Alors quoi ? Quoi ? C'est le décès de sa femme ? C'est son argent ? C'est quoi ?

Un oiseau de proie dessine des cercles au-dessus de nos têtes. La terrasse est maintenant déserte, les serviettes sont froissées en boules, les assiettes pas encore desservies, les chaises blanches en fer forgé éparpillées, il ne reste presque plus que nous. Où est Marc ? Comment ose-t-il me laisser seule ? Pour aller à un rendez-vous à Plati ? Soudain, je suis en colère.

— Françoise, je veux tout savoir ! Tout, même si c'est n'importe quoi. Racontez-moi. J'en ai marre de toute cette foutaise énigmatique de mystères à la con.

Françoise plisse les yeux et hoche la tête.

— Très bien. La rumeur la plus folle qui court à son sujet est la suivante.

Elle prend une grande inspiration.

— Je sais seulement ça depuis la semaine dernière, je discutais avec une amie, une Italienne que j'ai rencontrée au deuxième mystère, et je lui parlais de vous, et ensuite j'ai mentionné le nom de Roscarrick et cette fille, enfin cette amie, elle s'appelle Clea et elle est très… enfin plutôt connectée à Rome, enfin…

— Françoise !

— OK, ça va, c'est bon. Ils disent que Marc était… alors je ne sais pas du tout si ça a un rapport avec la 'Ndrangheta ou non mais quoi qu'il en soit, quand il était tout jeune homme, ici en Calabre…

— Quoi ? Qu'est-ce qu'il a fait ?

Elle marque un temps puis me regarde droit dans les yeux.

— On dit qu'il a tué quelqu'un. Il l'a abattu de sang-froid. En plein jour. Ici, à Plati.

L'aigle continue à décrire ses cercles. Son glatissement ressemble aux cris d'un chat abandonné, c'est un chant mélancolique et sinistre. Je me tais, abasourdie.

Françoise prend ma main dans ses mains.

— Alex, dites-vous bien une chose, je vous en prie. Marc Roscarrick est beau, jeune, riche et intelligent. Nous ne sommes pas en Amérique, ici, les gens ne célèbrent pas le succès. Nous sommes dans les tréfonds de la Vieille Europe, une société envieuse et jalouse. Ici les gens détestent le succès et le bonheur des autres les rend méchants. N'ayez pas peur de ces rumeurs, je suis persuadée qu'elles sont fausses.

N'ayez pas peur ? Pourquoi aurais-je peur ? Parce que l'homme que j'aime serait potentiellement un assassin ? Oh ! Ce serait trop bête !

Soudain tout s'éclaire. Je regarde Françoise et l'aigle tournoyant. Plati. Je revois le visage du vieil homme dans l'embrasure de la porte hier, qui chuchotait comme un conspirateur avec Marc. Je connais ce visage. Parce que je l'ai souvent vu faisant la une du *Corriere della Sera*. Cet homme n'est ni un politique, ni un industriel puissant, ni un acteur, mais un gangster.

Le plus célèbre, le plus puissant parrain de la 'Ndrangheta. Je me souviens même de son nom. Enzo Paselli. Voilà pourquoi je connaissais cette ville de Plati. Parce qu'elle est le berceau de la 'Ndrangheta, le cœur de leurs ténèbres. La maison mère du clan Paselli. Je me lève d'un bond. Françoise pâlit.

— Alex, où allez-vous ?

— Je vais à Plati. Ça ne doit pas être loin. Marc m'avait dit qu'il fallait toujours continuer tout droit.

Elle semble terrifiée.

— Vous ne pouvez pas, non. Ne faites pas ça. Des gens ont été tués sur ces routes.

Je m'enfuis de la table du petit déjeuner, je traverse le château sans me retourner et j'arrive à la Land Rover. Comme je l'avais escompté, les clés sont sur le contact. Qui donc oserait voler la voiture d'un des plus grands mafieux d'Italie ? Je démarre en trombe et j'entends une voix qui m'appelle. C'est Françoise. Elle court sur les graviers et s'agrippe à ma portière.

— Alex, je vous en supplie ne faites pas cela, cette ville est connue pour être un endroit très dangereux. Alexandra !

Mais j'ai déjà enclenché la première.

24

Au départ, la route qui mène à Plati est correcte, mais au fur et à mesure que je progresse, elle devient plus étroite et, au détour d'une montagne, se transforme en chemin de terre. La vallée disparaît sur ma gauche, pleine de cailloux et de roches grises. Sur son passage, la voiture soulève un nuage de poussière qui s'envole en direction de la mer Ionienne, un triangle turquoise entre deux flancs bruns.

Tout semble morne et désolé. J'imagine qu'au cœur du printemps, des fleurs sauvages viennent colorier de touches de jaune, de blanc et de violet ces terrains arides. Peut-être y a-t-il un ou deux torrents nés de la fonte des neiges qui viennent rendre vie à ces collines ? Mais je ne vois que des rochers, de la poussière et une route qui s'enfonce davantage dans ces contrées hostiles et désertiques.

Alors, même le pauvre chemin de terre cesse d'exister et je me retrouve sans balise, sans panneau, sans rien, entourée d'arbres décharnés et de carcasses de voitures brûlées, des Fiat je crois. Je me demande si la Land Rover connaîtra le même sort. Mais je continue, je passe la première, le moteur crisse et vrombit et se plaint. Je ne vois pas le trou devant moi, le 4 × 4 s'enfonce et patine. Je ne veux pas rester coincée ici, c'est hors de question, il couine et chouine. Ma détermination à le faire avancer est proche du désespoir parce que je dois arriver à Plati. Je dois connaître la vérité à propos de Marc.

Et Enzo Paselli me dira la vérité. Si je peux le trouver.

Je ne sais pas ce qui cause cette certitude, mais je veux y croire.

La voiture patine dans un grincement horrible. J'appuie sur l'accélérateur. Soudain elle bondit en avant, penche alors dangereusement vers la gauche. La voiture se tient en équilibre sur deux roues et manque de se retourner mais, dans un ultime coup de volant, se redresse et retombe sur ses quatre pattes. Nous repartons, la voiture et moi, en un seul morceau.

Je souffle de soulagement, pas vraiment consciente de ce à quoi je viens d'échapper ni des conséquences dramatiques qu'un tel accident aurait pu avoir. Mon cœur se serre, à nouveau assailli de doutes et de questionnements. Est-ce que je vais tomber sur Marc ? Assis à la terrasse d'un café en train de rire en trempant des petits amaretti dans son café ? À discuter avec ses hommes de ceux qu'ils ont tués ? Je frissonne.

Un assassin ?

Mon Dieu, faites que Marc ne soit pas un assassin.

Je conduis. Je tiens bon. Plati est ma destination. Les kilomètres défilent. Je ne veux penser à rien. Simplement conduire. Les virages semblent ne jamais avoir de fin. Je croise un vieux cheval qui me fixe, derrière sa barrière ; on dirait qu'il se demande ce qu'une grosse voiture comme la mienne fait au milieu de tous ces arbres rachitiques brûlés par le soleil. Enfin, l'état de la route semble s'améliorer, mon angoisse monte d'un cran. Et si Marc était allé à Plati pour une confrontation ? Marc, je t'en supplie, ne me fais pas ça. Ne sois pas un de ces hommes, ne sois pas un des leurs.

Plati.

Nous y voilà. La route descend entre les arbres, au loin je peux voir une ville, pas si petite que je me l'imaginais. Elle ressemble à un immense bidonville, à des détritus éparpillés au hasard, comme si quelqu'un avait vidé un sac-poubelle au long de sa promenade. Des maisons à moitié construites, des routes à moitié posées, des boutiques à moitié installées.

« Eh ! Eh ! »

Deux gosses crient en pointant du doigt la Land Rover. Je longe le mur d'un cimetière à l'entrée de la ville, les enfants jouent parmi les tombes. Quand ils me voient, ils se mettent à sauter et à courir dans ma direction. « *Signorina ! Signorina !* »

L'un d'eux fait un geste obscène, l'autre rit et applaudit en poussant des cris de triomphe. Je n'arrive pas à savoir s'ils sont vraiment étonnés par cette nouvelle venue dans leur ville ou s'ils servent de guets pour le reste des habitants et les préviennent par leurs cris.

Mais alors que je progresse, chaque habitant que je croise ouvre des yeux ronds comme des billes. C'est bien la stupéfaction de voir une nouvelle personne qui motive leur réaction. Personne ne doit jamais venir à Plati. De vieux hommes à la terrasse d'un bar crasseux partagent une bouteille de grappa. Ils se tournent et fixent mon 4 × 4. L'un d'eux secoue la tête, sombrement, gravement, solennellement, surpris au point d'en être offensé.

La peur me tord le ventre. Plati est hideux, et le sentiment d'hostilité est très fort. J'hésite à appuyer sur l'accélérateur et passer mon chemin. Ne pas m'arrêter ici et continuer le long de la côte jusqu'à l'aéroport de Reggio. Mais je ne peux pas, je dois apprendre la vérité sur Marc. Je décide de garer la voiture sur ce qui me semble être la place centrale de la ville, une piazza qui n'est en fait qu'une sorte d'agglutinement de maisons un peu plus finies que les autres entourant un parking désolé.

Je repère un bar, à moitié caché derrière un mur de béton. Il y a des tables et des chaises en plastique dehors. Quelques buveurs attablés me lancent un regard mauvais. Les cafés sont le cœur de la sociabilité italienne et ce café est le plus grand que j'aie vu jusqu'à présent. Donc je décide d'agir. Si je veux rencontrer Enzo Paselli pour qu'il me dise la vérité sur Marc, c'est ici que je dois aller.

Je m'assieds à l'une de ces tables en plastique décolorées par le soleil. Je feins d'ignorer les expressions des autres consommateurs autour de moi. Un homme se bouche le nez pour montrer que je dégage une odeur de soupçon, un autre prend ses paupières entre son pouce et son index et les étire pour signifier à tous qu'il faut garder les yeux ouverts. Un serveur, petit et triste, le dos voûté, vient à ma table. Il voudrait que je me lève et que je parte, cela ne fait aucun doute, mais j'ai cessé de rougir. De toute façon, je me suis déjà trop avancée, je ne peux plus reculer maintenant.

— *Signorina... ?*

— *Espresso, per favore.*

Ses yeux s'illuminent et il a l'air franchement soulagé. La dame veut juste un café et après elle repartira d'où elle est venue.

Mais j'ajoute, en italien :

— Je suis à la recherche d'Enzo Paselli.

Sto cercando Enzo Paselli.

Le visage du serveur se ferme comme une porte de prison, à triple tour. Je viens de violer le code qui consiste à ne jamais prononcer ce nom.

Il ne répond pas. Pâle et sans voix, il tourne les talons et disparaît à l'intérieur du café. Tous les yeux sont rivés sur moi, deux jeunes mères avec des bébés dans les bras grimacent carrément. Trois hommes d'âge mûr en blazers et pantalons impeccables, buvant une bonne bouteille de N ro'Avol, me regardent ébahis. Dans leurs yeux je lis *Américaine, blonde et stupide…*

Le serveur revient et dépose ma tasse sur la table avec le plus d'agressivité possible.

— *Espresso.*

Il a hâte que je parte.

Je lève les yeux vers lui et très calmement je répète.

— *Sto cercando Enzo Paselli.*

Il recule d'un pas et regarde les autres tables comme s'il cherchait un soutien moral, une forme d'aide pour faire face à cette femme étrangère qui va finir par s'attirer de sérieux ennuis.

Mon cœur cogne dans ma poitrine. J'ai peur mais je ne reculerai pas. Je répète ma petite ritournelle trois fois au cours de l'heure suivante. Quand le serveur vient à ma table, je lui demande un café ou de l'eau et j'ajoute que je veux voir Enzo Paselli. Chaque fois, il me regarde, un peu plus pâle, se tait et m'apporte mon café.

Les autres consommateurs chuchotent entre eux. Un des hommes élégants se lève et quitte ses amis et leur bouteille de vin sicilien. Parti chercher un flingue ? Ou du renfort ?

À un moment, j'entends des coups de feu et je me dis que quelqu'un vient de se faire tuer. Marc ? Je voudrais pleurer, je voudrais fuir loin de cette horrible ville. Mais je dois savoir ! Alors je me lève et je marche jusqu'au serveur qui rapetisse à vue d'œil et je crie.

— *Sto cercando Enzo Paselli !!*

Cette fois, il joint les mains dans un signe de désespoir et les secoue de haut en bas. Ce geste tellement italien qui veut dire « s'il vous plaît soyez raisonnable ».

— *Signorina, per favore, non si capisce.*

— *Sto cercando Enzo Paselli !*

Je suis presque hystérique à ce stade, ils pourraient m'emmener au poste, si tant est qu'il y ait un poste de police à Plati, mais j'en doute.

Alors je sens une main se poser sur mon bras. Un homme trapu m'attrape par le coude et me dit avec un fort accent calabrais :

— *Venga con me.*

Viens avec moi.

Il me ramène peut-être à ma voiture, ou plus simplement il va me faire tuer. Il a un énorme tatouage dans le cou, et des bottes de moto cloutées. Il me fait tourner au coin de la rue. Il y a un autre café, plus raffiné, avec des stores rayés. Les tables ont des nappes blanches.

Et assis à l'une d'elles je vois Enzo Paselli.

Il déjeune seul, devant lui une demi-bouteille de vin et des escargots au beurre persillé, des *babalucci* comme on les appelle ici. Il lève les yeux dans ma direction et se lève, très poliment, à notre approche. Il porte un pantalon bleu ciel et une chemise ouverte sur son vieux cou ridé. Son visage est strié comme un vieux parchemin et son crâne est entièrement chauve. Malgré son âge, il dégage une forme de menace, de virilité meurtrière. Un tueur qui porterait un dentier.

Il tend sa main, sa peau est tachée de vieillesse, sa poignée de main est tremblotante. Je pense qu'il doit avoir des hommes pour exécuter ses ordres, je le vois mal avoir assez de force physique pour appuyer sur la gâchette.

Puis il se rassied. Il prend un petit escargot. La sauce verte coule le long de son menton. Il parle un anglais parfait avec un accent britannique.

— On m'a dit que vous me cherchiez.

— Oui.

Il sourit, la petite trace d'huile verte luit.

— Savez-vous que vous avez un comportement très stupide ?

— Oui.

— Alors pourquoi persistez-vous ?

Il mange un deuxième escargot, on peut presque voir son dentier bouger.

— Pourquoi être venue à Plati ?

Je me tais. Que devrais-je lui dire ? Enzo interrompt mes pensées.

— Savez-vous, ma jeune dame, qu'ils kidnappent les gens, ici ? Il y a des tunnels creusés sous chaque maison, et des corps enterrés dans les forêts alentour, beaucoup, beaucoup de cadavres.

— Je suis la petite amie de Marc Roscarrick et je veux savoir la vérité.

Il se tait l'espace d'un instant et hoche la tête.

— C'est donc vous, Alexandra Beckmann. C'est bien ce que je pensais.

Je le regarde bouche bée. Il fait celui qui n'a pas remarqué mon étonnement et prend sa serviette. Au lieu d'essuyer l'huile autour de sa bouche, il la plie en deux et chasse une mouche qui vole autour de nous. Puis il prend une gorgée de greco di bianco. La mouche revient à la charge. J'arrive à articuler :

— Comment connaissez-vous mon nom ?

Il me sourit et repose son verre.

— C'est mon travail de tout savoir, sans quoi…

Il gobe un autre escargot.

— … sans quoi moi aussi, je serais un de ces cadavres qui peuplent la forêt de Gioia Tauro.

Il mastique longuement. Boit encore, me regarde entre deux escargots. Et toujours cette trace d'huile sur son menton. J'en viens à me demander s'il fait cela exprès pour me dégoûter ou me faire peur. Une sorte de mise en scène du mafieux dégoulinant de sauce qui ne prend pas la peine de s'essuyer la bouche. Si c'est le cas, je dois avouer que cela fonctionne à merveille car je suis sur le point de m'enfuir à toutes jambes. Je ne sais pas si je vais pouvoir tenir plus longtemps. Alors je brise le silence.

— S'il vous plaît, monsieur, pouvez-vous me dire la vérité sur Marc Roscarrick ? Je sais que vous vous connaissez, je vous ai vus à Roghudi, la nuit dernière. Je voudrais savoir ce qui s'est passé avec lui à Plati.

Enzo Paselli mâche consciencieusement ses escargots, il les extrait de leur coquille avec application au moyen d'une petite fourchette à deux dents, puis il les glisse dans sa bouche baveuse, avale et enfin se décide à me répondre.

— Vous êtes une femme courageuse, mademoiselle Beckmann, venir à Plati en empruntant la route de Roghudi ? Venir dans la ville la plus dangereuse d'Italie ? Saviez-vous qu'elle était aussi la plus riche ? Mais l'argent ici est comme les cadavres, il est enterré.

Il se cale au fond de sa chaise.

— Vous êtes courageuse, reprend-il. Très, même. Et j'admire le courage. C'est une des plus grandes vertus de l'homme, comme nous l'a enseigné le Christ. C'est pourquoi – il me sourit – je vais vous apprendre la vérité sur Marc Roscarrick.

Il soulève son verre de vin et le tient légèrement penché dans la lumière du soleil pour admirer sa couleur de paille dorée.

— Roscarrick est un assassin. C'est la pure vérité. Il a tué un homme ici, à Plati, en plein jour. Juste à côté de là où vous avez bu vos expressos.

Le soleil dans mon dos me glace, je sens que je vais m'évanouir. C'est fini. Mon amour, mon amant, mon seigneur, ma solitude.

Enzo Paselli sourit de toutes ses dents injectées de beurre d'escargot.

— Mais il ne l'a pas fait sans raison. Et vous devriez connaître les circonstances.

— Des circonstances atténuantes j'imagine ?

J'essaie de rester calme.

— Lord Roscarrick faisait des affaires dans la région de Reggio. Il était dans l'import-export.

— Oui, il me l'a dit.

Enzo Paselli gobe un autre escargot et poursuit.

— Beaucoup de gens avaient fini par être irrités contre lui, ici, à Plati. Des gens importants. Comme on dit chez nous, il refusait de sucrer notre café. Vous comprenez ?

— Oui.

— La plupart de ces gens voulaient juste qu'il parte. Que Roscarrick aille faire des affaires ailleurs. Alors ils confièrent à Salvatore Palmi la mission de le… convaincre. J'imagine que vous n'avez jamais entendu parler de lui, mais en Calabre c'était une célébrité, on le surnommait Norcino. *L'égorgeur de porcs.* Norcino ne pouvait pas atteindre Roscarrick en personne car le lord était trop bien gardé. En revanche, il pouvait s'attaquer à ses employés. Alors, Norcino fit ce qu'il savait faire et s'en prit à l'entourage de Marc. Il en tua trois en une semaine, les découpant en plusieurs morceaux comme s'il s'était agi de porcs pour en faire de la charcuterie. Il les découpa vivants. Il était très doué pour cela.

Je fixe Enzo Paselli, la tache d'huile a séché sur son menton et forme une fine pellicule verte transparente. Le temps suspend son vol. Nous sommes seuls à la terrasse de ce restaurant. Par la vitre, je peux voir à l'intérieur des visages inquiets tournés dans notre direction.

Enzo repousse son assiette d'une main et conclut.

— Salvatore Palmi était, pour vous dire le fond de ma pensée, un horrible psychopathe. Tous le détestaient, mais ils le craignaient. Même à Plati, les gens trouvaient qu'il était allé trop loin. La police avait trop peur pour agir. Salvatore travaillait pour les clans, les *capi*, il était intouchable. Cette fois-là, il avait accompli sa mission avec un peu trop de zèle, comme s'il avait fait une vocation de cette charcuterie humaine. La semaine suivante, il tua le contremaître de Roscarrick. Il le tua chez lui, devant ses enfants, il lui trancha la gorge et tua aussi sa femme, par pur plaisir.

Je suis prise de nausée. Enzo secoue doucement sa lourde tête chauve.

— Nous étions paralysés par la peur. Salvatore était devenu un de ces rottweillers qu'on chérit quand il est chiot et qui, devenu adulte, terrorise toute la famille. Trop gros, trop puissant. Incontrôlable. Il avait ses habitudes au café où vous avez été. Un dimanche matin, alors qu'il était assis en terrasse avec des lopettes qui admiraient sa force et sa toute-puissance... Il faut que vous compreniez, Salvatore l'égorgeur n'aurait jamais pu imaginer que quelqu'un aurait les couilles de se pointer à Plati, sur son territoire.

Je fixe Enzo, il hoche la tête.

— Mais Marc Roscarrick a eu ces couilles-là. C'était le dimanche d'après le bain de sang. Votre petit ami est venu à Plati, il a garé sa voiture sur la place, il a marché jusqu'à Salvatore, puis il a pointé son arme sur lui. Salvatore buvait tranquillement du prosecco. Il ne s'y attendait pas. Il est resté sans réagir, cloué par la surprise. Roscarrick a attrapé Salvatore au collet, il l'a traîné jusqu'au centre de la place, l'a fait s'agenouiller et lui a tiré une balle dans la tête. Il est remonté en voiture et il est parti.

Enzo a un petit sourire malicieux.

— C'était la chose la plus courageuse que j'aie jamais vue. Comme je l'ai déjà dit, j'admire le courage. C'était aussi très, très intelligent de sa part. Les gens étaient tellement impressionnés, c'est devenu une légende. Après ça, Roscarrick a eu une réputation, et il l'a toujours. Les gens ont dit qu'il avait du pouvoir, qu'il devait être haut placé dans la Camorra, sinon, comment aurait-il osé faire un truc pareil ?

— Alors il ne fait pas partie de la Camorra ?

Enzo ignore ma question.

— En temps normal, *les gens d'ici* se seraient vengés d'un tel affront. Mais nous avons décidé d'être plus politiques. Après tout, il nous avait débarrassés d'un poids devenu encombrant, un gros chien enragé.

Enzo redresse le buste comme s'il s'apprêtait à se lever.

— Nous sommes convenus d'un rendez-vous avec lord Roscarrick et avons déclaré une trêve. Nous lui avons dit de quitter la Calabre et promis que, une fois n'est pas coutume, la 'Ndrangheta ne se vengerait pas. Voilà pourquoi, hier soir et ce matin, nous nous sommes à nouveau rencontrés. Pour nous assurer que la trêve était maintenue.

Enzo sourit, mais son sourire est voilé.

— J'aime bien Roscarrick, mais il me déroute. Je ne sais pas s'il est un saint ou un pécheur. Où s'est-il procuré l'argent pour démarrer ses affaires ? Sa famille était ruinée. Puis sa femme qui était immensément riche est morte... si jeune, quel destin atroce !

Il secoue sa serviette pour chasser une nouvelle mouche.

— Et maintenant, Alexandra Beckmann, nous devons nous dire adieu. Si jamais un jour vous revenez à Plati, vous me trouverez ici. Leur osso-buco est délicieux, vous devriez essayer un soir. Je dois vraiment y aller, je ne peux pas laisser les chiens enfermés à la maison toute la journée. Ma belle, partez avant que l'on ne vous enterre dans les forêts de Gioia Tauro. Allez !

Comme un automate, l'esprit et le cœur vidés, je tourne à l'angle de la rue, je traverse l'horrible place et je monte dans ma voiture. Cette fois, je prends la route principale, celle qui longe la côte. Plus d'imprudence. Je veux m'en sortir vivante. Mon Dieu, protégez-moi et ramenez-moi saine et sauve. S'il vous plaît, mon Dieu.

La voiture rugit et vrombit. Je m'enfuis, je quitte cette ville terrifiante et mon esprit n'est plus qu'un tourbillon. La seule route carrossable descend la vallée, je fonce parmi les champs d'oliviers, je vais vite, trop vite, une course contre les pensées qui tempêtent sous mon pauvre crâne. Devant moi une voiture surgit. Deux hommes. Deux visages. La route n'a qu'une seule voie. Nous devons nous arrêter. Je regarde les hommes. La voiture s'est arrêtée et le conducteur a ouvert sa portière. Je pile. C'est Marc. C'est mon amour, le visage tendu du désespoir.

Je descends de la voiture, mes genoux tremblent. Il a ce regard triste, ces yeux bleus si clairs, si limpides, si beaux. Quelques mètres nous séparent.

— Alex… Alex… j'ai cru que…

Je me mets à sangloter si fort que je ne peux plus tenir debout, je vais m'écrouler, et pourtant je cours vers lui.

— Marc. Marc. Marc.

25

Marc me serre fort contre lui et je sanglote, une véritable fontaine. Alors il me prend par le menton, soulève mon visage, m'embrasse sur le front et sur la bouche, ma bouche toute salée de larmes.

— Quand je suis revenu à Roghudi, au château…

— Oh Marc.

— La Française, Françoise, elle a dit que tu étais partie pour Plati – en coupant par l'intérieur des terres, toute seule ?

— Je n'avais pas le choix.

— J'ai imaginé le pire.

Il m'embrasse.

— J'ai cru que tu avais eu un accident, que la voiture avait versé, qu'on t'avait tuée, et puis…

Il m'embrasse encore, trois, quatre fois, férocement.

— Et puis j'ai pensé que même si tu parvenais jusqu'à Plati, qu'est-ce que tu allais faire une fois là-bas ? Qu'est-ce qu'on aurait pu te faire, à toi ? Tout pouvait arriver. J'ai envoyé quelqu'un sur l'autre route et Giuseppe et moi avons foncé par la côte pour arriver avant que…

Il prend mon visage entre ses mains et me demande :

— Qu'est-ce qui s'est passé ?

Je ne cesse de pleurer. Je m'essuie le visage avec le dos de la main.

Giuseppe arrive et me tend un mouchoir.

— *Grazie.*

Puis j'essaie de sécher mes larmes correctement. Giuseppe tient la portière ouverte. Je prends plusieurs grandes inspirations, je me calme du mieux que je peux. Je monte dans la voiture, côté passager, Marc s'installe au volant. Giuseppe s'occupe de ramener la Land Rover. Et nous démarrons, cap plein sud. La mer Ionienne nous tend ses bras bleus.

Alors je lui raconte mon histoire.

— J'ai vu Enzo Paselli, Marc. Il m'a dit pour le... l'égorgeur de porcs. Et aussi pour ce que tu as fait.

Marc conduit silencieusement, son profil est dur, fermé, emmuré dans ses propres pensées. Il fixe la route doit devant lui.

— Et ?...

Je pose ma main sur son bras.

— Emporte-moi loin d'ici, mon amour, n'importe où, loin, loin d'ici.

Il se tourne vers moi et pose sa main sur ma cuisse, apaisante, douce, gentille, il me calme. Je suis à nouveau prise d'envie de pleurer. J'ai eu beaucoup d'émotions fortes ces dernières vingt-quatre heures.

Nous roulons le long des routes étroites de Calabre, et passons des villes toutes plus laides les unes que les autres. J'ai l'impression de me réveiller d'un étrange cauchemar.

— Où allons-nous ?

— À l'aéroport, direction le Tyrol.

— Le Tyrol ?

— Giuseppe retournera à Naples et nous prendrons un vol direct pour Vérone. De là, nous louerons une voiture. J'ai besoin de remonter vers le Nord et d'y rester un peu.

— OK. D'accord, le Tyrol, donc. Tu as un château là-bas, un *Schloss* si ma mémoire est bonne.

Oui, je me rappelle très bien ce déjeuner au moscato rosa, ce vin exquis.

— C'est un très bel endroit, dit-il en regardant un de ces immeubles à moitié écroulé sur lui-même avec sa façade arrachée. Un endroit sûr et c'est loin d'ici, comme tu me l'as demandé, mon amour… et ensuite, nous irons à Venise.

26

Lorsque nous atterrissons à Vérone, je suis redevenue tout à fait calme. Nous sommes accueillis à la sortie du terminal par un ami, ou une connaissance, ou un employé de Marc. Il nous donne des clés de voiture : une petite BMW rapide. L'immense fortune de Marc lui facilite tout de même grandement la vie. Pourtant, il a acquis cet argent en se battant contre les mafias. Et il a dû tuer quelqu'un pour cela. J'ai envie de m'enfuir loin de lui pour toujours. J'ai aussi une envie furieuse de l'embrasser.

Nous roulons jusqu'au Tyrol. Au départ, le paysage est décousu, il ressemble aux banlieues du nord de l'Italie. Des supermarchés Carrefour, des canaux en béton gris et en cette fin de journée, des citadins à l'air épuisé. Il fait 30 °C, et il est vingt heures. Les plaines poussiéreuses et brûlées de la Vénétie. Desséchées et tannées, comme moi. Je me sens desséchée, et j'ai une soif dévorante. Une soif de sexe. Je veux baiser pour évacuer la tension qui s'est accumulée dans mon corps et dans mon esprit. Le sexe est la seule façon dont je me soulagerais et la seule manière de retrouver Marc. Je me demande si je ne devrais pas juste me pencher vers lui et l'embrasser. Quelque chose m'en empêche. Je ne sais pas quoi. Je reste immobile, assise sagement à ma place, les yeux rivés sur les cyprès qui bordent la route. J'ai envie de lui. Mais je regarde les concessionnaires d'Alfa Romeo et les collines qui descendent en pente douce. Lorsque je vois les montagnes se dresser au loin, mes yeux s'écarquillent. Certaines ont leur sommet recouvert de neiges éternelles, le blanc cristallin scintille au soleil. Des panneaux de Trento et Bolzano m'indiquent que nous sommes proches de notre destination. Le paysage devient bleu et sauvage. Nous longeons une large rivière encastrée entre deux flancs de montagne.

— C'est magnifique, dis-je en regardant par la fenêtre.

Ce sont les deux premiers mots que je prononce depuis que nous sommes partis. Ils sont spontanés face à une telle splendeur. J'ai toujours envie de Marc.

— Attends, *cara mia*, tu vas voir, ce sera de plus en plus beau.

Il appuie sur la pédale et nous doublons un long camion de marchandise tchèque. Nous roulons encore plus vite vers le nord.

Alors que la voiture accélère, je comprends ce qu'il veut dire. Le paysage devient celui d'un conte de fées, parfait. La plaine verte et luxuriante est ponctuée de châteaux entourés de prairies grasses et de vergers d'arbres fruitiers, des villages sont perchés en haut des collines et derrière eux les montagnes, les Dolomites, semblent irréelles. D'énormes pics de rochers gris et glacés pointés vers le ciel. Des montagnes à la verticale. Comme des pinacles de pierre et de glace, comme des cathédrales dans le soleil.

— J'ai passé beaucoup de temps ici lorsque j'étais petit garçon. Ma mère et ma sœur vivent encore là.

Nous quittons l'autoroute et débouchons sur une route étroite de campagne qui serpente parmi les vignes. Des vieux hommes examinent le raisin, les pelouses où paissent les chevaux sont vert émeraude. Nous passons près d'anciens villages aux maisons peintes et aux églises médiévales. J'essaie de ne pas nous imaginer nus, Marc et moi. Peut-être que je suis devenue obsédée. Est-ce qu'on peut avoir une psychose sexuelle ? Est-ce que les mystères m'ont rendu hypersexuelle ? Il faut penser à autre chose.

— Tous les panneaux de signalisation sont en allemand.

— Nous avons passé la frontière linguistique, *cara mia.*

J'essaie de ne pas regarder la façon dont ses bras musclés tournent le volant, ou la manière dont sa barbe de plusieurs jours souligne une certaine fermeté de la ligne de sa mâchoire. Ses pommettes tressaillent dangereusement, agressives comme celles d'un prédateur. J'imagine sa gueule d'ange déformée par la haine et la rage, prête à tuer l'homme à genoux qui se tient devant lui, et j'ai une envie terrible de l'embrasser. Je suis folle.

— C'est assez étonnant parce qu'à trente kilomètres d'ici ils parlent majoritairement italien, et ici ils parlent allemand mais gardent la nationalité italienne. Disons que ce sont des Italiens qui savent se garer.

Nous tournons et débouchons sur une longue allée de graviers. Je reste bouche bée. Une magnifique demeure couverte de vigne vierge et de bougainvilliers est flanquée d'une tour avec des créneaux.

— Voici le *Schloss* Roscarrick, mon amour. Ma mère et ma sœur sont parties, elles seront de retour demain.

Il fait faire un tête-à-queue à la voiture, le gravier crisse sous les pneus, et se gare devant la grande porte principale. Un homme, la cinquantaine, arrive en courant ; il porte un short, des sandales et un tee-shirt. Je devine à son attitude qu'il fait partie des domestiques.

— *Guten tag* Klaus.

Le serviteur sourit, prend les clés que Marc lui tend et incline la tête très poliment à mon intention.

Puis il explique comme s'il s'excusait qu'il travaillait au jardin. Du moins c'est ce que je déduis du mot *Garten*, mon allemand étant pour le moins sommaire.

Marc dodeline de la tête en acceptant joyeusement ses excuses et lui indique les bagages dans le coffre.

— *Ein uhr ? Im Zweiten Schlafzimmer. Danke* Klaus.

Marc me prend par la main et m'entraîne vers l'immense porte. Je n'y tiens plus. Dès que la porte se referme sur nous, je me jette sur lui et je l'embrasse. Il n'attendait que ça. Il me soulève par la taille et répond à mon baiser. M'embrasse et m'embrasse encore.

— Marc, dis-je, moitié riant, moitié pleurant. Mon amour, je crois qu'il faut que tu me baises ou je vais m'enfuir pour toujours.

Il me dépose sur le sol et commence à arracher mes vêtements. Je déchire sa chemise. Je voudrais dévorer son torse nu et musclé. Le mordre jusqu'au sang. Je veux le voir bander, bander pour moi et par moi, je veux avoir ce pouvoir sur lui.

— Par là ! dit-il en me poussant et en me tirant par la main.

La chambre est en haut. Les escaliers sont larges, colossaux. Il essaie de continuer à me déshabiller pendant que je monte les marches. Je le repousse, lui échappe en faisant valser une chaussure puis l'autre. Je cours pieds nus. Il me court après. Il jette sa chemise par-dessus la balustrade, elle vole et se gonfle avant de tomber au sol.

— Où est la chambre ?

— Là !

Je me retourne, il pousse la clenche et ouvre une porte. Je l'embrasse. Il claque la porte derrière nous. Je n'ai plus de robe, lui n'a plus de chemise, j'ai encore mes sous-vêtements. Je veux être nue, nue contre lui. J'ai chaud, je suis toute collante de sueur après ce long voyage en avion et en voiture.

— Je voudrais prendre une douche.

— Alors laisse-moi te laver.

Il me soulève et me dépose comme un paquet sur son épaule, la tête en bas. Il m'emporte vers la salle de bains. Une salle de bains parfaitement claire et moderne. La robinetterie est rutilante. J'admire la décoration. Alors mon seigneur, lord Roscarrick, me dépose sur le sol, défait mon soutien-gorge et fait glisser ma petite culotte. Me voici nue, impatiente, transpirante.

— Alors, lave-moi.

Tel un patineur artistique avec sa partenaire, il me porte et me pose dans la douche. Il tourne un robinet en acier et une eau délicieusement chaude jaillit. Torse nu, Marc prend le pommeau de la douche et commence à m'asperger. Il met du savon dans ses mains. C'est le merveilleux savon qu'il a à Naples, le savon de Florence, et Marc me lave.

Il déverse de gros bouillons d'eau sur mes pieds et doucement, précautionneusement, avec toute l'élégance et la délicatesse du monde, il me nettoie les doigts de pieds un par un. Puis il les embrasse, les lèche, les suce. L'eau mousse et coule le long de mes mollets, de mes genoux, de mes cuisses. Torse nu, on dirait qu'il travaille tant il est appliqué. Dédié à la cause de ce corps à baigner.

Il me masse le cul avec soin, avec la mousse formée par le savon et l'eau chaude. Le plaisir s'immisce mais je le retiens, j'attends, je le regarde faire, tourner autour de moi avec le pommeau de la douche qu'il dirige maintenant contre mon pubis. Sa main se glisse entre mes cuisses lisses de savon. J'ai trop envie de lui.

— Viens sous la douche avec moi.

— Dans une minute, *cara mia*, attends encore un peu.

Il me passe du savon sur les seins, frotte, masse et me recouvre de cette mousse au parfum si léger et délicieux. Ses mains sont douces, ses mains sont fermes. Il lève le pommeau au-dessus de ma tête sur mes cheveux et sur mon visage. L'eau ruisselle et je ferme les yeux. Derrière mes paupières closes, je l'imagine se pencher et soudain je sens sa bouche sur mes lèvres, sa bouche comme un fruit juteux. Il m'embrasse intensément, il est entré sous la douche. Il s'est débarrassé de son jean. Il est nu contre moi et il bande. Je sens son sexe raidi contre mes fesses. J'ouvre les yeux. Je me baisse et j'attrape sa queue. Son adorable érection dans mes mains. Je prends du savon et je fais glisser mes doigts sur son désir. Je le lave, révérante et attentionnée. J'aime qu'il bande. Je l'aime lui. J'aime qu'il me désire. Comment ai-je pu en douter un seul instant ?

Dès qu'il a fini de se laver, il ferme le robinet, nous attrapons deux serviettes et nous nous séchons mutuellement. Puis nos yeux se rencontrent et alors nous courons dans la chambre, nus, propres, jeunes, amoureux fous.

Parce que nous allons baiser. Parce que nous sommes des amants.

Nous sommes mieux et pire que tout cela. Nous sommes sur le lit et il veut me prendre mais je l'arrête et je hoche la tête. Je tends la main et j'empoigne sa queue. Je le regarde droit dans les yeux.

— Tu as tué un homme.

Il fait oui de la tête, ses yeux bleus comme deux saphirs.

— J'ai tué un homme.

— Tu n'avais pas le choix ?

— Je n'avais pas le choix.

— Je peux te pardonner.

— Le peux-tu ?

Je serre plus fort sa queue dans ma main. Ses yeux bleus s'écarquillent. Nos visages se touchent presque.

— Oui. Je le peux. Parce que je t'aime, Roscarrick. Je t'aime à la folie. Même si je voulais m'en empêcher, je ne le pourrais pas.

C'est la première fois que je lui dis je t'aime. Mes yeux s'emplissent de larmes. Je relâche ma main et m'allonge sur le dos.

— Maintenant baise-moi ! Prends-moi, mon amour. Avant que je ne change d'avis et que tout ne s'écroule. Avant que je ne sois trop lâche et que je ne m'enfuies.

Il hoche la tête et commence à descendre pour me lécher. Mais je ne veux pas de ça. Je me plie et prends son visage entre mes mains. J'embrasse ses fines lèvres grenat avec passion.

— Marc, maintenant, je suis prête.

Sans un mot il me repousse et me fait tomber sur le dos. Il ouvre mes cuisses et se penche, le regard autoritaire, un sourire à peine perceptible, et me pénètre avec force, comme on enfoncerait une porte.

— Accch !

La sensation de soulagement est intense. Je serre les dents. Ça fait mal et c'est si bon. Il enfonce à nouveau sa queue, et encore, et encore. Je suis trempée, et pas à cause de la douche. Il va et vient, je crie. Je crie comme si j'allais pleurer. C'est tout ce que je veux, rien de doux ou de délicat, pas aujourd'hui, pas après ce que nous avons vécu, pas de gentils préliminaires, juste ça, juste lui, brutal. Qu'il me prenne, qu'il m'empale. Nous nous baisons. Je ne sais pas comment le dire autrement. Nous nous baisons l'un l'autre, prenant ce que nous voulons de l'un, suçant et dévorant l'autre. J'embrasse son épaule, ses muscles durs et entrelacés. Je le mords. J'enfonce mes dents dans sa chair. Je l'embrasse encore. Il halète.

— Toi !

Je le griffe tout le long du dos alors qu'il me pénètre encore, toujours plus profond. Il a le souffle coupé. Je sais que je lui fais mal. Je veux qu'il ait mal, que ce soit aussi douloureux pour lui que pour moi. Je me perds dans ses yeux. Il continue à aller et venir, son torse se lève et s'abaisse sur moi.

— Je t'aime, espèce de salaud.

Et je le griffe, et il s'enfonce dans moi. Je caresse la tendre et cruelle ligne de sa mâchoire.

— Je te déteste, mais je t'aime.

— Alexandra, Alexandra…

Il s'est redressé et soulève mes jambes. Mes pieds se pressent sur son torse, pressés si fort contre lui, mes petits pieds blancs sur son torse bronzé et velu. Il me baise. Puis il sépare mes pieds et, empoignant mes chevilles, remonte mes jambes plus haut et appuie tant que mes genoux viennent encadrer mon visage. Il s'enfonce comme s'il voulait aller au plus profond de moi, comme s'il voulait me broyer sous lui. Je me soumets. Il est mon maître, je sens le mur derrière ma tête avec mes orteils. J'aime cette douleur, qu'il fasse donc de moi ce qu'il veut. Il va bientôt jouir. Je le sais à la beauté cruelle de son regard. Soudain, brutalement il laisse mes jambes retomber.

Il marque un temps d'arrêt. On dirait qu'il veut se reposer. Alors je reviens à la charge. Je lui mords franchement l'épaule. Il me pénètre à nouveau. Cette épaule luisante et masculine, la force de l'athlète, et ces bras puissants, ces bras d'assassin, ces mains qui ont donné la mort.

— Prends-moi par-derrière.

Qui suis-je pour donner des ordres ? Et pourtant Marc obéit. Il me retourne comme on fait virevolter une toupie, un jouet entre ses mains, son jouet favori. Puis il écarte mes cuisses à nouveau.

Oh oh oui.

Nous y sommes presque, ma face dans l'oreiller. Je sais ce qui vient. Extatique, j'attends. Mais ce qui vient est différent, cette fois. Il va et vient huit ou neuf fois, dominant, dur et incroyablement profond, mais soudain il se retire, passe sa main sous mon ventre, me soulève avec une force telle qu'on croirait que cela ne requiert aucun effort et me transporte de l'autre côté de la pièce. Jusqu'à la fenêtre. La grande fenêtre à double battant est ouverte. Je peux voir les montagnes, les forêts et le ciel du soir virer au bleu nuit. Les montagnes rougeoient dans le soleil couchant. Marc me tient contre le rebord, face à la vue, lui derrière moi. Il me pénètre. Il me baise contre le rebord de la fenêtre, par-derrière. Je sens la merveilleuse fraîcheur de l'air caresser mes seins. Je peux sentir le parfum des forêts de pins et des montagnes, je vois les glaciers des Dolomites. Je sens ses doigts chercher mon clitoris, je sens sa queue enfoncée profondément en moi. Les larmes commencent à couler. Les frissons de l'orgasme rugissent, ils grondent en moi, ils sont le bruit lointain des sabots d'un troupeau de chevaux lancés au galop. Ils arrivent, rien ne pourra les arrêter.

27

— Alors, c'est joli le Tyrol?

— Oui, c'est très beau, vraiment des paysages à couper le souffle. Les Dolomites sont incroyables. Le Corbusier avait dit que c'était des montagnes design, mais c'est vraiment ça.

— Le Creuset? Le gars des casseroles en fonte? Qu'est-ce qui te fait croire qu'il a donné son opinion sur les Dolomites?

Jess me fait marcher.

— Pas Le Creuset, banane! Le Corbusier. L'architecte suisse.

— Oh!

— Ces montagnes sont simplement envoûtantes, Jess, et puis il y a aussi des prairies d'une beauté! Toutes vertes et piquées de milliers de fleurs sauvages multicolores. Et aussi des lacs translucides d'eau chaude et ces énormes pics rocheux gris et rose qui ressemblent à une procession de cathédrales gothiques.

— Ah ouais?

— Oui, je te jure.

— Eh ben! Enfin, des montagnes, on n'en a plus vraiment besoin, c'est un peu surévalué.

Je souris et elle rigole. Depuis sa chambre à Naples, je peux la voir sur mon téléphone. Sur le mur derrière elle, elle a accroché un calendrier humoristique de Mussolini. Je me trouve quant à moi au second étage d'un palazzo que Marc a loué sur le Grand Canal. Nous sommes à Venise, partis du Tyrol ce matin, nous avons laissé la voiture à Mestre et nous avons pris le bateau pour traverser la lagune. Venise !

— Donc tu es restée dans le fameux *Schloss* et tu as mangé de la *kartoffelsalat* et tout le tralala ?

— *Ja. Es schmeckt gut.*

— Et rassure-moi, tu es entièrement remise de tes coups et blessures ?

— Je vais parfaitement bien, vous êtes trop aimable de vous inquiéter de la santé de mon postérieur.

— En effet, ma poulette, je me suis fait beaucoup de souci à propos de ton cul. J'imagine qu'il a été bien puni ces derniers temps. Je me trompe ?

Jess est plus ou moins vexée que je ne lui raconte pas les cultes à mystères dans tous leurs détails. Elle adore ce genre de récit salace. Mais je ne peux pas lui raconter grand-chose.

— Crois-moi. Je vais bien. Tout le monde va très bien.

Elle roule des yeux et glousse.

— Bon, et comment était le *Schloss* ?

— Grand et imposant. Et il m'a présentée à sa mère et à sa sœur.

— Mais non ! La mère de Prince parfait, tu veux dire la Reine mère parfaite en personne ! Raconte…

Ses yeux brillent de curiosité.

— Elles ne sont pas exactement telles que je me les étais imaginées… la sœur est très douce, très anglaise, réservée mais avec un bon sens de l'humour. La mère est plus un genre de Teutonne.

— Non ?

— Oui, tu vois, la blonde nordique, la reine normande. Le genre Aliénor d'Aquitaine. Même si je ne crois pas que l'Aquitaine soit en Normandie.

— On s'en fout. Mais tu avais dit que la mamma était originaire de Naples, X. Alors c'est quoi ? Des Napolitains au sang bleu ?

— Je ne sais pas. Tout ce que je veux dire, c'est qu'elle n'était pas ce à quoi je m'attendais. Et puis il y a quelque chose de triste chez elle.

Je regarde par-dessus mon épaule. Au loin j'entends un vaporetto faire mugir sa sirène en remontant le Grand Canal. J'imagine les touristes à son bord en route pour le Rialto, ou la place Saint-Marc. J'ai tellement hâte de sortir et d'aller me promener. C'est ma toute première fois dans cette ville de merveille. Nous sommes arrivés juste à temps pour le quatrième culte qui aura lieu ce soir.

Venise ! Je retourne à mon portable. Jess arbore un sourire radieux de jolie fille. Mon amie. Elle me manque. Cela fait trois semaines que j'ai quitté Naples. Trois semaines que Marc m'a emmenée en Calabre, puis au Tyrol. Rien que de penser à ce que nous avons traversé me donne la chair de poule. Aujourd'hui une seule chose est sûre, Marc Roscarrick a percé le secret de mon cœur. Il n'y a plus de retour en arrière possible. Je suis folle amoureuse de lui, c'est un fait. J'arrive à me sortir de ma rêverie, et je vois Jess qui regarde ses textos en souriant.

— Et comment va la vie à Santa Lucia ?

Elle relève les yeux.

— Ça roule ma poule.

— Et tes cours?

Elle grimace comme si elle trouvait tout drôle. Comme si elle s'empêchait de sourire.

Hum hum. J'ai l'impression qu'elle me cache quelque chose, un secret. Mais Jess enchaîne avec une question.

— Dis-moi, X... Je voulais te demander. Et le truc?

— Quoi?

— Je veux dire, enfin... tu vois... le truc qui s'est passé à Plati, tu as pardonné?

Elle approche son visage de la caméra.

— Tu arrives à gérer, à supporter tout ça?

Je lui ai raconté l'histoire par mail il y a deux semaines. Je lui ai écrit sans mentir et sans détours tout ce que j'avais appris sur Marc. Je n'aurais peut-être pas dû lui dire mais elle est ma meilleure amie et il fallait que j'en parle à quelqu'un, c'était trop lourd à porter toute seule. Quand on partage un secret, on en partage aussi la charge. Sa réaction fut celle d'une surprise totale et d'un choc. Sans trace de son sarcasme ou de son cynisme habituels. Elle voulait me faire prendre la mesure de tels aveux. Elle s'était fait du souci pour moi, comme à l'instant même.

— Oui, je crois que ça va.

Je marque un temps, je me voudrais rassurante.

— Parce que lorsque tu connais l'histoire en entier, enfin le contexte dans lequel il a agi, tu te dis que ce qu'il a fait était...

Quel mot puis-je employer? Acceptable? Non. Compréhensible? Non. Justifié? Oui. C'était justifié, une justice personnelle terrible mais dans un pays sans loi et sans justice. Marc n'avait pas le choix ou alors Norcino, le psychopathe, aurait continué à tuer et à massacrer ces hommes et ces femmes. C'est ainsi que j'arrive à l'accepter, à le digérer, à y penser sans me mettre à flipper. Je réexplique à Jess ma manière de penser. Elle hoche la tête d'un air sérieux.

— Tu pourrais dire que ce qu'il a fait était héroïque. Et tu pourrais aussi dire que Marc est un assassin.

— Jess !

— Ne me prête pas de mauvaises intentions. Je ne le critique pas.

— Un assassin ?

— En fait je suis d'accord avec toi, X. Nous ne parlons pas du même monde. Là-bas, dans le Sud, dans le Mezzogiorno, on est très loin des pavillons et des pelouses aseptisés du New Hampshire, n'est-ce pas ? C'est leur monde avec leurs lois.

Elle fronce les sourcils.

— Je me disais ça l'autre jour. Qui sommes-nous pour juger Marc ? J'aurais très bien pu épouser un pilote de la RAF. Il aurait lâché des bombes sur les enfants du Moyen-Orient dans une guerre vaine. Est-ce que ça aurait été différent ? Est-ce que ça aurait été plus juste ? Pourtant, personne ne lui en aurait voulu, encore moins à moi, sa femme. Personne ne me demanderait comment je supporte ça. Comment j'arrive à gérer ça.

Je hoche la tête et je me tais. Elle soulève un point intéressant. Je me sens mieux maintenant.

J'entends Marc en bas. Il discute avec la gouvernante. Elle est comprise dans la location du palais. Nous devons nous préparer. Apparemment, des vestales vont venir m'habiller pour le quatrième mystère. Les costumes seront certainement sophistiqués.

Avant de quitter Jess, je veux qu'elle me dise. Elle me cache quelque chose.

— OK, Jessica, je dois y aller.

Elle fait signe que oui et regarde l'heure affichée sur son téléphone portable.

— Yep. Dix-huit heures. Moi aussi je vais filer. Je vais à Vomero ce soir.

— Vomero ?

— Mmmouais.

Et encore ce sourire qui passe comme un éclair et illumine son visage. J'en suis certaine, il y a un homme là-dessous. Je connais mon amie, et je parie qu'elle a un nouvel amour ou, pour être plus réaliste, un nouvel amant.

— Et tu vas à Vomero avec… ?

Elle hausse les épaules.

— Oh, quelqu'un…

— Un nouveau petit ami ?

Elle secoue la tête sans pouvoir s'arrêter de sourire.

— Oui, un nouveau.

Je pousse un petit cri.

— Ah ! Mon Dieu ! Allez, vas-y, raconte !

— Eh bien, c'est un peu… compliqué. Je n'ai pas… enfin je ne…

Ça ne ressemble pas du tout à Jessica Rushton. Mon amie est toujours la première à raconter sa vie privée dans les moindres détails. C'est pourquoi elle exige que je lui rende la pareille. Elle adore parler des hommes et du sexe de la manière la plus crue qui soit. Notre fascination commune pour l'amour et les rapports humains est une des raisons pour lesquelles nous nous entendons si bien. Alors pourquoi fait-elle l'effarouchée ?

— Jessica ?

Elle regarde la caméra en soupirant et annonce enfin la couleur.

— Je sors avec Giuseppe.

— Quoi ? Vous êtes ensemble, toi et *le* Giuseppe de Marc ?

— Oui.

Je me mets à battre des mains. Je suis absolument ravie. Je savais qu'elle avait flashé sur lui. *Beaugossaurus rex*. Qui est aussi très adorable et très charmant. Excellent !

— Mais c'est génial !

Elle me regarde et sourit, presque soulagée.

— Tu es sûre ? Tu es vraiment sûre ? Sûre que c'est OK ? Je veux dire, tu ne penses pas que je viens chasser sur tes terres ?

— Jessica Rushton, ne fais pas ta débile mentale, s'il te plaît. Chasser sur mes terres, tu n'es pas un peu folle, non ? Ça veut dire qu'on va se voir beaucoup plus souvent !!!

Elle acquiesce.

— Bah, oui… en fait Giuseppe va à Venise demain, c'est Marc qui le lui a demandé, et il veut que je l'accompagne mais je ne lui avais pas donné de réponse.

— Alors viens ! Fonce ! Saute dans le premier avion ! On boira des Bellini au Harry's Bar. C'est trop chouette !

— OK – la joie illumine son visage. C'est super ! Et surtout ne t'inquiète pas, je ne viens pas du tout pour tes cultes à mystères de je-ne-sais-quoi, de toute façon je ne suis pas invitée à ça, mais on se voit demain à Venise.

— OK, *ciao* !

Je lui fais un signe de la main.

— Et ne va pas tomber dans un canal, hein ?

L'écran s'éteint.

Je me laisse tomber dans un fauteuil, je suis vraiment heureuse. Tout est parfait, ou presque. Reste un minuscule ridicule petit doute, une pensée insidieuse qui s'est glissée dans mon esprit comme un serpent entre les branches d'un arbre.

Qu'est-il arrivé à la femme de Marc ?

Je n'arrive pas à oublier ce qu'Enzo Paselli a dit à Plati. Quand il a parlé de la mort de lady Roscarrick. Son insinuation à propos de la manière dont Marc avait hérité de la fortune de sa femme après l'accident de voiture…

Je ne veux plus y penser. Je veux être heureuse et profiter de chaque jour. Ce soir, je serai Alexandra du quatrième degré.

28

Trois heures plus tard je m'avance sur le ponton de pierre vermoulu du palais que nous avons loué pour l'occasion, le palazzo Dario. Je suis seule. Marc est toujours à l'intérieur, il travaille. Il tapote sur son ordinateur, l'écran clignote en rouge et noir. J'observe mon reflet dans les eaux du Grand Canal. Je ne peux m'empêcher de sourire. Les vestales ont fait leur travail de costumières.

Je porte une robe de bal crème comme on en portait en France sous le Directoire. La taille haute remontée sous les seins, largement décolletée, les manches très courtes et légèrement bouffantes, elle est faite de la plus fine et la plus pure mousseline. C'est la robe la plus adorable qui soit, un nuage pastel. Je ressemble à une débutante d'un roman de Jane Austen. Des longs gants de soie, de petites ballerines plates en satin et une simple rangée de perles autour du cou complètent le tout. La mousseline est si fine qu'elle en est transparente. Je porte des bas blancs et pas de sous-vêtements. La nuit est tombée, il fait sombre, personne ne peut savoir que je suis nue sous ma robe. Du moins je l'espère.

Je regarde le canal. La gondole a été réservée pour vingt et une heures. Je suis en avance mais je veux profiter du spectacle. Mon cœur se gonfle à la simple vue du palais où nous séjournons. Nous sommes arrivés ce matin et je n'ai même pas eu le temps d'en faire le tour complet mais je l'aime déjà. De jour, le palais est très joli. De nuit, il est éclairé par les lumières du canal, les étoiles vénitiennes et des lanternes de style gothique. Il offre une vision féerique, un mirage de beauté spectrale. Ses pierres prennent des reflets violines où de larges fenêtres creusent des trous d'un noir profond, encadrés de bordures d'un gris pierreux. Le tout est rendu encore plus irréel par les lumières réfléchies, dansantes et miroitantes de l'eau qui l'entoure. Cette image me trouble jusqu'au plus profond de mon être. J'appartiens soudain à cette ville. Son histoire me traverse et me transporte. Des rires de l'autre côté du Grand Canal, des parfums de vin, de fuel, de fumée et de mer salée me parviennent.

Le pont des Soupirs. La place Saint-Marc. Santa Maria della Salute ! J'ai tellement rêvé à cette ville qu'elle était inscrite en moi avant que je ne la découvre. Venise la magicienne, Venise et mes rêves d'adolescente, d'étudiante qui se disait qu'un jour elle traverserait ces ponts et marcherait sur ces pavés. La réalité dépasse encore mes espérances : Venise est envoûtante. Elle ressemble exactement à elle-même, mais en mieux. Elle est un décor de cinéma plus vrai que nature et moi, je serai l'actrice principale. Alexandra des mystères.

Est-ce que ce ne serait pas l'hôtel Gritti Palace, par hasard ? Je me dresse sur la pointe des pieds, dans mes souliers de satin. Je vois des hommes et des femmes élégamment habillés dîner en terrasse à la lumière des lanternes de l'autre côté des eaux sombres du Grand Canal.

Je discerne leurs rires, l'écho de leurs couverts en argent contre la porcelaine et le tintement de leurs verres. Soudain, un autre bruit fait irruption dans ce champ sonore. La police vénitienne fait vrombir le moteur de son bateau, son gros phare bleu est allumé, elle descend le canal en direction du campanile de la place Saint-Marc, la tour pointe vers le ciel sa silhouette rouge et fantomatique.

Juste en face du palazzo Dario, quatre piquets rayés de bleu et de blanc surmontés de boules dorées sont éclairés par des candélabres gothiques et flamboyants. Je me retourne et j'observe à nouveau ce spectacle. D'étranges cheminées s'échappent du toit de notre palais. On les appelle des cheminées Carpaccio. Lourdes et archaïques, leurs formes bizarres se découpent dans le ciel étoilé.

La façade gothique et les fenêtres ajourées du palazzo Dario l'ont rendu célèbre. Son balcon est exquis. La légende attachée à ce lieu est romantique et tragique. J'ai fait des recherches. Bien des gens y sont morts. Un marchand de diamants arménien a disparu de manière « énigmatique » dans les années 1800. Puis le palais fut acheté par une huile britannique, Rawdon Brown, qui se suicida car il avait dilapidé sa fortune pour sa restauration. Un maréchal de l'armée irlandaise en devint le propriétaire mais lui aussi mourut dans des conditions mystérieuses en 1860. Des comtes et des comtesses se succédèrent, la dernière fut poignardée par son amant. Puis un manager de groupes de rock : assassiné. Puis un financier : noyé. Puis un exorciste, qui échoua, et maintenant, moi.

— Ah, mademoiselle Beckmann. Quelles nouvelles du Rialto ?

Marc se tient derrière moi. Son costume Directoire lui va à merveille. Il le transforme en une sorte de Darcy.

Mais plus sombre, plus grand, un personnage magnifique. Il porte un pantalon noir étroit, qu'il a rentré dans de grandes bottes de cuir. Sous sa veste, son plastron au col montant est d'un blanc immaculé. Une somptueuse veste de velours aubergine, une queue-de-pie noire et un chapeau haut-de-forme complètent cet équipage du parfait dandy. Je ne porte pas de chapeau, mais les servantes m'ont coiffée d'une manière exquise. Des cascades de boucles enchevêtrées et savamment orchestrées pour donner un effet échevelé et naturel. Je n'ai jamais été si joliment blonde.

Marc tient ses gants blancs dans une main, il pose un pied sur notre ponton et s'incline à mon intention.

— Regardez-moi cette beauté !

Il s'avance, prend ma main gantée et y dépose un baiser avec une galanterie qui me fait fondre. Puis il murmure : « Elle marche tout en beauté comme la nuit des climats sans nuages et des cieux étoilés ; et le plus pur de la clarté comme de l'ombre se rassemble dans son aspect et dans ses yeux. »

Il me prend par la taille et m'embrasse sur les lèvres.

— *Eccellenza*, dis-je en posant une main à plat sur sa poitrine, mimant une résistance.

Mais je ne sais pas lui résister. Marc a un sourire rassurant.

— Es-tu prête pour le quatrième ?

Je fais la révérence.

— *Si, Eccellenza.* Je le crois…

Suis-je prête ? Je l'ignore. L'angoisse me fait l'effet de papillons qui décolleraient sous ma peau. Et pourtant je suis déterminée. J'ai dit à Marc que je l'aimais et je l'aime. Je ne peux pas revenir en arrière.

— Tu es parfaite, mon amour. Une véritable petite princesse américaine à Venise, le sosie d'Elizabeth Bennet.

Il regarde par-dessus mon épaule.

— Et maintenant, en gondole !

Mes souliers de satin font un quart de tour et je vois, surgissant de l'obscurité, la longue silhouette laquée d'une gondole noire. Elle vient cogner notre ponton dans un bruit sourd.

Le gondolier est beau, comme il se doit.

— *Signor* Roscarrick ?

— *Si.*

L'étroite embarcation est tapissée de coussins rembourrés en soie écarlate. Marc me donne le bras pour m'aider à monter dans le bateau et je m'installe sur la banquette parmi les coussins gonflés de plumes. Marc et moi regardons le ciel étoilé. Je peux sentir le parfum de savon de mon amour, il est propre, douché, rasé de près, si beau dans son costume Directoire. J'ai envie de lui. J'ai envie de Venise. J'ai envie de faire l'amour, là, maintenant, tout de suite. Qu'il me baise en gondole. Le gondolier brasse l'eau et nous remontons doucement le Grand Canal. Il chante une chanson, pianissimo. C'est cliché, évidemment. Mais pourquoi un gondolier ne chanterait-il pas de chanson ? Existe-t-il un meilleur endroit au monde pour chanter en travaillant ?

Il me semble que la ville entière chante silencieusement en cette chaude nuit d'été de perfection immobile. Nous passons sous le pont de l'Académie. Les touristes s'arrêtent et nous regardent comme si nous étions des stars de cinéma. Le film de Marc et de X. Je suis en train de rêver et pourtant, ce n'est pas un rêve. Je suis là, dans les bras de l'homme que j'aime. Devant moi se dressent le palazzo Fortuny et Ca' Rezzonico, nous passons sous les arches blanches du Rialto, à notre droite il y a la maison où mourut Wagner et celle où vécut Marco Polo, là où Stravinsky écrivit et où Henry James soupira, les palais de Browning, de Titien et de Casanova, les palais des poètes, des doges, des princes et des courtisans.

Je rejette la tête en arrière, la main de Marc dans la mienne, nos doigts entremêlés. Je rêve encore, je ne veux pas me réveiller. Je murmure les vers du poème.

« Elle marche tout en beauté comme la nuit des climats sans nuages et des cieux étoilés. » Maintenant que je suis à Venise, je comprends que Byron ne décrivait pas une femme, mais cette ville.

Venise est une femme sombre, mystérieuse, ténébreuse et séduisante, sexuelle et sensuelle. Venise est la noire maîtresse des poètes, elle se suicide, essaie de se noyer et ressurgit des eaux, chaque fois un peu plus meurtrie, un peu plus fragile et toujours plus belle.

Marc a discrètement glissé sa main sous ma robe. Je fais celle qui n'a rien remarqué. Je désigne un des palais, plutôt gris et austère.

— Est-ce que ce ne serait pas la maison de Byron ?

— Oui, c'est le palazzo Mocenigo.

Sa main entre mes cuisses continue de chercher.

— Il a vécu ici avec un renard, un loup, au moins deux chimpanzés et un corbeau malade.

Ses doigts trouvent enfin le point source de mon plaisir et se mettent à le frotter doucement.

— Un corbeau malade ? dis-je avec la voix la plus innocente du monde, en essayant de maîtriser ma respiration.

— Oui, je crois que le corbeau est mort dans des souffrances atroces. Et c'est ici que la maîtresse de Byron a menacé de se noyer dans les eaux du Grand Canal. Elle a survécu.

La gondole opère un tour sur elle-même, le gondolier est concentré sur sa manœuvre. Marc retire prestement sa main de sous ma robe, me laissant le cœur serré de frustration. J'ai envie de lui. J'ai une envie terrible de me baisser, de déboutonner sa braguette et de le prendre dans ma bouche. Ces mystères me bouleversent. Je ne me reconnais pas mais j'aime ça. J'aime être à Venise. Nous remontons vers le nord, un canal beaucoup plus étroit. Alors que nous avançons, je suis intriguée par tous les coins et les recoins, les choses à peine entrevues, les canaux minuscules qui débouchent on ne sait où, le couple enlacé dans l'ombre qui s'embrasse en pensant que personne ne l'a vu, la petite église qui se reflète dans les eaux noires et brillantes comme de l'huile, celui qui chante dans une chambre éclairée par une lampe jaune, la femme pleurant dans une gondole qui a croisé notre chemin, des fenêtres gothiques murées.

— Marc ?

Je lui serre la main de toutes mes forces. Le quatrième culte approche.

— Embrasse-moi.

Il se penche et m'embrasse avec passion. Puis il recule son visage.

— Tu peux nous voir ?

Je comprends que par « nous » il veut dire la « constellation de Nous », à côté d'Orion. Je fais oui de la tête et je suis prise d'une inexplicable envie de pleurer.

— Oui, mon amour, oui, je Nous vois.

Le silence est poignant. La nuit à Venise, il n'y a ni moteur ni voiture. Serait-ce la cité la plus silencieuse de la terre ? Juste le clapotis de l'eau du canal qui vient heurter le marbre des pontons et la chansonnette du gondolier. Un silence, beau dans sa nudité, une ville sur le point d'être engloutie.

La gondole nous emmène à l'autre bout de Venise. Je me redresse, je peux voir la lagune s'élargir, les lumières scintillantes de Murano et l'ombre menaçante de San Michele, l'île-cimetière, l'île de la mort.

— Nous y sommes presque, dit le gondolier en anglais.

Cette précision était inutile. Je sais que nous approchons du lieu de rendez-vous car nous nous retrouvons pris entre des centaines de bateaux-taxis et de gondoles. Un vaporetto est amarré au côté le plus large et fait face à la lagune. Les gens descendent des bateaux dans des costumes très sophistiqués, tous plus beaux les uns que les autres, tous de style Directoire. Les robes sont en gaze, en soie, en satin, les frous-frous côtoient les dentelles et les châles brodés de perles. Les hommes sont en queue-de-pie et cols montants, ils portent la lavallière ou une cravate de soie. Je suis des leurs, aussi incroyable que cela puisse paraître.

— C'est ici ? Dans ce bâtiment ?

En face de moi, sur une place modeste, un très vieux palazzo situé au bout du canal fait face à la lagune. Il est isolé, exposé d'une certaine manière, comme un enfant qui aurait été puni et mis au coin.

— C'est le Casino degli Spiriti. Son histoire est assez baroque. Artistes, spectres et orgies !

Je m'appuie sur son bras et je me hisse hors de la gondole.

— Ne t'en fais pas, X, le quatrième culte est un des plus doux.

Je me fais du souci malgré tout. Et en même temps, je suis surexcitée. Les vestales vêtues de blanc viennent nous accueillir avec un verre de vin. Nous attendons d'être introduits à l'intérieur. Le gondolier repousse sa gondole, les autres bateaux s'éloignent. Une des jeunes femmes s'accroupit en face de moi. Brusquement, elle soulève ma robe de mousseline si légère, révélant ma nudité au reste des invités. On m'a interdit de porter des sous-vêtements et j'ai respecté la consigne. La fille plisse les yeux, rapproche son visage au-dessus de mes jarretières et examine mon tatouage, puis laisse retomber la robe avec courtoisie.

La scène se passe à Venise au bord d'un canal, à la vue de tous ces gens élégants et sophistiqués, parmi lesquels je reconnais des politiciens, des célébrités. Je ne ressens ni gêne ni pudeur. Je bois du vin et je parle avec Marc. Les vestales font ce qu'elles ont à faire. Les gens qui nous entourent discutent entre eux et sirotent leur verre. Puis les vestales nous entraînent à l'intérieur du Casino degli Spiriti. Le bâtiment est plus grand qu'il n'y paraît. Le rez-de-chaussée est sombre et assez grandiose mais sinistre de par son côté obscur, à la manière d'une crypte. Il y règne une odeur de moisi ou d'humidité qui vient de la lagune. Nous sommes invités à nous rendre à l'étage. Cet étage, le *piano nobile*, est plus clair et bien plus spectaculaire. Des arches gothiques en pierre blanche soutiennent un plafond très haut et décoré, c'est une pièce large et aérée, on dirait une salle de bal. Des fresques subtilement érotiques, des femmes nues et des chérubins à la peau rose ornent les murs. Peintes par Tiepolo ? Une vestale me tend une coupe de métal.

— C'est du kykéon, mon amour. Bois-en une coupe entière.

Kykéon ? Évidemment. La drogue des cultes éleusiniens. Le fabuleux narcotique dont la recette est gardée secrète. Pour la première fois de la soirée je marque un temps d'arrêt. Une drogue ? Je ne prends pas de drogue. Ma seule expérience de la drogue se résume à une taffe de marijuana. J'ai été malade et le plafond a tourné pendant des heures.

Marc sent mon hésitation et ma réticence.

— C'est parfaitement légal, X. C'est une préparation à base d'herbes et de fleurs sauvages.

— Quel genre d'herbes ?

— Je n'en ai pas la moindre idée, mon amour. C'est un mystère.

Il sourit avec un petit air de regret.

La vestale me fixe de ses yeux noirs et profonds. Je chasse ma timidité. Si je suis venue ici, c'est pour connaître le quatrième mystère et je ne peux pas perdre Marc. Je ne peux plus. J'avance la main et m'empare d'une coupe. Je la vide d'un trait. Marc fait de même avec la sienne en plongeant ses yeux dans les miens.

— Tout le monde boit le kykéon.

La musique démarre. C'est un chant africain avec des percussions qui font vibrer l'air. Je connais cette musique mais je ne me rappelle plus de son nom. Marc me glisse à l'oreille que c'est la *Missa Luba*. Il a raison. Une messe enregistrée quand la Belgique avait encore des colonies en

Afrique, il y a très longtemps. Une musique parfaite pour accompagner ce que je ressens. Le kykéon agit avec une rapidité extraordinaire. Je vois des choses. Je serre la main de mon prince. Je me balance, tout tangue et se déforme. Je transpire. J'ai peur.

— Laisse le kykéon agir, murmure-t-il dans mon cou blanc. Imagine une gondole, *piccolina*, qui te transporterait le long du Grand Canal dans la nuit. Dans la chaleur étouffante, dans l'obscurité la plus profonde.

Pendant une seconde, je regarde ce visage si beau comme s'il venait d'un autre monde, puis je vois un autre visage, familier celui-ci. Qui est-ce ? Un acteur ? Suis-je en train de rêver ? Je ne sais plus car je suis entourée de personnes célèbres, un homme politique, à côté de lui un milliardaire qui a fait fortune avec Internet, un top-modèle, un homme politique accompagné de sa femme, d'autres nababs et d'autres mannequins. Je perds l'équilibre, Marc tient ma main fermement à travers son gant de soie. Nous sommes sur le toit du monde, une fête pour le gratin, la jeunesse dorée, les happy few, les puissants venus s'encanailler dans une fête orgiaque et sexuelle. À moins que je ne sois vraiment en train de rêver.

Je ne sais plus. Je vais m'évanouir.

— J'ai besoin d'air.

— Bien sûr, mon amour.

Nous marchons jusqu'à la fenêtre, j'avale l'air chaud de la lagune. Lorsque je me retourne, Marc se tient à côté d'une très jolie jeune fille de dix-huit ans environ, elle porte une robe de bal rouge écarlate. La fille me sourit et me tourne autour. Qu'est-ce qu'elle me veut ? Je me retourne et je la vois s'agenouiller derrière moi, elle remonte sa main doucement sous ma robe et commence à me caresser le clitoris.

— Tu es mouillée, me dit-elle.

Je la regarde faire, ahurie. Je lève les yeux vers Marc. Je vois dans son regard pétillant de luxure et de désir qu'il bande déjà.

— Oui, je suis mouillée.

Elle frotte mon clitoris plus fort. Nous sommes à côté d'un groupe de danseurs. Nous restons immobiles, alors qu'elle me touche, m'effleure, donne de petites pressions, appuie avec son pouce. Marc et moi ne nous lâchons pas des yeux. Mes sens sont décuplés. Ohh. Oh oui. La jeune fille est très, très jolie, j'ignore qui elle est, je gémis, je ne peux pas m'en empêcher, elle continue à me caresser. Je ne veux pas qu'elle arrête. C'est bon, c'est tellement bon! Mais soudain, elle retire sa main. J'entends le bruissement de sa robe de taffetas, elle s'est évanouie dans la foule de danseurs, me laissant pantelante, juste au moment où j'allais jouir. Juste. Où suis-je?

— Marc, qui était-ce?

Il secoue la tête.

— Un mystère, oui je sais, un mystère. Marc, je me sens toute drôle.

Il me prend par la main et je m'appuie sur son épaule. Une envie de sexe m'envahit, j'ai besoin de m'abandonner, besoin qu'il me prenne. Je veux faire l'amour avec Marc ici et maintenant devant tous ces gens, je m'en fiche, arracher sa lavallière, ce plastron raide et immaculé, ces hauts-de-chausses byroniens. Je dois réellement me retenir pour ne pas le faire. Ces grandes bottes de cuir me rendent folle. La musique est si forte qu'elle déchire les tympans. Je n'ai aucune idée de l'heure qu'il est ni du temps écoulé.

Marc me parle à l'oreille, son haleine est celle du vin sucré.

— Veux-tu t'allonger ? Le kykéon est encore plus envoûtant quand on est allongé.

Je ne suis pas sûre de supporter d'être plus envoûtée que je ne le suis, mais il a raison, j'ai besoin de m'étendre. Des couleurs éclaboussent mon esprit. Les fresques se sont animées, les chérubins voltigent parmi les nuages. Je tiens à peine debout ; soutenue par Marc, nous fendons la foule. Des femmes en robes de gaze légère, des rubans de satin noués dans les cheveux, se promènent aux bras d'hommes en uniformes de généraux d'Empire, leurs silhouettes se découpent dans les fenêtres qui s'ouvrent sur la nuit du canal. L'île-cimetière étend une dentelle noire sur cet horizon vénitien.

De grands escaliers de bois valsent à ma gauche. Marc me les montre du doigt, je m'agrippe à la rampe et je me hisse. Je dois gravir ces marches. Arrivé en haut, Marc s'arrête. Un corridor orné de roses dorées semble mener au bout du monde. Une porte ouverte donne sur une large pièce carmin et pourpre. Je lâche la main de Marc et entre sans réfléchir. Au centre trône un lit immense couvert de coussins, je me débarrasse de mes souliers de satin et me laisse tomber sur le lit. Sommes-nous au troisième étage ? Il y a d'autres gens dans la pièce, je les remarque maintenant. Je me redresse pour partir, confuse, comme si je les gênais, mais Marc s'est assis à mes côtés et m'apaise.

— Allonge-toi…

Je me laisse faire, j'enfonce ma tête dans les oreillers de plumes. Je voudrais que Marc vienne sur moi. Au lieu de cela, une jeune femme vient me rejoindre. Elle soulève ma robe de mousseline au-dessus de ma taille avec une grande délicatesse, m'exposant à la vue de tous. Puis elle la retire complètement. Elle m'enlève mes gants. Elle doit avoir dans les dix-huit ou dix-neuf ans, ses cheveux sont magnifiquement coiffés, remontés haut sur sa tête avec des épingles en brillants, elle porte une robe de soie avec un voile. Elle me laisse ainsi, nue avec des bas blancs. Une autre femme s'allonge à mes côtés. On dirait qu'elle est habillée pour un film d'époque, un remake d'*Orgueil et Préjugés*. Pourtant, dans sa main elle tient un long godemiché en verre. Marc est toujours là, au pied du lit.

— Marc ?

— Accepte, Alexandra, accepte.

Oui j'accepte, tout, tout ce que vous voudrez. J'imagine que la deuxième jeune femme va m'enfoncer le godemiché mais elle avance sa main et m'attrape le poignet. D'un geste sec, elle me menotte et attache le bracelet métallique au barreau du lit derrière moi. Je regarde les visages des hommes et des femmes qui m'entourent alors que mon second poignet subit le même traitement que le premier. Mes chevilles sont elles aussi cerclées à des anneaux. Je suis attachée aux quatre coins du lit, vulnérable, à leur merci. L'idée que je sois pieds et poings liés et que la seule chose que je porte soit mes bas, que tous ces gens, ces hommes et ces femmes, me voient, me regardent, m'admirent, est terriblement dérangeante et excitante à la fois. Je lance un regard à Marc pour qu'il me rassure, me conforte, il hoche la tête en silence et je me laisse retomber.

Les filles se penchent sur moi et me lèchent entre les jambes pendant un petit moment puis elles écartent mes cuisses. L'une d'elles enfonce le godemiché. Elle l'enfonce et le ressort. Je me redresse.

— Non… Marc… je…

La fille s'adresse à moi.

— X, *per favore.*

Comment connaît-elle mon nom ? Comment ? Je l'ignore. Mais elle est très jolie et sa voix est douce, elle m'apaise. Marc est avec d'autres hommes, ils ont tous à peu près le même âge. Ils me surveillent, calmement. Qu'est-ce qui se passe ? Je suis sur un lit avec des gens que je ne connais pas et cette fille pousse un énorme gode en cristal dans ma vulve, profond, tellement profond. Je donne des coups de pied dans mes anneaux d'acier. Je me tortille et me contorsionne dans les draps de soie, envahie et frissonnante de plaisir, un plaisir dur et profond. Le gode en cristal est chaud. Comment font-ils cela ?

— Alexandra…

La fille m'appelle par mon prénom. Elle retire le gode et sa petite langue rose lèche mon clitoris, elle est très douée. Mon esprit s'envole, je regarde Marc dans les yeux, ses yeux bleus d'amoureux. La musique, cette musique. Y a-t-il deux femmes qui me lèchent ? Ce sont des langues de chat râpeuses, dures et douces. Elles sont trois maintenant. La troisième se voûte et mord mes tétons ; pareille à un chiot qui s'amuserait d'une balle, elle joue avec mon corps. Trois filles, l'une d'elles est nue. Et Marc. Droit dans ses bottes, parfaitement immobile, son plastron blanc et raide, le port altier. Il a retiré son chapeau. Je voudrais passer ma main dans ses boucles de jais. Il ne détache pas les yeux du spectacle que je lui offre, un regard plein d'amour, certes, mais de désir sauvage aussi. La puissance de la luxure pure. Il aime me voir. J'aime qu'il me voie, cela ne fait qu'augmenter mon plaisir. Je commence à geindre alors qu'une des filles me donne des coups chauds de gode. Elle chuchote et lèche mon clito, elle parle italien à mon clitoris, elle chante pour lui. La deuxième fille mordille silencieusement mes tétons, les tord avec application. Son parfum est délicieux, envoûtant. Je me tords et m'étire pour atteindre ses seins blancs délicieux et les embrasse. La troisième me met quelque chose à l'intérieur de l'anus, quelque chose de vibrant, de magnifique, jamais je n'aurais pu imaginer, jamais, que ce fût si beau. La musique continue de s'élever, de chanter, de vibrer, de trembler de plus en plus haut, de plus en plus fort.

— Tu es belle, me dit Marc. Tu es tellement belle.

Les fenêtres sont ouvertes. Je peux voir des étoiles, des centaines de milliers d'étoiles. La musique tambourine. La fille enfonce et ressort le godemiché avec plus de vigueur. Je suis étendue, affalée, vautrée, nue, jambes ouvertes, avec tous ces gens autour. Je voudrais être encore plus nue, encore plus remplie, encore plus emplie, encore. *Sanctus.* C'est chaud, c'est bon, il entre et sort, entre et sort, mon clitoris, mon cul, des baisers, mon sexe est léché et frotté et caressé et léché encore et maintenant je tremble, je tremble de plaisir. Je me noie, je suis le palazzo noyé. *Hosanna.* Profond dans moi, profond en moi. Je vois les étoiles. Il y a tellement d'étoiles. Marc est mon étoile. Je vais jouir. *Dominus.* L'orgasme arrive, le gode s'enfonce, la fille me lèche, l'autre mord mes tétons, l'orgasme est proche, si proche, tout proche.

— Marc!

Je sens sa main dans la mienne. Je suis prise de secousses.

— *Tesoro.*

L'orgasme tremble, il gronde, il est là. Les trois filles mordent, et lèchent, et enfoncent, et poussent. Enfin je jouis, dans un spasme immense. Un flot d'énergie s'échappe de moi, jaillit dans un cri. Je frémis. Pantelante, les filles me tiennent fermement, je suis comme possédée, le liquide coule de mon sexe dans un jet glorieux. Je rejette ma tête en arrière comme dans un délire, à l'agonie, crucifiée par ce pic de jouissance absolue.

Les couleurs se mettent à tournoyer dans ma tête. Je sais que tout ce que je veux, tout ce vers quoi j'aspire, c'est Marc. Marc, mon amour, mon amant, Marc sur moi, Marc en moi, Marc, Marc, Marc.

— Marc !

— Alexandra, *cara mia.*

J'ouvre mes yeux remplis de larmes. Il est là. Les filles détachent les menottes et il me soulève du lit. Je suis nue dans ses bras, à moitié évanouie, comme une femme que l'on sort des flammes. Marc m'emporte et nous sortons de la chambre.

Je murmure des larmes de remerciements, je me colle contre son torse, je lui suis tellement reconnaissante. Il me transporte, descend les escaliers. Il fend la foule des invités, sort du bâtiment et nous voici dans l'air chaud de la nuit.

Il me porte jusque sur le ponton, me soulève et me dépose dans le bateau. Je suis nue dans une gondole, allongée sur des coussins, endormie, rêveuse, jambes ouvertes, sans volonté, épuisée, mes bas blancs sur mes jambes tremblantes. À la fois j'ai honte et je me fiche de qui peut me voir. Je suis une femme blanche et nue dans un bateau noir flottant sur les eaux noires du canal de

Cannaregio dans la principauté des rêves obscurs et de la décadence.

Je sens la brise du soir caresser ma peau et pourtant je ne veux pas porter de vêtements. La gondole avance, dans un léger clapotis, et s'immobilise dans un étroit canal annexe. Une église très ancienne dresse son ombre au-dessus de nos têtes, comme un fantôme gris dans le clair de lune. Le gondolier s'en est allé. Marc se tient dans le bateau, au-dessus de moi. Il déboutonne sa braguette. J'écarte mes jambes frissonnantes et j'attrape son désir à pleines mains. Sa queue est incroyablement dure. Je me penche pour le sucer mais il me repousse et me force à m'allonger. Il ouvre mes cuisses avec ses mains et il me pénètre avidement, brutalement.

— Tu étais tellement belle.

Il m'embrasse.

— Belle à crever.

Il me baise. La gondole tangue plus fort, sur les vagues de la cité des Doges. Mes jambes et mes bas blancs en l'air. Les gens peuvent voir, je suis sûre qu'ils peuvent. Laissez-les donc regarder Marc Roscarrick me baiser. Encore et encore. Et encore. Ah.

29

Je n'ai pas eu le temps de comprendre ce qui m'était arrivé au quatrième mystère. Parce que dès le lendemain, à peine levés du lit pour admirer la vue du Grand Canal, on nous a annoncé l'arrivée de Jessica et de Giuseppe.

Marc et moi les avons rejoints pour le petit déjeuner, puis Marc m'a emportée dans un tourbillon de visites et de concerts, de cours d'architecture vénitienne gothique assortis d'excellents cocktails au Harry's Bar. Jessica et Giuseppe venaient parfois avec nous, mais la plupart du temps, nous partions explorer la ville en amoureux. Marc connaît Venise comme sa poche, il y allait souvent lorsqu'il était tout jeune homme. Pendant les vacances d'été, quand il était étudiant à l'université de Cambridge. Il revenait au Tyrol et faisait toujours un détour d'une semaine ou deux dans la cité des Doges. Je m'attendais à ce que Marc connaisse très bien Venise, parce que Marc connaît tout très bien. Je pense même qu'il ferait un bon guide pour la lune.

Nous commençons par aller aux Frari – Santa Maria Gloriosa dei Frari – dans le quartier de San Polo, tout à côté du Rialto. Je ne connaissais pas ce quartier, mais Marc a dit que c'était un lieu d'importance.

En voyant l'extérieur en briques rouges de ce bâtiment, j'ai dit que cela ne ressemblait pas à grand-chose. Mais une fois à l'intérieur... ah ! Il y a une *Assomption* de Titien, qui fait croire en Dieu. Marc me raconte que ce tableau a inspiré Richard Wagner pour ses *Maîtres chanteurs.* Il y a aussi une sculpture poignante d'Alessandro Vittoria représentant saint Jérôme dans sa vieillesse. Je regarde le vieillard au seuil de la mort. Je sais que la mort a à voir avec les mystères. Chaque culte est une petite mort en soi, ne dit-on pas cela aussi d'un orgasme ? *La petite mort.*

Pourquoi ai-je autant aimé le quatrième culte ? Était-ce le kykéon ? Pourquoi Marc me regardait-il alors que d'autres femmes me donnaient du plaisir ? Je ne suis pas lesbienne, mais ma sexualité est tellement plus complexe, variée, multiforme que je ne l'imaginais. Ces cultes m'apprennent des choses sur le sexe et sur ma sexualité mais ils sont aussi source d'autre chose. Une chose qui aurait un rapport avec l'amour de Dieu, la mort, l'infini. Je sens toute proche la clé du secret, comme un parfum délicieux nous rappelle on ne sait quoi. Je me souviens de ce vers de Pindare qui dit : « Heureux qui a vu les mystères d'Éleusis, avant d'être mis sous terre ! Il connaît les fins de la vie et le commencement donné de Dieu. »

Marc interrompt ma rêverie en me prenant par la main pour m'emmener à l'autre bout de cette grande église où résonne l'écho de nos pas. Il me montre la tombe de Canova. Un magnifique morceau de mélancolie mortuaire dessiné par l'artiste lui-même.

Mon petit ami, mon amour, mon amant, mon *Eccellenza* me regarde en souriant.

— Ça, dit-il avec un rire dans la voix et un regard d'un extrême sérieux, c'est ce qui a inspiré la pochette de l'album *Closer* de Joy Division.

— Joy Division ?

Je n'ai jamais entendu parler d'eux.

— Un groupe de rock anglais des années quatre-vingt. Le chanteur s'est suicidé…

Son visage se fait solennel. Il porte un costume en lin bleu marine, une chemise en popeline de coton et des chaussures d'un brun exquis, des souliers sur mesure, aucun doute, fermés élégamment sur le côté par une boucle. Marc dans toute sa splendeur. Il me caresse la joue avec tendresse et poursuit son récit.

— Tu te souviens, X, de cette musique pendant le culte ? Tu m'as demandé ce que c'était. Une des premières chansons était de Joy Division. L'album s'appelle *Atmosphere*. Il y a des trilles répétés de synthétiseur, une cascade de trilles. C'est probablement la musique rock la plus mystique qui soit. Je ne sais pas qui l'a choisie pour accompagner les mystères mais c'est une évidence.

— Du rock ? Ça ne ressemblait pas à du rock.

Il me caresse encore la joue, avec tellement de gentillesse et de douceur, je fonds. Il sourit.

— Dans la bande-son, il y avait aussi le *Requiem* de Duruflé. Et le *Kyrie*, plusieurs fois, le *Lux Aurumque* de Whitacre et *Blumenthal* d'Ulrich Schnauss. Et aussi probablement Led Zeppelin.

— Oui. J'avais reconnu Led Zeppelin.

Il m'embrasse dans le cou et fait quelques pas en arrière.

— Et voici le *Retable de Pesaro*.

Il m'entraîne vers l'abside de l'église.

— Henry James a dit : « Rien à Venise n'est plus parfait que cela. » Bien sûr, il n'avait pas fait ta connaissance, mon amour, si belle parmi les ombres des Frari.

Il porte ma main à ses lèvres et embrasse mes phalanges. Je l'attire vers moi et j'embrasse ses lèvres purpurines. Passionnément.

Nous repartons. Nous visitons la Scuola Grande di San Rocco. Puis une gondole nous transporte vers la Ca' d'Oro, le célèbre palais doré où l'on a cette vue imprenable sur le Grand Canal. Nous allons admirer le *Martyre de saint Sébastien* de Mantegna. Au coin inférieur droit du tableau, Marc me montre l'inscription qui restera à jamais gravée dans ma mémoire : « Seul Dieu perdure, le reste n'est que fumée. »

Et je suis touchée à l'extrême par une toute petite sculpture, pas même signée, dans un recoin au rez-de-chaussée. Une sculpture ignorée par tous ceux qui se pressent et se bousculent pour admirer la vue du Grand Canal. Je reste longtemps à la regarder. Elle représente un centaure et Achille, et me fait penser à Marc et moi. Quand il m'a portée hors du Casino degli Spiriti, nue et vulnérable, Alex du quatrième degré. J'étais le petit garçon et il était le centaure.

Les jours se passent dans une merveilleuse rêverie. Le palais des Doges. Les Titien, les Tintoret de Santa Maria della Salute. *La Tempête* de Giorgione. Les fresques de Véronèse. Nous visitons aussi le musée Guggenheim avec ses Brancusi et ses Pollock. Cette villa de marbre blanc habitée par Peggy Guggenheim et transformée en musée à sa mort se situe juste à côté du palazzo Dario, où nous séjournons. Alors nous marchons vite et retournons à notre chambre pour faire l'amour sauvagement avant le déjeuner. Nous traversons les petits ponts de Dorsoduro, le jardin privé du palais avec ses citronniers, nous grimpons les marches du grand escalier daté du seizième siècle et nous arrachons nos vêtements. Nous tombons en riant sur le lit. Les grandes fenêtres de la chambre donnent sur le canal. Marc se dresse sur moi, mon seigneur, il me jette sur le dos et me possède. Je suis sienne. Il me retourne, il est dur et encore plus dur à l'intérieur de moi. Il me prend par-derrière, brutalement, me tire les cheveux, sauvagement, et je crie de douleur et c'est si bon pourtant ! Je me cabre et je jouis, encore, et encore, et encore. Je suis prise de convulsions, en feu, un brasier dans mon ventre, je me noie dans les oreillers, ruisselante de cette sueur d'après l'orgasme, comme absente, écoutant les battements de mon cœur qui cogne dans ma poitrine du plus fort qu'il peut, écoutant les vaporetti qui remontent le Grand Canal.

Le dernier jour à Venise, Marc demande au chauffeur du bateau-taxi de nous emmener de l'autre côté de la lagune grise et torpide, sur l'île de Torcello.

C'est une île verte, triste et solitaire où les premiers Vénitiens accostèrent au début du Moyen Âge. Il n'y a pas grand-chose à voir, beaucoup de pierres fendues, de graviers et de gravillons, quelques églises esseulées et un ou deux restaurants chics. Pourquoi Marc nous a-t-il amenés ici ? Il fait une chaleur accablante. Les énormes moustiques qui s'attaquent à ma chair me rendent irritable.

Nous entrons dans l'ancienne cathédrale de Torcello où règne une fraîcheur merveilleuse. Marc me montre les mosaïques. L'une d'elles date du douzième siècle et représente la Madonna Teotoca – la Vierge à l'Enfant. Une larme d'argent d'une tristesse infinie coule le long de son visage. C'est la chose la plus touchante qui soit. Une pleureuse. Une fois encore, je repense aux cultes à mystères. Tout m'y ramène. La vérité, la vérité sombre et glacée se rapproche, je le sens. La catabase. La révélation finale. J'ai peur et pourtant je suis acculée. Je ne peux pas aller plus loin. Mais je le dois et je le ferai.

Il n'y a pas grand-chose d'autre à faire sur l'île de Torcello. Nous nous promenons parmi les ruines d'une cité déserte, je regarde le vieux trône d'Attila dressé au centre de la piazza. Nous buvons un Martini hors de prix dans un petit café-restaurant. Puis nous achetons une bouteille de prosecco bien frais au bar et nous nous asseyons sur l'herbe pour la boire. Je regarde danser les bulles dans ma flûte. Les yachts blancs descendent le canal de Torcello vieux de mille ans. Nous nous allongeons sur la pelouse et nous endormons à l'ombre d'un oranger dans les bras l'un de l'autre. *Perfetto.*

Ce soir-là, Marc et moi buvons des verres à la terrasse du Florian. C'est un endroit très touristique. Marc m'assure que tout le monde à Venise est un touriste, même les Vénitiens. Nous jouons aux riches touristes qui jouent les riches touristes. La chaleur du soir descend sur la plus belle salle de réception d'Europe, la place Saint-Marc avec ses pigeons, son campanile, le sublime palais des Doges et le quadrige de chevaux s'ébrouant sur le toit de la basilique.

Marc sirote son verre et me regarde. Nous parlons du cinquième culte. Il m'avoue n'être pas certain de vouloir que j'aille jusqu'au bout.

— X, je n'ai jamais vu le cinquième. Pas celui des femmes en tout cas. J'ai entendu des choses. Il paraît qu'il est dérangeant, difficile. Es-tu sûre et certaine de vouloir le faire ?

— Si je ne le fais pas, alors je te perdrai. À la fin de l'été. Dans un mois.

Il acquiesce avec gravité. Je secoue la tête. Je sens la colère monter en moi.

— Marc, c'est absurde. Je ne peux pas te perdre.

— Aucune loi ne t'oblige à continuer.

— Il n'y a peut-être pas de loi, mais…

Je le regarde, si naturellement beau et séduisant dans ce décor vénitien.

Devrais-je lui avouer le fond de ma pensée ?

Que je suis maintenant comme Françoise, accro aux cultes à mystères ? Qu'ils me changent, me libèrent le corps et l'âme ? Qu'ils me bouleversent sexuellement d'une manière inexplicable et irrésistible ? Même si je n'avais pas peur de le perdre, je voudrais aller jusqu'au cinquième.

— Marc, je vais faire le cinquième, c'est décidé.

Il s'étire et se met à rire.

— Tu sais, si j'étais vulgaire, je dirais que tu es têtue comme une mule.

Je le regarde droit dans les yeux.

— *Vacca tua, Celenza.*

C'est *ta* mule, Excellence.

Il rit à nouveau et secoue la tête. Puis il se penche, prend ma main et y dépose un baiser.

— Alexandra, je me considère comme un homme qui possède déjà beaucoup de choses, mais là, je suis très, très flatté.

Nous buvons jusqu'à être un peu ivres. Nous parlons d'art, de sexe et de la vie à la vénitienne. Je bois une gorgée de mon Bellini et je me lance. La question me brûle les lèvres depuis trop longtemps.

— Marc… Est-ce que tu voudrais bien me parler de ta femme ?

Il marque un temps et un éclair de douleur traverse son regard. Toujours cette angoisse qui contracte ses traits, cette tristesse intérieure, je dois en connaître la cause.

— X…

— Je voudrais vraiment savoir, Marc. Tu fais souvent allusion à elle. Je sais qu'elle est morte. Dis-moi ce qui s'est passé.

Il plonge le nez dans son Bellini, soupire et hoche la tête.

— Elle s'appelait Serena. Elle était très jeune, très intelligente, très fragile et très belle.

Il me regarde, un sourire au coin des lèvres.

— Elle était la deuxième plus charmante femme que j'aie jamais rencontrée.

Les pigeons s'envolent à tire-d'aile, effrayés par un enfant qui les poursuit de ses cris. Le campanile scintille dans le soleil couchant.

— Peut-être que j'aurais dû me méfier.

Marc joue avec son verre plus qu'il ne boit, l'incline, le penche.

— Pourquoi ?

— Je savais qu'elle venait du milieu. Sa famille était une des plus puissantes de la Camorra, les Forcella. Ils faisaient un fric fou, et ils avaient un réseau important, le père disait qu'il était exportateur de marbre.

Il éclate d'un rire mauvais, amer.

— Mais personne ne fait des milliards avec du marbre.

— C'était un vrai mafieux ?

— Un vrai de vrai.

— Et ?...

— Ça n'était pas que le père, le problème. La mère de Serena elle aussi venait d'une famille de *camorristi*. Elle était morte jeune, peut-être à cause d'une vendetta, je n'ai jamais su, elle a laissé à Serena un héritage colossal.

Il marque un temps.

— Serena a dû se construire avec ça, le crime, la mort et l'argent. Beaucoup trop d'argent et beaucoup trop de culpabilité pour une jeune fille. La mort de sa mère alliée aux infamies commises par son père formait la combinaison parfaite pour la fragiliser au maximum.

— Mais comment ? Je veux dire, en quoi était-elle fragile ? Qu'est-ce qu'elle faisait ?

Marc hausse les épaules, à la fois dédaigneux et mélancolique.

— Oh, rien de bien original, *carissima*, le sexe et la drogue. Elle prenait de l'héroïne, de la cocaïne, du crack, elle aimait le sexe quand il devient dangereux et qu'il fait mal. Elle avait été initiée aux mystères avant moi. À dix-sept ans.

— Trop jeune.

— Beaucoup trop jeune.

La vérité me frappe.

— C'est elle qui t'a initié aux cultes ?

— Oui.

— Quel âge avais-tu ?

— J'avais vingt ans. À peine sorti de l'enfance. Elle en avait dix-huit. Je l'ai rencontrée à une fête, à Pausilippe. On est tombés amoureux à l'instant même, elle était si douce, si fragile, si cultivée. Et perdue. Je voulais la protéger, la sauver. Elle était adorable, tellement mignonne. Eh oui, j'ai été initié aux cultes pour elle. Ils étaient aussi incroyables qu'elle me l'avait annoncé. Ils vous transformaient pour toujours.

Il détourne le regard vers les dômes et les ogives du palais des Doges dans le ciel rosissant. La beauté de cette ville est à se damner.

— Nous avons décidé de nous marier. Contre l'avis de tous. Ils haïssaient l'idée d'une pareille alliance. La famille de Serena était la plus farouchement opposée à ce projet car ils voulaient qu'elle épouse un homme du clan Camorra. Pas un aristo anglo-italien de Chiaia. Ils pensaient aussi que les Roscarrick étant ruinés, nous en voulions à leur argent.

Ses yeux bleu acier croisent les miens.

— Nous ne l'étions pas. Je ne voulais pas un sou d'elle, je la voulais, elle. Elle, sans drogue et sans alcool…

— Et ta famille ?

— Ma mère était farouchement contre parce que Serena était de Forcella. Vraiment pas recommandable. Ma mère souhaitait que son fils unique, l'héritier du nom des Roscarrick, épouse une jeune femme au sang bleu. Idéalement, venue d'Angleterre, de France ou même des États-Unis. Quelqu'un de riche mais qui ne tirerait pas son argent du crime, de la contrebande ou de la revente d'héroïne chinoise.

— Et ton père ?

— Bizarrement, mon père était celui que ça dérangeait le moins. Grâce à son flegme britannique, peut-être. Je crois qu'il avait compris le charme de Serena, sa douceur, son côté petit chat écorché. Mon père était un homme faible, c'était ma mère qui tenait les rênes de la famille, enfin bref…

— Tu t'es marié.

— Oui, nous nous sommes mariés. Ce fut une cérémonie courte et furtive et pour tout dire, un peu triste. Nous étions fous amoureux. Mais en l'espace de quelques mois…

Il s'arrête. Bois une gorgée de son Bellini et repose son verre, les yeux dans le vide.

— Et en l'espace de quelques mois…

— Quoi ? Qu'est-ce qui s'est passé ?

— Serena est encore plus sortie des rails. Elle pensait que je la trompais, elle devenait complètement parano. Elle allait à des soirées où elle buvait jusqu'à perdre connaissance. Elle est devenue vraiment héroïnomane. Elle rentrait à six heures du matin, dans un état lamentable, complètement défoncée. Elle hurlait des insultes, parlait de son père le grand méchant, le gangster, le mafieux. Elle criait sur tous les toits qu'il était un assassin, donnait des noms. Elle commençait à avoir très mauvaise réputation dans les journaux. Elle refusait de se taire. Et puis un jour, on m'a appelé. Accident de voiture.

J'observe les yeux de mon amour, des yeux d'un bleu viré féroce, et sceptique.

— Un accident dans les collines de Capua. Elle était allée retrouver un dealer. Dieu seul sait pourquoi, *dolcezza*.

— Qu'est-ce que tu veux dire ?

— Il y a assez d'héroïne à Scampia pour fournir la moitié de l'humanité. Il y a plus de came à Naples que n'importe où dans le monde. Pourtant elle est partie pour Capua. Elle a visé juste, parce qu'à minuit, sur l'une de ces collines, les freins ont lâché. Ils n'ont tout simplement pas répondu, sans que personne ne puisse me donner une raison valable. Elle est passée par-dessus le parapet.

Un petit orchestre a commencé à jouer, de l'autre côté de la place Saint-Marc. La musique est joyeuse, jubilatoire, c'est celle d'un opéra-bouffe. Exactement le genre de musique qui ne colle pas avec le récit sombre de Marc. Je vois bien où il veut en venir. Je bois une gorgée de mon Bellini et j'attends un peu avant de lui demander.

— Tu penses que ça n'était pas un accident ?

Il reste sans réaction, du moins sans réaction visible. Mais dans l'abîme de ses yeux je vois poindre la douleur.

— Je suis presque sûr que c'était un assassinat. J'ai fait analyser la carcasse de la voiture à plusieurs reprises, par les gens les plus qualifiés de Turin. Tous m'ont répondu la même chose : il n'y avait aucune raison pour que les freins lâchent. Les freins étaient en parfait état. La voiture était neuve. C'était une Alfa, un petit bolide, que sa famille venait de lui offrir. Et elle n'allait même pas vite, elle roulait à trente kilomètres à l'heure. Elle n'avait pas encore pris de drogue puisqu'on a retrouvé l'intégralité de sa came dans son sac et, une fois n'est pas coutume, elle n'était pas soûle non plus. Les analyses *post mortem* étaient formelles.

— Alors qui l'a tuée ?

— Probablement son père. C'est pourquoi la police n'a pas fait d'enquête à proprement parler. Il était trop puissant. Intouchable.

La musique s'arrête et laisse planer un silence odieux. Les mots me manquent.

— Mais pourquoi ? Pourquoi est-ce qu'un père ferait ça à sa propre fille ?

— Parce qu'elle parlait trop, parce qu'elle était défoncée, ivre morte en permanence et de fait incontrôlable.

— Mais sa propre fille !

— Il avait six enfants, il pouvait se permettre de perdre une fille.

Marc pousse un long soupir, passe sa main dans ses boucles de jais et termine son verre.

— X, je n'en suis pas sûr et certain. Peut-être que je me plante complètement, peut-être qu'un autre de la Camorra l'a tuée, peut-être que c'était vraiment un accident, mais je ne peux pas m'empêcher de penser que c'est quelqu'un de sa famille qui l'a assassinée. Son père avait une influence néfaste et c'était un tueur redoutable. Il est la Camorra à lui tout seul.

— C'est pour ça que tu les détestes tant ?

— C'est une des raisons. Quand j'ai hérité de Serena, j'ai décidé de faire bon usage de son argent. J'ai démarré un business en Campanie et en Calabre, quelque chose de réglo mais de profitable aussi, pour leur montrer qu'on pouvait le faire, qu'on pouvait battre les mafias sur leur terrain, la Camorra comme la 'Ndrangheta.

Je commence à comprendre et je lui prends la main.

— Marc…

— La mort de Serena a tué mon père, ajoute-t-il presque incidemment. Il aimait énormément Serena, elle était drôle et très attachante, malgré tous ses défauts.

Quelques mois après sa mort, mon père a eu une crise cardiaque.

Marc retire brutalement sa main de la mienne.

— Et voilà, maintenant tu sais tout.

— Pourquoi tu ne m'as jamais raconté ça avant ?

— Ça n'est pas tellement une histoire dont je me glorifie, X. Et puis, en fait, je n'ai aucune preuve. Aucune preuve que la femme que j'aimais s'est fait descendre par la Camorra en général ou par son père en particulier. Ce ne sont que des suppositions, des jeux de masques. Et nous y sommes, au cœur de la cité des masques.

Il rejette la tête en arrière. Son expression est grave et j'ai envie de l'embrasser. Les chevaux du quadrige soulèvent la poussière imaginaire de leurs sabots. Je suis en paix. Maintenant, je connais son histoire même si elle est terrible, mes derniers doutes sont apaisés.

Le jour suivant, nous prenons l'avion pour Naples car Marc a des affaires qui l'attendent. Il a affrété un jet privé car les vols réguliers étaient complets. Jessica et moi traversons le tarmac pour monter dans l'avion. Je suis comme une petite fille surexcitée, je n'ai jamais pris de jet privé. Jessica, en revanche, est plutôt atone. À Venise, elle n'a pas cessé de rire et de faire la folle, apparemment toquée de Giuseppe. Là, elle est muette comme une carpe.

Pourquoi ?

Nous montons à bord. Alors que Giuseppe et Marc parlent affaires à l'avant de l'avion, Jessica me touche le bras et me fait un signe de tête pour dire qu'elle veut me parler en privé. Nous nous calons dans nos sièges et l'avion décolle. Les moteurs sont bruyants. Personne ne peut nous entendre. Giuseppe et Marc sont tout à leur conversation.

— Qu'est-ce qu'il y a, Jess ?

— Giuseppe a trop bu hier soir et dans sa soûlerie, il a dit quelque chose.

— Quoi ?

— Il était vraiment ivre mort, X. Cramé des quatre pattes. Il ne boit pas autant d'habitude. Je crois que j'ai une mauvaise influence sur lui.

— OK…

— Et ensuite il a gaffé, enfin… il était à peine conscient de ce qu'il disait et je pense que ce matin il ne s'en souvient plus.

Le visage de mon amie est sérieux, et je l'ai rarement vue ainsi.

— Et qu'est-ce qu'il a dit ?

— Tu savais qu'il y avait un sixième culte à mystères ?

— Quoi ?

Jessica acquiesce et regarde en direction des deux amis qui discutent et rigolent sans faire attention à nous.

— Il y a un sixième mystère. Et tout ce que je sais, c'est que c'est un énorme secret très effrayant et très dangereux.

Je suis effondrée. Moi qui croyais, depuis ses révélations du Florian, que Marc m'avait tout dit. Je repars à zéro. Je suis à nouveau envahie par le doute. Pourquoi Marc ne m'a-t-il pas parlé de ce sixième culte ? Pourquoi est-ce qu'il continue à me mentir ?

30

— Il continue à nier qu'il existe un sixième mystère?

— Oui.

— Hummm…

Jess et moi sommes dans mon appartement de Santa Lucia. Je porte ma nouvelle microrobe Alexander McQueen. Elle est rose et noir et a coûté une petite fortune. Je ne porte pas de sous-vêtements puisque tels sont les ordres. Je commence à avoir l'habitude de porter de la haute couture sans culotte. Mais je ne m'habitue pas au mystère qui entoure les mystères.

Ce soir sera le cinquième. Je pensais que le cinquième était le dernier, mais Jessica a fait germer le doute dans mon esprit. Deux fois, j'ai demandé à Marc des explications. Il y a deux semaines, lorsque nous avons atterri à Naples, et sa réponse fut catégorique, presque solennelle.

— Il n'y a pas de sixième culte.

Je lui ai reposé la question deux jours plus tard et il a nié encore plus vigoureusement.

Depuis ce jour, j'ai remarqué une froideur, une distance entre lui et Giuseppe. Avant ils étaient très joviaux, deux vieux copains, presque deux frères, et maintenant je sens comme un mécontentement dès que Giuseppe est là où simplement à l'évocation de son nom.

Jess et moi en avons beaucoup parlé.

— Aïe, dit-elle en guise de conclusion. Qu'est-ce qu'on peut y faire, X ? Tu verras bien assez tôt de quoi il retourne. Mais sois prudente, ma poulette, promets-moi d'être vraiment prudente.

Elle recule d'un pas et m'admire de l'œil d'une mère qui approuve la robe de mariée de sa fille.

— Tu es ravissante. À tomber ! Tu vas filer à cette vieille bique de Dionysos un arrêt cardiaque.

Je ris, mais j'ai le ventre retourné. Je suis pétrie d'angoisse. Le cinquième mystère. La catabase. J'ai véritablement peur. Jessica me prend la main et la porte à son cœur.

— Tu es sûre et certaine que tu veux le faire, X ? Tu peux arrêter, tu sais. Là, tout de suite.

Ses gentils yeux bruns croisent les miens qui sont emplis de larmes.

— X, on peut aller chez Benito boire du Peroni et manger une bonne margarita en prétendant que rien de tout cela n'a jamais existé.

Sur le moment, je serais presque tentée. Chasser cette histoire d'un revers de la main, se dire que l'été qui vient de s'écouler n'était qu'un rêve. Un rêve étrange et pénétrant commencé il y a quatre mois quand j'ai croisé le chemin de Marc au Caffè Gambrinus.

Mais cela impliquerait que Marc ne fasse plus partie de ma vie et c'est une chose impossible, impensable, une abomination. Il est cousu sous ma peau. Si j'efface cet été, j'efface les cultes à mystères et tout ce que j'ai découvert grâce à eux. J'adore la manière dont ces initiations m'ont transformée.

Je suis devenue une personne plus ouverte, plus confiante, plus aventurière, plus sérieuse dans le jeu.

Jessica serre ma main.

— Ouais, c'est bien ce que je pensais, on n'ira pas manger des margaritas ce soir.

Dehors, j'entends une voiture klaxonner.

C'est Giuseppe dans la Mercedes gris métallisé qui a failli être ma Mercedes, soit dit en passant. Lorsque je le rejoins, il ouvre la portière sans un mot et me conduit jusqu'à une ruelle étroite du vieux Naples, via dei Tribunali. Il se gare devant une église. La Chiesa di Santa Maria delle Anime del Purgatorio ad Arco. Sainte-Marie des âmes au Purgatoire. Je suis déjà passée devant cette église baroque et je l'ai souvent observée. Mais je n'avais jamais eu le courage d'y entrer, à cause de sa réputation macabre.

De l'extérieur elle est déjà assez effrayante. Giuseppe pousse la porte. Je fais attention à ne pas glisser sur la pierre polie avec mes hauts talons. Trois crânes de bronze sur des piliers en pierre m'accueillent. Je retiens un frisson.

— *Grazie*, Giuseppe.

Il hoche la tête avec grâce, mais je sens toujours cette espèce de gêne, de contrition dans son attitude.

Est-ce parce qu'il a honte d'avoir menti, ou honte d'avoir trahi ? Je sais que je ne vais pas découvrir cela maintenant. Giuseppe retourne à la voiture et la Mercedes rugit, objet d'admiration pour les jeunes avachis sur leurs Vespas et de convoitise pour le marchand du kiosque à journaux qui vend ses *Oggi* et *Gente*.

Je maîtrise ma peur, je gravis les quelques marches usées par les pas et les années et je pousse la porte. Une petite foule attend à l'intérieur, Marc est là, il porte un costume très élégant et fronce les sourcils. Il a presque l'air contrarié. Cela n'aide pas à me rassurer.

— *Buona sera*, X.

Il dépose un baiser sur mon front. Je me retourne et je vois que Françoise, accompagnée de Daniel, son *amant*, est aussi de la partie. Donc, elle fera le cinquième à Naples. Cela me réconforte, d'une certaine manière. Françoise et moi nous sourions comme pour nous encourager mutuellement. Néanmoins, je peux lire de l'inquiétude dans ses yeux.

Le temps presse. Déjà on nous guide vers des escaliers. Je sais où ces escaliers mènent. La peur me gagne. Au cours de mes recherches, j'ai eu le temps de me documenter sur l'hypogée, la crypte terrible et effrayante de Santa Maria delle Anime del Purgatorio – là où l'on vouait l'ancien culte napolitain des crânes. Les marches sont hautes et inégales. Je souffle de soulagement lorsque nous atteignons le sous-sol. Mais alors, je regarde autour de moi, et je frémis.

La pièce est entièrement recouverte de niches, de cercueils et de boîtes en verre qui contiennent des cages thoraciques, des crânes et des ossements humains. Certains crânes sont ornés de colliers de perles, à d'autres on a mis des bougies, à l'intérieur, de sorte que les flammes éclairent les orbites béants des yeux.

Le culte des crânes a été aboli par l'Église catholique dans les années soixante, mais ici il est toujours en vigueur. Des habitants de Naples, jeunes et vieux confondus, viennent prier et adorer leur crâne préféré, font des offrandes aux squelettes, allument des cierges devant des fémurs et des tibias pour demander chance, argent, fertilité, guérison de maladies ou simplement parce que cet endroit est tellement hideusement, intensément impressionnant…

— Ça va X?

Marc pose une main rassurante sur mon épaule. Je mens et je réponds que oui.

— Nous allons descendre maintenant.

Je suis son regard et je vois que notre guide, un petit vieillard au dos voûté, soulève une trappe.

Nous allons descendre de la crypte de Santa Maria vers les catacombes de Naples, le fameux souterrain appelé Napoli Sotterranea.

La cité est construite sur une roche calcaire qui s'excave très facilement. Les habitants ont creusé des tunnels et des caves dans tous les sens et ce, depuis des milliers d'années. Il y a probablement une plus grande Naples sous Naples. La ville est assise sur un miroir d'elle-même, une sorte de cité renversée, comme une église se reflétant dans un canal vénitien.

Le guide a ouvert grand la trappe. Il se tourne vers l'assemblée.

« *Il cammino è piuttosto lungo. Potrebbe essere necessario strisciare.* »

C'est un long chemin. Nous devrons peut-être parfois ramper.

Je prends une grande inspiration et je laisse Marc me guider pour descendre ces marches obscures.

— *Grazie.*

Nous marchons. Nous nous pressons les uns contre les autres, derrière la torche du guide, à tâtons, à travers le

Sotterraneo et ses centaines de kilomètres de citernes humides, ses chapelles secrètes, ses vieilles maisons de passe, ses théâtres romains enfouis et vermoulus et ses oubliettes datant du temps des Bourbons.

Nous passons devant des temples dédiés aux cultes à mystères, transformés en entrepôts par les contrebandiers de la Camorra. Ils y gardent alcools, drogue, cigarettes, armes. La plupart des cultes à mystères avaient lieu dans des endroits secrets et souterrains. De fait, ils côtoyaient les trafics de la Mafia. Le parallèle n'est pas stupide.

L'air est de plus en plus vicié, humide, moisi, nauséabond. Je commence à réfléchir. À relier les informations les unes aux autres. Comme si je cherchais une ressemblance entre un enfant et son trisaïeul.

« *Ci siamo quasi.* »

Nous y sommes presque.

Encore un de ces tunnels étroits serpentant près d'une large citerne, construite, me dit Marc, par les Grecs de l'Antiquité. Marc utilise la lampe torche de son téléphone portable. Il la dirige vers la citerne pour que je puisse la voir. Elle est vide de toute eau. Énorme. Je regarde avec stupeur les arches du plafond pierreux qui l'abrite, haut de plus de cent mètres. C'est comme observer les vestiges d'une race éteinte depuis longtemps et qui était beaucoup plus avancée que nous.

« *Avanti.* »

Ne nous arrêtons pas.

L'air est chaud et entêtant. Pourtant il me faudra boire le kykéon. Y en aura-t-il ? J'espère que oui. J'espère que non.

Notre chemin se poursuit, les couloirs sont de plus en plus étroits, lugubres, douteux. La pierre est nue, humide. L'odeur de moisi, le remugle nous prend à la gorge.

— Plus que quelques minutes, *carissima.*

Marc entoure mes épaules de ses bras réconfortants, mais cela ne suffit pas à apaiser mes craintes. Nous sommes descendus si profond sous la terre, si loin dans les tunnels oubliés du Napoli Sotterraneo. Heureux qui a vu les mystères d'Éleusis, avant d'être mis sous terre...

« Là ! » dit le guide en anglais. Devant nous, je vois des lumières et des lanternes bleues et de faible intensité. Le tunnel s'ouvre sur une série de larges voûtes éclairées par des torches et des petites lumières bleues poétiques qui font penser à des lucioles.

Beaucoup de gens sont déjà là, ils boivent du vin et discutent, mais l'atmosphère qui se dégage de leur assemblée est très différente de celle des cultes précédents. Une tristesse, une langueur insidieuse. La musique est très simple, c'est une musique d'église classique, des chants grégoriens ou quelque chose d'encore plus ancien, je ne saurais le dire.

Marc a l'air préoccupé, ses sourcils sont plus froncés que d'habitude, c'est moi qui lui serre la main pour le réconforter. Il me rend un sourire forcé.

Nous sommes entraînés vers l'une des voûtes les plus basses. Le plafond se courbe et forme un arc, comme l'intérieur d'un avion mais en pierre vermoulue. Des gradins étroits taillés dans le roc sont alignés autour. Les gens se tiennent serrés les uns contre les autres. Tous regardent vers le bas.

Des torches aux flammes immenses brûlent et éclairent l'autre moitié de la voûte. Elles s'agitent et font danser les reliefs des murs ornés de décorations macabres. Ces fresques doivent remonter aux premiers cultes, au quatrième ou au troisième siècle avant Jésus-Christ.

De manière assez primitive et pourtant précise, les frises en pierre représentent des hommes soumis à la torture. L'un d'eux se fait trancher la gorge, l'autre se fait sodomiser, un troisième est poignardé dans le dos. L'homme grimace et du sang lui sort par la bouche.

Je me souviens de la cicatrice sur l'épaule de Marc. Voilà un mystère de plus de résolu. Les incisions au couteau sur sa peau sont le symbole de son initiation aux mystères, comme le tatouage pour moi.

Dans l'obscurité, j'attrape la main de mon amour, elle est moite de transpiration. Jamais je ne l'ai vu aussi tendu et inquiet. Son agitation accentue mon angoisse. Que va-t-il se passer ?

La musique s'élève et atteint une intensité particulière, des chœurs de voix atones, sans aucun artifice, des lamentations, des gémissements presque discordants. Mais elle habite l'espace entier. Je me demande même si le chœur n'est pas dans une voûte parallèle voisine. Il y a tant de caves, de voûtes et de temples dionysiens enterrés ici depuis la nuit des temps.

— Bois, me dit une vestale en me tendant une coupe.

Elle ne porte pas la robe blanche habituelle mais une tunique noire.

Je cherche le regard de Marc pour qu'il me soutienne, ou me conseille. Il a déjà attrapé la coupe qui lui était tendue et l'a vidée d'un trait. Il la repose avec dédain et s'essuie la bouche du revers de la main. Il y a quelque chose d'étrange dans son attitude, il n'est plus le gracieux, l'aristocrate, le prince Marc mais un homme où l'on sent poindre la colère, la hargne.

— Ça va Marc ?

Il rejette ma question d'un vague signe de la main.

— Regarde, *cara mia*. Pour le moment tu dois simplement regarder.

Je me retourne et j'obéis. Une femme a été choisie dans la foule. C'est Françoise. Il y a trois ou quatre autres filles dans l'assemblée que je reconnais pour être mes sœurs initiées. Mais ils ont choisi Françoise en premier.

Nous nous tenons tous sur les gradins de pierre de chaque côté de cette pièce voûtée. Françoise baisse la tête en signe de soumission et marche lentement à leur suite. Elle porte une robe noire. Elle descend quelques marches en pierre. J'aperçois maintenant le mur du fond sur lequel il y a une grande peinture primitive représentant un soldat grec ou romain égorgeant un taureau. Le soldat enfonce un large couteau dans la trachée de l'animal terrifié qui pisse le sang. Le triomphe de l'homme sur l'animal ? De la cruauté sur la gentillesse ?

Devant cette horrible représentation se tient un homme d'âge mûr. Il soulève une cloche d'argent, la fait tinter, puis il s'adresse à Françoise en anglais.

— Acceptes-tu de te soumettre au cinquième mystère ?

Elle répond, hésitante :

— J'accepte.

— Alors, le premier rituel peut commencer. À genoux !

Elle s'agenouille. Il ordonne.

— Prie Mithras !

Elle joint les mains, tremblante, et s'incline devant le mur, face à l'homme qui tue le taureau. Le maître des mystères fait de nouveau retentir sa cloche. Françoise se tourne vers lui et attend ses ordres.

— Maintenant allonge-toi sur le dos.

La liqueur qu'ils nous ont fait boire commence à faire effet. Mais pas à la manière du kykéon du quatrième culte. Ce breuvage est un coup de matraque, et je me sens ivre au sens d'empoisonnée, intoxiquée. Je suis prise d'une envie de me battre, des idées de violence me traversent. Il me rend mauvaise.

Je me tourne vers Marc et je vois à la flamme bleue qui s'est allumée dans ses yeux qu'il ressent la même chose que moi, je l'entends grincer des dents. Comme un homme qui se retiendrait de faire le mal.

— Tu dois te donner à Mithras et Dionysos. Soulève ta robe!

Françoise est allongée sur un tapis ottoman sublimement ouvragé. Elle ferme les yeux. Sa tension et sa peur sont palpables. Obéissante, elle soulève sa robe, exposant ses cuisses d'albâtre et son sexe à la vue de tous. Les vestales noires s'avancent, s'agenouillent et commencent à l'exciter avec ces grands godemichés en cristal chauds. Je vois que Françoise répond à leur stimulation même si elle tente de résister. Ses paupières sont scellées de toutes ses force. Sur la terrasse, Daniel assiste à la scène, je n'arrive pas à déchiffrer son expression.

La musique atteint une intensité sombre. C'est le plus religieux de tous les cultes jusqu'à présent. J'entends des phrases en grec et en latin s'élever dans l'air saturé de fumée et d'encens. Dionysion, Bakkheia, Skiereia, Apatouria. Je tiens la main de mon amour pour me donner du courage.

Je ne sens plus mes jambes, je vacille, j'ai l'impression que je vais m'évanouir et tomber de la terrasse de pierre. L'émotion est trop forte. Astydromia, Theoinia, Lênaia, Dionysion. Les tambours font tout vibrer autour d'eux. Une sorte de lyre atteint son apogée, les voix se joignent à elle. L'air de la chambre voûtée est épais et nous étouffe.

Un homme s'avance. Il est grand, barbu et porte un loup. Il défait sa braguette. Il est en érection. Les vestales glissent un préservatif sur son sexe tendu. Il s'approche de Françoise, puis s'agenouille et la pénètre. Il s'accouple à elle. C'est le seul mot qui me vienne. Si par le passé, les cultes ont été sexuels, sublimes dans leur érotisme, ça n'a plus rien à voir. C'est sérieux, effrayant, brutal et odieusement symbolique. La femme est accouplée au dieu masqué, son partenaire doit l'accepter. Tous doivent se soumettre. Et je suis terrifiée.

L'homme masqué a terminé. Il se retire et les vestales s'avancent. Elles relèvent Françoise. Je vois l'effarement dans ses yeux, elle détourne la tête, les mains toujours jointes comme si elle ne pouvait plus les détacher, elle est hagarde.

Et ce n'est que le premier rituel de la catabase ?

Françoise tremble de tout son corps. Daniel descend de la terrasse et entoure de ses bras les frêles épaules de son amante, puis il l'emporte dans un coin sombre.

— Toi !

L'homme à la cloche d'argent pointe le doigt dans ma direction.

Je ne vais pas faire ce truc. Je refuse. Et pourtant, il le faut. Pour être avec Marc. Je cherche les yeux de mon amant mais il secoue la tête, les yeux rivés sur ses chaussures.

— Tu peux encore tout arrêter. C'est ta dernière chance pour arrêter.

— Je ne peux pas. Je ne peux pas te perdre. Je t'aime.

À la fois perdue et décidée, je m'avance. J'obéis au maître des mystères. Je descends les escaliers de pierre, comme un automate, je marche le long de la chambre voûtée. La cloche résonne. On me demande si j'accepte de me soumettre.

— Oui, j'accepte.

L'homme ordonne.

— À genoux!

Je m'agenouille devant le mur peint. Je fixe le soldat des temps antiques égorgeant l'antique taureau et l'éjaculation de ce sang rouge séché par les années.

La cloche résonne.

Tourne-toi et allonge-toi.

Je serre les poings.

Chaque once de mon âme crie. *Non, non, ne le fais pas. Désobéis. Va-t'en, cours, vole, fuis! Ce que tu t'apprêtes à faire est MAL.*

Mais les mystères ont entaché mon esprit et je m'allonge.

— Soulève ta robe!

Je suis allongée et je relève le tissu de ma jupe, je suis nue en dessous, les vestales s'affairent et se mettent à me caresser. Je serre les poings.

Je regarde à travers la fumée et l'obscurité à la recherche de Marc, mais il a détourné son visage.

Un homme s'approche, dans les flammes qui dansent, il est plus jeune que le précédent, une vingtaine d'années, il a une petite cicatrice sur le menton, c'est tout ce que je peux voir de lui car il porte également un masque.

Il est en érection. Il va me pénétrer. Je ferme les yeux et j'attends qu'il me prenne. Car je vais être prise, asservie, abusée et même si je me soumets, c'est contre ma volonté.

— *Cornuti!*

J'ouvre les yeux.

Marc.

C'est Marc.

Quoi?

Marc a bondi près de moi et il brandit un couteau. D'où l'a-t-il sorti? Un petit couteau étincelant en acier. Avec la vitesse de l'éclair, il attrape l'homme masqué par le cou et appuie la lame contre sa pomme d'Adam.

— *Fermati!*

Le maître de cérémonie agite sa cloche d'argent. Il proteste dans un italien volubile. Je comprends qu'il nous interdit d'essayer d'interrompre le rite.

— Tu dois partager la femme maintenant. Tu connais le code, tu connais le prix de la désobéissance.

— Va te faire foutre! lui répond Marc dans un anglais on ne peut plus explicite.

Puis il crie :

— X! Lève-toi. Viens ici!

Je me redresse d'un bond, je baisse ma robe et je le rejoins. Marc tient toujours l'homme à la gorge. Le jeune homme semble paralysé par la peur, dans ses yeux on peut lire de la terreur. Comme s'il pensait que Marc était capable de le tuer de la même façon qu'il a tué l'égorgeur de porcs de Plati.

Le maître du culte continue sa harangue, en italien. Il parle très lentement. Son ton est celui d'une menace froide et articulée. Je comprends chaque mot qu'il profère.

— Roscarrick, les *capi* te poursuivront. Ce cinquième mystère est ainsi. Le fait que tu aies amené une femme que tu aimes ne fait aucune différence. Si tu romps le culte, tu te suicides.

— C'est ce que nous verrons, répond Marc.

Puis il relâche le jeune homme qui titube, les deux mains autour de son cou.

Alors, Marc me prend par la main.

— Cours !

31

Et nous courons. Marc me pousse, au sens littéral, hors de la chambre mithriaque, le long des étroits couloirs. Cette fois-ci, nous prenons un autre chemin et tournons à gauche. Je jette un regard en arrière, j'entends des cris et je vois des ombres s'agiter dans la lumière des flammes bleues au son de cette musique chantante, hypnotique, qui hante la scène.

— Vite ! Par là !

Le couloir serpente et se resserre en un tunnel tellement étroit et claustrophobique que je sens la pierre me frotter la poitrine. Ma cage thoracique est comprimée, à certains endroits ma peau est déchirée. Nous n'avons pas une seconde à perdre. Il faut avancer, progresser, continuer, percer. Après ce goulot d'étranglement, le couloir s'élargit à nouveau et nous courons à toutes jambes. Le tunnel débouche sur l'une de ces énormes citernes de la Grèce antique où le plafond a une hauteur démesurée. Marc dirige la lampe de son portable, une échelle de fer est accrochée au mur.

— Probablement installée pendant la guerre, il y avait des abris antiaériens ici. Donc cette échelle mène quelque part…

— On va grimper à cette échelle ?

— Oui, et le plus vite que tu pourras, mon amour.

Je regarde les barreaux rouillés, je suis en robe moulante et hauts talons. Je jette un œil désespéré à mes souliers.

— Donne-moi tes chaussures !

Je les ôte et les lui tends. Il les dissimule dans le bas de la citerne, puis nous nous précipitons sur l'échelle. Il passe devant, grimpant adroitement. Je le suis, m'agrippant aux barreaux de toutes mes forces, et nous montons. Les écailles de rouille me scient la plante des pieds mais je reste concentrée sur la montée. Gravir chaque barreau, ne pas penser à la douleur, l'échelle grince et couine pour accompagner notre ascension. Je refuse de regarder en bas. Nous sommes à vingt, puis à trente, à cinquante mètres au-dessus du sol. Si jamais nous glissons, nous mourrons, écrasés, écrabouillés sur les pavés taillés dans les temps anciens par nos ancêtres grecs.

— Là.

Marc se penche pour m'aider mais je le repousse.

— Je me débrouille très bien toute seule, dépêche-toi !

Il reprend sa montée. Quelques minutes plus tard nous arrivons enfin au bout, il y a une sorte de saillie. Il allume la lampe de son téléphone et attrape ma main dans le noir. Cette fois, j'accepte son aide et il me hisse sur le rebord. Je suis épuisée. Avec son téléphone, il redirige la lumière. Nous sommes face à un tunnel qui semble ne pas avoir de fin. Pourtant la lumière filtre à certains endroits par de minuscules trous. Nous sommes sous la chaussée. C'est la lumière de la rue qui pénètre, la ville est juste là, au-dessus de nos têtes. J'entends des bruits qui viennent des profondeurs.

— Marc, ils arrivent ?

— Allez ! On ne doit pas être loin !

Marc avance de quelques mètres et avec sa lampe découvre que la lumière filtre à travers les trous d'une porte en bois. Des marches taillées dans le roc y mènent. Il les gravit et donne un coup d'épaule dans la porte, qui reste close. Les bruits de voix se rapprochent.

— Vite !

Des voix, des voix italiennes en colère ricochent contre les voûtes. Marc se recroqueville et respire profondément puis il s'élance. Cette fois-ci la porte cède et une lumière vive nous aveugle. Il se relève.

— Marc !

Sa main me tire dans un ultime effort vers la lumière. Je regarde autour de moi. Marc referme la porte en un éclair, puis il déplace une caisse de vin, et une autre, et encore une. Il les empile devant la porte pour la condamner.

Des caisses de vin ?

Nous sommes à l'arrière d'une boutique. Une *salumeria*, un traiteur du vieux Naples. Bien sûr. Et pourquoi pas ? La plupart de ces tunnels et de ces couloirs voûtés doivent déboucher dans les endroits les plus improbables. Sous des machines à laver dans des buanderies en sous-sol, ou des boulangeries.

Donc nous sommes dans une boutique et cette boutique est ouverte. On entend les clients discuter avec le vendeur. Personne ne sait que nous avons forcé la porte de la cave. Nous avançons prudemment et nous cachons un moment derrière des salamis, des jambons et des roues de fromage.

— Sortons comme si de rien n'était, propose Marc.

Nous sommes couverts de saleté et de poussière. Marc a des traces de salpêtre et de moisi sur son smoking, ma robe est déchirée, je suis pieds nus et je saigne, mes coudes et mes genoux sont écorchés mais nous n'avons pas le choix, nous sortons de la boutique comme de banals acheteurs de saucisson.

Une vieille dame au comptoir achète un cône de papier journal rempli de tripes de bœuf séchées. Elle se retourne et nous jette un regard sans réaction, comme si elle était habituée à voir de pareils énergumènes tous les jours, et recommence à marchander le prix de son cornet.

Nous sommes sortis. Marc aboie dans son téléphone.

« Giuseppe ! »

Nous sommes dans une ruelle étroite du Duomo. Je crois. Marc parle toujours au téléphone, nous tournons à gauche puis à droite, jusqu'à nous trouver à un coin de rue très animée. Marc donne des indications à son homme de main avec l'urgence du désespoir, puis attend, le cœur à cent à l'heure, anxieux à l'extrême. Une minute et demie plus tard, Giuseppe arrive, rugissant et vrombissant. Nous sautons dans la voiture et fonçons à toute allure loin du vieux Naples, vers les grands boulevards. Un tournant à droite, un autre encore et nous voici dans Chiaia, aux portes du palazzo Roscarrick.

Marc se penche et m'extrait de la voiture. J'ai les pieds ensanglantés, il me porte comme une blessée.

— Fermez toutes les portes ! Barricadez les fenêtres ! Cadenassez les volets ! Immédiatement !

Nous arrivons dans sa chambre. Je cours à la salle de bains pour laver le sang qui coule de mes pieds, de mes chevilles et de mes genoux, j'ai envie de pleurer mais je me retiens. J'inspire et j'expire profondément. Je me nettoie le visage et les mains, j'ôte toute la saleté. J'ouvre le placard et j'en sors un jean, une chemise blanche en coton et une paire de baskets. Lorsque je reviens dans la chambre, Marc a son téléphone coincé entre la mâchoire et la clavicule en même temps qu'il déboutonne sa chemise. « *Si si* – Giusepppe – *si !* »

Il est hors de lui.

Je m'assois sur le lit. Je tente de déchiffrer cette logorrhée hystérique en napolitain et je regarde la beauté de la vue, la nuit sur cette ville.

— Tu dois partir d'ici.

— Pourquoi ?

— Parce que la Camorra ne va plus me lâcher, maintenant.

— La Camorra ?

Il hoche la tête.

— Ça fait des années qu'ils cherchent une excuse pour me descendre. Après ce qui vient de se passer, tout le monde sera de leur côté. Ils pourront me tuer en toute impunité.

— Pourquoi ?

— Parce que j'ai fait la pire chose qui soit, X, j'ai rompu le code des mystères. J'ai brisé mes propres vœux d'initié en arrêtant le rite sacré, le cinquième culte, je les ai empêchés d'aller au bout de l'initiation, c'est la chose la plus grave qui soit.

— Je ne comprends pas.

Il passe la main dans ses boucles brunes, pousse un soupir et se frotte le visage comme pour chasser un cauchemar. Il a les traits tirés et pourtant il me regarde avec l'intensité d'un fou.

— X, quand tu commences un culte, tu dois aller jusqu'au bout. Sinon, tu pourrais être un simple voyeur, quelqu'un à la recherche de sensations fortes, pire encore, un espion, quelqu'un qui ne croirait pas aux mystères et serait juste venu pour en tirer profit. Tu as bien vu que beaucoup de gens célèbres y participaient, le secret et l'obéissance sont essentiels.

— Oui, je les ai vus. Les hommes politiques, les milliardaires, je les ai vus à Venise.

J'ai la bouche sèche, la logique m'apparaît, implacable.

Des hommes politiques.

Des milliardaires.

Enzo Paselli.

Mais oui. C'est évident ! Tout s'éclaire maintenant, tout fait sens. J'ai compris le mystère des mystères.

— Marc ! Ce sont les mafias qui dirigent ces cultes, n'est-ce pas ?

— Oui, je pense, enfin je crois.

— La 'Ndrangheta et la Camorra. Elles organisent et elles paient tous les cultes à mystères. Oui ?

— Probablement, oui.

Il a l'air vaincu, mais pas moi. Je suis surexcitée car je viens enfin de comprendre. Je me lève et commence à faire les cent pas dans cette chambre élégante. Je réfléchis à haute voix pour ordonner mes pensées.

— C'est ça. Les cultes à mystères ne se sont jamais éteints, ils ont perduré à travers les âges et ils sont devenus les mafias.

— Quoi ?

Pour une fois, Marc a l'air étonné. Il redemande.

— Quoi ? X? De quoi tu parles?

— Tu n'as pas compris d'où la Mafia, la Camorra et la 'Ndrangheta venaient? Comment elles avaient été créées? Marc!

Je traverse la pièce et j'arrive à sa hauteur. Je prends son beau visage dans mes mains et je l'embrasse sur la bouche. Puis je me remets à marcher de long en large, réfléchissant, marmonnant, parlant sans m'arrêter.

— Réfléchis deux secondes, toute cette histoire espagnole est absurde. Les sociétés secrètes criminelles du sud de l'Italie descendent en droite ligne des sociétés secrètes religieuses du sud de l'Italie. C'est certain! Ils ont les mêmes codes de silence, les mêmes serments, les mêmes vœux d'obédience et de loyauté. Sang, honneur, violence, l'obligation pour les hommes de fréquenter d'autres initiées, interdiction de dévier…

— Je ne vois pas pourquoi, je ne comprends pas, quel est l'intérêt?

— Mais c'est évident! Nous savons que les mystères ont survécu exactement comme le grec ancien a perduré en Calabre, ou comme la recette du kykéon s'est transmise de main en main, voilà comment !

Dehors il fait nuit. Je regarde par la fenêtre et je parle sans discontinuer.

— C'est une évolution historique tout à fait logique. Les cultes associés aux religions des mystères ont commencé dans le sud de l'Italie, la foi chrétienne leur a fait de l'ombre au quatrième siècle après Jésus-Christ... mais ils n'ont pas été totalement éradiqués.

Tout fait sens, mes yeux s'écarquillent.

— Ils ont perduré, mais sont devenus encore plus occultes, encore plus secrets, une sorte de franc-maçonnerie païenne, sauvage, barbare, accompagnée de rites sexuels violents, et de prises de drogue hypnotique.

Je fixe les photos d'Andreas Gursky, mon cerveau est en ébullition.

— Et avec le temps, ces sectes, avec leur tradition du secret, avec leurs lieux de rendez-vous cachés, étaient le terreau parfait pour devenir rebelles et criminelles. Elles s'opposaient déjà à l'Église, elles avaient besoin de financement pour leur culte, elles se tournèrent vers le vol, l'extorsion de fonds, le kidnapping et tout ce qui fait recette !

— X, tu es épatante, et ta théorie est brillante. Et en plus tu as probablement raison.

Il s'approche de moi.

— Mais ça n'a plus aucune importance, car ce qui compte c'est ce que la Camorra et la 'Ndrangheta sont aujourd'hui.

— Mais je sais ce qu'elles sont et ce qu'elles font ! Elles attirent les gens riches et célèbres à leurs soirées sexuelles déjantées, les invitent à se joindre au délire, initient les plus puissants et les plus privilégiés… je les ai vus, Marc ! Les PDG, les grands industriels, les célébrités, et de fait la Camorra et la 'Ndrangheta ont un moyen de pression sur tous ceux qui y participent !

— Nous ne sommes plus protégés, X !

Marc me tient par les épaules, il me serre à faire mal, comme s'il voulait que je me réveille.

— Tu ne comprends pas ce que j'essaie de te dire ? Ils vont me tuer. J'ai brisé le serment. Ils n'attendaient qu'un faux pas pour le faire, maintenant c'est bon, les chiens sont lâchés et il n'y a RIEN à faire.

Je le regarde, mon euphorie retombe en une seconde. L'homme que j'aime va mourir.

— Nous… nous pouvons nous enfuir, n'est-ce pas ?

— Où ?

Il soupire, un sourire sarcastique fend son visage.

— La Camorra me poursuivra. Tu n'as jamais entendu parler de Roberto Saviano ?

— Le journaliste qui a écrit *Gomorra* ?

— Et qui a trahi les secrets de la Camorra. Il se cache. Cela fait dix ans qu'il se cache et qu'il vit dans la peur, la Camorra le cherche dans chaque recoin de l'Europe. Je ne veux pas de cette vie-là, X, aller de planque en planque, de Madrid, à Milan, en passant par Hambourg, courir toute ma vie en me retournant, marcher en regardant derrière mon épaule pour voir si je ne suis pas suivi. Fuir tout ce que j'aime, et ceux que j'aime.

Il me regarde, ses yeux sont devenus deux pierres incandescentes.

— Je préfère mourir. Ils me tueront. Il n'y a pas d'autre fin possible.

Le silence retombe sur nous. Marc fait quelques pas et triture machinalement ses boutons de manchettes.

Je proteste.

— Marc. Marc. Nous devons nous enfuir, ou bien faire quelque chose…

— Il n'y a rien à faire.

— Tu vas les laisser… nous abattre ?

— Pas toi. Moi.

— Marc !

Il soupire. Son regard est celui du désespoir.

— Je devais les arrêter. Je ne pouvais pas les laisser te faire ça. Tu ne voulais pas, n'est-ce pas? Tu ne voulais pas… qu'il te…

— Marc, j'étais prête à le faire. J'ai accepté. Et je ne veux pas que tu meures pour moi.

Il secoue son visage d'ange. Ses yeux sont redevenus pales. Il a ce sourire triste que j'aime tant. Il enfonce sa chemise dans son jean et se baisse pour nouer ses lacets. Il y a quelque chose de terrible, de délibéré, de désinvolte dans ses gestes. Ceux d'un homme qui se préparerait pour l'échafaud, machinalement.

Il se redresse, vient jusqu'à moi, me prend dans ses bras et m'embrasse sur les lèvres avec toute la passion du monde.

— Alex, la vérité, c'est que je ne supportais pas l'idée de te partager. Je ne pouvais pas regarder un autre te prendre. Parce que je suis… allé trop loin… avec toi.

Il m'embrasse à nouveau.

— Alexandra, je t'aime. Je t'aime plus que je n'ai jamais aimé aucune une femme. Je suis fou de toi. C'est comme ça. Je n'y peux rien. Ça m'est arrivé par surprise et aujourd'hui, si tu mourais, ma vie n'aurait plus aucun sens. Mais si je suis tué et que tu as la vie sauve, alors je pourrai mourir en paix. Tu dois partir.

— Marc!

— Pars, mon amour. Nous ne nous reverrons plus.

— Marc!

Je crie. Et je sens des bras qui m'emportent. Giuseppe et un autre serviteur et encore un autre. Trois hommes contre lesquels je me débats de toutes mes forces. Je hurle, je hurle pour qu'on me laisse avec l'homme que j'aime.

— X, je t'en prie. Laisse-toi faire. Ils t'aideront à t'enfuir. Tu seras sauve.

Mais je griffe et je donne des coups de pied. Soudain, je relâche mon corps, haletante, je n'ai aucune chance, sa décision est prise. Je plonge mes yeux dans les siens. Alors, d'une voix étranglée, je l'entends me dire « X, *per favore, ricordati di me* ».

C'est la dernière fois que nous nous tenons l'un en face de l'autre. Je le sais. Les hommes me soulèvent et m'emportent.

« Non, non, non, non, non, Marc! »

Mais je ne crie plus, je sanglote et la porte s'est déjà refermée.

Ne m'oublie pas.

32

S'il est possible d'être gentiment éjecté d'un lieu, c'est exactement ce qui m'est arrivé. Giuseppe et ses amis, avec beaucoup de soin, de douceur, de tendresse presque, m'ont soulevée jusqu'aux portes du palais et m'ont déposée dans la rue, en larmes, les yeux injectés de sang, en colère, inconsolable.

Ils ont proposé de me reconduire chez moi, mais j'ai fait non de la tête. Je suis restée là, muette, les défiant du regard, refusant de bouger. Les larmes continuaient à ruisseler sur mes joues.

Les portes se sont refermées. Je suis allée cogner mes poings sur les grands panneaux de bois et n'ai obtenu aucune réponse.

J'ai soulevé le grand anneau de bronze que des centaines de visiteurs soulevaient depuis des siècles pour pénétrer dans ce palais, riches et pauvres, nobles et ignobles, et j'ai frappé, frappé de toutes mes forces. Giuseppe a fini par ouvrir avec un air contrit et sincèrement désolé. Il a soupiré et m'a dit le plus gentiment qu'il a pu :

— Je suis navré, Alexandra, vraiment navré. Mais tu ne reverras jamais le *signor*. Ce sont ses ordres.

— Mais Giuseppe, non, Giuseppe, s'il te plaît, s'il te plaît...

Je pleure, je suis une fontaine. Il y a des promeneurs du soir, des commerçants de Chiaia qui me regardent, qui regardent cette femme blonde probablement américaine pleurer et crier et supplier aux portes du palazzo Roscarrick. Qu'ils regardent donc. Je m'en fiche. Plus rien n'a d'importance.

— Giuseppe, il faut que tu fasses quelque chose ! Dis à Marc de changer d'avis. Je veux rester avec lui. Quoi qu'il arrive, quoi qu'il se passe. Je veux être avec lui.

— *Per favore*. Voici, de la part du *signor* Roscarrick, pour que tu puisses partir et te mettre à l'abri.

Giuseppe me tend une énorme liasse de billets. Je regarde l'argent, le lui arrache des mains et le lui jette à la figure. Les billets de cinquante euros voltigent comme des confettis. Giuseppe ne sourcille pas, il se baisse, ramasse un des billets, le plie, me le met dans la main et referme mes doigts.

— S'il vous plaît, *signorina*, prenez un taxi pour rentrer chez vous.

Puis il referme la porte. Cette fois, elle ne s'ouvrira plus. Plus jamais. En tous les cas pas pour moi. Mais je m'élance et je tambourine avec la rage du désespoir. En vain.

Une demi-heure se passe ainsi, mes larmes se tarissent. Je sens le premier choc s'estomper. Et des sentiments plus noirs et plus tristes surgissent. Je hèle un taxi pour rentrer à Santa Lucia où je pourrai contempler ma douleur à loisir, l'examiner, l'ausculter, la triturer, en sonder les profondeurs.

Cette nouvelle forme de tristesse, je le sais, va perdurer, me sécher de l'intérieur, me flétrir. Elle va partager mon quotidien, dormir dans mon lit. Elle sera là au réveil, m'accompagnera quand j'irai me coucher. Elle sera le vide, la perte incommensurable de la personne aimée.

Et puis un jour, alors que je me lèverai, la tristesse s'adressera directement à moi. Ce jour-là, j'allumerai mon poste de télévision, j'achèterai le *Corriere della Sera* et j'apprendrai l'inévitable : Marc Roscarrick, le *bellissimo scapolo* lord Roscarrick, est décédé. Tué d'une balle dans la tête. Son assassin a filé via Toledo sur une Vespa bleu ciel, un jeune junkie de dix-sept ans à peine. Tué pour une centaine de dollars. Et alors la tristesse déploiera ses ailes et s'épanouira dans mon âme jusqu'à la suffoquer.

— *Grazie.*

Je tends le billet au chauffeur de taxi. Il voit mon visage ravagé par les larmes, avec beaucoup de gentillesse et cet accent italien chantant que j'aime tant il me demande :

— *Signorina ? Perdere ? Sta bene ? Posso aiutarla ?*

Il veut venir en aide à cette pauvre jeune fille qui fait peine à voir. Je lui laisse les cinquante euros et je cours à mon appartement. Je monte les marches quatre à quatre, je claque la porte, je tombe sur mon lit et je pleure. Je pleure tellement que je me dis que je vais réussir à mourir, par déshydratation. Je pleure tellement fort que bientôt j'entends frapper à ma porte. La voix de Jessica est hésitante.

— X ? Ça va ? Qu'est-ce qui se passe ?

— Rien.

— X ? Je t'ai entendue pleurer. Ouvre-moi la porte.

Je suis assise, ou plutôt écroulée, effondrée sur le sol de mon stupide appartement de ce stupide quartier de Santa Lucia, dans cette stupide ville de Naples et je suis paralysée par le chagrin. Je ne sais plus quoi dire, faire, ou penser. Je regarde mon balcon. Si je sautais par-dessus la rambarde, la solution serait toute trouvée. Je regarderais une dernière fois Capri sous les étoiles. Ce serait facile, il suffirait de se laisser glisser. La tristesse disparaîtrait. Jess frappe à nouveau et me tire de ma rêverie macabre. Comme un choc. Je dois me calmer. Je dois parler à quelqu'un. Je me relève, essuie les larmes de mon visage et vais ouvrir. Jess est là, avec un jean blanc, un haut bleu et un merveilleux sourire d'amie prête à tout comprendre. Quand elle me voit, elle change radicalement d'expression.

— Oh la vache, X! Putain mais qu'est-ce qui t'est arrivé ?!!

— Jess.

Je recule de quelques pas et me tiens les bras ballants au milieu de la pièce. Sans dire un mot, elle me fait un câlin d'au moins une minute puis va préparer du thé. Une bonne tasse de thé anglais dans cette horrible petite cuisine où Marc m'a embrassée, où Marc a arraché mes vêtements cette nuit-là, cette toute première nuit.

Les mots s'étranglent dans ma gorge. Si je laisse de telles pensées m'envahir, je suis bonne pour l'hôpital psychiatrique.

Jess me tend ma tasse et s'assied sur le sol à côté de moi. Sur la porcelaine, il y a un dessin de la côte d'Amalfi. Je pense à ma mère. Je voudrais l'appeler. Lui dire de venir. Je suis tellement malheureuse que seule ma maman pourrait me consoler.

— Allez… dit Jess en prenant une gorgée de thé chaud et en me fixant droit dans les yeux. Allez, ma poulette, raconte tous tes malheurs à ta vieille copine.

Je bois même si ça me brûle l'œsophage, je retiens mes larmes et je lui raconte tout, enfin tout ce qu'elle doit savoir. Je lui dis que Marc a brisé le serment des mystères et que la Camorra et la 'Ndrangheta dirigent les mystères. Je lui raconte que la Camorra va essayer de le tuer. J'avale une autre gorgée de thé brûlant en essayant de toutes mes forces de ne pas pleurer, assez pleuré comme ça, ça suffit maintenant, je lui dis qu'il m'a bannie, exilée, désavouée, parce qu'il est un homme condamné, qui finira par être exécuté. Il veut que je me tienne le plus loin possible de lui, saine et sauve, jusqu'à ce que leur sentence ait été exécutée.

Je me tais.

Jessica secoue la tête.

— Oh mon Dieu. Ma pauvre chérie, dit-elle sans l'ombre de son sarcasme habituel. Pauvre Marc.

Elle se lève, va à ma fenêtre et regarde la nuit étoilée. Au loin on entend la pétarade des feux d'artifice. Probablement un gang de la Camorra du quartier espagnol qui célèbre la sortie de prison d'un des leurs.

— Tu sais, dit-elle posément, j'ai entendu l'autre jour une histoire sur le quartier espagnol. Pourquoi on l'appelait comme ça.

Je ne réponds pas. Elle poursuit.

— Tu te souviens de la rue qui traverse le quartier en son centre, Vico Lungo del Gelso ? Tu savais que *gelso* ça voulait dire mûrier ?

Je reste muette.

— Ça vient des soldats espagnols qui tachaient leurs uniformes, parce qu'ils couchaient avec les filles du coin dans l'herbe. Comme l'herbe était jonchée de mûres, ça faisait des taches noires sur leurs habits. C'est de là que ça vient.

Jessica fixe sa tasse de thé. Ses yeux sont remplis de larmes.

— J'imagine que ça implique que c'est terminé entre Giuseppe et moi.

Elle soulève sa tasse et la porte à ses lèvres.

— Brrrrr... Bon! Allez! Ça suffit les jérémiades de jeune fille.

Jess se penche et pose sa main sur mon genou.

— Il va falloir être forte, ma poulette.

— Forte?

Je hausse les épaules en signe d'impuissance.

— Eh bien, plus forte que tu ne l'es là, maintenant, tout de suite, en tout cas. C'est horrible ce qui t'arrive, X. C'est vraiment atroce. Mais si ce que Marc dit est vrai... si la Camorra est après lui... enfin si...

Je sens les larmes monter.

— Enfin, s'il a vraiment brisé une loi très importante, ils vont... ils vont vraiment...

— Le tuer.

— Et toi, il faut que tu restes en dehors de ça. Il le faut. Il a fait la chose à faire. Il a agi noblement. Tu es réellement en danger, X, sérieusement en danger.

Elle soupire lourdement.

— Même si c'est la chose la plus triste qui soit. Même si ça te brise le cœur. Marc est en train de te sauver de.. enfin de je ne sais pas trop quoi, mais...

— Mais Jess, je l'aime !

Les yeux bruns de mon amie se voilent.

— Je sais.

Les semaines qui suivent se passent dans le découragement le plus sombre et le plus désolé. Chaque matin, la tristesse me cueille au réveil. Mon cappuccino est triste, mon macchiato est triste, mon expresso est triste. Chaque gâteau, les *sfogliatelle*, le *bignè*, le baba, chaque coquillage et chaque crustacé, les *fasolari*, les *maruzzelle* et les tellines, ont le goût salé et amer de la tristesse. Un soleil noir brille au-dessus de la Campanie.

Parfois, j'essaie de l'apercevoir malgré tout. L'espoir me fait marcher jusqu'aux grilles de son palais. Je frappe à la porte et je me revois quelques mois plus tôt, quand j'étais venue pour la première fois, et ses blagues à propos de cavaliers dans l'escalier. Je frappe et les portes restent closes. Parfois un serviteur que je ne connais pas les entrebâille, me jette un regard puis s'en retourne d'où il vient sans avoir prononcé un mot.

J'essaie de le joindre sur son téléphone portable, vingt, trente fois dans l'heure. Puis la tonalité qui sonnait dans le vide fait place à un répondeur automatique qui indique que « Le numéro demandé n'est plus attribué ».

J'écris des mails qui restent sans réponse. Un jour, le mail me revient car l'adresse ne fonctionne plus. Je passe au papier à lettres. Tout comme les mails avant elles, les lettres finissent par me revenir, mortes, pas même ouvertes.

Pire que ces humiliations répétées, pire que ce rejet chaque jour renouvelé, il y a ma promenade matinale jusqu'au kiosque, via Partenope. Je dis *buongiorno* au marchand de journaux. Il me sourit tristement, me retourne mon *buongiorno* et me tend un *Il Mattino*.

Je ne veux pas lire ce journal. Je le déteste. Et pourtant, c'est le meilleur pour la rubrique des crimes commis à Naples. C'est un journal courageux. Il n'hésite pas à couvrir les histoires des victimes des guerres de territoires entre malfrats de Scampia, et les tueries entre dealers de drogue de Forcella. S'il arrive quelque chose à Marc, c'est là que je le verrai en premier. Je retourne chez moi en feuilletant nerveusement les pages où des hommes gisent dans des mares de sang noires comme du pétrole sur la chaussée, au volant de leur voiture à Marigliano avec trois trous noirs en forme d'étoile dans le front, ou simplement des cadavres découverts au milieu des ordures dans le Centro storico. Je scrute chaque photo en me demandant si c'est lui, si l'homme lui ressemble. Mon cœur se serre, se tord et me fait mal, quand je réalise que non, il n'est sur aucune de ces photos, il est encore en vie. Un matin, après avoir dit *buongiorno* au vendeur de journaux, mon cœur continuera de se serrer après avoir ouvert les pages d'*Il Mattino* car alors j'y aurai vu Marc. Marc mon amour. Mort.

Tout a une fin. Un soir du début du mois de septembre, une brise chaude embaume l'air du soir. Je suis arrivée à un point de souffrance tel que j'ai l'impression que je vais me dissoudre, fondre sur la chaussée, ne plus tenir, ne plus rien tenir, que je suis en train de me transformer en une personne complètement différente, écorchée vive. Une personne que je refuse d'être avec le peu de forces qui me restent. Je dirige mes pas vers les pavés ombragés de Chiaia, vers le palazzo Roscarrick. Je vais tenter une dernière chose et ensuite… et après ? Après je ne réponds plus de rien.

Je tourne au coin de sa rue, mon cœur se brise. Le palazzo Roscarrick n'est plus le même. La porte est cadenassée, les volets sont tous fermés à triple tour. Il n'y a plus aucun signe de vie et un immense panneau « À VENDRE » a été accroché sur la façade.

Je ne sais pas comment l'interpréter. Marc est-il déjà mort alors que personne ne l'a rapporté ? Cela arrive assez souvent. Ou alors il s'est enfui, au Tyrol ou ailleurs, Londres, New York, Rio, et il vend pour couvrir ses arrières ? La vue de ce palais, où j'ai connu tant de bonheur, fermé et barricadé avec son « À VENDRE » me donne envie de pleurer. Je me sens désespérée et, bizarrement, au terme de mes souffrances. Car je suis résignée.

J'ai accepté qu'il soit sorti de ma vie pour toujours, qu'il soit mort ou simplement parti. Quelle importance ? Maintenant il faut que je me sauve, moi. Jessica a probablement raison, je suis en danger. J'ai vu et compris trop de choses.

Assommée, je marche en traînant des pieds jusque chez moi et j'appelle ma mère à San José. Cela fait des semaines qu'elle essaie de m'appeler, qu'elle m'envoie des mails pour savoir comment je me porte. La télépathie maternelle a fait effet : elle est persuadée qu'il y a un problème mais elle ne sait pas exactement quoi – et je ne le lui dirai pas.

Je ne peux pas lui en parler. Pas sans lui révéler ce que sont les mystères : elle ne comprendrait rien à mon histoire. Non pas que je sois honteuse ou embarrassée, c'est même le contraire, mais c'est trop complexe. Et je ne supporte pas d'en parler ou d'y penser.

Le téléphone sonne plusieurs fois. Du fin fond de la Californie, quelqu'un décroche.

— Allô ?

— Salut maman.

— Ma chérie !

Le ton est trop enjoué pour être honnête.

— Alexandra ma fille adorée, quelle joie ! Comment vas-tu ? Justement tes frères demandaient de tes nouvelles et pas plus tard que ce matin ton père disait…

Je la coupe au milieu de sa phrase.

— Maman, je rentre à la maison.

Elle se tait, comme une marque de politesse d'amour maternel. Elle sent dans ma voix qu'il ne s'agit pas d'un simple retour à la maison. Mais elle ne posera de questions que si je l'y invite.

— OK ma chérie, OK. Tu as… terminé ta thèse ?

— Oui. J'ai terminé. Je veux rentrer à la maison maintenant.

Je réprime mes sanglots.

— OK ma puce. Fais-nous savoir ton numéro de vol et on viendra te chercher à l'aéroport. Ton père va être tellement content, tu nous as beaucoup manqué.

Elle bavarde encore un peu puis nous raccrochons.

Demain après-midi. Dans moins de vingt-quatre heures, je serai de retour chez moi.

Le lendemain matin, je fais mes valises. Je laisse derrière moi tous les cadeaux de Marc. Lorsque Jessica vient me retrouver, je lui propose de garder les robes, ce qu'elle refuse – et je la comprends parfaitement. Alors je m'excuse et lui dis que je me sens mesquine.

— Ne sois pas bête, X. Laisse-moi t'accompagner à l'aéroport. Je vais t'aider. Tu vas me manquer, ma poulette.

Son visage est empli de tristesse. Nous prenons un taxi et traversons la circulation napolitaine. Nous arrivons au terminal de l'aéroport. Avant de partir, Jess me serre si fort dans ses bras qu'elle me donne l'impression que c'est la dernière fois que nous nous voyons.

Elle me fait au revoir de la main. Je passe le contrôle des passeports, présente ma carte d'embarquement à l'hôtesse. Nous y voici. C'est fini. Au revoir Naples. *Arrivederci Napoli*, adieu, adieu. Une fois encore je suis émue aux larmes.

Mon avion décolle dans deux heures. Je m'assieds sur une de ces banquettes en plastique dures et inconfortables. Je bois mon macchiato à petites gorgées, les yeux rivés sur le vide béant de mon avenir. Je regarde distraitement une publicité vantant les mérites d'un vin nommé taurasi. Je repense à tous les vins que j'ai bus. À tous les plats délicieux que j'ai mangés. À tous ces endroits où la laideur se mêlait à la beauté, le vin à l'histoire, la douceur à l'âpreté, ce qu'ils nomment la *dolce vita*. Une cuisine extraordinaire, empreinte d'humanité.

Je repense à ces petits escargots. Les babalucci. Je n'en ai jamais goûté. Je n'ai pas franchi le pas.

Les babalucci. Les babalucci !

Soudain je me redresse, électrifiée.

Mais bien sûr ! Qu'est-ce que je fais assise à regarder le mur en face de moi alors que je pourrais…

Oui, il y a quelque chose que je peux faire.

Je cours au contrôle des passeports. Mon impatience me fait presque crier sur les agents de sécurité qui soupirent et haussent les épaules et me laissent enfin passer. Me revoici au centre de l'aéroport, au comptoir d'embarquement. Je demande qu'ils retirent mes bagages de cet avion, parce que je ne vais plus aux États-Unis, ni en Californie. Je reste ici. Si Marc est encore en vie, il existe un moyen de le sauver. Mes doigts tremblent alors que je compose le numéro de téléphone des renseignements. Je demande le numéro d'un restaurant à Plati, en Calabre.

Une femme énonce mollement le numéro :

« *Due, due, sei, cinque...* »

Je le griffonne sur ma carte d'embarquement. Je raccroche et j'appelle le numéro qu'elle m'a donné. Il est midi. Il sera là. Mon Dieu faites qu'il y soit !

La voix d'un jeune homme me répond.

« *Si ?* »

Son ton est circonspect.

J'annonce sans respirer que mon nom est X, Alexandra Beckmann, la petite amie de Marc Roscarrick, et que je voudrais parler à Enzo Paselli.

33

À l'autre bout du fil, l'homme reste silencieux. J'entends les bruits d'un restaurant ordinaire. Des bruits de conversation, des ordres criés en cuisine, des assiettes qu'on empile, des couverts entrechoqués, puis la voix d'un très vieil homme, une voix chevrotante qui semble venir de l'autre bout du monde, articule :

— Bonjour Alexandra.

Je reconnais Enzo Paselli. Je m'apprête à lui poser une question mais il ne m'en laisse pas le temps.

— Je sais pourquoi vous m'appelez.

— Vous savez ?

— Oui.

Il a un petit rire. Pendant quelques secondes, je reste silencieuse et immobile.

— Enzo. S'il vous plaît, dites-moi, est-ce que Marc Roscarrick est en vie ?

Enzo ne répond pas. J'entends le bruit rauque et régulier de sa respiration. Je fixe devant moi les vitres de l'aéroport, les chauffeurs de taxi qui discutent en attendant le client, bras croisés sur leurs ventres bedonnants.

Enzo répond enfin.

— Oui, je pense qu'il est vivant.

Le soulagement me fait l'effet d'une vanne d'adrénaline ouverte au niveau de mon estomac et qui se déverserait dans tout mon corps.

— Comment savez-vous qu'il est vivant ?

Il reste muet. J'insiste.

— Enzo, comment savez-vous qu'il est vivant ?

— Miss Beckmann, s'il vous plaît. Comme je vous l'ai déjà expliqué, c'est mon travail de savoir ce genre de choses.

Puis je l'entends qui s'adresse en dialecte calabrais à quelqu'un. Peut-être qu'il ordonne qu'on tue un individu, ou peut-être qu'il commande un plat de ricotta. Puis il reprend le combiné.

— Que voulez-vous de moi, Alexandra ? Que je sauve votre petit ami ?

— Oui ! Oui ! Oui s'il vous plaît, *signor* Paselli. Je sais que vous êtes à la tête des mystères. J'ai tout compris, la Camorra, la 'Ndrangheta, comment vous contrôlez les initiations, le kykéon, les rites. C'est pour cela que vous étiez à Roghudi, pas seulement pour la trêve avec Marc.

Je m'attends à ce que mon petit discours le déstabilise, mais il me répond avec un calme placide.

— Mais vous n'êtes pas sans ignorer, Alexandra, que ce que Roscarrick a fait pendant le cinquième mystère lui sera fatal. Il le sait et nous le savons. C'est écrit. Il n'y a rien à faire.

— Je referai le cinquième ! S'il vous plaît ! Laissez-moi recommencer. Ils feront ce qu'ils veulent de moi, Enzo, je vous en prie. Je ferai n'importe quoi, tout ce que la Camorra voudra. Vous avez ce pouvoir, vous êtes le *capo di tutti i capi* de la 'Ndrangheta. La Camorra vous craint et ils ne craignent personne !

C'est mon dernier pari, mon ultime espoir. Le silence pèse. Dehors, les chauffeurs de taxi continuent de discuter dans le soleil de septembre.

Enzo Paselli se racle la gorge.

— Il est trop tard.

— Je vous en supplie.

— La faute n'est pas vraiment la tienne, Alexandra. On m'a dit que tu avais accepté de te soumettre au cinquième mystère. C'est Roscarrick qui a trahi. Il est trop tard.

— Mais...

— Mais quoi, Alexandra ?

— Je ferai tout, tout... tout ce que vous voudrez. S'il vous plaît, aidez-moi ! Aidez-moi !

Il respire bruyamment. Je l'entends s'éloigner et s'adresser à quelqu'un en italien. Son ton est autoritaire. Puis il reprend le combiné et soupire.

— Tu ferais vraiment n'importe quoi ?

— Oui ! OUI ! N'importe quoi !

Je le sens hésitant.

— OK Alexandra. *Va bene, va bene*... Il y a peut-être une chose qui pourrait changer la donne. Mais il te faudra beaucoup de courage.

— Dites-moi !

— Le sixième mystère. Tu devras accomplir le sixième.

Vingt-neuf heures plus tard, je suis assise dans mon appartement. J'ai prévenu ma mère que je différais mon départ de quelques jours. « J'ai une dernière chose à régler. » Elle a senti mon angoisse au téléphone et a posé quelques questions, que j'ai ignorées.

Jessica était elle aussi perplexe, mais je lui ai donné un prétexte plausible. En bonne amie, elle l'a accepté sans sourciller. Elle m'a même préparé à dîner et nous avons bu du vin rouge. J'adore Jess. Et j'adore ma mère.

Et Marc ? Mon amour pour lui est-il aussi grand que je le crois ? Les mots d'Enzo Paselli me reviennent. Le sixième culte n'est pas érotique, il est dangereux. Le sixième degré peut tuer. Très peu d'initiés franchissent le pas une fois informés du risque encouru. Mais seul le sixième amène à la véritable catabase.

Est-ce que je vais mourir ? Est-ce que je suis prête à mourir pour sauver mon amour ?

Oui.

Ma montre affiche dix-neuf heures.

Je vais sur mon balcon. Demain, le propriétaire viendra vérifier que j'ai bien vidé les lieux. Demain je serai partie. Enzo m'a dit de me tenir prête. Ce soir on viendra me chercher. Le soir tombe rapidement sur la ville, lui donnant des airs de sfumato. Au loin, Capri est un rêve d'île posé sur l'horizon bleu de la mer.

On sonne à ma porte. Je marche jusqu'à l'interphone et j'appuie sur le bouton. Trois beaux jeunes hommes entrent chez moi. Ils ont l'air anxieux et restent silencieux. L'un d'eux me fait signe de les suivre dans les escaliers, son regard est empreint de pitié. Je m'exécute. Je suis en jean et tee-shirt noir. J'ai pris un sac avec des sous-vêtements de rechange, une brosse à dents, un rouge à lèvres. C'est ridicule, je sais. Je ne pars pas en week-end dans un Relais & Châteaux. Je vais accomplir le dernier rite, le sixième mystère de Dionysos et d'Éleusis.

Je vais connaître la véritable catabase. Quoi qu'il arrive au cours des prochaines vingt-quatre heures, je vais être radicalement transformée. Peut-être que cette chose me tuera, mais peut-être qu'elle sauvera Marc.

Au sortir de mon immeuble, via Santa Lucia, on a garé un grand van bleu foncé. On me fait monter à l'arrière où sont installés des matelas et des oreillers. Un des jeunes hommes qui m'escortent me tend une pilule.

— Qu'est-ce que c'est ?

Il parle très mal ma langue et me répond avec un fort accent.

— Pour dorme. Il faut dorme.

Je prends le cachet et une gorgée d'eau minérale. Je revisse le bouchon de la bouteille.

— Maintenant, dit le jeune homme.

Il me tend une capuche noire qui ressemble à celle d'un bourreau du Moyen Âge. Ils la font glisser sur ma tête. Je suis plongée dans le noir, mais ça n'est pas inconfortable, je peux respirer sans aucun problème et d'une certaine manière, le fait d'être ainsi enveloppée, aveugle à ce qui se passe autour, a quelque chose de rassurant.

Le van s'ébranle. Je peux sentir le mouvement régulier de ses roues et de ses freins. J'entends beaucoup de bruits de klaxons, les essieux des camions, les gens qui hèlent les taxis, les radios des voitures qui ont leur vitre baissée, les accélérations, les pots d'échappement de scooters vrombissants. Puis je sens que nous allons de plus en plus vite. Sommes-nous sur l'autoroute ? Le mouvement me berce et la pilule commence à faire effet. Je pose ma tête sur un gros coussin et je m'enfonce dans un rêve étrange où Marc est prisonnier d'un lac gelé. Je le vois faire des gestes désespérés dans ma direction, de toutes ses forces, il tente de briser la glace, en vain. Je m'élance sur l'eau. Il est immobile, figé en dessous. Je suis folle et je hurle de douleur pour le libérer. Un homme passe par là, il est espagnol. Je lui demande de m'aider mais il saigne de la bouche et grimace et ne fait que me montrer sa bouche ensanglantée. Marc meurt sous l'eau, il s'enfonce peu à peu dans les profondeurs noires du lac. Je reste, impuissante, à le regarder disparaître.

Je me réveille. Combien d'heures ai-je dormi ? Trois ? Cinq ? Six ? Dix ? Nous n'avons pas cessé de rouler. Nous pourrions être en Sicile, dans les Alpes, en France ou en Suisse. La capuche est toujours sur ma tête, je me redresse. J'essaie de parler à travers le tissu.

— J'ai soif, j'ai besoin d'aller aux toilettes.

Je ne sais pas à qui je m'adresse, mais je sens des gens à l'arrière du van avec moi. J'entends une voix me répondre.

— Dix minutes. Vous devez attendre dix minutes.

Ce n'est pas le jeune homme de tout à l'heure, la voix est plus âgée, il parle un meilleur anglais.

Et il ne m'a pas menti. Dix minutes plus tard, le van s'arrête et la porte coulisse. On m'extrait comme on le ferait d'un paquet, toujours encapuchonnée et aveugle. On me guide pour que je ne tombe pas et on m'introduit dans un grand bâtiment. Je le devine à la façon dont résonnent nos pas. Mais où ?

La main me tient fermement et me fait descendre une suite d'escaliers, les yeux ainsi bandés j'en ai presque le vertige. L'homme est solide et je m'accroche à lui. Nous tournons à droite puis à gauche. C'est un bâtiment en pierre, il a l'odeur des vieilles pierres et de la terre. Sommes-nous dans un monastère, dans un château ?

On me pousse dans une pièce et la porte claque dans mon dos. On me retire ma capuche et je peux enfin voir. Celui qui se tient devant moi n'est autre qu'Enzo Paselli en personne. Il est accompagné d'une jeune femme. Enzo Paselli hoche doucement son crâne dégarni, ses mâchoires sont prises d'un léger tremblement, sa peau est tellement ridée qu'on ne peut plus lui donner d'âge. Il semble aussi vieux que l'Italie elle-même. Il se tourne vers la jeune femme et dit en anglais :

— Donnez-lui à boire et à manger et préparez-la.

Enzo disparaît avant que j'aie le temps de lui poser une question.

La jeune femme est habillée en blanc. Bien sûr. Elle me tend une petite bouteille d'eau minérale et je bois au goulot. Elle a un gentil sourire plein de compassion. Patiemment, elle me laisse épancher ma soif. Peut-être n'est-ce qu'une sympathie de façade ? Je lui demande ce qui va m'arriver. Elle ne me répond pas.

Je regarde autour de moi.

La pièce dans laquelle je me trouve est une sorte d'immense salle de bal, un hall médiéval décoré de fresques mais sans aucune fenêtre. Les peintures ont l'air de dater du début de la Renaissance ou de la fin du Moyen Âge. Des allégories et des scènes religieuses de couleurs vives, presque criardes, le Christ et ses anges drapés de pourpre, les saints et les Madones tous auréolés de lumière. J'ai l'esprit trop brouillé pour analyser les scènes représentées. Le sol est un damier de mosaïque noir et blanc. Il n'y a qu'un seul meuble. Derrière moi, au centre de la pièce, trône un lit à baldaquin avec des rideaux de soie rouge cramoisi.

— *Si*, dit la jeune femme.

D'un geste vif, elle me tend de nouveaux habits à enfiler, puis elle désigne le mur de sa main blanche. Les habits sont en réalité une simple robe de coton noire sans manche. Pas de sous-vêtements. Je regarde dans la direction qu'elle a indiquée. Une porte se découpe en trompe-l'œil dans le mur.

Je n'ai pas le choix. Je dois obéir. Je dois accomplir le sixième mystère. Je traverse l'immense salle voûtée et je passe la petite porte. Elle donne sur une salle de bains propre et moderne. Je retire mon jean et mes baskets et je prends une douche rapide. Avant d'enfiler la robe qu'ils m'ont donnée, je me regarde dans la glace. Je suis une jeune femme de vingt-deux ans et mon visage a perdu son innocence. Je me sens tellement plus vieille qu'il y a quatre mois ! Je dois avoir des cheveux blancs.

Marc Roscarrick. Où es-tu ? Es-tu seulement vivant ?

Je prends tout le courage qu'il me reste et j'enfile la robe. Je me brosse les dents et je retourne dans la grande salle. La jeune femme n'a pas bougé, elle m'attend en silence, au centre de cet espace démesuré, elle semble une toute petite poupée. Elle tient une coupe de métal dans ses mains.

Je marche jusqu'au pied du lit où se tient la fille.

Je m'adresse à elle.

— Kykéon ?

Elle hausse les épaules et, avec un léger hochement de tête, dépose la coupe de métal froid dans mes mains. Je la porte à mes lèvres et la vide d'un trait jusqu'à la dernière goutte. Le goût est bien plus amer que dans mon souvenir, bien moins agréable. Et maintenant ? Que vont-ils faire de moi ? Je sais que ce breuvage a des effets très rapides. Je m'assieds sur le lit et j'attends. La jeune femme me laisse seule. Elle a refermé la porte derrière elle.

Deux ou trois heures s'écoulent. Ou du moins c'est ce que j'imagine mais je n'ai aucune manière de le savoir, pas de montre, pas de portable, je ne sais même pas si nous sommes le matin, le soir ou la nuit. Combien de temps avons-nous roulé ? Les pensées qui se bousculent dans ma tête sont pleines de tristesse. Avec la drogue, les images des fresques tournoient devant mes yeux. Le Saint-Esprit. Une colombe et un saint. La résurrection du Christ. Les pénitents pleurant et suppliant. Les larmes me montent aux yeux. Je m'étends sur le lit et je sombre dans un profond sommeil. Je rêve qu'un homme entre dans la pièce. Il écarte mes cuisses et me pénètre. Il me viole.

Soudain je réalise que ça n'est pas un rêve, un homme est en train de me baiser. Il est jeune et beau. Il n'est pas nu mais moi si. Nous sommes sur ce grand lit couvert de soieries et de riches tentures. Il s'active sur moi, il est à l'intérieur de moi. Je me fais violer mais je l'ai choisi. J'ai voulu le sixième mystère. L'homme jouit. Je suis nue. Il a terminé. Il se rhabille. Il s'en va, quitte la grande salle. Ses pas résonnent sous les plafonds voûtés.

C'est fini. Le kykéon me fait tourner la tête.

Est-ce que j'ai rêvé ?

C'est vraiment arrivé. Même si je suis à moitié délirante, c'est arrivé. Je suis perdue. Je cherche du regard la robe noire. La jeune fille revient, elle marche vers moi, une coupe de kykéon à la main. Elle me doigte, comme si elle vérifiait quelque chose. Deux jeunes femmes arrivent à sa suite. Leurs petits pas sur le sol en mosaïque sont la chose la plus gracieuse que j'aie vue. Elles m'allongent et me mettent du lubrifiant. Un autre jeune homme arrive et me baise en silence. Je reste étendue, soumise, droguée, passive. Je regarde le plafond et je pleure. Je pleure la jeune fille que j'étais, je pleure ces viols, je pleure Marc.

Marc, mon amour.

Je ne sais pas ce qui se passe, ni pourquoi, j'ai perdu le sens du temps qui passe, perdu le sens du monde qui m'entoure. Les heures se changent en jour et les jours se succèdent. Je suis toujours sous l'emprise de la drogue. J'atteins un point de non-retour, hébétée et stupide, je ne sais pas où s'arrête mon corps et où commence celui de l'autre. Je me dissous. Je vais peut-être disparaître. Je suis en train de mourir. Je comprends maintenant pourquoi les gens meurent au cours de la sixième initiation. Certaines parties de mon corps souhaitent disparaître. On m'a enlevée à moi-même. Plus rien n'a d'importance. On me nourrit de fruits et de pain, je me rendors. Je suis épuisée.

J'ignore si nous sommes le matin mais quelques heures plus tard je suis réveillée par les vestales. Elles me bandent fermement les yeux et me donnent du kykéon. Puis elles me lavent, me sèchent et me remettent au lit. Je pleure encore. Je ne pleure plus, je les sens qui me touchent. Les mains douces de ces femmes sur mon corps, leur parfum, leur délicatesse. Elles me caressent, se frottent à moi, me lèchent de toutes leurs langues et me font boire du kykéon. La drogue et le sexe se rejoignent dans un océan de douceur, suave et amère. Je me rends, elles repartiront victorieuses, leurs caresses sans fin, tendres et vaines. J'ai même un orgasme, mais il est convulsif, automatique. Mon esprit est ailleurs, mon corps jouit et mon esprit s'élève. Il regarde la scène d'en haut, les membres d'une étrangère se tendent et se cambrent. Mon âme s'est envolée, elle est partie, loin. Celle qui se fait baiser, masser et embrasser est une autre, une jeune fille américaine naïve, crédule et stupide. Alexandra. Je me souviens à peine d'elle.

Les heures. Les heures défilent et valsent et se perdent. Je dois me nourrir les yeux bandés. Une femme me masse avec des huiles qui apaisent ma peau irritée à force de frottements. Je reste étendue, nue et aveugle. Un homme entre et met son sexe dans ma bouche. Je le suce. Comme un robot, je ne vois plus que du noir, je le suce encore. Les vestales m'assistent. Elles m'aident à traverser le hall, me baignent, font glisser l'eau chaude sur mon corps et me recouvrent de mousse douce et légère. La délicieuse odeur du savon me rappelle celui que Marc m'avait offert et qui venait de Florence. Et je pleure à nouveau. Je pleure plus fort que je n'ai jamais pleuré. Les jeunes femmes me raccompagnent au lit. Elles me drapent d'une merveilleuse robe de chambre et, pour la première fois depuis des jours, elles retirent mon bandeau.

La lumière frappe mes yeux comme des poignards. Au début, je ne vois que des formes floues puis, peu à peu, j'arrive à discerner ce qui m'entoure.

Une silhouette sombre que je reconnais entre toutes, celle d'Enzo Paselli. Petit homme vieux et puissant, malin et terrifiant.

Il s'adresse à moi.

— Marc Roscarrick est mort.

Il hoche la tête et pousse un long soupir.

— Vous deviez vous y attendre. Vous deviez savoir qu'il encourait ce risque. Je suis désolé.

Je le regarde, perdue. Je ne ressens aucune haine, je suis vidée, distante, insensible à tout ce qui m'arrive. Peut-être que je le savais. Peut-être qu'au cours de ces derniers jours, j'ai appris que tout cela n'était qu'un jeu, un théâtre d'illusions. Marc était déjà parti.

Enzo me regarde à peine.

— Vous saviez qu'il y avait un risque qu'il soit mort. Vous avez pris ce risque. Vous pensiez que vous pouviez le sauver mais cette chance était infime. Je vous avais dit qu'il était trop tard. Pourtant vous étiez prête à donner votre vie ?

Je fais signe que oui. Abasourdie. Muette. Défaite. J'ai perdu. Marc est mort. Bien sûr qu'il est mort. C'était un mensonge, cette histoire de rachat des fautes. Je voulais croire ce mensonge. Maintenant je sens comme une sorte d'apaisement. Je peux mourir, c'est terminé. Je regarde autour de moi, il y a d'autres gens dans la pièce, des hommes et des femmes plus âgés. Ils sont les témoins de ma déchéance et de mon abandon, de mon renoncement. Ils ressemblent à un jury.

Et ils me condamnent.

Qu'ils exécutent leur sentence.

Tout n'est que fumée.

— Vous avez presque accompli le sixième mystère. Vous êtes proche d'atteindre la catabase.

Il claque des doigts et une jeune femme s'approche de lui.

— Il reste encore un rituel, et vous serez relâchée. Très peu de gens survivent au sixième. Marc Roscarrick ne vous en avait pas parlé pour vous protéger. Pour que vous échappiez à ce vide.

Je n'ai plus de larmes. Je regarde les gens quitter la pièce, Paselli et la jeune femme ferment leur marche. Je reste seule. Seule au monde. Qu'ont-ils fait de moi ?

Ils m'ont rendue insensible à la mort, je n'ai plus peur de mourir. Qu'est-ce que la mort ? Un passage. Je sais que j'ai aimé Marc comme jamais plus je n'aimerai. J'étais prête à donner ma vie pour lui. Mon amour, mon adoré. Ils ne peuvent pas m'ôter cela, ils ne peuvent pas me retirer cette certitude absolue. Tout ce qui reste d'Alexandra Beckmann. J'ai aimé et on m'a aimée.

Tout passe, fane et meurt mais le passage du temps n'est qu'une illusion. Car l'instant est hors du temps. Et si pendant un instant on a connu l'amour, le véritable amour, si pendant un seul instant on aime et on est aimé, alors on touche du doigt l'éternité. On triomphe de la mort.

Je me souviens de la chapelle de Sansevero et du Christ ressuscité. Je me rappelle notre escapade à Venise et combien nous étions heureux à la Ca' d'Oro alors que nous admirions les tableaux de Mantegna.

Seul Dieu perdure, le reste n'est que fumée.

Je me souviens de cette citation de Pindare et je la comprends. Je la comprends dans son entièreté. « Heureux qui a vu les mystères d'Éleusis, avant d'être mis sous terre ! Il connaît les fins de la vie et le commencement donné de Dieu. »

J'ai pris le chemin des enfers, je connais les fins de la vie, et je n'ai plus peur. Je n'aurai plus jamais peur.

Plus tard, la porte s'ouvre. Une vestale en robe blanche traverse la pièce et s'avance vers moi. Elle apporte des vêtements. Elle me les donne sans un mot. Je reconnais mon jean, mon tee-shirt et mes baskets. Je m'habille. La jeune fille attend en silence, elle me tend le bandeau.

Le bandeau, à nouveau.

Obéissante et soumise, je m'exécute. Je m'assieds sur le bord du lit et je laisse la jeune fille le nouer derrière ma tête. J'ai l'impression qu'on me prépare pour une exécution. Peut-être qu'ils vont me fusiller. Qu'il en soit ainsi.

On me sort de la grande pièce et on me pousse à travers de longs couloirs. Je ne pleure plus, mes dernières larmes se sont taries. Marc est mort et il ne me reste plus rien. Seul Dieu perdure, le reste n'est que fumée.

Nous montons des marches et je suis propulsée dans une pièce. La porte se referme dans un claquement. La jeune fille est partie.

Pourtant je sens une présence.

Il y a quelqu'un d'autre dans la pièce.

J'entends une voix mâle, sensuelle et grave. « *Chi è ? Chi c'è qui dentro ?* Qui est-ce ??? »

Une voix mâle, sensuelle et grave.

J'arrache mon bandeau.

Marc Roscarrick est assis sur une chaise en métal, les poignets menottés aux accoudoirs. Des traces de sang séché sur son visage, des marques de coups, des bleus. Un bandeau autour des yeux. Il crie maintenant, il crie depuis son fauteuil. Il crie comme un vivant.

Je cours à lui, j'essaie de défaire son bandeau mais les nœuds de soie sont très serrés. Il respire par le nez bruyamment puis reconnaît mon parfum et soudain son visage s'éclaire, incrédule.

— Alex ? C'est toi ? Alex ??? C'est impossible ? X ? X ? X ???

J'arrache le bandeau de ses yeux et il me regarde comme si j'étais irréelle.

— Mais Alex, *ils ont dit que tu étais morte.*

Ses yeux se brouillent de larmes et sa mâchoire se met à trembler.

34

L'instant d'après, Enzo Paselli fait irruption dans la pièce. Il est accompagné de deux jeunes hommes. Il me regarde.

— Marc Roscarrick est venu nous voir, il voulait garantir ta protection à vie contre la Camorra et la 'Ndrangheta. Nous avons donné notre parole que tu aurais la vie sauve s'il acceptait d'être initié au sixième mystère. Nous l'avons mis en garde car le sixième, comme nous le savons tous ici, peut être fatal. Car le sixième mystère consiste à accepter la mort pour connaître l'amour.

Marc secoue la tête, en état de choc. Je me tourne à nouveau vers Paselli.

— Je ne...

— ... comprends pas ? Ce sont les mystères.

Paselli hausse les épaules.

— Mais sachez une chose. J'ai gravi les échelons un à un pour arriver à la tête de la 'Ndrangheta, j'ai appris à détester la façon dont les différentes mafias ont corrompu les mystères et les ont utilisés à leur propre fin, pour s'enrichir ou faire chanter nos politiques, en Italie et ailleurs. Les cultes à mystères sont un grand, un merveilleux et noble cadeau des Anciens et ils sont souillés aujourd'hui.

Il traverse la salle et arrive auprès de Marc. D'un geste sûr, il fait tourner la clé de ses menottes et le libère. Marc frotte ses poignets rouge sang. Sa chemise est d'un blanc sale, il a l'air exténué.

Paselli reprend son discours.

— Je suis l'*Eccellenza* du sixième mystère. Cela me donne un pouvoir immense. Les *capi* me craignent et m'obéissent au doigt et à l'œil parce que je sais tout. Nous savons tout et nous filmons tout. Parfois, j'essaie d'utiliser le pouvoir du sixième pour faire le bien, comme cela était prévu par les Anciens. Mais ce mystère est une arme à double tranchant. Il peut facilement se retourner contre celui qui le détient. La femme de Marc a insisté pour être initiée au sixième malgré mes avertissements. Elle a traversé ce que vous avez tous deux traversé – il soupire. Mais j'avais raison. Elle était trop fragile, le fait de ne plus craindre la mort l'a rendue encore plus vulnérable. Elle ne tenait plus à la vie. Elle s'est suicidée, Marc. Au volant de sa voiture, sur une colline près de Capua, ça n'était pas un meurtre.

Paselli glisse la clé dans sa poche. Il se dirige vers la porte, me regarde, puis regarde Marc.

— Depuis ce jour fatal, j'ai gardé un œil sur toi, Roscarrick. Je t'ai observé de loin prendre soin des victimes de la Camorra. J'ai vu du bon en toi, et un courage véritable. Mais j'ai aussi compris que tu serais en danger dans le théâtre de masques qui est le nôtre.

Paselli fait signe à son assistant de quitter la pièce, le jeune homme s'exécute.

— Et maintenant vous êtes sains et saufs. Tous les deux. La Camorra n'osera jamais vous toucher, je leur ferai savoir que vous êtes des initiés du sixième mystère. Ils vous respecteront pour cela. Ils vous craindront, même. Vous aurez ce pouvoir, j'espère que vous saurez en faire bon usage.

Il se tient maintenant sur le seuil de la porte.

— Vous resterez ici encore quelques heures, puis vous serez libres de partir.

Il plonge ses yeux dans les miens.

— Peut-être nous retrouverons-nous un jour, Alexandra du sixième degré.

Il est parti. La porte s'est refermée. Nous sommes tous les deux. Marc m'attire contre lui et il me serre dans ses bras, il me serre fort, si fort. Je passe ma main sur les hématomes de son visage.

— Mon amour, qu'est-ce qu'ils t'ont fait?

— Rien. Quelle importance? Qu'est-ce qu'ils t'ont fait à toi?? La même chose qu'à moi?

Je hoche la tête en silence et je dépose un baiser sur son front. Il arrive à sourire. Pour la première fois depuis que je suis entrée dans cette pièce, je retrouve son merveilleux sourire joyeux et triste à la fois, son sourire que j'aime tant.

— Oh mon amour, j'ai vraiment cru que tu étais morte. J'ai pensé qu'ils m'avaient piégé et je m'en foutais. Je me foutais de tout.

Il marche en direction de la salle de bains attenante et je le suis. Il fait couler l'eau du robinet. Je prends une serviette que je mouille et je nettoie le sang séché sur son visage, la plaie n'est pas profonde et les hématomes ne sont que superficiels. Il a été brutalisé mais ils ne l'ont pas blessé. Il est toujours aussi beau, il est toujours mon Marc Roscarrick et surtout, il est en vie.

Nous nous asseyons sur le lit et pendant quelques minutes encore, nous attendons patiemment. Puis Marc se redresse.

— Voyons si nous pouvons sortir d'ici. Je me fiche que nous soyons à Palerme, à Londres ou à Buenos Aires. Je veux sortir maintenant, je veux respirer l'air libre, viens !

Il prend ma main d'un geste décidé et nous passons la porte. Elle n'est pas verrouillée. Elle donne sur un long couloir obscur. Au bout, un escalier débouche sur un autre couloir à peine éclairé par quelques ampoules.

— Tout est vide. Ils sont partis.

En effet, le bâtiment semble avoir été déserté. C'est un vieux site, j'ai calculé que nous devions être enfermés dans des caves profondes. Nous continuons à gravir des escaliers. Une petite fenêtre encadrée de pierres donne sur des vagues, éclairées par la lune. Sommes-nous sur une côte ? Nous grimpons maintenant les marches quatre à quatre et nous arrivons sur une sorte de plateforme ou de terrasse. Nous courons jusqu'à l'élégante balustrade qui offre une vue plongeante sur la baie.

— Naples… Marc rit silencieusement. Nous sommes à Naples.

Il a raison. Je regarde la ligne d'horizon, la plus belle vue du monde, la noble baie de Naples, des hauts de Vomero jusqu'au Centro Storico, les collines de Sorrento et d'Amalfi et au loin, la splendide silhouette de Capri, étincelante sous les étoiles.

— Je connais cet endroit, dis-je, c'est le palazzo Donn'Anna, à Pausilippe. Je suis venue à la plage ici, une fois.

Marc me prend la main et nous regardons les trillions d'étoiles qui font scintiller la mer, Orion et la Pléiade, et la constellation de Marc-et-Alexandra au-dessus de Capri. La constellation de Nous.

— Qu'est-ce qu'on fait maintenant?

Il ne me répond pas. Il plonge ses yeux dans les miens, soulève mon menton et m'embrasse avidement, profondément, férocement. Je passe ma main dans ses boucles brunes. Maintenant je connais la vérité : seul l'amour perdure, le reste n'est que fumée.

Cet ouvrage a été imprimé en France par

CPI
BUSSIÈRE

à Saint-Amand-Montrond (Cher)
en février 2013

Les Éditions KERO utilisent des papiers composés de fibres naturelles, renouvelables, recyclables et fabriquées à partir de bois issu de forêts qui adoptent un système d'aménagement durable.

N° d'impression : 2001249
Dépôt légal : mars 2013

HEYNE <

Das Buch

Mit der schwangeren Jessi an seiner Seite realisiert Jens Fischer, dass er in seinem Leben doch etwas mehr verändern muss als nur den Mitbewohner. Mit Gelegenheitsjobs wird er sicherlich keine Familie ernähren können, doch gelernt hat er nichts, und sich für längere Zeit auf ein Projekt zu konzentrieren, ist nicht seine Stärke. Ärgerlich, dass er das erst begreift, als Jessi mit ihrem Koffer in der Hand vor ihm steht, um für ein paar Tage zu ihrer Trauzeugin zu ziehen. Jens schiebt Panik: Will sie ihn verlassen? Er beschließt, sein Leben radikal zu ändern und eine Basis für die Zukunft aufzubauen. Doch um ihn herum herrscht Chaos, denn sein ehemaliger Bademeistermeister Hondo will zum Judentum konvertieren, sein Ex-Mitbewohner Sven um die Welt radeln und sein Vater in vollen Zügen seinen zweiten Frühling genießen. Wie soll Jens da sein Leben auf die Reihe kriegen?

Der Autor

Murmel Clausen, geboren 1973 in München, als Co-Autor für den Kinoerfolg *Der Schuh des Manitu* mitverantwortlich, schrieb bislang vorrangig fürs Fernsehen. Er verfasste u.a. Sketche für *Ladykracher*, *Tramitz & friends* und die Kultcomedy *Die Bullyparade*.

Murmel Clausen
Frettnapf

Roman

WILHELM HEYNE VERLAG
MÜNCHEN

MIX
Papier aus verantwortungsvollen Quellen
FSC® C014496

Verlagsgruppe Random House FSC-DEU-0100
Das für dieses Buch verwendete
FSC®-zertifizierte Papier *Holmen Book Cream*
liefert Holmen Paper, Hallstavik, Schweden.

Originalausgabe 05/2013

Printed in Germany 2013
Redaktion: Tamara Rapp
Umschlagfoto: Jagodka/Fotolia
Umschlaggestaltung: Eisele Grafik-Design, München
Satz: Buch-Werkstatt GmbH, Bad Aibling
Druck und Bindung: GGP Media GmbH, Pößneck
ISBN: 978-3-453-41017-6

www.heyne.de

And you won't disappoint me,
I can do that myself.
(Glen Hansard, Leave)

Hochzeitsmesse

»Allein im Januar 2013 fanden in über 100 verschiedenen deutschen Städten Hochzeitsmessen statt.«

Ich stehe auf der Sonnenseite des Lebens im Schatten und sehe schon die nächsten Wolken aufziehen. Weil ich so dämlich bin und mit meiner Verlobten gerade über die »Marry Me!«-Messe laufe, obwohl ich es hätte besser wissen müssen. Ich kenne mich mit Verbrauchermessen aus, im vergangenen Jahr habe ich selbst auf der hier gearbeitet. Und schon da ist mir aufgefallen, dass auf der »Marry Me!« mehr voreheliche Trennungen vollzogen werden als sonst wo, denn hier werden alle entscheidenden Fragen beantwortet, die in einer Ehe aufkommen können: Was ist man dem anderen wert? Welche geschmacklichen Abgründe hält der Partner verborgen? Und warum macht man eigentlich genau den gleichen Scheiß wie all die hässlichen Menschen um einen herum?

Wer mit seinem Lebensgefährten nach einem Tag hier glücklich nach Hause fährt, steuert einer langen und erfüllten Ehe entgegen. Alle anderen werden es schwer haben. Sehr schwer. Ich selbst habe beim letzten Mal sündhaft teure Eheringe angepriesen; sie werden aus einem einzigen Goldnugget gegossen, der ein paar Milliarden Jahre in der australischen Erde nur auf diesen einen wunderbaren Moment gewartet hat. Während diese Vorstellung den Bräuten regelmäßig den ultimativen Romantikkick gab, glitt bei ihren Gatten in spe der Blick immer nur auf die Preistafel unserer Beispielnuggets, und von dort aus zum nächsten Stand, wo ein Spaßanbieter Plastik-Eheringe zum Wegwerfen ausstellte. Es war mir eine Freude, die Männer laut um ihre Aufmerksamkeit zu bitten, da ich so den Damen an ihrer Seite erst richtig klarmachen konnte, wie billig sich ihr Partner aus der Affäre ziehen wollte. Immerhin, fügte ich in jedes Gespräch ein, gibt es ja in den USA das ungeschriebene Gesetz, dass allein der Verlobungsring in etwa dem Wert von drei Monatsgehältern entsprechen sollte. Dabei fiel den Herren meistens die Kinnlade nach unten, während die Damen bestätigend nickten. Der dezente Hinweis, dass man sich natürlich auch diese Wegwerf-Ringe von nebenan kaufen könne, garniert mit der pointierten Feststellung, dass unsere Produkte dagegen nun einmal für die einzig wahre, große Liebe gedacht seien, reichte in den meisten Fällen für eine wunderbare Eskalation direkt vor meinen Augen.

Da dieses Jahr beide Stände nicht mehr auf der Messe zu finden sind, gehe ich davon aus, dass sich sowohl das 5000-Euro-Goldklumpen-Konzept als auch der Wegwerf-Ring nicht durchsetzen konnten. Allerdings traue ich mich nicht, Jessi zu fragen, welche der beiden Ideen ihr eher zugesagt hätte, da sie schon den ganzen Tag etwas gereizt ist. Eheschlusspanik.

Ich kenne meine Verlobte inzwischen ganz gut, auch wenn das vielleicht eine etwas magere Aussage über die Frau ist, der man in wenigen Wochen sein Jawort geben möchte. Wir sind uns zwar erst vor knapp sieben Monaten das erste Mal begegnet, doch Jessi ist bereits im sechsten Monat schwanger. Die Hochzeit haben wir in einer alkoholfreien Schnapslaune auf ihre Initiative hin beschlossen, um uns den ganzen Sorgerechtsschmarrn zu schenken. Das könnte in unserem Fall nämlich interessant werden, weil das Kind, das in meiner schönen Freundin wächst, nicht von mir, sondern von meinem ehemaligen WG-Mitbewohner Sven stammt, mit dem sie ein Mal versehentlich geschlafen hat – sie war bei der Empfängnis schwer bekifft und dachte, dass ich es bin, der gerade auf ihr herumturnt. Am Ende war das dann aber auch vollkommen egal, denn wir lieben uns, und ich habe die Vaterschaft zu Svens Erleichterung sofort akzeptiert. Immerhin habe ich ein paar Wochen nach ihm ebenfalls mit ihr geschlafen und könnte somit rein theoretisch auch der Vater sein. Nur eben praktisch, mathematisch und biologisch nicht. Nebensächlichkeiten.

Zu meiner Schande muss ich gestehen, dass ich nicht ganz verstehe, was Jessi in mir sieht. Muss ich aber vermutlich auch nicht, denn ich bin seit einem halben Jahr so glücklich wie noch nie in meinem Leben. Sie ist nämlich nicht nur einfach sensationell, sondern auch alles um sie herum – egal, was sie macht, erzählt, erlebt oder kreiert, ich bin davon begeistert. Es gibt nichts, was ich nicht an ihr liebe. Würde mir ein Idiot ein Hemd aus den Flusen aus Jessis Bauchnabel anfertigen – ich würde es, ohne mit der Wimper oder Nase zu zucken, tragen.

»Würdest du ein Hochzeitskleid anziehen, das aus den Flusen genäht wurde, die ich in meinem Bauchnabel habe?«, frage ich sie spontan und mit einer gewissen Emphase, da mir der Gedanke einen angenehmen Schauer über den Rücken jagt.

»Wie viele Flusen hast du denn da drin?«

»Für so ’n Kleid reicht das locker.«

»Wenn die Alternative die Kleider hier sind, ja.«

Ich wusste es – sie liebt mich genauso wie ich sie. Wobei die Brautmode vor Ort wirklich direkt aus der Tüllhölle geliefert worden sein muss. Genau wie die Hochzeitstorten, auf die wir gerade zusteuern und die Jessi offenbar den Rest geben.

»Kein Wunder, dass ich auf den meisten Hochzeiten das kalte Kotzen bekomme, hier wird ja ausschließlich kitschiger Schrott angeboten«, fasst sie ihr bisheriges Messeerlebnis treffend zusammen. »Allein schon so eine Torte wäre für mich ein Scheidungsgrund.«

Ich kann nicht genau sagen, was just an diesem Ausstellungsstück so schrecklich sein soll, nicke aber brav, da ich vorhin schon von ihr zusammengestaucht wurde, als ich ein Kleid mit »okay« bewertet hatte, das sie nicht mal tot anziehen würde. Selbst meine gemurmelte Antwort, dass wir das ja bei ihrer Beerdigung sehen würden, begleitet vom demonstrativen Einstecken einer Visitenkarte des Anbieters, konnte sie in ihrer Empörung über meinen miserablen Geschmack in Sachen Brautmode nicht bremsen. Seitdem äußere ich nur noch Zustimmendes, egal, was Jessi sagt.

»Vielleicht war’s einfach ’ne Kackidee, hierherzukommen.«

»Stimmt, aber dann muss ich mich schon fragen, warum du es überhaupt vorgeschlagen hast.«

»Na ja, es ist Sonntag, und draußen liegt Schneematsch …«

»Und ich bin zu fett, um irgendwas anderes zu machen, oder?«

»Quatsch. Aber zu Hause rumsitzen ist doch auch Mist.«

»Zum Glück hat das mit dem Gekotze aufgehört, sonst …« Sie bricht mitten im Satz ab.

»Sonst was?«

»Ist dir eigentlich aufgefallen, dass ich ständig Drohungen ausspreche?«

»Nicht ständig.«

»Aber oft?«

»Ich mach's dir ja auch nicht leicht«, setze ich schnell nach, um präventiv zu schlichten.

»Entschuldige. Ich weiß auch nicht … Das müssen die Hormone sein.«

»Bei mir oder bei dir? Weil, also, meine, die sind Schrott und werden es auch bleiben.«

Wenigstens habe ich die Gabe nicht verloren, Jessi zum Lächeln zu bringen, wenngleich seit ein paar Tagen eine Traurigkeit darin zum Vorschein kommt, eine schwermütige Nachdenklichkeit, die ich von Jessi so gar nicht kenne. Mein Rezept dagegen ist die von mir erfundene subtile Passivprokrastination – ich lenke sie einfach ab. Das beherrsche ich inzwischen wie kein Zweiter.

»Pass auf: Wir tun einfach so, als wollten wir die beschissenste Hochzeit der Welt feiern und gehen nur noch an die Stände, die uns diesem Traum ein Stück näherbringen. Vielleicht kommen wir so drauf, wie wir am liebsten feiern wollen. Per Ausschlussverfahren sozusagen.«

»Das ist der erste vernünftige Satz, den du heute von dir gegeben hast. Obwohl ich eigentlich die gesamte Messe ausschließe.«

Trotz ihrer Ablehnung gegen alles und jeden hier leuchten Jessis Augen wieder. Im Sommer haben wir mal was Ähnliches gemacht, als wir in der Innenstadt einen Herrenausstatter mit pervers hässlichen Strickwaren besucht und großes Interesse an einem Siebenhundert-Euro-Kaschmirpulli vorgetäuscht haben, dessen Muster als Verbrechen gegen die Menschlichkeit verurteilt gehört hätte.

Sie nimmt meine Hand und zerrt mich fröhlich durch die restlichen zwei Hallen. Wir verneigen uns vor der Filmkunst eines Hochzeitsvideo-Spezialisten, dessen Demovideo durch ein Feuerwerk an Überblendeffekten besticht, versuchen einem Fotografen, der in den 80-ern stehen geblieben ist, Fotos anderer Paare abzukaufen, und lassen uns die schrecklichsten Glitzervisitenkarten der schlechtesten Papeteristen Deutschlands geben. Einem ernsthaft traurigen Clown schenken wir mit dem Angebot neue Hoffnung, bei unserer angeblich geplanten Megasause auf den Malediven sein erbärmliches Programm zum Besten geben zu dürfen, melden uns zu drei Gratis-Testabendessen in Hotelrestaurants im Münchner Umland an und heucheln großes Interesse an Brautmode für Hunde. Schließlich saufe ich mich bei der feinsten Auswahl deutscher Spitzenweine einmal den Rhein hoch und kurz darauf die Deutsche Weinstraße wieder herunter, bis wir schlussendlich in der Eingangshalle sitzen und die Paare beim Verlassen des Messegeländes beobachten. Man kann genau erkennen, wer mit diesem durchschnittlichen Angebot hier den schönsten Tag seines Lebens auszustatten in der Lage ist, und wer das ganze Thema Heiraten erst mal ad acta gelegt hat. Für uns ist wieder alles hunky-dory, bis in der Menge plötzlich eine demonstrativ schwangere Frau ihr Gesicht zu einer übertriebenen Fratze der verzückten Überraschung verzieht und auf uns zugelaufen kommt.

»Jessi, Süße!«, schreit sie und hängt einen dieser Johler dahinter, wie man sie sonst nur aus Casting-Shows kennt, wenn die Kandidaten erfahren, dass sie in den kommenden Wochen an einem paradiesischen Ort blamiert, schikaniert und ausgebeutet werden sollen. Diese Freudenschreie sind mit das Erbärmlichste, was einem Menschen entfahren kann, selbst ein viel zu lauter Freudenpups ist mir bei Weitem angenehmer.

»Oh, Gott, nicht die«, stöhnt Jessi. »Das ist Irina aus dem Geburtsvorbereitungskurs.«

»Die gefragt hat, was man zum Anstoßen nach der Geburt nehmen soll, wenn man keinen Champagner mag?«

»Genau die.«

Ich musste bei der gesamten Geburtsvorbereitung nur an einem einzigen Sonntag dabei sein, um zu lernen, wie viele Möglichkeiten es gibt, sich als Mann in den Stunden vor der Geburt zum Deppen zu machen.

»Hey, Darling, was treibst du denn hier? Hat das mit dem Dritten Orden geklappt?«, sprudelt es aus Irina heraus, und ich bin mit einem Schlag hellwach. Der Dritte Orden ist eine der großen Geburtskliniken der Stadt, und ich sollte dort schon vor zwei Wochen anrufen, um zu fragen, ob Jessi unser Kind bei ihnen zur Welt bringen kann.

»Da sind wir dran«, antworte ich knapp und wende mich Irinas Mann zu, um mit einer kurzen Vorstellungsarie vom Thema abzulenken.

»Jens.«

»Lutz.«

Und schon habe ich kein Interesse mehr, mich mit diesem Mann zu unterhalten. Wer so einen Namen an seinem achtzehnten Geburtstag nicht ändert, kann nicht ganz sauber sein. Lutz ist der Opel unter den Vornamen, eine Namensänderung würde selbst im schlimmsten Fall positiv auffallen. Es gibt keine schlechteren Namen, Lutz ist der Supertrumpf im Schrottnamensquartett, der sticht sogar Jobst, Tobi und Claus. Um jedoch weiter von den Geburtskliniken abzulenken, ziehe ich mir die naheliegendste Frage aus der Nase.

»Und? Haut ihr auf den Putz, Lutz?«

Er lacht tatsächlich.

»Logo, ist ja echt geil hier. Habt ihr die Torten gesehen?«

»Und die Kleider?«, setzt Irina schwärmerisch nach, woraufhin ich durchatme, der Themenwechsel ist vollzogen.

»Grenzgenial«, urteilt Lutz, wofür ich ihm direkt eine schmieren könnte. Bei einem »leider ziemlich geil« hätte ich mich sicher nicht zurückhalten können.

»Und welche Seite von der Grenze meinst du da? Also, nicht ganz genial – oder gerade noch?«

»Wie?«

»Fang jetzt nicht so an, Jens«, erstickt Jessi die aufkeimende Diskussion, die mir sehr geholfen hätte, meine Wut über mich und die dumme Idee, hierherzukommen, abzubauen.

»Wann isses bei euch denn so weit?«, unterstützt Irina Jessis Schlichten.

»Hochzeit im April, Geburt zwei Wochen später«, antworte ich und versuche, auf keinen Fall sympathisch oder humorvoll zu wirken, um ja nicht den Eindruck zu erwecken, die beiden wiedersehen zu wollen. Das scheint die zwei Torfgesichter jedoch nicht zu stören, offenbar besteht ihr gesamter Bekanntenkreis aus Langweilern. Menschen, die es grenzgenial finden, einen Karton mit dreißig Kleinen Feiglingen mit auf eine Party zu bringen, zu »I gotta feeling« von den Black Eyed Peas abhotten und total emotional werden, wenn auf einer Hochzeit Mario Jordans »Welch ein Tag« gespielt wird. Wer darüber Bescheid weiß, dass ich im Jahr 2002 mit einer Freundin Schluss gemacht habe, weil sie unbedingt bei der Münchner »Wetten dass …?«-Stadtwette mitmachen wollte, wird verstehen, wie wenig ich mit Leuten anfangen kann, die man offensiv anschweigen muss, um ihnen klarzumachen, dass man ihnen im Grunde nichts mitzuteilen hat.

»Wir müssen unbedingt mal was zusammen unternehmen«, versucht nach einer gefühlten Ewigkeit Irina noch einmal die Unterhaltung in Gang zu bringen, und wir nicken halbherzig, »vielleicht Sonntag, nach dem Paartag.«

»Das wird bestimmt superinteressant«, stimmt Lutz enthusiastisch ein. Doch wir sind eine Wand aus Eis, an der ihre kläglichen Kommunikationsversuche abprallen. Warum Jessi nichts mehr sagt, weiß ich nicht, schenke dem aber keine weitere Beachtung.

»Okay, machen wir. Wir müssen jetzt auch los. Ihr seht euch ja im Kurs«, beende ich diese Begegnung der unangenehmen Art, stehe auf und reiche Jessi meine Hand, die sie jedoch nicht nimmt. Die Wolken verdichten sich.

Kampfsportmesse

»Die fit4fight Messe Freiburg fand erst- und letztmals am 31.10.2010 von 15:00 bis 18:00 Uhr auf dem Großparkplatz am EDEKA-Markt statt.«

Mir war nicht bewusst, dass »das Beste der Welt« derart präsent im eigenen Leben wird, sobald man ein Baby erwartet. Genauer gesagt das beste Baby der Welt, für das von allem nichts Geringeres gut genug ist. Weshalb der beste Papa der Welt der besten Mutter der Welt die teuersten Wünsche der Welt von den schönsten Lippen der Welt abliest. Da er sie aber nicht in der besten Entbindungsklinik der Stadt angemeldet hat, die garantiert auch die beste der Welt ist, befindet er sich nun in der beschissensten Welt der Welt. Und alles nur, weil er nicht in Kenntnis darüber gesetzt wurde, dass man dort schon in der achten Schwangerschaftswoche vorstellig werden muss. Ihm war das immer so vermittelt worden, dass überhaupt erst ab der zwölften Woche offiziell vom Vater- beziehungsweise Mutterglück gesprochen werden darf.

»Ja, aber das gilt nicht für Ärzte!«

»Wer meldet denn bitte sein Kind so früh zur Geburt an? Ich dachte immer, dass so was Unglück bringt.«

»Fang bloß nicht mit Unglück an, Jens. Wir haben uns darauf geeinigt, dass es in unserer Schwangerschaft das Wort Unglück nicht gibt.«

»Ich meine ja nur …«

Womit die Diskussion auch schon wieder beendet ist. Für mich zumindest, denn ich bin eh gerade auf dem Weg zum Rechner und kann mir nicht vorstellen, dass Jessi sich noch weiter wegen einer solchen Lappalie streiten möchte.

»Wenn du dich jetzt vor deinen Computer hockst, drehe ich durch«, schreit sie mir hinterher. Das mit dem Ende der Diskussion sieht sie wohl anders als ich.

»Ich bring nur meinen Teller weg und hol Wasser. Willst du irgendwas? Tee oder so?«

Schweigen. Ich klimpere mit etwas Geschirr in der Küche, weil ich gar keinen Teller hatte, gehe an den Kühlschrank, nehme einen Schluck Milch aus der Packung und mache mich dann auf den Weg zurück in die Ungemütlichkeit der verbalen Auseinandersetzung. Als ich das Wohnzimmer betrete, weint Jessi, und ich fühle mich schlagartig wie ein Schwein, ein Schuldreflex, der mir garantiert in meiner frühen Kindheit antrainiert worden ist – und an dieser Stelle möchte ich dann gerne meine Mutter und meinen Vater grüßen.

Jessi heult eigentlich nie, und wenn, dann nicht vor mir. Ich werde angeschwiegen oder laut beschimpft, wobei es mir relativ gleichgültig ist, für welche der beiden Streitvarianten sie sich entscheidet, ich leide so oder so wie ein Hund. Ich brauche Harmonie wie andere Schokolade, dafür bin ich auch bereit, sehr viel einzustecken. Jessi darf mich beschimpfen und zurechtweisen – solange sie danach wieder glücklich und zufrieden ist, stecke ich das weg. Ich verdränge es wie alles, was irgendwie meine Grundharmonie in einem beliebigen Lebensbereich stören könnte. Steuern, zum Beispiel. Oder Schulden. Und aktuell natürlich die Jobsache.

»Mann, Jessi«, versuche ich ein vernünftiges Gespräch zu beginnen, »das ist doch nicht so gemeint.«

»Mann mich nicht an!«

»Entschuldige. Ich finde es nur krass, dass diese ganzen Supereltern schon ihre Geburtstermine buchen, wenn andere noch mit ein bisschen Restrealismus die kritische Phase der Schwangerschaft abwarten.«

»Das Problem sind nicht die anderen Eltern, sondern du. Und kritisch ist bei uns schon lange nichts mehr, höchstens deine Einstellung.«

Eigentlich hatten wir uns auf Jessis Initiative hin im Stillen darauf geeinigt, dass alle anderen werdenden Eltern Idioten sind. Vornehmlich die Frauen, klar, denn die beginnen sich größtenteils schon während der Schwangerschaft über die Existenz ihres noch ungeborenen Babys neu zu definieren. Wir hatten vereinbart, dass ein Umdenken, eine Neuorientierung und -ausrichtung der eigenen Lebenshaltung und -philosophie sicherlich angebracht und nicht verwerflich sind. Nur das komplette Hohldrehen verurteilen wir, beziehungsweise haben wir verurteilt, denn meine Verlobte macht nun schon seit einigen Wochen Anstalten, selbst in die Rolle der leicht gestörten Übermutter zu fallen. Im sechsten Monat kann ich das allerdings als hormonbedingte Bewusstseinsveränderung verzeihen.

»Außerdem waren wir uns doch sicher, dass wir in die Taxisstraße gehen, und da hat die Frau am Telefon gesagt, dass es reicht, sich acht Wochen vor dem Termin anzumelden«, versuche ich meine Untätigkeit zu rechtfertigen.

»Da wusste ich aber noch nicht, wie gut der Dritte Orden ist.«

»Nur weil die Zicken in deiner Geburtsvorbereitungsgruppe, die du übrigens hasst, das behaupten. Wenn du mich fragst, sind die komplett geisteskrank, wenn sie ihr inoffizielles Kind quasi mit dem Weglegen des Schwangerschaftstests dort einbuchen. Und nur weil diese Tanten dort ihre Handtücher auf die Spreizliegen schmeißen, heißt das nicht, dass es das bessere Krankenhaus ist. Ich habe zumindest nicht mitbekommen, dass in anderen Kliniken irgendwas schlechter läuft und reihenweise die Mütter und Neugeborenen sterben.«

»Du hast ja auch keine Ahnung.«

Das ist ihr neustes Totschlagargument, das stets von einem Totschlagblick begleitet wird. Das Schlauste ist, sich daraufhin erst mal tot zu stellen. Ich setze mich also neben sie auf die Couch, auf der sie nun die Tage verbringt, lege ihre Füße auf meinen Schoß und schweige vor mich hin. Darin bin ich beängstigend gut. Zum Glück ist es nicht dunkel, sonst würde ich einschlafen, was meine Lieblingsstrategie ist, um einen gerade aufkeimenden Streit frühzeitig zu beenden. Tagsüber schaffe ich dasselbe oft mit einer kleinen Fußmassage, die ich auch diesmal einzuleiten versuche.

»Und was machen wir jetzt?«, will Jessi wissen, um mein Totstellen zu beenden.

»Ich kann ja mal hinfahren und versuchen, ob ich nicht irgendwas ausrichten kann. Du hast doch erzählt, dass von den Tussen in der Gruppe eh zwei lieber eine Hausgeburt wollen und sich nur vorsorglich angemeldet haben.«

Mein Daumen kreist mit sanftem Druck auf ihrer Fußsohle herum, was Jessi aber offenbar gar nicht registriert. Statt sich zu beruhigen, erklärt sie, dass ich mir den Trip sparen kann, da neunzig Prozent aller geplanten Hausgeburten so oder so im Kreißsaal enden.

»Gut. Aber wenn von den acht Frauen in deiner Gruppe zwei so eine Hausgeburt planen, sind das immerhin fünfundzwanzig Prozent, und wenn die da zehn Geburten am Tag haben und davon auch zwei lieber zu Hause wären, dann finden bei einer Erfolgsquote von zehn Prozent an zehn aufeinanderfolgenden Tagen zwei Geburten nicht im Kreißsaal statt.«

»Hä?«

»Ich sag ja nur – alle fünf Tage wird dort ein Termin nicht wahrgenommen.«

»Ja, Jens, nach deiner Scheißlogik.«

»Alternativ können wir uns nirgendwo anmelden und dann einfach einen Krankenwagen rufen, wenn die Wehen einsetzen, und uns in den Dritten Orden fahren lassen. Die können uns ja nicht wieder nach Hause schicken. Oder wir fahren einfach mit 'nem Taxi hin«, denke ich laut, was meinem Vorsatz, nie wieder laut zu denken, aufs Äußerste widerspricht.

»Oder wir probieren's einfach mit einer Hausgeburt«, fährt Jessi mich an und zieht ihre Füße zurück. Ich beschließe, mich wieder tot zu stellen, während sie aufsteht und das Wohnzimmer verlässt, leise über das Zusatzgewicht im Bauch stöhnend.

Ich habe mich an meinen Computer zurückgezogen, um so zu tun, als würde ich arbeiten. Eigentlich gibt es nichts vorzubereiten, nur einen kleinen Auftrag auf der eCarTec-Messe in zehn Tagen. Seit gut fünf Jahren lebe ich fast ausschließlich von solchen Jobs auf sämtlichen Messen, die in unsere schöne Stadt kommen. Mal muss ich den Besuchern alles über innovative Seifenspender erklären, das nächste Mal ein vollendet idiotisches Fitnessgerät vorstellen, an welches sich im nächsten Jahr niemand mehr erinnern wird, und nun eben eine Präsentation für eine revolutionäre Akkuladestation vorbereiten, die sich jedermann in die Garage stellen sollte, der ein Elektroauto hat. Top Plan, der aber daran scheitern wird, dass die gefühlten neun Elektroautobesitzer in Deutschland bestimmt ein hart umkämpfter Markt sind.

Alleine bin ich mit dem Job ganz gut um die Runden gekommen. Dass ich konstant um die null Euro auf dem Konto hatte, habe und vermutlich auch haben werde, war nie problematisch für mich. Da mir nun aber ein Kind ins Haus steht und Jessi in ihrem Elternjahr auch nicht an die Obergrenze des Elterngelds kommt, wird mir immer mulmiger, wenn ich an Ausgaben denke. Das ist wohl die männliche Variante der Schwangerschaftsübelkeit.

»Und? Irgendwas Neues auf Facebook?«, reißt mich Jessi aus meinen Gedanken. Da diese Seite tatsächlich gerade auf meinen Monitor geöffnet ist, drück ich hastig cmd+h, und der Browser verschwindet von der Oberfläche.

»Nee, nur Scheiß.«

Ich drehe mich zu ihr um und erkenne sofort, dass es diesmal nicht mit einem Blumenstrauß und schön Essengehen getan sein wird. Jessi hat ihren Mantel an und eine gepackte Tasche neben sich stehen.

»Fährst du weg?«, frage ich blöd, worauf sie mich nur schweigend anblickt.

»Jetzt ernsthaft. Was wird das?«

»Ich muss mal ein paar Tage raus hier«, setzt Jessi an.

»Mir fällt die Decke auf den Kopf – und ich finde mich in letzter Zeit unausstehlich.«

»Bist du nicht.«

»Doch.«

Eine erste Träne bildet sich in ihrem rechten Auge, das linke wird auch feucht. Ich kann kaum glauben, dass Jessi schon wieder heult. Normalerweise hat es bislang nur aus ihren Augen gesuppt, wenn wir vor Lachen nicht mehr konnten. Sie muss wirklich verzweifelt sein, und in mir gehen alle Alarmglocken los, denn Verzweiflung kommt von Zweifeln, und das kann sie nur an mir. Sie war in den vergangenen Wochen schon sehr gereizt, hat wegen Kleinigkeiten herumgestritten und mich immer wieder kritisiert. Meist auch zu Recht. Die Sache mit der dämlichen Klinik, meine Arbeit, mein Essverhalten, meine Disziplinlosigkeit, alles wurde irgendwann mal zum Thema. Doch es ist mir immer gelungen, alles runterzuspielen, ihr ein Gefühl von Sicherheit zu vermitteln oder mich selbst zu bessern. Zumindest kurzzeitig. Vielleicht hat sich da einfach was in ihr aufgestaut, vielleicht braucht sie nur etwas Abstand.

»Mir wird gerade alles zu viel.«

»Was genau?«

»Das Baby, die Hochzeit, die ganzen Umstellungen.«

»Helfe ich dir nicht genug?«

»Doch, doch. Das hat nichts mit dir zu tun. Ich hab irgendwie ein Problem mit mir, und das will ich aussortieren.«

»Alleine.«

»Ja, du musst schließlich arbeiten und …«

Sie bricht mitten im Satz ab und wischt sich die Tränen

aus dem Gesicht. Ich könnte jetzt ehrlich sein und ihr sagen, dass ich eigentlich nicht wirklich was mache. Dass ich hier sitze und hoffe, sie merkt nicht, wie planlos ich gerade bin. Dass ich ihre Angst vor all den neuen Herausforderungen teile, vor allem die, für ein Kind verantwortlich zu sein. Doch irgendwas in mir hindert mich daran, vermutlich die Vernunft.

»Und wo genau willst du hin?«, frage ich stattdessen.

»Zu einer Freundin.«

»Zu Mina?«

»Ist doch egal.«

Ist es nicht. Ich muss schließlich wissen, wo ich sie finden kann, falls was passiert. Immerhin ist sie im sechsten Monat schwanger. Jessi erwidert nur, dass sie mich schon erreichen wird, falls was sein sollte. Was soll in zwei, drei Tagen schon passieren?

»Zwei, drei Tage also?«, frage ich nach.

»Keine Ahnung. Vielleicht auch ein paar mehr. Mal sehen.«

»Gut. Wenn ich irgendwas tun kann, sag mir Bescheid, ja?«

»Natürlich.«

»Und es liegt sicher nicht an mir?«

Mein Magen hat sich inzwischen viermal gedreht, mir ist übel, schwindlig und kalt. Aus Jessis Zögern lese ich obendrein, dass ihre Krise sehr wohl mit mir zu tun hat. Dass ich das Problem bin und sie sich nur nicht traut, es auszusprechen, womöglich die Beziehung infrage zu stellen. Das überlassen die Frauen nämlich gerne uns Männern, um es uns später immer und immer wieder vorzuhalten. Sie selbst implizieren nur eine gewisse Unzufriedenheit, bis sie dann überraschend radikal einen Schlussstrich ziehen.

»Ich liebe dich«, antwortet Jessi nach einer gefühlten Ewigkeit leise.

»Dann bleib.«

Sie schaut mich an, in ihren Augen spiegelt sich eine Hilflosigkeit, die ich von ihr so nicht kenne. Sie liebt und verlässt mich mit einem verzweifelten Lächeln, dem ich nur ein Stirnrunzeln entgegensetzen kann, denn dieses Paradoxon muss ich erst einmal verdauen. Oder wenigstens betäuben.

»Und dann ist sie zurückgekommen, und ihr habt gevögelt?«, mutmaßt Sven, mit dem ich gerade mein fünftes Bier an diesem Abend trinke. Er hat eine Kneipe in der Innenstadt aufgetan, in der man in einem ausgehöhlten Baum an der Bar sitzen kann. Landhaus heißt sie, Baumhaus nennt er sie. Zudem kann man sich hier gut und günstig für einen Besuch im nahe gelegenen Atomic Café die nötige Gelassenheit antrinken, dessen Zielgruppe man mit achtunddreißig im Grunde schon wieder verlassen hat.

»Nein, sie ist nicht zurückgekommen, und das ist vielleicht auch besser so, sonst nehme ich das ja nicht ernst«, antworte ich.

»Und dein erster Beweis dafür, wie ernst du das nimmst, besteht darin, dich mit mir wegzuschießen?«

»Nee. Ich hab vor dir schon Hondo gefragt, aber der hatte keine Zeit.«

»Witzig.«

»Hast du mit dem eigentlich noch Kontakt?«

Sven nickt. Hondo ist ein gemeinsamer Bekannter, bei

dem ich im vergangenen Sommer ein Praktikum als Dopingmittel-Verteiler im Freibad absolviert habe. Ich hatte Schulden bei ihm, die ich abarbeiten musste, da der muskulöse Balkanhühne nicht der Typ ist, dem man Geld schulden möchte.

»Und? Was macht er?«

»Türsteher. Bei Armani. Damit die Tüten beim Shoppen nicht gestört werden.«

»Tüten?«

»Ja, die verschleierten Tussen aus Dubai und so.«

»Und warum Tüten?«

»Weil die immer mindestens fünf Tüten rumschleppen. Außerdem sind sie ja selbst auch irgendwie eingetütet.«

»Ist was dran.«

»Am lustigsten finde ich die mit so 'nem Bronze- oder Goldteil vor dem Mund. Die schauen aus wie vermummte Eishockeyspieler.«

Ich hätte gleich ahnen können, dass mich ein Absturz mit meinem ehemaligen Mitbewohner nicht bereichern würde, was die Analyse meiner aktuellen Beziehungssituation betrifft. Auf der anderen Seite habe ich mir nach Jessis Ansage auch einen Abend Ablenkung verdient.

»Aber wer sagt eigentlich, dass du das ernst nehmen musst?«, beendet Sven überraschend seine Tütenabschweifung.

»Ich. Ist doch klar, dass ich der Grund für die ganze Scheiße bin.«

»Wieso?«

»Weil ich meinen Kram nicht auf die Reihe bekomme. Weil ich nichts hinkriege und deswegen genauso verunsichert bin wie sie.«

»Du verunsicherst dich selbst?«

»Ja. In gewisser Weise.«

Das muss Sven erst mal sacken lassen. Er schüttelt seinen Kopf in Unverständnis, nimmt einen großen Schluck Bier und stellt sein Glas ab, aber nur um es gleich wieder zu nehmen und es in einem Zug zu leeren. Ich sehe ihn die ganze Zeit erwartungsvoll an, ganz so, als würde er mir gleich versichern, dass ich mir keinen Kopf machen muss, weil ich in Wirklichkeit alles im Griff habe. Ich bin richtig erpicht auf seine freundschaftliche Lüge, auf sein verbales Schulterklopfen, ein paar Worte, die mich und meinen plötzlichen Wahn, ein Versager zu sein, wieder ins rechte Licht rücken.

»Ich kann sie ja verstehen«, antwortet er stattdessen und ordert ein weiteres Bier. »Immerhin lässt du dich von jedem Mist sofort ablenken und bekommst wirklich nichts auf die Reihe.«

»Das sagt der Richtige«, erwidere ich trotzig.

»Wer soll es dir denn sonst sagen? Wenn ich dich fragen würde, was du in den vergangenen, na, sagen wir, vier Tagen Produktives geleistet hast, würdest du mich in eine Diskussion darüber verwickeln, was genau ich mit produktiv meine.«

»Stimmt doch gar nicht.«

»Okay. Dann sag's mir.«

»Na ja, das ist nicht so einfach zu beantworten, weil ich ja gerade quasi …«

»Siehst du. Null. Stattdessen hast du garantiert die meiste Zeit im Internet verbracht.«

Sven kennt mich zu gut, und ich befürchte, dass Jessi in den vergangenen Monaten ein ähnliches Bild von mir gewonnen hat. Insofern kann ich Sven gut als Testperson verwenden und mit ihm das diskutieren, was mir Jessi eventuell vorwerfen könnte.

»Das stimmt so nicht«, sage ich folglich. »Ich muss schließlich für meine Moderationen immer auf dem Stand aller Entwicklungen sein.«

»Ach, und das kann man bei den verschiedenen Flash-Game-Anbietern nachlesen?«

»Nein, in den Blogs.«

»Und welche Blogs checkst du da so?«

»Ja, ich schau halt auch bei Facebook.«

»Du bist da Mitglied?«

»Ey, doch nur, weil du da ein Profil auf meinen Namen eingerichtet hast, um deine bescheuerte Ex-Freundin zu finden.«

»Hättest es ja löschen können.«

»Leck mich, Sven. Außerdem ist es sehr gut zum Netzwerken. Erst gestern hab ich auf die Art wieder eine Anfrage für die electronica-Messe bekommen.«

»Dann solltest du mir dankbar sein!«

»Nee, da hab ich schon einen Kunden, aber ich hab die Adresse an einen Bekannten vermittelt, der auch bei Facebook ist und mir jetzt einen Gefallen schuldet.«

»Dann frag den doch, ob er nicht dein Leben für dich neu ordnen könnte.«

»Oder ob er 'nen Plan hat, was man machen kann, wenn man alt wird und nichts gelernt hat«, versuche ich resigniert die Diskussion zu beenden. Sie führt zu nichts, es ist nicht mal eine richtige Diskussion, nur mein erbärmlicher Versuch, mich und meine kaputte Arbeitsmoral zu rechtfertigen. Außerdem zieht mich das Bier inzwischen runter. Das passiert regelmäßig zwischen der vierten und fünften Halben. Die ersten drei öffnen wohl eine Art Ehrlichkeitspforte in der selbstbetrügerischen Schutzhülle, die ich um mein Ich herum errichtet habe. In den geschätzten zehn Minuten, die ich mit dieser offenen Tür zu meinem Innersten verbringe, entscheidet sich jedes Mal, wie der Abend verlaufen wird. Kriege ich mich wieder ein und kann die Pforte erfolgreich wieder schließen, wird die Nacht lang, feucht und fröhlich. Gelingt es mir nicht, mich erneut in den Kokon aus halbseidenen Selbstrechtfertigungen zurückzuziehen, wird sie lang, feucht und düster.

»Andere nehmen für so eine Vermittlung Provision«, setzt Sven noch nach.

»Ja, und dafür werden sie von allen zu Recht gehasst«, erwidere ich. »Makler, Agenten und Zeitarbeitsvermittler sind eine nutzlose Pest, Beziehungsparasiten, die sich zwischen Geschäftspartner drängen und auf ihre Kosten leben, ohne irgendwas beizutragen.«

Ich kann erkennen, dass Sven erwägt, korrigierend auf meine verhärtete Perspektive einzuwirken, da sich seine Augen nach rechts oben bewegen, ein deutliches Anzeichen dafür, dass mein Gegenüber grübelt. Doch mit einem kurzen Kopfwackeln entscheidet er sich dann dafür, mich vorerst genug gequält zu haben und den Abend aufblühen zu lassen.

»Einen Tipp hab ich aber noch«, beendet er unser Krisengespräch. »Sei einfach mal vollkommen ehrlich. Zu dir, zu Jessi und ... äh, reicht eigentlich. Zu Jessi und zu dir.«

»Mach ich. Ist vielleicht wirklich nicht dumm.«

Ich hebe mein Glas, und Sven prostet mir zu: »Ex oder

Arschloch.« Weil ich den Spruch seit mindestens zehn Jahren nicht mehr gehört habe, lächle ich und entscheide mich für Ex. Damit ist das Selbstzweifelintermezzo beendet, die sechste Halbe kann kommen, der Abend wird eine fröhliche Party.

Spirituosenmesse

»Im Eintritt zur Finest Spirits sind ein Nosing-Glas und vier Verkostungsgutscheine à 1 cl enthalten.«

Viele meiner Bekannten behaupten, dass sie das eigene Älterwerden daran spüren, dass sie länger brauchen, um sich von einer durchsoffenen Nacht zu erholen. Ich hingegen habe schon mit siebzehn den einem Vollrausch folgenden Tag komplett knicken können. Das ist so geblieben, und ich weiß trotzdem, dass ich ein alter Mann bin. Ich bin kurz vor der großen Vierzig, dem schlimmsten Jahrzehnt, das man durchleben muss. Man ist noch zu jung, um schon etwas zu bedeuten, aber zu alt, um noch was zu reißen. Man ist einfach nur ein bedeutungsloses Rad in der Maschinerie, das seinen Beitrag leisten und die Schnauze halten soll.

Leider war mein bisheriger Beitrag äußerst gering, und mit dem Schädel, den ich heute habe, werde ich auch nicht unbedingt auf die zündende Idee kommen, wie ich das ändern kann. Schuld sind diese verdammten Long Drinks im Atomic. Man hat ja in jedem Club einen Platz, der wie für einen geschaffen ist. In der Bongo Bar war's die kleine runde Tanzfläche vorne rechts, im K41 die Ecke der Cocktailbar vor dem Damenklo und in der Babalu Bar das Plüschsofa bei der großen Lavalampe. Im Atomic ist es die kleinere Bar im Halbseparee, wo es unschicklich ist, Bier zu bestellen. Das bilde ich mir jedenfalls seit meinem ersten Besuch dort ein, der nun auch schon gut zwanzig Jahre zurückliegen dürfte.

Der einzige Unterschied zu damals besteht darin, dass die anderen Gäste gemeinsam mit den Türstehern vor ein paar Jahren über Nacht eine Generation jünger geworden sind und ich mich entsprechend fehl im Nachtleben fühle. Ihre Blicke verraten mir, dass ich nicht mehr zu ihnen gehöre, einer hat mich sogar mal gefragt, ob ich ein Zivilbulle sei, worauf ich einfach gegangen bin. So beschissen ziehe ich mich auch wieder nicht an. Jedenfalls jetzt noch nicht.

»Eine Flasche Bombay Sapphire und eine Ladung Tonics«, ordert Sven, und ich habe dem nichts entgegenzusetzen, obwohl ich gerne mal wüsste, ob es der Gin oder das Tonic ist, wovon ich beim ersten Schluck immer Sodbrennen bekomme. Die andere unerwünschte Nebenwirkung beim Konsum von Gin Tonic ist bei mir eine leichte Aggressivität, die ich sonst gar nicht von mir kenne.

»Deine Tochter entwickelt sich übrigens gut«, erzähle ich Sven, um nicht nur schweigend neben ihm an meinem Drink zu nuckeln. Für einen Moment ist er irritiert.

»Ach, stimmt, die ist ja eigentlich von mir«, erinnert er sich dann. »Hey, nicht dass die noch bei mir antanzt wegen Unterhalt oder so, krieg das mal bitte schnell wieder geregelt, ja?«

»Nee, mach dir mal keine Sorgen. Jessis Vater ist so oder so ganz gut betucht, und weil ich ja offiziell der Papa bin, würde ich auch für alles aufkommen.«

»Das sagst du jetzt.«

»Wird schon alles. Jessi ist einfach nur hormonell bedingt überempfindlich.«

Mehr will Sven offenbar nicht wissen, denn er lässt mich einfach an der Bar stehen, um eine äußerst unattraktive Frau anzusprechen. Wenn man's bisschen weich und griffig mag und beim Sex die Augen schließt, sind das, laut seiner Philosophie, die dankbarsten One-Night-Stands überhaupt. Ich bin verklemmt genug, um zu behaupten, dass ich den Begriff der Dankbarkeit bis heute nicht mit Sex in Verbindung gebracht habe. Und das, obwohl ich auch etwas griffig bin und hoffe, dass mich meine Partnerin beim Sex nicht ansieht.

Da Sven kurze Zeit später mit der unattraktiven Dame und ihrer hässlichen, schwerst brünftigen Freudin wieder auf mich zusteuert, ziehe ich nach einem weiteren Gin Tonic mit einem frisch gefüllten, fair gemischten Glas auf die Tanzfläche um, was rückblickend auf einen recht deftigen Rauschzustand schließen lässt. Ich meide Tanzvolk normalerweise, aber Svens aufdringlicher Aufrissanhang hat mich diese Abneigung vergessen lassen.

»Bist du verheiratet?«, plärrt mir ein Mädchen zu, das sich offensichtlich ebenso alleine wie ich auf der Tanzfläche bewegt. Sie ist klein, also körperlich, vielleicht ein Meter sechzig, und hat was Niedlich-Schlumpfiges.

»Verlobt!«, rufe ich zurück, und sie lacht.

»Junggesellenabschied?«

Ich nicke, auch wenn ich sicherlich keinen Junggesellenabschied feiern werde, eine mir vollkommen unverständliche Tradition. Denn wenn ich eins niemals vermissen werde, ist es meine Zeit als Single.

»Dann darfst du heute machen, was du willst, oder?«, fragt Schlumpfine mit einem frivolen Lächeln. Da mich lange niemand mehr derart offensiv angemacht hat, grinse ich angetrunken zurück. Einfach nur so, ohne Hintergedanken. Genauer gesagt, ohne weiterführende Hintergedanken. Natürlich stelle ich mir für einen Moment vor, dass mich dieses Wesen begehren könnte, dass sie mich kennenlernen, küssen, verführen möchte. Gleichzeitig ist es mir völlig egal, lässt mich kalt und nervt mich eigentlich schon jetzt. Die Frau meines Lebens habe ich schließlich bereits getroffen. Gut, es ist gerade kompliziert, aber kompliziert sind so viele Beziehungen, dass es dafür einen eigenen Facebookstatus gibt. Mit einer Fremden zu tanzen, macht es zwar nicht gerade unkomplizierter, doch da ich mir nichts vorzuwerfen habe, steigert es eigentlich nur die Sehnsucht nach Jessi und baut zur selben Zeit mein verletztes Ego ein wenig auf.

Ich versuche, cool dreinzuschauen und ihre Schritte, so gut es geht, nachzuahmen, gleichzeitig aber eigene Moves und Steps in meine Bewegungen einfließen zu lassen. Außerdem überlege ich schon, in welche Richtung in mich in voraussichtlich zehn, fünfzehn Minuten von ihr wegbewegen werde, um einem anschließenden gemeinsamen Drink vorzubeugen. Zur Not kann ich ja immer überhastet in Richtung Toilette rennen, Übelkeit und Vollsuff vortäuschen, schneller und einfacher kann man sich bei einer Frau nicht unattraktiv machen.

Doch momentan ist noch alles im grünen Bereich. Sie lacht mich an, ich lächle vor mich hin – da kommt auf einmal dieser andere Typ daher und drängt sich offensiv zwischen uns. Er wirkt viel zu selbstsicher, so wie die Typen in Leo's Sports Club und all den anderen Fitnesscentern der Stadt, denen ich meinen laschen Körper und meine marode Fitness verdanke, weil sie mich mit ihrer Präsenz am Trainieren hindern. Mit ihrem makellosen Aussehen, ihren trendigen Trainingshosen und modischen Shirts, in denen sie lässig an der Saft- und Proteinshaketheke stehen und mit den Trainern wie mit alten Freunden quatschen. Sie sind über jeden Selbstzweifel erhaben, und es hilft nicht mal, mir vorzustellen, wie sie später wieder alleine und verloren in ihrer schnieken Wohnung hocken. Weinend, weil sie am Ende des Tages niemanden haben, der in einem ollen Outfit neben ihnen auf der Couch sitzt und unfassbare Lust auf Chips hat. Niemanden wie Jessi, um genau zu sein, die sich mit mir in den vergangenen Wochen wahre Fress-Flash-Schlachten geliefert hat. Nein, sicher kommen diese fitten, selbstherrlichen Adonisse gar nicht erst in diese Situation, denn sie haben ständig Programm und Freunde um sich rum.

Während ich mich gedanklich in Rage versetze, hat sich der anwesende Vertreter dieser verachtenswerten Gattung Mann schon auf einen knappen halben Meter an mein Schlumpfinchen rangetanzt. Er wird sie in Kürze ansprechen, abfüllen, abschleppen und dann vergessen wollen. Ein Schicksal, das die Kleine nicht verdient hat. Behauptet jedenfalls mein angesoffenes Hirn, und ich Idiot glaube ihm. Ich wende mich also mit einem lauten »Hey!« an seinen Rücken, doch das interessiert den Aufreißer wenig. Zu meinem Entsetzen muss ich auch noch über seine Schulter mit ansehen, wie mein kleiner Schlumpf diesen Tanz-Gargamel anstrahlt. Sie wird in seine Falle tappen, und ich bin der Einzige, der das noch verhindern kann. Das ist zumindest die Überzeugung des Gin Tonic in mir.

»Hey, Fotze, geh scheißen!«, schreie ich Gargamel ins Ohr und wundere mich gleichzeitig über mich. Ich benutze »Fotze« gerne, um Männer im Stillen zu beschimpfen; dass ich jemanden direkt so nenne, ist bislang jedoch nicht vorgekommen. Danke, Gin. Während er sich zu mir umdreht, nehme ich meine verklärte Interpretation einer stabilen, aufrechten Haltung ein sowie einen Schluck aus meinem flüssigen Aggressionsaggregat. Augenblicke später wird mir das Glas aus der Hand geschlagen, dann trifft mich etwas am Knie, und schon liegen wir beide auf dem Boden. Der Arsch muss mich angegriffen haben. Ich versuche, ihn von mir runterzustrampeln, doch er robbt sich auf mich zurück und schlägt mir mit der Faust ins Gesicht. Ins Gesicht!

»Hör auf, du Fo…«, ist alles, was ich dann noch herausbringe, doch sicherlich zu leise, um gehört zu werden. Irgendwer kickt mir gegen die Beine, und als ich über meinen Angreifer hinwegschiele, erkenne ich, dass es das Mädchen ist, das mich vor wenigen Minuten angelächelt hat. Jeder ihrer Tritte schickt eine weitere kleine Packung Schmerz in mein Gehirn, das eigentlich bereits mit der Verarbeitung des unangenehmen Gefühlserlebnisses »Faustschlag« ausgelastet ist. Um mich vom so zusammenkommenden Gesamtschmerz abzulenken, versuche ich eine Botschaft in ihrer Trittfolge zu erkennen. Lang, kurz, kurz, kurz, lang. Vergebens. Und dämlich, denn ich beherrsche das Morsealphabet nicht.

Plötzlich schiebt sich Sven zwischen mich und meine Angreifer. Er ruft den anderen zu, dass ich eine geile Sau bin, an der sich alle mal ein Beispiel nehmen sollten, und dann tritt er dem Schläger in die Seite. Er tritt! Das ist alles nicht meine Welt, ich will, dass alle aufhören, werde im nächsten Moment aber schon vom Türsteher am Arm gepackt und durch die gaffenden Teenies zur Tür geschleift. »Ich geh schon! Lass los! Ich geh schon!«, plärre ich, in panischer Angst davor, ein Gelenk ausgekugelt zu bekommen, egal welches; die kugeln sich mit knapp vierzig nämlich nicht so einfach wieder ein. Gerade denke ich noch: »Ich kann mich hier nie wieder blicken lassen«, obwohl ich das eh nicht vorhatte, dann kotze ich auch schon zwischen zwei Fahrräder und entschuldige mich beim Sattel.

Sven kommt nicht heraus, was mich beruhigt, weil das bedeutet, dass ich nicht weitersaufen muss. Auf einmal rauscht aber ein Polizeiwagen mit Blaulicht in die Neuturmstraße, zwei hektische Polizisten steigen aus, knallen die Türen und verschwinden im Atomic. Absolut lässig wäre es nun von mir, das verdammte Polizeiauto anzupinkeln, aber meine coolen Zeiten sind Geschichte. Das wird mir klar, weil mein Unterbewusstsein mich prompt wissen lässt, dass die Bullen nun wirklich nichts verkehrt gemacht haben und bestimmt Stress kriegen, wenn sie mit einem angepissten Auto zurück auf die Wache kommen. Entweder bin ich so besoffen, dass nicht nur meine Birne, sondern auch mein Verstand weich wird, oder ich bin nun offiziell alt.

Gegen vierzehn Uhr habe ich meinen Geist mit zwei Ibuprofen, einer Packung Zwieback und viel Kaffee wieder einigermaßen unter Kontrolle gebracht, die Schwummrigkeit und den flauen Magen auf ein erträgliches Maß reduziert, und wenn ich meinen Kopf nicht bewege, kann ich sogar auf dem Monitor Text lesen und eingeben. Ich darf dabei nur nicht auf die Tasten schauen, weil beim Blick zurück auf den Screen alles verschwimmt und mein

Hirn von einer deutlich spürbaren Fehlermeldung kurzzeitig lahmgelegt wird. Wer saufen kann, muss auch arbeiten können, heißt es immer, ich kann ganz offensichtlich weder noch.

Dass ich an einem Mittwoch einen derartigen Rausch ohne schlechtes Gewissen auskurieren kann, beschäftigt mich schon den gesamten Vormittag. Pro: Ich habe später genauso viel Zeit, um Jessi mit dem Baby und im Haushalt zu helfen. Contra: Ich würde mich sehr oft nur deshalb um das Kind kümmern, damit ich nicht am Computer sitzen muss.

Das hilft schon mal die Prämissen meiner beruflichen Bestimmung abzustecken, denn das lädierte Lungern am Vormittag hat mir wenigstens die Erkenntnis beschert, dass mein derzeitiges Einkommenspotenzial in den kommenden Jahren rapide sinken könnte. Ein Potenzial, das ich in der Vergangenheit leider auch nicht voll ausgeschöpft habe, weshalb ich auch auf keinerlei Ersparnisse oder Anlagen zurückgreifen kann. Mir schwant, dass Jessi sich dessen ebenso bewusst ist und ihre durch die Schwangerschaft gewachsene Zukunftsangst vermutlich stark damit zusammen hängt. Um bei unserem nächsten Gespräch die alte Sicherheit und das Vertrauen in mich wiederherzustellen, muss ich also nur einen beruflichen Fünf-Jahres-Plan entwerfen. Vielleicht ist es ganz gut, dass ich das in aller Ruhe und ohne sie machen kann.

Ein Job, für den ich jeden Tag ein paar Stunden lang das Haus verlassen muss, ist Pflicht. Aber bloß nichts mit Medien, diesen Schwur habe ich nach meiner Zeit beim Radio geleistet, wobei Radio selbst das einzige Medium wäre, bei dem ich eine Ausnahme machen würde. Allerdings natürlich keine Werbung, kein Fernsehen, kein Film. Die Menschen, die sich das antun, sind noch gestörter als Betriebswirte, Berater und Businesskasperl. Ich habe mich 1998 mal bei einer Werbeagentur beworben und sollte dann einen Testbogen mit Deppenaufgaben ausfüllen: »Zur diesjährigen Loveparade werden bis zu eine Million Besucher in Berlin erwartet. Entwirf ein Schild, das die Menschen davon abhält, in den Tiergarten zu pinkeln!«

Mein Ergebnis war weder originell noch hilfreich, hieß es in dem Antwortschreiben der Agentur, ja vielmehr unverständlich, verwirrend, die Idee nicht klar, nicht punchy, was auch immer das bedeuten sollte. Dennoch hieß es, ich könne als Junior-Praktikant anfangen und ein halbes Jahr für kein Gehalt in der Agentur arbeiten, mindestens vierzehn Stunden am Tag, Wochenenden inklusive. Das fand ich eher unrentabel und habe die Finger davon gelassen.

Kurz darauf habe ich bei einer Fernsehproduktionsfirma für zwei Wochen Kaffee gekocht, was ich immer als Metapher für zu erledigende Depperljobs verstanden hatte. Erwartet hatte ich zunächst simple Kopierarbeiten, aber auch eine Einführung in die Grundlagen der Filmproduktion, vielleicht etwas über Kameras, Setbau, Drehplanung, den ganzen Schmarrn halt. Gemacht habe ich Cappuccino, Latte macchiato, Milchkaffee und für die Isa aus der Buchhaltung immer nur Tee, meine Güte, so schwer kann das ja nicht sein. Möglicherweise war die Firma einfach Schrott, da man aber ständig am Produzieren war, schloss ich, dass es in allen anderen Filmproduktionen ähnlich zuging, und verließ diese Spielwiese, um die erworbenen Kenntnisse sinnvoller einzusetzen: hinter dem Tresen eines kleinen Cafés.

Nur beim Radio war es cool. Alle wussten, dass sie zu hässlich für einen Job vor der Kamera waren, und redeten gar nicht erst darüber. Ab und an kam ein Volontär oder Praktikant, der sofort weiter zu ProSieben oder eigentlich zum Bayerischen Rundfunk wollte, was stets belächelt, im Erfolgsfall aber totgeschwiegen wurde. Als Moderator konnte man sich damals mit einer selbst gemachten Kassette bewerben. Wenn man nicht komplett neben der Spur lag, wurde einem gestattet, im freien der zwei Sendestudios am Abend Testsendungen zu produzieren, bis man reif für »on air« war.

Ich hatte dabei nur ein Problem: Ich war fünfundzwanzig und hatte nichts zu erzählen.

In den seither vergangenen dreizehn Jahren habe ich ein bisschen was von der Welt gesehen, mir zum Teil relativ feste Meinungen gebildet und auch das ein oder andere verstanden. All meine Probleme habe ich aus eigenen Stücken gelöst, vermutlich habe ich tatsächlich so etwas wie Lebenserfahrung gesammelt. Wenn man mich nicht sieht, kann man mich auch noch für nah genug an der aktuell coolen Generation halten, sodass ich mir zutrauen würde, endlich über den Äther zu ihr zu sprechen.

In der folgenden halben Stunde vor meinem Computer scanne ich die Münchner Radiostationen und komme zu dem festen Entschluss, morgen bei Hip FM anzurufen, vielleicht kann ich da ja mal vorsprechen. Ein top Plan, stelle ich selbstzufrieden fest, als ich eine mir sehr gut bekannte Stimme aus der Küche höre: »Hey, Pisser, hast du kein Kaffee im Haus? Ich werd noch meschugge hier!«

Hondo. Mit seiner Hilfe gelingt es mir, den Rest des gestrigen Abends zu rekapitulieren. Er hat mich im Parkhaus beim Hofbräuhaus entdeckt, wo ich unnötigerweise vor der Polizei Zuflucht gesucht haben muss. Gemeinsam mit seinem jüdischen Freund Ivo hat er mich dann nach Hause gebracht und aufgepasst, dass ich keinen Blödsinn mehr anstelle. Als er mich schließlich fragt, ob die Salami in meinem Kühlschrank koscher ist, muss ich dann doch nachhaken: »Bist du jetzt Jude?«

»Naa, aber ich werd's. Wenn der Rabbi mich akzeptiert.«

»Welcher Rabbi?«

»Ich weiß nicht, ob ich dir sein Namen sagen darf. Aber halt der eine von denen im Jüdischen Zentrum. Ist nix Persönliches, aber ich bin da lieber vorsichtig.«

»Und warum willst du bitte Jude werden?«

»Mann, weil ich verliebt bin. Nur, die ist halt Jüdin, und dann muss ich das auch sein. Weißt du, ich war schon Moslem und Christ, ja, das sind beides die Todfeinde von denen. Aber in mein Herz bin ich, glaub ich, schon voll Jude und muss jetzt halt nur lernen, wie ich das nach außen bringe.«

»Cool.«

»Ja, hey, bete mal für mich, dass ich nicht wieder der Schlemiehl bin, wo sich dafür den Arsch aufreißt und dann abgelehnt wird. So ein Schlamassel brauch ich nullstens.«

»Okay, mach ich. Aber das Jiddische klingt schon mal gut. Masel tov.«

»Ey, ich hab dir gestern auf der Straße beim Pissen geholfen, ich weiß, dass du kein Jude bist. Also sprich nicht unsere Sprache, okay?«

»Oh, Verzeihung ...«

»Ich sag ja nur. Also, wo ist Kaffee?«

Mit der jüdischen Streitkultur wird Hondo auf jeden Fall kein Problem haben. Er fährt seine Wut hoch und runter wie andere ihre PCs, wenn wieder eine halbe Stunde vorbei ist und Microsoft ein neues Update in die Welt schickt, um eine schwerwiegende Sicherheitslücke zu schließen. Eigentlich schade, dass ich mit ihm kaum noch Kontakt habe, gerade jetzt, wo er einen wirklich interessanten Wandel durchmacht.

Eine halbe Stunde später – ich hatte tatsächlich keinen Kaffee mehr im Haus und musste schnell zu Vits Kaffeerösterei – sitzen wir in der Küche, und ich erfahre, dass Kuhmilch per se koscher ist. Hurra. Irgendein sarkastischer Frontalbereich in meinem Hirn verurteilt Hondo schon jetzt für sein Vorhaben, was unfair ist, denn er macht mir gerade Mut, mich bei Hip FM zu bewerben. Zumindest versucht er, mich positiv zu unterstützen, »auch wenn du halt mehr so nicht gut im Reden bist. Nicht falsch verstehen, ja, aber ich find's halt schwer, das interessant zu finden, was und wie du reden tust.« Dann duscht er, zieht sich seinen Armani-Türsteher-Anzug an und verabschiedet sich mit dem Hinweis, dass er sich auf jeden Fall auch mal jobmäßig für mich umhören wird, er kennt schließlich Leute, und ich checke schließlich, wie man mit Computern umgeht, da glaubt er eh schon was zu wissen. Aber das mit dem Radio soll ich unbedingt versuchen, so was härtet einen derb ab!

Ich verkneife mir ein Schalom.

Fahrradmesse

»2011 wurde die BIKE EXPO mit dem neuen Namen ISPO BIKE in die neue ISPO Familienmarke integriert.«

Nach achtundvierzig Stunden Auszeit ist Jessi wieder in unsere Wohnung zurückgekehrt, und ich habe drei Kreuze geschlagen, dass sie mich nicht komplett verkatert erwischt hat. Andererseits sehe ich unter dem Einfluss von Restalkohol immer extrem gebrochen und erbärmlich aus, was ihr möglicherweise die Augen für das Leid geöffnet hatte, das ich momentan empfinde. Sie war tatsächlich bei Mina, ihrer besten Freundin und Trauzeugin. Mina hat eigentlich nur einen Fehler: Sie will schon seit Wochen meinen Trauzeugen kennenlernen, um mit ihm gemeinsam etwas für den großen Tag vorzubereiten. Ich kann mir nicht vorstellen, was das sein soll, und vermute vielmehr, dass Jessis beste Freundin rollig ist. Jedenfalls werde ich dank ihres unbefriedigenden Singledaseins mal wieder mit der Frage nach meinem Trauzeugen konfrontiert.

Da ich mich noch nicht entschieden habe, ob ich die Ehre einem Chaoten wie Sven zukommen lassen kann, allerdings keine Alternativen zur Auswahl habe, weiche ich wie immer aus. So geht es eben Typen wie mir, die ihren Bekannten stets mit einer gewissen Unverbindlichkeit begegnen. Ich habe mir das sehr früh angeeignet, da ich schon im Alter von vier Jahren lernen musste, wie es sich anfühlt, vom besten Freund zu erfahren, dass er jetzt einen neuen besten Freund hat.

In unserem Kindergarten gab es einen kleinen Hügel im Garten, und derjenige, der in der Pause als Erster oben war, durfte für die ganze Pause der Bestimmer sein. Ich hatte es endlich mal geschafft, alle anderen abzuhängen, freute mich auf meine Zeit als Bestimmer und hatte auch schon ein paar tolle Idee, was ich bestimmen würde: Es dürfte nur mein bester Freund Sakis mit mir ganz oben stehen, die anderen Kinder müssten dann um den Hügel als Wachen aufpassen, dass nichts passiert. Doch kaum stand Sakis neben mir, kam ganz gegen meine Bestimmung auch Kai den Berg herauf, weil Sakis bestimmt hatte, dass er sein neuer bester Freund war und an seiner Seite kämpfen sollte. Dass ich der erste Bestimmer war, galt offenbar nichts, ebenso wenig, dass ich als Erster Sakis bester Freund gewesen war. Kai war fortan mein größter Feind, Sakis nicht mehr mein Freund und ich für den Rest meiner Tage Freundschaften gegenüber höchst skeptisch.

Auf meine Erklärung, dass mein Trauzeuge eine Überraschung werden soll, bemüht sich Jessi, nicht enttäuscht zu reagieren. Sie geht sogar so weit, Neugier vorzutäuschen, hakt nach, für wen ich mich denn entschieden haben könnte. Da sie jedoch keine besonderen Freunde aus meiner Vergangenheit kennt, wird aus der angestrebten angenehmen Suspense eher ein angespanntes Schweigen. Ich empfinde höchstes Unbehagen, schließlich weiß ich, wie wichtig ihr die Hochzeit ist, spüre, wie wichtig sie mir sein sollte, und verachte mich für meine Unfähigkeit, nicht mehr Enthusiasmus für den (meiner Meinung nach vielleicht, ihrer Meinung nach sicher) wichtigsten Tag meines

Lebens entwickeln zu können. Ich freue mich zwar wahnsinnig darauf, bin aber trotzdem wie gelähmt, ein Zustand, den ich sonst nur von mir kenne, wenn es um Arbeit geht. Und auf die freue ich mich sicherlich nie so sehr. Ich stecke in einem Loch aus Selbstfrust, das von Jahr zu Jahr größer wird, schwimme in einem See der Selbstunzufriedenheit, kein Land in Sicht.

»Ich hab in den letzten Tagen auch nachgedacht«, beginne ich daher, »und bin zu dem Schluss gekommen, dass ich dich wirklich verstehen kann.«

»Wie jetzt?«

»Deine Zweifel.«

»Was denn für Zweifel?«

»Na, an mir. Deine Angst, deine berechtige Angst davor, mit einem wie mir durchs Leben zu gehen.«

Jessi mustert mich leicht irritiert und schlägt dann vor, das in der Küche zu besprechen. Ich fühle mich ebenfalls etwas verunsichert, denn Küchen sind einer der Orte, an denen man sich trennt, wenn man vernünftig ist und die Trennung wohlüberlegt geschieht. Nicht umsonst ist eins der beliebtesten Beziehungsdelikte das gute alte Messer in Bauch, Brust oder Birne. Jessi hatte zwei Tage Zeit, sich über uns Gedanken zu machen, jetzt werde ich wohl mit dem Ergebnis konfrontiert und spüre schon, wie sich mein Magen zusammenzieht.

Um ihr zuvorzukommen, eröffne ich den Showdown mit der Zusicherung, dass ich zuverlässig sein kann. Ja, ich habe mich in den letzten Monaten etwas gehen lassen, eigentlich in den letzten Jahren. Ich kann ihr nicht genau sagen, wie und wovon wir in fünf Jahren leben werden, denn ich befinde mich beruflich in einer Sackgasse. Insofern kann ich verstehen, wenn sie Schwierigkeiten hat, sich auf mich zu verlassen. Wie man am Trauzeugenbeispiel erkennen kann, mache ich es ihr ja auch extrem schwer. Aber, und darauf kommt es doch an, ich kann mich in Mister Zuverlässig verwandeln, wenn sie das von mir verlangt. Keine Ablenkungen mehr, sondern volle Konzentration auf uns, auf die Arbeit, auf die Zukunft. Ich schwöre, gelobe, beteuere. Dass ich die nötige Selbstdisziplin habe, mich zu ändern, habe ich ihr schließlich schon bewiesen, indem ich in den vergangenen vier Monaten weder geraucht noch getrunken habe. Bis auf ab und zu mal ein Bier oder eine geschnorrte Kippe, was ich ihr gegenüber nicht erwähnenswert fand. Bis heute. Jetzt muss alles auf den Tisch, beschließe ich, und beichte im gleichen Atemzug auch noch meinen Komplettabsturz mit Sven.

Doch damit will ich nun Schluss machen, erkläre ich, muss nur noch meinen Fokus finden. Obwohl ich merke, dass ich in Worthülsen abgleite und mir Jessi nicht mehr so richtig folgt, schwöre ich, dass es bei mir klick gemacht hat und ich sicherlich bald finden werde, was ich schon immer machen wollte und für immer machen kann. Ich stehe vor meiner Reinkarnation als Vater, Familienmensch, Versorger. Einzig den Termin, zu dem mich der Geschäftsführer von Hip FM am Freitag eingeladen hat, enthalte ich ihr vor, um einem eventuellen Scheitern dort und der damit verbundenen neuen potenziellen Krise vorzubeugen.

Als ich meinen Monolog beende, währenddessen ich Jessis Blicken tunlichst ausgewichen bin, bemerke ich, dass bei ihr schon wieder die Tränen laufen. Es müssen

Freudentränen sein, singt Bobby Solo in meinem Kopf, und vor Erleichterung lache ich kurz auf. Sie hat mich verstanden, vergibt mir, es wird alles gut. Ich stehe auf, will Jessi umarmen, mein Weiterentwicklungsgelübde mit einem Kuss besiegeln, doch sie drückt mich von sich.

»Nein. Lass mich.«

Mit dieser Reaktion habe ich nicht gerechnet. Meine männliche Logik hatte eigentlich prognostiziert, dass uns alles, was ich gerade gesagt habe, wieder vereinen würde. Dass mein Geständnis und das schonungslose Offenlegen meiner Schwächen, zusammen mit dem wilden Entschluss, nun all das zu ändern, die alte Verbundenheit wieder aufkeimen lassen würde. Dass männliche Logik im Umgang mit Frauen völlig wertlos ist, hatte ich leider nicht bedacht. Also bin ich gezwungen, nachzufragen, was denn los ist.

»Gute Frage. Aber ...« Jessi stockt. »Hast du gedacht, dass ich dich verlassen will?«

Ich nicke.

»Warum?«

»Weil ich so bin, wie ich es gerade beschrieben habe.«

»Aber so kenne ich dich gar nicht. Du sagst doch immer, dass alles in Ordnung ist. Dass ich mir keine Sorgen machen muss. Und jetzt erklärst du mir, dass das alles gelogen war?«

»Ja, nee, gelogen würde ich jetzt nicht sagen.«

»Mir ist die Decke auf den Kopf gefallen, und jetzt reißt du das Haus ein! Ich hab dir doch erklärt, dass ich ein Problem mit mir habe und dich liebe. Wie kommst du da drauf, dass ich mich von dir trennen will? Vertraust du mir überhaupt?«

Ich weiß keine Antwort. Gut, ich habe vielleicht etwas überreagiert. Aber das muss doch erlaubt sein. Man hört ständig von Paaren, die kurz vor der Hochzeit kalte Füße bekommen. Oder zumindest ein Teil. Und natürlich vertraue ich Jessi. Mehr als mir zumindest.

»Echt, wenn du Panik hast, dass ich dich nicht gut genug kenne und eines Tages enttäuscht vor dir stehen werde, um einen Schlussstrich zu ziehen, dann stimmt was mit deinem Vertrauen nicht, Jens. Und dein Ausbruch gerade hat jetzt auch nicht gerade mein Vertrauen in dich gestärkt.«

»Jetzt häng dich doch nicht am Vertrauen auf. Ich habe mich gerade extrem verletzbar gemacht, indem ich dir meine Ängste verraten habe. Und nichts anderes ist Vertrauen.«

»Aber nicht, wenn du damit meine Vertrauensgrundlage komplett zerstörst.«

Wenn ich in meinen ganzen Beziehungen eins gelernt habe, dann ist es, dass Vertrauen gerade von Frauen extrem hoch angesehen und viel zu leicht zerstört wird. Was immer wieder zu Problemen führt, da man sich auf der einen Seite nie zu sicher sein darf, nicht verlassen zu werden, auf der anderen aber hart abgestraft wird, wenn man die Möglichkeit nicht kategorisch ausschließt. Könnte mal wieder ein Catch-22 sein. Mir fehlt jedoch die Zeit, mich gedanklich damit auseinanderzusetzen. Grundsätzlich ist es jedenfalls so, dass ein Mann die Vertrauenskeule gegen seine Frau nur auspackt, wenn er absolut nicht mehr weiter weiß.

»Und jetzt?«, frage ich und ahne schon, was nun auf mich zukommt.

»Ich denke, dass es das Beste ist, wenn wir beide noch mal in uns gehen. Wenn du so große Zweifel hast, ob du mit der neuen Situation zurechtkommst, ist es bestimmt das Beste, in Ruhe darüber nachzudenken.«

»Nee, Quatsch. Ich pack das schon. Ich hab gerade bloß ein bisschen übertrieben«, wehre ich mich halbherzig gegen eine Verlängerung des Trennungszustands.

»Und deswegen wirst du es auch packen, für eine Woche oder so mal allein zu sein und dir genau zu überlegen, wie du deinen Scheiß auf die Reihe kriegst.«

Womit besiegelt ist, dass ich für eine Woche unsere Wohnung verlasse. Ich kann Jessi schließlich nicht zumuten, weiter bei ihrer Freundin zu übernachten. Und ich will auch nicht, dass sie irgendwo anders ist, denn hier wird sie ständig an mich erinnert. Immerhin war das meine Wohnung, die erst mit ihren Möbeln angereichert zu unserer geworden ist. Außerdem kann ich so bestimmen, wann ich Jessi sehe. Ich muss nur behaupten, irgendwelche Dinge zu brauchen, meinen Ausweis vergessen zu haben oder ein altes Zeugnis zu suchen.

»Bitte denk an alle Sachen, die wichtig sind, weil die ganze Übung sinnlos ist, wenn du hier jeden zweiten Tag antanzt.«

»Klar. Bin ja nicht blöd. Ausweis, Zeugnisse, Laptop, kann alles mit.«

»Was für Zeugnisse?«

»Abi?«

»Willst du dich an der Uni einschreiben?«

»Nö. Aber braucht man das nicht, wenn man sich zum Beispiel irgendwo bewirbt?«

»Quatsch.«

»Okay, dann lass ich das da.«

»Musst du nicht. Ich hab mich nur gewundert.«

»Worüber?«

»Zum Beispiel, dass du dich irgendwo bewerben willst.«

»Ja, nee, hast ja recht. Werde ich vermutlich auch gar nicht.«

»Es geht mir nicht ums Recht, Jens. Ich hab mich nur gewundert, verstehst du?«

Jetzt redet sie mit mir, als wäre mein IQ eine 30-er-Zone, was eines der wenigen Dinge ist, womit man mich in Bruchteilen einer Sekunde zur Weißglut bringen kann. Allein dass sie meinen Namen verwendet, lässt das Gesagte wie einen an ein Kleinkind gerichteten Vorwurf klingen. Es gelingt mir jedoch, mich am Riemen zu reißen und sie einfach nur leicht debil anzugrinsen, in mein Zimmer zu gehen und mich ans Packen zu machen. Jessi folgt mir. Vermutlich spürt sie, dass ich kurz vor dem Platzen bin, und will das mal erleben.

»Willst du nicht erst schauen, ob du irgendwo unterkommen kannst?«

»Nee, bei meinen Eltern geht es sowieso. Und woanders, klar, könnte ich fragen, muss aber nicht sein.«

»Nicht, dass du jetzt in ein Hotel oder so gehst.«

»Werde ich nicht, das könnte ich mir eh nicht leisten.«

Sie beobachtet, wie ich meine wichtigsten Kleidungsstücke in einen alten Armeerucksack stopfe. Socken, Shorts, die beiden Pullover. Mit jedem Teil werde ich gereizter. Warum, zum Teufel, muss *ich* weg, wenn *sie* Abstand braucht? Ich hätte kein Problem damit, auf der Couch zu schlafen und ihr tagsüber aus dem Weg zu gehen.

»Wahrscheinlich denkst du jetzt, dass das alles eine totale Scheißidee von mir ist, oder?«

»Natürlich ist das eine Scheißidee, aber ich gestehe sie dir zu, weil ich verhindern will, dass du plötzlich uns, unsere Hochzeit und unser Kind für eine Scheißidee hältst«, platzt es aus mir heraus. »Ich kann dich sogar verstehen, weil ich eh nicht verstehe, wie du dich überhaupt in mich verlieben konntest. Gut, es ist das Beste, was mir je passiert ist, und ich werde sterben, wenn das hier kaputtgeht, einfach so sterben, weil ich, ach ... egal.«

Sie geht selbstverständlich nicht auf diese wunderbare, emotionale Liebeserklärung ein, sondern fragt nur: »Also ziehst du inzwischen zu deinen Eltern?«

»Vermutlich. Wenn es sonst nirgends klappt.«

»Was wären denn die Alternativen?«

»Keine Ahnung. Sven?«

»Wäre das der richtige Einfluss, also ich meine, gerade jetzt?«

»Okay, vielleicht nicht.«

Wir stehen für einen Moment still, ich fühle, dass sie mir gerade einfach so alles verzeihen könnte, sich jetzt mit ihrem dicken Bauch am liebsten auf mich werfen würde, um mit mir zu schlafen – abgesehen davon, dass sie sich aus Angst um das Baby garantiert nicht auf mich werfen würde. Aber das Läuten des Festnetztelefons zerstört den Augenblick; Jessi läuft los, um das Gespräch entgegenzunehmen. Sie geht wahrscheinlich wie ich davon aus, dass ihre Mutter dran ist, um sich zum dritten Mal heute nach dem Befinden ihrer Tochter zu erkundigen. Der Knall der Wohnzimmertür bestätigt meine Vermutung.

Nachdem ich in voller Montur und mit gepacktem

Rucksack unterm Arm für ein paar Minuten vor der Wohnzimmertür herumgestanden habe, unsicher, ob ich Jessi nun noch Tschüss sagen soll oder nicht, habe ich die Wohnung verlassen. Ihr gut zu vernehmendes Schluchzen am Telefon war ein recht deutlicher Indikator dafür, dass es mit einer schnellen Versöhnung und dem gemeinsamen Verdrängen der ganzen Geschichte erst mal nichts wird. Trotzdem habe ich ihr noch eine SMS geschickt (»Wir schaffen das schon. Vor allem ich.«), bevor ich dann Sven angerufen habe.

Mein ehemaliger Mitbewohner attestiert mir einen Dachschaden, beziehungsweise unter Jessis Pantoffel zu stehen, was einfach nur dumm ist. Diese Pantoffelheldenkacke wird immer gerne als Vorwurf von Singles benutzt, die sich selbst so unsagbar frei wähnen und dann mit ihrer großartigen Freiheit einen Scheißdreck anfangen.

»Das mag auf den ein oder anderen Single zutreffen, aber *du* könntest jetzt immerhin nicht beschließen, einfach mal um die Welt zu radeln«, hält Sven dagegen.

»Genau das meine ich. Das macht nämlich keiner.«

»Weil es *extrem* extrem ist.«

Ich muss lächeln, weil Sven der einzige Mensch auf der Welt ist, der meinen Witz mit den doppelt gesetzten Adjektiven versteht.

»Und deswegen mache ich's«, fährt er fort.

»Wie jetzt?«

»Ja, einmal rum halt. Das machen inzwischen viele. Ich nenne es *Die kleine Fick-Tour*, schreibe dazu ein Tagebuch im Internet, so ein Blogdings, und, ja, komm halt irgendwann wieder. Das ist super PR für das Gesöff.«

Ich bin erst mal sprachlos, ein Zustand, in dem es empfehlenswert ist, gar nichts zu sagen. Also redet Sven weiter: »Keine Sorge, ich hab das alles so geplant, dass ich bis zu eurer Hochzeit noch in bezahlbarer Flugnähe bin. Vermutlich irgendwo am Schwarzen Meer.«

»Wie? Du willst jetzt schon los?«

»Klar. Übermorgen, um genau zu sein. Deswegen finde ich es auch ganz nett, dass wir uns noch mal sehen.«

»Aber dir ist schon klar, dass Winter ist, oder?«

»Ja, ja. Das wird bis zum Schwarzen Meer 'ne harte Tour, aber danach wird's ideal.«

»Wann hast du denn diesen ganzen Schwachsinn beschlossen?«

»Vor ein paar Wochen. Ich hätte dir auch davon erzählt, wenn du dich mal gemeldet hättest.«

Da ich diesen Satz nicht zum ersten Mal in meinem Leben höre (wenn auch das erste Mal von Sven), ignoriere ich ihn. Mir ist es schon immer schwergefallen, Kontakt zu Freunden zu halten. Besonders, wenn ich in einer Beziehung stecke. Ich und meine Zeit werden dann ziemlich exklusiv meiner Freundin gewidmet, und wenn diese schwanger ist und kurz darauf zu meiner Verlobten wird, erfordert das verständlicherweise meine gesamte Aufmerksamkeit. Seit jeher beschweren sich vor allem meine männlichen Bekannten, dass ich sie stiefmütterlich behandle – anstatt sich zu freuen, einen gleichgeschlechtlichen Konkurrenten weniger im Rennen um die paar akzeptablen Andersgeschlechtlichen zu haben. Dennoch schreit Svens vorwurfsvoller Unterton nach einer sofortigen Retourkutsche. Leider fällt mir ganz spontan keine ein.

»Top Plan«, erwidere ich stattdessen mau. »Dann kann ich ja für ein paar Tage bei dir die Wohnung sitten.«

»Nee«, antwortet Sven ernst. »Die ist ab morgen ein Biker-Point. Also, offen für jeden, der die Welt umradelt. Wir sind alle vernetzt, und so kann man in fast jeder Metropole weltweit umsonst übernachten.«

»Ach, komm.«

»Ich hab's auch erst nicht geglaubt. Aber ich hab da ein Forum im Netz gefunden, in dem fast einhundert Freaks mitschreiben. Die meisten sind gerade unterwegs und stellen ihre Wohnungen oder zumindest ein Zimmer für die anderen bereit. Außerdem gibt's da Karten, Wegbeschreibungen, Tipps für Unterkünfte – das ist der neue Jakobsweg.«

»Bedeutet das nicht, dass ich einfach bei dir pennen kann, wenn ich mit dem Fahrrad komme?«

»Nein, du Schwachmat.«

»Und das ist sicher? Ich meine, wenn du, keine Ahnung, ein Jahr unterwegs bist, dann schlafen ein Jahr lang immer wieder wildfremde Leute in deiner Wohnung.«

»Nicht wildfremd. Und ich penne ja dafür bei denen.«

»Tut mir leid, aber das klingt nach einer *schlechten* schlechten Idee. Verwaltet wenigstens irgendwer den Schlüssel, damit nicht jeder Penner in deine Wohnung kann?«

»Es gibt keine Schlüssel mehr. Wir haben alle dieselben Schlösser mit Zahlencode. Und der ist bei allen, die mitmachen, derselbe.«

Obwohl ich Sven schon immer für zu kurz entschlossen und unüberlegt eingestuft habe, überrascht mich seine Naivität doch immer wieder. Ich persönlich hätte bereits ein Problem damit, nur einen einzigen Unbekannten für lediglich eine Nacht in meine Wohnung zu lassen. Aber ich ekle mich auch von Urlaub zu Urlaub mehr vor Hotelzimmern und -betten. Selbst Bekannten auf Durchreise lege ich nur ungern eine Matratze ins Wohnzimmer, und verzichte im Gegenzug rücksichtsvoll darauf, mich selbst bei ihnen einzunisten, wenn ich mal in der Stadt bin.

»Das klingt alles ziemlich seltsam«, gebe ich Sven zu bedenken, doch das interessiert ihn nicht.

»Nein, ich lese und schreibe da seit Wochen mit – die sind echt alle total in Ordnung. Freaks eben. Und, ganz ehrlich, was sollen die in meiner Wohnung schon kaputt machen?«

»Ich halt mich da raus. Dass ich deswegen nicht bei dir pennen kann, finde ich trotzdem kacke.«

»Wohnen deine Eltern nicht irgendwo hier?«

»In Feldmoching.«

»Ist doch perfekt. Da fährt sogar 'ne U-Bahn hin.«

»Ja, aber wie du schon festgestellt hast, wohnen *meine Eltern* dort.«

»Verstehe. Und wenn du Hondo fragst? Der haust recht gediegen.«

»Was meinst du mit ›gediegen‹?«, frage ich, und wundere mich heimlich, dass mir der Möchtegern-Konvertit schon wieder als Gastgeber vorgeschlagen wird. Alles in mir schreit, dass es eine schlechte Idee wäre, mit Hondo in einer WG zu leben – selbst wenn es nur für ein paar Nächte wäre. Länger kann Jessi mir den Zutritt zu unserer Wohnung ja nicht ernsthaft verwehren.

»Der hat von irgendeiner Jüdin eine Vier- oder Fünf-Zimmer-Wohnung bekommen, spottbillig, für seine zukünftige Familie«, erklärt Sven, und ich bin baff. »Ruf ihn doch an, er mag dich schließlich.«

Ich lehne dankend ab und lasse mich stattdessen lieber über Hondo und sein Vorhaben, umzuglauben, aus. Es gehört nämlich etwas mehr dazu, Jude zu werden, als einfach einem Rabbiner mit der Bitte, mitspielen zu dürfen, auf die Schulter zu klopfen. Man muss von ihm als Schüler angenommen, zwei bis drei, manchmal sogar zehn Jahre lang unterrichtet und von der gesamten Gemeinde als Mitglied akzeptiert werden. Vor allem aber bedarf es einer glaubwürdigen religiösen Motivation dahinter. Hat zumindest meine Recherche ergeben. Eine Jüdin zu heiraten und mit ihr jüdische Kinder zu zeugen, steht jedem frei. An diesem Punkt habe ich jedoch mein Gegoogel abgebrochen, weil mir das Thema Heiraten sofort Tränen in die Augen trieb. Hat gut getan, geht Sven aber nichts an.

Statt sich nun mit mir über Hondos Wandel zu amüsieren, stellt Sven ihn zu meiner Überraschung als gelungenes Vorbild für mich hin. Er ist sich zwar nicht sicher, ob die Redensart »vom Saulus zum Paulus« in Hondos Fall angemessen ist, da er ja eher den umgekehrten Weg geht, also vom Paulus zum Saulus, rät mir aber dringend, den Kontakt zu meinem alten Bademeistermeister zu suchen. Ich freue mich über den doppelten Meister, bestehe aber darauf, erst mal in einer hondoreduzierten Umgebung in mich gehen zu dürfen. Sven nennt mich einen Idioten und legt auf.

Ich will gerade in die U-Bahn nach Feldmoching steigen, als mein Telefon erneut bimmelt. Hondo ist dran und sagt, dass er mich selbstverständlich bei sich aufnehmen möchte. Sven hat ihm offenbar direkt nach unserem Gespräch von meiner misslichen Lage berichtet. Hondo erklärt, er sei Abrahams Gastfreundschaft verpflichtet und würde obendrein auch gerne ein Zeichen für die jüdisch-deutsche Freundschaft setzen. Meine Ausrede, schon bei meinen Eltern eingeladen zu sein, wird von ihm als antisemitistisch ausgelegt, und auf meine Korrektur des Wortes antwortet er nur: »Langweil mich halt, du Korrekturnazi.«

»Entschuldige, Hondo, ich wollte dir nur helfen, weil es in deiner Gemeinde vielleicht komisch wirkt, wenn du Begriffe wie Antisemitismus falsch aussprichst.«

»Was weißt du Nazikind schon von meiner Gemeinde? Wahnsinn, ey!«

»Dann sag antisemitistisch, mir soll's wurscht sein.«

»Ja, und dann dem dummen Juden falsches Deutsch beibringe, ich glaub, es –«

Bevor er sich weiter aufregen und mir noch mit einer fürchterlichen Folter- oder Todesart (»Ich mach Schweinfutter aus dir!«) drohen kann, lege ich einfach auf und wünsche Sven in Gedanken Pest, Cholera und Mumps an den Hals. Und alle drei Kilometer einen platten Reifen.

Singlemesse

»Die Single World 2001 stand unter dem Motto ›Genieße Dein Single-Leben‹ und war ein Total-Flop.«

Zwei Stunden später sitze ich im Wohnzimmer meiner Eltern und lasse die erste Predigt über mich ergehen: die meiner Mutter. Entgegen meinen Erwartungen echauffiert sie sich jedoch weniger über mein Versagen auf ganzer Linie als über Jessis Befindlichkeiten.

»Wenn deine Verlobte jetzt schon so durchdreht, meine Güte, wie will sie dann die Strapazen durchstehen, die nach der Geburt auf sie warten?«

»Ich glaube, dass das jetzt nicht an Jessi liegt, sondern dass sie einfach berechtigte Zweifel an der Tragfähigkeit meines Einkommensmodells hat.«

»Junge, jetzt redest du schon wieder so, dass deine Mutter dich nicht versteht«, mischt sich mein Vater in gewohnt kränkender Art ein, was bei uns zu jeder gesunden Familiendiskussion gehört. Dass seine erste Beleidigung so früh gesetzt wird, ist allerdings neu, normalerweise dürfen wir mindestens zehn Minuten wirre Theorien aufstellen und Halbgehörtes mit unserem Viertelwissen mischen.

»Außerdem geht es Jessi bestimmt nicht um dein Einkommensmodell. So einen Quatsch habe ich schon lange nicht mehr gehört«, watscht er verbal in meine Richtung weiter.

»Dann erleuchte mich mit deinem Wissen, Vater.«

»Ach, geh.«

Damit erhebt sich der Herr und verschwindet in sein Zimmer im Dachgeschoss. Meine Mutter erklärt, dass er im letzten halben Jahr unausstehlich geworden ist. Genauer gesagt, seit er weiß, dass er Großvater wird. Sie geht davon aus, dass er sich einen zweiten Frühling wünscht, sein spätherbstliches Alter ihm aber einen Strich durch die Rechnung macht. Natürlich ist auch mir aufgefallen, wie ungeniert er meine Verlobte angeflirtet hat. Ich hatte das als schwiegerväterliches Freundschaftsgebaren abgetan. Jetzt erfahre ich, dass er Mama gegenüber immer verschlossener und mürrischer wird, mindestens einmal die Woche einen Abend unterwegs ist und sogar beim Friseur war. Dieser Affront setzt ihr wohl am meisten zu, hat er sich doch über dreißig Jahre seine Haare von ihr schneiden lassen und immer über die unverschämten Preise der Haar- und Halsabschneider geschimpft, bei denen sie sich die Frisur machen ließ, um ihm zu gefallen.

»Soll ich mal mit ihm reden?«, biete ich ihr an, obwohl mir kaum etwas unangenehmer sein könnte, als mit meinem Vater über eine eventuelle Lebenskrise zu sprechen, da er so oder so alles auf mich projizieren wird.

»Das wäre ganz lieb. Ich mach dir auch einen Scheiterhaufen«, bietet sie im Gegenzug an, und ich bringe es nicht übers Herz, ihr zu verraten, dass ich diese Nachspeise schon als Kind ekelhaft fand. Diese erwärmte Pampe aus gammligen Semmeln, grenzwertigen Äpfeln, ausgetrockneten Trauben, Milch und Ei, die Mama nie süß oder vanillig genug hinbekommen hat, um sie halbwegs genießbar zu machen. Schon der Gedanke an diese Belohnung lässt mich bedauern, ihr etwas Gutes tun zu wollen. Allerdings hätte ich damit rechnen müssen, da sie sich auf freundlich gemeinte Angebote zuverlässig mit etwas revanchiert, das dem gebrachten Opfer auch nicht im Geringsten das Wasser reichen kann. Insofern werfe ich mir nun schon zwei Dinge vor: dass ich mich in die Eheprobleme meiner Eltern einmischen möchte und dass ich meiner Mutter mit fünf Jahren gesagt habe, wie lecker ich ihren Scheiterhaufen finde, weil sie so traurig darüber war, dass Papa seinen Teller nach dem ersten Bissen kommentarlos weggestellt hatte. So richtig top-harmonisch war's bei uns zu Hause eigentlich nie.

Bevor ich mich jedoch ins Dachgeschoss verdrücken kann, will Mama natürlich noch die pikanten Details meiner Krise mit Jessi erfahren. Ich bemühe mich, möglichst ausweichend zu antworten und sage ihr, dass ich halt meinen Scheiß geregelt bekommen muss.

»Was meinst du mit deinem Scheiß?«

»Na, alles halt.«

»Ah, geh. Die Jessi wird doch nicht von heute auf morgen alles an dir schlecht finden.«

»Nein, das nicht. Aber zum Beispiel die Sache mit dem Job. Ich versuch ja, da ein neues Konzept zu erarbeiten, aber das ist nicht so leicht.«

»Dann ist die Idee nicht gut. Und vielleicht auch nicht das, was ihr als Grundlage für eure Familie braucht's. Vielleicht hat sie einfach keine Lust mehr drauf, dich immer wieder daran zu erinnern, dass deine Tochter geboren wird und dass es daran nichts mehr zu rütteln gibt. Du wirst Papa.«

»Ich weiß.«

»Warum handelst du dann nicht entsprechend? Warum brauchst du überhaupt ein Konzept für deinen Job? Warum kannst du nicht einfach arbeiten?«

»Ich kann ja, also …«, stammle ich, und kann eigentlich gar nichts, was ich meiner Mutter aber jetzt nicht unter die Nase reiben will. Denn dann müsste ich auch damit beginnen, mich zu rechtfertigen, was am Ende dazu führen würde, dass ich sie und Papa beschuldige, mich nicht zur rechten Zeit an der Hand genommen und mir erklärt zu haben, wie das mit dem Arbeiten in unserer Gesellschaft funktioniert. Da ist es besser, einfach nichts mehr zu sagen und die Küche zu verlassen.

»Hat dich deine Mutter geschickt, oder kommst du aus eigenen Stücken hier hoch?«, meckert mein Vater mich an, als ich sein Refugium unter dem Dach betrete. Dies ist sein Reich, hier darf er mürrisch sein. Ich muss ihn eigentlich in Schutz nehmen, weil er wirklich ein äußerst großzügiger und guter Kerl ist – nur, wenn er genervt oder überreizt ist, wird er ausfallend und unausstehlich.

»Ist das so wichtig?«

»Nein. Magst ein Bier?«

»Bitte.«

Er steht von der Ausziehcouch auf, die ihm inzwischen auch als Bett dient, da Mama angeblich schnarcht, geht zu dem kleinen Kühlschrank, den ich ihm vor drei Jahren zu Weihnachten geschenkt habe, und nimmt zwei kleine Tegernseer Helle heraus.

»Die Partyflaschen, nicht schlecht«, lobe ich, was er ignoriert. »Prost.«

Nachdem er sein Bier in ein Glas geschenkt hat, stoßen wir an, trinken und schweigen. Erst als Papa zur Fernbedienung greift, um den LCD-Fernseher einzuschalten, breche ich die Stille.

»Was hast du eigentlich in letzter Zeit?«

»Was soll ich haben?«

»Keine Ahnung. Aber warum bist du so fies zur Mama?«

»Ich bin nicht fies.«

»Ich finde dich kalt, abweisend und verletzend ihr gegenüber.«

»Aha.«

»Altersmilde ist es auf jeden Fall nicht.«

»Jetzt red nicht so gescheit daher. Bei uns ist alles in Ordnung.«

Damit wenden wir uns dem Fernseher zu. Es läuft der Testosteronkanal DMAX, auf dem entweder Autos gepimpt oder zerstört werden, Männer in unwegsamem Gelände Würmer, Wurzeln oder Wild fressen, falls nicht gerade eine Doku über gigantische Maschinen läuft. Jetzt soll eine Brücke gesprengt werden, ein »Monster aus Stahl«, wie der Sprecher sie nennt. Mich wundert es ein wenig, dass mein Vater sich diesen Mist ansieht. Da ich aber keinen Sinn darin sehe, weiter mit meinen Gesprächsversuchen zu scheitern, starre ich ebenfalls auf das schlecht eingestellte Bild und halte den Mund.

Nach zwanzig Minuten ist die dämliche Brücke endlich kaputt und der Sprengmeister zufrieden, mein Vater offenbar auch, denn er steht auf und verlässt das Zimmer. Ich sehe mich im Raum um. Auf dem Tisch steht ein relativ neu wirkender Laptop, im Fernsehen beginnt die nächste Sendung, irgendwas mit Männern, die in Badehosen Haien, Krokodilen und Schlangen auf die Nerven gehen, während ich mich an den Rechner setze. Eigentlich nur, um mir diesen Quatsch nicht anschauen zu müssen.

Ich klappe den Laptop auf und nehme noch einen Schluck Bier, nicht ahnend, dass ich gleich halb daran ersticken werde. Denn mein Vater hat den Internetbrowser offen gelassen und in vier Tabs Seiten von Online-Dating-Services geladen. Bei friendscout24 ist er als »eisenvater« unterwegs, bei love.de nennt er sich »Aporie« und auf dating.com »bazooka_joe«, was ich absolut nicht verstehen kann. Selbst bei der neuen Bumsbörse gibsmir.de ist mein Papa offenbar angemeldet. Dort wird damit geworben, mehr willige Singles als sämtliche Mitkonkurrenten zu haben. Was eine Lüge sein muss, hinter der nicht mehr als eine große Halde von Fakeprofilen steckt. Fest steht jedoch, dass mein Vater auf der dringenden Suche nach einem Seitensprung ist, eine Idee, die mich ratlos macht und die ich möglichst schnell wieder verdrängen möchte.

Dass er überhaupt Bedürfnisse in diese Richtung hat, so etwas wie körperliches Verlangen oder sexuelle Lust verspüren könnte, habe ich eigentlich mein Leben lang ausgeschlossen, beziehungsweise aktiv aus meinem Gedankengut ausgeblendet. Er ist mein Vater. Der Mann, der gerade im Bad nebenan pinkelt. Dass er vor meiner Geburt mit meiner Mutter geschlafen hat – geschenkt. Ich habe auch kein Problem damit, dass zwischen den beiden vermutlich nicht alles rein missionarisch stattgefunden hat. Aber dass er nun, stramm auf die Siebzig zugehend, noch versucht, eine Frau zu finden, um sich mit ihr im Bett zu vergnügen – das geht einfach nicht.

Vor ein paar Jahren musste ich mir mit meiner damaligen Freundin Natascha einen »sehr mutigen« Film über

Senioren ansehen, die noch mal die Lust zwickt. Der Höhepunkt war eine Sexszene, bei der ich beschlossen habe, meine horizontale Aktivität in Würde mit meinem fünfzigsten Geburtstag einzustellen. Vorausgesetzt, dass man beim Thema Sex überhaupt irgendwas würdevoll machen kann.

»Was tust denn da an meinem Computer?«

»Wer? Ich? Nichts.«

Mit einem schnellen Alt-F4 ist der Browser geschlossen, ein Tastaturkürzel, das ich blind beherrsche, seit ich mit Jessi zusammenwohne und nicht beim Prokrastinieren erwischt werden will. Ich stammle etwas von Virenschutz prüfen und nach Updates schauen. Eine reichlich dumme Entschuldigung, da sich mein Vater mit PCs bedeutend besser auskennt als ich, wie er mir auch, seinen Gürtel schließend, mitteilt: »Dir ist schon klar, dass ich mich mit Computer bedeutend besser auskenne als du.«

Mein Papa war einer der Lehrer, die schon in den Achtzigern einen Computer hatten, damals einen Schneider CPC 6128, mit dem man einfach mal gar nichts machen konnte. Es gab zwar ein paar Spiele, doch an die kam ich damals nicht, da es in meinem Freundeskreis keine anderen Schneider-Besitzer gab. Wobei mich mein Vater wahrscheinlich so oder so nicht zum Spielen an den Rechner gelassen hätte. Und sein Angebot, mir Basic beizubringen, schlug ich dankend aus. Gott weiß, was für ein milliardenschweres IT-Unternehmen ich sonst heute leiten müsste. Für meinen Vater steht seitdem auf jeden Fall fest, dass ich in Sachen Computer ein Versager bin.

»Dann lass die Finger davon, sind eh keine Spiele drauf.«

»Ja, stimmt. ’tschuldige.«

»Musst dich nicht entschuldigen.«

»Na ja, hätte ja sein können, dass du da Programme offen hast oder Dokumente, die mich nichts angehen.«

»Wieso?«, fragt mein Vater und setzt sich dann schweigend wieder auf die Couch. Ich starre weiter auf den Monitor, denn ich weiß, dass er weiß, was ich gesehen haben muss. Eine Hitzewelle fährt durch meinen Körper. Die Frage ist, ob ich es ansprechen werde oder einfach auf sich beruhen lasse. Er wartet förmlich darauf, dass ich resigniere und ihn sein kleines Flirtspielchen in Ruhe weitertreiben lasse. Im Grunde sollte ich das auch. Ich könnte mich damit trösten, dass er wenigstens nicht altersgeil Seiten wie youporn oder pornhub aufgerufen hat. Das hätte mich wirklich gegraust.

»Und sonst? Alles gut bei euch?«, versuche ich die unangenehme Stille zu brechen.

»Sicher.«

»Bei mir auch.«

Mit einem Mal ist mir wieder klar, warum ich hier nicht wohnen kann. Es ist diese vollkommene Unfähigkeit, miteinander zu kommunizieren, die fischerinterne Small-Talk-Behinderung. Sie hat mich damals nach dem Abitur dazu bewogen, schnellstmöglich auszuziehen. Und sie schlägt mir auch jetzt schon wieder auf den Magen, nach nicht mal zwanzig Minuten bei meinen Eltern.

Ich drehe mich zu meinem Vater herum und greife zeitgleich mit meiner rechten Hand nach dem Laptop, um ihn zu schließen, wobei ich leider zunächst gegen meine Bierflasche schlage, die umkippt und ihren Inhalt über die Tastatur des Rechners kippt. Der Computer ist offensichtlich keinen Alkohol gewohnt, gibt nur ein leises »bzzt« von sich und macht sich dann auf in die ewigen Datengründe.

»Oh, Scheiße!«

»Sag amal …?«

»Ich wollte nur …«

»Spinnst du?«

»Nein.«

Mit drei großen Schritten ist mein Vater neben mir und starrt auf das Desaster. Mir steigt die Schamröte ins Gesicht, genau wie damals, als ich mit meinem frisch erstandenen Führerschein sein Auto statt aus der Garage in die Garagenwand gesetzt habe.

»Man stellt doch kein Bier neben einen Computer!«

»Wieso?«

»Ja, deswegen!«

Papa hat den biertriefenden Computer inzwischen hochgehoben und hält ihn schräg, um die Flüssigkeit ablaufen zu lassen.

»Jetzt hol halt ein Handtuch.«

Ich verlasse das Zimmer, hadere für einen Augenblick an der Badezimmertür mit mir, und beschließe dann, dass es keine gute Idee war, bei meinen Eltern aufzuschlagen. Statt mit einem Handtuch zurück zu meinen Vater zu gehen, laufe ich die Treppe runter und verlasse das Haus.

Buchmesse

»»Ich finde es in der Ausstellung schön, da hat man keinen Stress‹, empfiehlt die 10-jährige Laila ihren Blog-Lesern die Münchner Bücherschau.«

»Ich würde gern mit dir reden, Jens. Hast du eine Haftpflichtversicherung? Wenn nicht, finden wir bestimmt eine Lösung. Ich bin schließlich dein Vater.«

Das ist inzwischen die dritte Nachricht, die mir mein Vater auf die Mailbox gesprochen hat. Vermutlich hat er seinen dämlichen Computer inzwischen hochkant auf ein Handtuch gestellt und versucht seine Eintrittskarte in die digitale Datingwelt trocken zu föhnen. Was würde er wohl machen, sollte er tatsächlich auf eine Frau treffen, die Interesse an ihm zeigt? Meine Mutter verlassen darf er nicht mehr, dagegen spricht alles, was er mir an Moral mitgegeben hat. Dennoch habe ich ein flaues Gefühl im Magen.

Ich bin gerade mit der U-Bahn in der Theresienstraße angekommen, nachdem ich reumütig Hondo kontaktiert habe, der nun im jüdischen Restaurant Schmock sitzen und Scholem Alejchem lesen wollte, einen der bedeutendsten jiddischsprachigen Schriftsteller, wie er stolz betonte. Meinen Vorschlag, ein gutes altes Fix und Foxi als Erkennungszeichen zu benutzen, hat er ignoriert.

»Wir kennen uns doch, da brauch ich kein Zeichen«, hat er gesagt, und dann noch irgendwas Jiddisches hinterher, was ich nicht verstehen konnte.

»Das war ein Witz.«

»Aber kein guter. Kennst du jüdische Witze?«

»Ja, alle«, habe ich gelogen, um nicht noch einen typischen Rabbiner-Schmunzler ertragen zu müssen, die in etwa so unerträglich sind wie alles von Heinz Erhardt. Klar, in den Fünfzigern und Sechzigern war das bestimmt komisch, heute schafft man es mit ulkigen Reimen und Wortspielchen jedoch nur noch maximal als »unser komischer Hausmeister/Praktikant/Putzmann«-Charakter ins Lokalradio.

»Laber nicht, komm einfach«, hat Hondo meinen Diskurs beendet. »Die lassen da alle rein, nur keine Neonnazis.«

Tatsächlich sitzt er an der Bar, in »Tewje, der Milchmann« vertieft, als ich das Lokal betrete. Er trägt eine Kippa und blickt mild lächelnd zu mir auf. Meinen Armeerucksack hingegen beäugt er skeptisch, sagt aber nichts dazu. Vermutlich empfindet er ihn als kleine Provokation, wogegen ich nichts einzuwenden hätte.

»Schalom, mein Freund«, sagt er leise und öffnet seine Arme. Ich lasse mich von ihm drücken und küssen, bestelle jedoch gleich darauf einen Single Malt, um das Vergangene zu vergessen und dem Bevorstehenden gegenüber gleichgültig zu werden.

»Gutes Buch, kann ich dir leihen. Wir Juden leihen gerne.«

»Ich weiß, Hondo.«

»Wenn du das liest, wirst du uns verstehen.«

»Wenn du mit uns die gesamte jüdische Gemeinschaft meinst, muss ich dich daran erinnern, dass du noch nicht dazugehörst.«

»In Kopf und Herz schon.«

»Dann ist ja alles in Ordnung«, antworte ich und warte auf meinen Drink. Dieser neue Hondo ist mir äußerst suspekt, oder nicht ganz koscher, wie er sicherlich sagen würde. Er spricht anders, wirkt ganz entspannt und ruhig, als wäre er ein anderer Mensch. Es gibt genügend Filme, in denen zwielichtige Gestalten auf der Flucht vor dem Gesetz in liturgische Gewänder schlüpfen, um als Pfarrer in einer Gemeinde oder einem Kloster Unterschlupf zu finden. Irgendwann fliegen sie dann auf, sind aber geläutert, und irgendwie wird alles gut. Bei Hondos kleinem Schauspiel habe ich jedoch die böse Vorahnung, dass am Ende alles schlecht wird. Was mir allerdings nicht sonderlich wichtig ist, da ich seine Hilfe brauche. Im für ihn schlimmsten Fall hätte ich dann sogar die Möglichkeit, ihn wieder aufzubauen und mich so zu revanchieren.

»Pass auf, Hondo, ich hab ein Problem. Meine Eltern, na ja, die sind schwierig. Ich kann bei denen nicht wohnen. Irgendwie kommen da zu viele Erinnerungen hoch, die ich in meiner momentanen Verfassung nicht gebrauchen kann.«

»Und deswegen kommst du jetzt zu mir. Der dumme Jude soll mal wieder –«

»Du bist kein ... dumm«, versemmele ich meine Antwort. »Aber, ja, wenn es geht, wäre es sehr nett, wenn ich für ein paar Nächte bei dir schlafen könnte.«

»Logo. Ich hab aber Gegenbitte.«

»Natürlich zahl ich Miete.«

Doch darum geht es ihm gar nicht. Konspirativ beugt er sich zu mir und flüstert mir sein Anliegen zu: »Du musst mir helfen. Mit dem Judenzeug. Am besten wäre es, wenn du einfach mitmachst.«

Sicher. Ich werde einfach auch konvertieren, vom Agnostizismus zum Judentum. Wobei ich ohnehin einen schlechten Agnostiker abgebe. Es ist einfach nur die unkomplizierteste Methode, sich von jeglichem Glaubensbekenntnis freizusprechen. Eine Zeit lang habe ich sogar versucht, mich als Atheist durchzuschlagen, wurde aber ständig von allen Seiten mit bohrenden Fragen gelöchert, wie ich mir dann die Welt, das Leben und all das erkläre. Fragen, auf die ich keine Antworten hatte, da mir selbstverständlich die Muße fehlte, mich mit meinem Unglauben intensiv auseinanderzusetzen. Da lag die Entscheidung für die gemütliche Agnostikvariante auf der Hand. Ich bin ein Schon-möglich-Glauber, denn ich kann halt nicht ausschließen, dass es eine höhere Gewalt gibt, ein Leben nach dem Tod, eine Hölle für Katholiken, die gelogen haben, und neunundneunzig Jungfrauen für jeden, der sich im Namen des Propheten in die Luft sprengt.

Hondo reicht mein Jein zum Thema Glaube natürlich nicht, und so muss ich mir eine gefühlte Ewigkeit seine Ausführungen über die Weltreligionen anhören. Immer noch besser, als mit einem undefinierbaren Schuldgefühl im Wohnzimmer meiner Eltern auf der Couch aufzuwachen. Und erheblich amüsanter. Vor allem bei der asischen Religion Buddhingsmus kommt mein slawischer Freund schwer ins Schleudern. Natürlich ist es lächerlich, sich darüber zu amüsieren, dass der Gesprächspartner mit Fremdwörtern, oder in diesem Fall mit einem Namen, nicht zurechtkommt. Auf der anderen Seite hat er es nicht besser verdient, wenn er sich schon als Glaubenskenner aufspielt und alle Religionen ablehnt, in die es viel zu einfach ist, reinzukommen.

»Shaolinmönch geht, weil's cool ist, aber ist halt auch nur Buddhingsmus mit Kämpfen. Da kannst du auch katholisch sein und Kreuzritter werden. Bleibt also nur das Judentum, weil die es halt echt nicht nötig haben, neue Leute anzuwerben.«

Da ich in diesem Moment meinen zweiten Whiskey serviert bekomme, verzichte ich auf einen Kommentar und trinke lächelnd weiter. Zum Glück hat damit auch Hondos Exkurs zu den Weltreligionen ein Ende gefunden, und er kommt wieder auf sein Buch zu sprechen. Tewje der Milchmann sei nämlich zu Beginn in einer ähnlichen Situation wie ich. Kein Geld, kein Plan, keine Perspektive. Mir ist schleierhaft, woher Hondo so genau über meine Situation Bescheid weiß, erkläre mir das aber mit Sven, der seinen Mitmenschen gerne vom Unglück und Leid anderer berichtet.

»Weißt du, was der Tewje dann gemacht hat?«, fragt Hondo, und ich schüttle den Kopf. »Er hat halt zufällig so zwei Frauen getroffen, die wo sich verlaufen haben. Und weil er denen hilft, bekommt der von denen halt 'ne Kuh. Die melkt er, verkauft die Milch und hat dann erst mal keine Sorgen mehr.«

»Großartig. Ihm hat das Schicksal geholfen.«

»Nein, die beiden Frauen.«

Die Versuchung, Hondo in eine Diskussion über Tewje, den Milchmann, zu verwickeln, ist zwar groß, da ich aber nicht mal beurteilen kann, ob seine Kurzfassung inhaltlich richtig ist, verzichte ich schweren Herzens darauf.

»Und was, glaubst du, soll ich jetzt machen?«

»Keine Ahnung. Aber wenn du irgendwo jemand siehst, der wo Hilfe braucht, dann hilf. So wie ich dir.«

Hätte ich eine Kuh, ich würde sie Hondo auf der Stelle schenken. Er hingegen erinnert sich nun an den Beginn unseres Gesprächs und bittet mich erneut, ihn auf seiner Mission Masseltov zu unterstützen.

»Ich werde tun, was ich kann. Aber bitte erwarte nicht, dass ich ebenfalls –«

»Kein Problem. Ich würde das auch nicht machen, wenn ich nicht schon beschnitten wäre.«

Dass darin nicht der Grund meiner Verweigerung liegt, spontan dem Volke Israel angehören zu wollen, lasse ich unter den Tisch fallen. Wenn Hondo das als Entschuldigung reicht, komme ich bestens damit zurecht.

»Gut, Hondo, dann hab ich gleich mal eine erste Frage: Denkst du, dass du deinen Namen beibehalten solltest?«

»Warum?«

»Na, er kommt aus Ägypten.«

»Die Juden auch.«

»Okay. Lass es mich so sagen: Er ist ägyptisch und bedeutet Krieg.«

»Echt jetzt?«

»Ja. Hab ich mal aus Langeweile nachgeschlagen.«

»Cool. Danke.«

Der gute Junge braucht tatsächlich Hilfe. Und da ich schon die ganze Zeit nach etwas suche, mit dem ich mich auseinandersetzen kann, da genau solche Herausforderungen meinen ganzen Lebensweg pflastern, idiotische Vorhaben, die niemals zum ersehnten Ziel geführt haben, beginne ich mich mit der neuen Aufgabe anzufreunden. Ich könnte immerhin viel über eine andere Kultur und

Religion lernen, meinen eigenen Horizont erweitern. Vor dem türmt sich zwar gerade ein großer Berg eigener Probleme, aber die Verpflichtung, dem Nächsten zu helfen, besteht auch für einen halbgaren Agnostiker wie mich. Halt aus anderen Gründen.

Eine gute Stunde später wanke ich hinter Hondo durch seine Wohnung, wobei die Bezeichnung vollkommen untertrieben ist. Der ehemalige Bademeister hat einen Palast bezogen. Drei Meter zwanzig hohe Decken, Stuck, Eichenholzparkett und Räume, die nicht enden wollen. Insgesamt haust Hondo auf einhundertfünfundsiebzig Quadratmetern Wohnfläche, die sich über fünf Zimmer erstrecken und ihn gerade mal neunhundertfünfzig Euro warm kosten.

»Normal löhnst du für 'ne Bude wie die locker dreitausend«, erklärt er stolz, »aber wir Juden –«

»Schon klar. Ihr haltet zusammen.«

»Du lernst schnell.«

Zunächst präsentiert mir der Ex-Jugoslawe, Ex-Moslem und Ex-Christ seine Küche – Poggenpohl, versteht sich. Ich kann nur schwerlich meine Kiefer zusammenhalten, denn ich ahne schon, dass das Antonio-Lupi-Badezimmer die nächste Station unserer kleinen Tour sein wird. Hondo grinst sichtlich stolz in sich hinein, muss aber trotzdem weiter den religiösen Hampelmann mimen: »Pass auf. Neid ist Todsünde.«

»Passt doch. Mir ist gerade sehr nach Sterben zumute.«

»Warum? Du kannst das alles so benutzen, als wär das deins.«

»Doch nicht deswegen.«

»Ach, wegen deiner Perle? Das kriegen wir schon hin.«

War ja absehbar, dass Hondo sich auch gerne in mein voreheliches Beziehungsdrama einmischen möchte. Er, der noch vor einem halben Jahr Frauen als Bitches und Tussis bezeichnet hat, die nur Stress bedeuten, macht nun einen auf Paartherapeut.

»Weißt du, Aylin hat mir die Augen geöffnet. Ich sehe jetzt nicht mehr das, wo man von außen sieht, sondern das, wo innen ist.«

»Ist das deine Freundin?«

»Frau. Freundin ist keine Bezeichnung dafür, wenn du es ernst meinst.«

»Konsequent wäre es, dann auch ›für sie‹ zu sagen.«

»Für was?«

»Egal. Und Aylin hat dir auch erklärt, was Jessi und mich gerade retten könnte?«

»Vielleicht.«

»Und das wäre?«

»Geduld. Erst Wohnung.«

Von der Küche geht es in ein Esszimmer, und ich frage mich sofort, wie Hondo sich diese Möbel leisten konnte. Überhaupt wundert es mich, wie stilsicher das hier alles eingerichtet ist. Ich tippe blind auf Aylin und liege damit goldrichtig.

»Die hat eben Style.«

»Und wer hat das alles gezahlt?«

»Wer wohl, du Pisser?«

Endlich habe ich den Schalter entdeckt, mit dem ich den alten Hondo aktivieren kann – seinen Stolz. Und davon hat er genug.

»Wir wissen eben, wie man Geschäfte macht«, setzt er

an, um sich gleich darauf zu korrigieren. »Also, ich. Weil die Kohle, die kommt über einen Freund, der's halt checkt. Ist aber Muselmann.«

»Muslim.«

»Ey, ich war selber, ich darf die nennen, wie ich will. Das ist wie in Bronx, da sagen die auch –«

»Und der hat dir die Einrichtung bezahlt?«, unterbreche ich Hondo, da ich ahne, worauf er hinauswill.

»Nein, der hat mir halt Tipp gegeben. Wenn du auch Kohle brauchst, kann ich dir den mal vorstellen. Ist korrekt.«

»Gerne. Was macht der?«

»Fußballwetten und so. Aber nicht so tussimäßig Toto, sondern echt.«

War ja klar, dass der ehemalige Anabolika-Verchecker keinen neuen legalen Weg entdeckt hat, die finanziellen Mittel bereitzustellen, um eine Wohnung derart exquisit einzurichten. Er hat mich in sein Wohnzimmer geführt, in dem eine weiße Designercouch vor einem Designertisch steht, und von der aus man auf sein Entertainmentcenter schauen kann, das aus einem unfassbar großen, wahnsinnig dünnen Fernseher besteht, unter dem sich diverse Geräte und Spielkonsolen tummeln. Apple TV, Blu-ray- und DVD-Spieler, Xbox, Playstation – alles friedlich vereint und ordentlich verkabelt. Ich todsündige erneut. Auf der anderen Seite ist mir bewusst, dass ich dieses Zimmer meiden werde, da ich mich zu leicht dazu hinreißen lasse, ganze Nachmittage damit zu verbringen, Totalschrott im TV zu sehen oder auf einen Playstation-Controller einzuhämmern.

Vorbeugend verzichte ich sogar darauf, die Spiele durchzusehen, gehe schnurstracks in den angrenzenden Raum und betrete endlich das, was am ehesten nach Gästezimmer aussieht. Zumindest steht hier eine Ausziehcouch, die schon für einen Besucher vorbereitet ist.

»Und das ist dann mein Zimmer?«

»Nein. Da pennt Sven.«

»Wie?«

»Ja, wegen seiner Wohnung, die wo er doch frei machen muss. Wegen den Fahrraddeppen.«

»Und wo ist Sven jetzt?«

»Bin ich seine Supernanny, oder was?«

Nein, ist er nicht. Aber meine, wenn ich es mir recht überlege. Ich bekomme von ihm ein Dach über dem Kopf, er bietet mir mit seiner Freundin kostenlose Beziehungsberatung an, fehlt nur noch, dass er mir auch Ratschläge gibt, wie ich meine Jobsituation geregelt kriege.

»Kannst ja mal bei Olympiabad fragen, vielleicht suchen die Bademeister. Du warst ein guter Assistent in Schyrenbad.«

Super. Ich hab mal wieder laut gedacht.

Jobmesse

»Die job40plus legt ihren Fokus gezielt auf erfahrene, qualifizierte Arbeitnehmer. Dabei ist die ›40‹ allerdings nicht in Stein gemeißelt.«

Es ist sechs Uhr in der Früh, als ein Rumpeln auf dem Gang meine erfolglosen Einschlafversuche beendet. Die letzten drei Stunden habe ich mich in dem aufblasbaren Kajak gewälzt, das Hondo für mich in seine Bibliothek geschleppt hat und das mir als Bett dienen soll. Allein die Tatsache, dass sich Hondo eine Bibliothek einrichtet, hat mich mindestens eine Stunde lang beschäftigt, eine weitere ging drauf, als ich mir die Bücher durchgesehen habe, die in den Regalen stehen. Zum einen hat er eine ganz ordentliche Auswahl an Literatur von und über seine angestrebte neue Konfessionsgruppe, dazu aber erschreckend viele Seichtromane, sprich, pilchereske Liebesgeschichten. Der dritte und weitaus größte Teil des Lesestoffs besteht aus esoterischem Totalquatsch.

Ich habe mir schließlich »Jüdische Welt verstehen: Sechshundert Fragen und Antworten« von Rabbi Alfred Kolatch geschnappt und mich in mein Kanu gelegt. Es ist überraschend bequem und verliert im Gegensatz zu einer herkömmlichen Schlafluftmatratze auch keine Luft. Hondo will sich darin mit Aylin im Sommer von Bad Tölz bis nach München die Isar entlangtreiben lassen und hat mich vorsorglich gewarnt, dass ich in diesem Fluss treiben werde, falls das Teil kaputtgeht. Entsprechend behutsam bin ich in meine Amphibienschlafstätte gestiegen. Natürlich auch deshalb, weil ich nicht sicher war, wie stabil so ein Kajak im Raum steht.

Ich habe mich durch die ersten Fragen des Rabbiners gelesen, war aber unzufrieden mit der Antwort auf die Frage, warum jeder Sohn einer jüdischen Frau am achten Tag beschnitten werden muss (weil's sich so gehört), und habe dann doch lieber durch das große Fenster in die wolkenfreie, kalte Nacht gestarrt.

Nur wenige Minuten vergehen, bis ich mich nicht mehr gegen den Gedanken wehren kann, dass mich Jessi vor die Tür gesetzt hat und nicht einfach alles gut werden wird. Um genau zu sein, habe ich mich selbst vor die Tür gesetzt, in meiner blinden Verzweiflung. Aber wie sollte ich bitte ahnen, dass sie einfach nur ein paar Tage für sich gebraucht hat? Okay, sie hatte das gesagt, aber ich bin aus meinen früheren Beziehungen nicht gewohnt, zu hören, was tatsächlich Sache ist. In den dreiundzwanzig Jahren meines intensiveren Austauschs mit dem anderen Geschlecht habe ich nämlich gelernt, dass es einen Code gibt, und akzeptiert, dass man ihn als Mann nicht verstehen kann. Wir sind immer diejenigen, die verlieren und als Idioten dastehen, egal, wie sehr wir uns bemühen. Komiker wie Mario Bartsch (oder so) machen sich das zunutze, verdienen Millionen, indem sie die abgedroschensten Halbwahrheiten in die altbackensten Klischees des Mann-Frau-Dilemmas verwitzeln (Kennste? Kennste?). Das sorgt zwar für gefüllte Stadien und gigantisches Massenbeömmeln, bringt aber niemanden weiter. Würden die Clowns nur mal einen einzigen Satz bringen, eine Formel, einen Ansatz, wie dem niemals enden wollenden Missverstehen nachhaltig entgegengewirkt werden könnte, ich stünde in der ersten Reihe.

Tatsache ist nun aber, dass ich gerade planlos ungefähr zwei Kilometer von meiner Verlobten entfernt in einem Gummiboot liege und noch immer nicht begreife, was in den vergangenen Tagen geschehen ist. Ich habe mit meiner lächerlich primitiven männlichen Logik dafür gesorgt, dass meine noch nicht geschlossene Ehe bereits extrem gefährdet ist. Und damit meine Vaterschaft. Auf der anderen Seite habe ich durch meine radikale Ehrlichkeit Jessi gegenüber nur beweisen wollen, dass ich sie liebe. Nackter als ohne all die schützenden Lügen um sein Ich kann man doch nicht sein. Erst so zeigt sich der Pimmel, der man eigentlich ist.

Ich habe ihr mein wahrscheinlich übertrieben schlechtes Selbstbild präsentiert und ihrem Bild von mir damit eine höchst unattraktive Schattierung verpasst. Schließlich muss sie mich anders gesehen haben als ich, sonst wäre ihre Liebe zu mir gar nicht möglich gewesen. Womit ich schon bei einem weiteren Problem bin: Ich muss jemanden finden, der mir wirklich helfen kann, der mich kennt und nicht mit so unvorstellbar dämlichen Sprüchen wie »Du musst dich selbst lieben, um geliebt zu werden« ankommt. Ich habe mich immerhin mein ganzes Leben lang nicht sonderlich gemocht und wurde dennoch geliebt. Glaube ich.

Gegen halb drei in der Früh kann ich Jessis Reaktion endlich nachvollziehen. Sie ist keineswegs irrational und kann deswegen auch nicht mit den kleinen Aussetzern in einen Topf geschmissen werden, die Jessi in den vergangenen Monaten hatte. Plötzliche Heulkrämpfe, Schlaflosigkeit, unfassbarer Hunger auf geräucherte Saiblinge – die typischen Symptome der hormonellen Umstellungen während einer Schwangerschaft. Nein, ich Depp habe eine weitaus bedeutendere Beziehungsmisere ausgelöst als diese lächerlichen Hormone. Jessi stellt immerhin unsere gemeinsame Zukunft infrage. So verstehe ich das zumindest.

Dass ich kein guter Fang in Sachen Einkommen und Sicherheit bin, sollte ihr dennoch von Anfang an klar gewesen sein. Und das mit der Hochzeit war ihre Idee. Ich wäre überhaupt nicht darauf gekommen, einen solch großen Schritt vorzuschlagen. Es war schon überraschend genug für mich, dass sie sich überhaupt mit mir eingelassen hat. Mit ihrem nicht nachvollziehbaren Vertrauen darauf, dass ich eine kleine Familie ernähren könnte, ist es nun allerdings vorbei. Und wenn ich das irgendwie wiederherstellen möchte, muss ich jetzt wirklich was machen. Totstellen ist keine Lösung. Leider.

Andere würden sich an meiner Stelle aufraffen und alles in Bewegung setzen, um der Frau, die sie lieben, das Gegenteil zu beweisen. Umsetzen, was ich so großmäulig angekündigt habe. Ich hingegen fühle durch jeden von außen kommenden Zweifel an mir und meinen Möglichkeiten nur mein miserables Selbstbild bestätigt. Dass Jessi gerade nicht an mich glaubt, wird schon allein dadurch belegt, dass sie gar nicht erst versucht hat, mich zu beruhigen, umzustimmen, aufzubauen. Nein, stattdessen habe ich sie mit meiner großartigen Rede dazu getrieben, mich aufzugeben. Oder sich mit dem Gedanken anzufreunden, mich aufgeben zu müssen.

Wogegen ich nun kämpfen muss, ist meine Selbstlähmung. Allein der Gedanke daran, dass ich Jessi verlieren könnte, ist so verheerend, dass ich vierundzwanzig Stunden am Tag damit beschäftigt sein werde, ihn zu verdrängen. Ich muss die Visionen von meinem Dasein als Alleinlebender und -sterbender in all seinen deprimierenden, beängstigenden Facetten ausblenden und mich darauf konzentrieren, meinen Arsch in Bewegung zu setzen, um irgendwas zu finden, das mir genug Sicherheit gibt, um meinen fehlenden Glauben an mich auf ein erträgliches, leicht verdrängbares Maß zu reduzieren. Etwas, das ich die nächsten zwanzig Jahre machen und ertragen kann, und von dem ich erhobenen Hauptes vor ihr behaupten kann, es gerne zu machen. Alles andere würde Jessi mir nicht durchgehen lassen. Ich habe keine Ahnung, was das sein soll, und bezweifle, dass es das überhaupt gibt. Wie könnte ein derart kurzsichtiger Plan die Lösung sein? Der Weg ist steinig, und er führt bergab.

Zum Glück hat es nun im Flur gerumpelt, und ich stehe auf, um zu gucken, was los ist. Kaum habe ich die Tür zu meinem Zimmer geöffnet, sehe ich Sven, beladen mit zwei Fahrradtaschen und einem Rucksack. Wenigstens trägt er noch keine Radlerhose, diesem Anblick wäre ich in meinem vor Schlafmangel leicht delirösen Zustand nicht gewachsen. Ich trete vor, um meinen ehemaligen WG-Mitbewohner in unserer neuen Kurzzeit-WG zu begrüßen.

»Morgen, alte Fischhaut.«

»Was machst denn du hier? Ich dachte, du bist bei deinen Eltern«, grüßt er zurück.

»Nee, das war mir nach einer halben Stunde mit meinem Vater zu anstrengend. Ich hab das auf vierundzwanzig Stunden hochgerechnet und eingesehen, dass ich in der Zeit wahnsinnig würde. Komplett.«

Nachdem ich Sven erklärt habe, wie ich in Hondos Kajak gelandet bin, erzählt er mir von seiner kleinen Odyssee. Er wollte eigentlich heute losradeln, ab gen Osten, über Passau, Wien, Budapest bis zum Schwarzen Meer. Die ideale Startroute für einen Weltumradler, meint er, da es neben Flüssen immer leicht bergab geht. Was Unsinn ist, denn die Landmasse neben Flussläufen kann durchaus bergig und äußerst unwegsam sein. Svens Problem ist jedoch, dass er sich schuldig fühlt. Immerhin kam der Scheißtipp mit dem Ehrlichsein ja von ihm. Jetzt fühlt er sich für meine Misere verantwortlich und will mir helfen, alles wieder geradezubiegen.

»Ganz egal, wie man es dreht und wendet«, erklärt er, »ich bin eine Art Schutzengel von dir.«

»Das ist die verkehrtestmögliche Analyse unserer Beziehung zueinander.«

»Warum? Schau dir doch mal die Verkettung an. Wie alles, was ich getan habe, sich bis zum heutigen Tag zu deinem Glück zusammenfügt. Ohne mich hättest du weder Jessi kennengelernt, noch wäre sie schwanger.«

»Gut, aber ich halte es für einen Fehler, dass du meinetwegen deine Weltreise vertagst.«

»Nein. Ein Fehler wäre es, einen Freund im Stich zu lassen. Meinen besten dazu.«

Ich bin so gerührt, dass ich um ein Haar nicht mitbekommen hätte, dass er außerdem noch niemanden gefunden hat, der sich in seiner Abwesenheit um seine beiden Frettchen Idi Amin und Eva Braun kümmert. Das Weibchen ist zudem mal wieder schwer überfällig, sieht aus, als würde sie bald platzen und einen rekordverdächtigen Wurf in die Welt setzen – und das Geld für den Verkauf des Wurfs benötigt Sven allerdings noch dringend für seine Tour. Seine Selbstvorwürfe in Bezug auf mich scheinen sich also in Grenzen zu halten, und was den Wert unserer Freundschaft angeht, bin ich auch wieder ernüchtert.

»Das ganze Züchten lohnt sich kaum noch. Die beschissene Wirtschaftskrise hat die Frettchenpreise in die Knie gezwungen. Inzwischen kriege ich nur noch hundert bis hundertfünfzig Euro pro Vieh.«

»Mach 'ne Demo«, schlage ich vor, »oder sattle um auf Nerze.«

»Vergiss es. Die brauchen ein Gehege von der Größe dieser Wohnung hier. Wobei man zusätzlich auch noch in einen Raum ein Schwimmbecken einbauen müsste. Und da macht Hondos Vermieter nicht mit.«

Was ich lediglich als witzige Bemerkung gedacht hatte, war also schon ein neues Geschäftsmodell in Svens Hirn. Wenigstens kommt er nicht auf die Idee, mich als Frettchensitter in Betracht zu ziehen. Immerhin habe ich mit Idi Amin noch eine Rechnung offen, selbst wenn ich mir immer wieder einzureden versuche, ihm meine unfreiwillige Sterilisation verziehen zu haben. Eigentlich erstaunlich, dass ich es diesbezüglich nicht schaffe, mir was vorzumachen. Tatsächlich habe ich immer wieder Albträume, in denen mich das dämliche Frett wieder erwischt. Erst letzte Woche flog ich im Traum gerade in einer Münchner Straßenbahn nach London. Kapitän Frank Durham erklärte gerade Route, Flughöhe und wo man umsteigen muss, wenn man zum Trafalgar Square möchte, als plötzlich Idi Amin unter dem Sitz vor mir auftauchte und in mein Hosenbein kroch. Noch bevor er zubeißen konnte, zwang ich mich aus dem Schlaf und lag dann stundenlang wach aus Angst, wieder in der Tram zu landen. Ich wusste, dass der kleine pelzige Kastrator nur darauf wartete, sich wieder heimtückisch an mich heranzupirschen. Immerhin war es ihm im Traum schon zigmal gelungen.

Ich helfe Sven, seine Sachen in sein Zimmer zu schleppen, und setze mich dann zu ihm auf seine Ausziehcouch. Ihm fällt sofort auf, dass ich beschissen aussehe, und er kann das sogar ohne meine Hilfe mit Jessi in Verbindung bringen. Die Frage, was er wohl an meiner Stelle täte, hätte ich jedoch nicht aufwerfen sollen, denn Svens Antwort ist mir dann doch etwas zu ehrlich.

»Keine Ahnung, ich würde das schon irgendwie packen. Aber für dich ist das echt 'ne üble Situation, wenn's dir vor allem um Sicherheit in deinem Sinn geht, also um finanzielle Sicherheit.«

»Sicher, Schlaubi! Mir geht's nur ums Geld.«

»Worum denn sonst?«

»Um alles. Und, ja, nicht jeden Tag an den Kontostand denken zu müssen, ist ein Teil davon.«

»Eben. Und ich stelle lediglich fest, dass das für dich schwierig wird. Zum einen, weil du echt ein Problem hast, dich für irgendwas zu begeistern oder zu interessieren. Zum anderen, weil du nichts kannst.«

»Danke.«

»Ja, komm. Das bisschen Gequatsche auf Messen, also, das kriegt doch wohl jeder hin.«

»Super, Sven. Das hilft mir wirklich sehr.«

»Mein Gott! Irgendwer muss dir doch mal sagen, was

Sache ist. Du nimmst dir ja nicht mal was vor, sondern findest einfach alles auf Anhieb doof.«

Mein Widerspruch hält sich in Grenzen. Es *ist* schließlich auch fast alles unsinnig, dämlich oder reine Zeitverschwendung. Für etwas Sinnvolles wie ein Studium ist der Zug vor zehn Jahren abgefahren, der für eine Ausbildung noch früher. Ich muss mit dem zurechtkommen, was ich mir so angeeignet habe, denn andere Talente fehlen mir.

»Es gibt auch Jobs, für die man keine Ausbildung braucht. Immobilienmakler, zum Beispiel«, versucht Sven mich zu trösten.

»Oder Bettler.«

»Tut mir leid, dass ich dir nicht die Lösung für all deine Probleme auf einem Silbertablett servieren kann.«

»Aber Makler sind einfach das letzte Gesocks. Zumindest hier in Deutschland.«

Und damit untertreibe ich noch. Klar, es mag auch gute Immobilienmakler geben, solche, die sich bemühen, die Service bieten, die demjenigen, der sie bezahlt, auch ein Ergebnis liefern. Der Großteil besteht aber meiner Erfahrung nach aus unangenehmen Typen, die einem sofort zu verstehen geben, dass man ihnen in den Arsch kriechen muss, wenn man eine neue Wohnung bekommen will. Wer Fragen stellt oder gar erwartet, eine Immobilie alleine und in Ruhe besichtigen zu können, wird gleich aussortiert.

»Oder du gehst in die Politik«, schlägt Sven als Letztes vor, und ich muss lachen, da ich diesen Plan auch schon hatte. Irgendwo hatte ich gelesen, dass es achtzig Stadträte gibt, die jeweils um die zweitausend Euro bekommen. Einer von denen zu werden, kann doch nicht so schwer sein. Also bin ich vor knapp acht Wochen mit einer Gast-Mitgliedschaft in die SPD eingetreten und erhalte seitdem immer wieder E-Mails von einer gewissen Beate, der Lokalheldin der Partei, in der sie mich als Genossen grüßt und mir verrät, wo man sich in den kommenden Tagen trifft. Meistens in der Deutschen Eiche, dem angeblich ältesten Treffpunkt der schwul-lesbischen Szene, wie die Homepage verrät. Leider habe ich mich bislang nicht aufraffen können, einem dieser Abende beizuwohnen, obwohl es zwischen Schwulen, Lesben und Genossen sicher sehr fröhlich zugeht. Ich habe jedoch Angst, dort was Dummes zu sagen, sofort als der Politiknovize enttarnt zu werden und meine Stadtratskarriere zu beenden, bevor sie überhaupt auch nur ansatzweise hätte beginnen können. Wobei ich mich dann noch immer als schwul outen, mein Vorbeischauen als kleinen Scherz verkaufen und so halbwegs mein Gesicht wahren könnte. Auf jeden Fall ein guter Plan G oder H. Plan A ist noch immer mein Bewerbungsgespräch bei Hip FM, das morgen endlich stattfinden wird. B bis F stehen noch nicht fest.

»Um aber noch mal ganz grundsätzlich zu verstehen, was jetzt Jessis Problem ist«, setzt Sven an, nachdem er mir zu dem Vorstellungstermin gratuliert und offenbar keine Lust mehr auf mein Jobgejammer hat. »Was genau hast du ihr denn erzählt?«

»Na ja, dass ich eben mein beziehungsweise unser Leben nicht auf die Reihe bekomme«, antworte ich.

»Das ist wirklich eine neue Kategorie von dämlich. Du hast ihr hoffentlich gleich danach gesagt, dass du schon einen Plan hast, wie du das alles geregelt kriegst.«

»Nicht direkt«, gebe ich kleinlaut zu. »Eher das Gegenteil.«

»Wow«, wowt Sven und starrt mich entrückt an. Womöglich hat er in mir eine neue, überirdische Beklopptheit entdeckt, eine Lichtgestalt der Idiotie, und hat seinen Körper verlassen, um mir zu huldigen. Da dieser Zustand einen Tick zu lange anhält, hole ich ihn zurück in die irdischen Sphären.

»Danach habe ich dann schon noch gesagt, dass ich das irgendwie hinbiege.«

»Aber da war es bereits zu spät. Und du bist sicher, dass du da jetzt dein Leben runderneuern musst? Könnte es nicht auch sein, dass sie schon zufrieden wäre, wenn du einfach mal versuchst, nur ein bisschen was zu ändern?«

»Wie was zum Beispiel?«

»Na, ein Hobby oder so.«

»Vielen Dank, aber das Thema Hobbys ist für mich seit deiner Idee, Frettchen zu züchten, gegessen.«

»Ich mein ja nur. Geh joggen, Fahrrad fahren oder spiel Tischtennis. Keine Ahnung. Irgendwas, das du durchziehen kannst.«

»Nee, Sven, diesmal reicht es nicht, wenn ich Jessi erzähle, dass ich Jonglieren gelernt habe und am Ball bleibe«, beende ich diesen unsäglichen Hobbyexkurs und schlage vor, lieber in die Schmalznudel zu fahren und Aus'zogene zu essen. Die gibt es dort nämlich schon ab sieben Uhr morgens.

Früher war das anders, da wurde jeden Tag die Holztür des kleinen Café Frischhut am Viktualienmarkt um fünf geöffnet, und man konnte nach jeder durchzechten Nacht neben Barkeepern, Türstehern und den Betreibern der Marktstände sitzen, um die letzten Momente des Rauschs mit einem Striezl und einem äußerst großen Haferl Milchkaffee zu genießen. Aber die Frühschicht lohnt sich nicht mehr, München klappt seine Gehsteige nun auch lieber noch später aus. Nur am Samstag um fünf, da weht noch der Wind des vergangenen Jahrhunderts durch die Räumlichkeiten. Dann riecht es nach Alkohol und Schweiß, und diese Mischung verleiht einer glorreichen Nacht den verdienten derb-bayerischen Nachgeschmack.

Zum Glück feiern die jungen Menschen heute zum Ausgleich auch länger, und so nehmen wir an einem Tisch mit zwei Partyleichen Platz, Patti und Ingo. Beide sind so Anfang/Mitte zwanzig und ahnen bestimmt noch nicht, wie elend das Leben werden kann, wenn es auf die vierzig zugeht. Man muss sich vorstellen, dass ich hier schon Gast war, als sie gerade stubenrein wurden. Patti und Ingo haben sich gerade in der Milchbar kennen und lieben gelernt, was sie alle zehn Minuten durch – alkoholbedingt – etwas zu leidenschaftliches Küssen demonstrieren. Sie lecken sich förmlich die Mundhöhlen aus, was von Schmatzgeräuschen begleitet wird, wie ich sie nur aus amerikanischen Filmen und Serien kenne. Jessi und ich imitieren das Geräusch immer, wenn es im Fernsehen wieder mal zur Sache geht und wir keine Bereitschaft zum Sex verspüren. Es klingt wie das Kaugummikauen eines Zahnlosen.

Während ich versuche, dem Geschmatze möglichst wenig Aufmerksamkeit zu schenken, starrt Sven die beiden Frischverliebten ungeniert an. Ich kann das nicht, denn die Lebensphase »unbeschwerte Zwanziger« ist die einzige, um die ich andere wirklich beneide. Sowohl diejenigen, die mittendrin stecken, als auch die, die sie noch vor sich haben. Es ist definitiv die beste Zeit des Lebens.

Als ich so für mich darüber sinniere, wie unkompliziert das Liebesleben in diesem Alter ist, wie schnell man sich trennt und mit einem anderen Partner tröstet, und sei es nur für ein paar Stunden, kommt mir eine äußerst gute Idee. Wenn mir irgendwer wirklich weiterhelfen kann, meine Beziehungsdefizite aufzudecken, dann doch wohl meine Ex-Freundin Natascha Kehl. Ich habe mich vor ihr nie groß verstellt, war immer so, wie ich meines Erachtens heute noch bin; da muss sie mir doch sagen können, was ich an mir verändern sollte. Immerhin hat sie mit mir Schluss gemacht!

»Und wieso hat die dich damals verlassen?«, will Patti wissen, die kurz ihre Zunge aus Ingo geholt hat und mir zuhört, während sie an ihrem Kakao nippt.

»Das hat sie nicht genau gesagt«, antworte ich.

»Er ist halt ein Penner«, fügt Sven hinzu.

Mit einem kurzen »Ach, so« wendet sich Patti wieder Ingo zu und knutscht weiter. Da er nun beginnt, sich unter ihrem T-Shirt in Richtung Busen hochzufummeln, ist vorerst keine weitere Gesprächsbeteiligung von den beiden zu erwarten. Mich erschüttert es jedoch ein wenig, dass Svens Aussage über mich einem jungen Mädchen wie Patti offenbar vollkommen ausreicht. Ich bin ein Penner, mit mir macht man Schluss.

»Wie meinst du jetzt eigentlich Penner?«, hake ich bei Sven nach.

»Du bist halt seit Jahren in einer Art Winterschlaf und pennst dich so durch die Zeiten. Wann warst du das letzte Mal spontan in Italien?«

»Da war ich noch nie spontan.«

»Siehst du.«

»Aber das hat Jessi nicht an mir kritisiert.«

»Sie hat gar nichts an dir kritisiert. Das warst du selbst, und deine Unspontanität, wenn man das so sagen kann, steckt im Subtext.«

»Da war kein Subtext.«

»Gut, dann suchen wir jetzt diese Natascha und fragen sie mal, was an dir so unausstehlich ist.«

Vermutlich ist das doch keine so gute Idee.

Auswanderermesse

»Der Veranstalter der ›Expat‹ Essen rechnete 2011 mit rund 12 000 Besuchern. Wie viele danach das Land verlassen haben, ist nicht bekannt.«

Natascha sieht verdammt blendend aus, und das, obwohl der Tag uns bislang nur trübes Wetter beschert hat. Der Himmel ist grau, die Stimmung in der ganzen Stadt gedrückt, man hört kein Lachen auf den Straßen, und die Menschen treten stumm und schlecht gelaunt in die mit Hundekacke gefüllten Plastiktüten. Mir ist schleierhaft, wozu Hundebesitzer das Frischgestuhlte ihrer Tölen aufsammeln, wenn sie es danach frisch verpackt wieder auf den Gehweg werfen. Wollen sie sich nur kurz die Hand wärmen, oder glauben sie tatsächlich, der Menschheit damit einen Gefallen zu tun? Ich werde es nie erfahren, auch nicht von Natascha, die strahlt, als ich das Kranz in der Hans-Sachs-Straße betrete. Meinen Anruf hatte sie erst wegdrücken wollen. Weil sie sich aber nicht vorstellen konnte, warum in aller Welt ich mich bei ihr melden würde, hat sie dem Wegdrückimpuls widerstanden. Nachdem ich ihr dann berichtet habe, dass ich eine Beziehungskrise habe und ein paar Tipps von ihr brauche, kam der Vorschlag, sich persönlich zu treffen, von ihr. Zum Glück hat sich Sven verabschiedet, um die Frettchen zu füttern.

Natascha hat im Aufstehen ihr Handy weggelegt, öffnet ihre Arme und säuselt mir ein lang gezogenes »Ha-iiiii«

entgegen. Ich lass mich zögerlich von ihr drücken, finde das Bussi zur Begrüßung irgendwie fehl am Platz. Das würde aber jeder, der von einer Frau umarmt und abgebusselt wird, die einen bei der letzten Begegnung mit den Worten »und lass uns bitte nicht Freunde bleiben« verabschiedet hat.

»Danke dir«, antworte ich, nachdem ich mich aus dem für meinen Geschmack etwas zu langen Drücken gelöst habe. Natascha blickt mich zufriedener an als der Dalai Lama, obwohl ich ihr schon am Telefon gesagt hatte, dass es mir kacke geht. Es kann natürlich sein, dass dies der Grund für ihre dick aufgetragene gute Laune ist. Da sie nichts sagt, muss ich das Gespräch eröffnen und versuche, das möglichst harmlos zu gestalten.

»So sieht man sich also wieder.«

»Ja. Gut schaust du aus.«

»Noch mal danke. Das kann ich aber auch zurückgeben.«

Da ich sie danach nur freundlich mustere, übernimmt Natascha endlich die Small-Talk-Führung. Ich bin nicht sonderlich gut darin, mich für andere zu interessieren. Die meisten deutschen Menschentypen habe ich schon getroffen, die wenigsten überraschen mich noch, oft sind sie nur die Abzüge anderer, mit minimalen Abweichungen, die man wohl Individualismus nennt. Mich selbst nehme ich da gar nicht aus. Denn sollte ich dann doch mal jemandem begegnen, von dem ich mehr erfahren will, komme ich mir so langweilig vor wie mir all die anderen. Eine Farce, vor der ich mich schütze, indem ich mich von neuen Bekanntschaften fernhalte und die alten mehr schlecht als recht pflege. An einem Geplänkel mit einer Frau, die mich derart kaltblütig abserviert hat, liegt mir entsprechend wenig, ich muss es jedoch ertragen, da ich ja den Kontakt gesucht hatte.

»Und wie läuft's beruflich?«

»Och, wie immer. Hier 'ne Messe, da 'ne Messe, ich wurschtel mich eben so durch.«

»Nervt dich das nicht?«

»Klar. Aber, na ja, geht halt nicht anders. Und bei dir?«

»Ich hab gerade bei Stellbrink & Partner gekündigt und, tadaaa, werde in drei Monaten auswandern.«

Sie strahlt mich mit ihren frisch polierten weißen Zähnen an, erwartet vermutlich, dass ich jetzt interessiert nachfrage, wo's denn hingeht. Ich tu ihr den Gefallen, um ihr zu signalisieren, dass ich ein guter Kerl bin, dem sie wirklich helfen sollte, und erfahre, dass sie mit ihrem neuen Freund in die USA zieht. Nach Cottonwood, Minnesota, wo auch immer das liegen mag. Schätzungsweise irgendwo in der Mitte des oberen Drittels der Staaten. Wobei das vollkommen egal ist, Amerika ist überall gleich, nur das Klima und die Vegetation variieren.

»Krasse Sache«, kommentiere ich ihr Vorhaben.

»Ja. Jeffs Familie wohnt dort. Sein Vater hat da eine kleine Firma, in der ich als Sekretärin einsteigen könnte. Für den Start. Cool oder?«

»Super«, pflichte ich bei. Ich hatte ganz vergessen, dass Natascha Sekretärin war, hatte sie immer als Anwaltsassistentin abgespeichert, aber das nimmt sich vermutlich nicht viel. Ich male mir auch gleich aus, wie es wäre, wenn mein Vater eine kleine Firma hätte, in der ich oder Jessi helfen könnte. Ein kleiner Betrieb, den ich irgendwann übernehmen könnte, und der mir ein sorgloses Leben in

Sachen Einkommen bescheren würde. Warum muss ausgerechnet ich ein Lehrerkind sein? Doch dann reißt mich ein Schlag auf die Schulter aus meinen Gedanken. Hinter mir steht Jeff. Ich weiß sofort, dass es Jeff sein muss, weil alles an ihm amerikanisch ist. Der quadratische Schädel mit dem markanten Kinn und Kiefer, die hohen Wangenknochen, vor allem aber seine wirklich schlechte Frisur. Amerikaner haben so gut wie nie modisch geschnittene Haare. Die Männer sind immer irgendwie geschoren, die Damen haben es seit dreißig Jahren nicht geschafft, sich von der grässlichen Kombination »Lockenwickler und Pony« zu trennen. Zu seiner miesen Frisur trägt Jeff einen Minnesota-Sweater, viel zu sportliche Nikes, beige Dockers und ein dämliches Maverick-Lächeln. Den Kaugummi wird er auf der Toilette ins Urinal gespuckt haben.

»Hi«, begrüßt er mich und setzt sich mit einem Seufzer neben meine Ex.

»Servus«, erwidere ich, und er lacht zu laut, wie all seine Landsleute.

»Du bist also die Kerl, mit den Natascha fast geheiratet hat.«

»Äh, wie?«

»Na, komm, das wäre doch wohl der nächste Schritt nach der gemeinsamen Wohnung gewesen«, sagt Natascha.

»Ach, so. Vielleicht, ja.«

»Schön, dich zu treffen.«

»Danke.«

Großartig. Jeff mustert mich und lächelt die ganze Zeit weiter wie Tom Cruise, als würde er erwarten, dass ich nun auch was zu ihm sage. Gut, wenn er das wünscht.

»Und du verschleppst sie jetzt in das Land der unbegrenzten Möglichkeiten?«

»Yes, Sir«, lacht Jeff, und ich bereue es, hier zu sein. »Meine Lady kann Arbeit haben mit meinem Vater, und ich bin bei die National Guard.«

»Soldat?«

»Nicht mehr. Jeff wird da jetzt mehr oder weniger im Büro arbeiten«, erklärt Natascha. »Rekrutieren.«

»Klingt toll.«

»Ja, ich war bei die Air Force, aber jetzt ist das vorbei.«

Ich schweige, um nicht zu lachen. Natascha hat sich einen U.S.-Army-Trottel angelacht, einen, der für die wirren Wahnvorstellungen seiner Regierung und die praktischen Ressourcen des Mittleren Ostens sein Leben geben würde. Oder gegeben hätte. Er ist die upgedatete Version der früher bei uns stationierten Soldaten in der McGraw-Kaserne. Das waren noch Männer, die leidenschaftlich Frauen schwängerten, sich dann in die Staaten absetzten, um dann, dreißig Jahre später, von einem SAT1- oder RTL-Kamerateam mit dem vergessenen Kind im Handgepäck wieder aufgespürt zu werden. Der neue US-Soldat macht das nicht mehr. Jetzt wird verschleppt und geheiratet. Und vermutlich in einigen Jahren geschieden und heimgeschickt, mir soll's egal sein.

»Du hast Natascha gesagt, du brauchst eine Hilfe?«

»Ja, ihre«, erwidere ich etwas pampig.

»Und was verschafft mir die Ehre?«, fragt Natascha, die ganz offensichtlich Spaß daran hat, meine Reaktion auf ihren neuen Stecher mitzuerleben. Sie denkt vermutlich, dass ich mich gräme, eine wie sie verloren zu haben, ahnt nicht, dass in mir vierundzwanzig Stunden am Tag alles nach Jessi schreit. Ich will nur noch weg hier, weshalb es mir jetzt auch egal ist, ob Captain America zuhört oder nicht.

»Also, ich bin gerade dabei rauszufinden, was an mir irgendwie das Problem sein könnte. Sprich, was meine Verlobte –«

»Deine Verlobte?«

»Ja. Hatte ich das nicht erwähnt? Ich heirate auch. Also, ich will heiraten. Aber Jessi hat gerade 'ne kleine Krise, beziehungsweise wir.«

»Und wie kann *ich* dir da helfen?«

»Na ja, ich dachte, dass du mir vielleicht sagen kannst, was ich an mir ändern sollte. Warum hast du dich denn damals von mir getrennt?«

Damit werfe ich Natascha kurzzeitig voll aus der Bahn. Sie überlegt, wundert sich, grübelt und lacht auf, um die Peinlichkeit des Moments zu überspielen. Jeff schaut seine Verlobte skeptisch an. Doch dann erinnert sich Natascha endlich wieder.

»Ach ja, ich war damals doch für ein paar Tage in Berlin. Und da hast du mich angerufen und gemeint, dass ich dir fehle. Im gleichen Augenblick habe ich aber gemerkt, dass ich dich nicht vermisse. Also, gar nicht.«

»Weil ich langweilig bin«, hake ich nach, obwohl ich mich gerade sehr wundern muss. Dieser Trennungsgrund ist nämlich vollkommen irrational, eine Unverschämtheit sondergleichen. Ich kann mich nämlich sehr gut daran erinnern, dass sie eine saugute Zeit in Berlin hatte. Sie war in Clubs, hat Freunde getroffen, die sie lange Zeit nicht gesehen hatte, ist in Ausstellungen gegangen, shoppen, das ganze Programm eben. Sprich: Da war überhaupt keine

Zeit, sich nach dem Freund in München zu sehnen. Einem unglücklichen, einsamen Eremiten, der ihretwegen mal wieder sämtliche anderen Kontakte zur Außenwelt gekappt hatte.

Ihr ist es damals aber so vorgekommen, als sei ihre Sehnsuchtslosigkeit ein Zeichen. Ihre Idealvorstellung einer Beziehung sieht nämlich so aus, dass man ohne den anderen nicht sein will. Dass es besser ist, sich sofort zu trennen, als weiter mit dem Gefühl zu leben, dass es einem nicht schwerfallen würde, auf den Partner zu verzichten.

»Das ist sehr viel wahr«, bestätigt Jeff, der Honk. »Oft weiß man, wie sehr es Liebe ist, erst, wenn man die andere vermisst.«

»Das setzt aber voraus, dass man überhaupt dazu in der Lage ist, sich so sehr auf einen Partner einzulassen«, setze ich dem entgegen und wundere mich laut, ob Natascha denn meine Vorgänger und Nachfolger mehr vermisst hat. Ihre Antwort ist ein sehr deutliches Ja, bei dem Jeff leise vor sich hin kichert. Ich werde hier vorgeführt, und das kann ich nicht akzeptieren.

»Dann hast du Jeff vermutlich auch tierisch vermisst, während wir hier in trauter Zweisamkeit gesessen haben?«

Statt mich und meinen gekränkten Stolz nun müde zu belächeln, kommt wieder nur ein Ja. Diesmal lacht sie jedoch auch leicht verschämt in sich hinein. Es ekelt mich an, wie turtelig die beiden sich verhalten.

»Darf ich es ihm zeigen?«, fragt Jeff endlich.

»Was?«

»Ein kleines Nachricht, das sie mir geschickt hat.«

Natascha schüttelt den Kopf.

»No, Jeff.«

»Come on. Er kennt dich doch von früher.«

»Ja, und das reicht mir auch.«

»Ja, Jeff, lass mal«, schalte ich mich ein. »Das passt schon.«

Ich möchte nicht sehen, was sie ihm geschickt hat. Ehrlich nicht. Wozu soll ich eine Nachricht lesen, in der Natascha ihm ihre Sehnsucht nach ihm mitteilt? Doch der Ami lässt nicht locker, beharrt darauf, mir die Nachricht zeigen zu dürfen. Natascha gibt irgendwann klein bei, betont aber, dass sie auf keinen Fall will, dass ihre Bilder noch andere zu Gesicht bekommen. Beim Wort *Bilder* horche ich auf. Was zum Teufel hat sie dem Idioten denn geschickt? Jeff holt sein Smartphone aus der Tasche, patscht darauf herum und präsentiert mir dann ein Foto, das ich erst nach einigen Sekunden erkenne. Natascha hat sich kurz vor meiner Ankunft selbst fotografiert. Genauer gesagt, nur einen Teil von sich.

»Ich wollte, dass er auch auf der Toilette an mich denkt«, gesteht sie, und ich erkenne, wie sehr sie sich nun dafür schämt.

»Und? Hat's funktioniert?«, wende ich mich an Jeff.

»Ja. Aber die Antwort, die ich ihr geschickt habe, wir zeigen dir nicht.«

»Nee, bitte nicht.«

Doch da hat Natascha schon ihr iPhone in der Hand und streckt es mir entgegen. Da ich mich sofort abwende, sehe ich nicht, was Jeff ihr geschickt hat, gehe jedoch davon aus, dass es unmöglich ein Foto seines primären Geschlechtsmerkmals gewesen sein kann. Welcher normal denkende Mann würde seiner Freundin ein derartiges Bild senden? Und mit welchem Hintergedanken? Oder bin ich nur mal wieder zu prüde, um mir vorstellen zu können, dass es Frauen gibt, die sich darüber freuen?

Was auch immer der Inhalt seiner Nachricht gewesen ist – es war peinlich genug, um Jeff in seiner Muttersprache fluchen und aus dem Lokal stürmen zu lassen: »Thank you, Tasha. Oh, sorry, I meant to say: Fuck you!«

Nach seinem theatralischen Abgang brauchen Natascha und ich ein paar Minuten des Schweigens, um den Vorfall zu verarbeiten. Dennoch muss ich immer wieder in mich hineinschmunzeln, was sie selbstverständlich mitbekommt.

»Was denn, Jens?«

»Ich hab nicht gesehen, was du mir zeigen wolltest. Und jetzt überlege ich, was es gewesen sein könnte.«

Natascha lacht kurz auf.

»Du willst es wahrscheinlich nicht sehen.«

»Nein.«

»Dabei ist es sehr niedlich.«

»Hör auf, Natascha, es interessiert mich nicht. Ich habe dich heute nur sehen wollen, um zu erfahren, was dich dazu getrieben hat, mit mir Schluss zu machen. Und das muss doch wohl mehr gewesen sein, als die Tatsache, dass du mich während eines Partytrips nach Berlin nicht vermisst hast.«

Sie zuckt nur mit den Schultern und erwidert, dass sie dem wirklich nichts hinzuzufügen hat. Sie ahnt sicherlich nicht mal, wie verletzend das ist. Ich war ihr einfach egal, keinen Gedanken wert, nur ein beliebiges Objekt in ihrem damaligen Leben. Am liebsten würde ich sie fragen, ob sie denn auch ihr Bett, ihren Teppich, ach, alles, was sie nicht ständig vermisst, einfach so austauscht, wegwirft und abhakt. Doch damit würde ich zugeben, dass ich gekränkt bin.

»Um das alles jetzt mal auf den Punkt zu bringen: Wenn alles, was dich an mir gestört hat, war, dass du mich nicht vermisst hast«, sage ich stattdessen, »solltest du mir auf jeden Fall noch verraten, was du an den anderen denn so vermisst.«

Natascha zögert. Sicherlich, weil sie keine Antwort parat hat. Weil das mit dem Vermissen alles totaler Quatsch war, eine Ausrede, die man jedem Verflossenen unter die Nase reiben kann. Mit mir geht das allerdings nicht, weil ich mich nicht so einfach abspeisen lasse. Ich hake nach, bin ungemütlich, bohre da, wo es weh tut.

»Nein.«

Schade.

50plus Messe

»Die 66 ist Deutschlands größte Messe für Senioren und alle, die es werden wollen. Geboten werden unter anderem kostenlose Gesundheitschecks!«

Völlig gerädert komme ich zurück in Hondos Palast und staune nicht schlecht, als mir dort eine fast unbekleidete junge Frau auf dem Gang begegnet. Sie ist geschätzte Anfang zwanzig, prollig-hübsch (Permanent-Make-up und Strähnchen), ihr Körper zierlich und untrainiert und nur von einem etwas vulgären BH und Höschen bedeckt. Das muss Aylin sein, Hondos Herzensdame.

»Hi«, trällert sie und huscht an mir vorbei ins Bad.

Ich gehe in die Küche, wo Hondo am Kühlschrank steht und den Inhalt anstarrt.

»Hey, Hondo, Respekt«, grüße ich. Hondo wendet sich mir zu und schaut mich fragend an.

»Was?«

»Ich hab gerade Aylin im Gang getroffen. Hübsch.«

»Wie? Die ist doch in Bett.«

»Nee, sie ist ins Bad gegangen. Glückwunsch.«

Hondo rätselt einen Moment, dann lacht er.

»Nein, das war Malea.«

»Malea?«

»Ja, die Tochter von Aylin. Und bald meine. Finger weg, ja? Sonst brech ich sie dir ab.«

Es ist das kleine Wörtchen »ab«, das mir Angst macht

und mich realisieren lässt, dass ich mich schon wieder auf verdammt dünnem Eis bewege. Warum kann ich nicht mal eine Stunde verbringen, ohne in ein Fettnäpfchen zu treten? Und wenn ich schon am Stoßbeten bin, bitte ich gleich noch darum, dass die verdammten Näpfchen auch nicht ständig größer werden. Ich steuere sonst auf einen sehr großen Fettnapf zu, in dem ich ungern untertauchen würde.

»Ach, cool«, sage ich geistesgegenwärtig. »Dann wirst du Papa.«

»Ja, Mann. Ist fast wie bei dir. Nur, dass ich die ganze Kinderkacke nicht mitmachen muss. So Windel und so. Wünsch ich dir viel Spaß mit!«

»Danke.«

»Hey, die kacken da fei auch rein, und du musst das dann putzen«, lacht Hondo. Diese Vorstellung muss völlig neu für ihn sein, anders ist seine Schadenfreude darüber nicht erklärbar.

»Dafür musst du jetzt aufpassen, dass sie nicht mit den falschen Typen ins Bett steigt.«

Wieder ein Napf, denn Hondo schnellt in einer Nanosekunde von lustig-auslachend auf aggressiv-drohend.

»Brennst du? Die ist Jungfrau und bleibt das auch! Ey, wenn du nur daran denkst! Ich vierteil dich, piss auf dein Grab und lass deine Mutter die Erde fressen.«

»Keine Sorge. Ich bin in festen Händen.«

»Ach, ja? Und wo sind die Hände gerade?«

Da ich keine passende Antwort parat habe, zucke ich nur mit den Schultern und versuche möglichst neutral zu gucken. Gleichzeitig wundere ich mich, woher diese widerwärtigen Fantasien stammen. Ich habe weder vor,

Aylins Tochter zu verführen, noch will ich mich in Hondos Privatleben einmischen. Es reicht, dass er in meinem wieder wichtig sein könnte, er muss mich nämlich mit seinem Wettmafioso zusammenbringen. In mir hat sich die Idee festgesetzt, dass ich über ihn und eine sichere Wette für die kommenden Monate ausgesorgt haben könnte. Leider betritt in dem Moment eine ältere Frau die Küche, die lediglich ein Bettlaken um ihren Körper geschlungen hat. Im ersten Augenblick zucke ich zusammen und denke, dass Hondo diese eine greisenhafte Schauspielerin gebumst hat, die sich selbst noch immer wahnsinnig erotisch findet. Aber ganz so betagt ist die Anwesende dann doch nicht, ich schätze sie auf Mitte fünfzig.

»Shalom, junger Mann«, haucht sie in meine Richtung. »Ich bin Aylin. Du musst Sven sein.«

»Nee, Jens. Freut mich.«

»Auf den musst du aufpassen, Aylin. Der hat schon ein Auge auf Malea geworfen«, warnt Hondo irrtümlicherweise.

»Keine Sorge. Ich bin verlobt.«

»Gefällt dir meine Tochter etwa nicht?«

»Ich bitte Sie. Sie ist eine sehr bemerkenswerte Erscheinung, aber ich habe nur Augen für meine Frau.«

Das war ein Satz, den ich mir vor etwa fünfzehn Jahren mal zurechtgelegt hatte. Ein damaliger Bekannter von mir war von einem Proll zusammengeschlagen worden, weil er seine Freundin angeschaut und sich danach in einem ähnlich ausweglosen Gespräch verheddert hatte. Der letzte Satz des Prolls vor der ersten Watschen war inhaltlich in etwa: »Du gaffst meine Freundin an, willst sie aber nicht ficken. Und zwar nicht, weil sie hässlich ist, sondern sehr hübsch? Dabei behauptest du auch noch, dass du mich respektierst. Willst du mich verarschen?«

Zugegeben, der Typ wusste genau, wie lange er meinen Bekannten vor der Tracht Prügel quälen konnte, andere geben einem kaum die Chance, sich überhaupt zum Sachverhalt zu äußern. Um im Fall des Falles eine solide, versöhnliche und respektvolle Antwort präsentieren zu können, habe ich mich eine Nacht hingesetzt und meinen Proll-Konflikt-Exit-Satz gebaut. Wobei es mich ein wenig wundert, dass ich ihn nach fünfzehn Jahren ohne Stottern und Verhaspeln rausgebracht habe. Meine Angst muss damals recht groß gewesen sein.

Aylin wirft jedenfalls etwas zu laut lachend ihren Kopf zurück und wiederholt dabei »Eine sehr bemerkenswerte Erscheinung!«, was äußerst affektiert wirkt, unabhängig von ihrem Alter. Würde ich mich bei so einer aufgesetzten, unnatürlichen Handlung erwischen, hui, da wäre aber eine gute Woche Selbstverachtung drin. Genau wie damals, als ich versucht habe, mich weinend gegen einen Türrahmen zu lehnen und langsam auf den Boden zu sacken. Kennt man aus Filmen, im wahren Leben ist es einfach nur grenzenlos peinlich. Und obwohl ich damals alleine in meiner Wohnung war, ist mir der Moment immer noch unangenehm vor mir selbst.

Hondos zukünftige Ehefrau hingegen liebt augenscheinlich diese manierierten Gesten, Haltungen und Bewegungsabläufe. Allein schon in einem Bettlaken eingewickelt durch die Wohnung zu staksen ist leicht neben der Spur und könnte ein Tipp aus einem »Leben wie in Sex in the City«-Ratgeber stammen. Sie ist mittlerweile zum Kühlschrank gewandelt, hat Hondo im Vorbeigehen an den Hintern gefasst, dann die Milch genommen und sich einen großen Schluck aus der Packung gegönnt. Klar, ich mache das auch manchmal, aber nur, wenn mich niemand dabei beobachtet und ich auch vorhabe, die Packung leer zu trinken. Aylin stellt sie jedoch wieder in den Kühlschrank, wirft mir einen herausfordernden Blick zu, der entweder »Ich darf das!« oder »Ich trau mich was!« sagen soll, und schwebt wieder ab in Richtung Bett. Hondo schließt den Kühlschrank, geht zur Kochinsel und stützt sich mit beiden Händen darauf ab.

»Geil, oder?«

Ich lasse das erst mal im Raum stehen, da ich ihn nicht durchschauen kann. Es ist sehr offensichtlich, dass die Tochter bei Weitem besser zu ihm passen würde. Mit dem Beglücken der angehenden Seniorin muss Hondo demnach ein ganz anderes Ziel verfolgen. Diesen Eindruck muss ich selbstverständlich für mich behalten, da Jessi meinen Aufenthalt hier verlängert hat und ich zusätzlich an meiner körperlichen Unversehrtheit interessiert bin. Nichts sagen geht allerdings auch nicht. Leider habe ich die »bemerkenswerte Erscheinung« schon verbraten und wühle jetzt in meinem Hirn nach einer ähnlich unverfänglichen Umschreibung.

»Eine sehr starke Persönlichkeit«, antworte ich endlich.

»Was heißt das?«

»Ich bin beeindruckt.«

»Hast du mir nicht zugetraut, oder was?«

Hondo erwartet offenbar mehr Enthusiasmus oder Eifersucht von mir. Leider bin ich ein schlechter Schauspieler. Themawechsel.

»Sicher doch. Woher kennt ihr euch eigentlich?«

»Von Armani. Die kauft da ein.«

»Schön.«

Mehr fällt mir dazu nicht ein. Hondo ist zum Boy Toy einer schwerreichen Jüdin geworden, die ihn mit der Hoffnung an sich bindet, irgendwann ihre ganze Kohle zu erben.

»Apropos Kohle. Du hast doch gesagt, dass du einen kennst, der Wetten –«

»Hab ich nicht!«, unterbricht Hondo mich laut. »Brennst du, oder was? Ich hab noch nie Glücksspiel gespielt! Noch so was, und ich steck dich in den Ofen und mach an!«

»'tschuldige.«

»Und überhaupt. Was meinst du mit apropos?«

»Hab ich das gesagt? Tut mir leid.«

Hondo winkt mich zu sich und schaut dabei so drein, als würde er mir gerne etwas anvertrauen. Vorsichtig nähere ich mich dem grobschlächtigen Kerl, da das auch eine Finte sein könnte, doch dann flüstert er mir zu, dass ich im Café Benz nach Bülent Özçal fragen soll. Und von ihm grüßen. Dann läuft da was.

»Aber eins darfst du auf keinen Fall. Geh da nicht –«

Er unterbricht sich, weil Aylin aus dem Schlafzimmer nach ihm ruft. Er haut mir auf die Schulter (schmerzhaft) und verschwindet dann aus der Küche. Mir gelingt es noch, den Namen Bülent Ö und das Café Benz in meinem Gehirn abzulegen, dann höre ich Aylin auch schon lustvoll kichern und Hondo das Laken aufwühlen. Ihm ist es nicht wichtig, ungehört zu bleiben, also bewege ich mich in mein Zimmer. Auf dem Gang rennt mir wieder

Malea über den Weg, diesmal in ein Handtuch gehüllt, das nur knapp ihren Schoß verdeckt. Da sie ihre Unterwäsche in der rechten Hand hält, wird sie darunter nichts tragen. Es ist zwar krank, wie schnell mir das auffällt, gleichzeitig aber auch hilfreich, da ich sofort in ihre Augen sehen kann, wissend, dass der Rest des Menschen für meine Blicke tabu ist.

»Falls der Gillette-Rasierer deiner war – ich hab ihn mir kurz geborgt«, trällert sie.

»Was? Nee, ich hab meinen gar nicht dabei.«

»Kann ich da jetzt hinter, oder sind die noch beschäftigt?«

»Sie sind wieder beschäftigt.«

»Ach, Mann. Das ist immer so, wenn Mama sich verliebt. Da wird den ganzen Tag gevögelt.«

»Ist doch schön«, entgegne ich und öffne die Tür zur Bibliothek, um mich zurückzuziehen. Malea folgt mir jedoch.

»Ich finde das, ganz ehrlich, leicht ekelhaft. In dem Alter!«

»Wie alt ist deine Mutter denn?«

»Vierundfünfzig.«

»Das ist doch okay. Ich kenne viele, die mit sechzig noch aktiv sind.«

»Ich kotz gleich. Woher kennst du denn solche Leute?«

Tatsächlich war das eine Lüge, und ich kann ihre Abneigung gegen Sex im Alter nur zu gut nachvollziehen. Zugeben möchte ich das aber nicht, schließlich soll sie ihre Mutter respektieren, denke ich. Ein Schrottgedanke, der sich aber nicht löschen lässt.

»Ach, das sind vor allem Bekannte meiner Eltern.«

»Und die reden auch noch drüber? Derb.«

Ich bin bemüht, mich nicht wieder zu ihr umzudrehen, da mich die Anwesenheit fast nackter Frauen irritiert, solange es sich nicht um meine eigene handelt. Also wende ich mich den Büchern zu. Langsam schwant mir, dass dies nicht Hondos, sondern Aylins Wohnung sein muss. In den Regalen stapeln sich Romane von Doris Dörrie, Bücher mit Titeln wie »Ich bin alt und brauche das Geld« oder »Freche Frauen«, und sämtliche Lebensberater von »Bestellungen beim Universum« über »Sorge Dich nicht – lebe!« bis zu den »Reklamationen beim Universum«. Kein einziger Titel klingt nach Hondo.

»Schläfst du da?«

Malea muss mein Kanu in Augenschein genommen haben.

»Ja.«

»Ich kann Mama sagen, dass sie hier ein ordentliches Bett reinstellen lässt. Oder 'ne Ausziehcouch.«

»Nee, ist okay. Ist ja nur für paar Nächte.«

»Dann hast du keine Freundin?«

»Doch. Ich bin verlobt.«

»Und schlaft ihr dann im Kanu zusammen?«

»Nein. Jessi ist schwanger, und wir brauchen gerade ein paar Tage für uns. Also, sie für sich und ich für mich.«

»Oh. Ihr habt euch getrennt«, übertreibt Malea in meinen Augen maßlos.

»Nein, nur kurz«, antworte ich, doch es klingt kein bisschen besser.

»Da drinnen wird's mit dem Versöhnungssex aber eng. Vor allem, wenn sie schwanger ist.«

»Ja, danke. Mach dir da mal keine Sorgen.«

Ich halte eh nicht viel von Versöhnungssex, bin eher ein Freund des Verwöhnungssex. Das muss ich Malea aber nicht auf die Nase binden. Vielmehr wäre es mir gerade sehr recht, wenn sie mich nun allein lassen würde. Wobei ich noch zu gerne erfahren würde, wie sie das mit der Couch gemeint hat, um die sie Aylin für mich bitten könnte. Da ich Hondo nicht reinreiten will, aber irgendwie das Gefühl habe, dass er hier mehr Nomade als Mieter ist, muss ich mich geschickt an das Thema Hauptmieter herantasten.

»Wo schläfst du eigentlich?«, lautet meine erste smarte Frage.

»Genau hier drüber. Aber ich lasse gerade mein Bad neu machen.«

»Ach, dann hat deine Mutter hier mehrere Wohnungen gemietet?«

»Ihr gehört das Haus. Früher hat sie in der Wohnung hier mit meinem Vater gelebt, aber der ist vor fünf Jahren gestorben. Flugzeugabsturz, total übel. Ich wäre beinahe mitgeflogen. Krass, oder? Dann wäre ich jetzt auch tot.«

»Tut mir leid.«

»Nee, das war eigentlich ganz gut so. Das klingt jetzt hart, aber für mich war das total wie ein zweiter Geburtstag.«

»Ach so. Hast du irgendwie ein komisches Gefühl gehabt und bist deswegen nicht mitgeflogen?«

»Quatsch. Ich hatte nicht mal ein Ticket. Aber rein theoretisch hätte ich neben meinem Vater sitzen können.«

»Verstehe. Und hast du danach dein Leben verändert?«

»Ja, klar. Ich feiere jetzt jedes Jahr zweimal Geburtstag. Wenn du mir deine E-Mail gibst, lad ich dich auch ein. Ist in zwei Wochen.«

»Ich glaub, da kann ich nicht.«

Malea bedauert das, und ich bedaure, dass sie den Todestag ihres Vaters als Partyanlass nimmt. Doch sie behauptet, dass sie drüber weg ist und Hondo echt mal ein cooler Typ, dann verabschiedet sie sich in ihre Wohnung, und ich kann mich endlich unverkrampft in meinem Kanuzimmer bewegen. Ich greife mir das nächstbeste Buch und mache mich daran, mein Leben zu verbessern. Ob mir dabei »Hotline zum Glück: Anleitung zu einem erfüllten Leben« helfen wird, bezweifle ich allerdings schon beim ersten Blick auf das Schwein, das das Cover schmückt.

Tatsächlich war das Werk ein Fehlgriff, zumindest für mich. Den Weg zu meinem Selbst soll ich finden, meine Gedanken und Wünsche manifestieren, lauter Dinge, für die mir einerseits die Zeit, andererseits die Bereitschaft fehlt. Ebenso ergebnislos endet mein Besuch der Seite lifehacker.com, auf der diverse Tipps zur Prokrastinationsbewältigung gegeben werden, aber ebenso viele interessante Anleitungen zum Basteln fantastischer Dinge wie Freisprechanlagen oder Lochkameras. Nach einer guten halben Stunde, in der ich alles über die Zubereitung des besten Burgers der Welt gelesen habe, steht für mich fest, dass mich Selbsthilfeliteratur und -ratschläge nicht weiterbringen werden. Vielleicht hilft ja ein guter Burger im Cosmogrill.

Mit Sven Burger zu essen, ist kein Vergnügen. Allein der Bestellvorgang dauert Jahre, da er sich schwertut, einen guten Kompromiss zwischen Preis und Hunger zu finden.

»Glaubst du, dass sich vier Euro mehr für Bison lohnen?«

»Möglich.«

»Und von elf Euro ist es dann auch nicht mehr viel bis zu den fünfzehn-fünzig für den Kobe-Burger.«

»Vierzig Prozent«, schätze ich.

»Gut, aber dafür bekomme ich auch fast drei Classic Burger.«

»Ja. Dann sparst du allerdings nichts, sondern gibst weit mehr aus.«

»Also zwei Classic? Als Kompromiss?«

»Kompromiss zu was? Zu einem?«

»Hast ja recht. Außerdem muss ich sparen. Die Frettchenpreise befinden sich im Sturzflug.«

»Also einen Classic?«

»Nee, Bison. Und dazu?«

Eine Viertelstunde später sitzen wir endlich vor unserem Essen, Sven ärgert sich, nicht doch zwei Standard-Varianten genommen zu haben, weil er schon ahnt, dass er nicht satt werden wird, und ich löchere ihn mit Fragen. Er muss mir alles erzählen, was er über Aylin und Malea weiß, über Hondos wahre Absichten und seine verdammte Radtour um die Welt, die ich für ebenso unwahrscheinlich halte wie Hondos Erklärung zum Juden durch ein Rabbinatsgericht. Wenigstens diese Einschätzung teilt Sven, wehrt sich aber vehement gegen die Unterstellung, nicht das Zeug für die Weltumradelung zu haben.

»Mein Problem ist ein ganz anderes«, erklärt er. »Ich habe Angst, dass ich nicht mehr aufhören kann, wenn ich erst mal losgefahren bin. So wie Manfred Müller und Paul-Ernst Lührs in ihrer Ente. Die waren zwanzig Jahre unterwegs! Oder dieses Ehepaar aus der Schweiz, die fahren seit siebenundzwanzig Jahren um die Welt.«

»Ja, und?«

»Ich bin mir nicht sicher, ob es etwas gibt, für das es sich lohnt zurückzukommen.«

Ihn daran zu erinnern, dass er biologisch Vater wird und ruhig etwas mehr Interesse an dem Kind zeigen könnte, das ich für ihn mit Jessi großziehen möchte, verkneife ich mir.

»Verlieb dich doch.«

Sven lacht auf, schüttelt den Kopf und benimmt sich so unsvennig, wie ich ihn noch nie erlebt habe. Er stottert etwas von wegen Unsinn, er doch nicht, in wen denn auch, er kommt ja nicht unter Menschen. Dabei läuft er knallrot an und fährt sich wieder und wieder mit der Hand durch die Haare. Das ist nicht der Sven, den ich kenne. Und das kann nur eins bedeuten: Er muss sich schon verliebt haben, auch wenn er das bestreitet.

Unnötig zu sagen, dass es mir egal ist, in wen.

Musikmesse

»Die Popkomm wurde im Jahr 2009 überraschend abgesagt und ist seit 2010 ein Teil der Berlin Music Week.«

Ich bin saugut drauf und vor allem ausgeschlafen, als ich vor dem Haus stehe, in dem Hip FM seine Studios hat. Ersteres, weil mich gerade eben Jessi angerufen hat, um mir zu sagen, dass sie mich vermisst. Mein sofort unterbreitetes Angebot, wieder nach Hause zu kommen, wurde allerdings abgelehnt. Nach allem, was ich über mich erzählt hätte, nach meiner allumfassenden Beichte, sei es besser, wenn ich mir noch etwas Zeit gönnen würde, um mit mir ins Reine zu kommen.

»Na ja«, sagte ich, »ich habe inzwischen ein gutes Gefühl.«

»Ein gutes Gefühl allein reicht nicht.«

»Ich meine ja nur. Ich miste meinen Saustall momentan ziemlich aus und werde keine Panik mehr schieben.«

»Wovor?«

»Zum Beispiel, dass ich eine Familie ernähren muss. Darf.«

Schweigen.

»Und wie kommst du darauf, dass das allein von dir abhängt? Ich hab keine Lust, meinen Job aufzugeben.«

Jessis Unterton wurde wieder leicht gereizt, und ich beschloss, das Thema Ernährer gleich wieder runterzukochen.

»Nee, klar, das sollst du auch nicht. Aber so, wie ich gerade arbeite, kann es ja auch nicht weitergehen. Das meinte ich.«

»Okay. Und versteh mich nicht falsch: Ich hätte dich auch am liebsten bei mir. Trotzdem halte ich es für die beste Lösung, wenn du dich mal voll auf dich konzentrieren kannst und mich nicht ständig im Nebenzimmer hast.«

»Ein paar Tage noch?«

»Ja. Ich vermisse dich wirklich.«

»Ich dich mehr.«

»Ich weiß.«

Und dann habe ich in den Hörer geschmatzt, das erste Mal seit geschätzten einunddreißig Jahren. Damals hat meine Großmutter immer ein Bussi durch den Hörer verlangt. Was angenehmer war, als den Satz »Durch die Bibel spricht der liebe Gott zu uns« runterzubeten, was mein Opa immer vor dem Auflegen erwartete. Könnte ich ja das nächste Mal bringen, wenn ich mit Jessi telefoniere.

Jetzt lege ich, leicht von mir selbst irritiert, auf und öffne die Pforte zu Hip FM. Da ich seit gut fünfzehn Jahren keinen Radiosender mehr betreten habe, bin ich doch glatt ein wenig nervös. Damals wurde gerade der Sprung von der CD zum digitalen Musikserver vollzogen. Das war der Anfang des gnadenlosen Formatradios, das Ende einer Ära, in der Moderatoren noch einen Stapel CDs vom Musikredakteur in die Hand gedrückt kriegten, um ihre Sendungen zu bestreiten. Da kam es noch vor, dass in der Morgenshow ein Song wie »Hell is around the corner« von Tricky lief, weil der diensthabende Redakteur am Vorabend abgestürzt, verlassen oder von Suizidgedanken gepeinigt worden war. Nicht unbedingt ein Toptitel, wenn man danach am Mikrofon gute Laune unter den Hörern auf dem Weg zur Arbeit verbreiten soll.

Die elektronische Musikplanung hat Moderatoren und Redakteuren die Möglichkeit genommen, ab und zu ihre Lieblingslieder in eine Sendung zu schmuggeln, und brachte stattdessen die Heavy Rotation, das ständige Abspielen der gleichen Titel. Unmaßgebliche Dinge wie Musikgeschmack oder einfach die Lust auf einen bestimmten Song waren obsolet geworden, nun sind Marktforschung und On-Air-Qualitätsmanagement für die Musikauswahl zuständig. Zur selben Zeit wurden lauter gleich klingende, persönlichkeitsschwache Claim-Schreier in die Sendestudios gepflanzt, die gestandenen Moderationspersönlichkeiten verschwanden nach und nach. Was eigentlich eine große Chance für mich gewesen wäre – doch mir hat ja leider der Enthusiasmus gefehlt, alle drei Songs so was wie »Das war Chumbawumba mit Tubthumping, und wir machen gleich weiter mit Will Smith und den Men in Black, hier auf Energy 93,3, the power of music!« zu sagen.

Ich habe es zwar versucht und mich einen Abend bei Energy ins leere Studio 2 gestellt, um dort ein Demoband meiner Moderationskünste anzufertigen, doch dieses Vorhaben ebenso spontan beendet, wie ich es in Angriff genommen hatte. Ich hätte sicherlich wochenlang jeden Abend eine oder zwei Stunden Sendungen auf Tape produzieren müssen, um damit dann beim Programmchef anzuklopfen. Der mir dann sicherlich gesagt hätte, dass ich auf einem guten Weg bin, aber noch ein paar Wochen weiterüben soll. Angesichts der Langeweile, die ich mir selbst bei meinem ersten Versuch beschert habe, war es also nur konsequent, den Anlauf zu beenden, statt einen Haufen Zeit zu vergeuden.

Leider hat mich Jerry Praller, der Programmchef von Hip FM jedoch gebeten, irgendwas mitzubringen, das er sich von mir anhören kann. Um seinem Wunsch zu entsprechen, habe ich gestern noch bis spät in die Nacht versucht, mit dem schäbigen Mikrofon an meinem Laptop ein paar Ansagen aufzunehmen, die in den Neunzigern rein theoretisch hätten gesendet werden können. Das traurige Ergebnis habe ich auf einen USB-Stick gespeichert und nun in meiner Tasche. Ich hoffe inständig, dass Jerry mich nicht darauf ansprechen wird.

Ich rausche durch den Empfang des modernen Radiosenders und versuche möglichst locker und lässig sein Büro zu finden. Leider lande ich in der Nachrichtenredaktion, wo eine fürs Radio viel zu hübsche Sprecherin gerade das »Neuste des Tages aus München und dem Rest der Welt« vorbereitet. Zwei Tische weiter lungert ein Praktikant an der Telefonanlage herum, der sicherlich hofft, dass die Polizei heute keine Radarkontrollen macht, weil er das ständige »Wisst ihr wahrscheinlich schon, aber an der Südlichen Auffahrtsallee machen's gratis Passbilder, hoho!« nicht mehr ertragen kann. Im Studio pult der Moderator in seinem Ohr und starrt dabei vor sich hin, weil gerade »Vier Hits Nonstop« laufen, die er abwarten muss, um dann mal wieder Uhrzeit und Temperatur durchgeben zu dürfen. Keiner der drei würdigt mich eines Blickes, und so muss ich die Initiative ergreifen und die Nachrichtensprecherin fragen, wo ich Jerry Praller finden kann. Sie deutet stumm auf eine Tür, ohne vom Monitor aufzusehen.

Auf mein zaghaftes Anklopfen tönt eine sonore Stimme von der anderen Seite, man solle hereinkommen, wenn man kein Fischer sei. Sofort setze ich den Versuch eines Lächelns auf und öffne die Tür. Vor mir liegt das Kinderzimmer eines Musikfanatikers. Inmitten unzähliger CDs, Platten und Kassetten (!) sitzt Jerry Praller an seinem unordentlichen Schreibtisch und hackt eifrig etwas in seine Tastatur. Dann greift er nach seiner Maus und schiebt sie umständlich unter Zuhilfenahme des ganzen Unterarms über das Mauspad. Das ständig aktive kleine Helferlein in mir will sofort wissen, warum er sie nicht normal aus dem Handgelenk bewegt, will ihm verraten, dass man die Zeigergeschwindigkeit ganz einfach in den Systemeinstellungen anpassen kann, doch ich schaffe es, meine Klappe zu halten.

»Ich mach nur noch schnell die E-Mail hier fertig, setz dich«, ruft er mir zu, und ich suche vergebens nach einem freien Plätzchen.

»Stell einfach die Kiste da auf den Boden«, fordert er mich auf und deutet kurz auf einen Karton, unter dem sich tatsächlich ein Stuhl befinden könnte. Ich tue, wie er mir geheißen hat, lege aber nur eine weitere Kiste voll CDs frei. Da Jerry mir wohlwollend zunickt, setze ich mich auf diese, es knackt kurz, doch das scheint ihn nicht zu stören. Mir ist Jerry in seinem Chaos zumindest fast sympathisch, allein sein dämlicher Fischer-Spruch verbietet mir umfassendes Wohlwollen.

Er tippt noch ein paar Minuten lang seine Mail, pausiert dann und sendet seine Nachricht schließlich ab, um sofort danach zu fluchen.

»Scheiße, Anhang vergessen.«

Zwei Minuten Tippen, umständliches Mausgeschiebe und einen gesendeten Anhang später blickt er endlich zu mir auf und streckt die linke Hand aus.

»Hörprobe?«

»Sofort? Wollen wir nicht erst bisschen reden?«

»Wozu? Wenn du kacke klingst, können wir uns das sparen«, lacht Jerry, sicherlich nicht ahnend, dass die Aufnahme wirklich kacke klingt. Ich greife in meine Tasche, fummle den USB-Stick heraus und entschuldige mich zeitgleich vorauseilend für das, was Jerry gleich zu hören bekommen wird.

»Das ist jetzt qualitativ eher minderwertig. Das war erst auf Band, dann auf CD, und von der hab ich's dann vor Jahren mal gerippt«, lüge ich, was Jerry mit einem Achselzucken quittiert. Er nimmt den Stick entgegen, verschwindet kurz aus meinem Blickfeld unter seinen Schreibtisch, um das Teil in seinen PC zu stecken, dann klickt er die Datei an, und ich muss in vollem Surroundsound ertragen, was ich in der vergangenen Nacht eingesprochen habe.

»Das war Chumbawumba mit Tubthumping, und wir machen gleich weiter mit Will Smith und den Men in Black, hier auf Energy 93,3, the power of music!«

Jerry verzieht das Gesicht, obwohl ich meine Aufnahme im Nachhinein gar nicht so miserabel finde. Ich hab die Ramp voll erwischt, also nicht in die ersten Worte des angesagten Songs gequatscht, und dafür, dass ich das mit einem wirklich minderwertigen Mikrofon aufgenommen habe, klang es fast satt.

Kaum fadet Men in Black aus, ertönt ein Musikbett, auf dem ich eine kurze Moderation zum Tod von Lady

Di abliefere. Darin beichte ich, nun selbst eine Di-Frisur zu tragen, was sehr gut zu meiner neuen Elten-John-Brille passt. Und weiter geht's mit Candle in the Wind.

Jerry schmunzelt, dann beendet er die Hörprobe. Ich atme durch, denn danach wäre nur noch eine Zeitansage mit einem geschätzten Datum und einem dazu passenden, aus Wikipedia entnommenen Artikel gekommen. Laut meiner Recherchen trat am 7. Oktober 1997 in Polen eine neue Verfassung in Kraft, was ich mit dem Spruch kommentiert habe, dass leider alle passenden Witze geklaut worden sind. Ein in der Tat müdes Scherzchen.

»1997?«, fragt Jerry, ich nicke. »Und seitdem?«

»Messen. Ich schätze mal, dass ich neunzig Prozent der Artikel, die du in deiner Wohnung hast, schon mal vertreten habe.«

Ein weiterer Lacher, ich punkte bei dem ordnungsvernachlässigenden Vogel. Und mit dem Messethema habe ich ins Schwarze getroffen. Jerry erkundigt sich sofort, ob ich da gute Connections hätte, da seine Jungs und Mädels nur äußerst sporadisch die gut bezahlten Jobs in Riem angeboten bekämen. Ich gebe den alten Messechecker, verspreche, jeden, der auch nur ansatzweise sprechen kann, in Zukunft mit Arbeit zu überhäufen – für meine Kollegen sei das ja Ehrensache.

»Cool«, findet das Jerry. »Was nimmst du denn dafür?«

»Schaue ich aus wie einer, der sich für einen Gefallen bezahlen lässt?«

Nein, erwidert er, ganz und gar nicht. Aber zehn bis fünfzehn Prozent seien doch normal, wenn der Umfang stimme. Und wenn er richtig informiert sei, könne man bei den gängigen Tagessätzen vermutlich als Agent mit fünf bis zehn Moderatoren im Angebot ganz komfortabel leben.

»Vermutlich«, bestätige ich. Mir gefällt das alles nicht, schließlich möchte ich hier ans Mikrofon und keine Agentur für Arbeit gründen. »Aber im Wesentlichen bin ich ja wegen meiner möglichen Arbeit für euch da.«

»Richtig«, antwortet Jerry und kommt prompt ins Grübeln. »Jens Fischer … Warst du auch mal beim BR?«

»Nee. Nur bei Energy.«

»Stimmt. Noch in den guten, alten Zeiten, oder?«

»Gut waren sie, das stimmt. Keine Ahnung, wie's da jetzt zugeht.«

»Na, ich sag mal so: Stefan Schneider, Armand Presser, Iron-Jan Plate, Nina Breiter, Frank Stängle … Mann, das war so geil.«

Bevor Jerry richtig ins Schwärmen geraten kann, bremse ich seinen Ausflug in die Vergangenheit mit dem Einwurf, dass ich damals nur als Volontär beim Radio war, und selbst das nur für ein paar Monate. Es ist mir unverständlich, warum ich immer alles mache, um mich schlecht aussehen zu lassen. Immerhin fand er die kleine Kostprobe meiner Schaffenskraft unterhaltsam.

»Die ganzen Moderatoren, ja, die kannte ich eben vom Sehen. Aber so richtig reingekommen bin ich da nie«, beende ich meinen Anflug von Selbstzerstörung.

»Schon klar«, antwortet Jerry jovial, und ich weiß nicht, was er damit ausdrücken möchte. »Aber das, was ich da gerade gehört habe, das war schon on air, oder?«

»Na ja«, lenke ich ein. »Eigentlich war das mehr so 'ne Aufnahme, die ich selbst gemacht habe. Im Studio 2.«

»Hast du nicht am Telefon gesagt, dass du moderiert hast?«

»Jein. Auf Messen. Im Radio nicht wirklich.«

Jerry schweigt und starrt in die Leere des überfüllten Raums. Ich ärgere mich, »nicht wirklich« gesagt zu haben, eine Phrase, die in der schlechten Nachbarschaft von »leider geil« und »grenzgenial« wohnt und für gewöhnlich von Menschen benutzt wird, deren Existenzberechtigung auf dem Planeten nur schwer erklärbar ist. Während ich mich über meine idiotische Wortwahl und meinen noch dämlicheren Selbstzerstörungsmechanismus ärgere, reift in Jerry ein Plan. Denn statt mir die Leviten zu lesen und zu erklären, dass ich doch etwas mehr Respekt vor der Arbeit der Moderatoren haben sollte, erzählt er mir urplötzlich von den Anfängen des Privatradios. Von dem Sendemast auf irgendeinem Berg in Südtirol, dem Schwarzenstein, wenn ich mich recht entsinne, über den ein Teil meiner früheren Weggefährten in den Achtzigern das erste private Radioprogramm nach Bayern gesendet haben. Er selbst war damals nicht mit von der Partie, aber ein treuer Hörer. Das war noch Radio, das war noch Pioniergeist! Jerry vermutet, dass die Jungs damals mit einer ähnlichen Einstellung wie ich ihr Werk begonnen haben – einfach mal schauen, was geht. Und er würde mich am liebsten sofort ins Studio schicken, um einfach mal eine halbe Stunde zu senden. Allerdings darf er das nicht. Schon allein wegen den Kollegen, die allesamt den harten Weg über die nächtlichen Testsendungen bestritten haben.

Ich räume sofort ein, dass ich da auch bestimmt ziemlich abschmieren würde. Die letzten Tage habe ich weder

Zeitung gelesen, noch sonst wie das Tagesgeschehen verfolgt. Doch selbst das schreckt Jerry nicht ab.

»Aber ist nicht genau das, was irgendwie mal total geil wäre? Ein Moderator, der die News quasi mit den Hörern rezipiert?«

»Vielleicht, ja.«

»Pass auf: Du machst kommende Woche mal jeden Abend Testsendungen in unserem zweiten Studio. Parallel zum Live-Programm. Gleiche Playlists, gleiche Themen.«

»Themen?«

»Whatever. Ich hör mir die Sendungen am Wochenende an, und wenn ich eine geil finde, packen wir das an.«

»Wow. Das ist … also, krass.«

»Du hast doch Zeit, oder?«

»Sicher. Wie viel Uhr?«

»Immer die Stunde von 20 bis 21 Uhr, danach hat Rene sich eingetragen.«

»Quasi mein Konkurrent?«

»Würde ich nicht sagen. Er ist, na ja, ein bisschen langweilig, keine gefestigte Persönlichkeit. Vor allem, wenn es um Meinungen geht, schwankt er zu sehr.«

»Ja, das kenne ich von früher«, lüge ich, denn ich habe bis heute kaum eine Meinung, die nicht mit einem guten Argument umzustoßen wäre.

»Neulich hat er versucht, das Thema Zwangsbeschneidung zu meistern, und endete mit der Aussage, dass es unter gewissen Bedingungen eigentlich schon in Ordnung wäre, aber auf jeden Fall gesetzlich geregelt gehört.«

Eine sehr okaye Meinung, würde ich spontan sagen, tue aber gut daran, sie lächerlich zu finden, und sichere mir damit Jerrys Sympathie.

»Und trau dich ruhig was, höre ja nur ich«, fordert er mich auf. »Um die Zeit sind die Moderationsfenster ein bisschen größer, und zur Not skippst du halt mal 'nen Song.«

»Werde ich machen. Welche Themen beschäftigen dich denn so zur Zeit?«

Ein plumper Versuch, die Vorbereitung auf fünf ganze Sendungen auf ein bewältigbares Maß zu bringen, auf den mein Gegenüber leider nicht konkret genug eingeht.

»Alles. Ich lese mir seit Jahren unnützes Wissen an und kann eigentlich zu allem was beitragen. Sprich einfach über das, was dich interessiert. Bis auf Freitag, aber das kennst du ja.«

»Klar«, lüge ich, da ich, wenn ich es mir recht überlege, seit gut fünf Jahren nicht mehr Radio gehört habe. Jedenfalls nicht so bewusst, dass ich mich daran erinnern würde. Es lief bestimmt hier und da im Taxi oder beim Friseur, wurde von mir aber nur als Hintergrundgeräusch wahrgenommen. Egal, im Internet werde ich bestimmt herausfinden, was freitags auf Hip FM läuft.

Jerry steht auf und reicht mir seine Hand, die ich mit festem Griff packe. Wer schon mal erwartet hat, einen Schluck Spezi zu trinken, und dann Bier in seinen Rachen geschüttet hat, kann sich ungefähr ausmalen, wie schockierend unangenehm es sich anfühlt, unvorbereitet eine Hand ohne Daumen zu schütteln. Wenigstens ist so aber sein umständliches Bewegen der Maus erklärt.

Hebammenmesse

»Schirmherrin des XIII. Hebammenkongressses ist Frau Manuela Schwesig, Ministerin für Arbeit, Gleichstellung und Soziales des Landes Mecklenburg-Vorpommern.«

Party Night Fever. Einen behämmerteren Titel für die Sendung am Freitagabend hätte sicherlich nur eine Fokusgruppe aus zwölf Schwachsinnigen beschließen können. Die abrufbare Playlist enthält ausschließlich Titel, die mir nichts sagen, von Künstlern, die ich nicht kenne. Mache ich irgendwas falsch, weil ich mein Leben ohne »Promises« im Remix von Skrillex und Nero führe? Wäre ich glücklicher, wenn ich mehr Zedd hören würde? Und wer zum Teufel ist Nicky Romero?

Ich bin den ganzen Samstag damit beschäftigt, mich durch die aktuellen Dancecharts zu hören. Erschreckend ist vor allem, dass die meisten Songs auch in den Neunzigern hätten produziert werden können. Musikkenner würden mich sicherlich für diese Vermutung steinigen, ich selbst finde den Bumm-Bumm-Brei eintönig und ermüdend. Es muss mir also gelingen, vor dem Party Night Fever am Ende der Woche eine sensationelle Radioshow hinzulegen.

Wie gewohnt habe ich mir ein Notizbüchlein gekauft, um darin Ideen für Moderationen und Themen zu sammeln, es beschriftet, mir ein System überlegt, nach dem ich meine Gedanken darin sortieren möchte. Auf die linke Seite kommen jeweils nur Themen, Unterthemen und

Stichworte, auf die rechte dazu passende Sätze, Gedanken und Moderationsansätze. Ein dämliches System, wie sich nach kurzer Zeit herausstellt, da schon nach den ersten drei Ideen links die entsprechende rechte Seite voll ist. Dazu ist nicht mehr nachzuvollziehen, was womit korrespondieren sollte.

Auch ein kurzes Gespräch mit Malea in der Küche hilft mir nicht weiter. Da sie perfekt in die Zielgruppe des Senders passt, hatte ich mir erwartet, von ihr mit Themen nur so zugeschissen zu werden. Tatsache ist leider, dass sie sich für »keine Ahnung« interessiert und es cool fände, wenn man im Radio mehr über »weiß nicht« sprechen würde.

»Vielleicht Abtreibung, Pille danach und so«, schlägt sie noch vor. »Darüber unterhalten sich die Tussen auf der Toilette im P1 halt immer. Oder Ficken.«

»Danke, Malea. Das sind top Ideen.«

»Echt? Weil, ich will eigentlich auch was mit Radio machen, also mehr so Fernsehen, aber mir hat mal einer gesagt, dass halt viele erst beim Radio anfangen.«

»Das stimmt. Wenn du willst, kann ich ja fragen, ob die da gerade Volontäre suchen.«

»Wen?«

»Auszubildende.«

»Nee, ich will da keine Lehre machen oder so. Ich fänd's halt cool, wenn ich da einfach so ablabern könnte. Oder abspasten. Ich kann auch voll lustig sein.«

Eine würdigere Tochter hätte sich Hondo nicht mal selbst zeugen können. Meine Unterhaltung mit ihr hatte trotzdem etwas Gutes, da sie mir am Ende noch verriet, welche Zeitschriften sie so liest. Kurz darauf stehe ich in einem kleinen Laden mit der aktuellen Joy, Glamour und

InStyle in der Hand, dazu die aktuelle Neon, um vor der Verkäuferin wenigstens nicht ganz mein Gesicht zu verlieren. Glücklicherweise ist die ohnehin knapp sechzig, wird mir in meinem Leben sicher nicht mehr begegnen und würde sich selbst dann bestimmt nicht daran erinnern, dass ich einmal in ihrem Shop einen Stapel Schrottmagazine gekauft habe. Das wird eher Lutz, der überraschend den Zeitungsladen betritt und mich überschwänglich begrüßt.

»Hey, Jens! Was machst du denn hier?«

»Lutz?«

»Bingo.«

Was für ein Hirbel.

»Ich kauf Zeitschriften.«

»Für Jessi?«

»Nein, für die Arbeit.«

»Was machst du denn?«

»Du, ich hab's leider total eilig.«

»Schade. Gut, dann sehen wir uns morgen! Tschüssi.«

Mit einem leisen »Ciao« packe ich meine Heftchen und gehe. Auf der Straße atme ich tief durch und danke Gott und seinesgleichen für diese Begegnung. Morgen ist der Partnertag des Geburtsvorbereitungskurses, und ich hätte es beinahe vergessen.

Am Sonntagmorgen warte ich vor der Hebammenpraxis in der Thomas-Koch-Straße auf Jessi, die überrascht scheint, dass ich da bin. Sie sieht fantastisch aus, der Bauch ist noch mal gewachsen, ich würde am liebsten sofort auf die Knie fallen, losweinen und ihr erklären, dass nun alles gut ist. Dass ich meine Perspektive gefunden habe. Dass wir uns keine Sorgen machen müssen, nie wieder. Dass ich einen Job habe und unsere kleine Familie versorgen kann. Bloß ist dem leider nicht so – ich bin bis jetzt keinen Schritt weiter.

»Du siehst prächtig aus«, begrüße ich sie, Jessi lächelt und antwortet: »Trächtig trifft es eher. Willkommen im Club der fetten Muttertiere.«

»Ich find's schön.«

»Und ich pack's nicht mehr. Ich will mal wieder auf dem Bauch schlafen. Oder wenigstens mal eine Nacht nicht aufwachen, weil ich keine Position finde, in der es wenigstens halbwegs gemütlich ist.«

»Auf meiner Schulter schläfst du immer wie ein Baby.«

»Aber die ist gerade nicht da.«

»Wenn du sie so vermisst, kannst du sie ja fragen, ob sie heute Abend mit zu dir kommt.«

Dumm, dass ich das gesagt habe, denn sofort dreht sich Jessi von mir weg und geht zum Eingang der Hebammenpraxis.

»Hoffentlich kommt uns keine Schwangere entgegen«, witzle ich ins Leere. Keine Reaktion. Also stapfe ich hinter meiner Verlobten her, die mir noch nie so fern war. Vielleicht bringen die gemeinsamen Atemübungen in den folgenden Stunden uns ja wieder ein wenig näher. Ich habe mich auf jeden Fall vorbereitet und kann Jessi auf dem Weg in die erste Etage des Hauses erzählen, dass Robert Koch ein Mediziner und der Begründer der Bakteriologie war, was sie absolut nicht interessiert. Sie ist nur mit mir hier, weil die werdenden Väter eben einen Tag mit beim Kurs sein müssen, alleine aufzukreuzen war ihr wegen der damit verbundenen Fragen zu doof.

»Dass die ihre verdammte Praxis nicht im Erdgeschoss

haben, ist eigentlich Grund genug, nicht herzukommen«, schließt Jessi ihr kurzes Auskotzen. »Am Ende läuft's dann eh auf einen Kaiserschnitt raus, und der ganze Scheiß war umsonst.«

»Jetzt schauen wir uns das halt mal an«, versuche ich sie wieder ein wenig zu beruhigen, werde aber mit einem verächtlichen Blick abgestraft. Das müssen die Hormone sein. Oder dass ich nicht bedacht habe, dass Jessi seit Wochen jeden Dienstagnachmittag hier verbringt.

»Okay, also willkommen, liebe Papis«, beginnt die schwangerste Frau von allen. Sie wirkt wie ein trächtiger Wal. Obwohl ich gar nicht sicher bin, ob Walweibchen tatsächlich dicker werden. Sie stellt sich als Sybille vor und muss natürlich betonen, dass sie kommende Woche ihren Geburtstermin hat, aber ihre Lieblingsgruppe hier nicht an eine Kollegin abgeben wollte. Die Gruppe giggelt, wir Männer freuen uns mit ihnen, und dann geht es auch schon ans Eingemachte – die Papis sollen sich vorstellen.

»Hi, ich bin Lutz«, beginnt Lutz, dem ich irgendwann noch mitteilen werde, wie dämlich sein Name ist, »und ich freue mich, heute hier zu sein. Irina hat mir schon so viel erzählt, und euch alle jetzt mal richtig live zu erleben, finde ich super.«

Der nächste werdende Vater hat auch einen Namen, den ich jedoch als nicht erinnerungswürdig einordne, da der Typ gleich erzählt, dass er mit seinem Schatz eine Hausgeburt plant. Da er eine Thermohose trägt, heißt er für mich auch fortan so, seine Frau entsprechend Thermoflasche.

Vater 3 heißt Karl und ist eigentlich ganz sympathisch. Immerhin erklärt er: »Ich bin hier, weil es hieß, dass ich einen Tag mitkommen muss.«

Damit spricht er mir aus der Seele, obgleich ich sofort Jessis Hand ergreife, um ihr zu signalisieren, dass ich besser bin. Dass ich heute neben ihr sitze, weil ich Vater werde und meiner Frau während der Geburt beistehen möchte. Jessi lässt diese zaghafte, zärtliche Berührung zu, ich kann dem Drang widerstehen, sofort zu ihr zu blicken, und genieße den Moment. Dadurch verpenne ich allerdings meinen Einsatz.

»Und wie heißt der nächste Papi?«, weckt mich der Wal aus meinem Sekundenschlaf.

»Ach ja. Jens. Fischer. Und ich bin hier, weil Maren schwanger ist.«

Bäng! Das saß. Ich habe keine Ahnung, wie ich auf Maren gekommen bin, spüre aber, wie Jessi ihre Hand aus meiner löst. Alle Frauen starren mich an, die Männer, denen Jessi ja noch nicht namentlich vorgestellt wurde, können nur erahnen, dass ich gerade in einen Napf gelatscht bin, dessen Ausmaß für die Summe aller anwesenden Füße reichen würde.

»Jessi«, korrigiere ich mich. »Jessi ist schwanger, und ich werde Papa. Und da will ich natürlich alles tun, um sie dabei zu unterstützen. Also, mental jetzt, nicht wirtschaftlich. Das auch, aber hier bin ich jetzt, um da zu sein, wenn es so weit ist.«

Lutz schüttelt ungläubig seinen Kopf, die anderen Papis verziehen die Gesichter, teils aus Fremdscham, teils aus Mitgefühl. Alle haben begriffen, dass ich derjenige bin, den sie in Zukunft als Beispiel heranziehen werden, wenn sie was Falsches gesagt oder getan haben. Im Vergleich zu mir wird alles harmlos erscheinen, ich bin ihre Carte blanche für die kommenden Wochen.

Das Einzige, was mir noch helfen kann, ist eine lupenreine Performance für den Rest des Tages. Wenn ich von nun an nur noch das Richtige sage, jede der anstehenden Übungen perfekt durchführe und Jessi wiederholt zum Lachen bringe, könnte mein Mega-Fauxpas entschuldbar werden. Natürlich bin ich jetzt total verspannt und es fällt mir sehr schwer, die restliche Vorstellungsrunde wahrzunehmen.

»Mein Name ist Axel«, sagt derweil schon Papi Nummer vier, »und mir geht's eigentlich wie den anderen hier. Ich freu mich auf den Tag und weiß sogar, wie meine Frau heißt.«

Der kleine Wichser muss richtig Dreck am Stecken haben, dass er jetzt schon den Jens-Joker zieht. Wahrscheinlich gab es heute schon einen Riesenkrach, weil er den Termin vergessen hatte oder sich extrem auf das Abfahrtsrennen der Männer in Irgendwo gefreut hat. Er ist mit Abstand der Jüngste von uns, ich schätze ihn auf maximal einundzwanzig, und bin mir nicht sicher, ob ich ihn bemitleiden oder beneiden soll. Wahrscheinlich weder noch. Dafür hasse ich ihn.

Nach den letzten beiden Papis, die mir noch gleichgültiger sind als Thermohose, beginnt der Wal über die Geburt zu sprechen. Uns wird mitgeteilt, dass wir bei einem Kaiserschnitt die Neugeborenen nach dem Waschen und Wiegen in die Hand gedrückt bekommen und uns das garantiert emotional überfordern wird. Dass die Mamis durch das PDA leicht sediert sein werden und erst mal Schlaf brauchen. Und dass es vollkommen egal ist, wie und wo man sein Kind zur Welt bringt, Hauptsache, es geht danach allen gut.

Es folgen zig Fragen zum Thema Hausgeburt, und ich muss mich zurückhalten, diesen Teil nicht mit der einzig angemessenen Frage abzubrechen, nämlich der, wie man die erste kritische Situation im Leben seines Kindes nicht in einer darauf spezialisierten Klinik, umgeben von Experten verbringen kann. Mich würde interessieren, ob die Hausgeburtfreunde auch ihre Winterreifen selbst wechseln, sich selbst gegenseitig die Haare schneiden und jeden Freitag beim Spieleabend mit den Freunden russisches Roulette spielen, oder ob sie in all diesen Fällen Bedenken hätten, dass womöglich was schiefläuft.

Ich beherrsche mich, flüstere meine Fragen aber Jessi zu, die meine Ansichten diesbezüglich teilt. Dann geht es endlich weiter zum Ablauf einer Geburt in der Klinik. Nichts von dem, was der Wal berichtet, ist sonderlich überraschend, doch ich mime den Interessierten, um ein paar Punkte zu machen. Ich hake nach, frage, welche Form der Anästhesie denn am besten sei und wann man von sich aus einen Kaiserschnitt vorschlagen sollte, und erkundige mich, wie oft sich Männer während der Geburt kurz verabschieden, weil sie überfordert sind. Top Fragen, wie der dicke Meeressäuger einräumt.

Danach wird gekniet, geschnauft und massiert, gebeugt, gestreckt, informiert. Nach drei Stunden sind die meisten so erschöpft wie nach einer Geburt, scherzt die Walartige und entlässt uns in die Kälte zum Mittagessen. Jessi und ich versuchen uns abzuseilen und alleine in den Liebighof zu schleichen, wo allerdings schon Lutz, Irina und das Thermopärchen sitzen. Der Anstand nötigt uns, uns ihrer Runde anzuschließen.

Draußen konnte ich Jessi wenigstens kurz erklären,

dass mein Blackout damit zu tun hatte, dass mir Ralf vor ein paar Tagen ein Foto von seinem und Marens Sohn geschickt hat und ich mich daran genau in dem Moment erinnert habe, als mich die dicke Kursleiterin angesprochen hat. Ich bin zwar unsicher, ob ich in meiner Erklärung alle Zeiten richtig getroffen habe, Jessi schien aber zufriedengestellt und versöhnlich gestimmt. Immerhin war ich der einzige anwesende Mann, der etwas mehr als »da kommt dann ein Baby bei der Frau unten raus« zum Thema Geburt wusste. Und der einzige, mit dem sie über die anderen Kursteilnehmer ablästern konnte.

Thermohoses Thermohose war Jessi auch sofort aufgefallen, und ich musste sie während ihres Lachanfalls stützen, den meine Imitation des wärmeliebenden Männchens bei der Rückenmassage seines Weibchens im Vierfüßlerstand bei ihr auslöste. Wir hatten uns schon im Kurs zurückhalten müssen, da Thermohoses Massagetechnik schwer an eine Luftzither-Einlage erinnerte, das alpenländische Gegenstück zur Luftgitarre.

Das zweite Opfer unserer Häme unterwegs war Irina, die sämtliche Anwesende wieder mit anerkennenswert dämlichen Fragen und Behauptungen irritieren konnte. Vorrangig ging es der minderbehirnten Frau von Lutz immer wieder um das Thema Betäubung. Sie hat nämlich von Fällen gehört, in denen die PDA nicht gewirkt hat und den Gebärenden bei vollem Bewusstsein und Schmerzempfinden der Bauch aufgeschnitten wurde. Oder von denen, die durch eine falsch gesetzte Kanüle querschnittsgelähmt wurden. Traumatische, schreckliche Schicksale, die Jessi eigentlich so weit wie möglich verdrängen möchte, da ihrer Meinung nach bei einer Geburt kein Hilfsmittel ausgeschlossen werden kann oder sollte. Und da Irina zu jedwedem Thema ein paar Horrorgeschichten parat hat (Sturzgeburt auf der Damentoilette! Fünfunddreißig Stunden Wehen!), reicht es meiner Freundin langsam. Entsprechend froh sind wir, genau diese vier nun auch noch beim Mittagessen um uns zu haben.

»Wer ist eigentlich Maren?«, fragt Lutz, der als König sicher den Beinamen »Der Sensible« getragen hätte.

»Eine gemeinsame Freundin«, antwortet Jessi kühl.

»Ist gerade Mutter geworden«, ergänze ich.

»Wie war die Geburt?«, will Irina natürlich wissen.

»Schrecklich«, kommt es unisono von uns, und Jessi setzt nach: »Hat allergisch auf die PDA reagiert, ist dann komplett zusammengesackt, Not-Kaiserschnitt, das volle Programm. Sie heult noch immer los, wenn man sie auf die Geburt anspricht.«

Und obwohl das mit Abstand das Mieseste ist, was ich je über Jessis Lippen habe kommen hören, verkneife ich mir ein Lachen. Immerhin gibt es Frauen, die genau das durchlebt haben. Irina bestätigt das auch gleich.

»Das passiert öfter, als man mitbekommt. Ich hab ja gelesen –«

»Behalt's einfach für dich«, fährt Jessi Irina an. »Es reicht, dass eine gute Freundin das erlebt hat.«

»Ich mein ja nur«, mault Irina, ist aber schlau genug, das Thema zu wechseln. »Was machst du eigentlich beruflich, Jens? Irgendwas mit Zeitschriften?«

Dass sie damit nicht nur meinen wunden Punkt auf den Tisch packt, sondern auch noch riskiert, dass Jessi von meiner zufälligen Lutz-Begegnung erfährt, die sie garantiert erahnen lassen würde, wie ich tatsächlich an den

Kurs heute erinnert wurde, kann die Arme nicht wissen. Ich reiße mich zusammen und antworte brav und wie aus der Pistole geschossen, dass sie mit der Vermutung falsch liegt und ich auf Messen herumkaspere. Auch bei den anschließenden immer gleichen Folgefragen (Kann man denn davon leben? etc.) verhalte ich mich sehr höflich. Hauptsache, meine Verlobte wird von weiteren RTL-Storys verschont, und ich fliege nicht auf.

Dafür erfahren wir mehr über Thermohose und seine heiße Freundin, als uns lieb ist. Er heißt Tim – mein Jessi zugehauchtes »Tim Thermo« führt bei ihr beinahe zum Einsetzen der Wehen – und ist gelernter Detailhandelsassistent. Wir brauchen eine Weile, um zu begreifen, dass damit einfach der Beruf des Verkäufers umschrieben wird. Tim hat diverse Hobbys, unter anderem seine zwei Dobermänner, mit denen er den Hundesport Agility betreibt. Fotos werden herumgereicht, Irina steuert ein paar Geschichten bei, die um Hunde und Kleinkinder kreisen und in denen der Hund gewinnt. Danach wird eine Weile geschwiegen.

Der zweite Teil des Seminars ist, Gott sei Dank, kürzer angelegt. Unser Leitwal macht uns noch mit einigen Gebärmethoden und praktischen Geräten wie Gebärstühlen und Geburtshockern vertraut. Danach weist sie die Papis ein, wie sie den Mamis auf dem jeweiligen Gerät assistieren können. Jessi und ich machen alles brav mit, lachen und verstehen uns wie eh und je. Von einer Krise ist nichts mehr zu spüren, und als wir endlich kurz vor fünf aus der Hebammenpraxis entlassen werden, halte ich es für angebracht, sie über die neusten Entwicklungen zu informieren. Irinas Angebot, noch mit allen eine Schorle trinken zu gehen, haben wir elegant ausgeschlagen.

Stattdessen sitzen wir zu zweit in der Roosevelt Bar, in der ich das letzte Mal mit Hondo und Sven nach unserem Einbruch in die Praxis von Dr. Parisius, meinem Ex-Samenarzt, gewesen bin. Da Jessi die Geschichte nicht kennt, erzähle ich ihr von Svens Fehlbestellung – er hatte damals statt eines Campari Soda versehentlich einen Bacardi Soda geordert und prompt serviert bekommen, den einzigen Drink in der Welt, der noch abscheulicher schmeckt als Svens Eigenkreation »Der kleine Fick«. Zu dem ihn der Bacardi Soda inspiriert hat.

Ich will ihre Hand nehmen, doch Jessi zieht sie weg, spielt lieber an ihrem Strohhalm herum und schweigt. Ihr brennt was auf der Seele, und ich versuche das Feuer mit dem Bericht von meiner anstehenden Radiokarriere zu löschen.

»Pass auf – ab morgen gehe ich jeden Abend zu Hip FM. Die haben mir angeboten, Moderator zu werden, wenn ich ihnen zeige, dass ich das draufhabe.«

»Einfach so?«

»Na ja, ich hab schließlich Erfahrung.«

Da Jessi nur in sich gekehrt lächelt, fahre ich fort: »Das ist was, wo ich mir schon vorstellen kann, also, dass es Zukunft hat. Und ein Job, bei dem ich täglich nur ein paar Stunden weg bin. Was ideal ist, wenn du auch wieder arbeiten gehst. Vielleicht kann ich 'ne Show am Abend moderieren, dann könnte ich tagsüber auf das Baby aufpassen.«

»Schön.«

»Eben. Das ist genau das, was ich gesucht habe.«

»Und bin ich das auch?«

»Wie meinst du das?«

Der heimtückischste Unterschied zwischen mir und allen Frauen, mit denen ich je liiert war, ist der, dass sie Konflikte für ein paar Stunden ausblenden können. Sie schaffen es, dass man sich wieder wohlfühlt und überzeugt ist, dass, was immer man vorher an Mist gebaut hat, vergessen und verziehen wurde. Um es einem genau dann vor die Füße zu spucken, wenn es gerade gemütlich wird.

»Was sollte das mit Maren?«

»Nichts. Das ist mir rausgerutscht. Freudscher Versprecher.«

»Das ist mir schon klar.«

»Ja, also. Ist doch nicht schlimm.«

»Dann google mal Freudscher Versprecher.«

Jessi steht auf, nimmt ihre Jacke und geht. Ich zögere kurz und überlege, ob ich nicht tatsächlich besser erst mal googeln sollte oder doch ihr hinterherlaufen. Für alle Fälle zücke ich schon mal meinen Geldbeutel, entdecke jedoch, dass dessen Inhalt leider nicht wertvoll genug ist, um die Rechnung zu begleichen. Trotz Happy Hour. Ich stehe auf und gehe vor an die Bar, wo mich derselbe Barkeeper erwartet, der vor einem guten Dreivierteljahr von Hondo in meiner Anwesenheit eingeschüchtert wurde, nachdem ich ihn ein Arschloch genannt habe, wenn ich mich recht erinnere. Kann auch Sven gewesen sein. Fakt ist, dass er mich anschaut, erkennt und verachtet.

»'tschuldige, meine schwangere Freundin, der ist schlecht, ich muss ihr schnell hinterher«, lüge ich ihn an.

»Kennen wir uns nicht?«

»Nee.«

»Doch. Du warst doch im Frühjahr da und hast Bacardi Soda gesoffen.«

»Nee, ich war noch nie hier. Ich bin nur wegen ’nem Kurs in der Gegend. Geburtsvorbereitung.«

»Ich bin mir nicht mehr sicher, ob du oder dein einer Freund Arschloch zu mir gesagt hat. Also, der kleinere, nicht der, der mich zusammenschlagen wollte.«

»Ich hab keine Ahnung, wovon du sprichst«, versuche ich noch, mich aus der Affäre zu ziehen, obwohl ich so aus der Nummer bestimmt nicht rauskommen werde.

»Natürlich hast du Ahnung. Ich bin gut mit Gesichtern.«

Es ist sinnlos, und irgendwo kann ich den Kerl auch verstehen. Wir haben uns wirklich absolut danebenbenommen, und zwar nur, weil er Sven bei seiner dämlichen Bestellung nicht korrigiert hat.

»Pass auf, das war damals ein Freudscher Versprecher. Mein Kumpel wollte bestimmt keinen Bacardi Soda, und da hättest du ihn ruhig drauf aufmerksam machen können.«

»Also warst du es doch?«

»Ja, Mann. Und es tut mir leid, das war alles eine Verkettung blöder Missverständnisse.«

»Und du bist sicher, dass das ein Freudscher Versprecher war?«

»Ja, klar.«

»Dann hab ich mir nichts vorzuwerfen. Gib mir einfach elf Euro und lass dich hier nicht wieder sehen, okay?«

Da vor der Tür gerade die Straßenbahn in Richtung Maxmonument abfährt, in der garantiert Jessi sitzt, zücke ich meine ec-Karte.

»Mach elf draus.«

Vor der Tür google ich endlich die verdammte Freudsche Fehlleistung und kapiere, was ich nun schon wieder verkehrt gemacht habe. Beziehungsweise wie Jessi meinen Versprecher interpretiert. Sie glaubt, dass ich mir im Grunde wünschte, mit Maren in dem Kurs gesessen zu haben. Was Unsinn ist. Maren und ich haben keinerlei Basis, nichts Gemeinsames und völlig verschiedene Vorstellungen davon, wie unser Leben aussehen soll. Ihre ist sehr präzise, meine nicht vorhanden, das ist der größtmögliche Unterschied. Ich versuche Jessi anzurufen, erreiche jedoch nur die Mailbox. Für einen Moment erwäge ich, einfach den ganzen Weg nach Hause für sie Nachrichten zu hinterlassen, ihr zu erzählen, was gerade in mir vorgeht, entscheide mich dann aber dagegen, da sie sicher nicht scharf ist auf fünfzig Nachrichten, die sich nur um mich drehen und nicht mal chronologisch richtig abgespielt werden. Ich müsste mir schon genau überlegen, was ich in Nachricht fünfzig sage, um mich dann langsam zu Nachricht eins vorzuarbeiten. Unmöglich.

Als wir noch frisch verliebt waren, musste ich auch mal nach Hause laufen, da ich den letzten Bus vom Messegelände in die Stadt verpasst hatte. Ich habe Jessi angerufen und die ganze Zeit mit ihr gesprochen, bis zur Haustür. Danach haben wir miteinander geschlafen und noch bis in die frühen Morgenstunden weitergeredet. In den vergangenen Wochen ist diese damals unermüdlich scheinende Konversationslust bei uns etwas eingeschlafen. Größtenteils liegt das daran, dass ich im Grunde alles über mich erzählt habe und meinen Alltag langweilig finde, wenn ich ihn nicht mit Jessi verbringe. Sie selbst hat mit dem Sommersemester ihr Studium abgeschlossen, hat nun einen Master in Kommunikationswissenschaften und eigentlich viel vor, wäre da nicht die Schwangerschaft, die ihr weit mehr bedeutet. Durch den Wegfall des Studiums passiert aber leider sehr viel weniger in ihrem Alltag, und wir reden inzwischen vor allem über die Organisation der kommenden Wochen, über unsere ungeborene Tochter. Natürlich ist das nicht schlimm, wir haben auch so viel Freude miteinander, lachen jeden Tag mehr als der Durchschnittsdeutsche in seinem ganzen Leben. Allein die Suche nach einem guten Namen für die Kleine hat uns wiederholt über den Boden kullern und nach Luft japsen lassen. Und das, obwohl es schlicht albern und am nächsten Tag kaum noch komisch ist, die Tochter Hochsee (Fischer), Pattrischa (Fischer) oder Eugen nennen zu wollen.

Trotzem vermisse ich unsere Gespräche über uns. Und mir fallen auf dem Weg nach Hause Dutzende Geschichten ein, die ich Jessi noch nicht erzählt habe. Allein im Hofgarten, den ich gerade durchquere, habe ich genug für einen Abend erlebt. Anfang der Neunziger gab es im kleinen Pavillon einige Partys, die immer erst sehr spät von der Polizei aufgelöst wurden. Und wenn die Bullen kamen, sind wir in alle Richtungen geflohen. In einer besonders warmen Nacht bin ich in einem der Brunnen untergetaucht und sah danach aus wie das Ding aus dem Sumpf (und roch auch entsprechend), ein anderes Mal habe ich mich mit einem Flechtsessel aus dem Café im Hofgarten aufs Rad geschwungen und wurde erst an der Münchner Freiheit von einer Zivilstreife aufgegabelt.

Vielleicht sollte ich in Zukunft wieder etwas mehr durch die Stadt spazieren und meine Erinnerungen an mein eigenes Leben auffrischen. Meiner Beziehung zu Jessi würde das nicht schaden. Solange ich nicht durch die Jahnstraße laufe und ihr dann von der Zeit erzähle, in der ich glaubte, unsterblich in Maren verliebt zu sein.

Glücksspielmesse

»Zutritt nur für Personen ab 18 Jahren.«

Es ist Montagabend, und ich stehe vor dem Café Benz und traue mich nicht hinein. Eigentlich sollte ich gerade bei Hip FM im Studio stehen, aber Hondo hat mich wegen einer angeblich einmaligen Chance hierher bestellt. Ich gebe zu, dass ich ein wenig erleichtert war, eine so überzeugende Ausrede vor meinem Unterbewusstsein parat zu haben, das mich eigentlich viel lieber beim Radiosender sehen würde. Ich kann es tatsächlich erfolgreich beruhigen, indem ich mir einrede, dass mir an einem der kommenden vier Abende sicherlich eine Sendung gelingen wird, die Jerry überzeugt, dass ich der richtige Mann für seinen Sender bin. Immerhin habe ich mich durch die ganzen Zeitschriften gelesen und eine grobe Vorauswahl an Themen im Kopf, über die ich sprechen könnte. Und vielleicht bekomme ich genau heute Abend den Stoff geliefert, den ich morgen in der Sendung verbraten kann.

Dafür müsste ich allerdings das Café Benz betreten, wogegen sich mein Geist und Körper sträuben. Dies ist kein Ort für Leute wie mich. Wir verfügen nicht über genug Testosteron, Mut und Verschlagenheit, um ein derart dubioses Etablissement betreten zu können, ohne von allen anderen Gästen für einen Polizisten oder Idioten gehalten zu werden. Im Zweifel auch für beides. Eigentlich war ich mit Hondo hier vor der Tür verabredet, von ihm ist jedoch nichts zu sehen. An sein Handy geht er auch nicht.

Ich sammle vor dem T-Punkt an der Ecke Mut, indem ich die Werbung für das neue iPhone betrachte und mich wundere, wie die Presse darüber urteilen konnte, dass es »sehr gut, aber nicht das beste iPhone aller Zeiten« sei. Wäre es das, könnte Apple schließlich dichtmachen. Es gibt so oder so nur sehr wenige »beste Dinge aller Zeiten«. Spontan fallen mir das Rad, das Boot und alles von Alessi ein. Danach wird's dünn.

Als endlich ein Kerl in meinem Alter aus dem Café kommt, um an dem kleinen Stehtisch vor der Tür eine zu rauchen, nehme ich all meinen Mut zusammen und frage ihn, ob Hondo da ist. Er ignoriert mich. Ich darf jetzt nicht aufgeben, frage stattdessen nach Bülent. Keine Reaktion. Mein Glück hat mich mal wieder verlassen – falls es je bei mir war. Ich wende mich ab, seufze und will gehen.

»Was willst'n von Bülent?«

»Das kläre ich dann mit ihm.«

»Bist du Bullerei?«

»Nein.«

»Hätt mich auch gewundert.«

»Ist Bülent drinnen?«

»Wie kommst du drauf, dass der mit dir spricht?«

Mir schwant, dass Bülent gerade vor der Tür eine rauchen ist und ich mich vor ihm zum Horst mache.

»Ich bin ein Freund von Hondo«, antworte ich und setze mit einem versöhnlichen Lächeln hinterher: »Und du bist Bülent?«

»Nein. Der ist im Büro. Sag Serkan, dass er dich durchlässt.«

»Wer ist Serkan?«

»An der Bar.«

»Danke.«

Kaum habe ich es an dem Namenlosen vorbei ins Café geschafft, wo mich die drei weiteren Gäste und Serkan an der Bar sofort argwöhnisch beäugen, läutet mein Handy. Um cool zu bleiben, ziehe ich es aus der Tasche und nehme das Gespräch entgegen, ohne zu schauen, wer dran ist.

»Jens? Endlich. Hier ist dein Vater.«

»Papa!?«

Das kommt so laut, dass alle Benz-Besucher mich breit angrinsen.

»Hör mir bitte kurz zu. Ich versuche schon seit Tagen, dich zu erreichen. Mama ist wütend, und ich bin vorübergehend in einem Hotel.«

»Was?!«

»Du hast doch auf meinem Computer gesehen, dass ich ... Wir leben aneinander vorbei, deine Mutter und ich. Seit Jahren.«

»Du kannst doch Mama nicht verlassen!«

Mit einem Schlag werden alle Gesichter im Café Benz todernst, die gesamte Aufmerksamkeit gilt dem komischen Kauz, der gerade hereingekommen ist und telefoniert.

»Können wir uns irgendwo treffen?«, fragt Papa.

»Ja, klar.«

»Wo bist du denn?«

»Am Isartor.«

»Dann sagen wir doch, in einer Stunde beim Sedlmayr.«

»In Ordnung. Falls ich mich verspäte, bestell mir schon mal ein Tellerfleisch und eine Halbe.«

Ich beende das Telefonat und blicke in die Runde. Die anwesenden Typen schauen mich empathisch an. Ich nehme an, dass die meisten von ihnen Scheidungskinder sind.

»Halb so schlimm«, beruhige ich. »Zweiter Frühling.«

Die Männer wenden sich wieder den Flatscreens an der Wand zu, auf denen Pferderennen (die mit dem Anhänger), ein Fußballspiel und irgendwelche Wettquoten zu sehen sind. Ich gehe zum Barmann und erkundige mich, ob es möglich ist, mit Bülent zu sprechen, wenn einem der Typ vor der Tür gesagt hat, dass das okay ist. Sicher, ist möglich. Er weist mit einem Kopfnicken zu einer Tür neben dem Tresen, ich tippe mir zum Dank an die Stirn, grusle mich vor dem Bild, das ich durch diese Narrengeste im selben Augenblick abgegeben haben muss, und begebe mich dann in Bülents Büro.

Als Erstes fällt mir ein großes Plakat hinter dem Schreibtisch auf. Es zeigt einen Mann in einem Lichtkegel vor einer durchgepimpten Mercedes S-Klasse aus den Neunzigern, der ein Schwert in der linken Hand hält; die Arme sind an den Ellbogen auseinandergespreizt, er schreit in den Himmel. Darüber steht in großen, blauen Lettern: Bülander. Darunter: Es kann nur einen geben. Es muss eine Persiflage von oder Hommage an das Filmplakat des Achtziger-Streifens Highlander sein, das kommt auf die Betrachtungsweise an. Unter dem Poster sitzt der Mann, der darauf zu sehen ist. Wenn auch ohne Schwert, Lichtkegel und Auto.

»Du bist also ein Freund von Hondo«, begrüßt er mich patzig. Der Depp von draußen hat ihn wohl angerufen oder eine SMS geschickt. Letzteres ist eher fragwürdig, da der Typ nicht so wirkte, als wäre er ein wieselflinker Rechtschreiber.

»Ja. Jens. Fischer.«

»Und du hast Geld dabei, das du investieren möchtest?«

»Äh, nein. Hondo meinte, dass Sie eine einmalige Investitionsmöglichkeit für mich hätten, und da wollte ich mich eigentlich nur erkundigen, was so drin ist. Und wie das alles läuft.«

»Ich sage mal, es geht so: Du gibst mir fünftausend, und eine Woche später bekommst du zehn zurück. Oder nichts. Die Chancen dafür sind jedoch sehr gering.«

»Wie gering genau, wenn ich fragen darf?«

»Geringer als beim Roulette, würde ich sagen.«

»Also 60:40? Oder eher 80:20?«

»Sie sind gering.«

»Und wenn ich nur tausend Euro habe?«

»Dann kannst du wieder gehen.«

Das ist schlecht. Ich habe noch rund siebenhundert Euro auf dem Konto, die nächste Messe beginnt erst Donnerstag, vier Tage, da kommen auch nur zwei-fünf rein, und zwar auch erst in zwei Wochen. Hätte ich nicht meinen Dispo, wäre ich mehr oder weniger blank. Andererseits ist mir das hier eh nicht geheuer.

»Ja, nee. Dann geh ich besser«, sage ich.

»So wenig Geld?«

Ich nicke.

»Du kannst es dir auch verdienen.«

Für Hondo musste ich fünf Wochen lang Badeassistent sein und Anabolika an Bodybuilder verticken. Bülent hier macht den Eindruck, als würde er einen Auftragskiller suchen. Dass er damit bei mir an der falschen Adresse gelandet ist, muss ihm bei meinem Anblick eigentlich klar sein. Zu meiner Erleichterung fragt er als Nächstes, ob ich mich mit Buchhaltung auskenne, was ich verneinen muss. Ich erkläre kurz, was ich beruflich mache, und zu meinem Erstaunen scheint Bülent das auszureichen.

»Wenn du so tun kannst, als wärst du ein Vertreter von einer Firma, kannst du auch so tun, als wärest du Buchhalter.«

»Und warum soll ich das machen?«

»Es gibt da den unschönen Verdacht, dass bei uns, ich sag mal, Geld gewaschen wird. In der ganzen Branche. Deswegen haben wir immer wieder Buchprüfungen. Und ich brauch einen Deutschen, der sich dann als Buchhalter ausgibt. Das schafft mehr Vertrauen.«

»Wann?«

»Diese Woche.«

»Und dafür bekomme ich fünftausend Euro?«

»Wenn alles gut geht, ja.«

»Und das setzen Sie dann ein, damit es zehn werden?«

»Richtig. Mit einer sehr, sehr hohen Wahrscheinlichkeit werden es zehn.«

»Worauf würde ich denn wetten?«

»Auf Sieg.«

»Von …?«

»Vertraust du mir nicht?« Bülents Stimme gewinnt bei diesem Satz einen bedrohlichen Unterton.

Mit meiner tollen Phrase »Ich bitte Sie – sie ist eine sehr bemerkenswerte Erscheinung, aber ich habe nur Augen für meine Frau« kann ich mich nicht aus dieser Situation winden, und überlege schnell, welche Worte nun zu wählen sind.

»Unsinn. Sie trauen mir ja auch zu, einen glaubwürdigen Buchhalter abgeben zu können.«

»Korrekt. Aber ich sag mal, dass es mir nicht so wie dir gehen würde, wenn ich Scheiße baue.«

»Wir packen das schon«, zwinkere ich in Bülents kalte, regungslose Visage, mit der er einen glaubwürdigen Wettpaten abgibt. Ich schreibe ihm meine Handynummer auf, er erklärt mir, dass ich von nun an vierundzwanzig Stunden auf Stand-by bin, und ich lache, da es mir neu wäre, dass man rund um die Uhr damit rechnen muss, einen Beamten vor der Tür zu haben, der die Bücher einsehen will. Bülent lacht nicht mit, sondern kneift nur die Lippen zusammen. Dann raunt er mir zu, dass er nicht versteht, warum ich lache, und dass mir das bald vergehen könnte. Bisschen dick aufgetragen, aber, hey, er ist der Bülander. Es kann nur einen geben.

Im Seldmayr (oder sagt man »im Beim Sedlmayr«?) sitzt mein Vater gerade bei seiner ersten Halben. Wir sind hier früher oft hergekommen, weil er darauf besteht, dass es hier das beste Tellerfleisch überhaupt gibt. Nicht umsonst hat Jahrhundertkoch Eckart Witzigmann einen eigens für ihn dauerreservierten Tisch im Lokal, gleich neben der Küche. Ich persönlich bevorzuge eigentlich Böfflamott und Sauerfleisch, doch ich traue mich nicht, das in Anwesenheit meines Vaters zu bestellen. Er würde mich garantiert sofort eines Besseren zu belehren versuchen und spätestens beim Probieren, von einem gustofazialen Reflex begleitet, feststellen, dass ich einen Fehler begangen habe, schade um das schöne Geld. Ich wäre verpflichtet, sein Tellerfleisch zu kosten und ihm Recht zu geben, dummer Bub, der ich bin.

So bekommen wir unsere mit Brühe gefüllten Holzschalen, in denen das zarte Rinderschwanzstück unter einer Haube frisch geriebenem Meerrettich schwimmt, und schaufeln stoisch schweigend das Essen in uns hinein. Immerhin haben wir uns beim Warten schon etwas unterhalten, was ihm spürbar unangenehmer war als mir.

»Es ist jetzt ja nicht so«, erklärt er, »dass ich deine Mutter im Stich lassen würde. Ich werde auch in Zukunft immer da sein für sie, ganz egal, wie sich die Dinge entwickeln.«

»Aha. Und was für Dinge entwickeln sich bei dir?«

»Nichts Ernstes.«

»Dafür wirkt's aber recht ernst.«

Mein Vater hat die Augen verdreht, sein Bier genommen und trinkend in die Ferne geblickt, gerade so, als säße ein Fremder und nicht ich bei ihm am Tisch. Trotzdem bin ich mit der Unterhaltung bisher ganz zufrieden: Er hat mich weder beleidigt, noch mich auf meine Probleme angesprochen.

Mit dem letzten Löffel Brühe schaut mein Vater endlich wieder auf. Er schnauft aus und schlägt vor, noch den Apfelschmarren zu bestellen, aber nur eine kleine Portion, die große packen wir doch eh nie. Und ein Schnapserl. Mir soll's recht sein, wenn es ihm endlich die Zunge lockert.

»Schau, Junge, es ist halt so: Ich hab jemanden kennengelernt. Eine etwas jüngere Frau, sehr interessant, vor allem aber interessiert. Und ich glaub, dass ich das seit Jahren vermisse – das Interesse deiner Mutter an der Welt. Sie benimmt sich grad so, als sei eh alles ein Schmarrn.«

»Da hat sie ja auch größtenteils nicht unrecht.«

»Ich hab immer versucht, dass du dich mal für irgendwas begeisterst. Hättest auf mich gehört und früh mit den Computern angefangen, wärst du jetzt ein gemachter Mann.«

»Mir geht's gut.«

»So schaust aber nicht aus.«

Ich brauche bereits eine Verschnaufpause. So lange habe ich seit Ewigkeiten nicht mehr mit ihm geredet. Höchstens über Dinge, die er als beredenswert empfindet, sprich, Sport oder Politik. Wobei ich da meistens nur Zuhörer bin, maximal Stichwortgeber (mit Falschbehauptungen, die er dann korrigiert), was mein Desinteresse an diesen Dingen erklären könnte.

»Die Sache ist jetzt die: Am Wochenende ist wieder irgendeine dämliche Messe, weißt du eh, und da explodieren jetzt schon die Zimmerpreise. Mei, und als pensionierter Lehrer muss ich schon wirtschaften.«

»Du kannst immer gerne bei mir übernachten.«

Der Vorschlag muss von mir kommen, wenn ich verhindern möchte, dass er noch länger um den heißen Brei herumredet. Oberstudienrat Fischer ist es nicht gewohnt, andere um etwas zu bitten, er wird gebeten, in diesem Fall darum, bei mir zu schlafen.

»Das wäre wirklich sehr nett.«

»Und auch kein Thema. Allerdings hab ich ebenfalls ein Problem: Jessi hat mich vor die Tür gesetzt, damit ich mal … Nein, das erzähl ich dir jetzt nicht. Auf jeden Fall gibt es gerade kein ›bei mir‹.«

In mir kauert sich vorauseilend alles zusammen. Mein Vater wird das nicht unkommentiert lassen. Ich kann sehen, wie er sich windet, wie seine innere Stimme ihm befiehlt, mich zu belehren. Den verlorenen Sohn, der immer alles kaputt macht. Doch diesmal überrascht er mich, auch wenn es ihm sichtlich schwerfällt.

»Das tut mir leid. Und wo schläfst jetzt du?«

»Bei einem Bekannten. In einem Aufblaskanu.«

Was nun geschieht, ist für mich fast unbegreiflich. Mein Vater lacht. Und zwar richtig. Es beginnt langsam und stotternd, wie ein Rasenmäher im Frühling, doch dann steigert es sich, nimmt Fahrt auf und will gar nicht mehr aufhören. Dabei klingt sein Lachen so erleichtert, dass er mich damit ansteckt. Gott allein weiß, wann es so eine Szene zwischen ihm und mir das letzte Mal gegeben hat; er sollte sie sich gut einprägen, denn ich bezweifle, dass wir zwei einen derartigen Moment so schnell wieder teilen werden.

»Wir sind schon Spezialisten, oder?«, prustet mein Vater mir entgegen.

»Irgendwo muss ich es ja herhaben«, antworte ich.

Er nickt, lacht noch lauter, und da bricht mit einem Mal die Blockade zwischen uns. Ich fühle mich schlagartig befreit, empfinde plötzlich keine drückende Last in seiner Gegenwart mehr. Natürlich kann das auch am Bier und dem Willi liegen, den er bereits nachgeordert hat, aber das ist mir egal, denn insgeheim habe ich mich schon ewig nach einem unbeschwerten Abend mit ihm gesehnt. Genau gesagt, seit dem Weihnachtsabend, als ich ein Kettcar geschenkt bekommen habe, an dem er noch in der Weihnachtsnacht ein Seil befestigt hat, um mich durch die Straßen zu ziehen, bis zu einem Hotel, in dem wir eine heiße Tasse Kakao bekamen. Ich glaube nicht, dass wir uns groß unterhalten haben, ich war damals schließlich erst fünf Jahre alt, aber der Moment hat sich in meine Erinnerung eingebrannt, ganz wie der jetzige. Im Moment ist er einfach mein Vater, nicht mein Erzieher und Lehrer. Ich hoffe still, dass er diese Auffassung teilt und wir auf dieser Basis bis ans Ende unserer gemeinsamen Zeit weitermachen können.

Wir trinken, und ich öffne mich auch, berichte von meiner ganzen Scheiße und Planlosigkeit. Sogar den Jerry, meine Radiokarriere, den Bülander und mein neues Engagement als Buchhalterdarsteller diskutieren wir. Papa sieht das als hirnrissige Aktion, rät mir aber weder ab, noch meint er sonst etwas dazu. Er ist den ganzen Abend über vollkommen meinungsbefreit, wertet nicht und lässt mich einfach mal ich sein. So sehr, dass mir beim Zuhören klar wird, was ich gerade wieder für einen Haufen Scheiße gebaut habe. Hätte mir jemand gesagt, dass ein Abend mit meinem Alten für mich eine therapeutische Wirkung haben könnte, ich hätte ihn bespuckt und ausgebuht.

Wann ich beschlossen habe, meinen Vater mit zu Hondo zu nehmen, kann ich nicht mehr genau sagen. Es muss irgendwann zwischen seinem schwärmerischen Bericht über Linda und meinem Seriositätsbekenntnis passiert sein, in dem ich ihm versichert habe, dass ich in einem Jahr über meine heutige Lage lachen werde, so wie wir den ganzen Abend immer wieder gelacht haben. Und Schnaps bestellt.

Um kurz nach elf verrät uns die resolute Bedienung dann schließlich, dass sie die Stühle um uns herum nicht grundlos auf die Tische gestellt hat, und fegt unsere blöden Kommentare mit einer saftigen Rechnung vom Tisch. Erstmals in unserer gemeinsamen Geschichte legen wir zusammen und wanken dann weiter, ab ins Baumhaus, die Bar, in der ich mit Sven vor wenigen Tagen war.

Auf der kurzen Strecke muss mein Vater zweimal pinkeln, erst beim Inder ums Eck, dann beim Italiener neben der ehemaligen Wunderbar, und ich halte die zweite kurze Pause für den richtigen Zeitpunkt, Jessi endlich mal wieder zu erklären, wie sehr ich sie liebe. Per SMS, denn da nuschelt man nicht, sondern kann sich sehr viel Zeit lassen, um die verdammten Buchstaben in die richtige Reihenfolge zu bringen. Die fertige Nachricht lautete: »Ich liebe dich, ich bin ohne dich nichts, nicht mal der Trottel, der ich bin.«

Ein toller Satz, für den ich mir im Rausch selbst applaudieren will, doch ich halte meine spontane Freude darüber zurück, da mir volltrunken durchaus schon unsäglich dumme Sätze aus dem Telefon gerutscht sind. Vielleicht stellt sich morgen nüchtern heraus, dass ich mir den Satz in der Form nur eingebildet habe, tatsächlich aber etwas wie »Ich libe dich2sheissekomm zurück zu mirasd ich will nahause« abgeschickt habe. Zumindest will ich noch Jessis Antwort abwarten. Die nicht kommt.

Dafür kommen diverse weitere Getränke, es ist uns egal, alle Hemmungen sind buchstäblich fortgespült. Mein Vater nimmt mich sogar in den Arm, um mir zu sagen, dass er sich so eine Nacht schon lange mal gewünscht hat, was mich zutiefst rührt. Zu diesem Zeitpunkt kann ich ja nicht ahnen, dass wir noch ins P1 zu kommen versuchen werden, weil er dort schon seit Ewigkeiten mal hinwill. Meine Warnung bezüglich unseres Zustands und des Eindrucks, den wir beim Türsteher machen werden, ist ihm wurscht. Weniger dann die Überraschung, dass ihm einer seiner ehemaligen Schüler den Zutritt in den Club verwehrt.

»Herr Fischer«, meint der Pfortenschrank trocken. »Ich kann sie leider nicht reinlassen. Kleidung sechs, Auftreten sechs, Alter sechsundsechzig.«

Damit ist die Tür wieder zu und mein Vater schwer gekränkt. Er gibt zwar umgehend zu, dass er den Idioten hat durchfallen lassen, erklärt jedoch, dass das nicht aus Antipathie geschehen ist, sondern weil der Kerl einfach saumäßig faul und dumm war. Ich gönne dem Türsteher im Stillen die späte Retourkutsche.

Statt ins P1 wanken wir also aus dem Taxi auf die Tür von Aylins Haus zu. Mein Vater besteht weiterhin darauf, nicht in sein Hotel zurückzukehren, will nur um neun Uhr geweckt werden, um rechtzeitig zum Auschecken hinfahren zu können.

Die Treppen in die dritte Etage stellen schon mal keine große Herausforderung dar. Knifflig wird erst der Versuch, das altertümliche Schloss zu öffnen – bis mir einfällt, dass das, was ich die ganze Zeit für einen verrutschten Türspion gehalten habe, ein zweites Schloss ist, das es ebenfalls aufzusperren gilt. Nach drei Versuchen in beide Richtungen (und eine im Nachhinein nicht erklärbare Bonusrichtung) ist der Sicherheitsriegel gelöst und das Kanu nicht mehr weit.

Mein Vater und ich kichern uns durch den Flur in mein Zimmer, und ich überlege kurz, ob ich direkt zu Hondo gehen sollte, um ihn über den neuen Mitbewohner in

Kenntnis zu setzen, entscheide mich aber dafür, lieber zu warten, bis wir nüchtern sind. Dann setzen wir uns gemeinsam in das blöde Gummiboot, blödeln noch ein paar Minuten darin herum, bis wir endlich unabhängig voneinander in uns zusammensacken und einschlafen. Manchmal dauert es eben achtunddreißig Jahre, um einen Menschen kennenzulernen. Selbst, wenn es der eigene Vater ist.

Erotikmesse

»Unter dem Begriff Non Erotik bietet die Venus Anbietern erotikfreier Produkte eine Ausstellungsplattform, die es ihnen ermöglicht, ihre Geschäftsfelder auszuweiten.«

»Ich glaube, ich bin seekrank«, ist das Erste, was ich einige Stunden später von Papa höre. »Wo ist denn die Toilette?«

Ich deute grob in irgendeine Richtung, er versucht sich aus dem Kanu zu rollen, lässt es aber stattdessen kentern, wobei ich mit dem Kopf auf das Parkett schlage, und verschwindet. Die Welt schwummert um mich herum, und ich schwöre mir, dass dies das letzte Mal war. Kein Alkohol mehr, kein Rausch, kein ... meine Güte, ist mir schlecht. Kaum habe ich mich aufgerichtet und neben meinem Kleiderhaufen wieder gesetzt, fummle ich mein Handy aus der Tasche, um zu kontrollieren, ob ich etwa betrunken telefoniert habe. Auf dem Display entdecke ich eine Nachricht von Jessi, gesendet um 5:34 Uhr. »Ruf mich an.«

Die Anrufliste ist, Gott sei Dank, leer. Es ist kurz nach neun, und sicher wäre es schlau, erst mal den verdammten Wellengang um mich herum abzustellen und Jessi dann gegen Mittag anzurufen. Vorher sollte ich auch noch meinen Zeitplan überprüfen. Wegen meiner neuen Beschäftigung als Buchhalterdarsteller und der Abende bei Hip FM werde ich mich darauf konzentrieren müssen, einen

Vertreter für meinen Messejob zu finden, was allerdings nicht allzu schwer sein sollte. Ich kenne die meisten anderen Moderatoren, die dafür infrage kommen, recht gut. Bleibt nur zu hoffen, dass sie nicht schon bei anderen Anbietern zugesagt haben.

Tatsächlich habe ich nach nur drei Absagen Tommy an der Strippe. Wir haben in der Vergangenheit schon einige Jobs zusammen erledigt und begegnen uns regelmäßig in den Hallen, die für unsere Kunden die Welt bedeuten. Unser Lebensstil ist recht ähnlich: unregelmäßige Jobs, die unverhältnismäßig gut bezahlt sind. Irgendwie schaffen wir es fast immer, auf die monatlichen zwei- bis dreitausend Euro zu kommen, die man heute in einer Stadt wie München als Auskommen benötigt. Gut, mit zwei ist es schon ein wenig eng, wenn allein die Miete mit knapp eins-drei zu Buche schlägt. Aber durch den Verzicht auf eine Krankenversicherung bin ich damit bisher auch zurechtgekommen. Ich muss ja nicht jeden Tag bei Tiffany's frühstücken.

»Logisch spring ich für dich ein«, sagt Tommy also, und mir fällt ein Stein vom Herzen. Allerdings landet er auf meinem Magen – mir ist schon durch das Scrollen in meinen Kontakten etwas übel geworden, und die beim Telefonieren entstandene Notwendigkeit, ganze Sätze sprechen zu müssen, gibt mir den Rest. Trotzdem, meine Stelle als Scheinbuchhalter beim Bülander ist gesichert. »Ruf doch einfach meinen Agenten an, der macht dann die Details mit dir aus.«

»Seit wann hast denn du einen Agenten?«

»Knapp zwei Jahre. Ist doch normal.«

»Aber der nimmt dann doch Geld von dir.«

»Ja, und? Dafür verhandelt er besser als ich und treibt die Rechnungen ein.«

»Okay, dein Bier. Aber den Job kriegst du jetzt ja durch mich, und verhandelt ist das auch schon.«

»Ach so. Dann willst du jetzt die zwölf Prozent? Stimmt eigentlich. Muss ich aber mit meinem Agenten klären.«

»Nein, Mann. Ich bin doch kein Abzocker. Du hilfst mir doch. Ich meine nur, dass der Arsch dann nichts davon bekommen sollte.«

»Doch, der macht jetzt den Vertrag für mich klar.«

»Der *ist* klar. Alles ganz normal, ich geb denen deinen Namen und die Adresse, und dann passt das.«

»Was willst du eigentlich? Ich meine, was ich mit meiner Kohle anstelle und wem ich sie gebe, das ist mein Ding. Danke auf jeden Fall.«

Und damit war das Thema für Tommy vom Tisch. Nicht so für mich. Ich will sofort auf meinem Handy seinen Agenten googeln, muss jedoch feststellen, dass mein vom Suff und Scrollen lädierter Schädel den kleinen Bildschirm nicht länger als vier Sekunden aushält, ohne bedrohliche Schwummrigkeit und Schmerzen zu signalisieren. Meine Anfrage beim feinen Herrn Agenten, mir doch bitte zwölf Prozent seiner zwölf Prozent für die Vermittlung des Auftrags zu überweisen, muss bis morgen warten.

Somit wäre der Rest der Woche eingetütet, was bedeutet, dass ich mich in Ruhe auf den Anruf bei Jessi vorbereiten kann. Als Erstes brauche ich einen Kaffee und schlurfe dafür in die Küche. Dort sitzt mein Vater bereits vor einer Tasse und unterhält sich angeregt mit Aylin, die ihn, für meinen Geschmack, etwas zu aufmerksam betrachtet. Hondos Halterin trägt zur Abwechslung richtige Kleidung, ein seidiges Gewand, das sich zärtlich an ihre Kurven schmiegt. Als sie mich entdeckt, wendet sie mir werbewirksam den Kopf zu, und ihr dunkles Haar schwingt eindrucksvoll mit. Wäre ich eine Frau in ihrem Alter, würde ich sofort jedes Shampoo kaufen, das sie empfiehlt.

»Guten Morgen«, haucht sie in meine Richtung.

»Tag. Wie geht denn die Kaffeemaschine?«, frage ich.

»Wie alle. Tasse reinstellen, Knopf drücken, fertig.«

»Danke.«

Vielleicht stelle ich mich gerade so dämlich, weil ich sie aus ihrer Unterhaltung mit meinem Vater lösen möchte. Mir wird bei der Vorstellung unbehaglich, dass Hondo hereinkommen und die Situation vollkommen falsch interpretieren könnte.

»Wo ist eigentlich Hondo?«, frage ich vorbeugend.

»Der ist oben bei Malea. Brauchst du ihn dringend?«

Ich brauche Hondo überhaupt nicht, sondern bin im Gegenteil froh, dass er nicht hier ist.

»Ich wollte nur klären, ob es in Ordnung ist, wenn mein Vater hier ein paar Tage bleiben will«, erkläre ich, unsicher, ob das ein richtiger Satz war. »Ich bin eh schon dankbar, dass er so großzügig ist und mich hier schlafen kann.«

Da war nun definitiv ein Fehler drin, vor meinem inneren Auge erscheint das, was ich gesagt habe, in Schrift, und ich muss mich bei dem Versuch, es zu lesen, fast übergeben.

»Dann frag doch einfach mich. Ist schließlich meine Wohnung. Oder hat Hondo etwa behauptet, dass *er* hier das Sagen hat?«

»Nein, natürlich nicht. Ich war nur davon ausgegangen, dass er hier Miete zahlt.«

»Das stimmt. Aber nicht so, wie du dir das vorstellst.«

Aylin lächelt mich zweideutig an, obwohl, eigentlich recht eindeutig. Ich soll mitbekommen, dass sie von meinem Freund begehrt wird, und mir am besten auch gleich ausmalen, wie großartig es mit ihr im Bett wäre. Das fällt mir allerdings schwer, da mich eine Frau wie sie höchstens einschüchtern würde. Ich käme mir vor wie ein kleiner Junge, ein Schüler, der von seiner strengen Mathelehrerin in die Kunst des Liebens eingeweiht werden soll. Mein Leben lang habe ich nie Fantasien gehabt, in denen ich eine reife Frau verführe, geschweige denn von einer verführt werde. Nur einen Albtraum in der neunten Klasse, in dem meine damalige Lateinlehrerin Frau Gschwendt vorkam, die sich für ähnlich attraktiv hielt wie Hondos Allerwerteste.

»Bei dir im Haus ist nicht noch zufällig eine kleine Wohnung frei?«, wendet sich mein Vater an Aylin.

»Wieso? Willst du jetzt doch daheim ausziehen?«, mische ich mich dazwischen, um der scharfen Schabracke jede Antwortmöglichkeit abzuschneiden.

»Das habe ich dir doch gestern Abend erklärt. Ich muss noch mal leben, bevor ich auf dem Sterbebett liege und wie neunundneunzig Prozent der Menschen bedaure, meine Zeit auf Erden vergeudet zu haben.«

»Aber das hast du nicht«, setze ich dem entgegen. Ich kenne die Facebook-Meldung, in der die fünf am häufigsten bereuten Fehler Sterbender aufgezählt werden: Sie haben statt der eigenen nur die Erwartungen anderer erfüllt, zu viel gearbeitet, den Kontakt zu ihren Freunden nicht gepflegt, es sich nicht erlaubt, glücklich zu sein, und es nie geschafft, ihre Gefühle auszudrücken. Ich habe das nur belächelt, weil ich von den genannten Punkten lediglich meine Freundschaften vernachlässige, was ich zwar bedaure, aber einfach nicht besser hinbekomme. Was jedoch nicht nur an mir liegt, sondern auch an den Freunden, die mich nach und nach aufgegeben haben. All die anderen Punkte mache ich offenbar richtig – bloß glücklich bin ich trotzdem nicht.

»Wenn du was vergeudet hast, dann ist es ja wohl das Leben von Mama, wenn du sie jetzt verlässt.«

»Oder er gibt ihr die Chance, auch mal nachzuholen, was sie in den letzten zehn Jahren verpasst hat«, mischt sich nun Aylin ein.

»Entschuldige, Aylin, aber du kennst meine Mutter nicht.«

»Du genauso wenig«, knurrt mein Vater.

»Das ist voll egal«, sagt Aylin und lehnt sich zurück. »Bei mir ist nichts frei.«

Der Automat ist zum Glück mit dem Austropfen meines Kaffees fertig, und ich lasse die beiden in der Küche alleine. Vielleicht überrascht Hondo sie ja doch noch und schüttelt meinen Vater wieder zur Vernunft. Wenn die Erziehung, die er genossen hat, noch bei ihm wirkt, sollten ihm ein paar Schläge auf den Hinterkopf nicht schaden.

Ich schlurfe mit dem Kaffee in meiner leicht zittrigen Hand zurück in mein Zimmer. Dort studiere ich erneut Buchtitel in Aylins Bibliothek, in der stillen Hoffnung, doch noch einen gebundenen Lebensberater zu finden, der mir helfen kann. »The Secret«, »Einfach mehr Charisma«, »Unglücklichsein« – allein die Vorstellung, einen derartigen Titel einer Kassiererin beim Hugendubel in die Hand zu drücken, übertrifft alles, was mir an peinlichen Shoppingsituationen durch den Kopf springt (Sexshops ausgenommen, da würde ich schon beim Betreten des Ladens vor Scham erstarren). Ich erinnere mich nur zu gut daran, wie ich Jessi auf ihren Wunsch hin »Shades of Grey« besorgt habe, nicht wissend, dass es neben dem Buch von Jasper Fforde auch noch eine Hausfrauensoftsadomasotrilogie gibt, auf die mich die Verkäuferin mit einem durchschauenden »Ich glaube, Sie suchen das da« nebst einem Fingerzeig auf einen Riesenstapel Bücher aufmerksam machte. Ich konnte gar nicht glauben, dass Jessi den aktuellen Frauenbestseller lesen wollen würde, legte aber trotzdem eingeschüchtert und peinlich berührt Ffordes Werk zurück und bezahlte den weichgespülten Folterschinken, nur um ihn zwei Tage später wieder umzutauschen. Jessi hatte nicht umsonst den Namen des britischen Schriftstellers auf den Zettel geschrieben, den ich unterwegs verloren hatte. Leider hatte die Kassiererin frei, sodass ich die E.L.-James-Käufer-Schande nicht von meinen Händen waschen konnte.

Kurzentschlossen greife ich mir nun »Liebe dich selbst und es ist egal, wen du heiratest«, um es heute Abend zum Thema meiner Probesendung zu machen, und habe mich gerade gesetzt, als ich plötzlich ein Stöhnen höre, nein, ein Schreien.

Sofort lege ich Buch und Tasse zur Seite und werfe mich zu Boden, um zu horchen, ob die rhythmischen, lautstarken Lustbekundungen aus dem Zimmer unter meinem kommen. Doch vergebens, mein auf den Boden gepresstes Ohr hört nichts mehr, während das der Decke zugewandte nun umso deutlichere Hinweise auf wildes Gesexe im

Obergeschoss empfängt. Das muss Malea sein. Es darf bloß nicht.

Mit drei Sätzen bin ich im Treppenhaus, nehme die Stufen in die nächste Etage im Flug und klingle, ohne auf das Namensschild zu achten, Sturm. Das scheint die beiden Liebenden in der Wohnung vor mir allerdings nur noch mehr anzustacheln.

Schließlich hämmere ich gegen die Tür, worauf die der Nachbarwohnung aufgeht und ein schweißgebadeter Hondo in Trainingshose herausspäht.

»Was geht denn mit dir ab?«, will er wissen.

»Die sind sehr laut«, stammle ich.

»Ja, und?«

»Ich dachte …«, setze ich an, bringe aber meine Vermutung, ihn und Malea gehört zu haben, nicht über die Lippen. »Ich dachte, das stört.«

»Bist du krank, oder was? Ist doch geil, wenn die noch Sex machen.«

»Wieso?«

Die Antwort kann sich Hondo sparen, denn plötzlich öffnet sich die Tür vor meiner Nase. Ein mindestens sechzigjähriger Mann starrt mich an. Er trägt einen glänzenden Satinbademantel, der im Lendenbereich noch deutlich ausgebeult ist.

»Guten Tag?«

»Tag, ich, äh …«

»Falls Sie ein Abo verkaufen wollen, muss ich Sie enttäuschen.«

»Nein, nein, ich wollte mich nur vorstellen«, stammle ich. »Ich wohne für ein paar Tage unter Ihnen. Also, unter Ihrem Schlafzimmer.«

»Oh. Haben wir Sie gestört?«

»Nein«, schaltet Hondo sich ein. »Er hat Sie gestört, und dafür muss ich mich entschuldigen. Wenn Sie wollen, schmeiß ich ihn raus.«

»Nein, nein, Hondo. Ich –«

Der rüstige Rentner – eine Alliteration, die sich, dank RTL, immer ungewollt in meine Gedanken schleicht, wenn ich einen älteren Herrn sehe, der offenbar noch ganz gut im Saft steht – bricht mitten im Satz ab und starrt an Hondo vorbei in Maleas Wohnung. Sein Blick wandert zu Hondo und wieder zurück in den Flur, dann räuspert er sich, dreht sich um und verschwindet wortlos in seiner Wohnung. Wir beide haben seine plötzliche Irritation bemerkt und wagen nun auch einen Blick in den Flur, sehen jedoch nichts und niemanden. Leicht verwundert über den plötzlichen Abgang des Alten, aber vor allem tief beschämt entschuldige ich mich für meinen Auftritt, und Hondo zischt, ob ich überhaupt wisse, wer das sei. Ich verneine und erfahre, dass es sich bei dem verständnisvollen Mann mit der lauten Partnerin um Ariel Abrahams handelt, ein sehr einflussreiches Mitglied der Jüdischen Gemeinde.

»Soll ich mich irgendwie bei ihm entschuldigen?«

»An besten, du verpisst dich ein bisschen. Ich klär das. Und wenn ich jetzt wegen dir Stress mit ihm hab, bleibst du besser verpisst. Oder ich –«

»Bitte keine Drohungen.«

»Doch, sonst nimmst du mich nicht ernst.«

»Mach ich! Echt.«

»Ja, machst du besser.« Hondo mustert mich für eine lange Sekunde. »Oder ich werd übel sauer.«

»Wie?«, frage ich leicht enttäuscht. »Das ist alles? Du willst mich nicht vierteilen, hängen, kaputt schlagen oder mir die Finger abbrechen?«

»Nein, weil dann bin ich sauer, und da hab ich halt keine Kontrolle, was ich mach. Vielleicht bind ich dich dann an mein Auto und schleif dich zu Ikea.«

Endlich mal ein Ikea-Spruch, der weder lustige Möbelnamen noch fehlende Schrauben beinhaltet. Bleibt die Frage, wie ich nun mit dem neu einquartierten Vater verfahren soll. Dass Aylin schon ihren Segen erteilt hat, behalte ich jedoch für mich, denn es wäre unklug, Hondo jetzt auch noch in dieser Hinsicht zu kompromittieren.

»Okay. Das Problem ist, dass mein Vater gerade zu Hause rausgeflogen ist, und, na ja, ich dachte, vielleicht kann er mit mir im Kanu, nur für ein, zwei Nächte ...«

»Ey, was geht mit deiner Familie? Dass du prall bist, weiß ich ja, aber dass dein Vater auch so prall ist. Mann! Hast du das von ihn geerbt, oder was?«

»Wahrscheinlich.«

»Ja, gut. Ich folge Abraham, und deswegen ist mein Haus auch für deinen Vater offen«, sagt Hondo extra laut. Vielleicht hofft er, dass der berühmte Nachbar uns belauscht.

»Danke.«

Ich will mich gerade umdrehen, da sehe ich hinter Hondo eine komplett nackte Malea durch den Flur huschen.

Familienmesse

»Die Baby plus Kids ist die Rundum-Sorglos-Veranstaltung für alle Eltern von der Schwangerschaft bis zum ersten Schultag.«

Irgendwie hat mich mein Verpissen ins Glockenbachviertel geführt, vielleicht war es auch mein Unterbewusstsein. Mit einem Cappuccino aus einem fragwürdigen Schokoladenladen in der Hand stapfe ich die Jahnstraße hinauf. Wo ich schon mal in der Gegend bin, könnte ich eigentlich bei meinem Patenkind in spe vorbeischauen. Diesen Vorschlag muss ich mir nicht zweimal machen. Maren und Ralf, die Eltern des Kindes, das unter Zuhilfenahme meiner letzten Samenspende entstanden ist, wohnen nur ein paar Häuser weiter. Vor ein paar Wochen hat Emil-Noel (dessen zweifelhafter Name sich nur schwer mit meiner Patenschaft vereinbaren lässt) endlich das Licht der Welt erblickt, natürlich im Dritten Orden, obwohl ich nicht verstehen kann, wie die beiden dort einen Platz bekommen haben, sie waren dort nämlich zwölf Wochen vor dem Geburtstermin noch nicht angemeldet. Alleine schon das herauszufinden, würde einen Besuch rechtfertigen.

Ich klingle bei den beiden, unsicher, wie der Empfang sein wird. Jessi und ich haben die beiden nur einmal seit Emil-Noels Geburt getroffen, der ganze Kontakt ist eher in einer Art Winterschlaf. Was unter anderem daran liegen kann, dass ich eine Zeit lang überzeugt war, Maren für mich gewinnen zu müssen, da Emil rein biologisch mein Kind ist. Meine Versuche, sie und Ralf auseinanderzubringen, waren allerdings recht idiotisch und rückblickend nur auf meinen Schockzustand zurückzuführen, den die Kastration durch Idi Amin hervorgerufen hatte. Am Ende hat das auch alles keine Früchte getragen, mich aber mit Jessi zusammengeführt – wofür ich Maren wohl mein Leben lang dankbar sein werde. Vorausgesetzt, wir bleiben zusammen.

Der Türöffner brummt, ich betrete das Haus und kurz darauf die Wohnung der Heinzes. Es riecht komisch, und eine gestresste Maren ruft mir aus dem Wohnzimmer zu, dass ich das Paket einfach im Flur abstellen und selbst irgendwas auf mein Unterschriftendingsbums kritzeln soll, das wie Heinze aussieht. Sie kann gerade nicht, verdammt noch mal, jetzt ist er wach. Ein herzzerreißendes Heulen tönt plötzlich durch die Wohnung, schnelle Wellen kurzer, aufgeregter Brüller, die nur von Emil-Noel kommen können.

»Sind Sie immer noch da?«, fragt Maren und tritt mit dem winzigen Brüllgerät auf dem Arm in den Gang. Ich lächle sie entschuldigend an.

»Was machst denn du schon hier?«

»Ich bin jetzt bei DHL«, witzle ich.

»Wie? Echt?«, staunt Maren, die gerade Besseres zu tun hat, als schlechte Witzchen zu kapieren.

»War ein Witz.«

»Ach so. Und Jessi?«

»Der geht's prima.«

Dass ich gerade störe und in ihren Augen auch gerne

jetzt und hier sterben dürfte, weil ich ihren Sohn geweckt habe, versucht sie mit einem leichten Zucken der Mundwinkel zu überspielen. Vermutlich will sie mich freundlich ansehen, grimassiert jedoch nur. Ich stehe einfach nur doof da, das Gesicht ebenfalls verzerrt.

»Wenn's gerade blöd ist …«

»Nee, jetzt ist es eh zu spät. Wenn Emil mal wach ist, war's das.«

»Tut mir leid.«

»Ist nicht dein Fehler. Ralf will schon seit Tagen die Türklingel austauschen, kommt aber nicht dazu.«

»Hat er sie denn schon besorgt?«

»Klar. Aber bis er hier im Haus was installiert, vergehen in der Regel Jahre.«

»Dann ist das Mindeste, was ich tun kann, wohl das.«

Endlich entspannen Marens Lippen sich wieder, und sie zeigt ihr bezauberndes Lächeln, das nur von Jessi übertroffen wird (grundsätzlich, sie muss nicht mal lächeln). Ich ziehe meine Schuhe aus und lege Mantel und Schal ab, während Maren wieder in Richtung Wohnzimmer verschwindet, um den noch immer krähenden Sohn ruhigzustellen. Dass sie ihn stillen würde, habe ich nicht bedacht, als ich ihr ins Wohnzimmer gefolgt bin, wo sie jetzt gerade ihren enorm gewachsenen Busen freilegt. Ich schaue reflexartig gen Decke und erkundige mich, wo Ralf das Werkzeug lagert.

»Ach, komm, das hat Zeit. Setz dich erst mal.«

Endlich hält sie Emil-Noel vor ihre Brust, und ich kann wieder einigermaßen in ihre Richtung sehen, fühle mich dabei aber dennoch unwohl. Da sie mit der rechten Brust stillt, setze ich mich links von ihr in einen der biederen

BoConcept-Sessel. Wobei ich, streng genommen, gerade sehr viel biederer bin als das spießige Polstermöbel.

»Wie geht's dir denn so?«, will Maren wissen.

»Ach, ja, geht schon. Die typischen Sinus-Ausschläge eben.«

Sie zieht den Kopf zurück und runzelt die Stirn.

»Und die Hochzeitsplanung ist in vollem Gang?«

»Ja, ja, klar. Und die Geburtsvorbereitung, Sonntag war Partnertag.«

»Ich weiß, Jessi hat was erwähnt.«

Fuck. Wenn Jessi bereits mit Maren telefoniert hat, wird sie bestimmt von meinem Versprecherchen (Dinge klein zu reden hilft mir bei der Verarbeitung) berichtet haben. Da Maren mich jetzt jedoch fragt, wie es sonst so läuft, kann das auch eine falsche Vermutung sein.

Statt nun zum fünften Mal jemandem zu erzählen, wie es gerade um meine Beziehung steht, tue ich lieber so, als wäre alles in Butter. Da Maren so oder so nur mit halber Aufmerksamkeit anwesend ist (die andere Hälfte stillt), wäre sie eh keine Hilfe. Kaum habe ich ihr erfolgreich das Gefühl gegeben, dass es Jessi und mir bestens geht, legt sie los. Und alles, was aus ihr heraussprudelt, ist Kind.

Von Windeln, Ausschlag am Po, ihrem Körper, den sie dem Kleinen samt Brüsten opfert, seinem Spuckverhalten, Stuhlgang, Atmen, Lachen, Weinen und noch mal Kotzen, diesmal jedoch in Verbindung mit all den Möbeln, die inzwischen mit halb verdauter Muttermilch besprenkelt sind, darunter auch mein Sessel. Instinktiv hebe ich den Arm, um zu prüfen, ob ich mit dem Ärmel tatsächlich gerade in frisch Erbrochenem hänge, und Maren prophezeit, dass es uns sicher auch so gehen wird, wenn unsere Tochter erst mal da ist.

Das bezweifle ich, nicke aber zustimmend. Wir werden zwar ebenso monothematisch für die Kleine leben, aber mit Freunden werde ich auf jeden Fall versuchen, mich zurückzuhalten. Einen Unbeteiligten dermaßen detailliert über die wenigen aktivierten, höchst unattraktiven Fähigkeiten eines Säuglings zu informieren, ist einfach eine Zumutung. Klar, sich als Eltern exklusiv damit auseinandersetzen zu müssen, auch – aber dafür hat man sich ja schließlich entschieden. Besonders, wenn man das Kind so dringend wollte, dass man dafür sogar auf die Samenspende eines fremden Menschen zurückzugreifen bereit war.

Trotz meiner ständigen Versuche, das Thema zu wechseln, kehren wir spätestens nach zwei Sätzen über den Winter (zu kalt), Ralfs Job (zu stressig) und Marens Plänen für die Zukunft (zu früh) wieder zum Babytalk zurück. Ich erwäge schon, auf die Uhr zu sehen und einen Termin vorzutäuschen, als das Unerwartete geschieht. Emil-Noel, den Maren zwar immer nur Emil nennt, dessen hochkarätig dämlichen zweiten Namen ich mir aber nicht aus dem Kopf schlagen kann, hat die rechte Brust erfolgreich geleert und ist nun sehr zufrieden. Maren setzt ihn sich auf Schoß, und ich sehe ihn das erste Mal so richtig an, während sie ihre Brust in einen BH packt, der vorne eine Klappe hat. Ich musste kurz hinsehen, ich bin auch nur ein Mann.

Emil-Noel ist mir wie aus dem Gesicht geschnitten. Er ist ein verdammter Mini-Me, gerade so, als hätte man Maren nicht mit meinen Spermien befruchtet, sondern ihr einen Klon von mir eingesetzt. Von Maren ist nichts, aber auch gar nicht in dem Knirps zu entdecken. Da mir die Ähnlichkeit schon fast grotesk vorkommt, entgleisen mir vermutlich die Gesichtszüge. Anders kann ich es mir nicht erklären, warum Maren ihren kleinen Emil-Noel ansieht und mir dann erklärt, dass die meisten Bekannten finden, er gehe eher nach Ralf als nach ihr.

Meinem Lachen wird mit Unverständnis geantwortet. Maren hat das wohl ernst gemeint und setzt hinzu, dass es doch unglaublich ist, wie sich Säuglinge bemühen, dem Vater zu ähneln. Ich sage nichts dazu, lasse sie ihre Verblendung genießen, mache mir nur eine geistige Notiz, mal zu googeln, ob da wirklich was dran ist. Denn eine Tochter, die potenziell wie Sven aussieht, wäre in der Tat etwas, mit dem ich mich besser schon vor ihrer Geburt anfreunde. Armes Kind.

Marens Handy vibriert auf dem Couchtisch. Sie nimmt es mit dem kurzen Kommentar, dass das wohl Jessi sein wird, bestätigt die Vermutung durch ein kurzes Nicken und nimmt dann das Gespräch entgegen.

»Bist du vor der Tür?«, ist ihre erste Frage, und ich schiebe sofort Panik. Mir fällt kein vernünftiger Grund ein, warum Jessi hier vor der Tür stehen sollte. Wie schon gesagt, besteht der Kontakt zu den Heinzes vorrangig in dem Eintrag ihrer Rufnummern in unseren Telefonen. Vor allem Jessi hat in den vergangenen Monaten kein einziges Mal Maren oder Ralf erwähnt, geschweige denn mit ihnen gesprochen.

Ich flüstere Maren zu, dass ich nicht da bin, sie runzelt die Stirn, schüttelt den Kopf in Unverständnis. Zum Glück schaltet sie aber schnell und erkundigt sich bei

Jessi, ob ich denn auch mitkäme. Die Antwort höre ich nicht, sehe nur das Erstaunen in Marens Gesicht steigen.

»Das musst du mir gleich alles in Ruhe erzählen. Ich mach dir auf«, beendet sie dann das Telefonat und wendet sich mir zu.

»Sie ist unten und wird in einer Minute hier oben sein. Was ist los?«

Ich stottere, dass Jessi ihr das sicher gleich brühwarm servieren wird, und betone, dass ich auf keinen Fall hier von ihr erwischt werden möchte.

»Erwischt?«

»Na ja, falsches Wort. Aber … wo kann ich mich verstecken?«

»Das ist nicht dein Ernst.«

Doch, ist es. Und ich habe auch schon ein ideales Versteck gefunden – das Nebenzimmer. Ich stehe auf, Maren ebenso. Doch als sie bemerkt, dass ich auf das andere Zimmer zusteuere, bremst sie mich.

»Komm, du gehst einfach im Hausflur eine Etage höher, wartest, bis Jessi hier drin ist, und dann verschwindest du. Wir telefonieren dann später.«

Ein top Plan, gestehe ich und folge meiner Ex-Flamme zur Tür. Doch dort klopft schon Jessi an. Maren wirbelt zu mir herum, deutet auf das Kinderzimmer, doch ich schüttle den Kopf. Das will sich Jessi bestimmt anschauen. Stattdessen hetze ich auf leisen Sohlen zurück und lande so im Heinz'schen Schlafgemach. Ich schließe die Tür und höre gedämpft, wie die beiden alten Freundinnen sich begrüßen. Ist ja eine Ewigkeit her, Mann, bist du fett geworden, komm rein, ich muss dir so viel erzählen.

Während Jessi und Maren im Wohnzimmer Citronellatee trinken (Kennst du den auch von der Geburtsvorbereitungsgruppe?) und sich unterhalten, schäme ich mich dafür, sie zu belauschen. Ich habe wenigstens kurz versucht, höflich zu sein und aus dem Fenster zu schauen, doch meine Neugier hat recht schnell die Oberhand gewonnen. Es ist ja auch verdammt interessant zu hören, was die eigene Verlobte einer guten Bekannten so zu berichten hat – noch dazu, wenn es gerade um gefühlt alles geht.

Wie erwartet wird Jessi zunächst mit demselben Baby-Info-Gespräch berieselt, das ich auch schon über mich ergehen lassen musste. Von Emil selbst hört man nur ab und an ein Glucksen, sonst benimmt er sich offenbar vorbildlich. Wobei ich nicht ganz genau weiß, wie sich Neugeborene so verhalten; meine intensive Vorbereitung aufs Vaterwerden hat sich bislang ausschließlich auf die Geburt und die dazugehörigen Besorgungen beschränkt. Pädagogisch stehe ich bei null, aber immerhin liegt das Standardwerk »Babyjahre« auf meinem Nachttisch. Auch wenn ich an den im Moment nicht rankomme, da mir der Zugang zu meinem Schlafzimmer verwehrt ist. Egal, Jessi ist ohnehin durch eine Bekannte auf das pädagogische Konzept Emmi Piklers aufmerksam gemacht worden, das ihr nun besonders zusagt und meinen Kauf der »Babyjahre« schon wieder redundant macht.

Ich schalte während Marens Monolog auf Durchzug und verpasse so fast Jessis geschickten Übergang von Babykotze auf uns.

»Ich will zur Zeit auch nur noch kotzen«, sagt sie, worauf Maren seufzt, dass sie das in ihrer Schwangerschaft auch hatte. Allerdings nur in den ersten Monaten.

»Nee, nicht wegen Matilda, sondern wegen Jens«, erwidert Jessi. Damit hat sie Marens volle Aufmerksamkeit, denn wenn es eine Sache gibt, die besser ist als Baby-Talk, dann Beziehungsquark. Ein für mich extrem glücklicher Umstand, denn anders würde ich sicherlich nie ungefiltert erfahren, was meine Verlobte zu unserer Situation zu sagen hat.

Sie beginnt mit dem Augenscheinlichen: Dass sie einfach mal rausmusste und ich das in den falschen Hals bekommen habe. Denn statt ihre Rückkehr ordentlich vorzubereiten, indem ich mal die Wohnung putze, Blumen kaufe oder einfach nur vor Freude platze, habe ich ihrer Meinung nach hohlgedreht und mich selbst kasteit. Sie hätte nie gedacht, dass ich ein so schwaches Nervenkostüm habe, vor allem aber nicht, wie scheißegal es mir ist, dass sie unser Kind erwartet. Dass sie »na ja, eigentlich Svens« hinzufügt, schmerzt nur kurz, denn den Fehltritt mit dem Frettchenzüchter kann sie sich noch immer nicht erklären. Maren lacht und wirft ein, dass ihr eigener Blackout mit mir auch noch ein großes Rätsel für sie ist. Wenigstens war es aber ein Blackout interruptus, steuert Jessi bei, und ich lache in mich hinein. Deswegen liebe ich sie so sehr.

Zum Glück weiß Jessi, dass Maren und ich einmal kurz miteinander geschlafen haben, zumindest damit begonnen haben, um dann aber doch abzubrechen. Und bislang hatte es immer den Anschein, dass sie damit auch kein Problem hat.

»Weißt du«, sagt sie jedoch nun, »manchmal gibt Jens mir das Gefühl, dass ich eben doch nur die zweite Wahl bin.«

»Quatsch.«

Ich schlage drei Kreuze, weil Maren meinen ersten Gedanken dazu laut ausspricht. Leider kann ich sie nicht sehen und sicher sein, dass sie dazu auch die benötigte entsetzt-ernste Mine macht.

»Aber warum ist er dann manchmal so abwesend? Wieso sperrt er sich stundenlang in sein Zimmer ein, um angeblich zu arbeiten? Ich meine, dass er da drinnen hockt und nichts macht, kann ich hören.«

»Lauschst du an seiner Tür?«

»Nee. Aber seine Tastatur ist so laut, dass es mir auffällt, wenn er sie mal benutzt. Ansonsten ist da immer nur alle paar Sekunden ein Mausklick zu hören. Oder viele, schnell hintereinander. Dann spielt er irgendein Onlinespiel.«

Ich notiere, dass ich unbedingt eine leisere Tastatur und Maus kaufen, meine Zimmertür abdichten oder mir ein Büro außerhalb unserer Wohnung suchen muss.

»Vielleicht liest er ja. Oder überlegt«, verteidigt mich Maren.

»Kann sein. Aber wenn er mir dann erzählt, dass er absolut keinen Plan hat, wie und wovon wir in fünf Jahren leben sollen ... Mann, Maren. Ich hatte Typen, die am Tag das verdienen, was Jens im Monat macht. In einem guten Monat.«

Das ist ein Schlag ins Gesicht. Auf der einen Seite ist es vielleicht verdient, dass ich mal Jessis ungeschönte Einschätzung der Dinge zu hören bekomme, ich habe sie mit meiner schließlich auch nicht verschont. Andererseits geht das nun etwas zu weit. Sie rudert zwar zurück und betont, dass die Typen schließlich größtenteils egomanische Volltrottel gewesen seien, doch bleibt der Nachgeschmack, dass ich ein zahlungsunfähiger Loser bin. Stimmt ja auch, doch das geht eigentlich nur uns was an. Dachte ich.

Jetzt bereue ich es, hier gefangen zu sein, verlasse meinen Lauschposten an der Tür und setze mich auf Ralfs und Marens Bett. Eines steht fest: Ich brauche das Geld von Bülent, der mich eigentlich anrufen wollte, wenn er mich braucht. Und wenn es nur ist, um mich selbst wieder etwas wohler zu fühlen und mich Jessi gegenüber normal zu benehmen. Als es bei uns funkte, hatte ich gerade von meinem Vater eine recht ordentliche Summe zugeschoben bekommen, um mein Nichtsnutzdasein zu beenden und wenigstens mal die Wohnung aufzumöbeln. Das hat leider nichts genutzt, da ich das Geld nach und nach für die alltäglichen Einkäufe und Kosten verbraucht habe, statt es ordentlich einzusetzen. So hatte ich in den letzten Monaten auch nie das Gefühl, irgendwann mal pleite sein zu können. Bis das Konto eben wieder leer war. Mir fehlt der Alarm, der bei zweitausend Euro vor null losgeht und mich aktiv werden lässt. Ich lasse mich friedlich bis eintausend Euro in den Dispo buchen und drehe dann mit einem Schlag durch. Ich sollte dringend mal den Versuch unternehmen, meinen Bankberater dazu zu überreden, mein Konto bei zweitausend Euro Guthaben auf null zu eichen. Eine leicht verquerte Idee, vielleicht aber höchst nützlich. Hätte ich eine Banklehre oder BWL studiert, könnte ich eine Bank eröffnen, in der das Standard ist. Alle freiberuflichen Finanzdeppen meinesgleichen würden sofort ihre Konten zu mir verlegen.

Ich träume davon, wie ich das Stammhaus der Fischer Bank einrichten würde, und male mir gerade aus, was ich alles anders und besser machen würde als meine altehrwürdige Münchner Stadtsparkasse, als ich die Haustür zuschlagen höre. Kurz darauf tönt Ralfs Stimme durch die Wohnung. Mit drei Sätzen bin ich wieder an der Tür zum Wohnzimmer, um zu lauschen. Was hat er um diese Zeit hier verloren?

»Hi, Jessi, lange nicht gesehen«, höre ich ihn nun sagen.

»Ja, zu lange«, antwortet Jessi und gibt ihm geräuschvoll ein Bussi zur Begrüßung. Nein, zwei. Maren erkundigt sich vorsichtig, warum er hier ist.

»Peinlichste Aktion des Jahres: Ich war an der Tankstelle, um mein Auto auszusaugen, bücke mich und ratsch, reißt mir die Hose.«

Er dreht sich offenbar um und präsentiert den beiden Damen sein freiliegendes Hinterteil, was mit lautem Gelächter quittiert wird.

»Ich zieh mich nur schnell um, dann seid ihr wieder ungestört.«

»Warte mal – hast du ein paar Fotos von Emil auf deinem iPhone, die ich Jessi zeigen kann?«

»Ja, warte.«

Mir bleiben nur noch Sekunden, um mich in Luft aufzulösen. Hektisch sehe ich mich nach einer Versteckmöglichkeit um. Doch unter das Bett kann man nicht kriechen, am Fenster hängt statt eines Vorhangs ein Faltrollo (Designerschrott!), und an den Schrank muss Ralf gleich, um sich sein neues Outfit rauszusuchen. Ich bin am Arsch und sehe nur noch eine Möglichkeit. Ich wühle die Bettdecken auf und versuche sie so über mir zu drapieren, dass auf den ersten Blick nicht erkennbar ist, dass ich darunter stecke.

Kaum liege ich gut zugedeckt auf dem Bett, geht auch schon die Zimmertür auf, ich höre Ralfs Schritte. Mein Puls rast, ich bekomme kaum Luft. Schweiß tritt mir aus sämtlichen Poren, da ich mir schon ausmale, wie peinlich es sein wird, wenn Ralf mich entdeckt. Was ich sagen könnte, wenn … Eine Hand packt meinen rechten Fuß. War ja klar, dass der nicht zugedeckt war, ich konnte es nur nicht spüren, weil ich dicke Socken trage.

»Was geht denn hier ab?«, fragt Ralf, und ich reiße mir die Decken vom Körper und rufe: »Überraschung!«

Alles andere hätte keinen Sinn gemacht. Ralf ist erst mal verwundert, lacht dann aber und hält mir seine Hand zum Einschlagen hin. Mir scheint es durchaus richtig, zunächst seine Irritation zu beseitigen, bevor ich mich um Jessi kümmere. Die ist allerdings von der Couch aufgestanden und kommt nun auch ins Schlafzimmer, um mich entgeistert anzustarren.

»Hallo, mein Herz«, begrüße ich sie. »Pass auf. Ich war in der Gegend und dachte, hey, schau ich mal bei meinem Patenkind vorbei. Na ja, und dann kamst du, und ich wollte nicht stören.«

»Und da hast du dich im Schlafzimmer versteckt?«

Ralf begreift für einen Moment gar nichts, schaltet sich dann aber wieder ins Gespräch. »Wie? Ihr seid nicht zusammen da?«

»Nee, ich war zuerst hier, und dann kam sie«, erkläre ich und setze halbgar nach: »Wie gesagt, sollte 'ne Überraschung sein.«

»Und was machst du hier alleine?«

»Das würde ich auch gerne wissen!«

»Ja, Maren, was mache ich hier?«, wende ich mich an

die vollkommen unbeteiligte Maren im Wohnzimmer, die jedoch beschlossen hat, sich auch weiterhin nicht zu beteiligen.

»Hast du uns belauscht?«, will stattdessen Jessi wissen.

»Für wen hältst du mich?«, setze ich dem entgegen.

»Das ist mir grade nicht so klar. Auf jeden Fall nicht für den Mann, den ich vor ein paar Minuten noch heiraten wollte.«

Damit dreht sie sich um und verlässt das Schlafzimmer. Auf dem Weg zur Haustür blökt sie noch Maren an, dass sie das wirklich nicht von ihr erwartet hätte. Maren schweigt stur weiter, und ich wende mich Ralf zu, dessen Halsschlagader wild pulsiert.

»Tut mir leid, wir haben gerade Stress.«

Ralf schüttelt nur mit gerunzelter Stirn den Kopf. Da er mir relativ egal ist, Jessi hingegen mitnichten, lasse ich ihn in seinem Schlafzimmer zurück und mache mich auf, sie einzuholen. Maren rufe ich auf dem Weg durchs Wohnzimmer zu, dass es mir leid tut, sie da mit reingezogen zu haben, dann schlüpfe ich in meine Schuhe, greife mir meine Sachen und stolpere die Treppen runter.

Eine Schwangere einzuholen stellt zum Glück keine besondere Herausforderung dar. An der Ecke zur Westermühlstraße lege ich ihr die Hand auf die Schulter und entschuldige mich; im selben Atemzug schlage ich vor, sich kurz auf einen Kakao in die Chocolaterie Götterspeise zu setzen. Oder ins Faun. Jessi hält das jedoch für unnötig und faucht mich leicht berlinernd an, dass ich mich gehackt legen kann. Sie rutscht immer in den Dialekt ihrer Kindheit, wenn sie richtig wütend ist.

»Es tut mir leid, ehrlich«, sage ich. »Ich war zufällig in

der Gegend und dachte, ich schau mal vorbei. Und dann kamst du, und –«

»Und was?«

»Keine Ahnung. Ich wollte eben nicht stören.«

»Oh, das ist dir ganz wunderbar gelungen.«

Ich versuche, ihre Hand zu nehmen, vergebens. Erfolgreich bin ich nur darin, das Falsche zu sagen: »Du hast ja auch nichts erzählt, was ich nicht schon wüsste.«

Jessis Miene wird schlagartig beunruhigend kühl. »Du hast also doch gelauscht.«

»Lauschen – was ist denn das für ein Wort? Ich hab halt ein paar Satzfetzen nicht überhören können. Und, wie gesagt, ist ja nichts dran.«

»Jens, das ist nicht das Thema. Du warst bei Maren und hast dich in ihrem Bett versteckt. *Du* drehst hohl, nicht ich.«

»Ja, da hast du recht. Ich weiß auch nicht, warum.«

»Dann finde es raus, verdammt. Vielleicht kannst du es mir ja irgendwann erklären. Bis dahin will ich nichts von dir hören. Nichts.«

Filmmesse

»Die Berlinale ist das Rahmenprogramm des European Film Market, einem der bedeutendsten Branchentreffs der internationalen Filmindustrie.«

Am Abend liege ich in meinem Kanu und versuche mit iPhone Hip FM zu hören. Wenn ich schon nicht in der Lage bin, heute am Mikrofon zu stehen und für Jerry eine Privatshow einzusprechen, will ich wenigstens mal wissen, wie das Programm denn sonst so klingt.

Sprich, ich versuche eine App zu finden, über die das Programm gestreamt wird. Dabei wundere ich mich vor allem über die Rezensionen, die von den anderen so hinterlassen werden. Sie benutzen Emoticons, fluchen, schimpfen hinter ihren Pseudonymen, was das Zeug hält, und kommen mit der Tastatur ihrer iPhones ebenso wenig zurecht wie ich.

»Früher war die app Geil, aber jetzt stürzt es immer ab.«

»frage mich, wie so ein DRECK überhaut zugelassen wird!!! ein stern ist noch zu viel«

»Funktioniert ned :-(»

Eigentlich sollte ich im Sender stehen und endlich mal meine erste Testsendung aufnehmen. Nach so einem Tag ist mir jedoch nicht danach, ich habe nicht mal Durst. Wenigstens hat Sven vorhin noch gemeint, dass er bald herkommt, vielleicht lasse ich mich von ihm ja ein wenig ablenken.

Unterdessen gibt mir mein Vater zusätzlich Anlass zur Sorge, da ich von ihm seit Stunden nichts mehr gehört habe. Seine Taschen stehen noch in der Bibliothek, das Netzteil seines Handys steckt in der Dose, er muss es also bei sich haben. Aber er reagiert nicht auf meine Anrufe. Kann es sein, dass ich mich gerade für einen Mann verantwortlich fühle, der dieselben Gefühle für mich die vergangenen zwanzig Jahre erfolgreich unterdrückt hat? Soll er doch in der Gegend rumstromern und versuchen, bei irgendwelchen Ladys zu landen. Früher oder später wird er reumütig mit eingezogenem Schwanz wieder zu meiner Mama zurückkehren, ein paar Monate in seinem Feldmochinger Dachgeschoss die schlechte Stimmung aussitzen und schlussendlich mit einem mürrischen »Ich bin ein Depp, es tut mir leid« seinen zweiten Frühling beenden.

Statt Sven meldet sich jedoch plötzlich Bülent telefonisch bei mir und fragt mich, wo zur Hölle ich stecke. Bei ihm brenne das Haus, und wenn ich nicht in zehn Minuten bei ihm sei, würde meins auch in Flammen aufgehen. Mit mir, meiner Verlobten und allem, was ich besitze.

»Hey, ich wohne gerade bei Hondo, Bülent. Und lass meine Verlobte da raus!«, erwidere ich mit einem Selbstbewusstsein, dessen Existenz mir bislang gar nicht bewusst war.

»Laber nicht, Arschloch, fahr los!«, brüllt der Bülander zurück und legt auf. Ich bemerke, dass ich am ganzen Körper zittere, eine Reaktion, die ich bislang nur aus Büchern kannte. Zeitgleich arbeitet mein Verstand auf Hochtouren. Bülent weiß, dass ich verlobt bin und wo ich wohne, und er ist verrückt genug, mich und Jessi grundlos zu bedrohen. Ich werde Hondo dafür zur Rechenschaft ziehen müssen. Wie kann er mich mit diesem halbirren Patenverschnitt zusammenbringen? Nicht für alles Geld der Welt würde ich jemals Jessi in Gefahr bringen. Und jetzt habe ich es für »mit großer Wahrscheinlichkeit« zehntausend Euro getan. Sprich, eher für gar nichts.

Ein Glück, dass ich mich gleichzeitig fortbewegen und nachdenken kann. Keine Minute nach Bülents Anruf stehe ich in Hondos Keller, wo Sven sein Weltumrundungsrad abgestellt hat. Dank seiner Zweckmäßigkeit ist es unfassbar hässlich, mit Stangen und Haken an jeder freien Stelle, an denen man bestimmt ganz logisch geordnet seine Sachen befestigen kann. Flaschen, Töpfe, Zelt, Schlafsack, Isomatte. Da Sven das Rad in dem abgesperrten Kellerabteil nicht mit einem Schloss angekettet und das daneben gelagerte Mountainbike zwei platte Reifen hat, greife ich mir Svens Superbike, trage es die Treppe hoch und rase kurz darauf durch den abendlichen Verkehr.

München ist eine fahrradfreundliche Stadt, wurde 2010 sogar als »fahrradaktivste Stadt« von der Aktion Stadtradeln ausgezeichnet, unnützes Wissen, das man als Verkaufsprofi auf der Fahrradmesse allerdings draufhaben muss. Dass es trotzdem viel zu viele Ampeln gibt, die zudem radfahrerunfreundlich geschaltet sind, wurde selbstverständlich nicht festgestellt. Das erledige nun ich auf meinem Weg von der Maxvorstadt über die Leopoldstraße und die fahrradverachtende Innenstadt, in der man sich nur im Schritttempo fortbewegen darf. Natürlich schalte ich auf Arschlecken 3000, ignoriere Ampeln und Passanten und verleihe dem Begriff Radlrambo eine neue Dimension mit dem stolzen Ergebnis, es in knapp acht Minuten aus meinem Zimmer ins Café Benz geschafft zu haben.

Davor steht einer von Bülents Casinoschergen, dem ich Svens Bike mit dem Hinweis in die Hand drücke, dass das Teil mehrere Tausend Euro wert ist, obwohl es so beschissen aussieht, und er darauf aufpassen soll, weil ich Bülents Buchhalter bin. Er blickt mich nur verständnislos an, doch mir bleibt keine Zeit, mein Anliegen zu wiederholen.

»Pass einfach drauf auf«, fahre ich ihn an und springe die drei Stufen zum Eingang der Wetthölle hinauf. An der Bar sitzt Bülent bei Serkan und glotzt auf sein Handy.

»Der Deal ist off«, anglizisiere ich ihm wütend entgegen, doch Bülent hebt nur langsam seinen Kopf, legt dann die Zähne frei und grinst mich breit an.

»Neun Minuten, zweiundzwanzig Sekunden.«

Ich bin vollkommen außer Atem und sacke erst mal in mich zusammen. In ein paar Minuten wird meine Kleidung schweißdurchtränkt sein, was die Heimfahrt auf dem Rad ohne Jacke zu einem großen Gesundheitsrisiko werden lässt.

»Das ist krass schnell«, höre ich dann Hondo sagen. »Boah, muss der sich eingeschissen haben!«

Das folgende Gelächter macht mich wirklich wütend. Ich richte mich wieder auf und sehe nun auch meinen Freund vom Balkan, der sich hinter dem Tresen versteckt hatte. Leider bin ich im Umgang mit Wut ein absoluter Amateur, und meine Auseinandersetzung mit dem Tanzbären im Atomic hat mich obendrein gelehrt, dass ich nicht kämpfen kann. Hier stehen mir drei Männer gegenüber, die garantiert schon in große Schlägereien verwickelt waren und siegreich daraus hervorgegangen sind. Ich bin dagegen der Superdödel in »Sie nannten ihn Mücke«, der in der Casinoszene von Bud Spencer immer wieder eine gewischt bekommt. Meine Taktik muss also anti-aggressiv sein, wenn ich nicht die folgenden Wochen in der Uniklinik verbringen möchte. Ich bemühe mich, in das Gelächter einzusteigen.

»Du willst fünftausend von mir, da muss ich auch bisschen Spaß mit dir haben«, blökt Bülent. »Aber im Ernst: Morgen Mittag brauch ich dich hier. Als Buchhalter. Zieh dich entsprechend an.«

»Hey, Bülent, ist es okay, wenn ich mich von dem im Klo ein blasen lasse?«, versucht Serkan nachzulegen, killt damit aber schlagartig die ausgelassene Stimmung meiner Peiniger. Bülent dreht sich zu seinem Barkeeper und starrt ihn an.

»War nur 'n Witz, weil der so schwul ausschaut«, versucht Serkan die Aufmerksamkeit wieder auf mich zu lenken.

»Glaubst du, dass ich einen schwulen Buchhalter hab, oder was?«

»Nein. Null.«

»Oder willst du das? Hab ich einen schwulen Barkeeper?«

»Nein, echt nicht.«

»Und wenn schon«, mische ich mich ein. Ich habe keine Lust, hier jetzt eine Homophobie-Diskussion vom Zaun zu brechen, möchte aber ebenso wenig noch mehr dämliche Schwulensprüche hören.

»Hey, dann könnt ihr zwei ja aufs Klo gehen und euch gegenseitig –«, setzt Hondo an, doch ich fahre ihm in die Parade.

»Nein, können wir nicht. Weil weder ich schwul bin

noch Serkan. Er fand es lustig, mich schwul zu nennen. Wir alle nicht. Und sein Vorschlag, mich auf der Toilette oral zu vergewaltigen, war auch nicht der Bringer. Aber mit seinen Scheißideen ist er in bester Gesellschaft. Ihr widert mich an. Alle.«

Hondos Reaktion verwundert mich am meisten. Er schaut beschämt zu Boden. Der Bülander wirft sich ein paar Nüsse in den Mund und kaut missmutig darauf herum, Serkan schaut mich einfach nur dumm an. Er arbeitet sich vermutlich gerade durch die Stelle, an der er dachte, es sei lustig, mich schwul zu nennen.

»'tschuldige«, kommt es dann kleinlaut von Hondo. »Uns war halt langweilig.«

»Was machst du überhaupt hier? Wenn Aylin oder einer deiner jüdischen Freunde dich hier erwischt, ist es aus mit deiner Zukunft als Sohn Israels.«

So einfach spielt man einen Ball unerreichbar zurück. Doch da ich mit wirklich überraschend kleingeistigen Typen in einem Raum stehe, deren Vorurteile mich sprachlos machen, halte ich mich an den Rat einer alten Bekannten: Wenn es einem die Sprache verschlägt, einfach mal den Mund halten. Bülent sieht zu Hondo.

»Was? Bist du Jude? Dann kannst *du* ja mein Buchhalter sein.«

»Kann er nicht«, antworte ich stellvertretend.

»Warum?«

Während ich noch überlege, wie ich dem Casinobetreiber freundlich und unüberheblich erklären kann, dass er ein unglaublicher Vollidiot ist, nimmt Hondo mir mit links den Wind aus den Segeln: »Weil ich noch nicht konvertiert bin.«

Dazu habe ich nichts mehr zu sagen, die beiden schlagen darauf ein, dass Hondo sich meldet, sobald das mit dem Glaubenswechsel geklappt hat, und dann bekomme ich noch mitgeteilt, dass ich am nächsten Tag gegen Mittag hier aufschlagen soll, es gab da einen Tipp von einem Bekannten in der Behörde. Ich bitte darum, über solche Termine in Zukunft per SMS, E-Mail oder Anruf informiert zu werden und verlasse das Casino Chez Bülent.

Zehn Sekunden später bin ich zurück. »Wo ist der Typ, der gerade zum Rauchen draußen war?«

»Wer?«

»Na, der Typ.«

Die drei mustern mich irritiert.

»Was für ein Typ?«, fragt Hondo noch mal, und in mir macht sich die Erkenntnis breit, dass ich Svens Grundlage für seine Weltreise einem Wildfremden in die Hand gedrückt habe. Mit dem Hinweis, dass das Ding sauteuer ist. Auf der Suche nach einer Steigerungsform meiner vorhergegangenen Missgeschicke komme ich auf nur eine logische Variante: Ich bin in ein Ölfass gesprungen.

Hondo begleitet mich zur S-Bahn und versucht mich wieder aufzubauen. Doch nichts, was er sagt, dringt zu mir durch. Ich mache mir nämlich extreme Vorwürfe, Svens verdammtes Rad einfach genommen zu haben. Er wird zwar verstehen, dass ich zu dem Zeitpunkt komplett neben mir stand, vielleicht auch noch meine Verstrahltheit beim Absteigen nachvollziehen können. Aber das Teil dann einfach dem nächstbesten Kerl in die Hand zu drücken, der mir dubios genug aussieht, um mit den undurchschaubaren Bekannten von Hondo unter einer Decke zu stecken, wird schwer zu erklären sein.

Wir laufen durch die Passage im Rieger Center an den großen Schaufenstern des gigantischen Globetrotter vorbei, in dem unter der Woche die Anzahl der Verkäufer nur selten von der der Einkäufer übertroffen wird, und ich fühle mich sofort noch miserabler. Hondo entschuldigt sich für die schlecht gewählte Route damit, dass er Aylin hier abholen muss. Sie wollte einen »Film für alte Menschen anschauen, so mit nur Labern und so«, und da hatte Hondo keine Lust zu. Wohl aber mein Vater, »korrekter Kerl«.

Die beiden haben mir gerade noch gefehlt, Miss Affekt und Mister, keine Ahnung, mein Vater eben. Nur ganz anders, nahbar und menschlich. Je mehr ich darüber nachdenke, desto angenehmer finde ich plötzlich die Vorstellung, wieder mit ihm zusammenzusitzen. Sollen Aylin und Hondo eben dabei sein, egal. Hauptsache, wir stürzen nicht wieder so ab wie am Vorabend.

Wir stehen vor dem CinemaxX und beraten, wo wir gleich einen Drink nehmen sollen, Königsquelle (Schnitzel), Pacific Times (Steak) oder München 72 (Schinkennudeln). Hondo ist verzweifelt, weil er mit der Kaschrut nicht zurechtkommt. Er ist mit den jüdischen Speisegesetzen regelrecht überfordert und weiß nie, wann er was essen darf, geschweige denn trinken. Da weder Aylin noch Malea auf mich den Eindruck machen, darauf besonderen Wert zu legen, rate ich ihm, vor allem nicht Schwein, Kamel oder Hase zu essen. An mehr kann ich mich nicht erinnern, verspreche aber, das noch mal genau nachzulesen und ihm zu erklären.

Als ich gerade von ihm erfahren möchte, warum es Aylin eigentlich so wichtig ist, dass er ein Mitglied ihrer Glaubensgemeinschaft wird, entdeckte ich Jessi in der Menschenmenge, die aus dem Kino strömt. Wir wohnen nicht weit von hier, und so ist es sehr gut nachvollziehbar, dass sie ins Kino geht, statt alleine zu Hause herumzusitzen. Da sie gerade nichts von mir hören oder sehen will, trete ich einen Schritt zurück und verberge mich hinter Hondo.

»Was 'n los?«

»Da vorne ist Jessi, ich –«

»Jessi! Hi! Hey! Jessi«, brüllt Hondo, bevor ich ihm sagen kann, dass ich nicht von ihr entdeckt werden will. Jessi sieht erst ihn, dann mich, stutzt kurz und kommt dann zu uns, wobei sie immer wieder über ihre Schulter zum Kinoausgang späht.

»Hi, was macht denn ihr hier?«

»Meine Freundin und sein Vater haben sich einen Film gegeben«, antwortet Hondo.

»Ach, dann war er das doch. Peinlich, ich hab meinen Fast-Schwiegervater nicht erkannt.«

Der fehlende Kuss zur Begrüßung und das »Fast« vor dem Schwiegervater brechen mir das Herz, denn sie besiegeln wohl unser Ende. Sie hat mit mir abgeschlossen. Doch nicht nur das. Als ein extrem gut, modisch und offensichtlich teuer gekleideter Mann das CinemaxX verlässt, winkt sie ihm zu. Er strahlt sie an und gesellt sich ebenfalls zu uns.

»Leo, das sind Hondo und Jens«, stellt Jessi ihren Begleiter vor.

»Hi«, ist alles, was von ihm kommt. Kein »Ach, du bist Jens«, »Oh, der Bräutigam« oder »Ich hoffe, es macht nichts, dass ich deine Verlobte ausgeführt habe«. Nein, er weiß vermutlich nicht mal, dass ich bis vor Kurzem der Mann in Jessis Leben gewesen bin. Meine Knie werden weich, und mir fehlen die Worte, weshalb ich Leo nur zunicke. Jessi hingegen scheint nicht mal wahrzunehmen, wie unangenehm der Augenblick gerade für mich ist.

»Sensationeller Film«, sagt sie. »Solltest du dir auch anschauen.«

Ich kann sie nicht mal ansehen, starre nur still vor mich hin auf Leos glänzende Schuhe. So bekomme ich nur über die zusätzlichen vier Füße mit, dass sich mein Vater und Aylin zu uns gestellt haben. Ich blicke dennoch nicht auf, sondern bleibe in meiner kleinen Welt unter Kniehöhe. Ich höre allerdings meinen Vater Jessi begrüßen und fragen, was für ein attraktiver Kerl da neben ihr stünde. Sie erwidert, dass es sich bei dem Kerl um einen alten Freund handelt, der zufällig in der Stadt ist und ins Kino wollte.

»Ins Kino?«, fragt mein Vater. »Sagen Sie, Leo – wussten Sie, dass Jessi schwanger und verlobt ist?«

»Äh, das mit der Schwangerschaft, na ja, das sieht man.«

»Aber wussten Sie es, bevor Sie sich bei ihr gemeldet haben?«

»Nein.«

»Und?«

»Schön für sie und … verlobt?«

Leo muss sich Jessi zugewandt haben, vermutlich ist er etwas verwirrt, hatte sich vielleicht heimlich auf sein erstes Mal mit einer Schwangeren gefreut oder war eh kurz davor, einen Abgang zu machen. Oder er …

»Geil!«, ruft er wider Erwarten und umarmt Jessi. »Wer ist denn der Glückliche?«

»Ich«, sagt mein Mund.

»Das müssen wir feiern!«

Sprachmesse

»Rund 200 Aussteller aus 30 Ländern präsentieren auf der Expolingua weltweite Sprachlernangebote. Die Messesprache ist Deutsch.«

Eigentlich heißt Leo Leonhard von Graeven, ist unverschämt sympathisch, einnehmend, attraktiv und reich. Ach, und einen guten Humor hat er auch, er ist das volle Programm, die Überdosis Mann, alles, was man sich als Frau wünschen kann. Tier- und kinderlieb, Nichtraucher, aktiv, interessant und interessiert, na, und reich, falls ich das noch nicht erwähnt hatte. Er besitzt alles, was er braucht, und hat sich alles selbst verdient. Sein Vater war Lehrer und hat ihn früh mit Computern in Kontakt gebracht. Mit vierzehn hat Leonhard seine erste Datenbankanwendung für eine Videothek programmiert und verkauft, danach war er bei Microsoft, Adobe und schließlich mit einem Start-Up im Netz, das er vor zwei Jahren für eine perverse Summe an so was wie Google verkauft hat.

Mein Vater und ich sitzen den ganzen Abend nur da und starren wie geschlagene Hunde vor uns hin. Papa hat sich recht schnell für den Weichspüler entschuldigt, als Schwiegervater in spe habe er eben schon gewisse Beschützerinstinkte, was die Mutter seiner Enkelin betreffe. Leo hat das Missverständnis mit einem Schulterklopfen und einer Runde Champagner vom Tisch gefegt und dem Kellner gesagt, dass die Rechnung auf ihn geht. Seitdem macht selbst das Trinken keine Freude mehr, da es ihn offensichtlich in keinster Weise jucken wird, wie viel Geld er hier in der Bar des Bayerischen Hofs lässt. Ja, in der Tat: Wir sitzen nicht gemütlich im München 72, sondern dort, wo der Sänger von Oasis ein paar auf die Fresse bekommen hat, wo schon Bud Spencer speiste und Bruce Springsteen abfeierte. Man sollte hier einfach nicht hingehen, selbst dann nicht, wenn man wie Leo ein Zimmer fünf Stockwerke über der Bar hat.

Jessi hat sich schon früh verabschiedet, sogar von mir, allerdings kein Wort zu Leo verloren. Ich versuche seitdem, mich zwischen einem Dr. Funk's Son und einem Trader's Stinker zu entscheiden.

»Wenn du dich nicht entscheiden kannst, bestell einfach beide Drinks, ich nehme dir dann einen ab«, ruft mir Leo zu und bekommt kurz darauf einen Tiki Puka Puka von mir rübergeschoben, eine Rumplörre, mit der ich ihn bestrafen will. Leo schmeckt sie leider.

Da ich es schaffe, einigermaßen nüchtern zu bleiben, kann ich meinen Widersacher in ein Gespräch verwickeln. Ich muss unbedingt herausfinden, was bei dem Treffen mit Jessi seine Intention war und wie sie reagiert hat.

»Mach dir da keinen Kopf, Jens. Wir kennen uns seit der Schule, da sind wir mal eine Zeit lang zusammen gegangen. Wir waren dreizehn oder vierzehn. Jessi hatte noch nicht mal einen Busen, und selbst wenn, hätte ich nicht den Mut gehabt, sie anzufassen. Ich war in dem Bereich ein Spätzünder.«

»Ich auch. Aber inzwischen zünde ich immer sehr früh«, scherze ich, die Vorlage war einfach zu perfekt.

»Aber eins wundert mich schon«, fährt Leo fort, und

ich hoffe, dass es jetzt endlich interessant wird. »Wieso hat Jessi mir nichts von der Hochzeit gesagt? Wir haben nämlich mit sechzehn so eine dumme Wette abgeschlossen: Wer von uns als Erster heiratet, äh –«

»Vielleicht hat sie's einfach vergessen«, unterbreche ich, da mir nicht danach ist, irgendwelche Details über seine Teenagerwetten zu erfahren. »Also, die Wette, meine ich.«

»Kann ich mir nicht vorstellen.«

»Siehst du, und genau das ist der Unterschied zwischen uns: Mich heiratet sie, und mit dir schließt sie Wetten darüber ab«, setze ich nach, um sein Ego in die Schranken zu weisen.

»Ach so. Du denkst, dass ich sie angerufen habe, um zu sehen, ob zwischen ihr und mir was geht. Klar. Würde ich auch denken, wenn ich mit ihr verlobt wäre.«

»Möglich.«

»Hab ich aber vielleicht gar nicht. Es kann sein, dass wir uns zufällig im Kinofoyer begegnet sind. Oder sie mich angerufen hat.«

Hat sie nicht. Hat sie nicht! Hat sie nicht!!!

»Hat sie aber nicht«, erlöst mich Leo aus meiner Gedankenschleife und legt mir die Hand auf die Schulter. »Alles wird gut.«

Hondo ist nicht entgangen, dass ich mich mit Jessis spendablem Ex-Knutschfreund aus dem Gespräch am Tisch zurückgezogen habe. Er schielt immer wieder zu uns rüber, bereit, mir jederzeit beizuspringen. Da er ebenfalls trinkt und seine Aggressionsschwelle mit jedem Schluck sinkt, fühle ich mich mal wieder mehr durch ihn denn durch Leo bedroht. Sein »Alles wird gut« allein disqualifiziert Leo schließlich komplett und erklärt außerdem, warum er bei Jessi keine Chance mehr hat. Zwischen uns ist alles geklärt.

»Ich weiß, Leo«, stimme ich zu und bewege meine Schulter ein wenig, sodass er seine Hand wegnimmt. Dann steht Leo auf und verabschiedet sich aus der Runde, er muss morgen früh raus. Wir erheben uns ebenfalls alle, reichen ihm die Hand, bedanken uns artig. Ich finde es erniedrigend, jemandem wie ihm dafür zu danken, seine Zeit geselliger gestaltet zu haben. Inzwischen bin ich überzeugt, dass er Jessi in der Tat im Foyer über den Weg gelaufen ist und dieser Abschied unser letzter sein wird. Im Grunde könnte er mir leid tun, er ist echt nett. Nur etwas langweilig. Und reich.

Das halten wir auch in der Runde so fest.

»Netter Kerl«, findet mein Vater. »Geht die nächste Lage auch noch auf ihn?«

»Weiß nicht. Schon korrekt, irgendwie, aber dann auch voll unkorrekt, so vom Gefühl«, taxiert Hondo.

»Schnösel«, urteilt Aylin und haucht Hondo einen Kuss zu.

Leo ist keine fünf Minuten verschwunden, da signalisiert ein iPhone auf unserem Tisch, dass es eine neue Nachricht empfangen hat, aber niemand macht Anstalten, sie zu lesen. Kein Wunder, vor Aylin liegt ein anderes Telefon, mein Vater hat noch immer sein erstes Handy von 1998, und Hondo spielt gerade auf seinem herum. Es muss also unserem verschwundenem Gastgeber gehören.

»Steht das Angebot mit dem Brunch im Eisbach morgen noch?«, fragt Jessi ***** in ihrer Nachricht. Jessi mit fünf Sternen. Entweder hat er ihren Nachnamen vergessen, oder er bewertet die weiblichen Kontakte wie andere ihre iTunes-Titel, was auch schon idiotisch ist. Die meisten Lieder findet man schließlich nur für eine kurze Zeit sehr gut, dann hat man es oft genug gehört und muss beginnen, dem Song nach und nach die Sterne zu entziehen. Viel sinnvoller wäre es, Lieder, die man auf Anhieb nicht mehr als dreimal ertragen kann, sofort aus seiner Musikbibliothek zu löschen. Aber mich fragt ja keiner.

Dafür lädt ein Schnösel meine Verlobte zum Brunch ein. Ich zögere kurz, denn ich könnte jetzt die Nachricht mit einem »Nein. Und alles Gute mit Jens, extrem nett, passt perfekt ;-)« beantworten, die ganze Konversation im Anschluss löschen. Ich könnte mir den Segen eines uralten Freundes sichern, den Zuspruch des Mannes, mit dem Jessi eine Hochzeitswette abgeschlossen hat. Nur kann ich es nicht. Ich verabschiede mich aus der Runde, gebe Leos Handy an der Rezeption ab und fahre mit dem Taxi zu Sven. Bei dem kann ich genüsslich den Rest der Welt hassen, um die er mit dem Rad fahren möchte, das mir vorhin geklaut wurde. Muss er ja nicht gleich erfahren.

Sven ist nicht allein in seiner kleinen Wohnung. Ein unangenehm käsig riechender Mann in atmungsaktiver Kleidung sitzt auf dem Boden und redet auf Sven ein. Ich habe auf dem Weg hierher sein »ungoogelbares« Fahrradforum gesucht, mit Yahoo gefunden und mich problemlos angemeldet. In kürzester Zeit habe ich seine Adresse und den »geheimen« Türcode aus dem Unterforum »places 2 stay (and how to get in)« gefischt. 9-6-7-5-3, oder für Menschen, die sich keine Zahlen merken können: W-O-R-L-D. Die Buchstaben stehen sogar auf den kleinen Tasten, die man an der Tür drücken muss, um den Mechanismus zu betätigen. Mir zerreißt es beinahe den Schließmuskel, als ich Sven und sein Käsemännchen mit einem lauten »Buuuh!« erschrecke.

Käsemännchen kommt aus Neuseeland, ist seit neun Monaten »on the road« und will von hier weiter in den Osten, quer durch alle Staaten, die ich Russland nenne, bis nach China. Ich scherze, dass es doch reaktionär sei, gerade China mit dem Rad durchreisen zu wollen, lerne aber schnell, dass einem zu viel Fahrtwind die Ironie- und Sarkasmussensoren aus der Birne pustet. Brice, wie Käsie im wahren Leben heißt, ärgert sich, dass das Oktoberfest gerade nicht stattfindet, und fügt hinzu, sehr wohl zu wissen, dass es eben nicht im Oktober stattfindet, er sich aber auch nicht sicher sei, in welchem anderen Monat.

»Säptember. Se läst sätidäi, no bifoa läst, se satidäi if sem kamms föast in Oktober, bifoa sätt tu wicks«, antwortet Sven in einer Sprache, die entfernt an Englisch erinnert. Zwar selbstsicher vorgetragen, aber für alle Anwesenden schlichtweg unverständlich, selbst auf Deutsch würde sich jeder nur fragen, was der junge Mann da mitzuteilen versucht. Brice hingegen lächelt und nickt, als hätte Svens kryptisches Gestotter für ihn Sinn ergeben, und ich frage mich, wie lange die beiden schon so kommunizieren.

»If ju Mjunick, no go, jas touries, üähhh, pjuke street, äffriwär, Italy, Australy, bäng, bäng, woahr. So, no. Batt eigo.«

»Ey, hast du mit diesem Englisch etwa vor, um die Welt zu kommen?«, unterbreche ich den Dialog zwischen Sven und Brice. Brice nickt und lacht mich an, er denkt wahrscheinlich, dass ich mich ins Gespräch mischen will und das meine Interpretation seiner Muttersprache ist.

»Wieso?«

»Das ist unverständliches Kauderwelsch. Ich wette, dass Brice nicht weiß, welche Sprache du gerade sprichst.«

»Echt? Na ja, mein Französisch ist ein bisschen besser. Und ich hab einen Spanisch-Audiokurs gekauft, das wollte ich mir unterwegs draufschaufeln.«

»Viel Glück.«

Möglicherweise wäre es doch angebracht, Sven zu beichten, dass er seine Tour eh noch um ein paar Wochen verschieben muss.

»Sorry, Brice, I have to talk German with Sven for a minute«, entschuldige ich unseren kurzen Exkurs.

»Oh, you speak English! Great! Where's Sven from?«

»Just a minute.«

Sven schaut mich erstaunt an. »Du sprichst ja perfekt«, stellt er laienhaft fest.

»Na ja, es geht. Also, wann soll's denn losgehen?«

»Keine Ahnung. Ich finde es gerade total faszinierend, dass Brice da ist, nächste Woche kommt ein Paar aus China, Feng und Hui. Deren Erlebnisse würden mich auch noch sehr interessieren. Und dann heiratet ihr ja auch.«

»Also gar nicht?«

»Doch. Aber vielleicht erst nach der Hochzeit.«

»Fein.«

Mir fällt ein Stein vom Herzen. Bis dahin könnte ich eventuell ein neues Rad organisiert haben. Ich lasse Brice wieder an unserem Gespräch teilhaben und erkläre ihm, dass Sven Deutscher ist und Englisch zu sprechen glaubt, worauf Brice antwortet, dass er das vermutet habe. Er habe auch ein paar Wörter aufgeschnappt, die so geklungen, im Kontext aber nur wenig Sinn gemacht hätten. Sven versteht überraschenderweise alles und bittet seine schlechte Aussprache zu entschuldigen. Brice lächelt bloß und nickt.

Er möchte danach nur noch wissen, was er mit den beiden Frettchen machen soll, und ich teile ihm mit, dass Sven sich um sie kümmern wird, solange er noch hier ist; danach würde das ein Frettchensitter übernehmen. Brice wirkt nicht sonderlich erfreut über die Tatsache, dass Sven jeden Tag vorbeischauen wird, er fürchtet sich bestimmt vor den anstrengenden Konversationen. Aber er wird sich eh die Stadt ansehen und Sven so hoffentlich nicht allzu lang ertragen müssen.

Endlich auf der Straße bringe ich Sven auf den neusten Stand in Sachen geplatzte Hochzeit. Leo bereitet mir Kopfzerbrechen, besonders, da es neben Jessi nur einen einzigen weiteren Namen mit fünf Sternchen gegeben hat. Sie gehört zu seinen Top Two, er bandelt mit ihr an, er führt also doch was im Schilde. Und da Leo unweigerlich die bessere Partie ist, macht mir das Angst. Svens erste Gedanken gelten verständlicherweise Matilda, seiner biologischen, ungeborenen Tochter, die er bei mir in besten Händen wähnte.

»Heißt das, dass Jessi dann auf mich zukommt und Kohle will?«

»Glaube ich nicht«, beruhige ich ihn. »Dieser Leo kackt Gold. Und er ist leider sehr nett. Bestimmt ist das sogar besser für die Kleine.«

»Dann ist ja gut.«

»Sven? Es ist nicht gut! Ich liebe Jessi und Matilda!«

»Abgesehen davon.«

Schweigen.

»Aber wenn du jetzt mal ganz ehrlich zu dir selbst bist?«, sagt Sven dann. »Wäre es nicht mit Leo für Jessi und die Kleine viel besser, sodass es dich quasi irgendwie indirekt glücklich machen könnte? Ich meine, wenn es für dich hier zu krass ist ... in Hondos Keller hab ich noch ein ziemlich gutes Mountainbike gesehen, das ich für wenig Geld so herrichten könnte, dass du mich darauf begleiten kannst. Nur so als Angebot.«

»Nein, danke. Hilf mir lieber, die Sache mit Jessi wieder hinzubiegen.«

»Würde ich sofort, wenn ich wüsste, wo ich da ansetzen soll.«

Bevor er mir noch einmal aufzählt, was an mir alles unausstehlich ist, gebe ich ihm eine Aufgabe. Er soll morgen Jessi beschatten und herausfinden, ob sie sich mit Leo trifft, was die beiden genau machen, und wie die zwei zusammen gewirkt haben. Sven freut sich, endlich mal eine verständliche Ansage bekommen zu haben, und verspricht, mich nicht zu enttäuschen. Es sei denn, er kriegt mit, dass die beiden bumsen oder so. Angesichts der Vorstellung, genau das von Sven zu erfahren, entscheide ich, mich der Observation anzuschließen. Sven wird sich im Café aufhalten und versuchen, unentdeckt zu bleiben, während er die beiden Turteltäubchen beobachtet und bestenfalls belauscht. Ich passe Leo vor dem Hotel ab und hefte mich an seine Fersen, um dann vor dem Eisbach zu warten, bis die zwei fertig gebruncht haben. Denn ich will der einzige Zeuge sein, sollten Jessi und Leo im Hotel verschwinden.

»Das ist ein verdammt guter Plan, Alter«, lobt Sven.

»Ich bin ja auch verdammt verzweifelt. Eine Grundvoraussetzung bei mir, wenn ich gute Arbeit leisten will.«

In Hondos Treppenhaus kann ich Sven mit Ach und Krach davon abbringen, noch schnell in den Keller zu laufen, um Hondos Bike auf seine Weltreisetauglichkeit zu überprüfen. Dann erreiche ich endlich mein Kanu, in dem jedoch schon mein Vater liegt, den Laptop auf dem Schoß.

»Noch am Flirten?«

»Ich chatte.«

»Echt? Das hab ich so gut wie nie gemacht.«

»Ich seit Compuserve.«

»Aha.«

Mein Vater wirkt grimmiger als vorhin, hackt stoisch Worte in seine Maschine.

»Mit wem?«

»Kennst du nicht.«

»Linda?«

»Nein. Aber wegen ihr.«

»Warum?«

»Sie hat sich abgemeldet. Jetzt versuche ich vom Administrator ihre Mailadresse zu bekommen. Sie hat sie mir mal im Chat geschickt, aber ich hab sie nicht notiert.«

»Und?«

»Wird nichts.«

»War Linda dein einziger Kontakt? Du warst doch auf verschiedenen Börsen.«

»Nur um zu sehen, ob sie dort auch ist.«

»Verstehe.«

»Dauert das noch lange?«

»Mal sehen.«

Es fühlt sich an, als würde er sich von mir verabschieden. Seinen alten Ton wieder anlegen, in die Kurzangebundenheit schlüpfen, sich die schlechte Laune wieder über die Schultern werfen, um so, wieder ganz er selbst, mit der U-Bahn zurück nach Feldmoching zu fahren.

»Willst du drüber reden?«

Wenn es je einen kritischen Punkt in der desaströsen Beziehung zwischen mir und ihm gegeben hat, dann diesen. Doch tatsächlich klappt mein Vater seinen Computer zu und bedeutet mir, mich zu ihm ins Boot zu setzen.

Linda war für meinen Vater mehr als ein Flirt im Internet. Sie war sein Anker, die Person, der er in den vergangenen Monaten alles anvertraut hat. Seinen Kummer, seine Sorgen, seine Angst vor dem Sterben. Vor allem aber seine Einsamkeit. Sie hat ihn erkennen lassen, dass er sich diese selbst zuzuschreiben hat. Er war schließlich derjenige in unserer Familie, der sich sein kleines Refugium unter dem Dach gebaut hat, in dem er verschwunden ist. Von seiner Depression bekamen wir nichts mit, da er sich gegenüber mir und meiner Mutter nie geöffnet hatte. Vor mir wollte er nicht schwach sein, vor seiner Frau nicht zugeben, dass er unglücklich war. Mit sich, seinem Leben und dem, was er daraus gemacht hat.

Sie hat das allerdings mitbekommen, meine Mutter ist ja nicht blöd, sondern im Gegenteil sehr sensibel. Warum sie sich immer so fürsorglich gibt und sich auch ihm gegenüber zu einer Art Mutterfigur entwickelt hat, verstehen wir beide nicht.

»Das fing an, als du da warst«, erzählt Papa. »Mei, da war eben wenig Zeit für uns, eigentlich gar keine mehr. Kinderkrippen und solchen Schmarrn hatten wir nicht, die Mama hat drei Jahre zu Hause verbracht, und ich war immer in der Schule. Geredet haben wir auch zu wenig, weil nie Zeit war, du hast ja immer geschrien.«

»Hauptsache, du hast einen Schuldigen.«

»Schmarrn. Es war halt so.«

Sein Lamento will gar nicht aufhören. Nie hat er sich Zeit für sich genommen, war immer für Mama und mich da, obwohl er so gerne mehr von der Welt gesehen hätte. Gerade als Lehrer hätte er doch Zeit gehabt, die Welt zu bereisen. Aber er war immer zu Hause oder mit uns in Italien. Deswegen sei es nur konsequent, dass er das nun ändern wollte.

»Wie, du wolltest?«

»Ich kann ja nicht«, erklärt er mir. »Seit drei Monaten will Linda mich treffen, endlich mal mit mir sprechen. Deshalb hat sie mir die Frist gesetzt, jetzt oder nie, Pistole auf die Brust.«

»Und die ist gestern abgelaufen?«

Keine Antwort, nur ein Seufzen. Er mag ein schwieriger Lehrer und ein komplizierter Vater sein, aber vor allem ist er nicht fähig, über seinen Schatten zu springen. Was eigentlich falsch ausgedrückt ist, denn es deutet an, dass meine Mutter sein Schatten wäre. Ist sie jedoch nicht, sie ist seine Sonne, der er nicht den Rücken zuwenden kann, um über den Schatten zu springen, den er selbst auf alles wirft, was hinter ihm liegt.

Ganz so kompliziert verpacke ich meine Analyse für ihn jedoch nicht. Ich sage ihm nur, dass ich froh bin, weiterhin eine Familie zu haben. Gerade jetzt, wo ich mit der Gründung meiner eigenen gescheitert bin. Was Papa ganz anders sieht.

»Schau, du bist halt genauso verkrampft wie ich. Vor allem, was deine selbst aufgestellten moralischen Vorstellungen angeht.«

»Willst du mir sagen, dass ich mich mit Jessi so arrangieren sollte, dass sie Liebhaber wie Leo haben kann? Ich denke nicht, dass uns damit geholfen wäre.«

»Jetzt stell dich halt nicht so dumm. Ich mein in dem, was du kannst. Beruflich.«

Und endlich, siebzehn Jahre nach meinem Abitur, setzt sich mein Vater mit mir zusammen und bespricht mit mir alles, was meine Karriere und Ziele betrifft. Er arbeitet mit mir an mir, statt mich wie sonst zu kritisieren und mir zu sagen, was ich falsch mache. Was eigentlich immer alles war. Und wir finden sogar eine Lösung, mit der ich mich anzufreunden bereit sein könnte. Eine Lösung, gegen die ich mich gewehrt hätte, wäre sie von jemand anders vorgeschlagen worden. Von Papa klingt sie vertretbar. Bevor wir einschlafen, frage ich noch, warum er Linda den Laufpass gegeben hat. Er lächelt in sich hinein.

»Ich saß heute neben einer atemberaubend schönen, intelligenten und faszinierenden Frau im Kino und bin danach noch mit ihr in eine Bar gegangen. Das fand ich aufregend genug.«

»Du hast neben Jessi gesessen?«

»Mach's Licht aus, Depp.«

Sportwarenmesse

»Auf der Website der ispo 2013 finden sich 51 Aussteller von Trainingsanzügen.«

Vor mir stehen ein Cappuccino und ein viel zu gutes Schokocroissant, ich habe die tz aufgeschlagen und überfliege die Nachrichten. Zum Lesen komme ich nicht, da ich ständig an der Zeitung vorbei durch das große Fenster vom robetti auf die Straße schaue, um ja nicht Jessi auf ihrem Weg zum Brunch zu verpassen. Ich weiß zwar nicht, ob Leo ihr noch zugesagt hat, gehe aber dank ihrer fünf Sterne davon aus.

Sven müsste sich inzwischen im Café Eisbach positioniert haben, falls die beiden sich schon vor zehn Uhr getroffen haben. Es ist mir geglückt, ihn unauffällig davon zu überzeugen, dort nicht mit dem Rad hinzufahren, was nicht leicht war. Letztlich hat mich das Argument gerettet, dass sein Rad extrem auffallend sei und so eine mögliche Verfolgung gefährden würde. Ich selbst will Jessi einfach nur im Auge behalten, um sicherzugehen, dass die zwei nicht spontan ihre Brunchlokalität geändert haben. Ja, ich habe an alles gedacht. Solange sich die beiden nicht im Glockenbachviertel treffen, muss Jessi hier vorbei.

Es ist kurz nach zehn, Robert, der Betreiber des kleinen Cafés weiß, dass ich meiner Freundin auflauere, und findet das alles sehr komisch. Er nimmt an, dass ich Jessi überraschen und deswegen nicht von ihr entdeckt werden will. Wir kennen uns, da ich fast täglich hier bin. Wir wohnen in Katzensprungentfernung, und ich bin den schon genannten Schokocroissants hoffnungslos verfallen. Vom Cappuccino ganz zu schweigen.

»Und sonst? Alles gut bei euch?«, fragt Robert, der gerade eine Horde Schüler mit Quarkbällchen und Brezen glücklich gemacht hat.

»Ach, ja, passt.«

»Und was wird das für eine Überraschung?«

»Eine große, hoffe ich.«

Robert lacht und schenkt seine Aufmerksamkeit dann einem neuen Kunden. Ich widme mich mit halbem Auge einem Artikel zur Wohnsituation in München. Kann ja sein, dass ich mir in den kommenden Wochen eine neue Bleibe suchen muss.

Es vergehen weitere zehn Minuten, bis ich plötzlich die Silhouette einer Hochschwangeren auf die Straße treten sehe. Ich erkenne die Mütze und den Schwangerschaftsmantel, spüre einen Stich im Herzen. Sie hat sich wahrhaft auf den Weg gemacht, Leo zu treffen. Ich hebe die Zeitung, damit Jessi mich nicht durchs Fenster entdecken kann; dass sie hereinkommt, schließe ich aus, vor einem späten Frühstück wird sie bestimmt nichts zu essen kaufen.

Fehleinschätzung.

Jessi betritt das robetti, ich ducke mich hinter meiner tz und hoffe, dass Robert mich nicht verrät.

»Ja, servus«, begrüßt er meine ... ja, was eigentlich?

»Hi, Robert. Eine Rosinensemmel, bitte.«

»Geht aufs Haus. Weißt ja, jede zweiundsiebzigste ist eine Treuesemmel«, sagt der spendierfreudige Cafébesitzer.

»Schon, aber das ist erst die achtundsechzigste«, scherzt Jessi zurück. »Oder hat Jens heimlich welche gekauft?«

»Wahrscheinlich.«

Beide machen Hahaha, weil sie wissen, dass ich keine Rosinensemmeln mag. Ich höre das Rascheln der Papiertüte, in die Robert die Semmel steckt, dann raschelt es etwas beherzter, als Jessi danach greift.

»Du, grüß ihn von mir. Ich glaub, er hat auch langsam wieder ein Schokocroissant frei«, verabschiedet Robert Jessi. Kaum hat sie das Café verlassen, luge ich über die Zeitung und sehe sie in Richtung Rumfordstraße weitergehen. Ich springe auf, lege Robert vier Euro hin, er schiebt einen zurück.

»Das stimmt so.«

Ich bedanke mich, lobe ihn noch für sein gelungenes Mitspielen, und er freut sich, die Überraschung nicht verdorben zu haben. Schon bin ich aus der Tür und gut einhundert Meter hinter der Frau, die ich liebe. Es geht vorbei am Waschsalon Wash & Coffee, wo ich mich zuerst auf die Lauer legen wollte, weil Jessi den Laden dank eigener Waschmaschine nur betritt, wenn sie Lust auf Ben & Jerry's Eiscreme hat. Was an einem Vormittag im März unwahrscheinlich ist. Ein Posten dort wäre also zwar sicherer gewesen, aber weniger genussreich.

Sie überquert die Rumfordstraße, und ich bleibe stehen, da ich ein Detail nicht bedacht hatte. Eine beschissene Kleinigkeit, die mich nun teuer zu stehen kommen wird: den Bülander. Sein Dreckscasino liegt auf dem Weg, den Jessi eingeschlagen hat. Auf dem Weg, den auch ich gewählt hätte. Ich war nur zu dämlich, ihn in Gedanken durchzugehen. Intuitiv überquere ich die kleine Straße, um auf der gegenüberliegenden Seite am Café Benz vorbeizulaufen, dessen Scheiben auf Blickhöhe milchig sind, sodass man weder rein- noch rausschauen kann.

Mein Plan geht erst mal auf, ich komme bis zur nächsten Ecke. Dort jedoch hält der durchgepimpte Mercedes, den ich schon auf dem Bülander-Plakat gesehen hatte. Der Versuch, einfach um den Wagen zu laufen, scheitert am Fahrer, der das Auto in dieselbe Richtung bewegt, in die ich steuere. Bülent lässt außerdem das Beifahrerfenster herunter und befiehlt mir, in die Karre zu steigen. Niemals zuvor ist mir etwas in diesem Ton aufgetragen worden, Bülent hat mir wohl meinen ersten wirklichen Befehl erteilt, dem ich prompt eingeschüchtert folge. Sven ist nun auf sich selbst angewiesen.

»Hast du mein Auto nicht erkannt?«, wundert sich Bülent.

»Nee, woher soll ich das kennen?«, halte ich unschuldig dagegen.

»Schau dich mal in meinem Büro um.«

»Mach ich. Pass auf, bei mir ist was Blödes passiert, und ich kann jetzt nicht.«

»Was?«

»Meinst du, was mir passiert ist, oder …?«

»Ich will wissen, was mit dir abgeht.«

»Meine Freundin, die ist gerade auf dem Weg –«

»Hab ich gesagt, du sollst mir deine Lebensgeschichte erzählen?«

»Nein.«

»Also, was? Bist du mein Buchhalter oder nicht?«

»Nein. Ich kann nicht.«

»Dann schuldest du mir zehntausend Euro.«

»Was?«

»Ja, ich muss schließlich einen Ersatzmann zahlen. Und auf die Schnelle kostet das extra. Wann zahlst du?«

»Ich kann nichts zahlen, du weißt genau, dass ich blank bin.«

»Du redest wie ein Buchhalter. Jetzt komm. Das dauert nicht lange. Und es tut nicht weh. Aussteigen schon.«

Ich bin ihm ausgeliefert. Nein: mir. Es war meine Entscheidung, mich nicht um Jessi zu kümmern, sondern verzweifelt zu versuchen, schnelles Geld zu machen, damit ich mir vorgaukeln kann, dass alles in Ordnung ist. Ich hasse späte Einsichten. Ich hasse nichts mehr auf der Erde. Höchstens Bülent und sein Scheißcafé Benz.

Wir fahren einmal um den Block, dann stellt Bülent sein Auto vor dem Casino auf den Bürgersteig. Er steckt sich eine Zigarette an, offeriert mir auch eine. Ihm ist wichtig, dass ich entspannt in den Laden gehe, die »Prüfer« sind angeblich schon da. Mit seinen Fingern malt er um das Wort Prüfer Gänsefüßchen in die Luft, den Apostrophus digitis (lat. Apostroph mit den Fingern), ohne näher darauf einzugehen, um wen es sich denn bei den vermeintlichen Prüfern handelt.

»Denen sagst du, dass du verpennt hast, tut dir leid, dann zeigst du ihnen die Bücher. Die sind in meinem Schreibtisch in der Schublade rechts.«

»Rechts, wenn ich davor stehe oder wenn ich sitze?«

»Rechts ist rechts, egal, ob du sitzt oder stehst.«

»Ich meine, wenn ich auf der anderen Seite stehe.«

»Rechts.«

»Also links, wenn ich sitze.«

»Was ist mit dir verkehrt?«, schreit Bülent plötzlich.

»Du gehst zum Schreibtisch und machst die rechte Schublade auf. Links ist gar keine!«

»Ach so. Also die Schublade.«

»Rechts.«

»Genau.«

»Okay. Viel Glück.«

Das war's also. Denkt Bülent. Ich hingegen hätte da noch etliche Fragen. Was, wenn die »Prüfer« Fragen stellen? Wenn sie irgendwelche Zahlen erklärt haben wollen? Wenn –

»Dann erzähl irgendwas, aber sag immer, dass wir keine Kohle waschen. Darum geht's. Wenn die das rausbekommen, bist du tot!«

»Ey, mach mal halblang, solche Drohungen sind übertrieben. Wenn was schiefläuft, können wir über das Geld reden, das ich dafür bekommen soll. Aber tot oder so, nee. Ist nicht.«

»Vergiss es. Sollte keine Drohung sein. Mehr eine Warnung. Die Prüfer sind manchmal etwas grob. Mach einfach.«

Ich drehe mich zur Tür, öffne sie, steige aus dem Ludenschlepper und schnippe meine Zigarette weg. Ich will den ganzen Dreck nur noch hinter mich bringen. Die ganze Aktion ist an Merkwürdigkeit kaum zu überbieten – ich kann mit Buchhaltung so viel anfangen wie ein Buchhalter mit Messemoderationen. Und das wird jeder Finanzbeamte innerhalb weniger Sekunden erkennen. Doch ich verzichte lieber darauf, Bülent zu erklären, wie kacke sein Plan ist. Mit unfassbar viel Glück funktioniert der Schmarrn, und ich gehe mit einem Batzen Kohle nach Hause.

Noch ahne ich nicht, wie falsch ich mit dieser naiven Vorstellung liege. Mein Bild von München ist zu harmlos, zu schön, zu ungetrübt. Dass es hier Typen geben könnte wie diejenigen, denen ich gleich begegnen werde, war für mich nicht denkbar. Hondos und Bülents, klar. Halbstarke Sprücheklopfer, die auch mal jemandem wehtun. Aber sonst, nee. Die schweren Verbrechen finden hier doch meistens familienintern statt. Und damit meine ich keine Familie im italienischen Sinn. Ich kann mich gut an einen Messehelfer erinnern, der eigentlich Drehbuchautor werden wollte und unbedingt eine krasse Mafiaserie in München spielen lassen wollte. Er konnte gar nicht genug betonen, wie krass es in Neuperlach zugeht. Bis ich dann mal mit ihm hingefahren bin. Als uns ein Polizist mit Fahrradhelm entgegengeradelt kam, trug er seine Idee zu Grabe. Oder nach Freiburg. Da soll es ja total gefährlich sein.

Im Café Benz erwarten mich überraschenderweise keine Beamten, die hier eine behördliche Kontrolle durchführen, sondern fünf Typen in Trainingsklamotten. Ich vermute, dass einem von ihnen der matt olivgrün lackierte Cayenne gehört, der um die Ecke im Halteverbot geparkt steht. Mattlackieren ist das neue Tieferlegen; wer sehr viel auf sich hält, kombiniert beides und lenkt einen glanzlosen SUV durch die Stadt, der bei jeder zweiten Bodenwelle aufsetzt.

»Geschlossene Gesellschaft«, ruft einer von den Männern. Ich halte kurz inne, denn noch könnte ich einfach auf der Stelle umkehren. Wäre da nicht Serkan, der mich sofort als »der Buchmacher« vorstellt. Serkan hat eine blutige Lippe, sein rechtes Auge ist geschwollen. Die fünf

Fremden haben ihn wohl gefragt, wo Bülent oder derjenige steckt, der die Bücher macht. Jetzt steht er in Form von mir vor ihnen und hat ein äußerst schlechtes Gefühl.

Der Typ, der mich nicht reinlassen wollte, mustert mich, rümpft seine Nase, schaut zu seinen vier Kollegen. Es werden Blicke getauscht, mit Sicherheit wird schweigend meine Glaubhaftigkeit geprüft. Danach fallen ein paar Worte in einer Sprache aus dem Osten, eine mit »tsches«, »itschs«, aber auch »ows«. Hinter und unter Dresden kommt eigentlich jedes Land als Heimat der fünf wilden Kerle in Frage. Dass drei von ihnen Plastiktüten in der Hand tragen, realisiere ich erst in dieser kurzen Pause.

»Wo sind die Bücher?«, fragt dann einer von ihnen in gutem Deutsch mit einer leichten Einfärbung, die ich ebenfalls nicht zuordnen kann. Bulgarien, Rumänien, Weißrussland – nur Polen schließe ich aus.

»Im Schreibtisch, rechte Schublade.«

Mir wird signalisiert, dass ich mich bewegen soll. Mache ich, Serkans verquollene Visage mahnt mich, alles zu tun, was die Trainingscrew von mir verlangt. Ich gehe in Bülents Büro, hinter mir betreten drei der »Prüfer« das Zimmer, tuscheln und lachen leise, ich wette, wegen des Posters. Kurz darauf sitze ich am Schreibtisch, und bevor ich zur Schublade greife, weise ich die drei noch darauf hin, dass ich genau das nun tun werde, damit sie nicht denken, ich würde eine Waffe aus dem Schubfach holen und hier ein Massaker starten. Der Deutschsprechende nickt.

Wenigstens herrscht in Bülents Schublade nicht das Chaos, das ich in jeder von meinen ausbrechen lasse, sobald ich sie öfter als einmal in der Woche öffne. Ich entdecke sofort das dicke, schwarze Buch, von dem er gesprochen haben muss, schnappe es mir und händige es den Männern aus. Da ich momentan nicht in der Lage bin, ihnen im Geiste irgendwelche witzigen Spitznamen zuzuweisen, beginne ich, sie mittels der Farben ihrer Anzüge zu unterscheiden. Der mit dem weißen Streifen an den Hosen schlägt das Buch auf und schaut es sich an. Ich habe leider nicht hineingeblickt, weiß insofern nicht mal, was für Zahlen drinstehen. Offenbar sind sie jedoch interessant. Und der mit dem weißen Streifen geübt darin, sie schnell zu verstehen. Er nickt, reicht das Buch dann dem mit den gelben Reißverschlüssen. Weißstreifen, Gelbverschluss, gute Namen. Der Dritte hat einen Bart, so werde ich ihn nennen.

Bart ist der Furchteinflößendste. Seine Augen stehen zu nah beieinander, die Pupillen sind geweitet, das Gesicht knochig und hart. Über dem rechten Auge erinnert eine Narbe an einen Kampf oder Unfall, vielleicht auch einen Krieg. Doch er ist derjenige, der mit mir kommuniziert, nachdem ihm Weißstreifen und Gelbverschluss ein paar mir fremde Worte zugeflüstert haben.

»Gut, gut. Gute Zahlen. Oder was sagst du?«

»Ja, doch. Sehe ich auch so.«

»Und warum?«

Meine Kehle ist wie zugeschnürt. Ich habe keine Antwort auf die Frage. Mir fällt spontan nichts ein. Ich schlucke, atme durch und ergebe mich.

»Ich weiß es nicht. Ich sage einfach nur, was Sie sagen.«

Ich sieze Bart, diesen brutal wirkenden, eiskalten Billigturnschuhträger, gegen den sogar ein Hondo lammfromm wirkt. Bart übersetzt meine jämmerlichen Sätze,

Weißstreifen und Gelbverschluss keuchen ein paar Lacher in meine Richtung.

»Ich frage nur, weil ihr pleite seid, wenn das stimmt, was hier steht.«

»Ja.«

»Stimmt es?«

Ich nicke eifrig, denn das würde bedeuten, dass hier eher kein Geld gewaschen worden ist. Geld von Menschen, die Bart nicht mag, folgert mein gestresstes Hirn.

»Gut.«

Bart winkt mit seiner rechten Hand in meine Richtung, worauf die beiden anderen mit ihren Plastiktüten zu mir kommen und den Inhalt auf Bülents Schreibtisch kippen. Es ist Geld. Mehr Geld, als ich je gesehen habe, sprich weit über siebentausendzweihundertdreißig Euro. Damit hat sich mal ein Bekannter ein gebrauchtes Auto gekauft und mich mitgenommen, damit ich im Anschluss sein Altfahrzeug zum Verschrotten fahre. Gelbverschluss verlässt danach kurz den Raum, um noch zwei weitere Tüten hereinzubringen.

»Das sind einhundertdreißigtausend.«

»Soll ich das nachzählen? Oder einen Beleg schreiben?«

»Nein, glaub es mir.«

»Gut.«

»Arbeite es in das Buch ein. Wir warten an der Bar.«

Bart reicht mir das schwarze Buch, dann verlassen er und seine zwei Handlanger Bülents Büro. Mir fällt ein Stein vom Herzen – ich lebe noch, ich bin schmerzfrei, bis jetzt läuft mein Auftrag gut. Die Chancen, dass ich mir heute fünftausend Euro verdiene, sind allerdings mit der neuen Aufgabenstellung von Bart extrem gesunken. Ich kann keine Zahlen, nicht mal die eigene Steuererklärung bekomme ich hin. Schon das Vorsortieren meiner Belege ist eine Herausforderung, der ich kaum gewachsen bin. Meinen Steuerberater freut's, mich macht es fertig. Die einfachste Aufgabe der Welt, einmal die Woche für drei Minuten meine vier Belege in einen Ordner zu stecken, ist für mich unlösbar. Einhundertdreißigtausend Euro in ein schwarzes Buch voll verwirrender Zahlenreihen zu arbeiten, nein, da lasse ich mir lieber von den fünf Joggern an der Bar ein paar aufs Maul hauen. So arg kann es nicht sein, Serkan sah bestimmt schlimmer aus, als er sich selbst gefühlt hat. Schmerz geht vorbei, man vergisst nur in der Phase, in der es weh tut, wie man sich ohne ihn gefühlt hat, und bezweifelt, dass man sich je wieder normal fühlen könnte. Das ist bei Grippe so, das wird bei einem blauen Auge nicht anders sein.

Ein rückversichernder Blick in das schwarze Buch bestätigt meine Vermutung, dass es nur Zahlen enthält, deren Anblick mich sofort schwindelig macht. Ich stehe auf, gehe zur Tür, atme tief ein.

»Ich schaffe das nicht auf die Schnelle«, verkünde ich, als ich Bart und Co. entgegentrete. Bart mustert mich.

»Wenn du das nicht machst, schneiden wir dir die Eier ab.«

»Bringt nichts, da hat mir vor einem Jahr ein Frettchen reingebissen und mich kastriert.«

»Außerdem ist er schwul«, fügt Serkan hinzu, der mit seiner Homophobie mal wieder ein paar Sympathiepunkte zu erhaschen sucht.

»Was hast du gesagt?«

Da Bart weder Serkan noch mich ansieht, meine Geschichte aber einen höheren potenziellen Erklärungsbedarf in sich birgt, antworte ich.

»Also, das war 'ne blöde Geschichte.«

»Ich meinte den da.« Bart deutet auf Serkan. »Ist der blöd?«

»Keine Ahnung.«

»Und bist du schwul?«

»Nein.«

»Dann lügt er.«

»Na ja, er findet das lustig.«

»Ich nicht«, meint Bart und gibt seinen Schergen ein Zeichen, die sich sofort Serkan schnappen und über die Bar zerren. Dazu sagt Bart etwas mit »itsch« am Ende, und ich drehe mich weg, weil ich nicht mit ansehen will, was jetzt passiert. Ich fand schon als kleiner Junge die lustigen Homevideos nicht amüsant, in denen Kinder Medizinbälle auf den Kopf geschmissen bekommen, mich widern die Nachrichten privater Fernsehsender an, die in einem zweiminütigen Beitrag fünfmal zeigen, wie Jugendliche einen Fremden halbtot schlagen – da kann ich auf eine Live-Schlägerei gut verzichten. Erst rumpelt es gewaltig, dann folgt ein Klirren. Und dann steht plötzlich Bart vor mir.

»Eine Woche, dann sind wir wieder da. Sag Bülent, es tut uns leid, aber der Scheißkerl hat es verdient.«

Dafür bekommt Bart von mir zwei erhobene Daumen, des Buchhalters maximales Zustimmungsbekenntnis. Hinter ihm fliegt Serkan gegen die Scheibe des Café Benz, ich bin sicher, sein Flug hatte eine Landung auf dem Trottoir als Reiseziel, wurde aber mit einem lauten »Plonk!«

von der Scheibe abgefedert. Bart ruft seinen Schlägern etwas zu, dann verlässt er mit ihnen das Café Benz. Ich laufe zu Serkan, der malträtiert auf dem Boden liegt, versuche mich an meinen ersten und letzten Erste-Hilfe-Kurs zu erinnern, stabile Seitenlage, keine Ahnung, wie das ging. Arm knicken, drehen, das obere Bein stützend anwinkeln, oder so. Während ich das versuche, rede ich auf Serkan ein, sage ihm, dass der Schmerz vorbeigeht, es wird alles gut. Und schon denke ich an Leo.

Da Serkan atmet, lasse ich erst mal von ihm ab, um nachzusehen, wo Bülent steckt. Sein Auto steht nicht mehr vor der Tür, er muss sich aus dem Staub gemacht haben. Also frage ich Serkan, ob ich den Notarzt rufen soll, er stöhnt: »Nein. Geht schon. Eis, hinter der Bar.«

Mein Handy klingelt, als ich Eiswürfel in einen Champagnerkühler schaufle, Sven meldet sich mit einem Update. Jessi sei grade ins Eisbach gekommen und habe sich zu einem wirklich attraktivem Kerl gesetzt, einem, der im Vergleich zu mir, also, echt.

»Sven! Stop! Ich weiß, wie er aussieht. Er ist perfekt. In den muss man sich verlieben. Und ich kann nur hoffen, dass genau das seine Schwäche ist.«

»Versteh ich nicht.«

»Vielleicht ist er sich zu gut für eine Beziehung. Für Monogamie, ein geordnetes, spießiges Leben, wie meins im Grunde ist.«

»Oder er sehnt sich danach.«

»Das ist jetzt nicht grade hilfreich. Warte kurz.«

Ich reiche Serkan den edlen Eimer voll Eis. Er hat sich inzwischen aufgesetzt und scheint langsam wieder zu sich zu kommen, denn er schaut mich an.

»Du hast gelogen! Du bist es doch!«

Ich überlege kurz, was er meint, und komme drauf, dass er mich gerade von Leo schwärmen gehört hat. Kein Wunder also, dass er seine Schwulenvermutung fälschlicherweise bestätigt sieht.

»Nein, ich spreche von einem Typ, der gerade mit meiner Freundin unterwegs ist und sie mir vielleicht ausspannt.«

»Was?«

»Jens? Mit wem redest du?«, fragt Sven am Telefon.

»Mit einem Bekannten. Warte«, antworte ich.

»Darf ich ihn für dich aufmischen?«, bietet Serkan an, und ich bin überfordert. »Ich brauche das jetzt, ich schwör.«

»Nein, Serkan. Lass gut sein. Und entschuldige, dass ich nicht schwul bin.«

»Is okay.«

»Also, da liegen hundertdreißigtausend Euro auf Bülents Tisch. Keine Ahnung, wo ihr so was aufbewahrt. Ich will damit aber nichts mehr zu tun haben, richte Bülent aus, dass er das in seine Bücher einarbeiten soll, ich kann das nicht. Und dass ich kommende Woche noch mal vorbeischaue, wenn Bart und die Joggingbubis wiederkommen.«

»Wer?«

»Die Typen.«

»Okay.«

Das sollte reichen. Ich habe ihn mit Eis verarztet und ihm alles andere übergeben. Zeit, den Laden zu verlassen.

Spionagemesse

»Die ISS World MEA ist die wohl verschwiegenste Messe der Welt – veranstaltet in edlen Hotels, abgeschirmt von Publikumsverkehr und Journalisten.«

»Er hat jetzt nach der Rechnung gefragt«, lautet Svens letzte SMS, die gut zehn Minuten alt ist. Mir ist saukalt, weil ich seit rund zwei Stunden zwischen Marstall, Max-Planck-Gesellschaft, Hofgarten und dem Brenner hin und her laufe. Dort habe ich mich zwischendurch auch mal aufgewärmt, ein anderes Mal in Instituto Cervantes, dem Spanischen Kulturreferat, wo man mir gleich einen Spanischkurs verkaufen wollte. Ich habe ein paar Flyer für Sven eingesteckt, vielleicht hat er ja Lust, noch ein Vierteljahr in der Stadt zu bleiben.

»Sie gehen!«

Ich stehe spionagemäßig ideal bei ein paar Bäumen und kann den Eingang des Café Eisbach gut sehen. Jessi und Leo kommen heraus, wechseln ein paar Worte, dann gibt es ein Bussi und eine Umarmung. Das alles wirkt so freundschaftlich und sexuell unaufgeladen, dass es nur eins bedeuten kann: Fünf-Sterne-Jessi und Leo Lädt-alleein gehen getrennte Wege.

Und so kommt es auch. Leo läuft in meine Richtung los, Jessi in die andere. Sofort schicke ich Sven eine Nachricht: »Häng du dich an Jessi, ich folge ihm!«

Ich sende sie gerade ab, da läuft Leo schon an mir vorbei. Ich hätte Sven anrufen sollen, statt auf sein dämliches Getexte einzugehen. Fünf Schritte weiter bleibt Leo stehen und dreht sich um. Er hat mich erkannt.

»Jens?«

Ich drehe mich auch um. Warum werde ich beim Beschatten eigentlich immer erkannt?

»Ach, hi. Leo!«

»Ich war gerade mit Jessi im Café da. Hast du kurz Zeit?«

»Äh, joa.«

»Super. Wo kann man hier noch hin?«

»Musst du danach in dein Hotel?«

Nicken.

»Dann ins Barista. Fünf Höfe.«

»Stimmt. Gute Entscheidung.«

Wahrlich. Vor allem aber eine, bei der ich zu einem unschlagbaren Stück Kuchen mit Puddingcreme und einem Kaffee wieder auftauen kann. Heute ist Junkfoodtag. Den ganzen Weg dorthin fragt mich Leo über alles Mögliche aus. Entweder um mir vorzugaukeln, dass Jessi nicht über uns gesprochen hat, oder um meinen Gang zum Schafott kurzweiliger zu gestalten. Denn es kann auch sein, dass er mir gleich mitteilen muss, was Jessi mir nicht persönlich sagen möchte: dass sie mit ihm die Stadt verlassen wird, um im Jetset als Globetrotterin mit ihm sein Vermögen zu verprassen. Nach allem, was ich über Jessis Beziehungen vor mir weiß, wäre das ein Happy End für sie.

Andererseits wäre es absolut nicht ihre Art, mich einfach so aufzugeben. Ich habe Mist gebaut, baue gerade weiteren, aber das sollte doch alles irgendwie verzeihbar sein. Wir sind schließlich normale Menschen, keine Protagonisten einer romantischen Komödie, in der ein Ex von ihr eine ernst zu nehmende Bedrohung für unser Glück darstellt. Ich sollte eine Trennlinie zwischen fiktionalen Stoffen und meiner eigenen Wahrnehmung der Welt ziehen. Schließlich stünde ich im Fiktionsfall jetzt auch nicht mit Jessi kurz vor der Ehe, sondern mit Maren. Eine romantische Komödie, in der ich vom Frett gezwickt einer Frau hinterherlaufe, um mich am Ende für diejenige zu entscheiden, mit der sie mich verkuppeln wollte, würde in Hollywood nicht produziert werden.

Es hilft, dass ich mir selbst gut zurede, und so bin ich im Barista einigermaßen gespannt, was Leo mir mitzuteilen hat. Weltbewegend wird es nicht sein. Weltzerstörend erst recht nicht.

»Ich habe vor, in München ein neues Projekt aufzuziehen, und hätte Jessi gerne in meinem Team«, verrät er mir schließlich, nachdem wir vegetarische Pasta und zwei Apfelschorlen bestellt haben, den Lunch der sozialen Mitte.

Ich überlege einen Moment, wo der Haken an der Sache sein könnte, finde aber keinen. Wenn auf Jessi nach ihrer Babypause ein Job wartet, ist das großartig.

»Sie würde auch gerne, weiß aber nicht, wohin sich eure Beziehung gerade entwickelt. Gibt's da Ärger?«

»Ja, kann man so sagen.«

»Tut mir leid, das zu hören. Ich kenne sie ja schon etwas länger und weiß, dass sie kompliziert sein kann.«

»Inwiefern?«

»Na, komm«, fordert Leo mich heraus, etwas Schlechtes über Jessi zu sagen. Mir fällt jedoch nichts ein. Was damit zusammenhängen kann, dass wir uns eben erst seit sechs Monaten kennen.

»Nee, ich bin gerade derjenige, der kompliziert ist.«

»Das hat sie auch gesagt. Aber du kriegst das doch hin, oder?«

»Ich hoff's«, antworte ich und will mich gleich anschließend in den Hintern treten. Genau das will Leo doch hören.

»Wenn ich irgendwie helfen kann, dann sag Bescheid. Bei mir und meiner Frau war es auch ein höllisches Auf und Ab, bis wir endlich vor dem Altar gelandet sind. Aber anders lernt man sich auch nicht kennen.«

»Du bist verheiratet?«

»Seit sechs Jahren. Glücklich.«

»Kinder?«

»Drei«, lacht Leo. »Reicht dann auch. Obwohl, ich wollte immer eine Tochter. Vielleicht versuchen wir es noch mal.«

Das Leben scheint es gut mit mir und meinen Gegenspielern zu meinen. Denn so sehr ich sie zu hassen wünsche, machen sie mir das doch unmöglich. Erst Ralf, der zwar sehr dröge ist, gerade deswegen aber zu Maren passt, und nun Leo, der lebenslustige Millionär mit Sinn für Familie.

»Dann hat Jessi deshalb fünf Sterne in deinen Kontakten, weil sie die Topbesetzung für den Job ist?«, frage ich unverblümt. Leo hält inne, um sich zu wundern, woher ich die Kontakte seines Handys kenne.

»Als du es liegen gelassen hast, kam die SMS wegen dem Brunch heute.«

Er zählt eins und eins zusammen. »Dann war es kein Zufall, dass ich dir in die Arme gelaufen bin. Du hast gedacht, dass wir … Wow. Ihr habt wirklich 'ne Krise.«

Ich zucke mit den Schultern.

»Dir ist klar, dass sie echt fertig ist, oder? Sie hat sich ihre Zukunft mit dir ausgemalt, alles war ihrer Meinung nach perfekt – und da flippst du aus.«

»Ja. Leider.«

»Aber warum?«

Ich muss erst mal durchatmen. Sollte mir gerade mein rettender Engel gegenübersitzen, wäre es nun angebracht, die Hosen runterzulassen und alles auf den Tisch zu legen. Nicht ganz so unglücklich ausgedrückt: Ich sollte ihm einfach sagen, woran ich verzweifle, und hoffen, dass er mir helfen kann.

Fest steht nach zwei Stunden Barista, dass ich drei Dinge in meinem Leben nie wieder machen werde: Fremde vorschnell als Arschlöcher abstempeln, meinen Vorurteilen Glauben schenken und hohldrehen. Wenn mir das gelingt, ergibt sich der Rest von allein. Behauptet Leo, und der muss es wissen, denn er lebt so und ist glücklich. Okay, dass er sich nie mehr um Geld Sorgen machen muss, findet auch er diesbezüglich hilfreich, bestreitet aber, dass dies eine wesentliche Rolle spiele.

Nachdenklich stimmt mich, dass er mir denselben Vorschlag wie mein Vater gemacht hat: Ich soll eine Agentur für Messemoderatoren und Messehostessen aufmachen – für menschlichen Messebedarf, wenn man so will. Und ich habe zugegeben, dass die Idee zwar naheliegend ist, aber eben auch unangenehm. Vor allem, da ich bekannt dafür bin, Agenten und Makler zu verabscheuen, zu beschimpfen und sie anderen auszureden. Und weil Sven auch schon so eine Überlegung eingebracht hat. Gut, er meinte, dass immer Immobilienmakler gesucht werden, und die zu verachten werde ich mir auch beibehalten. Aber Agenten – da muss ich jetzt umdenken – sind nach neuster Definition wohl in Ordnung. Sie zocken nicht ab, sondern bringen eine Leistung. Wenn ich konsequent darauf bestehe, dass ich nur an Jobs mitverdiene, die ich für meine Klienten akquiriert habe, kann ich mich vermutlich damit anfreunden. Ich bräuchte auch erst mal kein Büro, sondern könnte von zu Hause aus beginnen. Mein ehemaliger Plan Y ist damit zu Plan B geworden. Nicht zu Plan A, schließlich ist meine Radiokarriere noch nicht komplett abgehakt. Zwei Chancen habe ich noch. Und es wäre lächerlich, jetzt schon aufzugeben. Sagt Leo.

Aufräumen. Das soll mein Thema für meine erste Sendung bei Hip FM sein. Ich stelle mir vor, dass Hörer anrufen können, die berichten sollen, was oder wo sie zuletzt aufgeräumt haben. Ich selbst erzähle vom Entrümpeln meiner Engstirnigkeit, das wird sensationell. Als Anrufer werde ich Sven und Leo einsetzen, es fehlen nur noch ein paar vorbereitete Moderationen, dann steht mein Abend.

Ich bin pervers gut gelaunt in meinem Zimmer bei Hondo, unter anderem, weil die Sachen meines Vaters nicht mehr hier sind. Er wird nach Hause gefahren sein, und ich hoffe sehr, dass er nicht ins Dachgeschoss abgewandert ist, sondern heute meine Mutter ausführt. Ich glaube nicht daran, stelle es mir aber wenigstens vor. Und der Gedanke macht mich ebenfalls glücklich.

Es fällt mir überraschend leicht, mich auf meine Probesendung zu konzentrieren, und so bin ich pünktlich um 19 Uhr perfekt vorbereitet. Ich habe sogar meine Moderationen schon ein paarmal mit dem Laptop aufgenommen, angehört und verbessert. Hoffentlich zieht Leo selbst auch nach München, jemand wie er hat in meinem Leben noch gefehlt. Einer, der mir Mut macht, von Mann zu Mann. Ich brauche auch bestimmt nicht oft mit ihm zu sprechen, nur alle paar Wochen mal, wenn ich den Fokus wieder verliere. Zu gerne würde ich jetzt Serkan anrufen und ihm von Leo vorschwärmen, bis er denkt, dass ich mich in ihn verliebt habe. Nur um ihn vollends zu verwirren.

Meine Sachen sind gepackt, ich habe genug Zeit, um entspannt zum Sender zu fahren. Wäre da nicht mein Schicksal, das dumme Schwein, das mir in Form von Ariel Abrahams in den Abend grätscht. Vor ein paar Minuten hat es an der Haustür geläutet, Aylin hat die Tür geöffnet, und jemanden hereingebeten. Man ist leise redend in die Küche gegangen, wo nun mit einem Mal laut herumgebrüllt wird. Ich kann Hondos Stimme erkennen, Aylins ebenfalls, die dritte ist mir unbekannt, es muss sich um den Besucher handeln.

Das Schlauste wäre, nun einfach aus der Wohnung zu schleichen, doch ich komme nur bis auf den Flur. Dort stürmt plötzlich der rüstige Rentner von oben an mir vorbei und brüllt: »Ich weiß, was ich gesehen habe, Aylin! Und ich verstehe es als meine Pflicht, dich vor diesem Sohn einer Hure zu warnen!«

Er schmeißt die Wohnungstür hinter sich zu, und aus der Küche schallt immer wieder Aylins lautes »Warum? Warum? Sag es mir! Warum?« bis zu mir.

»Er lügt. Der spinnt, Aylin. Echt! Ich schwöre!«

»Geh weg! Lass mich. Stirb einfach, du verlogener Dreckskerl!«

Das geht mir eine Spur zu weit, selbst für eine streitende Jüdin. Gut, meine Vorstellung vom schroffen interhebräischen Umgangston stammt vor allem aus der Serie »Curb your Enthusiasm«, die auf Deutsch aus unerklärlichen Gründen unter dem Titel »Lass es, Larry« kostenpflichtig über UMTS bei vodafone gesehen werden kann. Die DVDs aus England zu bestellen war unkomplizierter und sicherlich schneller. Ich will damit auch nur sagen, dass mein Bild stereotypisiert sein könnte. Doch selbst darüber schießt Aylins Wut gerade weit hinaus. Ich habe einen kleinen Zeitpuffer und bin Hondo gefühlt was schuldig. Also gehe ich zu den beiden in die Küche.

»Warum würd ich das machen? Und wie soll ich das schaffen?«, schreit Hondo, als ich die Küche betrete.

»Was weiß denn ich! Weil sie jung und bildhübsch ist?«

»Aber das ist deine Tochter, Aylin!«

Eins und eins kann auch ich ganz gut, nicht nur Leo. Der Nachbar hat Hondo und Malea erwischt. Musste ja früher oder später so kommen. Dass er das Aylin erzählt, ist jedoch hinterfotzig. Endlich bemerkt Hondo meine Anwesenheit.

»Hey, er kann's bezeugen!«

»Ich kann was?«

»Du warst doch auch oben, vorgestern, wie der so laut gebumst hat.«

»Äh, ja, stimmt.«

»Jens dachte nämlich auch, dass ich mit Malea rumsexe, und ist dann gleich hochgekommen, weil Vater Abrahams so laut war.«

Aylin schaut zu mir, dann wieder zu Hondo. »Wenn selbst dein Freund glaubt, dass du mit meiner Tochter –«

»Das war dumm von mir, Aylin. Und ich würde mich

dafür gerne entschuldigen. Bei dir, bei deiner Tochter und bei Hondo.«

Drauf geschissen, dass ich Malea nackt durch ihre Wohnung habe laufen sehen. Hondo wirkte definitiv nicht so, als wäre er gerade aus ihrem Bett gekrochen. Wobei, vielleicht war er auch auf dem Weg hinein.

»Ich hab ihr die Dusche repariert, weil das Scheißeteil in alle Richtungen gespritzt hat. Mehr nicht!«, löst Hondo ungefragt das Rätsel, warum ich eine nackte Malea sehen musste. Durfte. Konnte.

»Und ganz ehrlich, Aylin, würdest du Malea das zutrauen?«, werfe ich ein.

Die erste vernünftige Frage in diesem Streit, wage ich zu behaupten. Hondo nickt mir zustimmend zu, Aylin reagiert jedoch nicht sofort. Sie schweigt und denkt nach.

»Ihr bleibt hier«, sagt sie schließlich und verlässt die Wohnung.

»Ey, was geht mit dem alten Arsch? Ist der weich, oder was? Hat der altes Viagra geschluckt?«

Hondo ist empört, schockiert, außer sich. Ich hingegen bin angespannt und nervös. Er, weil ihm böswillig unterstellt wird, die Tochter seiner Freundin zu beglücken. Ich, weil ich es gleich nicht mehr pünktlich ins Studio schaffen werde.

»Setz dich«, sagt Hondo und kommt damit meinem Versuch zuvor, mich zu verabschieden. »Ich brauch jetzt ein Freund da. Erzähl, wie ist dein Deal mit Bülent gelaufen?«

Er hat mich Freund genannt, und damit fängt man mich. Vor allem, wenn man mir den Begriff so unbedarft wie Hondo an den Kopf wirft. Ich setze mich und erzähle ihm von meinem Kurzauftritt als Buchhalter. Hondo freut sich wie ein kleines Kind über meine bildhafte Schilderung der unangenehmen Begegnung mit Bart und Konsorten. Er hat den – wie ich erfahre – ukrainischen Geldboten auch schon kennengelernt, allerdings in einem anderen Etablissement, in dem die Abrechnungen ebenfalls danach schreien, mit Zuschüssen aus dunklen Quellen angereichert zu werden. Hondo war nämlich für ein paar Jahre Barkeeper in einem Bordell in Schwabing Nord, bis er sich in eins der Mädchen verliebt hat und ziemlich übel von Barts Bande zugerichtet wurde. Deswegen rät er mir auch, Bülent samt seiner Kohle abzuschreiben. Und er entschuldigt sich bei mir. Wenn er gewusst hätte, dass die Ukrainer in Bülents Café aufschlagen würden, hätte er mich dort sicher nicht hingeschickt.

Die Zeit rast nur so an uns vorbei, und es ist kurz vor acht, als Aylin in Begleitung von Malea zurückkehrt. Die beiden postieren sich vor Hondo und mir. Wir beide schweigen und warten ab, was sie zu sagen haben.

»Jens«, beginnt Aylin. »Stell dir vor, du wärst Hondo. Mit welcher von uns beiden würdest du lieber zusammen sein?«

»Was soll denn das bringen? Ich weiß, dass er dich will. Ende.«

»Das ist keine Antwort auf die Frage von meiner Mama. Du kannst ruhig zugeben, wenn du lieber mit mir schlafen würdest.«

»Nein, nein. Ich will mit keiner von euch beiden ins Bett. Ich bin verlobt. Und Hondo, ich meine, hey, er quält sich durch die ganzen Regeln des jüdischen Lebens, geht zum Rabbiner und in die Synagoge –«

»Psst«, psstet Hondo.

»Was denn? Ich finde es einen sehr großen Beweis deiner Liebe, dass du für Aylin Jude werden willst.«

»Was willst du?«, hakt Aylin ungläubig nach.

»Na ja, ich dachte, du findest das gut«, stammelt Hondo.

»Wie jetzt? Ich bin davon ausgegangen, dass sie dich nur heiratet, wenn du konvertierst.«

»Heiraten?«

Aylin scheint über Hondos Pläne für die gemeinsame Zukunft nicht besonders gut informiert zu sein. Und ich habe das komische Gefühl, dass sie von ihnen auch nicht durch mich hätte erfahren sollen. Da ich mich nun aber schon ins Zentrum der Aufmerksamkeit gespielt habe, nutze ich den Moment, um alles klar auszusprechen: »Ja. Malea ist in seinen Augen so was wie seine Tochter. Deswegen würde er auch nie einen schmutzigen Gedanken haben, in dem sie vorkommt.«

»Jetzt reicht's, Jens«, mischt sich endlich Hondo ein.

»Stimmt das?«

»Ja, schon. Aber weil wir uns halt noch nicht so lange kennen, wollt ich damit noch warten. Weißt du, damit ich sicher sein kann, dass du das halt auch vielleicht willst. Und dass Malea mich halt kennenlernt, so wie dass ich bin. Und sich an mich gewöhnen tut.«

Es ist zu niedlich, wie ihm die Sprache entgleitet, wenn Hondo emotional wird. Doch Aylin geht es gerade nicht besser. Ihre Augen werden glasig, und sie bewegt sich, mit angemessener Theatralik, langsam auf Hondo zu.

»Aber bitte, dann frag mich. Und komm ja nicht auf die Idee, Jude zu werden. Nicht für mich.«

»Ja, aber …«

»Frag mich!«

»Okay. Willst du mich heiraten, wenn ich Jude bin?«

»Nein, ich will dich sofort. Und wenn du dich trotzdem meinem Glauben anschließen willst, dann mach das danach.«

»Echt?«

»Aber natürlich.«

Sie hat seine beiden Hände ergriffen, hält sie fest gedrückt und schaut Hondo tief in die Augen. Da löst er sich mit einer schnellen Bewegung aus ihrem Griff und wendet sich Malea zu.

»Was sagst du? Ich wär dann so was wie dein Vater, aber halt mehr Freund. So eine Mischung aus dem.«

»Cool«, lautet Maleas Segen, und dann reißt Aylin ihren frischen Verlobten wieder zu sich herum und küsst ihn leidenschaftlich. Malea verdreht die Augen und sieht dann zu mir.

»Ich glaube, wir sollten hier raus. Hast du was vor?«

»Nee, hatte ich. Aber dafür ist es nun zu spät.«

»Dann kannst du ja mit zu mir hoch. Film schauen oder so.«

Warum nicht. Sie ist bald die Tochter eines guten Freundes, da sollte es schon in Ordnung sein, ein paar Videos zusammen zu schauen.

Heimtiermesse

»Für abwechslungsreiche Unterhaltung sorgen auf der Heimtiermesse München ein buntes Programm auf der Showfläche sowie Workshops und Wettbewerbe.«

Hondos Verlobung ist ihm eine Flasche Champagner wert, die sicherlich aus Aylins Vorrat stammt. Meine war wesentlich unspektakulärer, da Jessi schon schwanger war und seit dem positiven Testergebnis komplett auf Alkohol verzichtet hat. Wir haben damals mit Guavensaft auf uns angestoßen, wir waren ja auch nur zu zweit auf dem Weg durch das Unterholz zwischen Königs- und Obersee, die Sonne schien, und wir waren glücklich. Jetzt sind das zwei andere, Jessi fühlt sich laut Leo beschissen, und mir geht es noch einen Tick schlechter. Der ganze Antrieb, den ich gestern noch verspürt habe, ist plötzlich wieder dahin. Wenn Wankelmut ein Maskottchen suchen sollte, ich stünde bereit. Ich bin wahrlich selten, was ich sein wollte, niemals, was ich sein sollte (Goethe, ähnlich).

Lust- und mutlos beginne ich gegen Mittag, mir mein neues Dasein als Agent auszumalen. In Windeseile stehe ich vor einem unlösbar scheinenden Problem, nämlich meiner persönlichen K-Frage: Was soll ich zuerst an Land ziehen, Kunden (Firmen) oder Klienten (Moderatoren)? Sprich, welches K will ich erst mal vertrösten, weil ich nicht genügend vom anderen K bieten kann? Und wäre es nicht sinnvoll, mich sofort von den verwirrenden K-Kürzeln zu verabschieden und nur noch von Auftraggebern und Moderatoren zu sprechen? Ich vertage diese Entscheidung und gehe erst mal meine Facebook-Kontakte durch, um potenzielle Moderatoren zu notieren, die sich meines Wissens auf eigene Faust ihre Jobs beschaffen. Sie anzurufen bringt nichts, da die meisten gerade draußen in Riem sein werden und irgendwelchen Schmarrn lobpreisen.

Kaum habe ich fünf starke Kandidaten (noch ein K!) zusammen, überlege ich mir halbherzig eine Strategie, um sie von meinem Wert zu überzeugen, immerhin muss ich meine anvisierten zehn Prozent Provision ja rechtfertigen. Es ist so öde, dass ich mich gelangweilt in ausufernden, belanglosen Diskussionen unter irgendwelchen Facebook-Status-Updates festlese und meine Aufmerksamkeit gezielt verschenke, nur um nicht weiter über die Agentursache nachdenken zu müssen. Dann entscheide ich, dass ich in Sachen Arbeit eine Eingewöhnungsphase brauche, in der ich maximal eine Stunde pro Tag in der ersten Woche, zwei in der zweiten daran schufte, bis hin zu acht Stunden in … ja, doch, acht Wochen, wenn ich mich nicht verrechnet habe. Wie schon erwähnt, Zahlen sind nicht meine Stärke.

Kaum ist dieser Entschluss gefasst, werde ich von Sven abgelenkt, der aufgeregt in mein Zimmer gerannt kommt (jetzt nenne ich eine schlecht sortierte Bibliothek schon mein Zimmer!). Sein Fahrrad ist weg!

»Irgendwer hat Hondos Keller aufgebrochen und es gestohlen!«

»Ach, du grüne Neune!«, will ich in sein Entsetzen einstimmen, halte mich aber gerade noch zurück. Wenn ich das sage, weiß er sofort, dass ich ihm was vorspiele, obwohl ich mir selbst durchaus zutrauen würde, in einer vergleichbaren Situation ganz authentisch etwas derart Dummes auszurufen. Oder wäre es normal für mich, wenn ich cool bleibe und ihm ein paar logische Fragen stelle? Wo er das Rad zuletzt gesehen hat, ob er betrunken damit unterwegs gewesen sein könnte, und ob er den Keller auch gründlich durchsucht hat. Es weiß schließlich kein Mensch, dass ich mir sein Rad geliehen habe, um es anschließend einem Fremden in die Hand zu drücken.

Nur mein Gewissen. Und dieses elende Miststück hat sich irgendwann entschieden, gegen mich zu arbeiten, komme, was wolle. Jetzt fleht es mich an, dass ich meinen Fehler zugeben soll, denn einen Freund wie Sven zu belügen ist doch das Letzte. Und was soll schon groß passieren?

Die Antwort auf diese Frage sind ein paar harte Schläge auf meinen rechten Oberarm, gepaart mit wüsten Beschimpfungen. Nicht mal die Tatsache, dass ich verzweifelt war, weil Bülent Jessis Wohlergehen bedroht hat, hilft mir, den wütenden Sven zu beruhigen.

»Das kannst du nie wiedergutmachen!«, brüllt er.

»Jetzt komm mal wieder runter!«, halte ich ihm entgegen. »Du hast doch eh Angst vor der Tour gehabt, sonst wärst du schon längt unterwegs.«

»Red keinen Scheiß! Bloß deinetwegen bin ich noch hier. Nur wegen dir und deiner verkackten Ehe, die zu retten du zu blöd bist.«

»Das ist 'ne Verlobung, keine Ehe.«

»Ahaaa, und, wie läuft's? Hast du alles wieder hinbekommen?«

Ich schweige aus taktischen Gründen. In emotional aufgebrachte Situationen gehören keine Beziehungsanalysen. Insbesondere nicht, wenn Sven involviert ist, der mich sofort wieder treffsicher beleidigen würde.

»Verstehe«, behauptet er mit etwas weniger Aggression in der Stimme, nachdem ich zwei Minuten durchgehalten habe.

»Pass auf, ich tu, was du willst. Echt. Ich schulde dir was. Wünsch dir was, ich bin dabei.«

Sven überlegt einen Moment, dann stiehlt sich ein Grinsen auf sein Gesicht. »Okay, Frettchensitter. Akzeptiert. Und mach dir keinen Kopf um das Rad, ich kann Hondos haben. Das rüste ich für weniger als hundert Euro um. Und dann geht's los.«

Dieser hinterfotzige Pavian hat die ganze Zeit nur darauf abgezielt, mich dazu zu bringen, ihm einen Wunsch zu gewähren. Nun feixt er bis über beide Ohren, und ich lasse ihm seinen Sieg. Was soll schon passieren? Idi Amin wird mich schon nicht totbeißen. Dass Sven nun aber auch noch einen Futternapf aus seiner Tasche zieht und mir vor die Füße stellt, ist schon fast perfide.

»Freude! Freude! Ein Frettnapf.«

»Freude! Freude!«

Als um kurz vor sieben mein Handy läutet, habe ich mich von Sven in das kleine Einmaleins der Frettchenpflege einweisen lassen und vor seinen Augen Idi Amin verziehen. Dafür mussten wir natürlich in seine Wohnung fahren, die inzwischen streng nach Brice und den Frettchen riecht, eine fiese Mischung sondergleichen. Sven ahnt, was Idi angeht, nicht, dass ich sehr auf die sicher ausgefallenen

Ernährungsangewohnheiten der bald eintreffenden Chinesen setze. Er zeigt mir sogar, dass mein Kastrator erwachsen geworden ist und er ihn aus dem Stall heben und streicheln kann, ohne Angst vor Bissen zu haben.

Das verdammte Handy spielt also Erik Satie (nicht das Lied aus der Bierwerbung!), dazu steht im Display eine Nummer, die mir vage bekannt vorkommt. Wegdrücken. Drei Nanosekunden später erinnere ich mich daran, die Nummer mit einer anderen Endung schon mal gewählt zu haben. Das war Jerry. Vielleicht sitzt er gerade im Sender und fragt sich, wo ich stecke. Dann kommt eine SMS an, die mir fast die Augen aus dem Kopf treten lässt: »Markus ist krank. Vertraue, dass du ordentlich geübt hast. 20 Uhr on air! Jerry«

Mein Puls rast los, das Adrenalin kickt mich in den Magen, das kann nicht wahr sein. Ich habe vier Abende in Folge Mist gebaut und mich nicht in den Sender bewegt, vier Möglichkeiten verspielt, mich auf den heutigen Abend vorzubereiten. Ich habe die einzigen vier Proben für die große Show, die Chance meines Lebens, ausfallen lassen. Nach und nach begreife ich, wie unfair es ist, ich sein zu müssen. Die Einführung in die Studiotechnik habe ich zu locker genommen und in meiner Überzeugung, so oder so niemals in die nun eingetretene Situation zu kommen, praktisch schon wieder vergessen. Wenigstens hat sich seit den Neunzigern nicht allzu viel geändert: Man zieht das Mikro auf, sprich, feuert den nächsten Song ab und zieht den entsprechenden Regler hoch, während man den fürs Mikro wieder runterzieht.

Trotzdem verharre ich erst mal eine Minute in einer Mischung aus Fatalismus und Schockstarre. Dann antworte ich in einem Anflug von kurzfristigem Optimismus: »Alles bene, werde den Abend schon rocken!«

Fünf Minuten später sitze ich in einem Taxi (Sven wollte mir partout nicht Hondos Fahrrad leihen), und wenn der Fahrer kein Abzocker ist, sollte ich in einer Viertelstunde im Sender sein, was mir noch eine satte halbe Stunde für die Vorbereitung der Show lassen würde. Es dürfte nicht schwer sein, eine musiklastige Partysendung zu überstehen, da es bestimmt niemandem auffällt, wenn ich mich auf das Ansagen der Titel und ein gelegentliches »Hier rockt die Party« beschränke. Obwohl ich nicht sicher bin, dass ich mit dem Satz das richtige Jahrzehnt treffe. Überhaupt komme ich mir plötzlich extrem albern vor, mit bald neununddreißig noch mal beim Radio durchstarten zu wollen. Im Speziellen bei einem Sender, dessen Zielgruppe ich mit meinem übernächsten Geburtstag verlassen werde. Und da meine einigermaßen zuverlässig funktionierende Selbsteinschätzung mir nur eine Chance von einem Viertelprozent einräumt, heute eine gute Sendung aus dem Nichts zu zaubern, kommt mir plötzlich eine Idee. Sie kommt ebenfalls aus dem Nichts, ist aber verdammt gut. Ich zücke mein Telefon und schreibe eine SMS, was sich im Taxi als eine Herausforderung herausstellt, die eines Auftritts in »Wetten dass …?« würdig wäre, vor allem, da mein iPhone mir ständig falsche Worte vorschlägt (Hurra – Hure), die ich umständlich wegpatschen muss. Am Ende steht jedoch eine klare Botschaft auf dem Display: »20 Uhr, Hip FM, Dein Kai Pflaume!«

Jessi wird einschalten. Sie sitzt garantiert zu Hause, verflucht mich und jede Sekunde, die sie mit mir vergeudet hat, und ich kann nicht mal behaupten, dass sie das zu Unrecht macht. Vielleicht trinkt sie einen Tee und sieht fern, wahrscheinlicher ist jedoch, dass sie einfach nur aus dem Fenster blickt, einer einsamen Geburt und schweren Zukunft als alleinerziehende Mutter entgegen.

Sie hat mich gezwungen, Sendungen im Fernsehen anzuschauen, in denen der Schmerz, den sie gerade empfindet, die wertlose Zeit zwischen den Werbepausen füllt. Sie hat mir gestanden, dass sie »Nur die Liebe zählt« und Ähnliches unmöglich ansehen kann, ohne zu weinen. Sie ist die Erste, die flennt, wenn irgendwer versucht, auf die billige Tour emotionale Reaktionen zu ernten. Der Höhepunkt war eine Werbung, in der ein Jeep wie ein auszuwilderndes Raubtier in der Wüste von einem Truck geladen und von seinen Pflegern weggescheucht wurde, um schließlich mit anderen seinesgleichen durch die Dünen zu brettern. Nicht nur die Darsteller in dem Spot hatten vor Freude, dass er ein paar Artgenossen gefunden hat, Tränen in den Augen, auch Jessi wischte sich mit ihrem Ärmel über die Wangen.

Ich werde ihr gleich auf Hip FM meine Liebe gestehen und ihr alles sagen, was ich noch zu sagen habe. Ich werde jeden dämlichen Film alt aussehen lassen, all die B-Movies, in denen der Held am Ende eine große Rede hält, die inhaltlich aber so schwach ist, dass man sich nur für ihn schämen kann. Genauso wie für alle, die ihm zuhören und ihn schließlich frenetisch feiern. Ich hingegen werde einfach die von mir erkannte Wahrheit verkünden und nicht groß erläutern, was ich so alles gelernt habe, denn das weiß ich nicht mal ganz genau. Im Grunde habe ich ja auch nichts gelernt, sondern lediglich ein paar neue Prinzipien begriffen.

»Frequenz?«, fragt eine Nachricht auf meinem Handy.

Ich google die Antwort und schicke sie ihr.

Jerry ist noch im Sender, aber auf dem Sprung, ein wichtiger Termin mit einem großen Sponsor. Er hat gerade noch Zeit, mir Glück zu wünschen und zu fragen, wo ich eigentlich meine Demos abgespeichert habe, er findet auf dem Server nichts. Mein »Doch, doch, die müssen da sein« befriedigt ihn fürs Erste.

»Junge, das ist jetzt echt 'ne große Kiste. Freitagabend. Sabber bloß nicht zu viel rum und nimm viele Party-Calls rein, so wie Markus, kennst du ja.«

»Logisch«, lüge ich. Mit dem Namen Markus verbinde ich nur Mumps, da ich am Abend nach dem großen Kinoerlebnis »Gib Gas – Ich will Spaß« mit Nena und Markus von meiner Mutter ins Krankenhaus gefahren worden bin, wo eben jener diagnostiziert wurde. Wobei es auch zwei Marki bei Energy gab, einen in der Nachrichtenredaktion, den anderen für ein paar Wochen am Morgen.

Während mir all das durch den Kopf geht, redet Jerry unermüdlich weiter. Ich bekomme nur am Rande mit, dass ab neun ein Party-Reporter unterwegs sein wird, um mir die ersten Stimmungsberichte ins Studio zu liefern, immerhin feiern heute Pi, Pa und Po hier und da das und jenes. Ich merke mir kein Wort, sondern überlege schon krampfhaft, wie ich meine Botschaft an Jessi beginne. Jessi, Jerry, Jens, ich bin in einem verdammten Universum mit J gelandet, denke ich, und Jerry sagt gerade, dass ich mir keine Sorgen machen muss.

»Rene stellt dir die Anrufer durch, die liegen dann immer auf der Fünf. Ihr kennt euch ja schon, oder?«

Rene schüttelt den Kopf, während ich nicke, aber da

Rene in Jerrys Rücken sitzt, reicht ihm meine Bestätigung. Noch zwei, drei vermutlich enorm wichtige Informationen, kritische Nachrichten, wie es in schlecht übersetzten Filmen so gerne heißt, dann klopft mir Jerry auf die Schulter, lächelt und erinnert mich an den Spirit meiner ehemaligen Kollegen.

»Denk an die Jungs, die diesen Sender möglich gemacht haben, deine alten Freunde!«, pathetisiert er. »Heute sendest du für sie!«

Ich verzichte darauf, mein Verhältnis zu den coolen Kindern von damals richtigzustellen und ihm noch einmal zu erklären, dass ich in deren Augen nur ein weiterer Dödel war, der es zu nichts gebracht hat, nicht mal zum Claimaufsager. Nein, ich gebe Jerry einen High five, wozu er mich mit erhobener Pranke auffordert, lasse mir von ihm mit der anderen Hand brüderlich den Rücken tätscheln, und verfolge dann jeden seiner Schritte bis zur Ausgangstür.

»Ich hör die erste halbe Stunde noch im Auto!«, ruft er zum Abschied. Mir steigt ein zufriedenes Lächeln ins Gesicht, denn damit wird er Ohrenzeuge eines kleinen Stücks Münchner Radiogeschichte. Selbst wenn er zunächst mit Sicherheit lieber seinen Partyscheiß hören würde, wird er nach meinen Worten an Jessi erkennen, dass er Zeuge von etwas ganz Großem ist. Mit Glück bekomme ich danach sogar noch den Job als Moderator, aber davon will ich nicht ausgehen, es ist nur nicht vollends auszuschließen. Das Wichtigste ist, dass ich jetzt endlich mal in Ruhe aufschreibe, was ich sagen möchte.

»Woher kommst'n du?«, will allerdings erst noch mal Rene wissen.

»Von Energy«, antworte ich und lasse die gefühlten zwanzig radiofreien Jahre geschickt unter den Tisch fallen.

»Und was haste da gemacht?«

»Moderiert.«

»Energy München? *The power of music?*«

Da Renes Unterton schon verrät, dass er mich und meine Stimme nicht kennt, umschiffe ich auch diese Klippe elegant, indem ich meinerseits seinen Dialekt einzuordnen versuche. Da er definitiv nicht fränkelt, antworte ich, dass NRJ Nürnberg meine letzte Station war, worauf er nur nickt und vermutet, dass ich daher dann wohl auch Jerry kenne. Er hat aus unerfindlichen Gründen ein Lineal in der Hand, das Schwert des kleinen Mannes, mit dem er immer wieder auf die Innenseite seiner anderen schlägt. Patsch, patsch, patsch. Es ist offenbar davon auszugehen, dass er seit Wochen auf einen Ausfall von Markus wartet, dass er seit Monaten Abend für Abend im Studio 2 steht und für den Server moderiert, und dass er mich gerade aus sehr guten Gründen abgrundtief hasst.

»Pass auf, das ist heute Abend ein Test. Wenn ich das in den Sand setze, sage ich Jerry, dass –«

»Warum sollte Jerry auf dich hören?«

»Weil wir alte Weggefährten sind. Und jetzt zeig mir bitte, wie die ganze Technik hier funktioniert.«

»Okay. Es ist nur ungewöhnlich.«

»Gewöhn dich dran.«

Rene hat zum Glück seinen Schneid irgendwo im Internet gekauft und traut sich offenbar nicht so richtig, gegen mich aufbegehren. Er führt mich ins Studio, wo gerade die Moderatorin des »Friday Night Warm-Up« ihren pinkfarbenen Kopfhörer und ihren iPad einpackt.

»Hi, neu hier?«

»Nee, ich mache seit Jahren die Sendung nach dir.«

Die Partymaus findet das amüsant und stellt sich als Angie vor, weil ihre Eltern den Stones-Titel gehört haben, als sie gezeugt wurde. Mehr Information, als ich benötigt hätte und auf die ich nicht mal mit einem anständigen Witz zu meinem Namen kontern kann.

»Jens. Meine Eltern hatte keinen Radio.«

»Macht nichts«, zerschmettert Angie meinen müden Scherz, der doch gar nicht so schwer zu verstehen war. »Seh ich dich später noch im 089 oder im CO_2?«

Da Angie ausgerechnet zwei Clubs aufgezählt hat, in denen ich noch nie war und noch nicht mal wüsste, wo sie liegen, hebe ich bloß die Schultern.

»Keine Ahnung, mal sehen, wie fit ich noch bin.«

»Cool. Tschausi.«

Ich werde als Wildfremder gebusselt, dann düst Angie los. Sie ist so ein Losdüse-Typ, jemand, der das auch über sich sagt. Im Gegensatz zu mir, ich bin mehr so einer, der dann mal losgeht. Kleine Merkmale, grundsätzliche Unterschiede. Rene frischt meine schwammige Erinnerung an die Technik auf, offensichtlich bedacht, mir nicht zu viel zu verraten. Keine kleinen Kniffs und Tricks, nur was über welchen Kanal kommt, wie die Songs gestartet werden, und auf welchem Kanal mein Mikrofon liegt. Dass er dabei einen kleinen Fehler macht und behauptet, die Musik würde über Kanal zwei geregelt, unter dem ein kleines Etikett mit der Aufschrift »Gast« klebt, gönne ich ihm. Es wird sein jämmerlicher Versuch gewesen sein, mich elegant auflaufen zu lassen.

Radiomesse

»Die Radiodays ist die größte Hörfunkmesse Europas. Sie findet seit 2010 jedes Jahr in einer anderen europäischen Metropole statt.«

Jessi saß in unserem Wohnzimmer am Fenster, trank eine Tasse Tee und hatte das kleine, spritzwassergeschützte Radio aus dem Badezimmer neben sich liegen, das mir meine Eltern vor Jahren zu Weinachten geschenkt hatten. Einer dieser Grabbelkistenartikel von Conrad, die meine Mutter aus mir nicht nachvollziehbaren Gründen immer in einer Schublade parat hat. Keine Ahnung, wem sie spontan mal ein Thermo-Hydrometer, ein Knopfzellenset oder LED-Teelichter zu schenken gedenkt, vielleicht sind das aber auch nur auf Vorrat für mich erstandene Weihnachtsbaumfüllgeschenke, mit denen sie Jahr für Jahr gegen die große Freifläche unter dem Baum ankämpft.

Jedenfalls hat Jessi mir auf diesem Gerät zugehört, war Ohrenzeugin des Beginns meiner großen Radiokarriere. Zumindest schloss ich im Studio zur gleichen Zeit nicht aus, eine Sendung mit einem deutlich messbaren Zugewinn an Hörern hinlegen zu können. Denn, und das war meine ehrliche Meinung, wozu soll man diejenigen bespaßen, die so oder so zu einer Party, in einen Club, auf jeden Fall zu einem geilen Freitagabend unterwegs sind, anstatt diejenigen anzusprechen, die alleine, einsam oder mit gebrochenen Herzen zu Hause vor dem Radio sitzen.

Fest im Sattel dieser Überzeugung begann ich um Punkt acht Uhr im Studio von Hip FM meine Sendung. Rene hatte es geschafft, mich bis zur letzten Sekunde davon abzuhalten, mir irgendwas bereitzulegen, also musste ich improvisieren. Nicht meine Stärke, doch die Idee, die ich verfolgte, war meines Erachtens groß genug, um das zu kaschieren.

Ich zog die Musikregler nach unten, startete ein sanftes Musikbett, also Hintergrundmusik für meine Moderation, und begann. Jessi drehte zur gleichen Zeit das mickrige Radio auf.

»Guten Abend, ich bin Jens Fischer, und springe heute für, äh, Markus ein, der leider, keine Ahnung, krank ist, schätze ich mal. Markus, gute Besserung. Und falls du tot sein solltest, kann ja auch sein, dann dreh dich jetzt bitte nicht im Grab um, weil ich deine Stammhörer heute auf eine Reise einladen will. Ach, Scheiße, das klang jetzt blöd. Nee, ich hab vielmehr vor, die kommende Stunde zu nutzen, um eine Geschichte zu erzählen, die alles andere als alltäglich ist. Mehr davon nach dem nächsten Hit, äh, verdammt, ich kann gerade nicht sehen, was da jetzt kommt, egal. Müsste aber so gehen ...«

Ich drückte auf den Knopf unter dem Regler für Musik, hörte jedoch nichts, bis mir klar wurde, dass ich den verdammten Regler ja auch wieder hochschieben musste.

»Scheiße«, war das Letzte, was von mir über den Äther ging, da ich das Mikrofon nicht geschlossen hatte. Anfängerfehler, konnte man verzeihen; der nun endlich laufende Euro-Trash-Hit würde die Hörer schon darüber hinwegtrösten. Wie ich den ins Studio stürmenden Rene jedoch beruhigen sollte, wusste ich nicht. Er meinte, dass

Jerry am Telefon sei und ich mit der Scheiße sofort aufhören solle.

»Mit der Musik?«

»Nein, mit dem Kack, den du da erzählst.«

»Hey, er hat mich hier reingestellt, und ich mache jetzt das Programm.«

»Aber nicht so. Ich bin –«

»Du bist jetzt still, oder ich häng dich!«

Niemals hätte ich es für möglich gehalten, dass eine von Hondo übernommene und von mir geäußerte Drohung derart einschlagen könnte. Gut, mir hatte sie damals auch gehörig zugesetzt, aber da war sie von einem Typen gekommen, der mich mit seinem kleinen Finger auf den Teppich hätte schicken können. Da Rene sich nun zurückzog, hielt ich es für angemessen, etwas nachzulegen, nur so, zur Sicherheit.

»Und mach die Tür zu, du alte Scheiße!«

Gesagt, getan. Den Vogel, den er mir anschließend durch das Fenster zwischen Studio und Redaktion zeigte, fand ich schon wieder drollig. Weniger, dass er sich sofort ans Telefon setzte und vermutlich Jerry anzurufen versuchte. Ich musste mich also beeilen. Im Handumdrehen war das Kacklied abgewürgt und ich wieder auf Sendung. In meiner Hektik vergaß ich sogar das Musikbett wieder laut zu machen, Hip FM war ab jetzt eine musikfreie Zone, mein Talk-Radio.

»Genug von diesem Tss-tss-Scheiß, es gibt Wichtigeres zu hören. Und zwar die Geschichte eines Typen, der von Idi Amin kastriert wurde.«

Das hat sich in der Vergangenheit als sicherer Lacher beim Einstieg in meine Erzählung erwiesen. In weniger als vier Minuten berichtete ich von Svens missglücktem Frettchenzuchtversuch. Und wie jedes Mal, wenn ich davon spreche, spürte ich einen Phantombiss in meinem Schritt.

Ich musste mich beeilen, weil Rene vor dem Studio wie ein Tiger auf und ab streifte. Meine Erzählung schien ihn nicht im Geringsten zu berühren. Was für ein unfassbarer Feigling dieser Kerl war, dass er es sich nicht zutraute, mich in einer handfesten Auseinandersetzung überwältigen zu können. Stattdessen signalisierte und gestikulierte er wild in meine Richtung, um schlussendlich eine schnell auf Papier gekritzelte Nachricht ans Fenster zu klatschen: »JERRI KOMMT!«

Ich streckte als Antwort meine Arme in die Höhe, wie beim Y von YMCA, war aber nicht sicher, ob Rene diese geniale Mischung aus Korrektur und mimischer Gleichgültigkeitsdarstellung verstehen würde. Außerdem musste ich mich auf das konzentrieren, was ich zu sagen hatte.

»Jetzt steht dieser kastrierte Mann hier im Studio und verscheißt es sich offenbar gerade mit dem Programmchef. Jerry, falls du das hörst: Es tut mir leid, aber es geht um alles, für das es sich für mich zu leben lohnt. Das klingt pathetisch – und so meine ich es auch.«

Kaum hatte ich diesen Satz gesprochen, fiel mir zu meinem Schrecken ein, dass Jessi womöglich gar nicht zuhörte. Ich konnte nicht mal mit Sicherheit sagen, ob wir ein funktionstüchtiges Radio im Haus hatten. Ich musste sie anrufen!

»Um meine Geschichte zu bestätigen, möchte ich nun die Frau in die Leitung holen, die gerade schwanger zu Hause sitzt und das hier hoffentlich hört. Jessi, mit weichem J, nicht Tschessi. Warum das so ist, fragen wir sie gleich. Ich hoffe, ich bekomme das hin. Sekunde.«

Statt einfach ein Lied zu starten und mich mit der Telefontechnik zu beschäftigen, nahm ich Hip FM einfach mal vom Sender. Zumindest musste es so für alle wirken, die mir lauschten, denn da war nichts mehr zu hören. Ich hob das Studiotelefon ab, wählte unsere Festnetznummer und war extrem erleichtert, als Jessi dranging.

»Ich höre es, Jens. Und es ist schrecklich«, waren ihre ersten Worte. Ihr Lächeln kam jedoch ganz deutlich rüber, auch wenn ich mir der Peinlichkeit meiner ganzen Aktion durchaus bewusst war.

»Ich weiß. Und es wird noch schlimmer. Warte, ich schalte uns wieder live«, antwortete ich. Und dann: »So, da bin ich wieder, und bei mir ist nun meine Verlobte.«

»Glaubst du?«

»Jessi, mit weichem J, äh, warum eigentlich?«

»Ich war mal für so einen Sprachkurs in Perugia. Und da meine Sprachkenntnisse schlecht und der Rotwein exzellent waren, habe ich mich eigentlich immer mit einer Mischung aus Englisch und den paar Brocken Italienisch durchgeschlagen, die ich mir merken konnte. In meiner Unsicherheit habe ich dann für Ja immer Yes und si gesagt. Das wurde mein Spitzname.«

Ich konnte nicht glauben, dass ich sie noch nie danach gefragt hatte. Noch weniger, wie sie mir die Geschichte so lange hatte vorenthalten können.

»Und wie ist der Spitzname dann nach Deutschland getragen worden? Du hast doch sicher nicht allen Freunden hier erzählt, dass du jetzt Jessi genannt werden möchtest.«

»Nee. Aber da ich erst danach nach München gezogen

bin und meinen damaligen Freund in Perugia kennengelernt hatte.«

Ralf. Damit wusste ich nun auch, wo und wie sich die beiden begegnet waren.

»Aber wolltest du nicht mit mir darüber sprechen, warum ich dich vor die Tür gesetzt habe?«

»Doch, wollte ich. Obwohl es eher ich war, der daran schuld war.«

»Aber muss das im Radio sein? Reicht es nicht, wenn ich dich zu uns nach Hause einlade, um das zu bereden?«

»Nein. Wir beide haben diesen verdammten Sender gekapert, jetzt lass es uns ausnutzen.«

»Du spinnst.«

»Und du stehst auf diese ekligen Kuppelshows im Fernsehen, weinst, wenn ein Fernsehteam einem jungen Mann ein Herz aus Rosen und Kerzen bastelt, das er dann seiner Freundin zeigt, als hätte er es alleine gebaut. Weil aber ich kein Fernsehteam habe, von dem ich so was erwarten könnte, muss ich eben von den Mitteln Gebrauch machen, die mir zu Verfügung stehen. Also, ich bin schuldig. Richtig?«

»Ja.«

»Eine Sekunde.«

Ich unterbrach kurz, weil Jerry in den Redaktionsraum gestürmt kam und ich die Studiotür von innen verbarrikadieren musste. Das gelang mir gerade noch rechtzeitig unter Zuhilfenahme der Hocker für Studiogäste. Ich klemmte einen davon unter die Türklinke und huschte dann schnell zurück ans Mikrofon. Jerry sah inzwischen wütender aus als all die gefährlichen Typen, die mir diese Woche begegnet waren.

»Jessi, pass auf. Ich mach eine Agentur für Messejobs auf. Ich fange klein an, von zu Hause aus, damit du den Job bei Leo annehmen kannst. Wenn du willst. Ich kümmere mich um Matilda, du bringst das Geld ins Haus, und es tut mir leid, dass ich nicht früher kapiert habe –«

Meine Übertragung war jäh von Jerry gekappt worden. Mittels Sicherungskasten. Studio 1 war off air, Rene übernahm in Studio 2 mit einer kurzen Entschuldigung. Ein Irrer habe sich in den Sender geschlichen und den Sendebetrieb übernommen. Und dann ging es, keine Ahnung, ob aus Ironie, mit Will Smith und den Men in Black weiter, ganz »Friday Night Old School«.

Das ist zumindest die Zusammenfassung der Ereignisse bei Hip FM, auf die ich mich mit Jessi nach langen Verhandlungen am Telefon auf dem Weg zu ihr einigen kann. Sie besteht zwar noch darauf, dass ich wesentlich dämlichere Dinge von mir gegeben habe, vor allem unverzeihbar viele »Ähs«, ich leugne das jedoch (obwohl sie recht hat), um die Peinlichkeit der ganzen Sache überhaupt irgendwie ertragen zu können. Wenigstens hat sich meine erste Befürchtung und anfänglich stille Hoffnung nicht bestätigt: Es haben nicht besonders viele Hörer zugeschaltet. Im Gegenteil, knapp die Hälfte hat nach ein paar Minuten den Sender gewechselt. Und da ich einen Werbeblock nicht gespielt habe, hat mir Jerry sogar noch mit einer Schadenersatzklage gedroht. Ich bete, dass er das nicht durchzieht, denn das könnte teuer werden.

Jetzt liegen wir im Bett, und ich halte sie in meinem Arm, damit sie auf meiner magischen Einschlafschulter einschlafen kann. Will sie aber gar nicht. Sie will vielmehr wissen, was ich mir sonst noch alles überlegt habe.

Also hole ich aus und setze zu einem Monolog an, der sie hoffentlich schnell müde werden lässt. Ich beginne bei meinem veralteten Rollenbild, in dem der Vater des Kindes auch die Aufgabe des Ernährers übernimmt. In dem eine Mutter zu Hause beim Kind ist, während ihr Mann irgendwo Geld verdient. Was absolut keinen Sinn mehr macht, wenn die Frau ein Jobangebot auf dem Tisch liegen hat, das ihr ein Jahreseinkommen verspricht, von dem ich nur träumen kann. Klar, meine Mutter hat drei Jahre nicht unterrichtet, sondern ist bei mir geblieben, bis ich alt genug für den Kindergarten war. Krippen und Kindertagesstätten waren zu der Zeit eben noch unpopulär, der Generation meiner Eltern ging es schließlich verdammt gut, besser als es je einer gegangen ist und jemals einer gehen wird. Unter anderem ein exzellenter Grund, unfassbar alt zu werden.

Die andere Frage ist, ob ich es gerne sähe, wenn Matilda in eine Krippe geht, ob Jessi das befürworten würde, oder ob ich nicht gleich meine kommenden drei Jahre als Vater planen sollte. Immerhin bin ich dafür, ein Kind mindestens die ersten zwei Lebensjahre nicht dem Stress auszusetzen, den der Alltag in einer entsprechenden Einrichtung mit sich bringt. Und wenn wir uns das leisten können, würde ich mir auch zutrauen, Vollzeitvater zu werden.

»Ich könnte die Kleine jeden Tag mit in Svens Wohnung nehmen, mit ihr die Frettchen füttern, kontrollieren, ob die Fahrraddeppen nichts kaputt gemacht haben, hey, ich hätte immer was zu tun.«

Jessi schmiegt sich an mich.

»Was ich an dir liebe, ist deine Blauäugigkeit. Ich meine, ich glaube dir, dass du alles tun würdest, um nicht arbeiten zu müssen, aber nach dem, was ich weiß, wünscht sich jede normale Mutter spätestens nach achtzehn Monaten nichts sehnlicher, als endlich mal wieder alleine das Haus verlassen zu können.«

»Echt?«

»Vierundzwanzig Stunden am Tag auf ein Kind aufpassen soll ganz schön krass sein.«

»*Krass* krass?«

»Krasser.«

»Krass.«

»Und bevor du jetzt weiterredest, habe ich noch eine Frage. Eine wichtige.«

Bevor sie diese stellen kann, beantworte ich schon mal die naheliegendsten: Nein, ich bin nicht in Leo veliebt, da muss sie sich keine Sorgen machen. Nein, ich habe nicht wieder vor, durchzudrehen und mich als Gesamtpaket infrage zu stellen, da ist einfach nichts, was sich infrage stellen lässt. Und, ja, ich würde ihr sofort noch ein Kind machen, wäre ich dazu in der Lage und sie nicht momentan schwanger. Ich lobe sie noch, die extrem gute und wirksame Verhütungsmethode Schwangerschaft gewählt zu haben, dann gehen mir die doofen Witzchen aus, und ich muss mich der schweren Frage stellen.

»Warum willst du mich heiraten?«

Pferdemesse

»Von den über 250 Ausstellern der Pferd-International München werden auch ausgefallene Wünsche erfüllt.«

Am ersten April stehe ich im Standesamt Mandlstraße und warte auf die Braut. Ein besseres Hochzeitsdatum gibt es nicht, allein schon, um später immer eine Möglichkeit zu haben, das Vergessen des Jahrestages mit einem »April, April« vertuschen zu können. Um dann möglichst fix Blumen zu kaufen und einen Tisch im Blauen Bock zu reservieren. Neben mir hibbelt Hondo, der in seinem Armanianzug wirklich was hermacht. Trotzdem – so nervös wie heute habe ich ihn noch nie erlebt. Was eine äußerst dämliche Aussage ist, denn ich war bis heute überzeugt, dass Hondo alle Eigenschaften eines guten Betablockers in sich vereint und so etwas wie Nervosität nicht mal in seinem Wortschatz hat.

Endlich erscheint auch Jessi, die aussieht, als würde sie bald platzen, begleitet von ihren Eltern. Es sind nur noch knapp zwei Wochen bis zu unserem Geburtstermin, und ich begreife langsam, was für seine Strafe es sein muss, als Frau in ihrem Stadium vor den Standesbeamten treten zu müssen. Eine alkoholfreie Feier im kleinen familiären Rahmen, die Aussicht auf eine große Party in einem halben, vermutlich aber eher ein oder zwei Jahren, nein, das wäre nichts gewesen. Und die Hürden, die einem der Staat in den Weg legt, wenn man nach der Geburt doch plötzlich fühlt, dass man seinen Partner ehelichen will, sind auch nicht so hoch wie angenommen.

Wir haben das alles in den verbleibenden Tagen vor dem heutigen Termin ausführlich diskutiert und sind nun extrem glücklich mit dem Ergebnis. Es war die richtige Entscheidung, unseren Standesamtstermin Hondo und Aylin zu schenken. Und sehr nett von den Beamten, bei dem Tausch mitzuspielen. Dafür bin ich nun Trauzeuge.

»Ein bisschen schade ist es ja schon«, begrüßt mich die Frau, die in circa dreißig Minuten um ein Haar meine erste und hoffentlich letzte Schwiegermutter geworden wäre.

»Aber ihr schafft das auch ohne Trauschein«, fügt ihr Mann hinzu und reicht mir die Hand.

»Davon bin ich überzeugt«, erwidere ich und nehme ihre Tochter in den Arm.

»Endlich«, sagt Jessi. »Aber rechnet bitte nicht damit, dass wir das irgendwann nachholen. Jens ist nicht der Typ für eine Ehe.«

Davon ist Jessi seit meiner zögerlichen Antwort auf die Frage, warum ich sie heiraten will, überzeugt. Ich habe ihr zwar gesagt, dass ich sie liebe und dies gerne vor der Welt und meinen Freunden einen Tag lang zelebrieren möchte, allen reinreiben, wie verdammt glücklich ich bin, und dabei unantastbar zu sein. Dazu kämen die ganzen Sachen mit der Vaterschaft, die Steuerersparnis und natürlich der Name. Jessi hätte meinen Familiennamen angenommen, und Matilda hätte niemals erklären müssen, warum ihr Vater anders als ihre Mutter heißt, wobei man bei der heutigen Scheidungsrate auf dem Spielplatz eher dann der Außenseiter sein wird, wenn die Eltern denselben Nachnamen haben. »Sind das Geschwister?«, dürfte dabei eine oft gestellte Frage sein.

Letztlich konnte ich meinen Hochzeitswunsch aber nicht gut genug begründen, um Jessi davon zu überzeugen, geschweige denn mich. Ich hatte mir vorher nicht den Kopf darüber zerbrochen, warum wir heiraten wollten; zunächst ging es ja wirklich vor allem um die Vaterschaft und das Kind. Und sie hatte schließlich mit dem ganzen Scheiß angefangen!

»Und warum hast du nicht gleich gesagt, dass du dich mit der Institution Ehe noch nicht beschäftigt hast und es im Grunde gleichgültig ist, ob wir es tun oder nicht?«, hatte Jessi dagegengehalten.

»Weil's nur ein Zettel ist, der ein paar Dinge im Leben einfacher macht.«

»Wenn du das so siehst, sollten wir es lassen. Es schadet dir bestimmt nicht, wenn ein paar Dinge in deinem Leben nicht einfacher werden. Und auf einen weiteren Zettel in deinem Chaos kann ich gut verzichten.«

Nach dieser Ansage war ich kurz unsicher, ob Jessi wegen meines Totalversagens in Sachen Ehegrundlagen sauer auf mich sein würde, doch das stellte sich zum Glück sehr schnell als unbegründet heraus. Denn sie gab zu, dass sie dieselbe Meinung wie ich zu der ganzen Thematik hatte und deswegen, wenn ich damit einverstanden sei, die Sache lieber abblasen würde. Damit war der Weg für Aylin und Hondo frei.

Jetzt betritt Aylin in einem Kleid die Mandlstraße, für dessen Gegenwert man das gesamte Standesamt renovieren könnte. Um es dazu auch noch mit einer Solaranlage auszustatten, müsste man nur Maleas Schmuck und Kostüm ins Pfandhaus bringen. Sie sehen bezaubernd aus, und Aylin wirkt mindestens ebenso aufgeregt wie Hondo.

»Eine klasse Frau, echt scharf«, raunt mir mein Vater zu, der den ganzen Tag mit seiner Videokamera festzuhalten versucht.

»Vergiss nicht, die Tonspur von dieser Szene stumm zu schalten, sonst hört man dich die Braut scharf finden«, raune ich zurück. Kurz darauf strömt eine kleine Hochzeitsgesellschaft aus dem Trausaal und wir wie eine Kuhherde in ihren Stall hinein. Hinter uns trudeln schon die ersten Gäste der folgenden Eheschließung ein, hier geht es zu wie im Taubenschlag zur Vogelhochzeit.

Während der Zeremonie greift Jessi meine Hand, drückt sie fest, und eine Träne läuft ihr über die Wange, als Hondo und Aylin ihre Eheurkunde unterzeichnen und die Ringe tauschen. Das hätten wir sein können, nur wären wir dabei nicht wir selbst gewesen.

Fehlt eigentlich nur noch Sven, ohne dem ich Hondo nie begegnet wäre und der auch für sonst alles zwischen uns allen irgendwie verantwortlich ist. Selbst Hondos Bewerbung als Türsteher bei Armani hat er geschrieben, ohne die Hondo, streng genommen, Aylin gar nicht begegnet wäre. Sein letztes Lebenszeichen war eine SMS aus Wien: »Kaffeehäuser bauen, aber keinen Kaffee kochen können! Vierzig Variationen, keine schmeckt! Was geht eigentlich mit den Österreichern ab? Komme zur Hochzeit!!«

Aber vielleicht hat diese staatsfeindliche Message der österreichische Geheimdienst abgefangen und foltert ihn nun mit Melanges, Einspännern, Kleinen Braunen, Fiakern, Kapuzinern und Mokkas in all ihren Variationen, um seinen Kaffeegeschmack zu brechen.

Malea und ich unterzeichnen ebenfalls schnell, Braut und Bräutigam küssen sich, ein von den beiden für den Anlass als angemessen eingestuftes Musikstück beginnt, ein fröhlicher Klezmer, zu dem sofort alle mitwippen. Ich beeile mich, um als Erster aus dem Saal zu kommen, nur mein Vater drängt sich an mir vorbei, damit er mit seiner Kamera eine gute Position vor dem Standesamt findet. Und dort steht Sven mit einer Kutsche.

»I hoab ma dochd, doss a Fiaka nöhd schodn köhnt«, wienert er mir sehr, sehr schlecht entgegen. Falls er mit seinem Kaffeehaushass noch nicht alle Wiener gegen sich aufgebracht hat, sollte seine miserable Sprachperformance auch den letzten Österreicher dazu bewegen, ihn des Landes zu verweisen. Dass er aber den legendären Kutscher Hans hierher bestellt hat, der nun mit einem seiner schönen Wägen auf das Hochzeitspaar wartet, sichert Sven in München definitiv eine lebenslange Zufluchtsstätte, ganz egal, in welchem Land der Welt er gerade gelyncht werden soll.

Ich habe am Eingang eine Tüte mit Luftschlagen und Reis deponiert, obwohl extra darum gebeten wird, auf das Reisgeschmeiße zu verzichten, und verteile den Inhalt an die aus dem Standesamt quellenden Gäste. Mit Sven kann ich mich nur ganz kurz austauschen, kriege jedoch immerhin mit, dass er schon nach vierzehn Tagen sicher ist, eine sehr große Fehlentscheidung getroffen zu haben. Radfahren ist nicht sein Ding, der Hintern tut ihm weh, und er ist kurz davor, sich ein altes Auto zu kaufen, um damit die Tour fortzusetzen.

»Aber eins mit Stauraum, einen alten VW Bulli oder so, weil das Rad muss mit, sonst kann ich ja nicht bei den Weltumradlern schlafen.«

»Super Plan. Oder schau einfach, ob es nicht auch ein Forum für Leute gibt, die mit dem Auto die Tour machen, und ändere den Zahlencode an deiner Haustür.«

Sven schafft es nicht mehr, darauf zu antworten, denn Jessi gesellt sich zu uns.

»Sie kommen!«

Unter dem Applaus der Anwesenden treten Aylin und Hondo auf die Mandlstraße, es fliegen Konfetti und Luftschlangen, irgendwer öffnet eine Flasche Champagner, und ich werfe den beiden auch eine Hand Reis entgegen. Scheiß auf die Tauben, die müssen langsam wissen, dass man hier in der Gegend nichts essen sollte.

»Au!«, brüllt Aylin und hält sich ihr rechtes Auge.

»Welcher Mongo schmeißt mit Reis, ey? Geht's noch? Da kann man blind von werden!«

Ich stecke unauffällig den Rest in meine Jacketttasche und nehme Jessi in den Arm, um noch unauffälliger zu wirken. Aylin scheint in Ordnung zu sein, sie blinzelt nur noch, und da ihr Gesicht sowieso tränenüberströmt ist, machen die paar zusätzlichen Tropfen auch nichts mehr aus.

Unter »Mazel tov!«-Rufen wird Champagner in Pappbechern herumgereicht, ich sehe zu Jessi, um zu fragen, ob sie auch einmal nippen will, und erkenne sofort, dass es ihr nicht gut geht. Sie ist vollkommen verspannt und hält sich den Bauch. Dann weiten sich plötzlich ihre Augen, der Atem stockt ihr, und sie kneift die Beine zusammen.

»Mein Wasser!«, flüstert sie mir zu, doch ich verstehe sie nicht richtig durch den Lärm um uns.

»Was?«

»Meine Fruchtblase!«

»???«

»Das Baby kommt, verdammt noch mal!«, schreit sie schließlich und killt damit ein wenig den Moment. Sie ist mit einem Mal das Zentrum der Aufmerksamkeit, alle halten inne.

»Keine Sorge, so eine Geburt kann Stunden dauern«, versuche ich alle zu beruhigen. »Ich ruf ein Taxi und dann fahren wir –«

»Ahhhh!«, brüllt Jessi und krampft sich zusammen. Das dürften die ersten Wehen sein. War klar, dass es bei uns wieder schnell und chaotisch gehen muss, nicht langsam und geregelt.

»Springt's auf«, ruft uns Hans zu, »da ist eine Geburtsklinik auf der anderen Seite vom Park!«

Er meint sicher die Frauenklinik Dr. Geisenhofer am Englischen Garten, die wir auch auf unserem Zettel hatten. Sie ist nur fünfhundert Meter von der Praxis meines Ex-Samenarztes Dr. Parisius entfernt, aber das tut gerade nichts zur Sache. Ich stütze Jessi auf der einen Seite, Hondo auf der anderen.

»Hey, geh zurück zu deiner Frau, ich packe das schon.«

»Null, du bist zu schwach.«

Tatsächlich hebt er meine schwangere Freundin einfach an und steigt mit ihr souverän in die Kutsche. Dann springt er wieder raus, ich klettere rein, Hans schwingt seine Peitsche, und Sandro trabt los. Wir biegen rechts in den Englischen Garten ein, passieren die Stelle, an der wir uns vor einem halben Jahr getrennt haben, überqueren eine kleine Brücke. Jessi hält sich an mir fest und muss plötzlich lachen.

»Gemein wäre es, wenn ich das nur vorgetäuscht hätte.«

»Na ja, sie haben unsere Trauung bekommen, da ist es nur fair, dass wir ihre Kutsche nehmen.«

Dann erstickt eine weitere Wehe Jessis Lachen. Hans lenkt die Kutsche auf einen breiteren Weg und lässt Sandro einen Gang zulegen. Mit einem Peitschenknall steuern wir auf eine Zukunft zu dritt zu. Matilda will kommen.

Willkommen, Matilda!

AUS

Danke!

Meiner Frau Caren für den Austausch, die Unterstützung und das Mut machen, Charlotte für den Antrieb. Ein Hoch auf Thomas Hölzl, Kirsten & Markus Naegele, den gesamten Heyne Verlag und die großartige Tamara Rapp. Und mein Dank an Hermann Bräuer, Oliver Nagel, Christian Ankowitsch, Tex Rubinowitz sowie die Höflichen Paparazzi.

Ich will ein Kind von mir

»Sehr lustig, wahr und gut!«
Christian Ulmen

978-3-453-43613-8